El jardinero fiel

Biblioteca John le Carré

Biografía

John le Carré nació en 1931. A lo largo de seis décadas escribió algunas de las novelas que han definido nuestro tiempo. Hijo de un estafador, pasó gran parte de la infancia entre un selecto internado y el submundo de los garitos londinenses. A los dieciséis años encontró refugio en la Universidad de Berna y, más adelante, en Oxford. Tras una temporada como profesor en Eton, inició una breve carrera en los servicios de inteligencia británicos (MI5 y MI6). Su primera novela, *Llamada para el muerto,* vio la luz en 1961, cuando aún trabajaba para los servicios secretos. La tercera, *El espía que surgió del frío,* le valió la fama mundial, consolidada por el éxito de la trilogía compuesta por *El topo, El honorable colegial* y *La gente de Smiley*. Finalizada la guerra fría, le Carré amplió el horizonte de su narrativa hacia una escena internacional que incluía el tráfico de armas y la lucha contra el terrorismo. Sus memorias, *Volar en círculos,* se publicaron en 2016, y la última novela de George Smiley, *El legado de los espías,* apareció en 2018. El autor falleció el 12 de diciembre de 2020. Su novela póstuma, *Proyecto Silverview,* vio la luz en 2022. *Un espía privado. Las cartas de John le Carré,* editadas por su hijo Tim Cornwell, se publicaron en 2023.

John le Carré
El jardinero fiel

Traducción de Carlos Milla Soler

Planeta

Título original: *The Constant Gardener*

Avinguda Diagonal, 662, 6.ª planta. 08034 Barcelona (España)
www.planetadelibros.com

Adaptación de la cubierta: Booket / Área Editorial Grupo Planeta
Fotografía de la cubierta: © Shutterstock
Primera edición en Colección Booket: mayo de 2024

Depósito legal: B. 6.491-2024
ISBN: 978-84-08-28823-7
Impresión y encuadernación: Liberdúplex
Printed in Spain - Impreso en España

Para Yvette Pierpaoli
que vivió y murió sin darle lo mismo

Ah, pero un hombre debe abarcar más de lo que tiene al alcance de su mano, ¿o para qué está el cielo, si no?

ROBERT BROWNING,
Andrea del Sarto

1

La noticia llegó a la embajada británica de Nairobi un lunes por la mañana a las nueve y media. Sandy Woodrow la encajó como un balazo —la mandíbula rígida, el pecho hinchado— justo en el centro de su dividido corazón inglés. Estaba de pie. Hasta ahí, se acordaba. Estaba de pie y sonaba el teléfono interior. Se disponía a coger algo, y al oír el zumbido se interrumpió para alargar la mano hacia el aparato, descolgar el auricular y decir: «Woodrow». O quizá: «Woodrow al habla». Y desde luego pronunció su nombre con cierta brusquedad, de eso conservaba un claro recuerdo: de su voz como si fuera la de otro, y del tono arisco: «Woodrow al habla», su apellido absolutamente respetable, pero sin la atenuación del apelativo familiar «Sandy», y proferido como si lo aborreciera, porque, según la agenda del día, la acostumbrada sesión de plegarias del embajador tenía que empezar puntualmente dentro de treinta minutos, con Woodrow, como jefe de cancillería, en el papel de moderador ante una cuadrilla de divos de los grupos de presión, cada uno de los cuales aspiraba a apropiarse en exclusiva del corazón y la mente del embajador.

En suma, un odioso lunes como tantos otros, un lunes

de finales de enero, la época más tórrida en el año de Nairobi, una época de sequía y polvo y hierba pardusca y escozor de ojos y calor elevándose de las aceras de la ciudad; y los jacarandás, como todo el mundo, esperando la estación de las lluvias.

El motivo exacto por el que estaba de pie era una duda que no llegó a resolver. Por lógica, debería haber estado encogido detrás del escritorio, tecleando en el ordenador, revisando solícitamente el material orientativo llegado de Londres y el correo entrante de otras legaciones vecinas. En cambio, estaba de pie ante el escritorio, realizando alguna crucial acción no identificada, tal como, quizá, enderezar la fotografía de su esposa Gloria y sus dos hijos de corta edad, tomada el verano anterior mientras la familia disfrutaba de un permiso en Inglaterra. La embajada se hallaba en una pendiente, y su continuo asentamiento bastaba para ladear los cuadros cuando pasaban solos un fin de semana.

O quizá se dedicaba a fumigar algún insecto keniano de esos a los que ni siquiera los diplomáticos son inmunes. Unos meses atrás habían padecido una plaga de «mosca de Nairobi», unas moscas que, al aplastarlas y restregarlas accidentalmente contra la piel, podían provocar ampollas y forúnculos, e incluso la ceguera. Estaba, pues, echando insecticida, oyó el teléfono y dejó el aerosol en el escritorio para descolgar: también era una posibilidad, ya que en su memoria reciente aparecía una diapositiva en color de un bote rojo de insecticida sobre la bandeja de documentos salientes del escritorio. Así que «Woodrow al habla», y el auricular pegado al oído.

—Ah, Sandy, soy Mike Mildren. Buenos días. ¿Estás solo, por casualidad?

Mildren, de veinticuatro años, lustroso y metido en carnes, secretario particular del embajador, con acento de Essex, recién salido de Inglaterra en su primer destino en el exterior... y conocido entre el personal subalterno, previsiblemente, como Mildred.

Sí, admitió Woodrow, estaba solo. ¿Por qué?

—Por desgracia, ha surgido un imprevisto, Sandy. En realidad, querría bajar a tu despacho si tienes un momento.

—¿No puede esperar hasta después de la reunión?

—Pues... no lo creo, la verdad. No, no puede esperar —respondió Mildren, ganando convicción a medida que hablaba—. Se trata de Tessa Quayle, Sandy.

De pronto un Woodrow distinto, el vello erizado, los nervios a flor de piel. Tessa.

—¿Qué pasa con Tessa? —preguntó con intencionada indiferencia, su mente galopando en todas direcciones. ¡Ay, Tessa! ¡Ay, Dios! ¿Qué has hecho ahora?

—Según la policía de Nairobi, ha sido asesinada —dijo Mildren como si lo dijera todos los días.

—Absurdo —replicó Woodrow sin darse tiempo para pensar—. No digas tonterías. ¿Dónde? ¿Cuándo?

—En el lago Turkana, orilla oriental. Este fin de semana. Se han mostrado diplomáticos respecto a los detalles. En su coche. Un desafortunado accidente, según ellos —añadió Mildren con tono de disculpa—. Me ha dado la impresión de que no querían herir nuestra sensibilidad.

—¿*Qué* coche? —preguntó Woodrow sin coherencia alguna, ya debatiéndose, negándose a aceptar la desatinada idea, sepultados a gran profundidad el quién, el cómo, el dónde y sus demás consideraciones y presentimientos, borrados rabiosamente sus recuerdos secretos de ella para reemplazarlos por el reseco paisaje lunar de Turkana tal como permanecía en su memoria desde un viaje de sondeo que realizó hacía seis meses en la irreprochable compañía del agregado militar—. No te muevas de ahí. Enseguida subo. Y no lo comentes con nadie, ¿me has oído?

Ahora con sistemática precisión, Woodrow dejó el auricular, rodeó el escritorio, descolgó la chaqueta del respaldo de la silla y se la colocó, primero una manga y después la otra. No tenía por costumbre ponerse la chaqueta para subir al primer piso. No era obligatorio el uso de chaqueta para asistir a las reuniones de los lunes, y menos aún para mantener una charla con el retaco de Mildren en su despacho. Sin embargo, el profesional que llevaba dentro le decía que lo esperaba un largo viaje. Con todo, mientras subía por la escalera, logró, mediante un tenaz esfuerzo de voluntad, acogerse a los elementales principios por los que siempre se regía cuando una crisis se cernía en el horizonte, y se aseguró, tal como había asegurado a Mildren, que aquello era absurdo. Para corroborar su teoría, evocó el sensacional caso de una joven inglesa que había sido descuartizada en la selva africana diez años atrás. Es una broma de mal gusto, claro que sí. Una recreación de aquel episodio fruto de una imaginación perturbada. Algún policía africano resentido, aguantando mecha en su puesto del desierto, medio trastocado de tanto fumar *bangi*, intentando sacarse un sobresueldo para complementar el miserable salario que no cobraba desde hacía seis meses.

El edificio recién acabado por el que ascendía se caracterizaba por su austeridad y excelente diseño. A Woodrow le gustaba ese estilo, quizá porque concordaba en apariencia con el suyo propio. Con sus espacios nítidamente delimitados, su comedor, su tienda, su surtidor de combustible y sus pasillos limpios y silenciosos, producía una impresión de independencia y robustez. Woodrow, a primera vista, poseía también esas inestimables cualidades. A sus cuarenta años, estaba felizmente casado con Gloria, o si no tan felizmente, daba por sentado que solo él lo sabía. Era jefe de cancillería y cabía suponer que si jugaba bien sus cartas conseguiría ponerse al frente de alguna modesta misión en su siguiente destino, y de ahí progresaría a misiones menos modestas hasta recibir el título de sir, una perspectiva a la que él personalmente no concedía la menor importancia, desde luego, pero complacería a Gloria. Tenía cierto espíritu castrense, pero, al fin y al cabo, era hijo de militar. En sus diecisiete años al servicio de Su Majestad en el extranjero, había dejado bien puesta la bandera en media docena de misiones británicas. No obstante, la peligrosa, desintegrada, saqueada y depauperada Kenia, en otro tiempo colonia británica, le había resultado más estimulante que la mayoría de las anteriores, aunque no se atrevía a preguntarse en qué medida ese interés se debía a Tessa.

—Muy bien —dijo a Mildren con manifiesta agresividad, después de cerrar la puerta y echar el pestillo.

Mildren exhibía un permanente mohín. Sentado tras su escritorio, parecía un niño gordo y travieso que se ha negado a terminarse los cereales.

—Estaba en el Oasis —informó.

—¿Qué oasis? Sé más preciso si es posible.

Pero Mildren no se dejaba amilanar tan fácilmente como su edad y su rango podían inducir a creer a Woodrow. Tenía todos los datos recogidos en unas anotaciones taquigráficas, que consultó antes de volver a hablar. Debe de ser lo que les enseñan hoy en día, pensó Woodrow con desdén. ¿De dónde, si no, iba a sacar el tiempo un advenedizo de Essex como Mildren para aprender taquigrafía?

—En la orilla este del lago Turkana, en el extremo sur, hay un hotel —explicó Mildren sin apartar la vista de la libreta—. Se llama Oasis. Tessa pasó allí la noche y se marchó a la mañana siguiente en un cuatro por cuatro proporcionado por el dueño del hotel. Dijo que quería visitar la cuna de la civilización, a trescientos kilómetros de allí en dirección norte. El hoyo de Leakey. —Se corrigió—: El yacimiento donde está la excavación de Richard Leakey. En el parque nacional de Sibiloi.

—¿Sola?

—Wolfgang le proporcionó un conductor. Su cadáver ha aparecido en el cuatro por cuatro con el de ella.

—¿Wolfgang?

—El dueño del hotel. Apellido pendiente de averiguación. Todo el mundo lo llama Wolfgang. Es alemán, por lo visto. Un personaje. Según la policía, el conductor fue brutalmente asesinado.

—¿Cómo?

—Decapitado. Paradero desconocido.

—¿Quién está en paradero desconocido? Has dicho que lo habían encontrado en el coche con ella.

—La *cabeza* está en paradero desconocido.

Podría haberlo adivinado, ¿no?, pensó Woodrow.

—¿Y cuál es la supuesta causa de la muerte de Tessa?

—Un accidente. Es lo único que han dicho.

—¿Le robaron?

—Según la policía, no.

Una vez conocido el asesinato del conductor y descartado el robo, la imaginación de Woodrow se desbocó.

—Cuéntame lo que te han dicho palabra por palabra —ordenó.

Mildren apoyó los amplios mofletes en las palmas de las manos y consultó de nuevo sus notas taquigráficas.

—Nueve veintinueve, llamada de una brigada móvil de la jefatura de policía de Nairobi, preguntando por el embajador —recitó—. He explicado que el embajador había salido a visitar ministerios y tenía previsto volver a las diez como muy tarde. Un agente de guardia con tono de eficiencia; ha dejado su nombre. Ha dicho que la información procedía de Lodwar...

—¿Lodwar? ¡Eso está a kilómetros de Turkana!

—Es la comisaría más próxima —aclaró Mildren—. Un cuatro por cuatro, propiedad del hotel Oasis, Turkana, había aparecido abandonado en el lado oriental del lago, cerca de Allia Bay, en el camino hacia el yacimiento de Leakey. Los cadáveres llevaban allí treinta y seis horas como mínimo. Una mujer blanca, causa de la muerte no facilitada, un africano sin cabeza, identificado como Noah el conductor, casado con cuatro hijos. Una bota de marca Mephisto, del número treinta y ocho. Una chaqueta de safari azul, talla XL, manchada de sangre, hallada en el suelo del vehículo. La mujer, entre veinticinco y treinta años, cabello oscuro, una sortija de oro en el dedo anular de la mano izquierda. Una cadena de oro en el suelo del vehículo.

«¿Y esa cadena de oro que llevas al cuello?», se oyó decir Woodrow a sí mismo en fingido desafío mientras bailaban.

«Mi abuela se la regaló a mi madre el día de su boda —contestó ella—. La llevo con todo, incluso cuando no queda a la vista.»

«¿Incluso en la cama?»

«Depende.»

—¿Quién los encontró? —preguntó Woodrow.

—Wolfgang. Avisó por radio a la policía e informó a su oficina de aquí, de Nairobi. También por radio. En el Oasis no hay teléfono.

—Si el conductor apareció decapitado, ¿cómo supieron que era el conductor?

—Estaba impedido de un brazo. Por eso trabajaba de conductor. Wolfgang vio marcharse a Tessa con Noah el sábado a las cinco y media, en compañía de Arnold Bluhm. Fue la última vez que los vio vivos.

Mildren seguía remitiéndose a sus notas, o como mínimo lo aparentaba. Se sostenía aún los mofletes con las manos y parecía resuelto a permanecer en esa postura, ya que se advertía una obstinada rigidez en sus hombros.

—Repíteme eso último —ordenó Woodrow al cabo de un segundo.

—Arnold Bluhm acompañaba a Tessa. Llegaron juntos al hotel Oasis, pasaron allí la noche del viernes y partieron en el todoterreno de Noah a las cinco y media de la mañana siguiente —volvió a decir Mildren con paciencia—. El cuerpo de Bluhm no estaba en el cuatro por cuatro, y no hay ni rastro de él. O si lo hay, no se ha informado de ello hasta el momento. La policía de Lodwar y la brigada móvil continúan en el lugar de los hechos, pero la jefatura de Nairobi desea saber si pagaremos el coste de un helicóptero.

—¿Dónde están ahora los cadáveres?

Woodrow, digno hijo de su padre militar, era lacónico y práctico.

—No se sabe. La policía quería que el Oasis se hiciera cargo, pero Wolfgang se negó. Dijo que se quedaría sin personal, y también sin clientes. —Un titubeo—. Ella firmó en el registro como Tessa Abbott.

—*¿Abbott?*

—Su apellido de soltera. «Tessa Abbott, con dirección en un apartado de correos de Nairobi.» El nuestro. Aquí no tenemos a ningún Abbott, así que busqué el nombre en los archivos y encontré Quayle, apellido de soltera Abbott, Tessa. Imagino que es el nombre que usaba en sus labores humanitarias. —Mildren examinaba la última página de sus anotaciones—. He intentado ponerme en contacto con el embajador, pero él está haciendo su recorrido por los ministerios y es hora punta —explicó, con lo cual quería decir: esta es la moderna Nairobi del presidente Moi, donde una llamada local puede representar media hora escuchando «Disculpe, todas las líneas están ocupadas; por favor, vuelva a intentarlo más tarde», repetido incansablemente por una apática mujer de mediana edad.

Woodrow se encontraba ya en la puerta.

—¿Y no se lo has dicho a nadie?

—A nadie.

—¿Y la policía?

—Dicen que no. Pero no pueden responder por Lodwar, y me cuesta creer que puedan responder por sí mismos.

—Y que tú sepas, Justin aún no se ha enterado.

—Exacto.

—¿Dónde está?

—En su despacho, supongo.

—Procura que no salga de allí.

—Ha llegado temprano, como siempre que Tessa sale en viaje de reconocimiento. ¿Quieres que suspenda la reunión?

—Espera.

Convencido ya, si en algún momento lo había dudado, de que se enfrentaba no solo a una tragedia sino también a un escándalo de Fuerza Doce, Woodrow subió como una exhalación por una escalera al pie de la cual se leía el rótulo SOLO PERSONAL AUTORIZADO y entró en un lúgubre pasillo que conducía a una puerta de acero cerrada con una mirilla y un timbre. Una cámara lo escudriñó mientras pulsaba el timbre. Abrió la puerta una esbelta pelirroja con vaqueros y un blusón floreado. Sheila, la número dos, con perfecto dominio del swahili, pensó Woodrow de manera espontánea.

—¿Dónde está Tim? —preguntó.

Sheila apretó un botón y habló por un interfono.

—Es Sandy, y tiene prisa.

—Esperad *un* minuto mientras marco la contraseña —dijo a voz en grito una expansiva voz masculina.

Esperaron.

—Camino *totalmente* despejado —anunció la misma voz cuando se descorrió el cierre automático de otra puerta.

Sheila se apartó y Woodrow entró en el despacho con

paso enérgico. Tim Donohue, el jefe de inteligencia, se hallaba de pie ante su escritorio, imponente con sus dos metros de estatura. Debía de haber estado poniendo en orden la mesa, porque no había un solo papel a la vista. Donohue ofrecía un aspecto aún más enfermizo que de costumbre. Gloria, la esposa de Woodrow, insistía en que le quedaba poco tiempo de vida. Las mejillas hundidas y sin color. Cúmulos de piel desmoronada bajo los ojos exánimes y amarillentos. El disperso e irregular bigote atusado hacia abajo a zarpazos en cómica desesperación.

—Sandy, muy buenas. ¿En qué podemos ayudarte? —exclamó, mirando a Woodrow a través de sus bifocales y sonriendo con su sonrisa de calavera descarnada.

Se acerca demasiado, recordó Woodrow. Sobrevuela tu territorio e intercepta tus señales antes de que las emitas.

—Según parece, Tessa Quayle ha sido asesinada cerca del lago Turkana —dijo con un vengativo deseo de causar impacto—. Hay en esa zona un hotel que se llama Oasis. Necesito hablar con el dueño por radio.

Así es como los adiestran, pensó. Regla número uno: nunca deben exteriorizarse los sentimientos, si es que se tienen. El pecoso rostro de Sheila, paralizado en una expresión de pensativo rechazo. Tim Donohue sonriendo aún con su necia sonrisa... pero, claro, su sonrisa no significaba nada ya de buen principio.

—¿Ha sido *qué*, amigo mío? ¿Puedes repetirlo?

—Asesinada. Método desconocido, o no revelado por la policía. Al conductor del todoterreno en el que viajaba le cortaron la cabeza. No tenemos más información.

—¿Asesinada y robada?

—Solo asesinada.

—Cerca del lago Turkana.

—Sí.

—¿Qué demonios hacía allí?

—No tengo la menor idea. Supuestamente, quería visitar la excavación de Leakey.

—¿Lo sabe Justin?

—Todavía no.

—¿Hay implicada alguna otra persona que conozcamos?

—Esa es una de las cosas que pretendo averiguar.

Donohue lo guio hasta una cámara de comunicaciones insonorizada que Woodrow no había visto hasta entonces. Teléfonos de distintos colores con casillas para tarjetas romboides codificadas. Un fax sobre lo que parecía un barril de petróleo. Un aparato de radio compuesto de cajas verdes de metal granulado. Un listado de frecuencias en papel de impresora encima de las cajas. Así es, pues, como nuestros espías cuchichean desde el interior de nuestros edificios, pensó Woodrow. ¿Legal o clandestinamente? Nunca lo sabría. Donohue se sentó ante la radio, consultó el listado y luego, manipulando los controles con dedos trémulos, entonó como un héroe de película de guerra:

—ZNB 85, ZNB 85 llamando a TKA 60. ¿Me recibe, TKA 60? Corto. Oasis, ¿me recibe? ¿Oasis? Corto.

Tras una ráfaga de interferencias, se oyó una voz con canallesco acento alemán y tono desafiante:

—Aquí Oasis. Alto y claro, señor mío. ¿Y usted quién es? Corto.

—Oasis, esto es la embajada británica en Nairobi. Le paso con Sandy Woodrow. Corto.

Woodrow apoyó las dos manos en la mesa para acercarse al micrófono.

—Aquí Woodrow, jefe de cancillería. ¿Hablo con Wolfgang? Corto.

—¿Cancillería? ¿Como la que ocupaba Hitler?

—La sección política de la misión. Corto.

—Entendido, señor Canciller. Sí, soy Wolfgang. ¿Cuál es el problema? Corto.

—Quiero que me dé, si es tan amable, su propia descripción de la mujer que se registró en su hotel como la señorita Tessa Abbott. No estoy equivocado, ¿verdad? Firmó con ese nombre, ¿no? Corto.

—Exacto. Tessa.

—¿Cómo era? Corto.

—Pelo oscuro, sin maquillar, alta, cerca de treinta años. No era inglesa. Enseguida lo noté. Alemana del sur, austríaca o italiana. Soy hostelero. Me fijo en la gente. Y guapísima. También soy hombre. Se movía con la gracia de un animal. Y llevaba esa ropa que a uno le da la impresión de que podría quitársele de un soplido. ¿Coincide eso con su Abbott o con alguna otra? Corto.

Tenía la cabeza de Donohue a unos centímetros de la suya. Sheila estaba de pie al otro lado. Los tres mantenían la vista fija en el micrófono.

—Sí. Esa parece la señorita Abbott. Podría decirme, por favor, cuándo y cómo hizo la reserva en su hotel. Según creo, cuenta usted con una oficina en Nairobi. Corto.

—No la hizo.

—¿Disculpe?

—Hizo la reserva el doctor Bluhm. Para dos personas, dos bungalós al lado de la piscina, una noche. «Solo nos queda un bungaló libre», le digo. No hay problema, lo toma igualmente. Eso sí es un tipo con agallas. ¡Y cómo los miraba todo el mundo! Los huéspedes, los empleados. Una mujer blanca preciosa, un apuesto médico africano. Era digno de verse. Corto.

—¿Cuántas habitaciones tiene un bungaló? —preguntó Woodrow con una débil esperanza de atajar el inminente escándalo.

—Una habitación, dos camas individuales, no muy duras, cómodas y mullidas. Una sala de estar. Aquí todos firman en el registro. Nada de nombres inventados, les digo. La gente se pierde; he de saber quiénes son. Así se llamaba, pues, ¿no? ¿Abbott? Corto.

—Era su apellido de soltera. El apartado de correos que dejó es el de la embajada. Corto.

—¿Dónde está el marido?

—Aquí, en Nairobi.

—¡Vaya, vaya!

—¿Y cuándo hizo Bluhm la reserva? Corto.

—El jueves. El jueves a última hora. Llamó por radio desde Loki. Me dijo que pensaban salir el viernes al clarear el día. Loki, de Lokichoggio. En la frontera norte. Capital de las agencias humanitarias que trabajan en el sur de Sudán. Corto.

—Ya sé dónde está Lokichoggio. ¿Le comentaron cuál era el motivo de su viaje a esa zona?

—Ayuda humanitaria. Bluhm anda metido en ese tinglado, ¿no? Es la única manera de acabar en Loki. Pertenece a una organización médica belga, me dijo. Corto.

—Así que reservó habitación desde Loki, y salieron de Loki el viernes por la mañana temprano. Corto.

—Me dijo que preveían llegar al lado oeste del lago a eso del mediodía. Quería que les consiguiera una embarcación para cruzar el lago desde allí hasta el Oasis. «Oiga», le digo. «Lokichoggio a Turkana, esa es una ruta poco recomendable. Vale más que viajen con un convoy de alimentos. Las montañas están plagadas de bandidos. Hay tribus robándose el ganado mutuamente, lo cual no es nada nuevo, excepto por el detalle de que hace diez años usaban lanzas y ahora todos tienen fusiles AK47.» Él se echa a reír y me asegura que ya se las arreglará. Y así fue. Llegaron sin problema. Corto.

—Así pues, se presentan en el hotel, firman en el registro, y luego ¿qué? Corto.

—Bluhm me dice que necesitan un todoterreno con

conductor para visitar el yacimiento de Leakey a primera hora de la mañana siguiente. No me pregunte por qué no lo mencionó al hacer la reserva; no se lo pregunté. Quizá lo decidieron sobre la marcha. Quizá preferían no hablar de sus planes por radio. «De acuerdo», le digo. «Están de suerte. Pueden llevarse a Noah.» Bluhm se queda contento. Ella se queda contenta. Pasean por el jardín, nadan juntos, se sientan juntos en el bar, comen juntos, dan las buenas noches a todos y se retiran a su bungaló. Por la mañana, se van juntos. Yo mismo los vi. ¿Quiere saber qué tomaron de desayuno?

—¿Quiénes más los vieron marcharse, aparte de usted? Corto.

—Todos lo que ya estaban despiertos. Cargaron comida para el almuerzo, una caja de agua embotellada, gasolina de reserva, provisiones para un caso de necesidad, botiquín. Los tres en el asiento delantero, con Abbott en medio, como una familia feliz. Esto es un oasis, ¿entiende? Tengo veinte huéspedes, a esas horas dormidos en su mayoría. Tengo cuarenta empleados, despiertos en su mayoría. Tengo un centenar de individuos que no me hacen ninguna falta pululando por el aparcamiento para vender pieles de animales, bastones, machetes. Todos los que vieron marcharse a Bluhm y Abbott los despidieron con la mano. Yo los despedí; los vendedores de pieles los despidieron. Noah devolvió el saludo; Bluhm y Abbott también. No sonrieron. Iban muy serios. Como si tuvieran por delante un trabajo pesado, grandes decisiones que tomar..., yo qué sé. ¿Qué quiere que haga, señor Canciller? ¿Mato a los testigos? Mire, yo como Galileo. Métame en la cárcel, y juraré que jamás vinieron al Oasis. Corto.

Por un instante de parálisis, Woodrow no encontró más preguntas, o tal vez encontró demasiadas. Yo estoy ya en la cárcel, pensó. Cumplo condena a cadena perpetua desde hace cinco minutos. Se llevó la mano a los ojos, y cuando la apartó, vio que Donohue y Sheila lo observaban con las mismas expresiones herméticas que habían adoptado al anunciarles la muerte de Tessa.

—¿Cuándo empezó a sospechar que podía haber ocurrido alguna desgracia? Corto —preguntó sin convicción, como si dijera «¿Vive ahí todo el año? Corto» o «¿Cuánto tiempo hace que tiene ese acogedor hotel? Corto».

—El cuatro por cuatro lleva una radio. En una salida con huéspedes, Noah debía llamar para confirmar que todo iba bien. Noah no llamó. Sí, ya sé, las radios se averían, los conductores se olvidan. Establecer conexión es un fastidio. Hay que parar, bajar del vehículo, extender la antena. ¿Aún me recibe? Corto.

—Alto y claro. Corto.

—Solo que Noah nunca se olvidaba. Por eso trabajaba para mí. Pero no llamó. Ni al mediodía, ni por la noche. Bueno, pienso, quizá han acampado en algún sitio, le han dado de beber demasiado a Noah o algo así. Al final del día, justo antes de cerrar, me pongo en contacto con los guardas del yacimiento de Leakey. Ni señales de vida. A primera hora de la mañana, voy a Lodwar y doy parte de la desaparición. El todoterreno es mío, ¿no? El conductor es mi empleado. No me está permitido informar de una desaparición por radio; he de hacerlo en persona. Es un viaje de órdago, pero así lo exige la ley. La policía de Lodwar, desde luego, se desvive por ayudar a los ciudadanos en apuros. ¿Ha desaparecido mi todoterreno? Mala suerte. ¿Viajaban en él dos de mis huéspedes y mi conductor? Entonces ¿por qué no salgo a buscarlos? Es domingo, no tienen previsto trabajar. Han de ir a misa. «Denos dinero, préstenos un coche, y a lo mejor le ayudamos», me dicen. Total, vuelvo a casa y organizo una partida de rescate. Corto.

—¿Quiénes la componían? —preguntó Woodrow, cogiendo de nuevo el ritmo.

—Dos grupos. Mi propia gente, dos camiones, agua, combustible de reserva, botiquín, provisiones, whisky por si es necesario desinfectar algo. Corto. —Se produjo un cruce de frecuencias con otras radios. Wolfgang les ordenó con cajas destempladas que cortaran la transmisión. Asombrosamente, obedecieron—. Aquí hace ahora mucho calor, señor Canciller. Estamos a cuarenta y seis grados y tenemos chacales y hienas como ustedes tienen ahí ratones. Corto.

Una pausa, por lo visto para que Woodrow tomara la palabra.

—Le escucho —dijo Woodrow.

—El todoterreno estaba volcado. No me pregunte por qué. Las puertas estaban cerradas. No me pregunte por qué. Una ventanilla abierta, no más de cinco centímetros. Alguien las había cerrado, había echado el seguro y se había llevado la llave. El olor era indescriptible, pese a salir solo por esa pequeña rendija. Arañazos de hiena por todas partes, abolladuras enormes donde habían embestido intentando entrar. Una maraña de huellas alrededor. Habían dado vueltas y más vueltas, como locas. Una buena hiena huele la sangre a diez kilómetros de distancia. Si hubieran podido llegar hasta los cadáveres, no habría quedado nada de ellos, les habrían sacado hasta los tuétanos. Pero no pudieron. Alguien les cerró las puertas y dejó la ventanilla un poco abierta. Así que enloquecieron. Como le habría pasado a usted. Corto.

Woodrow necesitó un notable esfuerzo para desgranar las palabras.

—Según la policía, Noah fue decapitado. ¿Es cierto? Corto.

—Sí, así es. Era un tipo extraordinario. La familia está muy preocupada. Pusieron a medio mundo a buscar la cabeza. Si no la encuentran, no pueden hacerle un funeral como es debido, y su espíritu vendrá a rondar entre ellos. Corto.

—¿Y la señorita Abbott? Corto. —Una siniestra visión de Tessa sin cabeza.

—¿No se lo han dicho?

—No. Corto.

—Degollada. Corto.

Una segunda visión, esta vez del puño de su asesino arrancándole la cadena para despejar el camino al cuchillo. Wolfgang explicaba cómo actuó a partir de ese momento.

—Ante todo, digo a mis chicos, dejad las puertas cerradas. Dentro no hay nadie vivo. Quienquiera que abra las puertas va a pasar un mal rato. Pido a un grupo que encienda una hoguera y se quede de vigilancia. Regreso con el otro grupo al Oasis. Corto.

—Una pregunta. Corto. —Woodrow luchaba por continuar.

—¿Cuál es su pregunta, señor Canciller? Adelante, por favor. Corto.

—¿Quién abrió el todoterreno? Corto.

—La policía. En cuanto apareció la policía, mis chicos se largaron. A nadie le gusta la policía. A nadie le gusta que lo detengan. No por esta zona. Vino primero la policía de Lodwar, y ahora tenemos aquí también a la brigada móvil, además de unos tipos de la Gestapo personal de Moi. Mis chicos están guardando la caja bajo llave y escondiendo la plata, solo que no tengo plata. Corto.

Otro lapso mientras Woodrow se esforzaba por dar coherencia a sus palabras.

—¿Llevaba Bluhm una chaqueta de safari cuando partieron hacia el yacimiento de Leakey? Corto.

—Sí. Una vieja. Más bien un chaleco. Azul. Corto.

—¿Se encontró un cuchillo en el lugar del asesinato? Corto.

—No. Y créame, no era un cuchillo cualquiera. Una panga con una hoja Wilkinson. Traspasó a Noah como si fuera mantequilla. De un solo tajo. Y a ella lo mismo. ¡Zas! La mujer estaba desnuda. Llena de magulladuras. ¿Ya se lo había dicho? Corto.

No, no me lo había dicho, respondió Woodrow en silencio. Había omitido usted por completo el detalle de la desnudez. También las magulladuras.

—¿Había una panga en el cuatro por cuatro cuando salieron de su hotel? Corto.

—No he conocido a ningún africano que no lleve su panga en un safari, señor Canciller.

—¿Dónde están ahora los cadáveres?

—El de Noah, lo que quedaba de él, se lo entregaron a su tribu. En cuanto al de la señorita Abbott, la policía envió una yola a motor para recogerlo. Tuvieron que cortar el techo del todoterreno. Les prestamos las herramientas. Luego sujetaron el cuerpo a la cubierta con correas. Abajo no había espacio para ella. Corto.

—¿Por qué no? —dijo Woodrow, pero al instante se arrepintió de haberlo preguntado.

—Un poco de imaginación, señor Canciller. ¿No sabe qué pasa con los cadáveres a estas temperaturas? Si quiere trasladarla en avión a Nairobi, mejor será que la corten en pedazos, o no entrará en la bodega.

Woodrow cayó en un pasajero aturdimiento, y cuando se le aclaró la mente, oyó decir a Wolfgang que sí, que ya antes había visto a Bluhm en una ocasión. Así que Woodrow debía de haber formulado la pregunta, aunque él mismo no la oyera.

—Hace nueve meses. Vino aquí como guía de unos peces gordos del tinglado de la ayuda humanitaria. La alimentación mundial, la sanidad mundial, gastos de representación mundiales. Los hijos de puta se gastaron una fortuna, y querían recibos por el doble de esa cantidad. Los mandé a la mierda, y a Bluhm le gustó. Corto.

—¿Qué impresión le causó Bluhm esta última vez? Corto.

—¿A qué se refiere?

—¿Lo notó cambiado? ¿Más excitable o raro o algo así?

—¿De qué me habla, señor Canciller?

—Quiero decir... si considera usted posible que estuviera bajo los efectos de algo. Bajo los efectos de alguna *droga*, quiero decir. —Woodrow había elegido un camino poco acertado—. Bueno..., no sé..., cocaína o cualquier otra cosa. Corto.

—¡Qué simpático! —dijo Wolfgang, y se interrumpió la comunicación.

Woodrow percibió de nuevo la escrutadora mirada de Donohue. Sheila había desaparecido. Woodrow tenía la sensación de que había ido a ocuparse de algún asunto urgente. Pero ¿qué podía ser? ¿Por qué la muerte de Tessa habría de requerir la intervención urgente de los espías? Sintió frío y lamentó no llevar un cárdigan, pese a que rezumaba sudor.

—¿En qué más podemos ayudarte, amigo mío? —ofreció Donohue, con extraña solicitud, mirándolo aún fijamente con sus ojos enfermizos y cansados—. ¿Una copita?

—Gracias. Ahora no.

Lo sabían, se dijo Woodrow, colérico, mientras bajaba por la escalera. Sabían ya antes que yo que estaba muerta. Pero eso es precisamente lo que quieren hacerte creer: nosotros los espías sabemos más que tú de cualquier cosa, y lo sabemos antes.

—¿Ha vuelto ya el embajador? —preguntó, asomándose a la puerta de Mildren.

—Llegará de un momento a otro.

—Suspende la reunión.

Woodrow no fue directamente al despacho de Justin. Primero entró a ver a Ghita Pearson, la más reciente incorporación a la cancillería, amiga y confidente de Tessa. Ghita, de origen anglo-indio, tenía los ojos oscuros y la piel clara y llevaba una marca de casta en la frente. Contratada a título particular por la legación, repasó Woodrow mentalmente, pero aspira a seguir la carrera diplomática. Un fugaz gesto de recelo se dibujó en el entrecejo de Ghita cuando vio que Woodrow cerraba la puerta.

—Ghita, esto debe quedar entre nosotros, ¿de acuerdo? —dijo Woodrow. Ella sostuvo su mirada y esperó—. Bluhm. El doctor Arnold Bluhm. ¿Bien?

—Sí. ¿Qué?

—Es amigo tuyo.

No hubo respuesta.

—Es decir, mantenéis buenas relaciones —insistió Woodrow.

—Es un contacto.

Por exigencias de su trabajo, Ghita trataba a diario con las agencias de ayuda humanitaria.

—Y amigo de Tessa, obviamente.

Los ojos oscuros de Ghita no delataron reacción alguna.

—¿Conoces a alguien más de la organización de Bluhm?

—Telefoneo a Charlotte de vez en cuando. La oficina de Bluhm se reduce a ella. El resto es personal de campo. ¿Por qué?

Woodrow reparó en la cadenciosa entonación anglo-india que tan seductora había encontrado al principio. Pero nunca más. Nadie más.

—Bluhm estuvo en Lokichoggio la semana pasada. Acompañado.

Ghita asintió por tercera vez, pero más despacio, y bajando la vista.

—Quiero saber qué hacía allí. Desde Loki, viajó a Turkana por carretera. Necesito saber si ha regresado ya a Nairobi. O si ha vuelto quizá a Loki. ¿Puedes averiguarlo sin armar mucho revuelo?

—Lo dudo.

—Bueno, inténtalo. —De pronto lo asaltó una duda,

algo que no se había planteado nunca en todos aquellos meses desde que conocía a Tessa—. ¿Sabes si Bluhm está casado?

—Imagino que sí. Desde hace tiempo, probablemente. Por lo general, todos lo están, ¿no?

Con ese «todos», ¿se refería a los africanos? ¿O se refería a los amantes? ¿*Todos* los amantes?

—Pero ¿no tiene una esposa aquí, en Nairobi? Al menos, no que tú sepas. No la tiene, Bluhm.

—¿Por qué? —En un susurro, con apremio—. ¿Le ha pasado algo a Tessa?

—Es posible. Estamos haciendo indagaciones.

Al llegar al despacho de Justin, Woodrow llamó a la puerta y entró sin esperar a que contestara. Esta vez no echó el pestillo, pero, metiéndose las manos en los bolsillos, apoyó sus anchos hombros contra la puerta, lo cual tenía el mismo efecto mientras permaneciera allí.

Justin estaba de pie, presentando a Woodrow su elegante espalda. Con la acicalada cabeza vuelta hacia la pared, estudiaba un gráfico, uno de los varios dispuestos por todo el despacho, cada uno con una leyenda escrita en mayúsculas negras, cada uno con tramos de distintos colores, ascendentes o descendentes. El gráfico en que en ese momento centraba su atención se titulaba INFRAESTRUCTURAS RELATIVAS 2005-2010 y, por lo que Woodrow podía distinguir desde donde se hallaba, pretendía pronosticar la prosperidad futura de las naciones africanas. En el alféizar de la ventana, a la izquierda de Justin, había una hilera de macetas con plantas que él cultivaba. Woodrow reconoció el jazmín y la balsamina, pero únicamente porque Justin le había regalado unas matas a Gloria.

—Hola, Sandy —saludó Justin, alargando el «Hola».

—Hola.

—Según parece, esta mañana no nos reunimos. ¿Problemas internos?

La famosa voz de oro, pensó Woodrow, fijándose en todos los detalles como si fuera nueva para él. Empañada por la edad, pero con la facultad de cautivar garantizada, siempre y cuando uno prefiriera el tono a la sustancia. ¿Por qué te desprecio si estoy a punto de cambiar tu vida? Desde ahora hasta el final de tus días habrá un antes y un después de este momento, y para ti serán eras distintas, tal como lo son para mí. ¿Por qué no te quitas la condenada chaqueta? Debes de ser el único miembro del cuerpo diplomático que aún va a hacerse los trajes tropicales al sastre. Recordó entonces que también él llevaba puesta la chaqueta.

—Y tú estás *bien*, espero —dijo Justin con la misma afectada prolongación de las vocales, tan propia de él—. ¿Gloria no languidece con este espantoso calor? ¿Los niños crecen sanos y fuertes, etcétera, etcétera?

—Estamos bien. —Un lapso, con el sello inconfundible de Woodrow—. Y Tessa de viaje por el norte del país —comentó, dándole a ella una última oportunidad para demostrar que todo era un lamentable error.

De inmediato Justin hizo un alarde de efusividad, como siempre que se mencionaba el nombre de Tessa.

—Sí, en efecto. Últimamente se dedica a sus tareas humanitarias sin descanso. —Mantenía abrazado un mamotreto de las Naciones Unidas, con sus buenos ocho centímetros de grosor como mínimo. Inclinándose, lo dejó en una mesa accesoria—. A este paso, cuando nos marchemos de aquí, habrá salvado a toda África.

—¿*Para* qué ha ido al norte exactamente? —preguntó Woodrow, aferrándose todavía a un resquicio de esperanza—. Creía que estaba trabajando aquí en Nairobi. En los barrios pobres. En Kibera, ¿no?

—Y así es —contestó Justin con orgullo—. Día y noche, la pobre. Hace de todo, por lo que sé, desde limpiar el trasero a los bebés hasta informar a los asistentes legales de sus derechos civiles. La mayor parte de sus clientes son mujeres, claro está, que es lo que le interesa. Aunque no interese tanto a sus maridos. —Su sonrisa nostálgica, la que dice «si al menos...»—. Derechos de propiedad, divorcio, malos tratos, violación conyugal, mutilación genital femenina, sexo seguro. La lista completa, a diario. Ya te figurarás por qué sus maridos se vuelven un poco susceptibles. A mí me ocurriría lo mismo si fuera un violador conyugal.

—¿Y qué la ha llevado al norte, pues? —insistió Woodrow.

—¡Ah, Dios sabe! Pregúntaselo a Arnold —dejó caer Justin con excesiva despreocupación—. Arnold es su guía y su filósofo por esos pagos.

Esa es la comedia en que se escuda, recordó Woodrow. La tapadera que los encubre a los tres. Arnold Bluhm, médico, tutor moral de Tessa, su caballero negro, su protector en la jungla de la ayuda humanitaria. Cualquier cosa menos su amante tolerado.

—¿Dónde exactamente? —preguntó.

—En Loki. *Lokichoggio.* —Justin se había apoyado en el borde de su escritorio, quizá a imitación inconsciente de la natural postura de Woodrow contra la puerta—. La gente del Programa Mundial de Alimentos ha organizado allí un *taller para la concienciación sobre la identidad sexual*, ¿te imaginas? Reúnen a mujeres sin conciencia de su condición en las aldeas del sur de Sudán, las trasladan en avión hasta Loki, les dan un cursillo intensivo sobre John Stuart Mill y las devuelven concienciadas. Arnold y Tessa, afortunados ellos, fueron a ver el espectáculo.

—¿Dónde está Tessa ahora?

Dio la impresión de que a Justin no le gustaba la pregunta. Quizá fue entonces cuando cayó en la cuenta de que la intrascendente charla de Woodrow escondía una intención. O quizá —pensó Woodrow— le molestó que le exigieran una respuesta precisa sobre los movimientos de Tessa cuando él mismo no era capaz de exigírsela a ella.

—De regreso, cabe suponer. ¿Por qué?

—¿Con Arnold?

—Eso espero. Dudo que él la dejara allí.

—¿Se ha puesto en contacto?

—¿Conmigo? ¿Desde Loki? ¿Cómo? Allí no hay teléfonos.

—Pensaba que quizá hubiera utilizado los enlaces de radio de alguna agencia humanitaria. ¿No es lo que hace otra gente?

—Tessa no es otra gente —replicó Justin con el entrecejo cada vez más fruncido—. Es una mujer de firmes principios; entre ellos, no gastar innecesariamente el dinero de los donantes. ¿Qué pasa, Sandy?

Justin, ya ceñudo, se apartó del escritorio y se plantó en el centro del despacho muy erguido y con las manos tras la espalda. Y Woodrow, contemplando a la luz del sol su rostro cuidadamente atractivo y su canoso pelo negro, recordó el cabello de Tessa, justo del mismo color, pero sin la huella de la edad, ni la compostura. Recordó la primera vez que los vio juntos, Tessa y Justin, nuestros fascinantes recién casados, invitados de honor en la fiesta de bienvenida a Nairobi ofrecida por el embajador. Y que al acercarse a saludarlos imaginó que ellos eran padre e hija, y él, Woodrow, el pretendiente que acudía a pedir su mano.

—Así pues, ¿desde cuándo no tienes noticias de ella? —preguntó.

—Desde el martes cuando los acompañé al aeropuerto. ¿A qué viene esto, Sandy? Si Arnold está con ella, no corre ningún peligro. Tessa hará lo que se le diga.

—¿Crees que podrían haber ido al lago Turkana, ella y Bluhm... Arnold?

—Si disponían de un medio de transporte y les apetecía, ¿por qué no? A Tessa le encantan las zonas vírgenes, y siente un gran respeto por Richard Leakey, como arqueólogo y como africano blanco decente. Supongo que Leakey tiene alguna clínica por allí, ¿no? Probablemente Arnold debía ir por razones de trabajo y se llevó a Tessa. Sandy, ¿a *qué* viene esto? —repitió indignado.

Al asestar el golpe mortal, Woodrow no tuvo más alternativa que observar el efecto de sus palabras en las facciones de Justin. Y vio consumirse los últimos vestigios de la juventud perdida de Justin a la vez que su agradable rostro, tal como una especie de criatura marina, se cerraba y endurecía, dejando solo engañoso coral.

—Nos han informado del hallazgo de una mujer blanca y un conductor negro en la orilla este del lago Turkana. Muertos —explicó Woodrow, eludiendo intencionadamente la palabra «asesinados»—. El vehículo, junto con el conductor, había sido alquilado en el hotel Oasis. Según la identificación del dueño del hotel, la mujer es Tessa. Dice que ella y Bluhm pasaron la noche en el Oasis antes de partir hacia el yacimiento de Leakey. Bluhm sigue desaparecido. Han encontrado la cadena de oro de Tessa, la que llevaba siempre.

¿Cómo estoy enterado de eso? ¿Por qué demonios elijo este momento para airear mi íntimo conocimiento de su cadena de oro?

Woodrow seguía mirando a Justin. El cobarde que llevaba dentro quería desviar la vista, pero eso, para el hijo de militar, habría sido como condenar a alguien a la horca y no presentarse a la ejecución. Vio abrirse desmesuradamente los ojos de Justin en expresión de dolido desengaño, como si un amigo lo hubiera atacado por la espalda, y a continuación los vio cerrarse casi por completo, como si el mismo amigo lo hubiera dejado sin conocimiento de un golpe. Vio separarse sus labios bien modelados en un espasmo de dolor físico y volver luego a unirse en una musculosa línea de exclusión, desprovista de color por la presión ejercida.

—Gracias por decírmelo, Sandy. Tiene que haber sido un mal trago para ti. ¿Lo sabe Porter?

Porter era el inverosímil nombre del embajador.

—Mildren está intentando localizarlo. Encontraron una bota Mephisto. Número treinta y ocho. ¿Concuerda?

Justin a duras penas podía coordinar. Primero tuvo que esperar a que el sonido de las palabras de Woodrow lo alcanzara. Entonces se apresuró a contestar con frases bruscas y construidas con visible esfuerzo.

—Hay una tienda cerca de Piccadilly. Compró tres pares durante el último permiso. Nunca la había visto darse semejante lujo. Por norma, es poco gastadora. Nunca había tenido que pensar en el dinero. Así que no pensaba. Se viste en la tienda del Ejército de Salvación. A la que uno se descuida.

—Y una especie de casaca de safari. Azul.

—Ah, no resistía esas monstruosidades —replicó Justin, afluyéndole de nuevo con ímpetu el don de la palabra—. Decía que si la sorprendía alguna vez con uno de esos adefesios caquis con bolsillos en los muslos, debía quemarlo o regalárselo a Mustafa.

Mustafa, el criado de Tessa, recordó Woodrow.

—Azul, según la policía.

—*Detestaba* el azul —ahora aparentemente al borde de la cólera—, aborrecía cualquier cosa paramilitar.

Usaba ya el pretérito, advirtió Woodrow.

—Una vez tuvo una cazadora *verde*, lo reconozco. La compró en Farebelow's, en Stanley Street. La llevé yo, no sé por qué. Probablemente me obligó a acompañarla. No le gustaba ir de compras. Se la puso y en el acto le dio un ataque. «Mírame», dijo. «Soy el general Patton disfrazado de mujer.» «No, no eres el general Patton», le aseguré.

«Eres una chica preciosa con una cazadora verde horrible.»

Empezó a recoger sus cosas. Concienzudamente. A recoger para marcharse. Abriendo y cerrando cajones. Deslizando hacia adentro las gavetas del archivador de acero y cerrándolo con llave. Atusándose distraídamente el cabello desde la coronilla hasta la nuca entre sus sucesivos movimientos, un tic que a Woodrow siempre le había resultado especialmente irritante. Apagando con cautela el recalentado ordenador mediante un ligero toque con la punta del dedo índice, como si temiese que fuera a morderle. Corría el rumor de que se lo hacía encender a Ghita Pearson todas las mañanas. Woodrow lo observó mientras lanzaba un último vistazo al despacho con la mirada perdida. Fin de período. Fin de la vida. Por favor, dejen este espacio en orden para el siguiente ocupante. En la puerta, Justin se volvió y echó una ojeada a las plantas de la ventana, pensando quizá en llevárselas, o al menos dar instrucciones para sus cuidados, pero no se decidió por lo uno ni por lo otro.

Acompañando a Justin por el pasillo, Woodrow hizo ademán de cogerle el brazo, pero, asaltado por una extraña aversión, retiró la mano antes de tocarlo. Aun así, tuvo la prudencia de mantenerse a corta distancia de él para sujetarlo si desfallecía o tropezaba, ya que por entonces Justin presentaba el aspecto de un sonámbulo bien vestido que hubiera renunciado al sentido del rumbo. Avanzaban despacio y sin mucho ruido, pero Ghita debió de oírlos acercarse, porque cuando pasaron ante su puerta, la abrió y caminó de puntillas junto a Woodrow por un momento mientras le susurraba al oído, echándose atrás la melena dorada para no rozarlo.

—Ha desaparecido. Están removiendo cielo y tierra para encontrarlo.

Pero Justin oía mejor de lo que ambos habían previsto. O quizá, en su estado de extrema emoción, tenía las facultades perceptivas anormalmente desarrolladas.

—Estás preocupada por Arnold, supongo —dijo a Ghita con el tono servicial de un desconocido indicando el camino.

El embajador era un hombre enjuto e hiperinteligente, un eterno estudiante de una u otra cosa. Tenía un hijo que desempeñaba un cargo directivo en un banco mercantil y una hija pequeña llamada Rosie que padecía graves lesiones cerebrales, y una esposa que, cuando estaba en Inglaterra, actuaba como jueza de paz. Los adoraba a todos por igual y pasaba los fines de semana con Rosie a cuestas, contra el pecho, cargada en una mochila de bebé. Sin embargo, Coleridge permanecía en cierto modo encallado a las puertas de la madurez. Lucía unos juveniles tirantes, que sujetaban un ancho pantalón de estilo años veinte. Una chaqueta a juego colgaba de una percha con su nombre y colegio universitario —P. Coleridge, Balliol— detrás de la puerta. Se hallaba inmóvil en el centro de su amplio despacho, la despeinada cabeza inclinada hacia Woodrow en actitud iracunda mientras escuchaba. Tenía lágrimas en los ojos y las mejillas.

—*Mierda* —declaró con rabia, como si llevara rato esperando el desahogo que esa palabra pudiera proporcionarle.

—Desde luego —dijo Woodrow.

—Esa pobre muchacha... ¿Cuántos años tenía? ¡Pocos!

—Veinticinco. —¿Cómo sabía yo eso?—. Más o menos —añadió para mayor vaguedad.

—Aparentaba dieciocho. Y el pobre gilipollas de Justin con sus flores...

—Desde luego —repitió Woodrow.

—¿Lo sabe Ghita?

—A medias.

—¿Qué va a hacer Justin ahora? Ni siquiera le queda la opción de volcarse en su carrera. Ya habían decidido apartarlo del servicio al final de este período. Si Tessa no hubiera perdido al bebé, lo habrían echado en la siguiente criba. —Cansado de estar quieto en el mismo sitio, Coleridge se dirigió briosamente a otra parte del despacho—. El sábado Rosie pescó una trucha de un kilo y medio —farfulló con tono acusador—. ¿Qué opinas de *eso*?

Coleridge acostumbraba ganar tiempo con inesperadas maniobras de distracción.

—Magnífico —mascculló Woodrow en cumplimiento de su deber.

—Tessa se habría llevado una alegría. Siempre dijo que Rosie llegaría lejos. Y Rosie la adoraba.

—No lo dudo.

—No nos la comimos, que conste. Mantuvimos al jodido pez con respiración asistida todo el fin de semana y luego lo enterramos en el jardín. —Enderezando los hombros, Coleridge indicó que volvían a entrar en materia—. Este asunto nos plantea además otra cuestión, Sandy. Una cuestión francamente espinosa.

—Soy muy consciente de ello.

—Esa gilipollez de la limitación de daños con la que ya venía llorándonos Pellegrin. —Sir Bernard Pellegrin, jerarca del Foreign Office con especial responsabilidad sobre África y archienemigo de Coleridge—. ¿Cómo demonios vamos a limitar los daños si no tenemos ni repajolera idea de cuáles son esos daños? Le habrá estropeado algún partido de tenis, supongo.

—Pasó con Bluhm cuatro días y sus respectivas noches antes de morir —informó Woodrow, lanzando una ojeada a la puerta para cerciorarse de que seguía cerrada—. Si a eso puede llamarse daños... Estuvieron en Loki y después en Turkana. Compartieron un bungaló y sabe Dios qué más. Los vio juntos mucha gente.

—Gracias. Mil gracias. Precisamente lo que deseaba oír. —Hundiendo las manos en los bolsillos del holgado pantalón, Coleridge empezó a pasearse por el despacho—. ¿Dónde carajo está Bluhm, por cierto?

—Están removiendo cielo y tierra para encontrarlo, según dicen. Se lo vio por última vez al lado de Tessa en el todoterreno cuando salieron hacia el yacimiento de Leakey.

Coleridge se dirigió airado hacia su escritorio, se dejó caer en la silla y se recostó con los brazos extendidos.

—Así que el mayordomo es el asesino —declaró—. Bluhm se olvidó de su educación, enloqueció, se los cargó a los dos, se llevó la cabeza de Noah de recuerdo, volcó el todoterreno, cerró las puertas con llave y se dio a la fuga. Bueno, ¿no es lo que haríamos todos? *Mierda.*

—Lo conoces tan bien como yo.

—No, no lo conozco. Siempre me he mantenido a distancia de él. No me gustan las estrellas de cine metidas en el mundo de la ayuda humanitaria. ¿Adónde demonios ha ido? ¿Dónde está?

Por la mente de Woodrow desfilaban imágenes. Bluhm, el africano de los occidentales, Apolo con barba de las recepciones de Nairobi, carismático, ingenioso, apuesto. Bluhm y Tessa uno junto al otro estrechando la mano a los invitados mientras Justin, en su día el deleite de las debutantes, ronronea y sonríe y reparte las bebidas. El doctor Arnold Bluhm, antiguo héroe de guerra en Argelia, disertando desde la tribuna de la sala de conferencias de las Naciones Unidas sobre las prioridades médicas en situaciones de catástrofe. Bluhm, ya casi concluida la fiesta, desplomado en una silla, con expresión extraviada y vacía, y todo aquello digno de saberse enterrado a diez mil metros de profundidad.

—No podía mandarlos a casa, Sandy —decía Coleridge con la voz más severa de un hombre que ha visitado a su conciencia y ha vuelto reafirmado en sus decisiones—. Nunca he considerado parte de mi trabajo arruinar la carrera a un hombre solo porque a su mujer le guste echar un polvo. Estamos en el nuevo milenio. La gente tiene derecho a joderse la vida como mejor le parezca.

—Naturalmente.

—Tessa llevaba a cabo una excelente labor en los barrios pobres, dijeran lo que dijeran de ella en el club Muthaiga. Puede que hiciera la pascua a Moi y sus compinches, pero los africanos que realmente importan, todos sin excepción, la adoraban.

—Sin duda —convino Woodrow.

—Andaba en ese rollo de la condición femenina, sí, ¿y qué? Era lógico. Pon África en manos de las mujeres y posiblemente las cosas marcharán mucho mejor.

Mildren entró sin llamar.

—Han telefoneado de Protocolo, señor embajador. El cadáver de Tessa acaba de llegar al depósito del hospital y solicitan una identificación inmediata. Y las agencias de prensa reclaman a gritos un comunicado.

—¿Cómo demonios la han traído a Nairobi tan deprisa?

—En avión —dijo Woodrow, recordando la repugnante imagen de Wolfgang respecto a la necesidad de trocear el cuerpo para meterlo en la bodega.

—No habrá comunicado hasta después de la identificación —repuso Coleridge con aspereza.

Woodrow y Justin fueron juntos, agazapados en el banco de listones de una furgoneta Volkswagen de la embajada con las lunas ahumadas. Livingstone iba al volante y junto a él, embutido en el asiento, viajaba Jackson, su fornido paisano kikuyu, por si había que hacer uso de la fuerza. Aun con el aire acondicionado a plena potencia, la furgoneta parecía un horno. El tráfico de la ciudad estaba en su punto de máxima locura. Abarrotados *matutu* —como allí se llamaba a los microbuses del transporte público— los adelantaban a toda velocidad por ambos lados dando bocinazos, despidiendo humos y levantando nubes de polvo y arena. Livingstone rebasó una rotonda y se detuvo frente a una entrada de piedra en torno a la que se habían congregado grupos de hombres y mujeres que salmodiaban y se mecían. Confundiéndolos con manifestantes, Woodrow dejó escapar una exclamación de enojo y luego se dio cuenta de que eran cortejos fúnebres esperando para recoger a sus difuntos. Junto al bordillo de la acera había expectantes camionetas y coches oxidados con crespones rojos de duelo.

—No es necesario que hagas esto, Sandy, de verdad —dijo Justin.

—Claro que es necesario —respondió noblemente el hijo de militar.

Una camarilla de policías y hombres con batas blancas salpicadas, al parecer médicos, aguardaban en el umbral para recibirlos. Su único objetivo era complacerlos. Un tal inspector Muramba se identificó y, sonriendo encantado, estrechó la mano a los dos distinguidos caballeros de la embajada británica. Un asiático con traje negro se presentó como el doctor Banda Singh, cirujano, para servirlos. Las tuberías vistas del techo los acompañaron por un rezumante pasillo de hormigón con cubos de basura desbordados dispuestos a lo largo. Las tuberías alimentan las cámaras frigoríficas, pensó Woodrow, pero las cámaras frigoríficas no funcionan porque ha habido un corte de suministro eléctrico y el depósito de cadáveres no dispone de generadores autónomos. El doctor Banda los guio, pero Woodrow podría haber encontrado el camino por sí mismo. A la izquierda, desaparece el olor. A la derecha, se hace más intenso. Su lado insensible había asumido de nuevo el control. El deber de un soldado es estar aquí, no sentir. El *deber.* ¿Por qué Tessa siempre me lleva a pensar en el deber? Se preguntó si existiría alguna antigua superstición sobre lo que depararía el porvenir a los aspirantes a adúltero si contemplaban los cuerpos sin vida de las mujeres que habían codiciado. Siguiendo al doctor Banda, subieron por una corta escalera. Accedieron a una sala de espera sin ventilación dominada por el hedor de la muerte.

Una herrumbrosa puerta de acero cerrada les cortó el paso, y Banda la aporreó con actitud imperiosa, apuntalando los talones y llamando cuatro o cinco veces a intervalos calculados como si transmitiera un código. La puerta se entreabrió con un chirrido, y a la rendija asomaron los semblantes ojerosos y aprensivos de tres jóvenes. Pero, viendo al cirujano, retrocedieron y le permitieron deslizarse ante ellos, como consecuencia de lo cual Woodrow, plantado aún en la pestilente sala, fue obsequiado con la horrenda visión del dormitorio de su colegio transformado en alojamiento de los muertos de sida de todas las edades. Descarnados cadáveres yacían de dos en dos en las camas. Más cadáveres yacían en el suelo entre ellas, unos vestidos, otros desnudos, cara arriba o de costado. Otros tenían las rodillas encogidas en un inútil intento de protegerse y los mentones levantados en ademán de protesta. Sobre ellos, en una neblina turbia y oscilante, pendían las moscas, produciendo un monocorde bisbiseo.

Y en el centro del dormitorio, sola en medio del pasillo entre las dos hileras de camas, se hallaba la tabla de planchar de la supervisora, con ruedas. Y en la tabla de planchar, una mortaja de la extensión de la masa ártica, y dos monstruosos pies semihumanos que sobresalían por un extremo, recordándole a Woodrow las zapatillas de andar por casa en forma de pies de pato que él y Gloria habían regalado a su hijo Harry la Navidad pasada. Una mano tumefacta había conseguido de algún modo permanecer fuera de la mortaja. Los dedos estaban cubiertos de sangre negra, y la sangre aparecía más concentrada en las articulaciones. Las yemas eran de un azul aguamarina. «Un poco de imaginación, señor Canciller. ¿No sabe qué pasa con los cadáveres a estas temperaturas?»

—El señor Justin Quayle, por favor —llamó el doctor Banda Singh, con la trascendencia de un voceador en una recepción real.

—Voy contigo —musitó Woodrow, y con arrojo dio un paso al frente a tiempo de ver cómo el doctor Banda retiraba la mortaja y descubría la cabeza de Tessa, burdamente caricaturizada y ceñida por una mugrienta tira de tela que encuadraba el óvalo de la cara desde la frente hasta la barbilla y se prolongaba luego alrededor de la garganta allí donde antes colgaba la cadena de oro. Un hombre a punto de ahogarse asomando por última vez a la superficie, Woodrow observó temerariamente el resto. El pelo negro pegado al cráneo por el peine de algún empleado de pompas fúnebres. Las mejillas hinchadas como las de un querubín soplando. Los ojos cerrados y las cejas enarcadas y la boca abierta en laxa incredulidad, llena de sangre seca y negra como si le hubieran arrancado todos los dientes a la vez. *¿Tú?*, exhala estúpidamente mientras la matan, el sonido «u» dibujado en sus labios. *¿Tú?* Pero ¿a quién se lo dice? ¿En quién fija la mirada a través de los párpados blancos y tensos?

—¿Conoce a esta mujer, caballero? —pregunta el inspector Muramba a Justin con delicadeza.

—Sí. Sí, la conozco, gracias —respondió Justin, midiendo cada palabra antes de pronunciarla—. Es mi esposa, Tessa. Tenemos que ocuparnos del funeral, Sandy. Aquí en África, que es donde ella querría ser enterrada. Lo antes posible. Es hija única. Sus padres ya no viven.

Aparte de mí, no hay nadie más a quien consultar. Será mejor hacerlo lo antes posible.

—Bueno, supongo que eso dependerá en parte de la policía —dijo Woodrow con voz ronca, y apenas tuvo tiempo de llegar a un lavabo agrietado donde echó las tripas mientras Justin, siempre cortés, lo rodeaba con el brazo y susurraba condolencias.

Desde el refugio enmoquetado de su despacho, Mildren leía despacio y en voz alta para el joven de voz inexpresiva a través del teléfono:

> La embajada anuncia con pesar la muerte por asesinato de la señora Tessa Quayle, esposa de Justin Quayle, primer secretario de la cancillería. La señora Quayle murió a orillas del lago Turkana, cerca de Allia Bay. También resultó muerto el conductor que la acompañaba, el señor Noah Katanga. La señora Quayle será recordada por su dedicación a la causa de los derechos de la mujer en África, así como por su juventud y belleza. Deseamos expresar nuestro más sentido pésame al viudo de la señora Quayle, Justin, y a sus numerosos amigos. Hasta próximo aviso, la bandera de la embajada ondeará a media asta. Se colocará un libro de firmas en el vestíbulo de la embajada.

—¿Cuándo lo cursarás?

—Acabo de hacerlo —contestó el joven.

2

Los Woodrow vivían en una casa de las afueras con muros de sillería y ventanas emplomadas a imitación del estilo Tudor, parte de una urbanización rodeada de jardines y enclavada en lo alto del monte en cuyas laderas se extendía el exclusivo barrio de Muthaiga, a un paso del club Muthaiga y de la residencia del embajador británico y otras amplias residencias de embajadores de países de los que quizá uno nunca ha oído hablar hasta que recorre las avenidas estrechamente vigiladas y ve sus nombres en las placas, junto a carteles donde se recomienda, en swahili, llevar cuidado con el perro. A raíz del atentado contra la embajada de Estados Unidos en Nairobi, el Foreign Office había provisto de verjas de hierro reforzadas a todo el personal del rango de Woodrow hacia arriba, y ante estas montaban guardia celosamente día y noche sucesivos turnos de entusiastas baluhyas en compañía de sus numerosos parientes y amigos. En el perímetro del jardín, las mismas inspiradas mentes habían encargado instalar una cerca electrificada con espirales de alambre de espino en lo alto y reflectores que permanecían encendidos toda la noche. En Muthaiga existe una jerarquía respecto a la protección, como la hay también respecto a otras muchas cosas. Las casas más modestas tienen tapias coronadas con botellas rotas; las de funcionarios medios, alambradas. Pero, para garantizar la preservación de la aristocracia diplomática, qué menos que verjas de hierro, cercas eléctricas, sensores en las ventanas y reflectores.

La casa de los Woodrow era de tres plantas. Las dos superiores constituían lo que las empresas de seguridad describían como un «refugio seguro», protegido mediante una cortina de acero plegable, cuya llave se encontraba solo en posesión del padre y la madre de la familia. Y en el área de invitados de la planta baja, que los Woodrow llamaban el «piso de abajo» por la inclinación del terreno, había una cortina semejante en el lado del jardín para proteger a los Woodrow de sus sirvientes. El piso de abajo constaba de dos habitaciones, ambas pintadas de blanco y austeras y, debido a los barrotes de las ventanas y los enrejados de acero, claramente carcelarias. Pero Gloria, en previsión de la llegada de su huésped, las había aderezado con rosas del jardín, una lámpara de lectura del vestidor de Sandy, y el televisor y la radio de los criados, porque a estos les vendría bien prescindir de ellos, para variar. Aun así, aquello no era precisamente un *hotel de cinco estrellas* —confió a Elena, su amiga del alma, la esposa inglesa de un remilgado funcionario griego de las Naciones Unidas—, pero al menos el pobre tendría un lugar de recogimiento, cosa absolutamente *necesaria* cuando uno perdía a un ser querido, El, y la propia Gloria se había sentido *exactamente* así cuando falleció su madre, pero, claro está, Tessa y Justin tenían... bueno, tenían un matrimonio *poco convencional*, si es que podía llamárselo de ese modo..., aunque personalmente Gloria nunca había dudado de que existía entre ellos un sincero afecto, al menos por parte de Justin, y si había algo por parte de Tessa..., francamente, El, querida, solo Dios lo sabe, porque *nosotras* nunca lo sabremos.

A lo cual Elena, muy divorciada y con mucho mundo, circunstancias que Gloria no tenía en común con ella, comentó:

—En todo caso, cariño, vale más que vigiles ese encantador culo tuyo. Los playboys recién enviudados pueden llegar a ser *muy* calentones.

Gloria Woodrow era una de esas esposas ejemplares del servicio diplomático decididas a ver el lado bueno de todo. Si no había un lado bueno a la vista, soltaba una buena carcajada y decía: «¡Bien, aquí estamos todos!», que era un toque de corneta a todos los interesados para que hicieran causa común y sobrellevaran las penalidades de la vida sin quejarse. Era una fiel exalumna de los colegios privados que la habían formado y les enviaba con regularidad boletines informativos de sus progresos, además de devorar con avidez las noticias de sus coetáneas. Para el día de la fiesta del fundador, siempre les mandaba un ocurrente telegrama de felicitación o, en la actualidad, un ocurrente mensaje de correo electrónico, normalmente en verso, porque no quería que olvidaran que ella había sido la ganadora del premio de poesía del colegio. Era atractiva de una manera directa, y famosa por su locuacidad, sobre todo cuando no había mucho que decir. Y tenía ese andar vacilante y tan poco airoso que gustan adoptar las mujeres inglesas de la realeza.

Ahora bien, Gloria Woodrow no era tonta por naturaleza. Dieciocho años atrás, en la Universidad de Edimburgo, se la había considerado uno de los mejores cerebros de su promoción, y se decía de ella que si no se hubiera quedado tan prendada de Woodrow, se habría licenciado en ciencias políticas y filosofía con una media de notable alto. Sin embargo, en los años transcurridos desde entonces, el matrimonio y la maternidad y los vaivenes de la vida diplomática habían reemplazado las ambiciones que en su día pudiera haber abrigado. A veces, para íntima tristeza de Woodrow, parecía haber renunciado voluntariamente a su intelecto a fin de desempeñar su papel de esposa. Pero también le agradecía ese sacrificio, y la placidez con que, pese a su incapacidad para leerle el pensamiento, se amoldaba dúctilmente para adecuarse a las aspiraciones de él. «Cuando desee una vida propia, te lo haré saber», le aseguraba Gloria cuando él, en uno de sus arrebatos de culpabilidad o aburrimiento, la instaba a obtener un título superior, estudiar derecho, estudiar medicina... o estudiar *algo* como mínimo, por Dios. «Si no te gusto tal como soy, la cosa cambia», contestaba ella, trasladando hábilmente su queja de lo concreto a lo general. «¡Pero sí me gustas, claro que sí! ¡Te *quiero* tal como eres!», protestaba él, abrazándola con fervor. Y lo decía, más o menos, con convicción.

Justin se convirtió en el prisionero secreto del piso de abajo al atardecer de aquel mismo lunes negro en que se le comunicó la noticia de la muerte de Tessa, a la hora en que las limusinas, tras las verjas de hierro de las residencias diplomáticas, empezaban a piafar y morder el freno, impacientes por encaminarse hacia el abrevadero místicamente elegido de esa noche. ¿Es el Día de Lumumba? ¿El Día de Merdeka? ¿El Día de la Toma de la Bastilla? Da igual: la bandera nacional flameará en el jardín, los aspersores estarán apagados, la alfombra roja estará extendida, los criados negros con guantes blancos andarán por allí, tal como en la época colonial de la que todos renegamos farisaicamente. Y la música patriótica que corresponda sonará en el entoldado del anfitrión.

Woodrow viajaba con Justin en la furgoneta Volkswagen negra. Desde el tanatorio del hospital, Woodrow lo había acompañado a la jefatura de policía y allí lo había observado mientras redactaba, con su impecable caligrafía académica, una declaración en la que dejaba constancia de la identificación del cadáver de su esposa. Desde la jefatura, Woodrow había telefoneado a Gloria para informarla de que, si el tráfico lo permitía, llegaría en quince minutos con su *invitado especial* —«y se presentará con la cabeza baja, cariño, y debemos procurar que la mantenga así»—, aunque la advertencia no impidió a Gloria hacer una llamada urgente a Elena, marcando una y otra vez hasta que consiguió establecer contacto con ella, a fin de consultarle posibles menús para la cena. ¿Le gustaba o no el pescado al pobre Justin? No se acordaba, pero sospechaba que era un tanto *maniático*... y Dios mío, El, ¿de qué *demonios* voy a hablarle mientras Sandy permanece al pie del cañón y yo me quedo aquí sola con el pobre hombre horas y horas? Lo digo porque los *verdaderos* temas son intocables.

—Descuida, querida; ya se te ocurrirá algo —le aseguró Elena, con un tonillo no del todo elogioso.

Pero Gloria aún encontró tiempo para poner al corriente a Elena sobre las *agobiantes* llamadas de la prensa que había atendido, y otras que había rehusado atender, optando por pedir a Juma, su criado wakamba, que contestara él y dijera que el señor o la señora Woodrow no podían ponerse en ese momento... aunque había un joven educadísimo del *Telegraph* con el que le hubiera *encantado* hablar, solo que Sandy se lo había prohibido so pena de muerte.

—Quizá te escriba, querida —respondió Elena a modo de consuelo.

La furgoneta Volkswagen con lunas ahumadas se detuvo en el camino de acceso de la casa de los Woodrow, Woodrow saltó del interior para cerciorarse de que no había periodistas, e inmediatamente después Gloria tuvo ocasión de contemplar por primera vez a Justin el viudo, el hombre que había perdido a su esposa y su hijo en el espacio de seis meses, Justin el marido engañado que ya no volvería a ser engañado, Justin el de los trajes ligeros hechos a medida y la mirada dulce, el clandestino fugitivo a quien ella debía esconder en el piso de abajo, quitándose el sombrero de paja mientras se apeaba de la furgoneta por la puerta trasera de espaldas al público, y dando las gracias a todos —es decir, a Livingstone el chófer, a Jackson el escolta y a Juma, que, como de costumbre, rondaba por allí ociosamente— con una compungida inclinación de su atractiva cabeza de cabello oscuro mientras pasaba con porte gallardo ante ellos, dispuestos en fila, en dirección a la puerta. Primero Gloria vio su cara en la negra sombra y luego a la débil luz del fugaz crepúsculo. Justin se acercó a Gloria y, con una voz tan resueltamente controlada que ella se habría echado a llorar, como más tarde hizo, dijo:

—Buenas noches, Gloria, agradezco mucho tu hospitalidad.

—Para nosotros es un *gran* consuelo hacer *cualquier* cosa que esté en nuestras manos por ayudar, Justin —musitó ella, besándole con cauta ternura.

—¿Y no se sabe nada de Arnold, presumo? ¿No ha llamado nadie mientras veníamos de camino?

—Nada de nada, lo siento —respondió Gloria. «Presumo», pensó. Ya lo creo que puedes presumir. Solo un héroe tendría tal entereza.

En segundo plano, Woodrow le comunicaba con voz pesarosa que le quedaba aún una hora de trabajo en la oficina, cariño, que ya telefonearía, pero ella no mostró mucho interés. ¿A quién había perdido *él*?, pensó con acritud. Oyó cerrarse las puertas de la Volkswagen negra y alejarse el ruido del motor, pero no le prestó atención. Solo tenía ojos para Justin, su protegido y su héroe trágico. Justin, comprendió Gloria de pronto, era víctima de aquella tragedia en igual medida que Tessa, porque si bien

Tessa había muerto, sobre Justin había recaído un dolor que arrastraría hasta la tumba. Ya le había agrisado las mejillas y cambiado la manera de andar y las cosas que miraba a su paso. Los preciados arriates de plantas perennes, plantados por Gloria conforme a las indicaciones de Justin, quedaron atrás sin que les dirigiese siquiera un vistazo. Lo mismo ocurrió con el zumaque y los dos manzanos que Justin, tan amablemente, se negó a cobrarle. Porque ese era uno de los *maravillosos* rasgos de Justin a los que Gloria nunca se había acostumbrado *del todo* —esto explicado a Elena en un amplio resumen esa misma noche—, sus *formidables* conocimientos acerca de plantas y flores y jardines. Y a ver, El, ¿de dónde demonios le viene eso? De su madre, probablemente. ¿No estaba emparentada con los Dudley? Pues ahí tienes, *todos* los Dudley se dedicaban a la jardinería como locos, y desde hacía siglos. Porque hablamos de *botánica* inglesa clásica, El, no de lo que una lee en los dominicales de los periódicos.

Seguida de su estimado huésped, Gloria subió por la escalinata hasta la puerta de entrada, cruzó el vestíbulo y descendió por la escalera del servicio hasta el piso de abajo, donde le enseñó la celda que sería su casa mientras durara su condena: el armario de contrachapado con su visible alabeo, para colgar tus trajes, Justin —¿por qué demonios no le había dado a Ebediah otros cincuenta chelines y le había dicho que lo pintara?—, la cómoda carcomida para tus camisas y calcetines —¿por qué no se le había ocurrido forrar los cajones?

Sin embargo, fue Justin, como de costumbre, quien pidió disculpas.

—Sintiéndolo mucho, Gloria, no tengo gran cosa que guardar en ellos por lo que se refiere a ropa. Mi casa está sitiada por los buitres de la prensa, y Mustafa debe de haber descolgado el teléfono. Sandy ha tenido la gentileza de ofrecerse a prestarme todo lo que necesite hasta que sea posible acercarse por allí sin peligro y sacar algo a escondidas.

—Oh, Justin, ¿cómo puedo ser tan *tonta*? —exclamó Gloria, ruborizándose.

Pero entonces, bien porque no quería dejar a Justin, bien porque no sabía cómo, insistió en mostrarle el viejo y horroroso frigorífico repleto de botellas de agua potable y refrescos —¿por qué no había hecho cambiar la goma podrida?—, y *aquí* tienes el hielo, Justin, para separar los cubitos solo has de ponerlo bajo el grifo, y el hervidor eléctrico de plástico que siempre había aborrecido, y la tetera de Ilfracombe, en forma de abejorro, con bolsas de té Tetley y una grieta dentro, y la lata abollada de bizcochos azucarados Huntley & Palmer por si le apetecía picar algo antes de acostarse, como Sandy siempre hace, aunque le hayan aconsejado que pierda peso. Y, por último —gracias a Dios, había acertado en *algo*—, el magnífico jarrón con bocas de dragón de distintos colores que ella misma había plantado en almáciga siguiendo instrucciones de Justin.

—Bueno, y ahora te dejo en paz —dijo, pero, llegando a la puerta, recordó avergonzada que aún no le había dado el pésame—. Justin...

—Gracias, Gloria, no es necesario, de verdad —atajó él con sorprendente firmeza.

Privada de su momento de ternura, Gloria intentó recuperar un tono práctico.

—Sí, bueno, ya subirás cuando quieras, ¿de acuerdo? La cena es a las ocho, en teoría. Las copas, un rato antes, si te apetece. Haz lo que gustes. O no hagas nada. *Dios* sabe cuándo volverá Sandy.

A continuación, subió agradecida a su dormitorio, se duchó, cambió y maquilló, y después pasó a ver qué tal andaban los niños con sus tareas. Acoquinados por la presencia de la muerte, trabajaban con aplicación, o al menos lo aparentaban.

—¿Está muy muy triste? —preguntó Harry, el menor.

—Mañana lo conoceréis. Ante él tenéis que comportaros con mucha educación y formalidad. Mathilda os está preparando unas hamburguesas. Os las comeréis en el cuarto de juegos, no en la cocina, ¿entendido? —Un colofón escapó de sus labios aun antes de haberlo pensado—. Es un hombre muy valiente y digno de admiración, y debéis tratarlo con *gran* respeto.

Cuando bajó al salón, descubrió sorprendida que Justin se le había adelantado. Aceptó un más que cumplido whisky con soda, y Gloria se sirvió una copa de vino blanco y se sentó en un sillón, de hecho, el de Sandy, aunque no estaba pensando en Sandy. Durante unos minutos —Gloria no habría sabido decir cuántos en tiempo real— ninguno de los dos habló, pero el silencio era un lazo que sentía más vivamente cuanto más se prolongaba. Justin tomó a sorbos el whisky, y ella advirtió con alivio que, a diferencia de Sandy, no había contraído el molesto hábito de cerrar los ojos y abultar las mejillas y los labios como si le hubieran dado el whisky a catar. Vaso en mano, Justin se acercó a la cristalera y contempló el jardín iluminado —veinte bombillas de 150 vatios conectadas al generador de la casa—, la mitad de su rostro incandescente por efecto del resplandor.

—Quizá sea eso lo que todo el mundo piensa —comentó de pronto, reanudando una conversación que no habían mantenido.

—¿A qué te refieres? —preguntó Gloria, no muy segura de que se hubiera dirigido a ella, pero preguntando de todos modos porque sin duda Justin necesitaba hablar con alguien.

—A que uno era amado por ser alguien que no era. A que uno es una especie de impostor. Un robacorazones.

Gloria ignoraba si era esa la opinión generalizada de la gente, pero desde luego no era la suya.

—Claro que no eres un impostor, Justin —declaró categóricamente—. Eres una de las personas más auténticas que conozco. Siempre lo has sido. Tessa te adoraba, como no podía ser de otro modo. Era una chica muy afortunada, a decir verdad. —Respecto a lo de «robacorazones», pensó, en fin, no hacía falta ser muy listo para adivinar quién se dedicaba al robo de corazones en aquella pareja.

Justin no exteriorizó sentimiento alguno ante esa simplista aseveración, o al menos ella no lo notó, y por un rato solo oyó la reacción en cadena de los ladridos de los perros: uno empezaba y los otros lo seguían, de punta a punta del rectángulo de oro de Muthaiga.

—Siempre te portaste *bien* con ella, Justin, y tú lo sabes. No debes castigarte por crímenes que no has cometido. Muchas personas actúan así cuando pierden a alguien, y son injustas consigo mismas. No podemos andar por ahí tratando a los demás como si fueran a caerse muertos de un momento a otro, o no llegaríamos a ninguna parte. ¿No crees? Le fuiste fiel. Siempre —afirmó, insinuando con ello de paso que no podía decirse lo mismo de Tessa. Y la indirecta no pasó inadvertida a Justin, Gloria tenía la total certeza de eso: él estaba a punto de hablar sobre el detestable Arnold Bluhm cuando Gloria, irritada, oyó la llave de su marido en la puerta y supo que se había roto el hechizo.

—¿Cómo estás, mi pobre Justin? —exclamó Woodrow, sirviéndose una copa de vino desacostumbradamente moderada antes de abalanzarse sobre el sofá—. No se sabe nada nuevo, lamento decir. Ni bueno ni malo. Por ahora, ni pistas ni sospechosos. Ni rastro de Arnold. Los belgas han proporcionado un helicóptero, y Londres aportará otro. Dinero, dinero, la cruz de todos nosotros. No obstante, es súbdito belga, así que, ¿por qué no? ¡Qué guapa estás, cariño! ¿Qué hay de cena?

Ha bebido, pensó Gloria, indignada. Me dice que se queda a trabajar hasta tarde y en realidad se sienta a beber en su despacho mientras yo obligo a hacer las tareas a los niños. Oyó un movimiento junto a la ventana y advirtió, desolada, que Justin se disponía a marcharse, asustado sin duda por la mastodóntica torpeza de su marido.

—¿No comes nada? —protestó Woodrow—. Ya sabes que debes reponer fuerzas, amigo mío.

—Agradezco tu interés, pero no tengo apetito. Gloria, gracias de nuevo. Buenas noches, Sandy.

—Y Pellegrin manda sinceros mensajes de apoyo desde Londres. Todo el Foreign Office está consternado de dolor, dice. Ha preferido no importunarte personalmente.

—Bernard siempre ha demostrado mucho tacto.

Gloria observó cerrarse la puerta, oyó descender sus pisadas por la escalera de cemento, vio el vaso vacío en la mesa de bambú adosada a la cristalera, y por un aterrador instante sintió la convicción de que nunca volvería a verlo.

Woodrow engulló la cena con zafia voracidad, sin saborearla, como de costumbre. Gloria, que, como Justin, tampoco tenía apetito, lo observó. Juma, el criado, yendo de puntillas de uno al otro sin cesar, lo observaba también.

—¿Cómo ha ido? —preguntó Woodrow con un susurro de complicidad, señalando al suelo para advertir a Gloria que hablara también en voz baja.

—Bien —contestó ella, siguiéndole el juego—. Dadas las circunstancias.

¿Qué haces ahí abajo?, deseó saber. ¿Estás tendido en la cama, flagelándote en la oscuridad? ¿O miras el jardín a través de los barrotes, hablando con el fantasma de ella?

—¿Ha salido a relucir algo destacable? —insistió Woodrow, titubeando un poco al pronunciar «destacable», pero consiguiendo mantener la conversación en el terreno de las alusiones por la presencia de Juma.

—¿Como qué?

—Sobre nuestro casanova —aclaró Woodrow, y, con una bochornosa mirada de soslayo, apuntó con el pulgar a las begonias y formó con los labios la palabra «Bluhm», ante lo cual Juma se apresuró a marcharse en busca de una jarra de agua.

Gloria yació en vela durante horas al lado de su roncador esposo, hasta que, imaginando oír un ruido abajo, salió sigilosamente al rellano y escudriñó por la ventana. El apagón había terminado. Un resplandor anaranjado se elevaba hacia las estrellas desde la ciudad. Pero ninguna Tessa merodeaba por el jardín iluminado, tampoco ningún Justin. Cuando regresó a la habitación, encontró a Harry atravesado en la cama, dormido con el pulgar en la boca y un brazo sobre el pecho de su padre.

La familia madrugó como de costumbre, pero Justin se les había adelantado, y los esperaba ya, con el traje arrugado, paseándose inquieto. Se lo notaba acalorado, pensó Gloria, un tanto hiperactivo, con excesivo color bajo los ojos castaños. Los niños le estrecharon la mano, con actitud solemne, como les habían ordenado, y Justin les devolvió los saludos esmeradamente.

—Ah, Sandy, sí, buenos días —dijo en cuanto apareció Woodrow—. Quería saber si podríamos hablar un momento.

Los dos se retiraron a la solana.

—Es por algo relacionado con mi casa —anunció Justin en cuanto estuvieron solos.

—¿Tu casa de aquí o tu casa de Londres, mi buen amigo? —preguntó Woodrow en un estúpido esfuerzo de jovialidad, y Gloria, oyéndolo todo a través de la ventanilla que comunicaba la cocina con la solana, le habría roto la crisma.

—La de aquí de Nairobi. Los papeles personales de

Tessa, las cartas de abogados. El material referente al fideicomiso de su familia. Documentos muy valiosos para ella y para mí. No puedo dejar allí su correspondencia privada esperando a que la policía keniana desvalije la casa a su antojo.

—¿Y cuál es la solución?

—Me gustaría ir. Ahora mismo.

¡Qué firmeza!, pensó Gloria con fervor. ¡Qué fortaleza, a pesar de todo!

—Amigo mío, eso es imposible. Los cazanoticias se te comerán vivo.

—En realidad, no creo que sea para tanto. Pueden hacerme fotografías, supongo. Pueden gritarme. Si no les contesto, la cosa no pasará de ahí. A estas horas los sorprenderíamos afeitándose.

Gloria se conocía las artimañas de su marido del derecho y del revés. No tardará ni un minuto en telefonear a Londres para hablar con Bernard Pellegrin. Lo hace siempre que le conviene pasar por encima de Porter y recibir la respuesta que quiere oír.

—Veamos, amigo mío, tengo una idea: ¿por qué no preparas una lista con todo lo que necesitas, y yo buscaré la manera de hacérsela llegar a Mustafa para que él te lo traiga aquí?

Muy propio de él, pensó Gloria con rabia. Vacilaciones, rodeos, y todo para dar con la salida más fácil.

—Mustafa sería incapaz de distinguir unas cosas de otras —oyó responder a Justin con igual firmeza que antes—. Y una lista no le serviría de nada. Incluso las listas de la compra lo superan. Se lo *debo* a Tessa, Sandy. Es una deuda de honor y debo saldarla. Tanto si me acompañas como si no.

¡La clase se impone!, celebró Gloria en silencio desde su posición en la línea de banda. ¡Así se juega, hombre! Pero ni siquiera entonces se le ocurrió, pese a estar abriéndose su mente en las direcciones más insospechadas, que Sandy pudiera tener sus propios motivos para querer visitar la casa de Tessa.

Los periodistas no estaban afeitándose. A ese respecto, Justin se había equivocado. O si estaban afeitándose, lo hacían en las franjas de césped de la acera, frente a la casa de Justin, donde habían acampado toda la noche en automóviles de alquiler, echando la basura entre las hortensias. Un par de vendedores ambulantes africanos, con pantalones y chisteras a lo Tío Sam, habían abierto un puesto de té. Otros asaban maíz en brasas de carbón. Junto a un coche patrulla, unos desganados policías mataban el tiempo fumando y bostezando. Su jefe, un hombre de descomunal gordura con un lustroso cinturón marrón y un Rolex de oro, dormitaba arrellanado en el asiento del acompañante. Eran las siete y media de la mañana. Unas nubes bajas ocultaban la ciudad. Enormes pájaros negros cambiaban de sitio en los cables aéreos, aguardando la ocasión de abatirse en busca de comida.

—Pasa de largo y luego para —ordenó Woodrow el hijo de militar desde la parte posterior de la furgoneta.

Ocupaban las mismas posiciones que el día anterior: Livingstone y Jackson delante, Woodrow y Justin agachados en el asiento trasero. La Volkswagen negra llevaba el distintivo del cuerpo diplomático, pero en Muthaiga lo llevaba uno de cada dos vehículos. Un observador bien informado habría identificado el prefijo británico en la matrícula, pero tal observador no se hallaba presente, y nadie mostró el menor interés cuando Livingstone pasó con toda tranquilidad ante la verja y siguió adelante por la suave cuesta. Redujo la velocidad hasta detenerse y echó el freno de mano.

—Jackson, sal de la furgoneta y baja lentamente por la

calle hasta la verja de la casa del señor Quayle. —Volviéndose hacia Justin, preguntó—: ¿Cómo se llama el guarda?

—Omari —contestó Justin.

—Dile a Omari que cuando se acerque la furgoneta, debe abrir la verja en el último momento y cerrarla lo antes posible en cuanto haya cruzado. Quédate con él para asegurarte de que hace exactamente lo que se le ha dicho. Ya.

Nacido para el papel, Jackson se apeó de la furgoneta, se desperezó, se reacomodó el cinturón y finalmente descendió con parsimonia hasta la verja de seguridad de la casa de Justin donde, bajo la mirada de policías y periodistas, se colocó al lado de Omari.

—Muy bien, ahora retrocede —ordenó Woodrow a Livingstone—. Muy despacio. Tómatelo con calma.

Livingstone quitó el freno de mano y, con el motor todavía en marcha, dejó que la furgoneta rodara pendiente abajo y, girando, orientó la parte trasera hacia el vado del camino de acceso. Está maniobrando para cambiar de sentido, quizá pensaron. Si fue así, no lo pensaron por mucho tiempo, porque al instante Livingstone pisó el acelerador y, marcha atrás, se dirigió rápidamente hacia la verja, dispersando a izquierda y derecha a los atónitos periodistas. La verja se abrió de inmediato, ocupándose Omari de una hoja y Jackson de la otra. La furgoneta cruzó, la verja volvió a cerrarse. Jackson, en el lado interior de la verja, montó de un brinco en la furgoneta mientras Livingstone la conducía hasta la casa y, salvando los dos peldaños del porche, la detenía a escasos centímetros de la puerta, que el criado de Justin, Mustafa, con admirable presciencia, abrió de par en par desde el interior a la vez que Woodrow obligaba a Justin a salir de un empujón y saltaba tras él al vestíbulo, donde se apresuró a cerrar de nuevo la puerta.

La casa estaba a oscuras. Por respeto a Tessa o a los cazanoticias, el servicio había corrido las cortinas. Los tres hombres sc hallaban en el vestíbulo, Justin, Woodrow, Mustafa. Mustafa lloraba en silencio. Woodrow distinguía su rostro contraído, los dientes blancos tras una mueca de dolor, las lágrimas resbalando hacia el exterior de las mejillas, casi bajo las orejas. Justin, con las manos en los hombros de Mustafa, le ofrecía consuelo. Desconcertado ante esa manifestación de afecto tan poco inglesa por parte de Justin, Woodrow se sintió, además, ofendido. Justin atrajo hacia sí a Mustafa hasta que la mandíbula apretada de este se apoyó en su hombro. Woodrow, abochornado, miró en otra dirección. Por el pasillo, procedentes de las dependencias del servicio, habían aparecido otras sombras: el joven peón manco, inmigrante ilegal ugandés, que ayudaba a Justin en el jardín y cuyo nombre Woodrow nunca había conseguido retener, y la refugiada ilegal sudanesa que se llamaba Esmeralda y andaba siempre metida en líos amorosos. Tessa era tan incapaz de resistirse a un drama humano como de someterse a las normas locales. A veces la casa parecía un asilo para vagabundos discapacitados. En más de una ocasión Woodrow se lo había recriminado a Justin, encontrándose siempre con un muro impenetrable. Esmeralda era la única que no lloraba. Mantenía el semblante inexpresivo que los blancos confunden con hosquedad o indiferencia. Woodrow sabía que no era lo uno ni lo otro. Era familiaridad. En esto consiste la vida, daba a entender. Esto es dolor y odio y gente asesinada a machetazos. Esta es la cotidianidad que nosotros conocemos desde el día en que venimos al mundo, y a vosotros los *wazungu* os es ajena.

Apartando a Mustafa con delicadeza, Justin recibió a Esmeralda en un doble apretón de manos durante el cual ella apoyó un lado de la cabeza, peinada en trenzas, contra la frente de él. Woodrow tuvo la sensación de haber sido admitido en un círculo de afectos que no había concebido ni siquiera en sueños. ¿Lloraría Juma así si le cortaran la garganta a Gloria? Ni por asomo. ¿Lloraría Ebediah? ¿Lloraría la nueva doncella de Gloria, comoquiera que se llamase? Justin estrechó contra su pecho al chico ugandés, le acarició la mejilla, y luego les volvió la espalda a todos y, con la mano derecha, se agarró a la barandilla de la escalera. Ofreciendo por un instante el aspecto del viejo que pronto sería, empezó a subir. Woodrow lo vio alcanzar las sombras del rellano y desaparecer en el dormitorio donde él nunca había puesto los pies pero que había imaginado de mil furtivas maneras.

Descubriendo que se había quedado solo, Woodrow comenzó a pasearse intranquilo, sintiéndose amenazado, que era como se sentía siempre que entraba en la casa de Tessa: un muchacho de pueblo llegado a la ciudad. Si esto es una fiesta, ¿por qué no conozco a esa gente? ¿Qué causa se nos pide que defendamos esta noche? ¿En qué habitación estará ella? ¿Dónde está Bluhm? A su lado, muy probablemente. O en la cocina, provocando ataques de incontenible risa entre los criados. Recordando su propósito, Woodrow se dirigió con cautela hacia el salón por el pasillo en penumbra. La puerta no estaba cerrada con llave. La luz de la mañana se abría paso entre las cortinas como hojas de cuchillo, iluminando los escudos y las máscaras y las deshilachadas alfombrillas tejidas a mano por parapléjicos, adornos con los que Tessa había logrado dar vida a su lúgubre mobiliario oficial. ¿Cómo podía crear un ambiente tan acogedor con aquella bazofia? Una chimenea de ladrillo igual que la nuestra, los mismos tirantes de hierro embutidos en el techo, disfrazados de vigas de roble como las de la añorada Inglaterra. Todo igual que lo nuestro, pero más pequeño, porque los Quayle eran una pareja sin hijos y de rango inferior. ¿Por qué, pues, la casa de Tessa parece siempre una casa de verdad y la nuestra, su hermana fea y sin imaginación?

Llegó al centro del salón y se detuvo, inmovilizado

por la fuerza de los recuerdos. Aquí es donde la sermoneé, a ella, la hija de la *contessa*, plantándome junto a esta preciosa mesa de taracea a la que, según dijo, su madre le tenía mucho cariño, aferrándome al respaldo de su endeble silla de satín y pontificando como un padre victoriano. Tessa allí de pie, frente a la ventana, su vestido de algodón transparentándose al trasluz. ¿Era ella consciente de que yo estaba hablándole a una silueta desnuda? ¿De que solo mirarla era ver mi sueño con ella hecho realidad, mi chica en la playa, mi desconocida en un tren?

—He pensado que lo mejor era venir a verte —empieza Woodrow con severidad.

—¿Y cómo es eso, Sandy? —pregunta ella.

Las once de la mañana. Después de la reunión de cancillería, con la tranquilidad de saber que Justin asiste en Kampala a un inútil congreso sobre Ayuda Humanitaria y Eficiencia. He venido por un asunto oficial, pero he aparcado el coche en una calle adyacente como un amante culpable que visita a la esposa bonita y joven de un compañero de legación. ¡Y vaya si es bonita! ¡Y vaya si es joven! Una juventud que se nota en los pechos firmes y bien perfilados que nunca se mueven. ¿Cómo puede Justin perderla de vista un solo instante? Una juventud que se nota en la expresión airada de sus ojos grises y muy abiertos, en la sonrisa demasiado sagaz para su edad. Woodrow no ve la sonrisa porque ella está de espaldas a la luz. Pero la oye en su voz. Su voz burlona, turbadora, refinada. Woodrow puede rescatar esa voz del fondo de su memoria en cualquier momento. Como puede rescatar la línea de su cintura y sus muslos en la silueta desnuda, la enloquecedora soltura de su andar. No era extraño que ella y Justin se hubieran atraído mutuamente: eran dos purasangres de la misma cuadra, con veinte años de diferencia.

—Tess, en serio, esto no puede seguir así.

—No me llames Tess.

—¿Por qué no?

—Ese nombre está reservado.

¿Para quién?, se pregunta. ¿Para Bluhm, o para algún otro amante? Quayle nunca la llamaba Tess. Tampoco Ghita, por lo que Woodrow sabía.

—Sencillamente no puedes seguir expresándote con tanta libertad. Expresando tus opiniones.

Y a continuación el párrafo que ha preparado de antemano, el párrafo en que le recuerda su deber como esposa responsable de un diplomático en ejercicio. Pero no consigue llegar al final. Al oír la palabra «deber», Tessa se lanza a la carga.

—Sandy, mi *deber* es para con África. ¿Y el tuyo?

Se sorprende de tener que contestar él mismo.

—Para con mi país, y perdón por la grandilocuencia. Como lo es el de Justin. Para con el servicio diplomático y mi jefe de misión. ¿Responde eso a tu pregunta?

—Bien sabes que no. Ni por aproximación. Ni remotamente.

—¿Cómo voy yo a saberlo?

—Pensaba que venías a hablar conmigo de los interesantes documentos que te entregué.

—No, Tessa, no es ese el motivo de mi visita. He venido para pedirte que dejes de pregonar las fechorías del gobierno de Moi delante de cualquier hijo de vecino. He venido para pedirte que por una vez seas una más del equipo en lugar de... En fin, acaba tú misma la frase —concluye Woodrow con aspereza.

¿Le habría hablado así si hubiera sabido que estaba embarazada? Probablemente me habría contenido un poco. Pero habría hablado con ella. ¿Adiviné acaso que estaba embarazada mientras procuraba no fijarme en su silueta desnuda? No. La deseaba de manera acuciante, como ella podía advertir por el estado de alteración de mi voz y la falta de naturalidad de mis movimientos.

—¿Quieres darme a entender que no los has leído? —pregunta ella, insistiendo resueltamente en el tema de los documentos—. Ahora me dirás que no has tenido tiempo.

—Claro que los he leído.

—¿Y a qué conclusiones has llegado después de leerlos, Sandy?

—No me han descubierto nada que no supiera, y no hay nada que yo pueda hacer al respecto.

—Vamos, Sandy, esa es una actitud muy negativa por tu parte. Peor aún, es pusilánime. ¿*Por qué* no puedes hacer nada?

—Porque somos diplomáticos, y no policías, Tessa —responde Woodrow, detestando la imagen que ofrece de sí mismo—. El gobierno de Moi ha caído en unos niveles de corrupción irreversibles, me dices. Nunca lo he dudado. El país se muere de sida, está en quiebra, no hay una sola área, desde el turismo hasta las comunicaciones pasando por la preservación de las reservas naturales, el sistema de enseñanza, el transporte y la seguridad social, que no esté desmoronándose a causa de las estafas, la ineptitud y la negligencia. Bien observado. Los ministros y funcionarios desvían cargamentos de comida procedentes de la ayuda externa y suministros médicos destinados a refugiados al borde de la inanición, a veces con la connivencia del propio personal de las agencias de ayuda humanitaria, me dices. Sí, así es. El gasto en sanidad nacional asciende a cinco dólares per cápita anuales, y eso antes de que todo el mundo, de arriba abajo de la jerarquía, se haya embolsado su parte. La policía maltrata sistemáticamente a todo aquel que comete la imprudencia de sacar a la luz pública estos asuntos. También es cierto. Has estudiado sus métodos. Usan la tortura del agua, dices. Empapan a sus víctimas y luego las golpean, lo cual reduce las marcas visibles. Tienes razón. Eso hacen. Actúan de manera indiscriminada. Y nosotros no protestamos. También alquilan sus armas reglamentarias a bandas de asesinos afines, a condición de que las devuelvan a primera hora del día siguiente si quieren recuperar el dinero en depósito. La embajada comparte tu indignación, y aun así, no protestamos. ¿Por qué? Porque, gracias a Dios, estamos aquí en representación de *nuestro* país, no el de *ellos*. Tenemos en Kenia treinta y cinco mil nativos con nacionalidad británica cuya precaria subsistencia depende de los caprichos del presidente Moi. La embajada no va a dedicarse a complicarles aún más la vida.

—Y tenéis intereses comerciales británicos que representar —le recuerda Tessa con sorna.

—Eso no es ningún pecado, Tessa —replica él, intentando alzar la mirada para excluir de su campo de visión la sombra de los pechos de Tessa tras la vaporosa tela del vestido—. El comercio no es un pecado. Las relaciones comerciales con los países en vías de desarrollo no son un pecado. De hecho, contribuyen a ese desarrollo. Posibilitan las reformas, la clase de reformas que todos deseamos. Los acercan al mundo moderno. Nos permiten ayudarlos. ¿Cómo vamos a ayudar a un país pobre si nosotros mismos no somos ricos?

—Gilipolleces.

—¿Cómo dices?

—Profundas, capciosas y grandilocuentes gilipolleces del Foreign Office, si lo prefieres por su nombre completo, dignas del inestimable Pellegrin en persona. Echa un vistazo alrededor. El comercio no enriquece a los pobres. Los beneficios no revierten en reformas. Revierten a los bolsillos de los funcionarios de una administración corrupta y a cuentas de bancos suizos.

—Eso es más que discutible...

Tessa no le deja terminar.

—Así que se trata de dar carpetazo y olvidarse. ¿Es

así? Por el momento no se tomarán medidas, firmado, Sandy. Magnífico. Una vez más, la madre de todas las democracias ha demostrado ser una hipócrita embustera, predicando la libertad y los derechos humanos para todos, excepto allí donde espera sacar unas libras.

—¡Eso es absolutamente injusto! De acuerdo, los chicos de Moi son unos sinvergüenzas y al viejo aún le quedan un par de años de mandato. Pero las perspectivas son alentadoras. Una palabra susurrada al oído indicado..., la interrupción colectiva de la ayuda extranjera..., una diplomacia discreta..., todo surte su efecto. Y Richard Leakey se incorpora al gabinete ministerial para poner freno a la corrupción y garantizar a los países donantes que pueden reanudar las ayudas sin miedo a financiar los negocios turbios de Moi. —Su arenga empieza a parecer uno de los comunicados orientativos del Foreign Office, y él lo sabe. Peor aún, también ella lo sabe, como pone de manifiesto un interminable bostezo—. Puede que Kenia no sea en el presente ninguna maravilla, pero tiene futuro —añade como soberbio colofón. Y espera de ella una señal recíproca que indique algún avance para llegar a una tregua, aunque sea cogida con alfileres.

Pero Tessa, recuerda Woodrow demasiado tarde, no es una conciliadora, como tampoco lo es Ghita, su amiga del alma. Son tan jóvenes que creen aún que existe una única verdad.

—El documento que te entregué incluye nombres, fechas y números de cuentas bancarias —insiste ella, implacable—. Se identifica e incrimina a ciertos ministros en particular. ¿Será eso una palabra susurrada al oído indicado? ¿O no hay nadie dispuesto a escuchar?

—Tessa.

Woodrow ve que Tessa se aleja de él cuando el motivo de su visita era acercarse a ella.

—Sandy.

—Admito que tienes razón. Y te entiendo. Pero por el amor de Dios..., en nombre de la cordura..., no puedes proponer en serio que el gobierno de Su Majestad, por mediación de Bernard Pellegrin, lleve a cabo una caza de brujas contra ministros designados del gabinete keniano Además, no puede decirse que nosotros los británicos estemos por encima de la corrupción. ¿Y acaso ha de venir el embajador de Kenia en Londres a enmendarnos la plana?

—Eso son estupideces puras y simples, y tú lo sabes —replica Tessa, echando chispas por los ojos.

Woodrow no contaba con Mustafa. Este entra en silencio, encorvado. Primero, con gran precisión, coloca una mesita en la alfombra, a mitad de camino entre ambos, y luego deja encima una bandeja de plata con una cafetera de plata y la panera de plata de la difunta madre de Tessa, llena de galletas de mantequilla. Y es obvio que la intromisión aviva el permanente sentido del histrionismo de Tessa, pues se arrodilla ante la mesita, con la espalda erguida y los hombros rectos, marcándose sus pechos contra la tela tirante del vestido, y comienza a intercalar en su discurso preguntas cómicamente mordaces sobre los gustos de Woodrow.

—¿Lo tomabas solo, Sandy, o con unas gotas de leche? No lo recuerdo —dice con afectada urbanidad. Esta es la vida farisaica que llevamos, quiere dar a entender, un continente agoniza ante nuestra puerta, y aquí estamos nosotros, de pie o de rodillas, tomando café servido en bandeja de plata, mientras a la vuelta de la esquina los niños pasan hambre, los enfermos se mueren y los políticos corruptos hunden en la miseria a la nación que, engañada, los eligió—. Una caza de brujas, ya que lo mencionas, sería un excelente punto de partida. Señálalos, humíllalos, decapítalos y pon sus cabezas en la picota, sugiero yo. El problema es que no sirve de nada. La misma Lista de la

Vergüenza se publica todos los años en los periódicos de Nairobi, y siempre aparecen en ella los mismos políticos kenianos. Nadie salta de su cargo, nadie ha de rendir cuentas ante los tribunales. —Tessa le entrega la taza, girando sobre sus rodillas para alcanzársela—. Pero a ti te trae sin cuidado, ¿verdad? Eres un representante del orden establecido. Es una decisión que tú has tomado. Nadie te lo ha impuesto. Tú lo has elegido. Tú, Sandy. Un día te miraste en el espejo y pensaste: «Hola, yo, a partir de ahora aceptaré el mundo tal como es. Obraré como mejor convenga a los intereses de Gran Bretaña, y consideraré que ese es mi deber. No importa si, en cumplimiento de ese deber, he de justificar la continuidad de algunos de los gobiernos más infames del planeta. Lo haré de todos modos». —Ella le tiende el azúcar. Woodrow declina el ofrecimiento en silencio—. Así pues, me temo que no podemos ponernos de acuerdo, ¿no crees? Yo quiero pregonarlo a los cuatro vientos. Tú quieres que entierre la cabeza junto a la tuya. Lo que una mujer ve como su deber, otro hombre lo ve como un pretexto para evadirse de la realidad. No es nada nuevo.

—¿Y Justin? —pregunta Woodrow, jugando su última e inútil carta—. ¿Dónde encaja él en todo esto, me gustaría saber?

Ella se pone tensa, presintiendo una trampa.

—Justin es Justin —contesta con cautela—. Él ha escogido un camino, y yo otro.

—Y Bluhm es Bluhm, supongo —dice Woodrow con desdén, movido por los celos y la rabia de pronunciar el nombre que se ha prometido no mencionar bajo ningún concepto. Y ella, por lo visto, ha jurado no oírlo. Mediante alguna rigurosa forma de disciplina interior, mantiene los labios firmemente cerrados en espera de que él se ponga más en ridículo todavía. Cosa que Woodrow hace, como cabía esperar. Y de manera inigualable—. ¿No has pensado, por ejemplo, que quizá estás perjudicando la carrera de Justin? —pregunta con altivez.

—¿Por eso has venido a verme?

—En esencia, sí.

—Creía que vendrías a salvarme de mí misma, y ahora resulta que has venido a salvar a Justin de mí. ¡Qué camaradería!

—Imaginaba que los intereses de Justin y los tuyos eran idénticos.

Una risa crispada y postiza, a la vez que rebrota su ira. Pero, a diferencia de Woodrow, Tessa no pierde el control.

—¡Por Dios, Sandy, debes de ser el único en Nairobi que imagina una cosa semejante! —Se levanta. El juego ha terminado—. Mejor será que te marches ya, o la gente empezará a chismorrear sobre nosotros. Para tu tranquilidad, te diré que no recibirás más documentos de mi parte. No está bien que te obliguemos a usar la trituradora de papel del embajador más de la cuenta, ¿verdad? Podrías perder puntos de cara a un ascenso.

Reviviendo esa escena tal como la había revivido repetidamente en los doce meses transcurridos desde entonces, sintiendo de nuevo la humillación y la frustración y la desdeñosa mirada de Tessa perforándole la espalda cuando se iba, Woodrow abrió con disimulo un cajón alargado y estrecho de la mesa de taracea a la que su madre tenía tanto cariño y recorrió el interior con la mano, reuniendo cuanto encontraba. Estaba ebrio, estaba enajenado, se dijo como atenuante a esta acción. Tenía la necesidad compulsiva de hacer algo sin reflexionar. Quería que el techo se me cayera encima para ver el cielo sin impedimento alguno.

Una hoja de papel —sólo pedía eso mientras, desesperadamente, daba vueltas sobre sí mismo e inspeccionaba a golpe de vista cajones y estantes—, un insignificante pliego azul del Almacén Central de Suministros y Material de Oficina de Su Majestad, escrito por una cara, de mi propio puño, diciendo lo indecible, por una vez sin subterfugios, sin fórmulas como «Por un lado esto, pero por otro lado no puedo hacer nada al respecto», y firmado no S ni SW, sino «Sandy», con letra clara y legible, seguido a corta distancia por el apellido WOODROW en mayúsculas, para hacer saber a todo el mundo y a Tessa Quayle que durante cinco minutos de desvarío aquella misma tarde, ya de regreso en el despacho, con su silueta desnuda mortificándolo aún en el recuerdo, y un vaso del whisky reservado para las visitas junto a su codo de amante tímido, un tal Sandy Woodrow, jefe de cancillería de la embajada británica en Nairobi, cometió una extraordinaria locura con toda intención y premeditación, poniendo en peligro su carrera y su familia en un esfuerzo —condenado al fracaso— por acercar su vida a sus sentimientos.

Y, una vez escrito lo que escribió, metió la carta en un sobre de Su Majestad y cerró dicho sobre con la lengua perfumada de whisky. Anotó con esmero la dirección y —desoyendo las sensatas voces interiores que lo instaban a esperar una hora, un día, una eternidad, a tomarse otro whisky, solicitar un permiso o, como mínimo, enviar la carta a la mañana siguiente después de consultarlo con la almohada— llevó el sobre a la sala de correo de la embajada, donde un empleado kikuyu contratado por la legación y llamado Jomo en memoria del gran presidente keniano, sin molestarse en preguntar por qué un jefe de cancillería mandaba una carta para entregar en mano, con el rótulo PERSONAL, a la silueta desnuda de la esposa bonita y joven de un colega y subordinado, la lanzó a una bolsa con el rótulo CIUDAD/NO CONFIDENCIAL, y lo despidió con un servil «Buenas noches, señor Woodrow» cuando él ya le había dado la espalda.

Felicitaciones de Navidad antiguas.

Invitaciones antiguas marcadas por Tessa con un aspa que significaba «no». En otras, rechazadas de manera más rotunda, se leía: «Nunca».

Una postal antigua de Ghita Pearson, deseándole una pronta recuperación, con la imagen de una bandada de pájaros indios en el anverso.

Pero ninguna pequeña hoja azul del Almacén Central de Suministros y Material de Oficina de Su Majestad con el triunfal colofón: «Te quiero, te quiero y te quiero, Sandy».

Con sigilo y rapidez, Woodrow registró los últimos estantes, abriendo libros al azar, abriendo alhajeros, dándose por vencido. Serénate, se exhortó a la vez que luchaba por convertir en buena la mala noticia. Muy bien: no hay carta. ¿Por qué iba a haberla? *¿Tessa?* ¿Después de *doce meses*? Probablemente la tiró a la papelera el mismo día que le llegó. Una mujer como esa, una flirteadora compulsiva, con un calzonazos por marido, recibe proposiciones deshonestas dos veces al mes. ¡Tres veces! ¡Una por semana! ¡Diariamente! Estaba sudando. En África, el sudor lo empapaba a uno de pronto, como una lluvia torrencial y untuosa, y luego se secaba. Se quedó inmóvil con la cabeza inclinada, dejando caer el aguacero, escuchando.

¿Qué hace ahí arriba, el condenado? ¿Yendo con sigilo de acá para allá? Papeles personales, había dicho. Cartas de abogados. ¿Qué papeles eran esos que Tessa guardaba arriba, demasiado confidenciales para tenerlos en la planta baja? Sonaba el teléfono del salón. Había sonado sin parar desde que entraron en la casa, pero Woodrow no lo notó hasta ese momento. ¿Periodistas? ¿Amantes? ¿Qué más da? Lo dejó sonar. Mentalmente, trazó el plano de su propia casa y lo aplicó a aquella. Justin se hallaba justo encima de él, a la izquierda del hueco de la escalera según se subía. Allí estaba el vestidor y estaba el cuarto de baño y estaba la habitación de matrimonio. Una vez, recordaba Woodrow, Tessa le comentó que había transformado el vestidor en estudio. «No solo los hombres tienen despacho, Sandy. Nosotras las chicas también tenemos», le había dicho con actitud provocadora como si le diera una lección de anatomía. El ritmo cambió. Ahora estás reuniendo cosas distribuidas por toda la habitación. ¿Qué cosas? «Documentos muy valiosos para ella y para mí.» Quizá también para mí, pensó Woodrow, acordándose con rabia de su insensatez.

Descubriendo que se hallaba junto a la ventana que daba al jardín posterior, apartó un poco la cortina y vio hileras de arbustos en flor, el orgullo de Justin en las «jornadas de puertas abiertas» que organizaba para el personal subalterno de la embajada, sirviéndoles fresas con nata y vino blanco frío y enseñándoles su Elíseo. «Un año de jardinería en Kenia cunde tanto como diez en Inglaterra», afirmaba ufano cuando emprendía sus cómicas peregrinaciones por la cancillería para repartir flores a chicos y chicas. A decir verdad, era lo único de lo que se vanagloriaba. De soslayo, con los ojos entornados, Woodrow recorrió con la vista el entrante que formaba la ladera. No mediaba una gran distancia entre la casa de los Quayle y la suya. Debido a esa concavidad de la ladera, por la noche, desde la una se veían las luces de la otra. Su mirada se posó justamente en la ventana desde la cual con frecuencia se había sentido tentado de escudriñar en esa dirección. De pronto se encontró al borde de las lágrimas como nunca antes. Notaba el pelo de Tessa en la cara. Podía nadar en sus ojos, oler su perfume y el aroma a hierba caliente y fragante que uno percibía cuando, en Navidad, bailaba con ella en el club Muthaiga y accidentalmente le rozaba el pelo con la nariz. Son las cortinas, comprendió, aguardando a que el conato de llanto remitiera. Conservan su aroma, y yo estoy al lado. Dejándose llevar por un impulso, agarró la cortina con las dos manos para hundir la cara en ella.

—Gracias, Sandy. Perdona que te haya hecho esperar.

Woodrow se volvió de inmediato, soltando la cortina. Justin estaba en el umbral de la puerta, aparentemente tan azorado como Woodrow, acarreando una bolsa de piel anaranjada en forma de salchicha, repleta y muy gastada, con tachones de latón, cantoneras de latón y candados en ambos extremos.

—¿Asunto resuelto, amigo mío? ¿Deuda de honor saldada? —preguntó Woodrow, turbado, pero, como buen diplomático, recobrando de inmediato su encanto—. Estupendo. Así ha de ser. ¿Y tienes ya todo lo que venías a buscar? ¿Es todo eso?

—Sí, creo que sí. Hasta cierto punto.

—No te veo muy convencido.

—¿En serio? No quería dar esa impresión. —Alzando un poco la bolsa, explicó—: Era de su padre.

—Parece más bien el maletín de un abortista —dijo Woodrow, con pretendida simpatía.

Se ofreció a ayudarlo con la carga, pero Justin prefirió llevar él mismo su botín. Woodrow subió a la furgoneta. Justin le siguió y, una vez sentado, mantuvo una mano en torno a las viejas asas de piel. A través de los delgados paneles, les llegaron los insidiosos comentarios de los periodistas:

—¿Cree que la mató Bluhm, señor Quayle?

—¡Eh, Justin, mis jefes están dispuestos a pagar una fortuna!

En el interior de la casa, por encima del timbre del teléfono, Woodrow creyó oír el llanto de un niño, y cayó en la cuenta de que era Mustafa.

3

Inicialmente la cobertura informativa del asesinato de Tessa no fue ni mucho menos tan alarmante como Woodrow y el embajador se temían. Aquellos gilipollas expertos en sacar una noticia de la nada, observó Coleridge con cautela, por lo visto estaban igualmente capacitados para no sacar nada de una noticia. De entrada, así fue. «Asesinos dan muerte en despoblado a la esposa de un enviado británico», rezaban los primeros teletipos, y este sólido enfoque, presentado en términos más elegantes por la prensa seria y más pedestres por los periódicos sensacionalistas, bastó a un público exigente. Se hacía hincapié en los riesgos cada vez mayores que corría el voluntariado en todos los rincones del planeta; había incisivos editoriales sobre la incapacidad de las Naciones Unidas para proteger a los suyos, y el creciente coste en vidas humanas entre los humanitaristas con valor suficiente para dar la cara por sus principios. Tampoco faltaba la exaltada palabrería sobre elementos tribales descontrolados en busca de víctimas a quienes devorar, sacrificios rituales, hechicería y el siniestro tráfico de pieles humanas. Se insistía en la presencia de bandas nómadas de inmigrantes ilegales llegados de Sudán, Somalia y Etiopía.

Pero no se hacía la menor referencia al irrefutable hecho de que Tessa y Bluhm, a la vista de empleados y huéspedes del hotel Oasis, hubieran compartido un bungaló la noche antes del asesinato. Bluhm era «cooperante de una organización humanitaria belga» —correcto—, «asesor médico de las Naciones Unidas» —falso—, «experto en enfermedades tropicales» —falso—, y se temía que pudiera haber sido secuestrado por los criminales para matarlo o exigir un rescate.

El lazo que unía al experimentado doctor Bluhm y su joven y bella protegida era la dedicación a una causa, era humanitario. Y con eso quedaba todo dicho. Noah apareció solo en las primeras ediciones y luego murió una segunda muerte. La sangre negra, como en Fleet Street sabe hasta el más tonto, no es noticia, pero una decapitación bien merece una mención. El interés se centró implacablemente en Tessa, «la chica de la alta sociedad convertida en abogada por Oxford y Cambridge», «la princesa Diana de los necesitados de África», «la Madre Teresa de los barrios pobres de Nairobi» y «el ángel del Foreign Office a quien nada le daba lo mismo». En un editorial del *Guardian* se concedía gran importancia al hecho de que la Nueva Mujer Diplomática del Milenio *(sic)* hubiera encontrado la muerte en la cuna de la humanidad descubierta por Leakey, y extraía de ahí la inquietante moraleja de que, aun cuando las actitudes raciales cambien, no podemos sondear los pozos de salvajismo que se esconden en el corazón de las tinieblas de todo hombre. El artículo perdía parte de su impacto cuando, en una nota informativa anexa, un redactor poco familiarizado con el continente africano situaba el asesinato de Tessa a orillas del lago Tanganica en lugar del Turkana.

Se publicaron un sinfín de fotografías. Tessa en la tierna infancia, alegre en los brazos de su padre el juez cuando su señoría era un modesto abogado que, mal que bien, salía adelante con unos ingresos anuales de medio millón de libras. Tessa a los diez años con trenzas y pantalón de montar en su colegio privado de niña rica, un dócil poni en segundo plano. (Pese a ser su madre una condesa italiana, se observaba con aprobación, los padres habían optado sensatamente por una educación británica.) Tessa adolescente, la chica admirada, en biquini, su garganta aún indemne artísticamente realzada por el aerógrafo del editor de fotografía. Tessa con un birrete desenfadadamente ladeado, toga académica y minifalda. Tessa con la ridícula indumentaria de un abogado británico, siguiendo los pasos de su padre. Tessa en el día de su boda, y Justin, viejo alumno de Eton, ya con su sonrisa aún más vieja de exalumno de Eton.

Respecto a Justin, la prensa mantenía una desacostumbrada discreción, en parte porque no deseaban que nada empañara la resplandeciente imagen de su heroína instantánea, y en parte porque había muy poco que decir sobre él. Justin era «uno de los leales funcionarios de grado medio del Foreign Office» —léase «chupatintas»—, un perpetuo soltero «criado en la tradición diplomática» que antes de contraer matrimonio había representado dignamente a su país en algunas de las zonas conflictivas más desfavorecidas del mundo, entre ellas, Adén y Beirut. Sus colegas alababan su sangre fría en situaciones de crisis. En Nairobi había presidido un «foro internacional de la alta tecnología» en el campo de la ayuda humanitaria. Nadie empleó la palabra «estancamiento». Cómicamente, resultó que escaseaban las fotografías de él tanto anteriores como posteriores a la boda. Una «foto casera» mostraba a un muchacho introvertido y taciturno que, en retrospectiva, parecía predestinado a la viudez prematura. Había sido extraída, confesó Woodrow bajo la presión de su anfitriona, de una fotografía en grupo del equipo de rugby de Eton.

—No sabía que hubieras jugado al rugby, Justin. ¡Qué valiente! —exclamó Gloria, que se había autoasignado la tarea de llevarle todas las mañanas, después del desayuno, sus cartas de condolencia y los recortes de prensa enviados por la embajada.

—De valiente, nada —repuso Justin en uno de aquellos ramalazos de genio que tanto complacían a Gloria—. Me obligó a entrar en el equipo el prefecto, un auténtico rufián, convencido de que no éramos hombres hasta que nos destrozaban a patadas. El colegio no tenía derecho a facilitar esa fotografía. —Recobrando la calma, añadió—: Gloria, te estoy muy agradecido.

Como lo estaba por todo, informó Gloria a Elena: por la bebida y la comida y por la celda; por sus paseos juntos en el jardín y sus pequeños seminarios acerca del trasplante desde el vivero al exterior —elogió especialmente el aliso, blanco y morado, al que por fin Gloria había persuadido para que extendiera sus ramas bajo el ceibón—; por su ayuda con los detalles del inminente funeral, incluida una visita en compañía de Jackson al cementerio y la funeraria, ya que Justin, por orden de Londres, debía permanecer recluido hasta que amainara el revuelo. Un fax del Foreign Office a tal efecto, dirigido a Justin a través de la embajada y firmado «Alison Landsbury, jefa de personal», había provocado en Gloria una reacción casi violenta. Después no recordaría otra ocasión en que hubiera estado tan cerca de perder el control.

—Justin, están abusando de ti de una manera *indignante.* «Entregue las llaves de su casa hasta que las autoridades tomen las medidas pertinentes.» ¡Sí, naranjas de la China! ¿*Qué* autoridades? ¿Las autoridades *kenianas*? ¿O esos pies planos de Scotland Yard que ni siquiera se han tomado aún la molestia de venir a verte?

—Pero, Gloria, ya he *estado* en mi casa —insistió Justin en un esfuerzo por tranquilizarla—. ¿Para qué librar una batalla que ya se ha ganado? ¿Nos admitirá el cementerio?

—A las dos y media. Tenemos que estar en la funeraria Lee a las dos. Mañana sale la esquela en los periódicos.

—Y la enterrarán al lado de Garth. —Garth, su hijo muerto, al que pusieron ese nombre por el padre juez de Tessa.

—Más cerca, imposible. Debajo del mismo jacarandá. Con un niño africano.

—Eres la bondad en persona —dijo Justin por enésima vez, y sin añadir nada más, se retiró al piso de abajo y a su bolsa de piel.

La bolsa era su paño de lágrimas. A través de los barrotes de la ventana del jardín, Gloria lo había visto ya dos veces sentado en la cama, inmóvil, con la cabeza entre las manos y la vista fija en la bolsa. Albergaba la secreta convicción —compartida con Elena— de que contenía las cartas de amor de Bluhm. Las había rescatado de posibles miradas indiscretas —no gracias a Sandy— y aguardaba el momento en que las fuerzas le permitieran decidir si leerlas o quemarlas. Elena coincidió con ella, aunque opinaba que, por parte de la golfa de su mujer, había sido una estupidez guardarlas. «Léelas y tíralas a la basura, ese es mi lema, cariño.» Advirtiendo la reticencia de Justin a alejarse de su habitación por miedo a dejar la bolsa desatendida, Gloria le sugirió que la pusiera en la bodega, la cual, provista de una reja de hierro en lugar de puerta, contribuía al efecto de severidad carcelaria del piso de abajo.

—Y tú te quedarás la llave, Justin —dijo, confiándosela con ademán solemne—. Aquí tienes. Y cuando Sandy quiera una botella, que venga a pedírtela. Quizá así beba menos.

Gradualmente, a medida que se sucedían las entregas de la prensa, Woodrow y Coleridge casi se convencieron de que las aguas volverían a su cauce sin mayores estragos. O bien Wolfgang había amordazado a sus empleados y huéspedes, o bien la prensa estaba tan obsesionada con el lugar del crimen que nadie se había molestado en ir a indagar al Oasis, se dijeron. Coleridge en persona se dirigió a la asamblea de patriarcas del club Muthaiga para rogarles encarecidamente, en nombre de la solidaridad anglo-keniana, que atajaran las habladurías. Woodrow pronunció un sermón parecido ante el personal de la embajada. «Sea cual sea nuestra particular opinión, no debemos echar más leña al fuego», insistió, y sus sabias palabras, expresadas con la máxima seriedad, hicieron mella.

Pero todo era una ilusión, como Woodrow, en el fondo de su corazón racional, sabía desde el principio. Justo cuando la prensa empezaba a perder impulso, un diario belga, en un artículo de primera plana, acusó a Tessa y Bluhm de mantener «un apasionado idilio» y publicó la fotocopia de una página del libro de registro del Oasis y declaraciones de testigos que afirmaban haber visto a la amartelada pareja cenar frente a frente la víspera del asesinato de Tessa. Los dominicales británicos arrimaron el ascua a su sardina. De la noche a la mañana, Bluhm se convirtió para la prensa en un personaje abominable, carnaza en la que cebarse a placer. Hasta entonces había sido el doctor Arnold Bluhm, el hijo adoptivo congoleño de un acaudalado matrimonio belga con intereses en la minería, educado en Kinshasa, Bruselas y la Sorbona, misionero de la medicina, ciudadano de las zonas en guerra, altruista sanador de Argel. En adelante fue Bluhm el seductor, Bluhm el adúltero, Bluhm el maníaco. En un artículo publicado en tercera página sobre los médicos con instintos asesinos a lo largo de los siglos se incluían dos fotografías casi idénticas de Bluhm y O. J. Simpson, a cuyo pie se leía el llamativo epígrafe: «¿Cuál de los dos gemelos es el doctor?». Bluhm, para quien perteneciera a esa clase de lectores de periódico, era el arquetipo del criminal negro. Había encandilado a la esposa de un hombre blanco, la había degollado, había decapitado al conductor y se había echado al monte en busca de una nueva presa o hecho lo que quiera que hiciesen los negros de salón cuando volvían a sus costumbres atávicas. Para que la comparación no dejara lugar a dudas, habían suprimido la barba de Bluhm mediante el aerógrafo.

Gloria llevaba el día entero manteniendo lo peor de eso fuera del alcance de Justin, por miedo a que se trastocara. Pero él insistió en verlo todo, aberraciones incluidas. Así que, al atardecer, antes de que Woodrow regresara, Gloria le sirvió un whisky y, a su pesar, le entregó el abigarrado fajo al completo. Cuando entró en su espacio de reclusión, descubrió indignada a su hijo Harry sentado frente a él, uno a cada lado de la desportillada mesa de pino y ambos concentrados con expresión ceñuda en una partida de ajedrez. La asaltaron unos repentinos celos.

—Harry, me parece una imperdonable falta de consideración por tu parte venir a incordiar al señor Quayle con el *ajedrez* cuando...

Pero Justin la interrumpió antes de que terminara la frase.

—Gloria, tu hijo posee una mente de lo más tortuosa —aseguró—. Vale más que Sandy se ande con cuidado, créeme. —Tras coger el fajo de sus manos, se sentó lánguidamente en la cama y empezó a hojear—. Arnold tiene una idea bastante clara de por dónde van nuestros prejuicios, ¿sabes? —prosiguió con el mismo tono distante—. Si sigue vivo, no se sorprenderá. Y si ha muerto, ya no le importará, ¿no?

Pero la prensa se guardaba en la manga una baza mucho más mortífera que Gloria no habría imaginado ni en sus momentos de mayor pesimismo.

Entre la docena de boletines independientes a los que estaba suscrita la embajada —publicaciones de formato grande y papel de color, escritas bajo seudónimo e impresas artesanalmente—, uno en particular había demostrado una notable capacidad de supervivencia. Se titulaba, sin más adornos, ÁFRICA CORRUPTA, y su línea editorial, si tal término podía aplicarse a los turbulentos impulsos que lo regían, consistía en airear trapos sucios sin tener en cuenta la raza, el color, la verdad o las consecuencias. Si destapaba los supuestos fraudes perpetrados por los ministros y burócratas de la administración de Moi, denunciaba también con igual naturalidad los «chanchullos, la corrupción y la vidorra» de los burócratas de las organizaciones de ayuda humanitaria.

Pero aquel boletín en cuestión —conocido a partir de entonces como Número 64— no abordaba ninguno de esos asuntos. Constaba de una sola hoja de un rosa fosforito y casi un metro cuadrado de superficie, impresa por ambas caras. Bien plegada, cabía holgadamente en el bolsillo de la chaqueta. Una gruesa orla negra daba a entender que los redactores anónimos del Número 64 estaban de duelo. Una sola palabra constituía el titular, TESSA, en caracteres negros de ocho centímetros de altura, y el ejemplar de Woodrow llegó a sus manos la tarde del sábado por mediación nada menos que del enfermizo y desgreñado Tim Donohue en persona, con sus gafas, su bigote y sus dos metros de estatura. El timbre de la puerta sonó mientras Woodrow jugaba al críquet con los niños en el jardín. Gloria, normalmente una incansable receptora, lidiaba con un dolor de cabeza en el dormitorio; Justin permanecía oculto en su celda con las cortinas corridas. Woodrow atravesó la casa y, sospechando que podía tratarse de una estratagema de algún periodista, echó antes un vistazo por la mirilla. Y allí estaba Donohue, plantado ante la puerta, con una tímida sonrisa en el rostro triste y alargado, agitando algo que a primera vista parecía una servilleta rosa.

—Amigo mío, siento *muchísimo* molestarte. Ya sé que es sábado, día de guardar y tal. Por lo visto, la proverbial mierda ha empezado a salpicar.

Sin disimular su disgusto, Woodrow lo hizo pasar al salón. ¿A qué demonios se dedicaba ahora aquel mamarracho? O mejor dicho, ¿a qué demonios se dedicaba *en la vida*? Woodrow nunca había sentido gran simpatía por los Amigos, como se llamaba a los espías, y no cariñosamente, en el Foreign Office. Donohue no era una persona cortés, no poseía don de lenguas que se supiera, carecía de encanto. Había superado a todas luces su fecha de caducidad. Por lo que podía verse, se pasaba las horas del día en el campo de golf del club Muthaiga con los más opulentos miembros de la clase empresarial de Nairobi, y las noches jugando al bridge. Sin embargo, vivía a lo grande, en una suntuosa casa de alquiler con cuatro criados y una trasnochada belleza que se llamaba Maud y que parecía tan enferma como él. ¿Era Nairobi una sinecura para Donohue? ¿Un premio de despedida al final de una distinguida carrera? Woodrow había oído decir que esa clase de cosas eran habituales entre los Amigos. A juicio de Woodrow, Donohue era un lastre innecesario en una profesión parasitaria y obsoleta por definición.

—Casualmente uno de mis muchachos iba paseándose por el mercado hace un rato —explicó Donohue—. Un par de individuos repartían ejemplares gratuitos de una manera un tanto sospechosa, así que el chico ha pensado que quizá no estaría de más que cogiera uno.

El anverso contenía tres panegíricos dedicados a Tessa, cada uno de ellos escritos supuestamente por una amiga africana distinta. Los tres presentaban el característico estilo afro-inglés autóctono: un poco de oratoria de púlpito, un poco de retórica callejera, persuasivos alardes de emotividad. Tessa, afirmaba cada una de las autoras a su modo particular, había roto moldes. Con su riqueza, su alcurnia, sus estudios y su belleza, debería haber estado bailando y yendo a banquetes con los peores supremacistas blancos de Kenia. En cambio, era lo opuesto a todo lo que ellos representaban. Tessa se había alzado contra su clase, su raza y cualquier cosa que la coartara, ya fuera el color de su piel, los prejuicios de sus iguales sociales o las cadenas de un matrimonio convencional del Foreign Office.

—¿Cómo lo sobrelleva Justin? —preguntó Donohue mientras Woodrow leía.

—Bien, gracias, dentro de lo que cabe.

—He oído que el otro día estuvo en su casa.

—¿Quieres que lea esto o no?

—Una hábil maniobra, debo admitir, la forma en que esquivaste a esos reptiles apostados ante la puerta. Deberías unirte a nosotros. ¿Está Justin en casa?

—Sí, pero no recibe visitas.

Si África era la patria adoptiva de Tessa Quayle, leyó Woodrow, las mujeres africanas eran su religión adoptiva.

> Tessa luchó por nosotras estuviera donde estuviera el campo de batalla, fueran cuales fueran los tabúes. Luchó por nosotras en los cócteles de postín, las cenas de postín y cualquier otra fiesta de postín cuando alguien cometía la insensatez de invitarla, y su mensaje siempre era el mismo. Solo la emancipación de las mujeres africanas podía salvarnos de los errores garrafales y la corrupción de nuestros hombres. Y cuando Tessa se enteró de que estaba embarazada, insistió en dar a luz a su hijo africano entre las mujeres africanas por quienes tanto amor sentía.

—¡Dios mío! —exclamó Woodrow en un susurro.

—Esa precisamente ha sido mi reacción, la verdad —convino Donohue.

El último párrafo estaba impreso en mayúsculas. Mecánicamente, Woodrow lo leyó también:

ADIÓS, MAMÁ TESSA. SOMOS LAS HIJAS DE TU VALOR. GRACIAS, MAMÁ TESSA, GRACIAS POR TU VIDA. PUEDE QUE ARNOLD BLUHM SIGA VIVO, PERO TÚ SIN DUDA HAS MUERTO. SI LA REINA BRITÁNICA OTORGA CONDECORACIONES A TÍTULO PÓSTUMO, ESPERAMOS QUE, EN LUGAR DE CONCEDER AL SEÑOR PORTER COLERIDGE EL TÍTULO DE SIR POR SUS SERVICIOS A LA AUTOCOMPLACENCIA BRITÁNICA, TE PREMIE CON LA CRUZ VICTORIA A TI, MAMÁ TESSA, NUESTRA AMIGA, POR TU EXCEPCIONAL VALENTÍA ANTE LA INTOLERANCIA POSCOLONIAL.

—Lo mejor está al dorso, ya verás —dijo Donohue.

Woodrow volvió la hoja.

✝

EL BEBÉ AFRICANO DE MAMÁ TESSA

Tessa Quayle era partidaria de poner su cuerpo y su vida allí a donde la guiaran sus convicciones. Esperaba que los demás siguieran su ejemplo. Cuando Tessa fue ingresada en el hospital de Uhuru, en Nairobi, su íntimo amigo el doctor Arnold Bluhm la visitó todos los días y, según dicen, también muchas noches, llevándose incluso una cama plegable para poder dormir junto a ella en la sala.

Woodrow plegó la hoja y se la metió en el bolsillo.

—Creo que voy a acercarme a casa de Porter para enseñarle esto, si no tienes inconveniente. Puedo guardármelo, supongo.

—Todo tuyo, amigo mío. Cortesía de la casa.

Woodrow se encaminó hacia la puerta, pero Donohue no hizo ademán de seguirlo.

—¿Vienes? —preguntó Woodrow.

—Pensaba quedarme un rato, si no te importa. Para expresarle mis condolencias al pobre Justin. ¿Dónde está? ¿Arriba?

—Si no recuerdo mal, hemos acordado que no lo verías.

—¿Ah, sí? No hay el menor problema. Otra vez será. Tu casa, tu invitado. No tendrás escondido también a Bluhm, ¿verdad?

—No digas tonterías.

Sin inmutarse, Donohue trotó junto a Woodrow y, en actitud teatral, flexionó las rodillas.

—¿Quieres que te lleve? Es a la vuelta de la esquina. Así te ahorras sacar el coche. Hace demasiado calor para ir a pie.

Medio temiendo aún que Donohue pudiera cambiar de idea e insistir una vez más en ver a Justin, Woodrow aceptó el ofrecimiento y luego, para mayor tranquilidad suya, observó el coche hasta que llegó a lo alto de la cuesta y se perdió de vista. Porter y Veronica Coleridge tomaban el sol en el jardín. Detrás de ellos se alzaba la residencia oficial del embajador, comparable a una mansión de Surrey; ante ellos se extendían el impecable césped y los cuidados arriates del jardín de un rico agente de Bolsa. Coleridge ocupaba el balancín y leía los documentos contenidos en un portafolios. Su rubia esposa Veronica, con una falda azul lavanda y un sombrero de paja de ala flexible, yacía con abandono en la hierba junto a una cuna parque. Dentro, su hija Rosie se mecía sobre la espalda, admirando el follaje de un roble por entre los dedos de sus manos mientras Veronica le tarareaba. Woodrow entregó el boletín a Coleridge y aguardó la previsible sarta de reniegos. No los hubo.

—¿Quién lee esta basura?

—Todos los periodistas de medio pelo de la ciudad, supongo —respondió Woodrow con tono inexpresivo.

—¿Cuál será su siguiente paso?

—El hospital —contestó Woodrow con creciente desánimo.

Arrellanado en un sillón tapizado de pana en el estudio de Coleridge, con un oído atento a las cautelosas frases que este cruzaba con su aborrecido superior de Londres por el teléfono digital, normalmente guardado bajo llave en su escritorio, Woodrow, en el sueño recurrente del que ya no se libraría hasta la hora de su muerte, vio su propio cuerpo de hombre blanco recorrer a velocidad colonial los enormes y atestados pasillos del hospital de Uhuru, deteniéndose solo para preguntar a cualquier persona de uniforme por la escalera que buscaba, la planta que buscaba, la sala que buscaba, la paciente que buscaba.

—Correr un velo sobre todo el asunto, esa es la gilipollez con que se descuelga Pellegrin —anunció Porter Coleridge tras dejar bruscamente el auricular—. Correrlo deprisa y tanto como sea posible. El velo más tupido que encontremos. Muy propio de él.

Por la ventana del estudio, Woodrow vio a Veronica sacar a Rosie del parque y llevarla en brazos hacia la casa.

—Creía que eso era lo que estábamos haciendo —objetó, perdido aún en su ensoñación.

—Lo que Tessa hiciera en su tiempo libre era cosa de ella. Eso incluye abrirse de piernas para Bluhm y dedicarse a cualquier causa noble en que anduviera metida. Extraoficialmente, y solo si nos preguntan, respetábamos sus cruzadas pero las considerábamos poco sólidas y desatinadas. Y nos reservamos la opinión respecto a las acusaciones infundadas de la prensa amarilla. —Una pausa mientras luchaba por contener su indignación consigo mismo—. Y debemos poner en circulación el rumor de que estaba trastornada.

—¿Por qué demonios habríamos de hacer una cosa así? —dijo Woodrow, despertando de pronto.

—Comprender las razones no es nuestro cometido. Se desquició al dar a luz un niño muerto y antes era ya poco equilibrada. Visitó a un psiquiatra en Londres, lo cual ayuda. Esto es asqueroso y me da grima. ¿Cuándo se celebra el funeral?

—A mediados de la semana entrante, como muy pronto.

—¿No puede adelantarse?

—No.

—¿Por qué no?

—Esperamos el resultado de la autopsia. Los funerales no pueden reservarse con antelación.

—¿Un jerez?

—No, gracias. Creo que volveré a casa.

—El ministerio nos exige resignación. Tessa era nuestra cruz, pero la llevábamos con dignidad. ¿Serás capaz de actuar con resignación?

—Lo dudo.

—Yo también. Esta mierda me produce *náuseas.*

Las palabras brotaron de sus labios tan deprisa, con tal convicción y rebeldía, que Woodrow por un momento pensó que eran fruto de su propia imaginación.

—La gilipollez con que nos sale Pellegrin es una llamada a la disciplina —prosiguió Coleridge con tono de cáustico desprecio—. Nada de escépticos, nada de desertores. ¿Lo aceptas?

—Supongo que sí.

—Bien hecho. Yo no sé hasta qué punto seré capaz. Cualquier protesta que ella elevara en cualquier parte..., ella y Bluhm..., juntos o por separado..., ante *cualquier persona*, incluidos tú y yo..., cualquier obsesión que se le hubiera metido entre ceja y ceja... sobre cuestiones animales, vegetales, políticas o *farmacéuticas*... —un largo e insufrible silencio durante el cual Coleridge clavó la mirada en la suya con el fervor de un hereje incitándolo a la traición— queda fuera de nuestros dominios y no sabemos una mierda al respecto. ¿He hablado claro o quieres que te lo escriba en la pared con tinta invisible?

—Has hablado claro.

—Porque el *propio* Pellegrin ha hablado claro, ¿entiendes? Ambiguo no ha sido.

—No. Ya me figuro que no lo ha sido.

—¿Guardamos copia de aquellos documentos que Tessa nunca nos dio? ¿Los documentos que nunca vimos, ni tocamos, ni permitimos que mancharan en modo alguno nuestras puras conciencias?

—Todo lo que nos dio le fue remitido a Pellegrin.

—Muy hábil por nuestra parte. ¿Y tú mantienes la moral alta, Sandy? ¿Estás bien de ánimo y demás, habida cuenta de que atravesamos momentos críticos y tienes a su marido en tu habitación para invitados?

—Creo que sí. ¿Y tú? —preguntó Woodrow, quien, desde hacía un tiempo, instigado por Gloria, veía con buenos ojos el creciente distanciamiento entre Coleridge y Londres y se preguntaba cómo aprovecharlo en beneficio propio.

—No estoy muy seguro de tener la moral alta, la verdad —respondió Coleridge con mayor franqueza de la que había mostrado a Woodrow en el pasado—. No estoy ni mucho menos seguro. En realidad, ahora que lo pienso, dudo seriamente que pueda suscribir nada de eso. No puedo, de hecho. Así que, por mí, que se pudran el repajolero Bernard Pellegrin y todas sus obras. Que se vayan a la mierda, para ser más exactos. Y juega al tenis de pena. Pienso decírselo.

Cualquier otro día Woodrow habría recibido con entusiasmo tal declaración de ruptura y aportado su grano de arena para fomentarla, pero sus recuerdos del hospital lo asaltaban con una contundencia a la que no podía escapar, infundiéndole sentimientos hostiles contra un mundo que lo tenía preso contra su voluntad. Entre la residencia del embajador y la suya no había más de diez minutos a pie. En el camino se convirtió en blanco móvil de los ladridos de los perros, los ruegos de los niños mendigos que corrían tras él pidiéndole «cinco chelines, cinco chelines», y las buenas intenciones de amables conductores que aminoraban la marcha y se ofrecían a llevarlo. Aun así, cuando cruzó la verja de su casa, había revivido la hora más acusatoria de su vida.

Hay seis camas en la sala del hospital de Uhuru, tres contra cada pared. Ninguna tiene sábanas ni almohadas. El suelo es de cemento. Hay tragaluces pero no están abiertos. Es invierno pero no corre un soplo de aire, y el hedor de los excrementos y el desinfectante es tan intenso que Woodrow tiene la sensación de ingerirlo además de olerlo. Tessa, en la cama central del lado izquierdo, amamanta a un niño. Ella es lo último que Woodrow ve, deliberadamente. Las camas contiguas están vacías, salvo por las fundas de hule picado abotonadas a los colchones. Al otro lado del pasillo, yace aovillada una mujer joven con la cabeza apoyada directamente en el colchón y un brazo colgando. Sentado en el suelo cerca de ella, un adolescente mantiene fija en su rostro una imperturbable mirada de súplica mientras la abanica con un trozo de cartón. En la cama siguiente, una circunspecta anciana de cabello blanco, encaramada en el borde y rigurosamente erguida, lee una Biblia de las Misiones con unas gafas de concha. Lleva un *kanga* de algodón, como los que se venden a modo de mantón para los turistas. Más allá, una mujer escucha algo con expresión ceñuda por unos auriculares. En su semblante, sumamente devoto, se advierte la huella del dolor. Woodrow registra todo eso de una sola ojeada, como un espía, a la vez que observa a Tessa con el rabillo del ojo y se pregunta si lo ha visto.

Pero Bluhm sí lo ha visto. Bluhm ha alzado la cabeza en cuanto Woodrow, indeciso, ha entrado en la sala. Bluhm se ha levantado de su silla junto a la cama de Tessa y, tras agacharse para susurrarle algo al oído, se dirige silenciosamente hacia Woodrow y, de hombre a hombre, musita:

—Bienvenido.

¿Bienvenido a *qué* exactamente? ¿Bienvenido a la presencia de Tessa, por gentileza de su amante? ¿Bienvenido a este agujero maloliente de aletargado sufrimiento? Pero Woodrow se conforma con devolver a Bluhm un reverente saludo mientras este sale discretamente al pasillo.

—Me alegro de verte, Arnold.

Por lo que Woodrow sabía a partir de su limitada experiencia de la especie, cuando las mujeres inglesas daban de mamar a los niños, actuaban con pudoroso recato. Gloria, desde luego, así lo había hecho. Se abrían la parte delantera tal como los hombres se abren la suya, y luego recurrían a sus artes para ocultar lo que hubiese dentro. Tessa, en cambio, no siente necesidad de decoro en el sofocante aire africano. Está desnuda de cintura para arriba y un *kanga* parecido al de la anciana cubre la mitad inferior de su cuerpo. Sostiene al niño contra su pecho izquierdo, el derecho libre y en espera. Tiene el torso estilizado y translúcido. Sus pechos, aun después del parto, son tan delicados y perfectos como tantas veces los ha imaginado. El niño es negro. Negro azulado en contraste con la blancura marmórea de su piel. Una de sus manitas negras ha encontrado el pecho que lo alimenta y lo aprieta con extraña confianza mientras Tessa lo observa. Al cabo de un momento, alza sus ojos grandes y grises y mira a Woodrow a la cara. Él busca palabras, pero ninguna acude a sus labios. Se inclina sobre ella y el niño y, apoyando la mano izquierda en la cabecera, la besa en la frente. Al hacerlo, ve con sorpresa un cuaderno al otro lado de la cama, el lado donde estaba sentado Bluhm. Se halla en precario equilibrio sobre una mesilla, junto a un vaso de agua de aspecto insalubre y un par de bolígrafos. Está abierto, y Tessa ha escrito en sus páginas con trazos imprecisos y vacilantes que son como un vago recuerdo de la caligrafía aprendida en colegios privados que Woodrow asocia con ella. Pensando algo que decir, se sienta al sesgo en el borde de la cama. Pero es Tessa quien habla primero. Débilmente, su voz indistinta por efecto de los calmantes y ahogada por el dolor, y sin embargo con forzada serenidad, logrando adoptar el tonillo burlón que siempre emplea con él.

—Se llama Baraka —dice—. Significa «bendición». Pero eso ya lo sabías.

—Un buen nombre.

—No es mío —añade Tessa, y Woodrow guarda silencio—. Su madre no puede darle el pecho —explica con voz pausada y nebulosa.

—Entonces tiene suerte de que estés aquí —dice Woodrow con oportuno acierto—. ¿Cómo te encuentras, Tessa? No te imaginas lo preocupado que estaba. Lo siento mucho. ¿Quién cuida de ti, aparte de Justin? ¿Ghita y quién más?

—Arnold.

—Y aparte de Arnold, claro.

—Una vez me dijiste que atraigo las coincidencias —comenta ella, pasando por alto la pregunta—. Que por el solo hecho de ponerme en primera línea precipito los acontecimientos.

—Lo decía con admiración.

—¿Todavía lo piensas?

—Naturalmente.

—Se está muriendo —anuncia Tessa, dirigiendo la mirada hacia las camas de la pared opuesta—. Su madre. Wanza. —Observa a la mujer a la que le cuelga el brazo y al callado muchacho agazapado junto a ella—. Vamos, Sandy. ¿No me preguntas de qué enfermedad?

—¿De qué enfermedad? —pregunta Woodrow, obediente.

—La vida, que es, según los budistas, la causa primera de la muerte. El hacinamiento. La desnutrición. La falta de higiene. —Está hablándole al niño—. Y la codicia. Hombres codiciosos, en este caso. Es un milagro que no te hayan matado también a ti. Pero no te han matado, ¿eh que no? Al principio la visitaban un par de veces diarias. Estaban aterrorizados.

—¿Quiénes?

—Las coincidencias. Los codiciosos. Vestidos con elegantes batas blancas. La examinaban. La palpaban un poco. Le tomaban las constantes. Hablaban con las enfermeras. Ahora han dejado de venir. —El niño le hace daño. Lo reacomoda con ternura y continúa—: Para Jesucristo, eso no suponía el menor problema. Jesucristo se sentaba en el borde de la cama del moribundo, pronunciaba las palabras mágicas, el enfermo vivía y la gente aplaudía. Las coincidencias no eran capaces de hacerlo. Por eso han desaparecido. La han matado, y ahora no saben las palabras mágicas.

—Pobres desdichados —comenta Woodrow, siguiéndole el humor.

—No. —Tessa vuelve la cabeza, contrayendo el rostro en una mueca a causa de una punzada de dolor, y señala con la barbilla hacia el otro lado de la sala—. Ellos son los pobres desdichados. Wanza. Y el chico que está en el suelo, junto a ella. Kioko, su hermano. Recorrió ochenta kilómetros a pie desde su aldea para venir a espantarle las moscas. ¿Verdad que hizo eso tu tío? —dice al bebé, y tendiéndoselo en el regazo, le da unas suaves palmadas en la espalda hasta que eructa espontáneamente. Se coloca la palma de la mano bajo el otro pecho para ayudar al niño a mamar.

—Escúchame, Tessa. —Woodrow advierte su mirada escrutadora. Ella conoce ese tono de voz. Conoce todos sus tonos de voz. Woodrow ve asomar un atisbo de recelo en su rostro y quedarse fijo en él. Me ha hecho venir porque pensaba que podía serle útil, pero ahora se ha acordado de quién soy—. Por favor, Tessa, atiéndeme. Nadie está muriendo. Nadie está matando a nadie. Tienes fiebre, todo eso son figuraciones tuyas. Estás muy cansada. Deja ese asunto en paz. Concédete a ti misma un poco de paz. Por favor.

Tessa vuelve a concentrarse en el niño y le acaricia la mejilla con la yema del dedo.

—Eres la cosa más preciosa que he tocado en mi vida —susurra—. Y no vayas a olvidarte, eh.

—Estoy seguro de que no lo olvidará —dice Woodrow cordialmente, y el sonido de su voz le recuerda a Tessa su presencia.

—¿Qué tal el invernáculo? —pregunta. El «invernáculo», su término para referirse a la embajada.

—Floreciente.

—Podríais hacer las maletas y marcharos mañana, y nadie notaría la diferencia —declara distraídamente.

—Como siempre me has dicho.

—África está aquí. Vosotros estáis allí.

—Discutámoslo cuando recuperes las fuerzas —sugiere Woodrow con el tono más conciliatorio posible.

—¿Podemos?

—Claro que sí.

—¿Y escucharás?

—Con los cinco sentidos.

—Y entonces te lo contaremos todo sobre las codiciosas coincidencias con batas blancas. Y tú nos creerás. ¿Trato hecho?

—¿Nos?

—Arnold.

La mención de Arnold Bluhm devuelve a Woodrow al mundo real.

—Haré lo que esté en mis manos dadas las circunstancias. Lo que sea. Dentro de lo razonable. Lo prometo. Y ahora intenta descansar. Por favor.

Tessa reflexiona al respecto.

—Nos promete que hará lo que esté en sus manos dadas las circunstancias —explica al niño—. Dentro de lo razonable. Bueno, a eso se llama cooperación. ¿Cómo está Gloria?

—Muy preocupada. Te envía un abrazo.

Tessa deja escapar un interminable suspiro de agotamiento y, con el niño todavía al pecho, se recuesta contra la cabecera y cierra los ojos.

—Vete a casa con ella, pues. Y no me escribas más cartas —dice—. Y deja tranquila a Ghita. Tampoco ella te seguirá el juego.

Woodrow se levanta y se da media vuelta, esperando por alguna razón ver a Bluhm en el umbral de la puerta, en la pose que más detesta: Bluhm apoyado en el marco con displicencia, las manos metidas bajo el postizo cinturón artesanal como un vaquero, enseñando la blanca dentadura en una sonrisa desde dentro de su pretenciosa barba negra. Pero no hay nadie en la puerta. Sale al pasillo oscuro y sin ventanas, iluminado por una hilera de bombillas de escasa potencia como un refugio antiaéreo. Abriéndose paso entre camillas destartaladas con cuerpos yacentes, respirando el hedor de la sangre y los excrementos mezclado con el dulzón olor a cuadra de África,

Woodrow se pregunta si esa miseria forma parte de la irresistible atracción que Tessa ejerce en él: me he pasado la vida huyendo de la realidad, pero, por influencia de Tessa, me veo arrastrado hacia esa realidad.

Llega a un concurrido cruce de pasillos y ve a Bluhm enzarzado en una acalorada conversación con otro hombre. Primero oye la voz de Bluhm —aunque no las palabras—, estridente y acusadora, resonando en las vigas de acero. Luego contesta el otro hombre. Algunas personas, una vez que las vemos, permanecen ya siempre en nuestra memoria. Para Woodrow, ese otro hombre es una de tales personas. Un hombre de complexión recia y prominente panza, su cara mantecosa y reluciente ensombrecida por un visaje de abyecta desesperación. Tiene el pelo entre rubio y rojo, tan ralo que deja a la vista las quemaduras solares del cuero cabelludo. En sus labios, apretados como un capullo de rosa, se dibuja un mohín de súplica y negación. Sus ojos, bien abiertos por la angustia, revelan un horror que en apariencia los dos hombres comparten. Tiene las manos fuertes y salpicadas de manchas, y el sudor le traspasa la camisa caqui, formando líneas en torno al cuello. El resto de él se halla oculto bajo una bata blanca de médico.

«Y entonces te lo contaremos todo sobre las codiciosas coincidencias con batas blancas.» Woodrow avanza furtivamente. Se aproxima a ellos, pero ninguno de los dos vuelve la cabeza. Están demasiado absortos en la discusión. Pasa de largo sin ser visto, y los gritos de ambos se pierden entre el bullicio.

El coche de Donohue estaba de nuevo ante la casa. Al verlo, Woodrow sintió una rabia incontenible. Subió como una exhalación al piso superior, se duchó, se puso una camisa limpia, y su rabia no disminuyó. En la casa reinaba un silencio poco habitual para un sábado, y cuando echó un vistazo por la ventana del cuarto de baño, descubrió a qué se debía. Donohue, Justin, Gloria y los niños jugaban al Monopoly sentados alrededor de la mesa del jardín. Woodrow aborrecía todos los juegos de mesa, pero el Monopoly en concreto le despertaba un odio irracional equiparable a su odio hacia los Amigos y los demás miembros de los inflados servicios de inteligencia británicos. ¿Qué diablos se propone presentándose otra vez aquí minutos después de decirle que se mantenga a distancia? ¿Y qué clase de marido se sienta a jugar alegremente al Monopoly días después de morir su esposa asesinada de un machetazo? Los invitados a una casa, solían decir Woodrow y Gloria entre ellos, citando el proverbio chino, son como el pescado, que empieza a apestar al tercer día. Pero Gloria encontraba a Justin más fragante cada día que pasaba.

Woodrow bajó y los observó desde la ventana de la cocina. El servicio libraba el sábado por la tarde, naturalmente. Estaremos mucho más a gusto solos, cariño. Salvo que no es *estaremos* sino *estaréis.* Y *conmigo* nunca se te nota ni remotamente tan contenta como ahora, con dos hombres de mediana edad adulándote.

En la mesa, Justin había caído en la calle de alguien y pagaba un fajo de dinero en concepto de alquiler mientras Gloria y los niños prorrumpían en carcajadas y Donohue, con tono de queja, declaraba que ya era hora. Justin lucía su ridículo sombrero de paja y, como todo lo que se ponía, le sentaba perfectamente. Woodrow llenó de agua un hervidor y lo colocó sobre un fogón. Les llevaré un té, y así sabrán que he vuelto, a no ser que estén demasiado atentos los unos a los otros para darse cuenta. Cambiando de idea, salió al jardín y se dirigió con paso enérgico hacia la mesa.

—Justin. Perdona la interrupción. Me gustaría hablar un momento contigo si es posible. —Y para los otros (mi propia familia, mirándome como si hubiera violado a la criada) dijo—: No quiero aguaros la fiesta, pandilla. Enseguida acabamos. ¿Quién gana?

—Nadie —respondió Gloria airada, en tanto Donohue, manteniéndose al margen, esbozaba su enfermiza sonrisa.

Los dos permanecieron de pie en la celda de Justin. Si el jardín hubiera estado disponible, Woodrow habría preferido el jardín. Dada la situación, se retiraron al lúgubre cuartucho y se quedaron cara a cara, con la bolsa de Tessa —la bolsa del *padre* de Tessa— apoyada contra la reja. *Mi* bodega. *Su* llave. La bolsa del *ilustre padre de su mujer*. Pero cuando empezó a hablar, advirtió con asombro que alrededor cambiaba el escenario. En lugar de la cama de hierro, vio la mesa de taracea a la que la madre de Tessa tenía tanto cariño. Y detrás, la chimenea de ladrillo con invitaciones en la repisa. Y en el otro extremo de la habitación, allí donde las falsas vigas de roble parecían converger, la silueta desnuda de Tessa frente a la cristalera. Se obligó a volver al presente y la ilusión óptica se desvaneció.

—Justin.

—Sí, Sandy.

Pero por segunda vez en unos minutos se desvió de la confrontación que había planeado.

—Uno de los boletines locales ha publicado una especie de *liber amicorum* sobre Tessa.

—Un detalle de agradecer.

—Contiene comentarios bastante inequívocos acerca de Bluhm. Incluida la insinuación de que la asistió personalmente en el parto. Y de ahí se desprende casi por sí sola la conclusión de que quizá el niño era suyo. Lo siento.

—Te refieres a Garth.

—Sí.

Se advertía tensión en la voz de Justin y, a oídos de Woodrow, un tono tan amenazador como el suyo propio.

—Sí, bueno, es una conclusión que la gente ha extraído de vez en cuando durante los últimos meses, Sandy, y dada la actual situación, sin duda habrá más de lo mismo.

Pese a que Woodrow le dejó abierta la posibilidad de desmentir tales especulaciones, Justin no lo hizo. Y ello indujo a Woodrow a aumentar la presión. Lo impulsaba alguna fuerza interior desatada por sus remordimientos de conciencia.

—También sostienen que Bluhm llegó al extremo de llevarse una cama plegable a la sala del hospital para dormir cerca de ella.

—La compartíamos.

—¿Cómo dices?

—A veces dormía en esa cama Arnold, y a veces yo. Nos turnábamos, dependiendo de las exigencias de nuestros respectivos trabajos.

—¿No te importa, pues?

—Si no me importa ¿qué?

—Que se diga eso de ellos..., que él le dedicaba tantas atenciones... con tu consentimiento, según parece..., mientras Tessa hacía el papel de esposa tuya aquí en Nairobi.

—*¿El papel?* ¡*Era* mi esposa, maldita sea!

Woodrow no había previsto la ira de Justin más de lo que había previsto la de Coleridge. Tenía suficiente con tratar de dominar la suya propia. Había mantenido un tono de voz sosegado, y en la cocina había logrado sacudirse parte de la tensión de los hombros. Pero el exabrupto de Justin lo cogió totalmente por sorpresa, y lo sobresaltó. Esperaba arrepentimiento y, para ser sinceros, humillación, pero no resistencia armada.

—¿Qué te interesa saber exactamente? —inquirió Justin—. Me parece que no acabo de entenderlo.

—Necesito información, Justin. Así de sencillo.

—¿Qué información? ¿Si tenía bajo control a mi mujer?

Woodrow imploraba y se echaba atrás al mismo tiempo.

—Oye, Justin..., en serio, intenta ponerte en mi lugar... Solo por un momento, ¿de acuerdo? La prensa de todo el mundo va a hacerse eco de esto. Tengo derecho a saberlo.

—Saber ¿qué?

—Saber qué otras actividades de Tessa y Bluhm van a aparecer en primera plana... mañana y durante las seis próximas semanas —terminó Woodrow con cierta autocompasión.

—¿Como cuáles?

—Bluhm era su gurú. Bueno, lo era, ¿no? Al margen de que, para ella, fuera también otras cosas.

—¿Y?

—Y tenían causas comunes. Investigaban casos de malos tratos. Asuntos relacionados con los derechos humanos. Bluhm desempeña una función de vigilancia o algo así, ¿no? O esa es la finalidad de su organización. Y Tessa... —Estaba perdiendo el rumbo, y Justin se limitaba a observar cómo lo perdía—. Ella lo ayudaba. Lógicamente. Dadas las circunstancias. Aprovechaba sus conocimientos jurídicos.

—¿Te importaría decirme adónde quieres ir a parar?

—Sus papeles. Solo eso. Sus posesiones. El material que fuiste a recoger. Fuimos. Los dos juntos.

—¿Qué problema hay con eso?

Woodrow trató de serenarse: por Dios, soy tu superior, y no un simple peticionario. No confundamos los papeles, ¿entendido?

—Necesito que me asegures, por tanto..., que todos los documentos reunidos en relación con sus causas... en su calidad de esposa tuya... con estatus diplomático..., aquí a cuenta del gobierno de Su Majestad..., serán entregados al ministerio. Con esa condición te llevé el martes a tu casa. De lo contrario, no habríamos ido.

Justin había escuchado inmóvil. No había movido ni un dedo, ni un párpado, mientras Woodrow pronunciaba aquel falso añadido. Con la luz detrás, permanecía tan quieto como la silueta desnuda de Tessa.

—La otra promesa que debo obtener de ti es evidente —prosiguió Woodrow.

—¿Qué otra promesa?

—Tu propia discreción en el asunto. Sepas lo que sepas de sus actividades..., sus agitaciones..., su supuesto trabajo humanitario que acabó fuera de control.

—¿Del control de quién?

—Me refiero sencillamente a que, respecto a cualquier posible incursión de Tessa en terreno oficial, estás tan obligado como el resto de la embajada a cumplir las normas de confidencialidad. Me temo que esa es la orden procedente de las alturas. —Pretendía plantear la cuestión en broma, pero ninguno de los dos sonrió—. Es orden de Pellegrin.

«¿Y tú mantienes la moral alta, Sandy? ¿Estás bien de ánimo y demás, habida cuenta de que atravesamos momentos críticos y tienes a su marido en tu habitación para invitados?»

Justin se decidió por fin a hablar:

—Gracias, Sandy. Sé apreciar todo lo que has hecho por mí. Te estoy muy agradecido por permitirme visitar mi propia casa. Pero ahora debo ir a recaudar los alquileres a Piccadilly, donde por lo visto hay un valioso hotel de mi propiedad.

Dicho lo cual, para estupefacción de Woodrow, Justin regresó al jardín y, volviendo a ocupar su puesto junto a Donohue, reanudó la partida de Monopoly donde la había dejado.

4

Los policías británicos eran unos benditos. Gloria así lo dijo, y si Woodrow discrepaba, se reservó la opinión. Incluso Porter Coleridge, pese a la parquedad con que describió su trato con ellos, los calificó de «sorprendentemente civilizados considerando que son unos mierdas». Y lo mejor de ellos era... —informó Gloria a Elena desde su habitación después de acompañarlos al salón para iniciar su segundo día con Justin—, lo mejor de todo era, El, que una tenía la impresión de que estaban allí para ayudar, no para echar más dolor y vergüenza sobre los hombros del pobre Justin. Rob, el chico, estaba para comérselo..., bueno, más que chico, hombre en realidad, El, debe de tener veinticinco años como mínimo. Con cierto aire de actor pero sin ostentación, y muy hábil para sacudirse de encima a los policías de Nairobi con los que tenían que colaborar. Y Lesley —que es una mujer, querida, fíjate, lo cual nos cogió a todos por sorpresa, y demuestra lo poco que sabemos de la verdadera Inglaterra de hoy— viste ropa un poco pasada de moda, pero, bueno, aparte de eso, francamente nunca adivinarías que no tiene la clase de educación que nos dieron a nosotras. Por la voz no, te lo aseguro, porque ahora ya nadie habla como le enseñaron, nadie se atreve. Y se la ve totalmente cómoda en el salón de una, muy tranquila y segura de sí misma, y agradable, con una sonrisa cordial y unas pocas canas en el pelo que muy acertadamente se deja tal como están, y lo que Sandy llama un «decoroso silencio», así que no has de andar siempre buscando algo que decir cuando entran en boxes para darle un respiro al pobre Justin. El único problema era que Gloria no tenía la menor idea de qué hablaban, porque no podía pasarse el día entero en la cocina con el oído pegado a la ventanilla o, bueno, al menos no en presencia de los criados, desde luego, ¿no crees, El?

Pero si el tema de las conversaciones entre Justin y los dos agentes de policía escapaba a su conocimiento, Gloria sabía aún menos sobre los tratos de estos con su marido, por la sencilla razón de que él no la informó de su existencia.

Los contactos iniciales entre Woodrow y los dos agentes fueron el vivo ejemplo de la cortesía. Los agentes declararon que comprendían lo delicado de su misión, que mantendrían una absoluta reserva ante la comunidad blanca de Nairobi, etcétera. Woodrow, a cambio, les garantizó la cooperación de su personal y todas las facilidades oportunas, amén. Los agentes prometieron tener a Woodrow al corriente de sus investigaciones, siempre y cuando ello fuera compatible con las instrucciones recibidas de Scotland Yard. Afablemente, Woodrow señaló que todos servían a la misma reina, y que, si el nombre de pila bastaba para Su Majestad, bastaría también para nosotros.

—¿Y en qué consiste, pues, el trabajo de Justin aquí en la embajada, señor Woodrow? —preguntó educadamente Rob, el chico, desoyendo su invitación a la familiaridad.

Rob era un corredor de fondo londinense, todo orejas, rodillas, codos y redaños. Lesley, que podría haber sido su hermana mayor y más lista, llevaba un práctico bolso que, imaginó Woodrow con sorna, debía de contener todo lo necesario para el avituallamiento de Rob en carrera —tintura de yodo, tabletas de sal, cordones de recambio para las zapatillas—, pero en realidad, por lo que Woodrow había visto hasta el momento, no contenía más que un casete, cintas y un vistoso surtido de blocs taquigráficos y libretas.

Woodrow fingió pensar la respuesta, frunciendo el entrecejo en esa expresión de seriedad mediante la cual revelaba a su interlocutor que estaba hablando con el profesional.

—Bueno, para empezar, es nuestro exalumno de Eton interno —dijo, y todos rieron la gracia—. *En esencia*, Rob, Justin es nuestro representante británico en la Comisión para la Efectividad de los Donantes en el Este de África, conocida generalmente por sus siglas: CEDEA —prosiguió, hablando con la debida claridad en atención a la limitada inteligencia de Rob—. En un principio, la primera E correspondía a Eficacia, pero por estos alrededores no hay mucha gente familiarizada con esa palabra, así que la cambiamos por otra más acorde con la mentalidad de los usuarios.

—¿Y de qué se ocupa esa comisión?

—La CEDEA es un organismo consultivo relativamente *nuevo*, Rob, con sede aquí en Nairobi. Cuenta con representación de todas las naciones donantes que proporcionan ayuda, socorro y asistencia al este de África, sea cual sea el medio elegido. Sus miembros proceden de las embajadas de todos los países donantes, y la comisión se reúne cada semana y elabora un informe quincenal.

—¿Dirigido a...? —preguntó Rob, tomando nota.

—A todos los países integrantes, claro está.

—¿Sobre?

—Sobre lo que su propio nombre indica —contestó Woodrow con paciencia, tomando en cuenta los buenos modales del muchacho—. Fomenta la eficacia, o efectividad, en el campo de la ayuda humanitaria. En las labores de ayuda, la efectividad viene a ser el patrón oro. La compasión se presupone —añadió con una encantadora sonrisa que daba a entender que todos éramos compasivos—. La CEDEA tiene el difícil cometido de determinar qué porcentaje de cada dólar de cada nación donante alcanza realmente su objetivo, y qué recursos se desaprovechan a causa de la superposición y la competencia entre distintos organismos en el terreno. Se enfrenta, como por desgracia nos ocurre a todos nosotros, con las tres erres de la ayuda humanitaria internacional: Reduplicación, Rivalidad, Racionalización. Busca la mejor relación posible entre gastos generales y rendimiento y... —la sonrisa de quien imparte sabiduría generosamente— formula alguna que otra recomendación facultativa, ya que, a diferencia de vosotros, no posee poder ejecutivo, ni autoridad para imponer el cumplimiento de sus directrices. —Ladeó la cabeza en un gesto indulgente que anunciaba la pequeña confidencia—. Entre nosotros, dudo que fuera una gran idea. Pero surgió de nuestro querido ministro de Asuntos Exteriores, y satisfacía las generalizadas peticiones de mayor transparencia, ética en la política exterior y otras discutibles panaceas de nuestro tiempo, así que promovimos la iniciativa para ver si servía de algo. Hay quienes opinan que la responsabilidad debería recaer en las Naciones Unidas. Otros dicen que las Naciones Unidas ya llevan a cabo sus propias actuaciones en la misma línea. Y para otros las Naciones Unidas forman parte de la enfermedad. Podéis elegir —concluyó Woodrow, y con un ademán de desaprobación los invitó a hacer eso precisamente.

—¿Qué enfermedad? —quiso saber Rob.

—La CEDEA no está facultada para realizar investigaciones de campo. Sin embargo, a la hora de establecer la correspondencia entre gastos y resultados, la corrupción es un factor fundamental, cuyo coste debe calcularse. No hay que confundirla con el mal aprovechamiento de recursos y la incompetencia, pero existen aspectos comunes. —Buscó una analogía para el ciudadano de a pie—. Tomemos como ejemplo nuestra vieja red hidráulica de Gran Bretaña, construida en 1890 o fecha aproximada. El agua sale del embalse. Con un poco de suerte, parte de ella llega hasta nuestros grifos. Pero a lo largo del camino hay cañerías con importantes escapes. Ahora bien, cuando esa agua es una desinteresada donación del público en general, no podemos dejar que se pierda inútilmente, ¿no? Ciertamente que no si el empleo de uno depende del voluble votante.

—¿Con quiénes lo lleva a relacionarse su trabajo en esa comisión? —preguntó Rob.

—Con diplomáticos de alto rango. Seleccionados entre la comunidad internacional de Nairobi. De consejero para arriba, en su mayoría. Algún que otro primer secretario, pero no muchos. —Woodrow consideró, por lo visto, que eso requería una explicación—. A mi juicio, la CEDEA debía dignificarse, debía llevar la cabeza muy alta. Si se la dejaba caer al nivel de campo, acabaría convertida en una especie de superorganización no gubernamental..., para ti, Rob, oenegé..., y tarde o temprano cojearía del mismo pie que las demás. Yo me opuse enérgicamente a eso. De acuerdo, la CEDEA debe estar aquí, en Nairobi, sobre el terreno, y tomar conciencia directa de los problemas. Por descontado. Aun así, es un órgano asesor. Debe conservar una perspectiva desapasionada. Es de vital importancia que no pierda su carácter de... si me permitís que cite mis propias palabras... *zona franca de emociones.* Y Justin es el secretario de la comisión. No se trata de un cargo obtenido por méritos; simplemente es nuestro turno. Levanta acta, coteja los resultados de las investigaciones y redacta los informes quincenales.

—Tessa no era una zona franca de emociones —objetó Rob tras un momento de reflexión—. Tessa era pura emoción, por lo que hemos oído.

—Me temo que has leído demasiados periódicos, Rob.

—Pues no. He consultado los informes de campo de Tessa. Se remangaba y metía de pleno en la tarea, con la mierda hasta los codos día y noche.

—Una actitud muy necesaria, sin duda. Muy loable. Pero rara vez propicia para la objetividad, que es el principal deber de la comisión como organismo consultivo internacional —dijo Woodrow con deferencia, pasando por alto aquel descenso al lenguaje barriobajero como, en un plano completamente distinto, lo pasaba también por alto en su embajador.

—Así que cada uno iba por su lado —infirió Rob, recostándose y tamborileándose en los dientes con el lápiz—. Él era objetivo; ella era emotiva. Él prefería la seguridad del centro; ella se movía en los peligrosos extremos. Ahora lo entiendo. A decir verdad, creo que ya lo sabía. ¿Y qué lugar ocupa Bluhm?

—¿En qué sentido?

—Bluhm. Arnold Bluhm. El médico. ¿Qué lugar ocupa en ese panorama general de la vida de Tessa y la de usted?

Woodrow esbozó una fugaz sonrisa, disculpando el caprichoso planteamiento de Rob. ¿Mi vida? ¿Qué tenía que ver la vida de ella con la mía?

—Aquí existen muy diversas organizaciones financiadas mediante donaciones, como sin duda ya sabes. Todas respaldadas por distintos países y sufragadas a través de toda clase de entidades benéficas y no benéficas. Nuestro distinguido presidente Moi las detesta a todas en bloque.

—¿Por qué?

—Porque hacen lo que su gobierno haría si hiciera su trabajo. Además, sortean sus redes de corrupción. La organización de Bluhm es modesta, es belga, actúa en el área de la medicina y cuenta con financiación privada. Sintiéndolo mucho, eso es lo único que os puedo decir al respecto —añadió Woodrow con una sinceridad que los invitaba a compartir su ignorancia sobre aquellos temas.

Pero ellos no se dejaban convencer tan fácilmente.

—Es una organización de control —informó Rob con presteza—. Sus médicos supervisan a las otras oenegés, visitan clínicas, comprueban los diagnósticos y los corrigen. Por ejemplo: «Quizá esto no sea malaria, doctor; quizá sea cáncer de hígado». Luego verifican el tratamiento. También se dedican a la epidemiología. ¿Y qué puede decirnos de Leakey?

—¿De Leakey?

—Bluhm y Tessa iban camino de su yacimiento, ¿correcto?

—Se supone.

—¿Quién es exactamente? ¿Leakey? ¿En qué anda metido?

—Va camino de convertirse en una leyenda blanca en África. Arqueólogo y antropólogo, trabajó al lado de sus padres en la orilla oriental del lago Turkana, explorando los orígenes de la humanidad. Tras la muerte de los padres, él prosiguió su labor. Fue director del Museo Nacional aquí en Nairobi y después ocupó otro cargo en el área de la protección del medio ambiente y las reservas naturales.

—Pero dimitió.

—O lo cesaron. Es una historia compleja.

—Además, es como una china en el zapato para Moi, ¿no?

—Se opuso a Moi en el terreno político y, en pago a sus esfuerzos, le dieron una brutal paliza. Ahora parece que está resucitando como el azote de la corrupción keniana. De hecho, el Fondo Monetario Internacional y el Banco Mundial han exigido su presencia en el gobierno.

Cuando Rob se cruzó de brazos y le tocó el turno a Lesley, se puso de manifiesto que las diferencias entre los Quayle señaladas por Rob eran aplicables también a los distintos estilos de los dos agentes. Rob hablaba a sacudidas, con la falta de sutileza propia de un hombre que lucha por contener sus emociones. Lesley era un modelo de ecuanimidad.

—Así pues, ¿qué clase de hombre es este Justin? —dijo pensativamente, observando como a un lejano personaje histórico—. Fuera de su lugar de trabajo y su comisión. ¿Cuáles son sus intereses, sus inclinaciones, su forma de vida? ¿Quién es?

—Dios mío, ¿quién es cualquiera de nosotros? —declamó Woodrow de un modo quizá demasiado teatral.

Ante eso Rob volvió a repiquetearse en los dientes con el lápiz, Lesley sonrió pacientemente y Woodrow, con encantadora renuencia, recitó la lista de exiguos atributos de Justin: un entusiasta jardinero —aunque ahora que lo pienso, ya no tan entusiasta desde que Tessa perdió al bebé—, para él no existe mayor placer que trabajar en los arriates de flores un sábado por la tarde; un caballero, si es que eso significa algo; la clase de exalumno de Eton aceptable; en extremo cortés con el personal contratado de la embajada, naturalmente; uno de esos tipos de quienes se puede tener la seguridad de que sacarán a bailar a todas las mujeres sin pareja en la fiesta anual del embajador; un hombre con ciertas rarezas de viejo solterón que sin embargo Woodrow es incapaz de precisar en ese momento; que él sepa, no juega al golf ni al tenis, no es aficionado a la caza ni a la pesca, poco amigo de las actividades al aire libre, a excepción de la jardinería. Y, claro está, un excelente diplomático con grandes dotes para la profesión:

mucha experiencia de campo, dos o tres idiomas, competente y fiable para cualquier tarea, totalmente leal a las instrucciones de Londres. Y —esta es la parte cruel, Rob—, sin culpa alguna, atascado en la carrera por el ascenso.

—¿Y no anda en malas compañías o algo por el estilo? —preguntó Lesley, consultando su libreta—. ¿No se lo imagina de juerga en sórdidos clubes nocturnos mientras Tessa se iba a una de sus expediciones? —La pregunta estaba ya formulada en tono jocoso—. No es el caso, supongo.

—¿Clubes nocturnos? ¿Justin? ¡Qué ocurrencia! En el Annabel de Londres a lo sumo, y hace veinticinco años. ¿De dónde ha salido semejante idea? —Woodrow rio con ganas, como no reía desde hacía más de una semana.

Rob lo sacó de dudas con mucho gusto:

—De nuestro comisario, precisamente. El señor Gridley. Estuvo destinado en Nairobi como enlace durante un tiempo. Según él, en ciertos clubes puede uno contratar a un asesino a sueldo si lo desea. Hay uno en River Road, a una calle del New Stanley, que cae muy a mano si uno se aloja allí. Por quinientos dólares liquidan a quien convenga. La mitad por adelantado, la otra mitad después del trabajo. Por menos en algunos clubes, dice él, pero entonces se pierde en calidad.

—¿Quería Justin a Tessa? —preguntó Lesley mientras Woodrow sonreía aún.

En el distendido ambiente que iba creándose entre ellos, Woodrow alzó los brazos y elevó una ahogada exclamación al cielo.

—¡Dios mío! ¿Quién ama a quién en este mundo y por qué? —Y viendo que Lesley no lo eximía inmediatamente de responder, añadió—: Tessa era guapa. Inteligente. Joven. Él era un hombre de cuarenta y tantos años cuando la conoció. Menopáusico, cerca ya del tiempo de descuento, solitario, encaprichado, deseando sentar la cabeza. ¿Si la quería? Eso te corresponde a ti decir, no a mí.

Pero si el comentario era una invitación a Lesley para que expresara sus propias opiniones, ella no la aceptó. Aparentemente estaba más interesada, igual que Rob a su lado, por la sutil transfiguración de las facciones de Woodrow: la desaparición de las arrugas en la parte superior de las mejillas al tensarse la piel, el tenue aumento del color en el cuello, las ligeras contracciones involuntarias de la mandíbula.

—¿Y Justin no se enfadaba con ella... debido, por ejemplo, a su trabajo humanitario? —insinuó Rob.

—¿Por qué iba a enfadarse?

—¿No le daba cien patadas cuando ella acusaba públicamente a ciertas empresas occidentales, algunas de ellas británicas, de estafar a los africanos cobrándoles de más por servicios técnicos o endosándoles medicamentos caducados a precios abusivos? ¿O de utilizar a los africanos como cobayas humanos para probar nuevos fármacos, práctica que a veces se presupone, pero que casi nunca llega a demostrarse, por así decirlo?

—Estoy seguro de que Justin se sentía muy orgulloso de las labores humanitarias de Tessa. Muchas de nuestras esposas tienden a inhibirse en ese aspecto. La cooperación de Tessa reestablecía el equilibrio.

—Nunca se enfadaba con ella, pues —insistió Rob.

—Justin no es propenso al enfado. O al menos no como solemos entenderlo. Si algo le producían esas situaciones era vergüenza.

—¿Y usted también sentía vergüenza? Es decir, usted como miembro de la embajada.

—¿De qué?

—Del trabajo humanitario de Tessa. De sus intereses concretos. ¿Entraban en conflicto con los intereses de Su Majestad?

Woodrow adoptó su más convincente expresión de perplejidad.

—El gobierno de Su Majestad nunca se avergonzaría de una acción humanitaria, Rob. Deberías saberlo.

—Estamos descubriéndolo, señor Woodrow —terció Lesley con discreción—. Somos nuevos en esto.

Y tras haberlo interrogado durante un rato sin relajar ni por un segundo su cordial sonrisa, guardó las libretas y el casete en el bolso y, pretextando un compromiso en la ciudad, propuso que reanudaran sus deliberaciones al día siguiente a la misma hora.

—¿Sabe si Tessa tenía un trato de especial confianza con alguien? —preguntó Lesley como de pasada cuando los tres se dirigían en grupo hacia la puerta.

—¿Aparte de Bluhm, quieres decir?

—Me refería a posibles amigas, para ser exactos.

Woodrow rebuscó en la memoria con ostentosa concentración.

—No. No, no lo creo. No me viene a la mente nadie en particular. Aunque difícilmente podría yo estar enterado de algo así, ¿no?

—Quizá sí lo sabría si fuera alguien del personal de la embajada —apuntó Lesley servicialmente—. Como Ghita Pearson o alguna otra persona.

—¿Ghita? Ah, claro, Ghita. Sí, obviamente. Y os tratan como es debido, ¿no? ¿Disponéis de un medio de transporte y todo eso? Bien.

Transcurrió todo un día, y toda una noche, hasta que volvieron.

En esta ocasión fue Lesley, no Rob, quien abrió la sesión, y lo hizo con un renovado brío que inducía a pensar que algo había ocurrido desde la anterior reunión.

—Tessa había tenido un contacto sexual reciente

—anunció con una radiante voz de comienzo de jornada mientras colocaba su utilería sobre la mesa como las pruebas presentadas en un juicio: lápiccs, libretas, casete, una goma de borrar—. Sospechamos que fue violada. En teoría es información reservada, pero imagino que lo leeremos en los periódicos de mañana. Por ahora, solo han extraído un frotis vaginal y lo han examinado al microscopio para ver si el esperma estaba vivo o muerto. Estaba muerto, pero creen igualmente que hay esperma de más de un hombre. Quizá todo un cóctel. Nuestra opinión es que no tienen medio de averiguarlo.

Woodrow hundió la cabeza entre las manos.

—Habrá que esperar a que se pronuncien nuestros propios expertos para estar seguros al cien por cien —añadió Lesley, observándolo.

Rob, como el día anterior, se tamborileaba en los enormes dientes con el lápiz despreocupadamente.

—Y la sangre de la casaca de Bluhm era de Tessa —prosiguió Lesley con la misma franqueza—. Es un resultado provisional, claro. Aquí solo determinan los grupos sanguíneos básicos. Para cualquier otro análisis, tendremos que enviar muestras a Londres.

Woodrow se había puesto en pie, cosa que hacía con frecuencia en las reuniones informales para ayudar a relajarse a los presentes. Paseándose lánguidamente hasta la ventana, ocupó posiciones en el lado opuesto del despacho y fingió contemplar el espantoso perfil urbano de Nairobi. Contra todo pronóstico, el cielo amenazaba tormenta, y se respiraba en el aire esa indefinible sensación de tensión que precede a la mágica lluvia africana. La actitud de Woodrow, por contraste, era la viva imagen del sosiego. Nadie veía las dos o tres gotas de sudor caliente que habían brotado de sus axilas y reptaban como gruesos insectos por sus costillas.

—¿Se lo ha dicho alguien a Quayle? —preguntó, sin

saber, como quizá tampoco ellos, por qué de pronto el viudo de una mujer violada dejaba de ser Justin para convertirse en Quayle.

—Pensamos que sería mejor que le diera la noticia un amigo —respondió Lesley.

—Usted —sugirió Rob.

—Naturalmente.

—Por otra parte, siempre existe la posibilidad, como observó Les, de que acaso ella y Arnold echaran el último antes de ponerse en camino. Quizá quiera mencionárselo. Usted verá.

¿Cuál es mi límite?, se preguntó. ¿Qué más ha de pasar para que abra la ventana y salte al vacío? Tal vez era eso lo que buscaba en ella: que me llevara más allá de lo que soy capaz de aceptar.

—Bluhm nos cae francamente bien —dijo de improviso Lesley con cordial exasperación, como si necesitara que Woodrow compartiera su simpatía por Bluhm—. Claro está, debemos permanecer alertas al otro Bluhm, la bestia con forma humana. Y en el lugar de donde nosotros venimos, las personas más pacíficas cometen los actos más horrendos cuando se los incita. Pero ¿quién lo incitó... si es que fue incitado? Nadie, a menos que lo incitara ella. —Lesley se interrumpió, invitando a Woodrow a introducir algún comentario, pero él se acogió a su derecho a guardar silencio—. Bluhm es lo más parecido a un buen hombre que puede encontrarse —insistió, como si buen hombre fuera una condición finita al igual que *Homo sapiens*—. Ha hecho muchas buenas obras, auténticas buenas obras. No por lucirse, sino porque quería. Ha salvado vidas, arriesgado la suya propia, trabajado en sitios atroces sin remuneración, escondido a gente en su buhardilla. ¿Qué, caballero? ¿No está de acuerdo?

¿Pretendía provocarlo? ¿O simplemente recurría a un observador maduro para que dilucidara la relación Tessa-Bluhm?

—Me consta que tiene un excelente historial —admitió Woodrow.

Rob soltó un resoplido de impaciencia, acompañado de una desconcertante contorsión de la mitad superior del cuerpo.

—Mire, olvídese del historial. Personalmente, ¿le inspira simpatía Bluhm? ¿Sí o no? Así de sencillo. —Y con un movimiento rápido y enérgico, cambió de posición en la silla.

—Dios mío —dijo Woodrow por encima del hombro, esta vez procurando moderar su histrionismo, pero permitiendo de todos modos que un dejo de irritación se trasluciera en su voz—. Ayer tuve que definir el amor y hoy me toca definir la simpatía. Por lo que veo, las definiciones absolutas son la máxima aspiración en el moderno Imperio británico, ¿eh?

—Estamos pidiendo su opinión, caballero, ¿no? —repuso Rob.

Quizá fue el tratamiento de «caballero» lo que hizo mella en él. En su anterior reunión era «señor Woodrow», o «Sandy» en algún arranque de atrevimiento. Ahora era «caballero», previniendo a Woodrow de que aquellos dos jóvenes agentes de policía no eran sus colegas, ni sus amigos, sino intrusos de clase baja que se hurgaban la nariz en el selecto club que le había brindado protección y prestigio a lo largo de diecisiete años. Cruzó las manos detrás de la espalda e irguió los hombros. Luego se dio media vuelta para situarse de cara a sus interrogadores.

—Arnold Bluhm es persuasivo —declaró, pronunciando su perorata desde el extremo opuesto del despacho—. Es atractivo, tiene su peculiar encanto. Resulta ingenioso, si a uno le gusta esa clase de humor. Posee cierta aura... debida quizá a esa cuidada barba suya. Para quienes se dejan impresionar fácilmente, es un héroe popular africano. —Dicho lo cual, se volvió hacia la ventana, como si esperase que recogieran sus cosas y se marchasen.

—¿Y para quienes no se dejan impresionar tan fácilmente? —preguntó Lesley, aprovechando que les daba la espalda para dirigirle una mirada de reconocimiento: las manos detrás, ofreciéndose mutuo consuelo, la rodilla que en ese momento no sostenía el peso del cuerpo alzada a la defensiva.

—Ah, sin duda somos minoría —contestó Woodrow tranquilamente.

—Aunque imagino que debía de ser en extremo preocupante para usted, y también molesto dada su posición de responsabilidad como jefe de cancillería, ver que ocurría todo eso ante sus narices y saber que no podía hacer nada para impedirlo. Es decir, no puede ir y decirle a Justin: «Mira a ese negro de la barba, está liado con tu mujer». No puede, ¿verdad? ¿O sí puede?

—Si un escándalo amenaza con empañar el buen nombre de la legación, estoy autorizado..., mejor dicho, obligado... a intervenir.

—¿E intervino? —Lesley, tomando la palabra.

—Planteándolo de un modo general, sí.

—¿Planteándoselo a Justin? ¿O directamente a Tessa?

—El problema era, claro está, que la relación de Tessa con Bluhm tenía una tapadera, podríamos decir —respondió Woodrow, arreglándoselas para eludir la pregunta—. Ese hombre es un médico de alto nivel. Muy respetado en el contexto de la ayuda humanitaria. Tessa era su leal voluntaria. En apariencia, todo absolutamente legítimo. Uno no puede arremeter contra ellos y acusarlos de adulterio sin pruebas. Uno no puede decir: «Cuidado, esto está dando que hablar, así que por favor actuad con un poco más de discreción».

—¿A quién se lo dijo, pues? —preguntó Lesley a la vez que escribía en una libreta.

—No es tan sencillo. El problema no se reducía a un solo episodio..., un solo diálogo.

Lesley se echó hacia delante, comprobando de paso si las bobinas de la cinta seguían girando en el casete.

—¿Entre usted y Tessa?

—Tessa era un motor magníficamente diseñado a cuyos engranajes le faltan la mitad de los dientes. Antes de perder al bebé, ya no estaba muy en sus cabales, eso sin duda. —A punto de consumar la traición a Tessa, Woodrow recordó a Porter Coleridge sentado en su estudio, repitiendo indignado las instrucciones de Pellegrin—. Pero después..., no me queda más remedio que decirlo..., mal que me pese..., después muchos tuvimos la impresión de que se había trastornado por completo.

—¿Era ninfómana? —preguntó Rob.

—Me temo que esa pregunta está un tanto por encima de mi nivel en la escala salarial —contestó Woodrow con frialdad.

—Dejémoslo en que coqueteaba escandalosamente —propuso Lesley—. Con todo el mundo.

—Si insistes... —Ningún hombre habría podido aparentar mayor indiferencia—. Pero es difícil saberlo, ¿no? Una chica preciosa, la reina de la fiesta, un marido mucho mayor que ella... ¿Coquetea? ¿O simplemente actúa con naturalidad, se divierte? Si lleva un vestido muy escotado y se contonea de un lado a otro, la gente dirá que es una casquivana. Si no, dirán que es una aburrida. Para vuestra información, así es la comunidad blanca de Nairobi. Quizá sea igual en todas partes. No puedo jactarme de ser un experto.

—¿Coqueteaba con usted? —preguntó Rob después de otro exasperante redoble con el lápiz contra los dientes.

—Ya lo he dicho. Era imposible saber si coqueteaba o solo se dejaba llevar por su entusiasmo —dijo Woodrow, alcanzando nuevas cotas de urbanidad.

—Y... esto... ¿correspondió usted por casualidad a sus coqueteos? —inquirió Rob—. No me mire así, señor Woodrow. Es un hombre de cuarenta y tantos años, menopáusico, cerca ya del tiempo de descuento, igual que Justin. Estaba colado por ella, ¿y qué tendría de raro? Seguramente a mí me habría pasado lo mismo.

La recuperación de Woodrow fue tan rápida que casi antes de que se diera cuenta ya se había producido.

—¡Ay, mi querido amigo! No pensaba en nada más. Tessa, Tessa, noche y día. Estaba obsesionado con ella. Pregúntale a cualquiera.

—Ya lo hemos hecho —dijo Rob.

A la mañana siguiente, el asediado Woodrow tuvo la sensación de que sus interrogadores se le echaban encima con impúdico apremio. Rob colocó el casete en la mesa; Lesley abrió una libreta roja y grande por una doble página señalada mediante una goma elástica e inició la tanda de preguntas.

—Caballero, tenemos razones para creer que visitó usted a Tessa en el hospital de Nairobi poco después de perder ella al bebé, ¿es así?

El mundo de Woodrow se tambaleó. ¿Quién diablos les ha dicho *eso*? ¿Justin? Imposible. No ha tenido oportunidad. Aún no han ido a verlo, o me habría enterado.

—Alto ahí —ordenó con severidad.

Lesley levantó la cabeza. Rob se enderezó y, como si pretendiera achatarse la cara con la palma, abrió una de sus largas manos y se la colocó verticalmente ante la nariz. A continuación, escrutó a Woodrow por encima de los dedos extendidos.

—¿Va a ser ese el tema del día? —preguntó Woodrow.

—Uno de ellos —admitió Lesley.

—Siendo así, y dado que a ninguno de nosotros le sobra el tiempo, podríais explicarme, si sois tan amables, qué tiene que ver mi visita a Tessa durante su estancia en el hospital con la búsqueda de su asesino, que, según creo entender, es vuestra misión aquí.

—Queremos averiguar el motivo del crimen —respondió Lesley.

—Dijisteis que ya lo conocíais: la violación.

—La violación ya no cuadra. No como motivo. La violación fue una consecuencia indirecta. Quizá una estratagema para inducirnos a pensar que nos hallamos ante un asesinato al azar, no planeado.

—Premeditación —añadió Rob, sus grandes ojos castaños fijos en Woodrow con expresión sombría—. Lo que llamamos asesinato *corporativo*.

Ante lo cual, durante un breve pero aterrador momento, Woodrow no pensó en nada. Luego pensó en la palabra «corporativo». ¿Por qué había dicho «corporativo»?

¿Corporativo en el sentido de que el culpable era una corporación? ¡Absurdo! ¡Demasiado rocambolesco para merecer la consideración de un diplomático serio!

Después se le quedó la mente en blanco. Ni una sola palabra, ni siquiera la más banal y carente de significado, acudió en su rescate. Se vio a sí mismo, a lo sumo, como una especie de ordenador, recuperando, ensamblando y, por último, rechazando una serie de conexiones cifradas en una compleja clave desde una zona acordonada de su cerebro.

Nada de corporativo. Había sido puro azar. Sin plan previo. Un festín de sangre, a la africana.

—¿Qué lo llevó, pues, al hospital? —oyó decir a Lesley cuando volvió a captar la banda sonora—. ¿Por qué fue a ver a Tessa cuando perdió al niño?

—Porque ella me lo pidió. Por mediación de su marido. En mi calidad de superior de Justin.

—¿Había alguien más invitado a la fiesta?

—No que yo sepa.

—¿Ghita, tal vez?

—¿Te refieres a Ghita Pearson?

—¿Conoce a alguna otra Ghita?

—Ghita Pearson no estaba presente.

—Solo usted y Tessa, pues —observó Lesley en voz alta, tomando nota en su libreta—. ¿Qué tiene que ver con eso el hecho de ser su superior?

—Le preocupaba el bienestar de Justin y quería asegurarse de que sobrellevaba bien la situación —contestó Woodrow, tomándoselo con intencionada calma en lugar de someterse a su ritmo cada vez más acuciante—. Yo había intentado convencer a Justin de que solicitara un permiso, pero él prefirió permanecer en su puesto. Faltaba poco para celebrarse la conferencia anual de ministros organizada por la CEDEA, y Justin tenía la firme determinación de prepararse para el acontecimiento. Se lo expliqué a Tessa y le prometí que lo mantendría en observación por si acaso.

—¿Tenía Tessa allí su ordenador portátil? —intervino Rob.

—¿Cómo?

—¿Tan difícil es la pregunta? ¿Tenía Tessa allí su ordenador portátil?... ¿A su lado, en una mesa, debajo de la cama, en la cama? Su ordenador portátil. A Tessa le encantaba su portátil. Lo usaba para enviar mensajes de correo electrónico. Enviaba mensajes a Bluhm. Enviaba mensajes a Ghita. Enviaba mensajes a un niño enfermo que vivía en Italia y tenía bajo su protección, y a un exnovio de Londres. Enviaba mensajes a medio mundo, continuamente. ¿Vio usted allí su ordenador portátil?

—Gracias por ser tan explícito. No, no vi ningún ordenador portátil.

—¿Y una libreta?

Un instante de vacilación mientras escarbaba en la memoria y urdía la mentira.

—Ninguna que yo viera.

—¿Y alguna que usted no viera?

Woodrow no se dignó responder. Rob se recostó en la silla y contempló el techo con actitud falsamente ociosa.

—¿Y ella cómo se encontraba? —preguntó.

—Nadie está en su mejor momento después de dar a luz a un niño muerto.

—¿Y cómo estaba, pues?

—Débil. Confusa. Deprimida.

—Y solo hablaron de eso. De Justin. Su amado esposo.

—Por lo que recuerdo, sí.

—¿Cuánto tiempo pasó con ella?

—No me cronometré, pero calculo que alrededor de veinte minutos. Como es lógico, no deseaba cansarla.

—Así pues, hablaron de Justin durante veinte minutos. Sobre si se comía sus cereales y tal.

—La conversación fue intermitente —repuso Woodrow, dándole verosimilitud—. Cuando una persona tiene fiebre y está agotada y ha perdido a su hijo, no es fácil sostener un diálogo lúcido.

—¿Había alguien más presente?

—Ya os lo he dicho. Fui solo.

—No es eso lo que le he preguntado. He preguntado si había alguien más presente.

—¿Como quién?

—Como quienquiera que estuviera presente. Una enfermera, un médico. Otra visita, algún conocido de ella. Una amiga. Un amigo. Un amigo africano. Como, por ejemplo, el doctor Arnold Bluhm. Veamos, caballero, ¿por qué me obliga a sacárselo con pinzas?

En prueba de su irritación, Rob se estiró como un lanzador de jabalina, primero alzando una mano y luego recolocando las largas piernas. Entretanto Woodrow volvía a consultar manifiestamente con su memoria: juntando las cejas en una divertida y atribulada expresión.

—Ahora que lo mencionas, Rob, sí, tienes razón. ¡Qué sagacidad la tuya! Bluhm estaba allí cuando llegué. Nos saludamos, y se marchó. Calculo que coincidimos veinte segundos largos. Por ser tú, veinticinco.

Pero la aparente despreocupación de Woodrow era fruto de un considerable esfuerzo. ¿Quién demonios le había contado que Bluhm estaba junto a la cama de Tessa? Sin embargo, sus temores iban más lejos. Penetraban en los resquicios más oscuros de su otra mente, rozando de nuevo esa cadena de causalidad que se negaba a admitir, y que Porter Coleridge le había ordenado con vehemencia que olvidara.

—Y dígame, caballero, ¿qué supone que hacía allí Bluhm?

—No me dio explicaciones, ni tampoco Tessa. Es médico, ¿no? Aparte de cualquier otra cosa.

—¿Qué hacía Tessa?

—Estaba en la cama. ¿Qué esperaba que hiciera? —replicó Woodrow, perdiendo el control por un momento—. ¿Jugar a las pulgas?

Rob extendió sus largas piernas, admirándose los pies del mismo modo que alguien que disfruta de un baño de sol.

—No lo sé —dijo—. ¿Qué esperábamos que hiciera, Les? —preguntó a su compañera—. Jugar a las pulgas no, desde luego. Ahí está, tendida en la cama. Haciendo ¿qué?, nos gustaría saber.

—Amamantando a un niño negro, diría yo —apuntó Lesley—. Mientras su madre agonizaba.

Por un rato solo se oyeron en el despacho las pisadas del pasillo, y los coches que circulaban a toda velocidad y competían entre ellos en la ciudad al otro lado del valle. Rob alargó su interminable brazo y apagó el casete.

—Como usted mismo ha observado, caballero, no nos sobra el tiempo —recordó cortésmente—. Así que haga el jodido favor de no malgastarlo eludiendo nuestras preguntas y tratándonos como si fuéramos gilipollas. —Volvió a encender el casete—. Tenga la bondad de contarnos con sus propias palabras lo que sepa de esa mujer moribunda y su hijo recién nacido, señor Woodrow —dijo—. Por favor. Y de qué murió, y quién trataba de curarla, y cualquier información que conozca a ese respecto.

Acorralado y resentido en su aislamiento, Woodrow buscó instintivamente el apoyo de su jefe de misión, con lo cual consiguió solo que le recordaran que Coleridge había optado por escurrir el bulto. La noche anterior, cuando Woodrow había intentado acceder a él para hablar en privado, Mildren le había dicho que su señor estaba enclaustrado con el embajador de Estados Unidos y solo podía interrumpírsele en caso de emergencia. Esa mañana Coleridge, según se informó a Woodrow, «atendía ciertos asuntos desde su residencia».

5

Woodrow no se dejaba intimidar así como así. En su carrera diplomática había sobrellevado dignamente no pocas situaciones humillantes, y la experiencia le había enseñado que lo más prudente era actuar como si no ocurriera nada fuera de lo común. Aplicando esta lección describió en versión minimalista, con escuetas frases, la escena presenciada en la sala del hospital. Sí, concedió —un tanto sorprendido por el inusitado interés de los agentes en los nimios detalles del posparto de Tessa—, recordaba vagamente que otra paciente de la misma sala estaba dormida o en coma. Y como no podía amamantar a su hijo, Tessa cumplía las funciones de nodriza del niño. La desgracia de Tessa fue la buena fortuna del recién nacido.

—¿Tenía nombre la enferma? —preguntó Lesley.

—No que yo recuerde.

—¿Había alguien con la enferma?, ¿un pariente o amigo?

—Su hermano. Un adolescente de su aldea. Eso me contó Tessa, pero, teniendo en cuenta su estado, no la considero una testigo fiable.

—¿Sabe cómo se llama el hermano?

—No.

—¿O el nombre de la aldea?

—No.

—¿Le explicó Tessa qué le pasaba a esa mujer?

—Casi todo lo que dijo era incoherente.

—Así que el resto era coherente —señaló Rob. Una misteriosa parsimonia iba adueñándose de él. Sus desproporcionados miembros habían hallado un lugar de reposo. De pronto parecía dispuesto a perder el día entero—. En sus momentos de coherencia, ¿qué dijo Tessa sobre la mujer enferma al otro lado de la sala, señor Woodrow?

—Que estaba muriéndose. Que su enfermedad, la cual no nombró, se debía a las condiciones sociales en que vivía.

—¿El sida?

—No es eso lo que ella dijo.

—Para variar, pues.

—En efecto.

—¿Trataba alguien a esa mujer de su enfermedad no identificada?

—Es de suponer. ¿Para qué iba a estar hospitalizada, si no?

—¿Era Lorbeer?

—¿Quién?

—Lorbeer. —Rob lo deletreó—. «Lor» como en do*lor*, «beer» como en Heineken. Medio holandés. Pelirrojo o rubio. Alrededor de cincuenta y cinco años. Gordo.

—No me suena de nada —repuso Woodrow con absoluta seguridad facial mientras se le retorcían las entrañas.

—¿Vio a alguien atenderla?

—No.

—¿Sabe qué tratamiento seguía?

—No.

—¿No vio a nadie darle una pastilla o ponerle una inyección?

—Ya os lo he dicho: en mi presencia, no apareció nadie del personal interno.

En su ocio recién descubierto, Rob encontró tiempo para meditar sobre la respuesta de Woodrow y su propia reacción a ella.

—¿Y personal *externo*?

—No en mi presencia.

—¿Y en su ausencia?

—¿Cómo voy a saberlo?

—Por Tessa. Por lo que Tessa le dijo en sus momentos de coherencia —explicó Rob, y desplegó tal sonrisa que su buen humor empezó a resultar un elemento perturbador, el heraldo de un chiste que aún no había contado—. Según Tessa, ¿recibía algún tipo de atención médica de *alguien* la enferma de su sala, la mujer cuyo bebé amamantaba ella? —preguntó con paciencia, eligiendo las palabras conforme a las reglas de algún juego de salón no especificado—. ¿Era la enferma visitada o examinada o mantenida en observación o tratada por alguien, hombre o mujer, blanco o negro, ya fuera médico, enfermera, auxiliar, externo, interno, empleado del servicio de limpieza, visita o *gente* normal? —Se arrellanó en la silla: a ver cómo te escapas de esta.

Woodrow comenzaba a tomar conciencia de la magnitud del aprieto en que se hallaba. ¿Qué más sabían y se guardaban? El apellido Lorbeer había sonado en su mente como un toque de difuntos. ¿Con qué otros nombres le saldrían? ¿Hasta dónde podía negar y mantenerse firme? ¿Qué les había contado Coleridge? ¿Por qué se resistía a darle apoyo, a actuar en connivencia? ¿O acaso estaba confesándolo todo a espaldas de Woodrow?

—Me vino con una historia sobre unos hombrecillos de bata blanca que visitaban a la mujer —contestó con desdén—. Di por supuesto que lo había soñado. O estaba soñándolo mientras lo narraba. No me mereció el menor crédito. —Y tampoco a vosotros debería merecéroslo, pretendía decir.

—¿Por qué la visitaban esos hombres de bata blanca? Según la historia de Tessa, lo que usted considera su sueño.

—Porque los hombres de bata blanca habían matado a la mujer. En cierto punto los llamó «coincidencias». —Woodrow había decidido decir la verdad y ridiculizarla—. Creo que los llamó también «codiciosos». Deseaban curarla, pero eran incapaces. La historia era una sarta de tonterías.

—Curarla ¿cómo?

—Eso no salió a relucir.

—La habían matado ¿cómo?

—Lamentablemente, tampoco a ese respecto se expresó con claridad.

—¿Lo tenía por escrito?

—¿La historia? ¿Cómo iba a tenerla por escrito?

—¿Había apuntado algo? ¿Le leyó anotaciones suyas?

—Ya lo he dicho antes. Que yo sepa, no tenía ninguna libreta.

Rob ladeó la alargada cabeza para observar a Woodrow desde otro ángulo, quizá más revelador.

—Arnold Bluhm no opina que esa historia sea una sarta de tonterías. No opina que Tessa dijera incoherencias. Según él, daba de pleno en el clavo. ¿Verdad, Les?

A Woodrow se le había demudado el color, él mismo lo notó. No obstante, aún bajo los efectos de la conmoción provocada por aquellas palabras, permaneció tan impávido en la línea de fuego como cualquier fogueado diplomático al pie del cañón. De algún modo reunió fuerzas para hablar. Y para manifestar su indignación.

—Perdón, ¿estáis diciéndome que habéis encontrado a Bluhm? ¡Esto es el colmo!

—¿Acaso no quiere que lo encontremos? —preguntó Rob, perplejo.

—Yo no he dicho eso. Solo digo que vuestra presencia aquí se halla sujeta a determinadas condiciones, y que si habéis encontrado a Bluhm o hablado con él, estáis sin duda obligados a comunicárselo a la embajada.

Pero Rob movía ya la cabeza en un gesto de negación.

—No, caballero, no lo hemos encontrado ni mucho menos. Ojalá. Pero sí hemos encontrado algunos papeles suyos. Cosas sueltas de cierta utilidad, podríamos decir, tiradas por su piso. Nada extraordinario, por desgracia. Anotaciones sobre casos clínicos que quizá interesen a alguien. Copias de unas cuantas cartas que escribió el doctor en términos no muy respetuosos a tal o cual empresa, laboratorio u hospital universitario de distintas partes del mundo. Y poco más, ¿verdad, Les?

—Decir «tiradas» resulta un tanto exagerado, en realidad —admitió Lesley—. «Escondidas» sería más exacto. Había un paquete pegado al dorso de un cuadro y otro debajo de la bañera. Nos llevó todo el santo día. O casi. —Se lamió el pulgar y pasó una hoja de la libreta.

—Además, quienquiera que fuese se olvidó el coche de Bluhm —le recordó Rob.

—Tal como lo dejaron, parecía un vertedero más que un piso —añadió Lesley—. Un trabajo sin el menor arte. A saco. Puro vandalismo. Pero, claro, también en Londres pasa eso hoy en día. Declaran a alguien desaparecido o muerto en los periódicos, y los cacos se presentan en la casa esa misma mañana y se sirven a placer. Los del Grupo de Prevención de la Delincuencia están muy preocupados. ¿No le importa que le mencionemos otro par de nombres? —preguntó, alzando sus ojos grises y fijándolos en él—. Será solo un minuto.

—Estoy a vuestra entera disposición —dijo Woodrow, como si ellos no lo supieran.

—Kovacs, mujer, joven. Húngara, supuestamente. Cabello negro *azabache*, piernas *largas*... Solo falta que nos dé sus medidas... Nombre de pila desconocido, investigadora.

—Desde luego *la* recordaría, señor Woodrow —comentó Rob.

—Pues me temo que no.

—Emrich. Mujer. Doctora en medicina, investigadora científica, se licenció en San Petersburgo, se doctoró en Leipzig, desarrolló trabajo de investigación en Gdansk. No hay descripción. ¿Le suena el nombre?

—No he oído hablar de esa persona en mi vida. No conozco a nadie con esa descripción, nadie con ese nombre, nadie con ese origen ni con ese currículum.

—¡Caray! Realmente *no* le suena de nada, ¿eh?

—Y nuestro viejo amigo Lorbeer —continuó Lesley con tono de disculpa—. Nombre de pila desconocido, lugar de procedencia desconocido, probablemente medio holandés o bóer, formación académica también un misterio. Nos remitimos a las notas de Bluhm, ese es el problema; así que estamos a merced de él, por así decirlo. Aparecen los tres nombres encerrados en círculos y conectados como en un organigrama, con breves descripciones en letra muy pequeña dentro de cada redonda. Lorbeer y las dos médicas. Lorbeer, Emrich, Kovacs. Todo un trabalenguas. Le habríamos traído una copia, pero en estos momentos no nos fiamos mucho de las fotocopiadoras. Ya sabe cómo es la policía local. Y en cuanto a las copisterías..., francamente, no les encargaríamos ni una copia del padrenuestro, ¿eh que no, Rob?

—Utilizad la nuestra —ofreció Woodrow con excesiva presteza.

Siguió un meditabundo silencio, que para Woodrow

fue como una sordera donde no circulaban coches, ni cantaban los pájaros, ni pasaba nadie por el pasillo ante su puerta. Lo rompió Lesley, insistiendo obstinadamente en que Lorbeer era el hombre a quien más les interesaría interrogar.

—Lorbeer no para quieto en ningún sitio. Se *cree* que trabaja en el sector farmacéutico. Se *cree* que ha entrado y salido de Nairobi varias veces en el último año, pero, sorprendentemente, las autoridades kenianas no lo localizan. Se *cree* que visitó la sala de Tessa en el hospital de Uhuru cuando ella estaba internada. *Pujante*, esa es otra descripción que tenemos. Yo pensaba que eso se decía de un negocio o una economía en época de bonanza. ¿Y está seguro, pues, de que nunca se ha cruzado con un tal Lorbeer en uniforme sanitario, más o menos pelirrojo, de aspecto pujante, quizá médico? ¿En alguno de sus viajes?

—No conozco a ese hombre. Ni a nadie parecido.

—Recibimos esa respuesta con mucha frecuencia, la verdad —comentó Rob al margen de la conversación.

—Tessa lo conocía. También Bluhm —dijo Lesley.

—Eso no implica que lo conociera yo.

—¿Y qué es la peste blanca, si puede saberse? —preguntó Rob.

—No tengo la más remota idea.

Se fueron tal como se habían ido anteriormente: con un interrogante cada vez mayor.

En cuanto tuvo la seguridad de que se había librado de ellos, Woodrow llamó a Coleridge por la línea interna y sintió gran alivio al oír su voz.

—¿Dispones de un minuto?

—Supongo.

Lo encontró sentado a su escritorio, con una mano

extendida sobre la frente. Llevaba unos tirantes amarillos de estampado ecuestre. Tenía una expresión recelosa y hostil.

—Necesito confirmación de que Londres nos respalda en esto —declaró Woodrow sin tomar asiento.

—*¿Nos?* ¿A quiénes exactamente?

—A ti y a mí.

—Y cuando dices «Londres», te refieres a Pellegrin, me figuro.

—¿Por qué? ¿Ha habido cambios?

—Que yo sepa, no.

—¿Se prevé que los haya?

—Que yo sepa, no.

—Bueno, planteémoslo de otra manera: ¿tiene Pellegrin respaldo?

—Ah, Bernard *siempre* tiene respaldo.

—Siendo así, ¿seguimos con esto o no?

—¿Si seguimos mintiendo, quieres decir? Claro que sí.

—Entonces ¿por qué no nos ponemos de acuerdo sobre... sobre lo que decimos?

—Buena observación. No lo sé. Si yo fuera creyente, escurriría el bulto y me iría a rezar. Pero no es tan fácil, joder. La chica ha muerto. Eso por un lado. Y nosotros estamos vivos. Eso por otro lado.

—¿Les has dicho la verdad, pues?

—No, no, Dios me libre. Soy muy desmemoriado yo, sintiéndolo mucho.

—¿Vas a decirles la verdad?

—¿A esos? No, no. Jamás. ¡Menudos mierdas!

—En ese caso, ¿por qué no concertamos nuestras declaraciones?

—Eso es. ¿Por qué no? ¿Por qué no, ciertamente? Has puesto el dedo en la llaga, Sandy. ¿Qué nos lo impide?

—Caballero, hablemos de su visita al hospital de Uhuru —empezó Lesley con determinación.

—Pensaba que eso ya había quedado *zanjado* en nuestra sesión anterior.

—Su otra visita. La segunda. Pasado un tiempo. Más bien una secuela.

—*¿Secuela?* Secuela ¿de qué?

—Una promesa que usted le hizo, según parece.

—¿Qué estás diciéndome? No entiendo nada.

Pero Rob sí la había entendido a la perfección, y así lo puso de manifiesto:

—A mí me parece, caballero, que Les se ha expresado con toda claridad. ¿Volvió a reunirse con Tessa una segunda vez en el hospital? ¿Unas cuatro semanas después de darla de alta, por ejemplo? ¿En la antesala del dispensario de asistencia posnatal, donde ella tenía hora? Porque así consta en las notas de Arnold, y hasta el momento no se ha equivocado, por lo que nosotros, en nuestra ignorancia, hemos podido ver.

«Arnold», advirtió Woodrow. Ya no Bluhm.

El hijo de militar estaba recapacitando, y lo hacía con la impasible deliberación que le servía de musa en las situaciones de crisis, a la vez que reproducía en su memoria la escena que tuvo lugar en el hospital atestado como si la hubiera vivido otra persona. Tessa lleva un capazo de cáñamo con asas de mimbre. Woodrow no lo había visto antes, pero desde ese momento hasta el final de su corta vida formará parte de la austera imagen que Tessa se creó de sí misma mientras convalecía en el hospital con su niño muerto en el depósito de cadáveres y una mujer agonizante en una de las camas de enfrente y el niño de la mujer agonizante contra su pecho. Se complementa con la cara menos maquillada y el cabello más corto y el gesto ceñudo, no muy distinto de la expresión de escepticismo con que Lesley lo observaba en ese preciso instante, aguardando a escuchar su versión revisada del suceso. Como en todo el hospital, la iluminación es inconstante. Anchos haces de luz solar bisecan la semioscuridad del interior. Minúsculos pájaros planean entre las vigas del techo. Tessa lo espera de pie, reclinada contra una pared curva, junto a una cafetería maloliente con sillas de color naranja. Un tumulto de gente atraviesa en una y otra dirección la franja de luz, pero ve a Tessa de inmediato. Sostiene el capazo con ambas manos ante el bajo vientre y está en la postura en que acostumbraban estar las fulanas en los umbrales cuando él era joven y timorato. La pared se halla en penumbra, porque los rayos del sol no llegan a la periferia, y quizá por eso ha elegido ella ese sitio en particular.

«Dijiste que me escucharías cuando recuperara las fuerzas», le recuerda con una voz apagada y ronca que él apenas reconoce.

Es la primera vez que hablan desde su visita a la sala. Woodrow ve sus labios, tan frágiles sin la disciplina del carmín. Ve la pasión en sus ojos grises, y le asusta, como le asusta toda pasión, incluida la suya propia.

—La reunión que mencionas no era de carácter privado —contestó Woodrow a Rob, eludiendo la inexorable mirada de Lesley—. Era por motivos profesionales. Tessa afirmó haber dado con ciertos documentos que, en caso de verificarse su autenticidad, podían tener graves repercusiones políticas. Me pidió que nos encontráramos en el dispensario para entregármelos.

—Dio con ellos ¿cómo? —preguntó Rob.

—Tenía contactos externos. Es lo único que sé. Amigos en las organizaciones de ayuda humanitaria.

—¿Como Bluhm?

—Entre otros. No era la primera vez, debo añadir, que se dirigía a la embajada con presuntos grandes escándalos. De hecho, se había convertido en un hábito.

—Cuando dice «la embajada», ¿se refiere a usted?

—Si te refieres a mí en mi calidad de jefe de cancillería, sí.

—¿Por qué no los hizo llegar a través de Justin?

—Justin debía quedar excluido de la ecuación. Eso fue decisión de ella, y de él, supongo. —¿Estaba dando demasiadas explicaciones? ¿Era otro peligro? Siguió adelante—: Desde mi punto de vista, ese fue un gesto muy respetable. Para ser sincero, cualquier muestra de escrúpulos por su parte me merecía todos los respetos.

—¿Por qué no se los dio a Ghita?

—Ghita es nueva y joven, y además forma parte del personal contratado. No habría sido una mensajera apropiada.

—Así pues, se reunieron —continuó Lesley—. En el hospital. En la antesala del dispensario de asistencia posnatal. ¿No era un lugar de encuentro bastante indiscreto: dos blancos en medio de tantos africanos?

Habéis estado allí, pensó Woodrow, tambaleándose otra vez al borde del pánico. Habéis visitado el hospital.

—No eran los africanos la causa de sus temores. Eran los blancos. A ese respecto, no atendía a razones. Cuando estaba entre africanos, se sentía a salvo.

—¿Eso se lo dijo ella?

—Lo deduje.

—¿De qué? —Rob.

—De su actitud durante esos últimos meses. Después del parto. Hacia mí. Hacia la comunidad blanca. Hacia Bluhm. Para ella, Bluhm era incapaz de equivocarse. Era africano, atractivo y médico. Y Ghita es mitad india... —Empezaba a divagar un poco.

—¿Cómo concertó Tessa la cita? —preguntó Rob.

—Mandó una nota a mi casa por mediación de su criado Mustafa.

—¿Sabía su esposa que se reuniría con Tessa?

—Mustafa entregó la nota a mi criado, y este me la dio a mí.

—¿Y no se lo dijo usted a su esposa?

—Consideré que era un asunto confidencial.

—¿Por qué no le llamó por teléfono?

—¿Mi mujer?

—Tessa.

—Desconfiaba de los teléfonos diplomáticos. Con motivo. Todos desconfiamos.

—¿No habría sido más sencillo enviar a Mustafa con los documentos?

—Necesitaba de mí cierto compromiso. Ciertas garantías.

—¿Por qué no le trajo aquí los papeles? —Todavía Rob, insistiendo, insistiendo.

—Por las razones que ya he comentado. Había llegado a un punto en el que no se fiaba de la embajada, no quería dejarse contaminar por ella, no quería que la vieran entrar o salir de aquí. Hablas como si sus acciones fueran lógicas, y es difícil encontrar lógica en los últimos meses de Tessa.

—¿Por qué no Coleridge? ¿Por qué siempre usted? Usted junto a su cama, usted en el dispensario. ¿No conocía a nadie más aquí?

Por un peligroso instante, Woodrow se alió con sus interrogadores. Eso, ¿por qué yo?, preguntó a Tessa en un arranque de iracunda autocompasión. Porque tu maldita vanidad no te permitía dejarme escapar. Porque te complacía oírme prometer el alma, bien que los dos sabíamos que a la hora de la verdad ni yo la entregaría ni tú la aceptarías. Porque forcejear conmigo era como chocar frontalmente contra las debilidades inglesas que aborrecías con regodeo. Porque, para ti, yo era una especie de arquetipo, en tus propias palabras, «todo ritual y ni pizca de fe». Nos hallamos cara a cara y a un palmo de distancia, y no me explico por qué somos de la misma estatura hasta que descubro que hay un escalón en la base de la pared curva y que, como otras mujeres a uno y otro lado, te has subido para esperar desde allí a que tu hombre te vea. Nuestros rostros están a igual altura y, pese a tu nueva austeridad, vuelve a ser Navidad y bailo contigo, oliendo el aroma a hierba caliente y fragante en tu pelo.

—Tessa le dio, pues, unos documentos —decía Rob—. ¿De qué trataban?

Cojo el sobre que me tiendes y noto el perturbador roce de tus dedos. Reavivas aposta mi pasión, lo sabes y no puedes evitarlo. Me empujas de nuevo al abismo, aun sabiendo que nunca vendrás conmigo. No llevo chaqueta. Me observas mientras me desabrocho los botones de la camisa y deslizo el sobre contra mi piel hasta que el extremo inferior queda sujeto entre la trincha del pantalón y mi cintura. Vuelves a observarme cuando me abotono la camisa, y me invade la misma sensación de vergüenza que sentiría si hubiera hecho el amor contigo. Como buen diplomático, te invito a una taza de café en la cafetería. Rehúsas el ofrecimiento. Permanecemos cara a cara como bailarines esperando a que suene la música para justificar nuestra proximidad.

—Rob le ha preguntado de qué trataban esos documentos —le recordaba Lesley desde el exterior de su campo de conciencia.

—Supuestamente, proporcionaban información sobre un escándalo de primera magnitud.

—¿Aquí en Kenia?

—Eran material clasificado.

—¿Clasificado por Tessa?

—No digas tonterías. ¿Qué autoridad tenía ella para clasificar algo? —replicó Woodrow con aspereza, arrepintiéndose a destiempo de su exabrupto.

«Debes obligarlos a actuar, Sandy», me pides encarecidamente. Estás pálida a causa del sufrimiento y el arrojo. La experiencia de la tragedia real no ha mermado tus impulsos histriónicos. Se te saltan esas lágrimas que, desde el parto, humedecen tus ojos continuamente. Tu voz apremia, pero también acaricia, recorriendo como siempre todas las notas de la escala. «Necesitamos un paladín, Sandy. Alguien que no esté vinculado a nosotros. Alguien competente y autorizado. Prométemelo. Si puedo tener fe en ti, tú puedes tener fe en mí.»

Así que lo digo. Al igual que tú, me dejo arrastrar por la fuerza del momento. «Creo. En Dios. En el amor. En Tessa.» Cuando estamos juntos en el escenario, *creo*. Sin vacilar, acepto el compromiso bajo juramento, que es lo que hago siempre que acudo a ti, y lo que quieres que haga porque también tú eres adicta a las relaciones imposibles y las escenas teatrales. «Lo prometo», digo, y me exiges que lo repita. «Lo prometo, lo prometo. Te amo y lo prometo.» Y ese es el pie que te indica que debes besar los labios de los cuales ha salido la ignominiosa promesa: un beso para hacerme callar y sellar el acuerdo; un breve abrazo para ratificar la obligación contraída y dejarme oler tu pelo.

—Enviamos los documentos por valija diplomática al correspondiente subsecretario de Londres —explicaba Woodrow a Rob—. Momento en el cual se convirtieron en material clasificado.

—¿Por qué?

—Por las graves imputaciones que contenían.

—¿Contra?

—Lo siento, pero paso.

—¿Una empresa? ¿Un particular?

—Paso.

—¿Cuántas páginas calcula que había?

—Quince. Veinte. Se incluía una especie de anexo.

—¿Y fotografías, ilustraciones, pruebas de alguna clase?

—Paso.
—¿Alguna grabación? ¿Disquetes? ¿Confesiones o declaraciones grabadas?
—Paso.
—¿A qué subsecretario se los enviaron?
—Sir Bernard Pellegrin.
—¿Se guardaron una copia?
—Por norma, guardamos aquí el mínimo material reservado posible.
—¿Se guardaron una copia o no?
—No.
—¿Estaban mecanografiados esos papeles?
—¿Por quién?
—¿Estaban mecanografiados o escritos a mano?
—Mecanografiados.
—¿Con qué?
—No soy un experto en máquinas de escribir.
—¿Eran caracteres electrónicos? ¿De un procesador de textos? ¿Un ordenador? ¿Recuerda el tipo de letra? ¿La fuente?
Woodrow respondió con un ademán malhumorado cercano a la violencia.
—¿No estaban en letra cursiva, por ejemplo? —insistió Rob.
—No.
—¿O en esa letra que imita la caligrafía?
—Era letra redonda normal y corriente.
—Electrónica.
—Sí.
—O sea que sí se acuerda. ¿Estaba mecanografiado el anexo?
—Probablemente.
—¿Con el mismo tipo de letra?
—Probablemente.
—Así que entre quince y veinte páginas, más o me-

nos, en letra redonda normal y corriente. Gracias. ¿Recibieron respuesta de Londres?

—Pasado un tiempo.

—¿Del propio Pellegrin?

—Quizá de sir Bernard, quizá de alguno de sus subordinados.

—¿Y decía?

—No era necesario emprender diligencias.

—¿Dieron alguna razón en particular? —Todavía Rob, lanzando preguntas como puñetazos.

—Las supuestas pruebas presentadas en los documentos eran tendenciosas. Cualquier investigación basada en ellas hubiera terminado en nada y resultado perjudicial para nuestras relaciones con la nación anfitriona.

—¿Le dijo usted a Tessa que esa había sido la respuesta: que se descartaba toda actuación?

—No exactamente.

—¿Qué le dijo? —preguntó Lesley.

¿Fue su nueva política de sinceridad lo que indujo a Woodrow a contestar como lo hizo, o un instinto más débil que lo impulsaba a la confesión?

—Le dije lo que consideré aceptable para ella, dado su estado..., dadas la pérdida que había sufrido y la importancia que atribuía a los documentos.

Lesley había apagado el casete y comenzado a recoger sus libretas.

—¿Y qué mentira era aceptable para ella? ¿A su juicio?

—Que Londres se ocupaba del caso. Que estaban tomándose las medidas oportunas.

Por un feliz instante Woodrow creyó que la reunión había concluido. Pero Rob seguía erre que erre, sin prisa.

—Una última cuestión, señor Woodrow, si no le importa. Bell, Barker & Benjamin, más conocidos como las TresAbejas.

Woodrow no se inmutó.

—Hay anuncios por toda la ciudad. «TresAbejas, al servicio de África.» «¡Se afanan por ti, cielo! Adoro a las TresAbejas.» La sede está cerca de aquí. Un edificio nuevo y enorme de cristal, parecido a uno de esos Daleks del *Doctor Who.*

—¿A qué viene eso ahora?

—Es solo que anoche conseguimos un perfil de la empresa, ¿no, Les? No sé si se ha dado cuenta, pero es un negocio impresionante. Andan metidos en todo, aquí en África, pero son británicos hasta la médula. Hoteles, agencias de viajes, periódicos, compañías de seguridad, bancos, extracción de oro, carbón y cobre, importación de coches, barcos y camiones... Podría seguir eternamente. Además de una amplia gama de fármacos. «Las TresAbejas trabajan por tu salud.» Ese lo hemos visto cuando veníamos hacia aquí esta mañana, ¿verdad, Les?

—En esta misma calle, un poco más abajo —asintió Lesley.

—Y están en contubernio con los chicos de Moi, por lo que hemos podido saber. Aviones privados, todas las chicas a las que den abasto.

—Supongo que pretendéis llegar a alguna parte con esto.

—En realidad, no. Solo quería ver su cara mientras hablaba de ellos. Ahora ya la he visto. Gracias por su paciencia.

Lesley seguía ocupada con su bolso. Por el interés que había mostrado en este diálogo final, lo mismo podría no haberlo oído siquiera.

—A las personas como usted deberían pararles los pies, señor Woodrow —pensó en voz alta, moviendo la juiciosa cabeza en un gesto de estupefacción—. Se creen que están resolviendo los problemas del mundo, pero de hecho ustedes son el problema.

—Les quiere decir que es usted un embustero de mierda —aclaró Rob.

Esta vez Woodrow no los acompañó hasta la puerta. Permaneció en su puesto detrás del escritorio, escuchando alejarse los pasos de sus invitados, y al cabo de un momento llamó a recepción y, con el tono más despreocupado posible, pidió que lo avisasen en cuanto abandonaran el edificio. Tan pronto como lo informaron de que los agentes habían salido, se dirigió rápidamente al despacho del secretario particular de Coleridge. El embajador, como Woodrow bien sabía, estaba ausente, en reunión oficial con el ministro keniano de Asuntos Exteriores. Mildren hablaba por el teléfono interno, con una molesta apariencia de relajación.

—Esto es urgente —declaró Woodrow, a diferencia de lo que fuera que Mildren creyese estar haciendo.

Sentándose tras el escritorio desocupado de Coleridge, Woodrow observó a Mildren extraer una tarjeta romboide blanca de la caja fuerte privada del embajador e insertarla oficiosamente en el teléfono digital.

—Por cierto, ¿a quién quieres llamar? —preguntó Mildren con la insolencia propia de los secretarios particulares de clase baja al servicio de grandes personalidades.

—Sal de aquí —ordenó Woodrow.

Y en cuanto se quedó solo, marcó el número directo de sir Bernard Pellegrin.

Se hallaban sentados en la terraza, dos colegas del cuerpo diplomático disfrutando de una copa después de la cena bajo el implacable resplandor de las luces de seguridad. Gloria se había retirado al salón.

—No hay ninguna manera suave de decir esto, Justin —empezó Woodrow—. Así que lo diré sin rodeos. Existe una gran probabilidad de que fuera violada. Lo lamento muchísimo, de verdad. Por ella y por ti.

Y Woodrow *en efecto* lo lamentaba, *debía de* lamentarlo. A veces uno no necesita sentir algo para saber que lo siente. A veces los sentidos están tan desbordados que otra atroz noticia es solo un tedioso detalle más que administrar.

—Naturalmente, falta conocer los resultados definitivos de la autopsia, así que es prematuro y extraoficial —prosiguió, eludiendo la mirada de Justin—. Pero, por lo visto, no tienen la menor duda. —Experimentó la necesidad de proporcionar consuelo práctico—. La policía lo considera un dato muy esclarecedor..., como mínimo aporta un motivo. Les permite determinar la naturaleza del caso, aunque no puedan señalar todavía a un culpable.

Justin, erguido en su silla, sostenía la copa de coñac frente a él con las dos manos, como si se la hubieran entregado a modo de premio.

—¿Solo una *probabilidad*? —objetó por fin—. ¡Qué extraño! ¿Y cómo es eso?

Woodrow no esperaba que, una vez más, lo sometieran a interrogatorio, pero por alguna siniestra razón se alegró de que así fuera. Un demonio lo impulsaba.

—Bueno, obviamente han de preguntarse si ocurrió de común acuerdo. Es puro trámite.

—De común acuerdo ¿con quién? —inquirió Justin, desconcertado.

—Bueno, con quien sea... quien sea que tengan en mente. No podemos hacer su trabajo por ellos, ¿no?

—No. No podemos. Te compadezco, Sandy. Según parece, te caen todos los trabajos sucios. Y ahora creo que debemos prestar atención a Gloria. Ha hecho bien en dejarnos solos. Sentarse aquí fuera con todo el reino de los insectos africanos es más de lo que podría tolerar esa clara piel inglesa suya. —Desarrollando una repentina aversión a la proximidad de Woodrow, Justin se había puesto en pie y había abierto la cristalera—. Mi querida Gloria, te tenemos abandonada.

6

Justin Quayle dio sepultura a su muy asesinada esposa en un precioso cementerio africano llamado Langata, bajo un jacarandá, entre Garth, su hijo mortinato, y un niño kikuyu de cinco años cuya tumba velaba un ángel genuflexo de escayola con una placa donde se declaraba que el difunto se había reunido con los santos. Detrás de ella reposaba Horatio John Williams de Dorset, en gloria de Dios, y a sus pies, Miranda K. Soper, por siempre amada. Pero Garth y el niño africano, que se llamaba Gitau Karanja, eran sus compañeros más cercanos, y Tessa yacía hombro con hombro entre ellos, como era el deseo de Justin, que Gloria, tras el pertinente reparto de la generosidad de Justin, se había encargado de hacer realidad. Durante la ceremonia Justin se mantuvo apartado de los demás, con la tumba de Tessa a su izquierda y la de Garth a su derecha, y dos pasos largos por delante de Woodrow y Gloria, quienes hasta ese momento lo habían flanqueado en actitud protectora, en parte para ofrecerle consuelo, en parte para resguardarlo de las atenciones de la prensa que, siempre consciente de su deber para con el público, permanecía firme en su determinación de obtener fotografías y detalles de interés sobre el cornudo diplomático británico y aspirante a padre cuya esposa blanca degollada —conforme a la versión de los periódicos sensacionalistas más escabrosos— había dado a luz a un niño de su amante africano y yacía ahora junto a él en un rincón de un campo extranjero —en palabras textuales de nada menos que tres de esos periódicos en el mismo día— que sería para siempre tierra inglesa.

Junto a los Woodrow, y a la vez claramente separada de ellos, estaba Ghita Pearson, en sari, la cabeza gacha y las manos entrelazadas ante sí en el eterno ademán del duelo, y al lado de Ghita estaban Porter Coleridge, cadavéricamente pálido, y su esposa Veronica, y a ojos de Woodrow era como si la pareja prodigara a Ghita la protección que en otras circunstancias habría prodigado a su ausente hija Rosie.

El cementerio de Langata, triste y alegre al mismo tiempo, está enclavado en un exuberante llano de hierba alta y barro rojo y árboles ornamentales en flor, a tres o cuatro kilómetros del centro de la ciudad y a solo un paso de Kibera, uno de los mayores suburbios de Nairobi, una extensa mancha pardusca de chabolas de hojalata apiñadas en la cuenca del río Nairobi, casi pared con pared, bajo una nube de insalubre polvo africano. La población de Kibera asciende a medio millón de habitantes y sigue en aumento, y la cuenca es rica en yacimientos de aguas negras, bolsas de plástico, harapos de vivos colores, pieles de plátano y naranja, mazorcas de maíz secas y cualquier otro desecho que la ciudad se digne verter en ella. Enfrente del cementerio se hallan el elegante edificio de la Secretaría de Turismo keniana y la entrada del Parque Natural de Nairobi, y detrás de estos, no muy lejos, los ruinosos barracones del aeropuerto Wilson, el más antiguo de Kenia.

Para los Woodrow y muchos de los asistentes al funeral de Tessa, había algo de aciago y a la par heroico en la soledad de Justin cuando se acercaba el momento de la inhumación. Daba la impresión de estar despidiéndose no solo de Tessa, sino también de su carrera, de Nairobi, de su hijo mortinato y de toda su vida hasta la fecha. Su peligrosa proximidad al borde de la fosa así parecía anunciarlo. Flotaba en el aire el inexorable presentimiento de que buena parte del Justin que conocían, y quizá todo él, partía con Tessa hacia el más allá. En apariencia, solo una persona viva merecía su atención, advirtió Woodrow, y no era el sacerdote, no era la figura vigilante de Ghita Pearson, no era su jefe de misión, el pálido y reticente Porter Coleridge, ni los periodistas que se disputaban la mejor instantánea, el mejor ángulo, ni las prognatas esposas encerradas en su empática aflicción por la difunta hermana cuyo sino fácilmente podría haber sido el de ellas, ni la docena de obesos policías kenianos que una y otra vez se subían a tirones el cinturón de cuero.

Era Kioko. Era el muchacho que estaba en el hospital de Uhuru, en la misma sala que Tessa, sentado en el suelo, viendo morir a su hermana; el muchacho que había caminado diez horas desde su aldea para hacerle compañía en sus momentos finales, y había caminado diez horas más para estar hoy con Tessa. Justin y Kioko se vieron al mismo tiempo y, a partir de ese instante, cruzaron una ininterrumpida mirada de complicidad. Entre los presentes, observó Woodrow, Kioko era la persona de menor edad. En respuesta a una tradición tribal, Justin había solicitado que se mantuviera al margen a los más jóvenes.

Unos pilares blancos señalaban la entrada del cementerio por donde desfiló el cortejo de Tessa. Cactus gigantes, surcos de barro rojo y dóciles vendedores de plátanos y helados bordeaban el camino hacia su sepultura. El sacerdote era negro, viejo y entrecano. Woodrow recordaba haberle estrechado la mano en una de las fiestas de Tessa. Pero el amor del sacerdote por Tessa era tan efusivo, y su fe en la otra vida tan fervorosa, y el fragor del tráfico rodado y aéreo tan continuo —por no hablar ya de la cercanía de otras comitivas fúnebres, o la estridencia de la música espiritual procedente de los camiones de los deudos, o el vocerío de oradores rivales que, armados de megáfonos, arengaban a los corrillos de amigos y parientes mientras estos merendaban en la hierba alrededor de los féretros de sus seres queridos—, que a nadie sorprendió que solo algunas de las sublimes palabras del santo varón llegaran a oídos de su auditorio. Y Justin, si algo oyó del panegírico, se hizo el desentendido. Tan peripuesto como siempre con el traje oscuro de chaqueta cruzada que había conseguido proveerse para la ocasión, mantuvo la mirada fija en Kioko, quien, como Justin, había buscado un pequeño espacio apartado de los demás, y parecía suspendido en él, ya que apenas tocaba el suelo con sus pies descarnados y mecía desacompasadamente los brazos a los lados y, estirando el cuello, proyectaba hacia delante su cabeza larga y deforme en una postura de permanente interrogación.

El postrer viaje de Tessa no había estado exento de percances, pero ni Woodrow ni Gloria habrían deseado que fuera de otro modo. Tácitamente, los dos consideraban apropiado que en su último acto interviniera el factor de lo imprevisible que había caracterizado su vida. La familia Woodrow madrugó pese a que no había razón alguna para madrugar, salvo el hecho de que en plena noche Gloria recordó que no tenía ningún sombrero oscuro. Una llamada telefónica al rayar el alba estableció que Elena tenía dos, ambos un poco años veinte y estilo aviador, pero si a Gloria le daba igual... Un Mercedes oficial salió de la residencia de su marido griego transportando un sombrero negro en una bolsa de plástico de Harrod's. Gloria lo devolvió, decantándose por un pañuelo negro de encaje que había heredado de su madre: se lo pondría a modo de mantilla. Al fin y al cabo, explicó, Tessa tenía sangre italiana.

—Española, querida —puntualizó Elena.

—¡Qué tontería! —replicó Gloria—. Su madre era una condesa toscana, lo leí en el *Telegraph*.

—La *mantilla*, querida —corrigió Elena pacientemente—. Las mantillas son españolas, me temo, no italianas.

—Pues te aseguro que su *madre* era italiana —prorrumpió Gloria con virulencia, y cinco minutos más tarde volvió a telefonear para disculparse, achacando su mal genio a la tensión.

Para entonces los niños iban ya camino del colegio y el propio Woodrow se había marchado a la embajada, y Justin deambulaba por el comedor vestido con su traje y su corbata y necesitado de flores. No flores del jardín de Gloria, sino del suyo. Quería las fresias amarillas y fragantes que cultivaba para Tessa todo el año, dijo, y siempre tenía esperándola en el salón cuando regresaba de sus viajes de reconocimiento. Quería como mínimo dos docenas para el ataúd de Tessa. Las deliberaciones de Gloria sobre la mejor manera de conseguirlas se vieron interrumpidas por una equívoca llamada de un periódico de Nairobi, en teoría para comunicar el hallazgo del cadáver de Bluhm en el lecho de un río seco a ochenta kilómetros al este del lago Turkana, y de paso para saber si alguien deseaba hacer declaraciones al respecto.

—Sin comentarios —vociferó Gloria por el auricular, y lo colgó con furia. Pero se quedó de una pieza, y con la duda de si debía dar la noticia a Justin de inmediato o aguardar hasta después del funeral. Por tanto, se quitó un gran peso de encima cuando, transcurridos apenas cinco minutos, Mildren telefoneó para decir que Woodrow estaba reunido pero los rumores sobre el cadáver de Bluhm eran paparruchas: el cuerpo, por el cual una tribu de bandidos somalíes exigía diez mil dólares, llevaba muerto al menos cien años, mil más probablemente, ¿y era posible hablar un momento con Justin?

Gloria acompañó a Justin hasta el teléfono y permaneció oficiosamente a su lado mientras él contestaba que sí, que eso le venía bien, muy amable de tu parte, y que estaría preparado. Pero se quedó a oscuras en cuanto a cuál era el amable servicio prestado por Mildren y para qué se prepararía Justin. Y no, gracias —añadió Justin categóricamente en su diálogo con Mildren, aumentando el misterio—, no deseaba que fueran a recibirlo a su llegada, prefería organizarse él mismo. A continuación, colgó y pidió a Gloria —con muy poca delicadeza, considerando todo lo que había hecho por él— que lo dejara solo en el comedor para telefonear a cobro revertido a su abogado de Londres, circunstancia que se había producido ya dos veces en los últimos días, excluyéndose a Gloria en ambos casos. Con gran alarde de discreción, se retiró, pues, a la cocina a fin de escuchar por la ventanilla..., y allí se encontró al afligido Mustafa, quien espontáneamente se había presentado ante la puerta trasera con una cesta de fresias amarillas que por propia iniciativa había cogido del jardín de Justin. Aprovechando esta excusa, Gloria se encaminó resueltamente hacia el comedor con la esperanza de oír el final de la conversación de Justin, pero este ya colgaba cuando entró.

De pronto, sin que hubiera transcurrido más tiempo, todo iba con retraso. Gloria ya se había vestido pero le faltaba *retocarse* la cara; nadie había probado *bocado* y ya había pasado la hora del almuerzo; Woodrow esperaba fuera en la Volkswagen; Justin estaba en la entrada con sus fresias —ahora arregladas en un ramillete—; Juma ofrecía a todos sándwiches de queso en una bandeja, y Gloria intentaba decidir si se ataba la mantilla bajo el mentón o la dejaba caer sobre los hombros como su madre.

Sentada en el asiento trasero de la furgoneta entre Justin y Woodrow, Gloria admitió en su fuero interno lo que Elena venía diciéndole a lo largo de esa última semana: que se había enamorado locamente de Justin, cosa que no le sucedía desde hacía años, y la atormentaba pensar que él se iría el día menos pensado. Por otra parte, como Elena había señalado, su marcha le permitiría al menos recuperar la cordura y reanudar sus servicios maritales de rutina. Y si descubría que con la ausencia crecía el cariño, bueno, como Elena había insinuado con descaro, siempre podía hacer algo al respecto en Londres.

Gloria tuvo la impresión de que en el recorrido por la ciudad el traqueteo era mayor que de costumbre y fue muy consciente de lo reconfortante que le resultaba el cálido contacto del muslo de Justin contra el suyo. Cuando la Volkswagen se detuvo frente a la funeraria, se le había formado un nudo en la garganta, tenía el pañuelo hecho un húmedo rebujo en la palma de la mano y ya no sabía si lloraba la pérdida de Tessa o la de Justin. Las puertas posteriores de la furgoneta se abrieron desde el exterior, y Justin y Woodrow se apearon de un salto, dejándola sola en el asiento trasero, con Livingstone delante. No había periodistas, advirtió agradecida, esforzándose por recobrar la compostura. O al menos no los había de momento. Observó a sus dos hombres a través del parabrisas mientras ascendían por la escalinata de un edificio de granito de una sola planta con cierto toque Tudor en los aleros. Justin con su traje a medida y su impecable mata de pelo negro grisáceo que nunca se le veía cepillar ni peinar, sujetando con firmeza las fresias amarillas, y con aquel andar de oficial de caballería —común a toda la progenie de los Dudley, por lo que Gloria sabía—, el hombro derecho al frente. ¿Por qué siempre parecía que Justin encabezaba la marcha y Sandy lo seguía? ¿Y por qué Sandy adoptaba últimamente esa actitud tan *servil*, tan propia de un *mayordomo*?, se lamentó. Y ya va siendo hora de que se compre un traje nuevo; con ese pingo de sarga tiene pinta de detective privado.

Desaparecieron por el vestíbulo de entrada. «Hay que firmar unos papeles, cariño», había explicado Sandy con tono de superioridad. «La certificación de entrega del cadáver y esas estupideces.» ¿Por qué me trata de repente como a su mujercita? ¿Acaso se ha olvidado de que yo me ocupé de todos los preparativos del condenado funeral? Ante la entrada lateral de la funeraria se congregó un grupo de auxiliares vestidos de negro, aparentemente los portadores del féretro. Se abrían las puertas y hacia ellas retrocedía un coche fúnebre con las palabras COCHE FÚNEBRE superfinamente pintadas en letras blancas de treinta centímetros de altura en el costado. Gloria atisbó la madera barnizada de color miel y las fresias amarillas cuando el ataúd penetraba en la parte trasera del vehículo deslizándose entre chaquetas negras. Debían de haber sujetado el ramillete a la tapa con cinta adhesiva. ¿Cómo, si no, podían fijarse unas fresias a la tapa de un ataúd? Justin pensaba en todo. El coche fúnebre salió del patio, con los portadores del féretro a bordo. Gloria se sorbió ruidosamente la nariz y luego se sonó.

—Es una pena, señora —declamó Livingstone desde el asiento delantero—. Una verdadera pena.

—¡Y que lo diga, Livingstone! —asintió Gloria, agradeciendo la formalidad de aquel intercambio de palabras. Jovencita, enseguida estarás a la vista de todos, se dijo con firmeza a modo de advertencia. Ha llegado el momento de levantar el ánimo y dar ejemplo. Las puertas traseras de la furgoneta se abrieron de par en par.

—¿Estás bien, nena? —preguntó Woodrow alegremente, dejándose caer como un saco junto a ella—. Se han portado de maravilla, ¿eh que sí, Justin? Muy comprensivos, muy profesionales.

No te *atrevas* a llamarme «nena», repuso indignada... pero no en voz alta.

Al entrar en la iglesia de San Andrés, Woodrow pasó revista a la concurrencia. En una sola ojeada divisó al pálido matrimonio Coleridge y, detrás de ellos, a Donohue y su chocante esposa Maud, que parecía una excorista de capa caída, y junto a estos a Mildren alias Mildred y una rubia anoréxica con la que, según rumores, compartía piso. La «banda de facinerosos» del club Muthaiga —expresión acuñada por Tessa— formaba militarmente en cuadrilongo. Al otro lado del pasillo central distinguió un contingente del Programa Mundial de Alimentos y otro compuesto íntegramente de mujeres africanas, unas con sombrero, otras con vaqueros, pero todas con el resuelto ceño de combate que caracterizaba a las amigas radicales de Tessa. De pie detrás de ellas se apiñaba un grupo de hombres y mujeres jóvenes de aspecto galo, confusos y ligeramente arrogantes, las mujeres con la cabeza cubierta, los hombres sin corbata y con insinuadas barbas de diseño. Tras un instante de desconcierto, Woodrow llegó a la conclusión de que pertenecían a la organización belga de Bluhm. Deben de estar preguntándose si volverán aquí la próxima semana por Arnold, pensó con crueldad. Los sirvientes ilegales de los Quayle se hallaban alineados junto a ellos: Mustafa el criado doméstico, Esmeralda del sur de Sudán y el ugandés manco de nombre desconocido. Y en primera fila, mucho más alta que su menudo y solapado esposo, estaba la figura de orondas formas y cabello de color zanahoria de Elena, querida, en persona, la bestia negra de Woodrow, engalanada con las joyas funerarias de azabache de su abuela.

—Y dime, querida, ¿me pongo los azabaches, o será

un tanto extremado? —se había visto en la necesidad de consultar a Gloria a las ocho de esa mañana.

No sin cierta maldad, Gloria le había aconsejado atrevimiento.

—Francamente, El, en otras personas podría resultar un poco excesivo. Pero con *tu* color de pelo, querida, lánzate.

Y ningún policía, observó Woodrow con satisfacción, ni keniano ni británico. ¿Habrían surtido efecto las pociones de Bernard Pellegrin? A callar tocan.

Lanzó otro furtivo vistazo a Coleridge, a su cara de mártir, blanca como el papel. Recordó la absurda conversación en su residencia el sábado anterior y lo maldijo por sus vacilaciones de santurrón. Dirigió nuevamente la mirada hacia el ataúd de Tessa, de cuerpo presente ante el altar, las fresias amarillas de Justin sanas y salvas sobre la tapa. Los ojos se le rasaron en lágrimas, que de inmediato se volvieron por donde habían venido. El organista interpretaba el *Nunc Dimitis*, y Gloria entonaba la letra de carrerilla con voz potente. El consabido himno de vísperas en su internado, pensaba Woodrow. O en el mío. Aborrecía ambos establecimientos por igual. Sandy y Gloria, nacidos no libres. La diferencia está en que yo lo sé y ella no. «Ahora, Señor, puedes, según tu palabra, dejar que tu siervo se vaya en paz.» Ojalá pudiera. Irme para no regresar nunca más. A veces lo deseo sinceramente. Pero ¿dónde encontraría la paz? Volvió a posar la mirada en el ataúd. Te quise. ¡Cuánto más fácil es decirlo ahora, en pretérito! Te quise. Era el obseso del control incapaz de controlarse a sí mismo, como tuviste la gentileza de decirme. Pues ya ves lo que te ha pasado. Y ya ves *por qué* te ha pasado.

Y no, nunca he oído hablar de Lorbeer. No conozco a ninguna belleza húngara de piernas largas llamada Kovacs, y no estoy *dispuesto* a seguir escuchando esas teorías no formuladas ni probadas que doblan como las campanas de una iglesia en mi cabeza, y no tengo el *menor* interés en los hombros tersos y aceitunados de Ghita Pearson en sari. Pero sí sé una cosa: después de ti, nadie más tiene por qué descubrir al niño timorato que habita en este cuerpo de soldado.

Buscando una distracción, Woodrow se abismó en un intensivo estudio de los vitrales de la iglesia. Santos varones, todos blancos, ningún Bluhm. Tessa hubiera montado en cólera. El vitral conmemorativo en recuerdo de un monísimo niño blanco vestido de marinero, rodeado simbólicamente de animales salvajes en actitud de veneración. «Una buena hiena huele la sangre a diez kilómetros de distancia.» Amenazado de nuevo por las lágrimas, Woodrow se obligó a concentrar la atención en el bueno de san Andrés, vivo retrato de Macpherson, el guía que los acompañó a la pesca del salmón aquella vez que llevó a los niños al lago Awe. La intensa mirada escocesa, la rojiza barba escocesa. ¿Qué opinión tendrán de nosotros?, se preguntó con asombro, pasando los ojos empañados por los rostros del sector negro de la concurrencia. ¿A qué creíamos que nos dedicábamos, por aquel entonces, viniendo aquí a hacer propaganda de nuestro Dios blanco británico y nuestro santo blanco escocés y, al mismo tiempo, usando el país como parque de juego para los esnobs proscritos de la clase alta?

—Personalmente, intento reparar los daños de épocas anteriores —contestas cuando, de manera insinuante, te planteo esa misma pregunta en la pista de baile del club Muthaiga. Pero tú nunca respondes a una pregunta sin darle la vuelta y utilizarla como prueba en mi contra—. ¿Y qué hace *usted* aquí, señor Woodrow?

La banda toca con ruidoso entusiasmo, y tenemos que

acercarnos para oírnos. Sí, esos son mis pechos, dicen tus ojos cuando me atrevo a bajar la vista. Sí, esas son mis caderas, cimbreándose mientras me sujetas por la cintura. También puedes contemplarlas, regalarte los ojos en ellas. La mayoría de los hombres lo hacen, y tú no tienes por qué esforzarte en ser la excepción.

—Lo que realmente hago, supongo, es ayudar a los *kenianos* a administrar todo aquello que les hemos dado —declaro ampulosamente a voz en grito por encima de la música y noto tu cuerpo tensarse y separarse de mí casi antes de haber acabado la frase.

—¡No les hemos *dado* maldita la cosa! ¡Lo han *cogido* ellos! ¡A punta de pistola! ¡No les hemos dado nada! ¡Nada!

Woodrow volvió de repente la cabeza. Gloria, junto a él, hizo lo mismo, como también los Coleridge al otro lado del pasillo. Fuera de la iglesia se había oído un grito, seguido del estruendo producido por algo voluminoso y de cristal al romperse. A través de la puerta abierta, Woodrow vio a dos asustados sacristanes en traje negro cerrar las verjas del patio mientras numerosos policías protegidos con cascos formaban un cordón a lo largo de la reja, blandiendo porras antidisturbios de punta metálica con ambas manos como jugadores de béisbol preparados para batear. En la calle donde se habían congregado los estudiantes había un árbol en llamas y dos coches volcados, sus ocupantes incapaces de salir a causa del miedo. En medio del clamor de la muchedumbre, una resplandeciente limusina negra, una Volvo como la de Woodrow, se elevaba del suelo con movimientos vacilantes, sostenida por un enjambre de jóvenes de ambos sexos. Ascendió, se bamboleó e inició su breve vuelo, primero de lado y después patas arriba, para ir a caer junto a los otros automóviles con gran estrépito. La policía cargó. Lo que fuera que estuviesen esperando hasta ese momento había ocurrido. Un segundo antes permanecían totalmente pasivos, y de pronto abrían una brecha roja entre la multitud en retirada, deteniéndose solo para asestar una lluvia de golpes a los manifestantes caídos. Se acercó un furgón blindado, y a su interior lanzaron media docena de cuerpos ensangrentados.

—La universidad es un barril de pólvora —había informado Donohue cuando Woodrow le preguntó sobre posibles contingencias—. Las becas se han suprimido, el personal no cobra el salario, las plazas van a los ricos y estúpidos, las residencias y las aulas están abarrotadas, los retretes atascados, hay un altísimo riesgo de incendios y guisan con carbón en los pasillos. No tienen luz eléctrica para estudiar, ni libros con los que estudiar. Los estudiantes más pobres se echan a la calle porque el gobierno está privatizando la enseñanza superior sin consultar a nadie y la enseñanza es exclusivamente para los ricos. Además, los resultados de los exámenes están amañados, y el gobierno pretende obligar a los estudiantes a cursar sus carreras en el extranjero. Y ayer la policía mató a un par de estudiantes, cosa que, por alguna razón, sus compañeros se han tomado a mal. ¿Alguna otra pregunta?

Las verjas del patio volvieron a abrirse; el órgano sonó de nuevo. Los asuntos de Dios podían reanudarse.

En el cementerio, el calor era agresivo y personal. El viejo sacerdote entrecano había dejado de hablar, pero el barullo no había disminuido, y el sol pegaba a través de él como un látigo. A un lado de Woodrow, un enorme radiocasete reproducía a todo volumen una versión rock del avemaría para un grupo de monjas negras con hábito gris. Al otro, en torno a un pimpampum con latas de cerveza vacías como blanco, se hallaban reunidos los miembros de un equipo de fútbol, todos con la chaqueta de su club, mientras un solista cantaba su adiós a un compañero fallecido. Y en el aeropuerto Wilson debía de celebrarse algún festival de acrobacias aéreas, ya que cada veinte segundos pasaban sobre ellos pequeños aviones vistosamente pintados. El viejo sacerdote bajó su devocionario. Los portadores del féretro se acercaron a este, y cada uno agarró el extremo de una cincha. Justin, todavía aislado de los demás, pareció tambalearse. Woodrow hizo ademán de ir a sujetarlo, pero Gloria lo frenó con una garra enguantada.

—Quiere estar *solo* con ella, idiota —masculló Gloria con la voz empañada por el llanto.

La prensa no se anduvo con tantas delicadezas. Esa era la foto que habían ido a buscar: el momento en que los portadores negros depositaban a la mujer blanca asesinada en suelo africano, ante la mirada del esposo engañado. Un hombre con la cara picada de viruela, el pelo cortado al rape y cámaras rebotando contra la panza ofreció a Justin una paleta cargada de tierra, esperando obtener la instantánea del viudo vaciándola sobre el ataúd. Justin la apartó. Simultáneamente, advirtió la presencia de dos harapientos que empujaban una carretilla de madera con un neumático pinchado hasta el borde de la fosa. La carretilla rebosaba cemento fresco.

—¿Qué están haciendo, si puede saberse? —les preguntó con tal aspereza que todos se volvieron hacia él—. ¿Tendría alguien la bondad de averiguar qué se proponen hacer estos caballeros con ese cemento? Sandy, por favor, necesito un intérprete.

Olvidándose de Gloria, Woodrow, el hijo del general, se apresuró a acudir junto a Justin. La correosa Sheila del departamento de Tim Donohue habló primero con ellos y luego con Justin.

—Dicen que lo hacen para todos los ricos, Justin —tradujo Sheila.

—Hacen ¿qué exactamente? No te entiendo. Explícate, por favor.

—El cemento. Es para mantener a raya a los intrusos. Los ladrones. Los ricos son enterrados con anillos de boda y ropa elegante. Los *wazungu* son el blanco preferido de esa gente. Según estos hombres, el cemento es una precaución.

—¿Quién les ha pedido que lo hagan?

—Nadie. Son cinco mil chelines.

—Que se vayan, por favor. Díselo, Sheila, si eres tan amable. No deseo sus servicios y no estoy dispuesto a pagarles ningún dinero. Que cojan su carretilla y se marchen. —Pero de pronto, por temor quizá a que Sheila no transmitiera su mensaje con suficiente firmeza, Justin se dirigió con determinación hacia ellos y, plantándose entre la carretilla y la fosa, extendió un brazo, como Moisés, y señaló por encima de las cabezas de la comitiva fúnebre—. Váyanse, por favor —ordenó—. Márchense inmediatamente. Gracias.

La comitiva se separó para abrir paso a lo largo de la línea indicada por su brazo extendido. Los hombres de la carretilla se escabulleron por allí. Justin los siguió con la mirada hasta perderlos de vista. En aquel vibrante calor dio la impresión de que los dos hombres se adentraban en el cielo desnudo. Justin giró sobre sus talones, con la rigidez de un soldado de juguete, hasta encarar a la jauría de la prensa.

—Desearía que se fueran todos, por favor —declaró en el silencio que se había formado en medio del generalizado barullo—. Han sido muy amables. Gracias. Adiós.

Calladamente, y para asombro de todos, los periodistas guardaron sus cámaras y blocs y, musitando frases como «Hasta la vista, Justin», abandonaron el cementerio. Justin regresó a su recoleto puesto junto a la cabeza de Tessa. Al mismo tiempo, un grupo de mujeres africanas avanzó en tropel y se dispuso en forma de herradura al pie de la tumba. Todas llevaban el mismo uniforme: un vestido de volantes floreado de color azul y un pañuelo de la misma tela atado a la cabeza. Por separado, quizá hubieran parecido anodinas, pero en grupo se las notaba unidas. Empezaron a cantar, al principio en un leve murmullo. Nadie las dirigía; ningún instrumento las acompañaba; la mayor parte del coro sollozaba, pero no permitían que el llanto quebrara sus voces. Cantaron en armonía, alternando inglés y swahili, cobrando fuerza con la repetición: «*Kwa heri*, Mamá Tessa... Mamita, adiós... —Woodrow trató de captar el resto de la letra—. *Kwa heri*, Tessa... Tessa, amiga nuestra, adiós... Viniste a nosotras, Mamá Tessa, Mamita, nos ofreciste tu corazón... *Kwa heri*, Tessa, adiós».

—¿De dónde demonios han salido? —preguntó Woodrow a Gloria por la comisura de los labios.

—De allá abajo —respondió Gloria entre dientes, señalando con la cabeza hacia el barrio de Kibera.

El canto subió de volumen cuando los portadores empezaron a bajar el féretro. Justin lo observó descender, hizo una mueca de aflicción cuando golpeó el fondo de la fosa y otra cuando la primera paletada de tierra restalló contra la tapa y una segunda cayó sobre las fresias, ensuciando los pétalos. Se oyó de pronto un estremecedor gemido, tan breve como el chirrido de un gozne herrumbroso al abrir de golpe una puerta, pero bastó con eso para que Woodrow se volviese a tiempo de ver a Ghita Pearson postrarse de rodillas a cámara lenta y desplomarse sobre una torneada cadera a la par que hundía la cara entre las manos, y levantarse a continuación, con igual inverosimilitud, ayudándose del brazo de Veronica Coleridge, para adoptar otra vez su ademán de duelo.

¿Llamó Justin a Kioko? ¿O acaso obró Kioko por propia voluntad? Ligero como una sombra, se había situado junto a Justin y, sin reparo alguno, le había tomado la mano. A través de una nueva efusión de lágrimas, Gloria vio reajustarse sus manos entrelazadas hasta encontrar una posición cómoda para ambos. Así cogidos, el desconsolado esposo y el desconsolado hermano contemplaron desaparecer bajo tierra el ataúd de Tessa.

Justin partió de Nairobi esa misma noche. Woodrow, para eterna consternación de Gloria, no la había informado previamente. A la hora de la cena, la mesa estaba puesta para tres, la propia Gloria había descorchado el burdeos y metido un pato en el horno para levantar el ánimo a todos. Oyó una pisada en el vestíbulo y supuso complacida que Justin había decidido tomar una copa antes de la cena, nosotros dos solos mientras Sandy lee las hazañas bélicas de *Biggles* a los niños en el piso de arriba. Y de pronto allí estaba su gastada bolsa de piel, acompañada de una maleta gris afelpada que Mustafa le había traído, ambas en el vestíbulo, etiquetadas, y Justin de pie junto a ellas con la gabardina colgada del brazo y un neceser al hombro, dispuesto a devolverle la llave de la bodega.

—¡Pero, Justin, no irás a decirme que te *vas*!

—Todos os habéis portado extraordinariamente bien conmigo, Gloria. Nunca sabré cómo agradecéroslo.

—Perdona por la sorpresa, cariño —entonó Woodrow jovialmente desde la escalera, bajando los peldaños de dos en dos—. Hemos llevado el asunto un poco a escondidas, me temo. No queríamos que los criados se fueran de la lengua. Era la única solución.

En ese preciso instante sonó el timbre de la puerta y era Livingstone, el chófer, con un Peugeot rojo que había pedido prestado a un amigo para trasladarse al aeropuerto sin el reclamo del distintivo diplomático. Y hundido en el asiento contiguo, Mustafa, mirando al frente con los ojos muy abiertos, inmóvil, como su propia efigie.

—¡Pero debemos acompañarte, Justin! ¡Debemos ir a despedirte! ¡He de regalarte una de mis acuarelas! ¿Qué va a ser de ti en Inglaterra? —clamó Gloria con amargura—. No podemos dejarte marchar así, sin más, en plena noche... *¡Cariño!...*

En rigor, ese «cariño» iba dirigido a Woodrow, pero bien podría haber sido Justin el destinatario, porque Gloria, nada más pronunciar la palabra, se deshizo en incontenibles lágrimas, las últimas de un largo y lacrimoso día. Sollozando acongojadamente, estrechó a Justin entre sus brazos y, aferrada a él, le golpeó la espalda con los puños, restregó la mejilla contra su pecho y musitó «Oh, Justin, no te vayas, por favor» y otras exhortaciones menos inteligibles, hasta que por fin se desprendió valerosamente de él y, apartando a su marido de un violento codazo, corrió escaleras arriba hasta su habitación y cerró ruidosamente la puerta.

—Está un poco alterada —explicó Woodrow, sonriendo.

—Todos lo estamos —dijo Justin, aceptando la mano de Woodrow y dándole un apretón—. Gracias una vez más, Sandy.

—Nos mantendremos en contacto.

—Cómo no.

—¿Y seguro que no quieres un comité de recepción al llegar? Todos están deseando hacer su papel.

—Totalmente seguro, gracias. Los abogados de Tessa lo tienen todo a punto para mi llegada.

Y acto seguido Justin descendió por la escalinata hacia el coche rojo, Mustafa a un lado con la bolsa de piel y Livingstone al otro acarreando la maleta gris.

—He dejado al señor Woodrow sobres para todos vosotros —informó Justin a Mustafa cuando estaban ya en camino—. Y esto es para entregar en mano a Ghita Pearson. Y ya entiendes a qué me refiero cuando digo «en mano».

—Sabemos que el señor será siempre un buen hombre —declaró Mustafa proféticamente, poniendo el sobre a buen recaudo en lo más hondo de su chaqueta de algodón. Pero su voz no revelaba el menor asomo de perdón por abandonar África.

El aeropuerto, pese a las recientes obras de embellecimiento, era un caos. Grupos de turistas cansados y quemados por el sol hacían largas colas, arengaban a los guías y embutían enormes mochilas en los aparatos de rayos X. En los mostradores de facturación, los empleados de las aerolíneas reaccionaban con igual desconcierto ante todos los billetes y sostenían en susurros interminables conversaciones por sus teléfonos. Los incomprensibles avisos del sistema de megafonía sembraban el pánico entre los viajeros en tanto mozos y policías contemplaban ociosamente el espectáculo. Pero Woodrow lo había previsto todo. Cuando Justin apenas había salido del coche, un auxiliar de tierra de British Airways se apresuró a llevarlo a un pequeño despacho, a salvo de las miradas de la gente.

—Si no le importa, me gustaría que me acompañaran mis amigos —dijo Justin.

—No hay problema.

Con Livingstone y Mustafa indecisos detrás de él, le fue entregada una tarjeta de embarque a nombre del señor Alfred Brown. Observó pasivamente mientras el auxiliar etiquetaba la maleta gris con una identificación acorde.

—Y esta me la quedo como equipaje de mano —anunció con tono imperioso.

El auxiliar, un joven neozelandés de cabello rubio, simuló sopesar la bolsa de piel y lanzó un exagerado gruñido de esfuerzo.

—La plata de la familia, ¿no, señor?

—La de mi anfitrión —respondió Justin, siguiendo

cortésmente la broma, pero su semblante dejaba muy claro que ese punto era innegociable.

—Si *usted* puede cargar con ella, *nosotros* también —aseveró el auxiliar rubio, devolviéndole la bolsa—. Buen viaje, señor Brown. Si no tiene inconveniente, rodearemos por la terminal de llegadas.

—Muchas gracias.

Volviéndose para las despedidas finales, Justin estrechó los colosales puños de Livingstone en un doble apretón de manos. Pero Mustafa no resistió el momento. Con su habitual sigilo, se había escabullido. Sujetando con firmeza la bolsa de piel, Justin entró en la terminal de llegadas tras los pasos de su guía, y ante sus ojos apareció una giganta de busto generoso y raza indefinible que le sonreía desde la pared. Medía seis metros de altura y uno y medio de ancho en su punto de máxima amplitud, y era el único anuncio publicitario en toda la terminal. Vestía uniforme de enfermera y tenía tres abejas doradas en cada hombro. Otras tres adornaban de manera ostensible el bolsillo superior de su casaca blanca, y ofrecía diversas exquisiteces farmacéuticas en una bandeja a una familia vagamente multirracial de niños felices y sus padres. La bandeja contenía algo para cada uno de ellos: frascos de medicamentos de un color marrón dorado que más bien parecían whisky para el papá, píldoras recubiertas de chocolate idóneas para el deleite de los chiquitines, y para la mamá productos de belleza decorados con diosas desnudas que extendían los brazos hacia el sol. Destacándose ostentosamente en la parte superior e inferior del cartel, estridentes caracteres morados proclamaban el jubiloso mensaje a toda la humanidad:

TresAbejas

TRABAJANDO POR LA SALUD DE ÁFRICA

El cartel acaparó su atención.

Exactamente como había acaparado la de Tessa.

Contemplándolo inmóvil, Justin escucha las festivas protestas de ella a su derecha. Aturdidos por el viaje, cargados con el equipaje de mano de última hora, los dos han llegado aquí desde Londres por primera vez hace unos minutos. Ninguno de ellos ha pisado antes el continente africano. Kenia —toda África— los espera. Pero es ese cartel lo que capta el alborotado interés de Tessa.

—¡Justin, *mira*! No estás *mirando*.

—¿Qué pasa? Claro que estoy mirando.

—¡Se han apropiado de nuestras abejas! ¡Alguien se cree Napoleón! ¡Qué desfachatez! Esto es un atropello. ¡Tienes que hacer algo!

Y lo era. Un atropello. Un atropello francamente cómico. Las tres abejas de Napoleón, símbolo de su gloria, preciado emblema de la isla de Elba, tan querida por Tessa, donde el gran hombre había contado los días de su primer exilio, habían sido deportadas a Kenia y vendidas como esclavas a la publicidad con todo descaro. Reflexionando ahora sobre ese mismo cartel, Justin no pudo menos que maravillarse ante la indecencia de las casualidades de la vida.

7

Instalado en primera clase por deferencia de la compañía aérea, en la parte delantera del avión, con la bolsa de piel en el compartimento portaequipajes justo encima de su cabeza, Justin Quayle, tenso en el asiento, contemplaba la negrura del espacio a través de su propio reflejo. Se sentía libre. No perdonado, ni resignado, ni reconfortado, ni decidido. No libre de las pesadillas que le decían que Tessa había muerto, y que veía constatadas al despertar. No libre de la culpabilidad del superviviente. No libre de la preocupación por Arnold. Pero sí libre por fin para hacer duelo a su manera. Libre de su deprimente celda. De los carceleros que había llegado a detestar. De la rutina de pasearse en círculo por su habitación como un presidiario, medio trastornado por la ofuscación de su mente y la indignidad de su reclusión. Libre del silencio de su propia voz, de las horas de inmovilidad sentado en el borde de su cama preguntándose una y otra vez por qué. Libre de los vergonzosos momentos en que, vencido por el cansancio y el abatimiento, casi lograba convencerse de que todo le daba igual, de que aquel matrimonio había sido en cualquier caso un desatino y, gracias a Dios, ya había terminado. Y si el dolor, como había leído en algún sitio, era cierto género de ociosidad, entonces libre también de esa ociosidad que excluía todo pensamiento excepto el dolor.

Libre asimismo de los interrogatorios de la policía, durante los cuales un Justin irreconocible para él mismo salía al centro del escenario e, hilvanando frases impecablemente esculpidas, descargaba la conciencia a los pies de sus desconcertados interrogadores, o al menos la parte de ella que, guiado por un confuso instinto, le parecía prudente revelar. Empezaron acusándolo de asesinato.

—En un caso como este, Justin, flota en el aire determinada hipótesis que no podemos pasar por alto —explica Lesley con tono de disculpa—, y tenemos que planteártela sin rodeos para que sepas a qué atenerte, aunque somos conscientes de que puede herir tus sentimientos. Se conoce como triángulo amoroso, y tú apareces en el papel de marido celoso que organiza un asesinato a sueldo cuando tu mujer y el amante de ella están lo más lejos posible de ti, lo cual siempre resulta conveniente con vistas a la coartada. Mandaste a alguien a matarlos, movido por el deseo de venganza. El plan incluía sacar el cadáver de Arnold Bluhm del todoterreno y hacerlo desaparecer para inducirnos a pensar que el culpable era Arnold Bluhm y no tú. El lago Turkana está plagado de cocodrilos, así que la desaparición de Arnold no representaba un gran problema. A eso, según cuentan por ahí, se añade una herencia nada despreciable que irá a parar a tus manos, con lo cual nos encontramos ante un doble motivo.

Están observándolo, como Justin bien sabe, para ver si da señales de culpabilidad o inocencia o indignación o desesperación —señales de *algo*, lo que sea—, y observándolo en vano, porque, a diferencia de Woodrow, Justin inicialmente no reacciona en absoluto. Acicalado, pensativo y distante, permanece inmóvil en la silla tallada de Woodrow, réplica de un modelo clásico, con las yemas de los dedos apoyadas en la mesa como si acabara de tocar un acorde musical y lo escuchara desvanecerse. Lesley lo acusa de asesinato y aun así solo obtiene un leve ceño, única conexión entre él y su mundo interior.

—Por lo poco que Woodrow ha tenido la amabilidad de decirme sobre los avances de vuestra investigación —objeta Justin, como un académico lastimero más que como un esposo afligido—, creía que actualmente os decantabais por la teoría del asesinato *aleatorio*, no por un acto planeado.

—Woodrow es un cuentista de mierda —afirma Rob, bajando la voz en consideración a su anfitriona.

El casete no está aún sobre la mesa. Las libretas de diversos colores se hallan todavía en el práctico bolso de Lesley. No hay prisas, ni la ocasión reviste aún carácter oficial. Gloria ha traído una bandeja con té y, tras explayarse largo y tendido acerca del reciente fallecimiento de su bull terrier, se ha marchado de mala gana.

—Descubrimos las huellas de un segundo vehículo estacionado a unos ocho kilómetros del lugar del crimen —explica Lesley—. Estaba oculto en una hondonada al sudoeste del punto donde Tessa fue asesinada. Encontramos una mancha de aceite y los restos de una hoguera.

Justin parpadea, como si la luz del día le resultara demasiado intensa, y luego inclina cortésmente la cabeza para dar a entender que continúa atento.

—Y colillas y cascos de cerveza recién enterrados —prosigue Lesley, echándoselo todo en cara a Justin—. Cuando pasó por allí el todoterreno de Tessa, el misterioso vehículo salió de su escondite y lo siguió. Luego se situó a la par. Una de las ruedas delanteras del todoterreno de Tessa había reventado por los disparos de un rifle de caza. Eso no nos parece un asesinato aleatorio.

—Nos parece más bien un asesinato corporativo, como nos gusta llamarlo —aclara Rob—. Preparado y ejecutado por profesionales a sueldo a instancias de una persona o personas desconocidas. Quienquiera que les diese la información conocía perfectamente los planes de Tessa.

—¿Y la violación? —pregunta Justin con fingida objetividad, manteniendo la vista fija en sus manos cruzadas.

—Delusoria o incidental —replica Rob con tono categórico—. Los sicarios perdieron la cabeza o actuaron con premeditación.

—Lo cual nos lleva nuevamente al motivo, Justin —añade Lesley.

—El tuyo —precisa Rob—. A menos que se te ocurra algo mejor.

Los rostros de ambos apuntan a Justin como cámaras, uno a cada lado, pero Justin se muestra tan impermeable a su doble mirada como a las indirectas. Quizá en su aislamiento interno no toma conciencia de lo uno ni de lo otro. Lesley baja una mano hacia el práctico bolso para localizar el casete, pero cambia de idea. La mano permanece sorprendida en flagrante mientras el resto de ella se vuelve hacia Justin, hacia ese hombre de frases intachablemente construidas, ese comité deliberante compuesto por un solo miembro.

—Pero el caso es que no conozco a ningún asesino, ¿sabéis? —objeta Justin, señalando el error de su razonamiento con la mirada al frente, vacía de expresión—. No contraté a nadie, no di instrucciones a nadie, me temo. No tuve nada que ver con el asesinato de mi esposa. No en el sentido que insinuáis. No lo deseaba, no lo tramé. —Se le entrecorta la voz y toma aire con un convulso y embarazoso suspiro—. No hay palabras para expresar cuánto lo lamento.

Y esto dicho de manera tan tajante que por un momento los policías, sin saber aparentemente por dónde tirar, prefirieron contemplar las acuarelas de Singapur pintadas por Gloria, que colgaban en una hilera sobre la chimenea de ladrillo, todas valoradas en «199 libras y NI HABLAR DE IVA», todas con el mismo cielo despejado y la misma palmera y la misma bandada de pájaros y su nombre en caracteres suficientemente visibles para leerse desde la otra acera, más una fecha en atención a los coleccionistas.

Hasta que Rob, que posee no el aplomo pero sí las despachaderas propias de su edad, alza su cabeza estrecha y alargada y suelta a bocajarro:

—Así que no te importaba que Bluhm y tu mujer se acostaran juntos, ¿no? Hay muchos maridos un tanto picajosos con esas cosas. —Cierra en seco la boca y espera a que Justin haga lo que sea que desde sus moralistas expectativas hacen los maridos engañados en tales casos: llorar, ruborizarse, renegar con rabia de sus propias ineptitudes o la perfidia de sus amigos.

Si es así, Justin lo defrauda.

—Sencillamente no es esa la cuestión —responde, con tal vehemencia que se coge a sí mismo por sorpresa e, irguiéndose en la silla, mira alrededor como si quisiera descubrir quién había hablado a destiempo y reprenderlo—. Acaso lo sea para la prensa. Acaso lo sea para vosotros. Para mí nunca lo fue y no lo es ahora.

—¿Cuál es, pues, la cuestión? —pregunta Rob.

—Le fallé.

—¿Cómo? ¿No diste la talla, quieres decir? —Una expresión de masculino desprecio—. Le fallaste en la cama, ¿es eso?

Justin mueve la cabeza en un gesto de negación.

—Distanciándome de ella. —Su voz se reduce a un murmullo—. Abandonándola a su suerte. Emigrando mentalmente de ella. Suscribiendo un acuerdo inmoral con ella. Un acuerdo que ni yo ni ella deberíamos haber aceptado nunca.

—¿Cuál era ese acuerdo? —pregunta Lesley, casi meliflua después de la intencionada rudeza de Rob.

—Ella obra según le dicte la conciencia; yo sigo con mi trabajo. Fue una diferenciación inmoral. No debería haber existido. Fue como mandarla a la iglesia y decirle que rezara por los dos. Fue como dividir en dos nuestra casa trazando una línea de tiza y decir ya nos veremos en la cama.

Impertérrito ante la franqueza de tal admisión de culpa y las implícitas noches y días de remordimientos, Rob se dispone a ponerla en tela de juicio. Su rostro lúgubre conserva la incrédula mueca de desprecio, su boca abierta y redonda como el orificio de un arma de gran calibre. Pero hoy Lesley se anticipa a Rob. La mujer que lleva dentro está alerta y percibe sonidos que escapan al oído agresivamente masculino de su compañero. Rob se vuelve hacia ella, solicitándole permiso para algo: para espolearlo de nuevo, quizá con una alusión a Arnold Bluhm o alguna otra contundente pregunta que lo acerque más al asesinato. Pero Lesley niega con la cabeza y, levantando la mano de las inmediaciones del bolso, bate disimuladamente el aire con la palma de la mano dando a entender: «Despacio, despacio».

—Por cierto, ¿cómo os conocisteis? —pregunta Lesley, como uno preguntaría a alguien que ha conocido casualmente en un largo viaje.

Y he ahí la habilidad de Lesley: ofrecerle un oído de mujer y la comprensión de una desconocida; conceder una tregua y llevarlo de su actual campo de batalla al terreno invulnerable de su pasado. Y Justin responde a su llamada. Relaja los hombros, entorna los ojos y, con un tono distante e íntimo de remembranza, lo cuenta tal como ocurrió, exactamente como se lo ha contado a sí mismo un centenar de veces en otras tantas horas atormentadas.

—¿Y cuándo, en su opinión, un Estado no es un Estado, señor Quayle? —preguntó Tessa amablemente un átono mediodía en Cambridge, cuatro años atrás, en una antigua sala de conferencias abuhardillada bajo los rayos de sol oblicuos y polvorientos que penetraban por la claraboya.

Son las primeras palabras que le dirige en la vida y provocan las carcajadas del lánguido auditorio compuesto por cincuenta abogados que, como Tessa, se habían matriculado en un curso de verano de dos semanas de duración sobre el Derecho y la Sociedad Administrada. Justin las repite ahora. Las circunstancias que lo llevaron a estar solo en aquel estrado, con un terno de franela gris confeccionado por la sastrería Hayward, sujeto al atril con ambas manos, son las mismas que han marcado su existencia hasta la fecha, explica, hablando sin mirar a los policías, vuelto hacia las hornacinas de falso estilo Tudor del comedor de los Woodrow. «¡Ya se ocupará Quayle!», había anunciado algún acólito de la oficina privada del subsecretario permanente la noche anterior, cuando faltaban menos de once horas para la charla. «¡Ponme con Quayle!» Quayle el solterón profesional, quería decir, Quayle el comodín, la delicia de las otrora debutantes, el último de una especie en vías de extinción, gracias a Dios, recién llegado de la condenada Bosnia y elegido para un destino en África pero todavía aquí. Quayle el hombre de reserva, a quien valía la pena conocer si uno estaba invitado a una cena oficial y no podía asistir, modales exquisitos, probablemente homosexual..., salvo que no lo era, como unas cuantas de las esposas más atractivas tenían motivos para saber aunque se lo callaran.

—Justin, ¿eres tú? Soy Haggarty. Estudiamos en el mismo colegio, tú ibas un par de cursos por delante. Verás, el subsecretario permanente ha de pronunciar una charla en Cambridge mañana ante un grupo de abogados en ciernes, pero no puede ir. Tiene que salir para Washington dentro de una hora.

Y Justin el buen tipo, ya enredándose, respondió:

—Bueno, si ya está escrita, supongo..., si se trata solo de leerla...

Y Haggarty, atajándolo, se apresuró a decir:

—Tendrás su coche y su chófer frente a la puerta de tu casa a las nueve en punto, ni un minuto más tarde. La charla es una mierda. La escribió él mismo. Puedes estudiártela en el camino. Justin, eres un santo.

Así que allí estaba, el santo condiscípulo de Eton, tras dar la charla más aburrida que había leído jamás: paternalista, engolada y farragosa como su autor, quien, en esos momentos, cabía imaginar, se relajaba a cuerpo de subsecretario en Washington D.C. A Justin ni siquiera se le había pasado por la cabeza la posibilidad de tener que contestar a las preguntas de los asistentes, pero cuando Tessa planteó la suya ni siquiera se le pasó por la cabeza rechazarla. Tessa se hallaba situada en el centro geométrico de la sala, que era su lugar natural. Al verla, Justin se formó la absurda impresión de que sus compañeros habían dejado un espacio alrededor de ella intencionadamente por deferencia a su belleza. El cuello alto de la blusa, de preceptivo color blanco, le llegaba hasta la barbilla como a una inocente niña de coro. Su tez pálida y su delgadez espectral le daban un aspecto de desamparo. Uno deseaba envolverla en una manta y ponerla a salvo de los peligros. El sol procedente de la claraboya reverberaba de tal modo en su cabello oscuro que al principio Justin apenas distinguió sus facciones. Vislumbró solo una frente ancha y pálida, unos ojos grandes de mirada seria y una mandíbula firme y resuelta de luchador. Pero la mandíbula vino después. Entretanto era un ángel. De momento no sabía, aunque estaba a punto de descubrirlo, que era un ángel armado de un garrote.

—Bueno..., supongo que la respuesta a su pregunta es... —empezó Justin—, y corríjame si discrepa en algo... —salvando la diferencia de edades y la diferencia de sexos y ofreciendo en general una imagen igualitaria—, que un Estado deja de ser un Estado cuando deja de cumplir sus responsabilidades fundamentales. ¿Sería esa su opinión, en esencia?

—¿Y cuáles son esas responsabilidades fundamentales? —replicó el ángel desamparado.

—Bueno... —repitió Justin, ya sin saber muy bien qué rumbo tomar y por tanto recurriendo a esas señales de distanciamiento con las que creía asegurar su propia protección, si no una especie de absoluta inmunidad—. Bueno... —un gesto de fastidio con la mano, un leve toque en la patilla canosa con el dedo índice en un inconfundible ademán de exalumno de Eton, la mano de nuevo abajo—, diría muy *grosso modo* que en la actualidad los requisitos que definen un Estado civilizado son... sufragio universal, esto..., protección de la vida y la propiedad..., mmm..., justicia, sanidad y enseñanza para todos, al menos hasta ciertos niveles..., también el mantenimiento de una infraestructura administrativa sólida... y carreteras, transporte, alcantarillado, etcétera... y... ¿qué más? Ah, sí, la recaudación equitativa de impuestos. Si un Estado incumple alguna de estas condiciones, uno puede afirmar que el contrato entre el Estado y el ciudadano comienza a tambalearse... y si las incumple *todas*, nos encontramos ante un «Estado fallido», como decimos hoy en día. Un infra Estado. —Chiste—. Un ex Estado. —Otro chiste, pero aún no se reía nadie—. ¿Contesta eso a su pregunta?

Había supuesto que el ángel necesitaría un momento de reflexión para meditar sobre esa profunda respuesta y lo asaltó cierto nerviosismo cuando ella, casi sin darle tiempo a terminar el párrafo, volvió a la carga:

—¿Imagina, pues, una situación en la que usted personalmente se sintiera obligado a minar el Estado?

—¿Yo personalmente? ¿En este país? No, Dios mío, claro que no —repuso Justin con el pertinente asombro—. O al menos no ahora que acabo de regresar.

Risas desdeñosas del auditorio, que se mantenía firme de parte de Tessa.

—¿Bajo ninguna circunstancia?

—Ninguna que yo conciba, no.

—¿Y en otros países?

—Verá, no soy súbdito de otros países, ¿no? —Las risas empezaron a inclinarse de su lado—. Le aseguro que es ya bastante complicado hablar en nombre de un solo país. —El comentario fue acogido con más risas, que le dieron renovado ánimo—. Más de uno sencillamente no sería...

Le faltaba un adjetivo, pero ella lanzó su siguiente golpe antes de que lo encontrara, o mejor dicho, toda una andanada de golpes, como enseguida se vio, asestados en rápida sucesión contra la cara y el cuerpo:

—¿Por qué ha de ser súbdito de un país para opinar sobre él? Usted negocia con otros países, ¿no? Establece acuerdos con ellos. Los legitima mediante relaciones comerciales. ¿Acaso está diciéndonos que existe una ética para su país y otra para los demás? ¿Qué está diciéndonos exactamente?

Justin sintió primero bochorno y después ira. Recordó, ya un poco tarde, que seguía aún agotado tras su reciente estancia en la condenada Bosnia y teóricamente en período de recuperación. Estaba preparándose para un destino en África, tan horripilante como de costumbre, suponía. No había vuelto a la madre patria para servir de chivo expiatorio a un subsecretario absentista, y menos para leer su impresentable charla. Y ni por asomo Justin, el eterno soltero de oro, iba a consentir que lo pusiera en ridículo una arpía bonita de cara que le había colgado el sambenito de arquetípico niño de buena familia o algo parecido. Otra vez flotaban risas en el aire, pero eran risas en el filo de la navaja, listas para caer a uno u otro lado. Muy bien: si ella actuaba para la galería, lo mismo haría él. Exagerando su papel como el que más, enarcó sus cinceladas cejas y así las mantuvo. Dio un paso al frente y alzó las manos con las palmas extendidas en ademán defensivo.

—Señorita —dijo a la vez que las risas se decantaban a favor de él—. Creo, señorita..., mucho me temo..., que pretende arrastrarme a una discusión sobre mi moralidad.

Ante lo cual los asistentes prorrumpieron en una auténtica salva de aplausos, todos menos Tessa. El sol que poco antes la iluminaba había desaparecido y Justin vio su bello rostro, y en él una expresión dolida y evasiva. Y de pronto la conoció muy bien, mejor en ese instante de lo que se conocía a sí mismo. Comprendió el peso de la belleza y la maldición de ser siempre un acontecimiento, y se dio cuenta de que había obtenido una victoria que no deseaba. Era consciente de sus propias inseguridades y las reconocía en ella. A causa de su belleza, Tessa se sentía en la obligación de hacerse escuchar. Había planteado un desafío y el resultado le había sido adverso, y ahora no sabía cómo volver a puerto, dondequiera que este se hallara. Justin recordó las insufribles sandeces que acababa de leer y las vacuas respuestas que había ofrecido, y pensó: ella tiene toda la razón y yo soy un cerdo, peor aún, un solapado cuarentón del Foreign Office que ha puesto a toda la sala en contra de una joven preciosa que solo hacía lo que era natural en ella. Siendo pues el culpable de su caída, Justin se apresuró a ayudarla a levantarse.

—No obstante, hablando en serio por un momento —anunció con una voz mucho más resuelta, dirigiéndose a ella, y las risas se apagaron obedientemente—, diré que ha sacado a relucir la cuestión para la que nadie en la comunidad internacional, nadie literalmente, tiene respuesta. ¿Quiénes son los buenos? ¿Qué es una política exterior ética? Sí, admitamos que aquello que une a las mejores naciones en la actualidad es cierta noción de liberalismo humanista. Pero lo que nos divide es precisamente la pregunta que usted ha formulado: ¿cuándo un Estado de supuesto talante humanista pasa a ser un Estado inaceptablemente represivo? ¿Qué ocurre cuando se convierte en una amenaza para nuestros intereses nacionales? ¿Quién es entonces el humanista? En otras palabras, ¿cuándo consideramos que la gravedad del problema requiere la intervención de la ONU..., siempre y cuando la ONU decida actuar, lo cual es ya otro asunto muy distinto? Ahí tenemos por ejemplo el caso de Chechenia..., el caso de Birmania..., el caso de Indonesia..., el caso de las tres cuartas partes de lo que conocemos como países en vías de desarrollo...

Y etcétera, etcétera. Palabrería metafísica de la peor especie, como él mismo habría sido el primero en reconocer, pero que sacó a Tessa del apuro. Siguió un debate, por llamarlo de algún modo, se formaron bandos y se llegó a conclusiones simplistas. El coloquio se prolongó más de lo previsto y se decidió por tanto que había sido un éxito.

—Me gustaría que me llevaras a dar un paseo —dijo Tessa a Justin cuando el coloquio se dio por concluido. A modo de pretexto, añadió—: Puedes ponerme al corriente sobre la situación en Bosnia.

Pasearon por los jardines del Clare College y Justin, en lugar de ponerla al corriente sobre la situación en la condenada Bosnia, le dijo el nombre de cada una de las plantas, el nombre de pila y el apellido, y cómo se ganaba la vida. Ella, cogida de su brazo, escuchó en silencio, excepto para introducir algún ocasional «¿Por qué hacen *eso*?» o «¿Cómo ocurre *eso*?». Y bastaron tales incisos para que

Justin continuara hablando, por lo cual se sintió al principio agradecido, ya que hablar era su forma de correr un velo entre él y la gente; sin embargo, con Tessa del brazo, descubrió que le interesaban menos los velos que la aparente fragilidad de sus tobillos enfundados en las pesadas botas de moda mientras ella, paso tras paso, las hacía avanzar por el estrecho sendero que ambos compartían. Estaba convencido de que, con solo caerse de bruces, se rompería las tibias. Y su ligero balanceo contra él, como si más que caminar navegaran. Después del paseo, ya tarde, almorzaron en un restaurante italiano, y los camareros coquetearon con ella, lo cual molestó a Justin, hasta que finalmente se enteró de que Tessa era en parte de origen italiano, lo cual en cierto modo lo aclaró todo y de paso permitió a Justin lucir su propio italiano, del que se gloriaba. Pero entonces advirtió en el semblante de Tessa una súbita seriedad, una expresión pensativa, y el desfallecimiento de sus manos, como si el tenedor y el cuchillo pesaran demasiado para ella, al igual que las botas en el jardín.

—Antes me has protegido —explicó Tessa, aún en italiano, con la cabeza gacha y el rostro oculto tras el pelo—. Siempre me protegerás, ¿verdad?

Y Justin, con su infinita cortesía de siempre, dijo que sí, bueno, si aducía él, la protegería, naturalmente. O como mínimo, desde luego, pondría todo su empeño en ello, por así decirlo. Que Justin recordara, esas eran las únicas palabras que cruzaron durante el almuerzo, por más que después Tessa, para asombro de él, le asegurara que habló con gran elocuencia sobre la amenaza de un futuro conflicto en el Líbano, lugar en el que Justin no pensaba desde hacía años, y sobre la imagen satánica que presentaban del islam los medios de comunicación occidentales, y la ridícula postura de los liberales occidentales, cuya ignorancia no era óbice para su intolerancia; y que ella quedó muy favorablemente impresionada por la sensibilidad con que abordó ese tema tan importante, lo cual también sorprendió a Justin, ya que, si no se equivocaba, tenía opiniones encontradas al respecto.

Pero algo le sucedía a Justin que, para su entusiasmo y desasosiego, era incapaz de controlar. Por pura casualidad, se había visto arrastrado al centro de la acción de una deliciosa comedia y se sentía cautivado. Se hallaba en un medio distinto, interpretando un papel, y era el papel que con frecuencia había deseado representar en la vida, sin conseguirlo hasta ese momento. Era verdad que en una o dos ocasiones había notado el barrunto de una sensación análoga, pero nunca con tan vertiginosa certidumbre o abandono. Y todo ello mientras el consumado mujeriego que llevaba dentro transmitía desesperadas señales de alerta con la mayor insistencia: desiste, esta traerá complicaciones, es demasiado joven, demasiado auténtica, se lo toma demasiado en serio, no conoce las reglas del juego.

De poco sirvió. Después del almuerzo, con el sol todavía radiante, fueron al río y Justin le demostró lo que todo buen amante debe demostrar a su pareja en las aguas del Cam, en particular lo hábil y refinado que era y lo a gusto que se sentía, allí con su chaleco, en equilibrio sobre la popa de una batea, empuñando una pértiga y sosteniendo una amena conversación bilingüe, que era una vez más lo que ella juraba que había hecho si bien él solo recordaba su cuerpo de miembros largos y aspecto desamparado cubierto por la blusa blanca y la falda negra de amazona con una raja lateral, y sus ojos de mirada seria observándolo con alguna clase de reconocimiento al que él no podía corresponder, porque nunca en la vida se había adueñado de él tan intensa atracción ni se había sentido tan indefenso ante su hechizo. Tessa le preguntó dónde había aprendido jardinería y él contestó: «Con nuestros jardineros». Le preguntó por sus padres y él no tuvo más remedio que admitir —reacio, convencido de que atentaría contra los principios igualitarios de Tessa— que era de buena cuna y buena posición económica y que los jardineros cobraban de su padre, quien había pagado asimismo la larga sucesión de niñeras, internados, universidades, vacaciones en el extranjero y cuanto fuera necesario para allanarle el camino de acceso al «negocio familiar», como su padre llamaba al Foreign Office.

Sin embargo, para alivio de Justin, Tessa encontró más que razonable aquella descripción de sus orígenes y, para no ser menos, contribuyó con sus propias confidencias. También ella había nacido rodeada de privilegios, reconoció. Pero sus padres habían muerto los dos en los últimos nueve meses, ambos de cáncer.

—Así que soy huérfana —declaró con fingida frivolidad—, libre de las ataduras de la buena familia.

Después de eso se sentaron a distancia durante un rato, todavía en estrecha comunión.

—Me había olvidado del coche —comentó Justin en algún momento, como si eso en cierto modo representara un obstáculo para posteriores asuntos.

—¿Dónde lo has aparcado?

—No lo he aparcado. Tiene chófer. Es un coche oficial.

—¿No puedes llamarlo?

Y asombrosamente ella llevaba un teléfono en el bolso y él llevaba el número del móvil del chófer en el bolsillo. Así que Justin amarró la batea y, sentándose al lado de Tessa, dijo al chófer que regresara él solo a Londres, lo cual equivalía a tirar la brújula, un acto de autoaislamiento en mutua compañía que no pasó inadvertido a ninguno de los dos. Y cuando se marcharon del río ella lo invitó a su apartamento e hizo el amor con él. Y por qué obró así, y quién pensaba que era *él* cuando lo hizo, y quién pensaba él que era *ella*, y quiénes eran uno y otro al término de aquel fin de semana, tales misterios, le aseguró ella mientras lo cubría de besos en la estación de ferrocarril, se resolverían con el tiempo y la costumbre. El hecho era, dijo, que lo amaba, y todo lo demás se aclararía cuando se casasen. Y Justin, en la locura que se había apoderado de él, manifestó ideas igualmente irreflexivas, las repitió y las amplió, todo bajo el influjo de aquel delirio que lo guiaba y por el que se dejaba guiar con mucho gusto aunque, en el fondo de su conciencia, supiera que cada hipérbole tendría algún día su precio.

Tessa no ocultó que quería un amante mayor que ella. Como tantas otras mujeres jóvenes y atractivas que Justin había conocido, no resistía la presencia de los hombres de su misma edad. Usando un vocabulario que repugnó a Justin en su fuero interno, ella se describió como una golfa, una fulana con buen corazón y una pizca de malicia, pero estaba demasiado enamorado para corregirla. Esas expresiones, como más tarde descubrió, provenían de su padre, a quien detestó a partir de ese instante, aunque esforzándose en disimularlo, ya que ella lo veía como un santo. Su necesidad del amor de Justin, explicó Tessa, era una sed insaciable, y Justin no pudo sino afirmar que lo mismo rezaba con él, sin duda. Y en aquel momento lo creía.

Su primer impulso, cuarenta y ocho horas después de su regreso a Londres, fue poner tierra por medio. Había sufrido el azote de un tornado, pero los tornados, como sabía por experiencia, causaban grandes daños, algunos colaterales, y luego seguían su curso. Su destino en alguna legación africana de mala muerte, aún pendiente de resolución, de pronto le pareció tentador. Sus declaraciones de amor le producían una creciente alarma cuanto más las recitaba en su mente: esto no es verdad, este soy yo en la escena equivocada. Había tenido una aventura amorosa tras otra y esperaba tener aún unas cuantas más, pero siempre dentro de la mayor mesura y premeditación, con mujeres tan poco dispuestas como él a abandonar el sentido común en favor de la pasión. Pero, aún más cruelmente, temía la fe de Tessa porque, como pesimista impenitente, sabía que él no tenía el menor asomo de fe. Ni en la naturaleza humana, ni en Dios, ni en el futuro, ni por supuesto en la fuerza universal del amor. El hombre era un ser abyecto y siempre lo sería. El mundo contenía una pequeña cantidad de almas razonables y casualmente Justin era una de ellas. La misión de estas almas, desde su elemental punto de vista, era prevenir los peores excesos de la especie humana, con la salvedad de que cuando dos bandos tomaban la firme determinación de reducirse mutuamente a añicos era poco lo que una persona razonable podía hacer para impedirlo, por encarnizados que fueran sus esfuerzos para conjurar el encarnizamiento. A la postre, se dijo el maestro del sublime nihilismo, todos los hombres civilizados son hoy en día como el rey Canuto, que se creía capaz de frenar el flujo del mar, y ahora la marea sube cada vez más deprisa. Por tanto, resultaba doblemente desafortunado que Justin —para quien cualquier forma de idealismo debía contemplarse con el más profundo escepticismo— entablara relaciones con una joven que, aun siendo admirablemente desinhibida en muchos aspectos, era incapaz de cruzar la calle sin antes plantearse la moralidad de esa acción. La huida era la única solución prudente.

Pero con el paso de las semanas, mientras emprendía lo que debía ser un delicado proceso de alejamiento, el asombro por lo ocurrido fue haciendo mella en él. Discretas cenas planeadas para la triste escena de despedida se convirtieron en erupciones de fascinación seguidas de deleites sexuales cada vez más embriagadores. Empezó a avergonzarse de su callada apostasía. En lugar de disuadirlo, el pintoresco idealismo de Tessa lo divertía e incluso, a su sosegada manera, prendía en él. Alguien tenía que cultivar opiniones como aquella y manifestarlas. Hasta entonces Justin había considerado las firmes convicciones el enemigo natural del diplomático, que debían pasarse por alto, tomarse a broma o canalizarse en direcciones inocuas. De pronto, para su sorpresa, las veía como insignias del valor, y a Tessa como abanderada.

Y esta revelación llegó acompañada de una nueva percepción de sí mismo. Ya no era la delicia de las otrora debutantes, el hábil solterón capaz de eludir eternamente las cadenas del matrimonio. Era la bromista e idólatra figura paterna de una joven preciosa a quien, como suele decirse, consentía todos los caprichos y dejaba salirse con la suya siempre que ella lo necesitaba. Pero igualmente su protector, su puntal, su mano de apoyo, su maduro e idólatra jardinero con sombrero de paja. Desechando su plan de fuga, Justin puso rumbo a ella decididamente, y esta vez —o eso deseaba hacer creer a los agentes de policía— ya no se arrepintió, ya nunca volvió la vista atrás.

—¿Ni siquiera cuando se convirtió en un motivo de vergüenza para ti? —pregunta Lesley después de permanecer ella y Rob en respetuoso silencio durante el tiempo reglamentario, los dos veladamente atónitos por su franqueza.

—Ya os lo he dicho. Llevábamos algunos asuntos por separado. Yo me limitaba a esperar, bien a que ella se moderara, bien a que el Foreign Office nos asignara unas funciones menos incompatibles. La situación de las esposas en el Foreign Office cambia continuamente. Se ven obligadas a trasladarse cuando se trasladan sus maridos. Un día se les concede entera libertad de acción y al día siguiente se les exige que se comporten como geishas del servicio diplomático.

—¿Esas son palabras de Tessa o tuyas? —pregunta Lesley con una sonrisa.

—Tessa nunca esperó a que le dieran libertad. Se la tomó ella misma.

—¿Y Bluhm no te hacía pasar vergüenza? —dice Rob con aspereza.

—No viene al caso, pero Arnold Bluhm no era su amante. Los unía otra clase de intereses. El secreto mejor guardado de Tessa era su virtud. Le gustaba sorprender.

Para Rob esa es la gota que colma el vaso.

—¿Cuatro noches seguidas, Justin? —objeta—. ¿Compartiendo un bungaló en Turkana? ¿Una chica como Tessa? ¿Y de verdad esperas que nos creamos que no echaron ni un solo polvo?

—Podéis creer lo que os venga en gana —contesta Justin, el apóstol de la impavidez—. Personalmente, no tengo la menor duda al respecto.

—¿Por qué?

—Porque me lo dijo ella.

Y a esto no encontraron respuesta alguna. Pero a Justin aún le quedaba algo por decir, y poco a poco, ayudado por los estímulos de Lesley, consiguió explicarlo.

—Tessa eligió un marido convencional —empezó, visiblemente incómodo—. Yo. No un altruista de elevados ideales. Yo. No debéis verla como una persona exótica. Jamás pensé, como tampoco lo pensaba Tessa cuando llegamos aquí, que ella fuera a apartarse del tradicional papel de geisha diplomática del que tanto se mofaba. Lo haría a su manera, pero acataría la disciplina. —Reflexionó, consciente de sus miradas de incredulidad—. La muerte de sus padres la había asustado. Luego, conmigo a su lado para devolverle el equilibrio, se proponía renunciar a un exceso de libertad. Era el precio que estaba dispuesta a pagar por dejar de ser huérfana.

—¿Y a qué se debió el cambio? —preguntó Lesley.

—A *nosotros* —respondió Justin con fervor. Se refería a los demás *nosotros*. Nosotros los que la habíamos sobrevivido. Nosotros los culpables—. A nuestra autocomplacencia —añadió, bajando la voz—. A *esto*. —Y aquí abarcó con un amplio ademán no solo el comedor y las espantosas acuarelas de Gloria colocadas una tras otra a lo largo del manto de la chimenea, sino a toda la casa, y a sus ocupantes, y por inferencia a las otras casas de la calle—. A nosotros a los que nos pagan para ver qué ocurre alrededor y preferimos no verlo. A nosotros que pasamos de largo por la vida mirando al suelo.

—¿Eso lo dijo ella?

—Lo dije yo. Es la imagen que acabó formándose de nosotros. Nació en una familia rica, pero no le daba la menor importancia a eso. No le interesaba el dinero. Vivía con mucho menos que las clases desfavorecidas. Pero sabía que no tenía excusa para quedarse indiferente a lo que veía y oía. Sabía que estaba en deuda.

Y en este punto Lesley suspende la sesión hasta mañana a la misma hora, Justin, si no hay inconveniente. No lo hay.

Y British Airways, por lo visto, había llegado a la misma conclusión, ya que empezaban a apagar las luces de la cabina de primera clase y atender las últimas peticiones de los pasajeros antes de la noche.

8

Rob permanece ocioso mientras Lesley saca sus juguetes del bolso: las libretas de colores, el pequeño casete que ayer quedó intacto, la goma de borrar. Justin presenta una palidez carcelaria y una telaraña de finas arrugas en torno a los ojos, que es el aspecto con que ahora amanece a diario. Un médico le recomendaría aire fresco.

—Dijiste, Justin, que no tenías nada que ver con el asesinato de tu esposa «en el sentido que insinuamos» —le recuerda Lesley—. ¿Qué otro sentido hay si puede saberse? —Y ha de inclinarse sobre la mesa para oír las palabras de Justin.

—Debería haber ido con ella.

—¿A Lokichoggio?

Justin niega con la cabeza.

—¿Al lago Turkana?

—A todas partes.

—¿Eso te decía ella?

—No. Nunca me reprochaba nada. Ni ella me decía a mí lo que debía hacer, ni yo se lo decía a ella. Tuvimos una discusión, y fue por el método, no por la sustancia. Arnold nunca representó un obstáculo entre nosotros.

—¿Cuál fue exactamente el motivo de la discusión?

—pregunta Rob, aferrándose con obcecación a su literal visión de las cosas.

—Después de perder al niño, le supliqué que me dejara llevarla a Inglaterra o Italia. A cualquier sitio, donde ella quisiera. Ni se lo planteó. Gracias a Dios, dijo, tenía una misión, una razón para vivir, y estaba aquí, en Nairobi. Había descubierto una gran injusticia social. Un gran crimen, como también lo llamaba. Eso era lo único que me estaba permitido saber. En mi profesión, la ignorancia deliberada es un arte. —Se vuelve hacia la ventana y mira afuera distraídamente—. ¿Habéis visto cómo vive la gente en los suburbios de esta ciudad?

Lesley niega con la cabeza.

—Tessa me llevó allí una vez. En un momento de debilidad, me explicó más tarde, deseó que yo inspeccionara su lugar de trabajo. Ghita Pearson nos acompañó. La estrecha amistad entre Ghita y Tessa era consecuencia natural de una serie de increíbles afinidades: las madres de ambas se habían dedicado a la medicina; los padres eran abogados; las dos habían recibido una educación católica. Fuimos a un centro médico. Cuatro paredes de hormigón y un techo de hojalata, y un millar de personas esperando ante la puerta. —Por un momento Justin olvida dónde está—. La pobreza, a esos niveles, es una disciplina en sí misma. No es posible asimilarla en una sola tarde. Aun así, a partir de entonces me fue difícil pasear por Stanley Street sin... —volvió a interrumpirse—... sin esa otra imagen en mi mente. —Después de las escurridizas evasivas de Woodrow, sus palabras parecían artículos de fe—. La gran injusticia..., el gran crimen..., era lo que la mantenía viva. Hacía cinco semanas que habíamos perdido a nuestro hijo. Sola en casa, Tessa se pasaba las horas muertas mirando a la pared con expresión ausente. Mustafa me telefoneaba a la embajada: «Venga, señor; está enferma, está enferma». Pero no era yo quien la reanimaba. Era Arnold. Arnold la comprendía.

Arnold compartía el secreto con ella. Tan solo con oír acercarse el coche de Arnold, Tessa se convertía en otra mujer. «¿Qué traes? ¿Qué traes?» Noticias, quería decir. Información. Progresos. Cuando él se marchaba, Tessa se retiraba a su pequeño despacho y trabajaba hasta entrada la noche.

—¿En su ordenador?

Un momentáneo recelo por parte de Justin. Superado de inmediato.

—Tenía sus papeles, tenía su ordenador. Tenía el teléfono, que usaba con la mayor cautela. Y tenía a Arnold, siempre que él podía escapar durante un rato a sus obligaciones.

—¿Y a ti eso no te importaba? —dice Rob con sorna, volviendo inoportunamente a su tono de intimidación—. ¿Ver allí a tu mujer ensimismada, esperando a que apareciera el doctor Maravillas?

—Tessa estaba desolada. Si hubiera necesitado un centenar de Bluhms, por mí podría haberlos tenido todos, y en las condiciones que deseara.

—Y tú no sabías nada del gran crimen —prosigue Lesley, resistiéndose a la persuasión—. Nada. Ni de qué se trataba, ni quiénes eran las víctimas, ni quiénes los principales autores. Te lo ocultaban todo. Bluhm y Tessa juntos, y tú al margen.

—Era yo quien guardaba las distancias —confirma Justin con obstinación.

—La verdad, no entiendo cómo podíais sobrevivir en esa situación —insiste Lesley, dejando la libreta y abriendo las manos—. Separados pero juntos. Tal como lo describes, da la impresión de que... estuvierais peleados... o algo peor.

—No sobrevivimos —se limita a recordarle Justin—. Tessa ha muerto.

Llegados a este punto, cabía pensar que el momento de las confesiones íntimas había tocado a su fin y seguiría un período de turbación o vergüenza, o quizá incluso retractación. Pero Justin no ha hecho más que empezar. Yergue de pronto la espalda, como un hombre haciendo acopio de valor. Sus manos caen sobre sus muslos, y ahí se quedan hasta nueva orden. Su voz recobra la potencia. Impulsada por alguna profunda fuerza interior, aflora a la superficie, sale al aire viciado del fétido comedor de los Woodrow, que apesta aún a la salsa de anoche.

—Era tan impetuosa... —declara con orgullo, recitando una vez más pasajes de los discursos que ha pronunciado para sí durante horas y horas—. Ese rasgo me fascinó en ella desde el principio. Quería a toda costa que tuviéramos un hijo de inmediato. La muerte de sus padres debía compensarse cuanto antes. ¿Por qué esperar a casarnos? Yo la contuve, y ahora me arrepiento. Me acogí a las convenciones, sabe Dios por qué. «Muy bien», dijo ella. «Si debemos estar casados para tener un hijo, casémonos en el acto.» Así que fuimos a Italia y nos casamos en el acto, para gran regocijo de mis colegas. —Y para el suyo propio—. «¡Quayle se ha vuelto loco! ¡El bueno de Justin se ha casado con su hija! ¿Ya ha terminado Tessa la secundaria?» Cuando quedó embarazada, después de intentarlo durante tres años, se echó a llorar. Yo también. —Hace un alto, pero nadie interrumpe su monólogo—. Con el embarazo, Tessa cambió. Pero solo para bien. Adquirió la madurez propia de la maternidad. En apariencia, vivía el proceso con despreocupación. Pero en su interior se desarrolló un profundo sentido de la responsabilidad. Sus labores humanitarias tomaron un nuevo significado para ella. Por lo que he oído decir, ocurre con frecuencia. Lo que hasta entonces era importante se convirtió en una vocación, casi un destino. En su séptimo mes de embarazo, iba aún a cuidar de los enfermos y moribundos y luego volvía para asistir a alguna fútil cena diplomática en la ciudad. Cuanto más se acercaba el nacimiento del niño, más resuelta estaba a conseguir un mundo mejor para él. No solo para nuestro niño. Para *todos* los niños. Por entonces, deseaba ya con toda su alma acudir a un hospital africano para el parto. Si la hubiera obligado a ir a una clínica privada habría cedido, pero hubiera sido una traición por mi parte.

—¿Por qué? —musita Lesley.

—Tessa establecía una clara distinción entre el dolor observado y el dolor compartido. El dolor observado es un dolor periodístico. Es un dolor diplomático. Es un dolor televisivo, que desaparece tan pronto como apagamos ese infame aparato. En opinión de Tessa, aquellos que veían el sufrimiento y no hacían nada para remediarlo no eran mucho mejores que quienes lo causaban. Eran los malos samaritanos.

—Pero ella sí hacía algo para remediarlo —aduce Lesley.

—De ahí el hospital africano. En sus momentos de máximo extremismo, hablaba de dar a luz en el barrio de Kibera. Por fortuna, entre Arnold y Ghita lograron devolverle cierto sentido de la mesura. Arnold puede hablar con autoridad en materia de sufrimiento. En Argelia no solo atendió a víctimas de la tortura, sino que la padeció en propia carne. Se había ganado a pulso el derecho a estar entre los desvalidos. Yo no.

Rob intenta sacar partido de esta circunstancia, como si la cuestión no se hubiera abordado ya una docena de veces.

—Cuesta un poco ver qué lugar ocupas tú en ese contexto, ¿no? Vienes a ser como la rueda de recambio, podría decirse, viviendo en las nubes con tu dolor diplomático y tu comisión al más alto nivel, ¿no crees?

Pero la paciencia de Justin no tiene límites. En ocasiones no muestra su disconformidad por pura educación.

—Tessa me eximió del servicio activo, como ella decía

—afirma, bajando la voz avergonzado—. Insistía en que el mundo nos necesitaba a los dos: a mí dentro del sistema, empujando; a ella fuera, sobre el terreno, tirando. «Soy yo quien cree en un Estado moral», sostenía. «Si vosotros no hacéis vuestro trabajo, ¿qué esperanzas nos quedan a los demás?» Era un sofisma y los dos lo sabíamos. El sistema no necesitaba mi trabajo. Tampoco yo. ¿Qué sentido tenía? Redactaba informes que nadie consultaba y proponía medidas que nunca se aplicaban. El engaño era algo ajeno a Tessa. Excepto en mi caso. Por mí, se engañaba totalmente.

—¿La notaste alguna vez asustada? —pregunta Lesley en un susurro para no alterar el cariz confidencial de la conversación.

Justin medita. Al cabo de unos segundos, un recuerdo hace asomar una vaga sonrisa a sus labios.

—Una vez, hablando con la embajadora de Estados Unidos acerca del «miedo», Tessa se jactó de conocer mucho mejor el significado de otra palabra empezada también con eme. Su excelencia no lo encontró gracioso.

Lesley sonríe, pero solo por un instante.

—Y respecto a esa decisión de dar a luz en un hospital africano —dice con la mirada fija en su libreta—, ¿puedes por favor explicarnos cuándo y cómo la tomó?

—Había una mujer de una de las aldeas pobres del norte que Tessa visitaba con regularidad. Wanza, de apellido desconocido. Wanza padecía una enfermedad misteriosa. La habían seleccionado para someterla a un tratamiento especial. Luego, casualmente, coincidieron en el hospital de Uhuru y se hicieron amigas.

¿Perciben el tono cauteloso que se ha filtrado en su voz? Justin sí lo percibe.

—¿Sabes qué enfermedad era?

—En concreto, no. Solo sé que estaba enferma y podía empeorar peligrosamente.

—¿Tenía el sida?

—Desconozco si su enfermedad guardaba relación con el sida. Pero me dio la impresión de que el problema era otro.

—No es habitual que una mujer de una aldea o un barrio pobre dé a luz en un hospital, ¿no?

—Estaba en observación.

—¿Quién la tenía en observación?

Es la segunda vez que Justin se censura. No sabe mentir con naturalidad.

—Algún centro médico, supongo. En su aldea. En una barriada de chabolas. Como ves, no dispongo de información muy precisa. Yo mismo me asombro de mi capacidad para permanecer en la ignorancia.

—Y Wanza murió, ¿no es así?

—Murió la última noche que Tessa pasó en el hospital —contesta Justin, abandonando agradecido su reserva a fin de reconstruir el episodio para ellos—. Yo había estado toda la tarde en la sala, pero Tessa insistió en que me marchara a casa a dormir. Lo mismo había dicho a Arnold y Ghita. Nos turnábamos los tres para velarla. Arnold había conseguido una cama de campaña. A las cuatro de la madrugada, Tessa me telefoneó. En su sala no había teléfono, así que utilizó el de la enfermera jefa. Estaba muy alterada. «Histérica» sería una descripción más exacta, pero cuando Tessa estaba histérica, no levantaba la voz. Wanza había desaparecido. El bebé también. Al despertarse, no vio a Wanza en su cama ni la cuna del niño. Salí hacia el hospital de Uhuru. Arnold y Ghita llegaron al mismo tiempo. Tessa se encontraba en el mayor desconsuelo. Era como si hubiese perdido a un segundo hijo en el espacio de unos días. Entre los tres la convencimos de que era ya hora de proseguir con la convalecencia en casa. Muerta Wanza y trasladado el niño a otra parte, no se sintió obligada a quedarse.

—¿Tessa no vio el cadáver?

—Pidió que se lo dejaran ver, pero le dijeron que no era conveniente. Wanza había muerto y su hermano se había llevado al bebé a la aldea de la madre. Para el hospital, el asunto estaba zanjado. A los hospitales no les gusta recrearse en la muerte —añade, hablando por su propia experiencia con Garth.

—¿Vio Arnold el cadáver?

—Cuando llegó, ya era demasiado tarde. Habían enviado el cuerpo al depósito y se les había perdido.

Lesley abrió desmesuradamente los ojos en un gesto de sincera estupefacción mientras, al otro lado de Justin, Rob se apresuraba a inclinarse, coger el casete y mirar a través de la ventanilla para cerciorarse de que la cinta continuaba pasando.

—¿Perdido? ¡Los cadáveres no se *pierden*! —exclama Rob.

—Al contrario: me han asegurado que en Nairobi ocurre muy a menudo.

—¿Y el certificado de defunción?

—Solo puedo deciros lo que supe por Arnold y Tessa. No tengo noticia de ningún certificado de defunción. Nadie lo mencionó.

—¿Y no se practicó autopsia? —Lesley ha salido de su asombro.

—Que yo sepa, no.

—¿Visitó alguien a Wanza en el hospital?

Justin se para a pensar, pero obviamente no encuentra razón alguna para eludir la pregunta.

—Su hermano Kioko. Dormía en el suelo junto a ella cuando no estaba espantándole las moscas. Y Ghita Pearson se imponía el deber de sentarse un rato a su lado siempre que iba a ver a Tessa.

—¿Alguien más?

—Un médico blanco, creo. No estoy muy seguro.

—¿De si era blanco?

—De si era médico. Un hombre blanco con bata blanca. Y un estetoscopio.

—¿Solo?

De nuevo la reserva, proyectándose sobre su voz como una sombra.

—Lo acompañaba un grupo de estudiantes. O eso me parecieron. Eran jóvenes. Llevaban batas blancas.

Con tres abejas de color oro bordadas en el bolsillo de cada bata, podría haber añadido, pero se contuvo, fiel a su determinación.

—¿Por qué crees que eran estudiantes? ¿Te lo dijo Tessa?

—No.

—¿Arnold?

—Arnold no hizo ningún comentario sobre ellos en mi presencia. Es una simple conjetura mía. Eran jóvenes.

—¿Y sobre su mentor? Me refiero a ese médico, en el supuesto de que lo fuera. ¿Dijo Arnold algo sobre él?

—A mí no. Si tenía algún motivo de preocupación, se lo planteó directamente a él..., al hombre del estetoscopio.

—¿En tu presencia?

—Pero no al alcance de mi oído. —O apenas.

Rob, al igual que Lesley, alarga el cuello para no perderse una sola palabra.

—Danos más detalles.

Justin así lo hace. Establecida una breve tregua, pasa a formar parte de su equipo. Pero la reserva no ha abandonado su voz. En torno a sus ojos cansados se advierten cautela y circunspección.

—Arnold se llevó a ese hombre a un rincón. El hombre del estetoscopio. Cogido del brazo. Hablaron como suelen hacerlo los médicos. En voz baja, aparte.

—¿En inglés?

—Eso creo. Cuando Arnold habla en francés o swahili, adopta un lenguaje gestual distinto. —Y cuando habla en inglés, tiende a subir un poco el volumen, podría haber añadido.

—Descríbelo..., al tipo del estetoscopio —ordena Rob.

—Era robusto. Corpulento. Rollizo. Desastrado. Con zapatos de ante, eso se me quedó grabado en la memoria. Recuerdo que se me antojó raro que un médico calzara zapatos de ante, no sé bien por qué. Pero aún conservo en la memoria la imagen de los zapatos. Llevaba la bata mugrienta, no manchada de nada en particular, sino mugrienta en conjunto. Zapatos de ante, bata mugrienta, cara rubicunda. Un hombre del espectáculo o algo así. De no ser por la bata blanca, habría pasado por un empresario teatral. —Y con tres abejas doradas, sin lustre pero inconfundibles, bordadas en el bolsillo, tal como la enfermera del anuncio del aeropuerto, piensa Justin. Para su propia sorpresa, añade—: Se lo veía avergonzado.

—¿De qué?

—De su propia presencia allí. De lo que hacía.

—¿Por qué lo dices?

—Evitaba mirar a Tessa. A Tessa y a mí. Miraba a cualquier parte menos hacia nosotros.

—¿Color de pelo?

—Rubio. Entre rubio y rojo. Tenía en la cara ese color encendido de los bebedores y el pelo rojizo lo hacía más visible. ¿Sabéis de quién hablo? Tessa sentía mucha curiosidad por él.

—¿Barba? ¿Bigote?

—Bien afeitado. No. Miento. Empezaba a asomarle una barba de un día como mínimo, con un tono dorado. Tessa le preguntó el nombre varias veces. Él se negó a darlo.

Rob vuelve a meterse donde no le llaman.

—¿Qué clase de conversación parecía? —insiste—. ¿Era una discusión? ¿Era cordial? ¿Estaban invitándose a comer? ¿Qué pasaba?

Otra vez la cautela. No oí nada. Solo vi.

—Aparentemente Arnold protestaba..., hacía reproches. El médico lo desmentía. Me dio la impresión... —Justin se interrumpe, tomándose un tiempo para elegir las palabras. «No confíes en nadie», le había dicho Tessa. «En nadie excepto Ghita y Arnold. Prométemelo.» Lo prometo—. Mi impresión fue que aquella no era la primera vez que entraban en discordia. Lo que presencié formaba parte de una disputa continuada. O al menos eso pensé después: que había presenciado una reanudación de hostilidades entre adversarios.

—Has pensado mucho en eso, pues.

—Sí. Sí, así es —asiente Justin con recelo—. Tuve la impresión asimismo de que el inglés no era la lengua materna de ese médico.

—Pero ¿no comentaste nada al respecto con Arnold y Tessa?

—Cuando aquel hombre se fue, Arnold volvió junto a la cama de Tessa, le tomó el pulso y le habló al oído.

—¿Tampoco oíste nada?

—No, y esa era la intención. —Poco convincente, piensa. Esfuérzate más—. Ya me había acostumbrado a ese papel —explica, eludiendo sus miradas—: a permanecer fuera de su círculo.

—¿Qué medicación administraban a Wanza?

—No lo sé.

Lo sabía perfectamente. Veneno. Había traído a Tessa del hospital y estaba dos peldaños por debajo de ella en la escalera, camino del dormitorio, con una bolsa en cada mano —una con las cosas de ella y otra con la canastilla de Garth—, pero la observaba con la actitud alerta de un luchador porque Tessa, como siempre, tenía que arreglárselas sin ayuda de nadie. Al primer indicio de desfallecimiento, Justin soltó las bolsas y la sujetó antes de que se le doblaran las rodillas, y notó la alarmante levedad de su cuerpo, y el temblor y la desesperación cuando prorrumpió en su lamento, no por la muerte de Garth, sino por la muerte de Wanza. «¡La han matado!», barbotó ante la cara de Justin porque la sostenía en un estrecho abrazo. «¡Esos hijos de puta han matado a Wanza, Justin! La han matado con su veneno.» ¿Quiénes, cariño?, preguntó él, apartándole de la frente y las mejillas el pelo húmedo de sudor. ¿Quiénes la han matado? Dímelo. Rodeando su consumida espalda con un brazo, la guio escaleras arriba con delicadeza. ¿Qué hijos de puta, cariño? Dime quiénes son los hijos de puta. «Esos hijos de puta de las TresAbejas. Esos medicastros de pega. Los que no querían mirarnos.» ¿A qué médicos te refieres?, levantándola en brazos y dejándola tendida en la cama, sin darle una segunda oportunidad de caerse. ¿Tienen nombre esos médicos? Dímelo.

Desde las profundidades de su mundo interior, Justin oye a Lesley formular la misma pregunta a la inversa:

—¿Te dice algo el apellido Lorbeer, Justin?

Ante la duda, miente, se ha jurado a sí mismo. Ante una situación apurada, miente. Ante el compromiso de no confiar en nadie —ni siquiera en mí—, de ser fiel solo a los muertos, miente.

—Me temo que no —contesta.

—¿No lo has oído alguna vez accidentalmente? ¿Escuchando sin querer una conversación telefónica? ¿Mencionado de pasada por Arnold o Tessa mientras charlaban? ¿Lorbeer, alemán, holandés..., quizá suizo?

—El apellido Lorbeer no me suena en ningún contexto.

—¿Y Kovacs, una mujer húngara? Imponente, por lo que cuentan. Pelo oscuro.

—¿Tiene un nombre de pila? —Eso equivale de nuevo a una negación, pero esta vez es la verdad.

—No, ni ella ni ninguno de los otros —responde Lesley con cierta desesperación—. Emrich. También mujer.

Pero rubia. ¿No? —Dándose por vencida, lanza el lápiz a la mesa—. Así pues, Wanza muere —dice—. Confirmado. La ha matado un hombre que no quería miraros. Y a fecha de hoy, seis meses después, sigues sin saber de qué murió. Simplemente murió, sin más.

—No llegué a enterarme. Si Tessa o Arnold conocían la causa de la muerte, yo no.

Rob y Lesley se distienden de pronto en sus sillas como dos atletas que, de común acuerdo, deciden tomarse un descanso. Recostándose, Rob estira los brazos y exhala un teatral suspiro, mientras que Lesley, aún inclinada, apoya la barbilla en el hueco de la mano con una expresión melancólica en su sagaz semblante.

—¿Y seguro que no te lo has sacado de la manga? —pregunta a Justin por entre los nudillos—. ¿Ese cuento de la moribunda Wanza, su hijo recién nacido, el supuesto médico avergonzado, los supuestos estudiantes en bata blanca? ¿No será, por decir algo, un entramado de mentiras de principio a fin?

—¡Qué ocurrencia tan absurda! ¿Por qué iba a haceros perder el tiempo inventándome una historia semejante?

—En los archivos del hospital de Uhuru no consta ninguna Wanza —explica Rob con igual desaliento desde su postura semiyacente—. Tessa existió, tu pobre Garth también. Pero Wanza no. Nunca ha estado allí. No ingresó, no la atendió ningún médico, ni falso ni auténtico, nadie la tuvo en observación, no se le prescribió ningún tratamiento. Su hijo no nació, ella no murió, su cadáver no se perdió porque nunca ha existido. Les, aquí presente, probó a hablar con varias enfermeras, pero no sabían nada, ¿verdad, Les?

—Alguien tuvo una charla en privado con ellas antes que yo —aclara Lesley.

Oyendo una voz de hombre a su espalda, Justin volvió al instante la cabeza. Pero solo era el auxiliar de vuelo interesándose por su bienestar físico. ¿Requería acaso el señor Brown un poco de ayuda con los mandos del asiento? Gracias, el señor Brown prefería mantener el respaldo recto. ¿O con el sistema de vídeo? Gracias, no, no me hace falta. ¿Y no desearía acaso bajar la persiana de la ventanilla? No, gracias —categóricamente—, Justin prefería su ventanilla abierta al cosmos. ¿Qué tal, pues, una cálida y agradable manta para el señor Brown? Movido por su incorregible cortesía, Justin aceptó la manta y fijó nuevamente la mirada en la ventanilla negra a tiempo de ver a Gloria irrumpir en el comedor sin llamar a la puerta, cargada con una bandeja de sándwiches de paté. Al colocarla en la mesa, lanza un furtivo vistazo a lo que Lesley tiene anotado en su libreta; en vano, ya que Lesley ha pasado hábilmente la hoja.

—No haréis trabajar demasiado a nuestro huésped, ¿eh que no, chicos? *Bastante* carga lleva ya a las espaldas, el pobre, ¿no, Justin?

Y un beso en la mejilla para Justin, y un mutis propio de vedette para todos los presentes, que saltan los tres a una de sus sillas para abrir la puerta a su carcelera cuando parte con la bandeja del té ya terminado.

Después de la intrusión de Gloria, el interrogatorio se torna deshilvanado durante un rato. Mientras mordisquean los sándwiches, Lesley abre otra libreta, una azul, y Rob comienza a ensartar preguntas sin aparente conexión.

—¿Conoces a alguien que fume cigarrillos Sportsman continuamente? —En un tono que induce a pensar que fumar Sportsman constituye un delito castigado con la pena capital.

—Que yo sepa, no. A los dos nos molestaba mucho el humo de tabaco.

—Quería decir en general, no solo en casa.

—Tampoco.

—¿Conoces a alguien que tenga un camión de safari verde, de chasis largo, en buen estado, matrícula de Kenia?

—El embajador anda luciéndose por ahí en una especie de todoterreno blindado, pero dudo que sea eso lo que tienes en mente.

—¿Conoces a ciertos individuos de alrededor de cuarenta años, aspecto militar, musculosos, bronceados, botas relucientes?

—No me viene a la cabeza nadie de esas características, lo siento —admite Justin, con una sonrisa de alivio por verse fuera de la zona de peligro.

—¿Has oído hablar de Marsabit?

—Sí, me parece que sí. Ah, sí, Marsabit. Claro. ¿Por qué?

—¡Vaya, estupendo! Has oído hablar de Marsabit. ¿Dónde está?

—Tocando al desierto de Chalbi.

—¿Al este del lago Turkana, pues?

—Si la memoria no me falla, sí. Es algo así como un centro administrativo. Un punto de reunión para los trotamundos de paso por la región septentrional.

—¿Has estado allí alguna vez?

—Lamentablemente, no.

—¿Conoces a alguien que haya estado?

—No, diría que no.

—¿Tienes idea de qué servicios ofrece Marsabit al fatigado viajero?

—Creo que hay alojamiento. Y un cuartelillo de la policía. Y una reserva natural.

—Pero nunca has estado allí.

Justin no ha estado.

—¿Ni has enviado a nadie?

Justin no ha enviado a nadie.

—¿Y cómo es que lo conoces tan bien? ¿Eres vidente, quizá?

—Cuando me asignan un destino, una de mis obligaciones es estudiar el mapa del país.

—Justin, según cierta información que nos ha llegado, un camión de safari verde, con chasis largo, hizo noche en Marsabit un par de días antes del asesinato —explica Lesley una vez concluida la ritual exhibición de agresividad—. A bordo iban dos hombres blancos. Por la descripción, tienen toda la apariencia de cazadores blancos. Más o menos de tu edad, en buena forma, ropa caqui y, como dice Rob, botas relucientes. No cruzaron palabra con nadie, salvo entre sí. No tontearon con un grupo de chicas suecas en el bar. Compraron provisiones en la tienda. Combustible, tabaco, agua, víveres. El tabaco era Sportsman; la cerveza, Whitecap embotellada. La Whitecap solo se vende en botellas. Se marcharon a la mañana siguiente, rumbo oeste a través del desierto. Viajando sin parar, podían llegar a la orilla del lago Turkana por la noche. Podían llegar incluso a Allia Bay. Las botellas de cerveza vacías que encontramos cerca del lugar del asesinato eran de Whitecap. Las colillas eran de Sportsman.

—¿Sería una simpleza preguntar si el hotel de Marsabit lleva un registro de huéspedes? —sugiere Justin.

—Faltaba una hoja —declara Rob con tono triunfal, dejándose caer contra el respaldo—. Inoportunamente arrancada. Además, el personal no se acuerda de una mierda. Están tan asustados que no se acuerdan ni de cómo se llaman. Alguien tuvo también una charla en privado con ellos, suponemos. Los mismos que tuvieron la charla con las enfermeras del hospital.

Sin embargo, este es para Rob el canto del cisne en su

papel de verdugo de Justin, hecho que, al parecer, él mismo reconoce, ya que tuerce el gesto, se tira de la oreja y casi deja traslucir una expresión de disculpa, pero entretanto Justin cobra vida. Inquieto, mira alternativamente a Rob y Lesley. Aguarda la siguiente pregunta y, viendo que no la hay, formula él la suya:

—¿Y el registro de vehículos?

La idea provoca sarcásticas risas en los dos policías.

—¿En Kenia? —dicen.

—Las compañías de seguros, pues. Los importadores, los concesionarios. No puede haber en Kenia tantos camiones verdes de safari con chasis largo. Basta con hacer previamente una criba.

—Los azules, como llaman aquí a la policía, trabajan en ello a marchas forzadas —explica Rob—. Para el próximo milenio, si tenemos mucha mano izquierda, quizá nos den una respuesta. Los importadores tampoco han brillado por su eficiencia, para ser sinceros —prosigue, lanzando una maliciosa mirada a Lesley—. Hay una modesta empresa llamada Bell, Barker & Benjamin, más conocida como TresAbejas... ¿Te suena? El presidente vitalicio es un tal sir Kenneth K. Curtiss, golfista y granuja, Kenny K para los amigos.

—En África todo el mundo conoce las TresAbejas —responde Justin, volviendo a ponerse en guardia al instante. Ante la duda, miente—. Y a sir Kenneth, claro está. Es un personaje.

—¿Un personaje querido?

—Admirado, sería la palabra. Es el dueño de un club de fútbol keniano con muchos seguidores. Y siempre lleva una gorra de béisbol del revés —añade con tan patente aversión que los dos agentes no pueden evitar reírse.

—TresAbejas ha mostrado una gran presteza, por así decirlo, pero escasos resultados —continúa Rob—. Muy serviciales, pero muy poco servicio. «No hay problema, agente. Cuente con ello para la hora del almuerzo, agente.» Pero la hora del almuerzo era hace una semana.

—Me temo que por aquí esa es la norma para mucha gente —lamenta Justin con una sonrisa de aburrimiento—. ¿Lo habéis intentado con las aseguradoras?

—TresAbejas acapara también los seguros de automóvil. No podía ser de otro modo, ¿no? Seguro a terceros gratuito por la compra de uno de sus vehículos. Aun así, tampoco nos han servido de gran ayuda. No en lo que se refiere a camiones verdes de safari en buen estado.

—Entiendo —dice Justin con apatía.

—Tessa no los tendría en el punto de mira, ¿verdad? —pregunta Rob con su tono más despreocupado—. A las TresAbejas, me refiero. Por lo visto, Kenny K es una persona muy próxima al trono de Moi, y no sería raro que en algún momento tu mujer hubiera puesto el grito en el cielo por una cosa así, ¿no?

—Ah, no me extrañaría —dice Justin con igual vaguedad—. Alguna que otra vez. Por fuerza.

—Lo cual podría ser la razón de que no recibamos esa pequeña ayuda que solicitamos de la honorable casa de las TresAbejas respecto al misterioso vehículo y un par de asuntos más sin relación directa con este. Ocurre sencillamente que su influencia se extiende también a otras áreas, ¿no? Lo abarcan todo, desde el jarabe para la tos hasta los vuelos chárter privados, según nos han dicho, ¿verdad, Les?

Justin esboza una distante sonrisa, pero prefiere no fomentar el interés en ese tema de conversación, ni siquiera, aunque está tentado, con la graciosa anécdota de la apropiación de la gloria napoleónica o la absurda coincidencia del vínculo entre Tessa y la isla de Elba. Y omite asimismo cualquier alusión a la noche en que regresó del hospital con ella, y a aquellos hijos de puta de las TresAbejas que habían matado a Wanza con su veneno.

—Pero no estaban en la lista negra de Tessa, dices —prosigue Rob—. Lo cual resulta sorprendente, teniendo en cuenta las acusaciones de sus numerosos detractores. «El puño de hierro con guante de hierro», así los describió recientemente, si no recuerdo mal, un parlamentario de Westminster a propósito de cierto escándalo olvidado. Sospecho que a ese parlamentario tardarán mucho en ofrecerle un safari con todos los gastos pagados, ¿eh, Les? —pregunta a su compañera, y Les asiente con rotundidad—. Kenny K y sus TresAbejas. Parece el nombre de un grupo de rock. A pesar de todo, Tessa no decretó una de sus fetuas contra ellos, por lo que tú sabes.

—No que yo sepa, no —contesta Justin, sonriendo por el uso de «fetua».

Rob no desiste:

—Basada en... no sé... alguna mala experiencia de ella y Arnold en su trabajo de campo, pongamos... una negligencia de algún tipo... de tipo farmacéutico, quizá. Aunque a ella le interesaba sobre todo el lado médico del asunto, ¿no? Y también a Kenny K le interesa... cuando no está en el campo de golf con los chicos de Moi o a bordo de su Gulfstream, volando de un sitio a otro para comprar más empresas.

—Ah, sí, en efecto —responde Justin, pero con tal desgana, por no decir manifiesta indiferencia, que obviamente no cabe esperar mayores aclaraciones.

—Así pues, si te contara que Tessa y Arnold presentaron reiteradas quejas a diversos departamentos de la expandida casa de las TresAbejas en las últimas semanas, que mandaron cartas y pidieron entrevistas y recibieron persistentes evasivas por las molestias, mantendrías que nada de eso había llegado a tu conocimiento en modo alguno. Es una pregunta.

—Me temo que sí.

—Tessa escribe una serie de virulentas cartas dirigidas

a Kenny K personalmente. Entregadas en propia mano o certificadas. Telefonea a su secretaria tres veces al día y lo bombardea con mensajes de correo electrónico. Intenta abordarlo a la entrada de su finca a orillas del lago Naivasha y a las puertas de la distinguida nueva sede de la compañía, pero sus muchachos lo avisan a tiempo y utiliza la escalera de atrás, para diversión de sus empleados. ¿Me dirías, con Dios como testigo, que todo esto es nuevo para ti?

—Con o sin Dios, es nuevo para mí.

—Sin embargo, no te noto muy sorprendido.

—¿No? ¡Qué raro! Creía estar atónito. Quizá no revelo mis emociones como debiera —replica Justin, con una mezcla de enojo y reserva que coge desprevenidos a los dos policías, ya que ambos alzan la cabeza casi en ademán de respetuoso saludo.

Pero Justin no tiene interés en las respuestas de los agentes. Sus engaños y los de Woodrow son de muy distinta naturaleza. En tanto que Woodrow se esforzaba por olvidar, a Justin lo asaltan en todas direcciones recuerdos medio rescatados: retazos de conversaciones entre Bluhm y Tessa que, por respeto, se había obligado a no oír, pero ahora vuelven poco a poco a su memoria; la exasperación de Tessa, disfrazada de silencio, cuando el omnipresente nombre de Kenny K se pronuncia ante ella, en relación por ejemplo con el inminente otorgamiento del título que le permitirá acceder a la Cámara de los Lores, lo cual se da ya por hecho en el club Muthaiga, o por ejemplo con los insistentes rumores de una colosal fusión entre TresAbejas y un conglomerado multinacional de dimensiones aún mayores. Justin recuerda su implacable boicot a todos los productos de TresAbejas —su cruzada antinapoleónica, como ella misma la llamaba irónicamente—, desde los alimentos y detergentes para el hogar que la legión doméstica de vagabundos acogidos por Tessa tenía prohibido comprar bajo pena de muerte, hasta los restaurantes de carretera y las gasolineras, aceites y baterías que no dejaba utilizar a Justin cuando salían juntos en coche, y sus vehementes maldiciones siempre que un anuncio de TresAbejas con el emblema robado a Napoleón les sonreía maliciosamente desde una valla publicitaria.

—Oímos con frecuencia el término «radical», Justin —comenta Lesley, surgiendo de entre sus anotaciones para irrumpir de nuevo en los pensamientos de Justin—. ¿Era Tessa una radical? Radical en el sentido de «activista», como lo entendemos en el mundo de donde nosotros venimos. «Si algo no te gusta, ponle una bomba», esa clase de tendencias. Tessa no andaba metida en eso, ¿verdad? Ni Arnold. ¿O sí?

La respuesta de Justin tiene el tonillo de hastío de un informe repetido por exigencia de un jefe de departamento pedante:

—Tessa creía que la búsqueda irresponsable del beneficio empresarial está destruyendo al planeta, y en particular a los países emergentes. Bajo la falsa apariencia de inversión, el capital occidental deteriora el medio ambiente autóctono y fomenta el ascenso de las cleptomanías. A eso se reducía su razonamiento. Hoy en día apenas puede considerarse radical. De hecho, es una opinión muy difundida en los pasillos de la comunidad internacional. La he oído incluso en la comisión a la que pertenezco. —Vuelve a interrumpirse y, durante la pausa, recuerda la ingrata visión de Kenny K, descomunalmente obeso, golpeando la bola en la salida del primer hoyo del club Muthaiga en compañía de Tim Donohue, nuestro caduco jefe de espionaje—. Por el mismo razonamiento, las ayudas al tercer mundo son una forma de explotación bajo otro nombre. Los beneficiarios son los países que prestan dinero con intereses, los políticos y funcionarios africanos que se embolsan sustanciosos sobornos, y los contratistas y proveedores de armas que se llevan pingües ganancias. Las víctimas son el hombre de la calle, el desarraigado, el pobre y el muy pobre. Y los niños sin futuro —concluye, citando textualmente a Tessa y acordándose de Garth.

—¿Tú también lo crees? —pregunta Lesley.

—En mi caso, es ya un poco tarde para creer en algo —contesta Justin con mansedumbre. Tras un momento de silencio añade, con menos mansedumbre—: Tessa era esa rara excepción: el abogado que cree en la justicia.

—¿Por qué se dirigían al yacimiento de Leakey? —dice Lesley después de asentir calladamente a la anterior declaración de Justin.

—Quizá Arnold tenía que ir allí en representación de su oenegé. Leakey no es hombre que desatienda el bienestar de los nativos africanos.

—Quizá —admite Lesley, escribiendo con ademán pensativo en una libreta de contratapa verde—. ¿Lo conocía Tessa personalmente?

—Diría que no.

—¿Y Arnold?

—No tengo la menor idea. Tal vez deberías preguntárselo a Leakey.

—El señor Leakey no había oído hablar de ninguno de los dos hasta que encendió el televisor la semana pasada —responde Lesley con pesimismo—. En el presente el señor Leakey reside la mayor parte del tiempo en Nairobi, intentando actuar como mala conciencia de Moi y encontrando serios problemas para hacer llegar su mensaje.

Con una mirada, Rob pide la aprobación de Lesley y recibe de ella un velado gesto de asentimiento. Se inclina y empuja agresivamente el casete en dirección a Justin: habla para este aparato.

—¿Y qué es la peste blanca, si puede saberse? —inquiere, insinuando con su tono imperioso que Justin es responsable directo de su propagación—. ¿Qué es? Adelante.

Una estoica inmovilidad se instala una vez más en el rostro de Justin. Su voz se refugia en su caparazón oficial. Caminos de enlace se abren nuevamente ante él, pero son de Tessa, y piensa recorrerlos él solo.

—La peste blanca es el término popular por el que se conocía antiguamente a la tuberculosis —explica—. El abuelo de Tessa murió de ese mal. Ella presenció su muerte de niña. Tenía un libro con ese título. —No añadió, sin embargo, que el libro se hallaba en su mesilla de noche hasta que él lo trasladó a la bolsa de piel.

Ahora le corresponde a Lesley hablar con cautela:

—¿Sentía Tessa especial interés en la tuberculosis por esa razón?

—No sé si especial. Como habéis dicho, empezó a interesarse por diversas cuestiones médicas a raíz de su trabajo en los barrios pobres; entre ellas, la tuberculosis.

—Pero, Justin, si su abuelo murió de eso...

—Tessa rechazaba explícitamente el sentimentalismo con que la literatura ha tratado esa enfermedad —prosigue Justin con tono severo, sin dejarla acabar—. Keats, Stevenson, Coleridge, Thomas Mann... Solía decir que quienes encontraban romántica la tuberculosis deberían haber pasado unos días sentados junto al lecho de su abuelo.

Rob consulta de nuevo a Lesley con la mirada, y de nuevo recibe un discreto gesto de asentimiento.

—¿Te sorprendería, pues, saber que en un registro no autorizado del apartamento de Arnold Bluhm descubrimos una copia de una carta que él envió hace tiempo al director comercial de TresAbejas, advirtiéndole de los efectos secundarios de un nuevo fármaco para el tratamiento rápido de la tuberculosis distribuido por su compañía?

Justin no vacila ni por un segundo. El peligroso derrotero que ha tomado el interrogatorio reactiva sus dotes diplomáticas.

—¿Por qué iba a sorprenderme? La oenegé de Bluhm mantiene un riguroso interés profesional por la distribución de medicamentos en el tercer mundo. Los medicamentos son el escándalo de África. Si algo denota la indiferencia occidental al sufrimiento africano es la lamentable escasez de medicamentos adecuados, así como los abusivos precios que vienen cobrando las empresas farmacéuticas en los últimos treinta años. —En palabras textuales de Tessa, pero sin atribuírselas—. Seguramente Arnold ha escrito docenas de cartas como esa.

—Esta en particular estaba escondida aparte del resto —precisa Rob—. Camuflada entre informes técnicos que escapan a nuestra comprensión.

—Esperemos entonces que podáis pedirle a Arnold que os saque de dudas cuando regrese —dice puntillosamente, sin molestarse en disimular su disgusto ante la idea de que hayan estado revolviendo entre los efectos de Bluhm y leyendo su correspondencia sin permiso.

Lesley toma otra vez el relevo:

—Tessa tenía un ordenador portátil, ¿verdad?

—En efecto.

—¿De qué marca?

—Eso no lo recuerdo. Era pequeño, gris y japonés, más no puedo deciros.

Miente. Con desfachatez. Él lo sabe, ellos lo saben. A juzgar por sus rostros, un sentimiento de pérdida, de amistad defraudada, ha empañado la relación. Pero no es así por lo que a Justin atañe. Justin no experimenta más que tenaz oposición, oculta tras cortesía diplomática. Esta es la batalla para la que he hecho acopio de valor durante días y noches, rogando al mismo tiempo por no tener que librarla.

—Lo guardaba en su despacho, ¿no? Donde tenía también sus papeles, su material de investigación y el tablero de corcho con sus notas.

—Cuando no lo llevaba encima, sí.

—¿Lo utilizaba para escribir sus cartas..., sus documentos?

—Eso creo.

—¿Y para el correo electrónico?

—Con frecuencia.

—Y debía de imprimir desde él, ¿no?

—A veces.

—Hace unos cinco o seis meses escribió un documento extenso, alrededor de dieciocho páginas entre el texto de la carta y un anexo. Era una especie de queja por alguna imprudencia profesional, sospechamos que médica o farmacéutica o ambas. Un historial clínico donde se describía algo muy grave que ocurría aquí en Kenia. ¿Te lo enseñó?

—No.

—¿Y tú no lo leíste, por tu cuenta, a espaldas de ella?

—No.

—No sabes nada al respecto, pues. ¿Es eso lo que estás diciendo?

—Así es, me temo. —Acompañado de una sonrisa de arrepentimiento.

—Era simple curiosidad, por si tenía relación con el gran crimen que Tessa creía haber descubierto.

—Entiendo.

—Y por si TresAbejas estaba implicada en ese gran crimen.

—Es una posibilidad.

—Pero ¿no te enseñó ese documento? —insiste Lesley.

—Como ya te he dicho varias veces, Lesley: no. —Está en un tris de añadir «amiga mía».

—¿Crees que podía contener alguna referencia a TresAbejas?

—Por desgracia, no tengo la más mínima idea.

Pero sí tiene una muy clara idea. Es la época más horrenda. Es la época en que temió perderla; en que su semblante joven se endureció día a día y sus jóvenes ojos adquirieron el brillo del fanatismo; en que noche tras noche se encorvaba ante su ordenador portátil en el pequeño despacho, rodeada de pilas de papeles señalados con notas adhesivas y plagados de remisiones como el alegato de un abogado; la época en que comía sin darse cuenta de qué estaba comiendo y después volvía apresuradamente a su empeño sin despedirse siquiera; la época en que cohibidos aldeanos acudían en silencio a la puerta lateral de la casa para ver a Tessa y, sentándose con ella en la terraza, comían los alimentos que les servía Mustafa.

—¿Nunca habló de ese documento contigo, pues? —Lesley, haciéndose la incrédula.

—Lamentablemente no, nunca.

—¿Ni habló de él en tu presencia... con Arnold o Ghita, pongamos por caso?

—En los últimos meses Tessa y Arnold mantuvieron a Ghita a distancia. Por su propio bien, supongo. En cuanto a mí, sospecho que no les inspiraba confianza. Creían que, ante un conflicto de intereses, antepondría mi lealtad a la corona.

—¿Y habría sido así?

Nunca en la vida, piensa Justin. No obstante, su respuesta refleja la ambivalencia que esperan de él:

—Dado que desconozco el documento al que os referís, me temo que no puedo contestar a esa pregunta.

—Pero el documento tuvo que imprimirse desde su

ordenador, ¿no? Esas dieciocho páginas..., aun cuando no te lo enseñara.

—Posiblemente. O desde el de Bluhm. O desde el de un amigo.

—¿Y dónde está ahora el ordenador portátil? En este momento.

Inmejorable.

Woodrow podría haber aprendido de él.

Ni lenguaje gestual, ni temblor en la voz, ni pausas desmedidas para respirar.

—Busqué en vano el ordenador portátil en el inventario de pertenencias que me entregó la policía keniana, y desafortunadamente no figuraba, como varias cosas más.

—En Loki nadie la vio con un ordenador —informa Lesley.

—Pero dudo que le registraran el equipaje.

—En el Oasis nadie la vio con él. ¿Lo tenía cuando la acompañaste al aeropuerto?

—Llevaba la mochila que usaba siempre en sus expediciones. Eso tampoco apareció. Llevaba una bolsa de mano donde también podría haber guardado el ordenador, como a veces hacía. En Kenia no es muy recomendable que una mujer sola exhiba material electrónico caro en público.

—Pero ella no estaba sola, ¿no? —recuerda Rob, tras lo cual sigue un largo silencio, tan largo que se crea una situación de suspense por ver quién lo rompe primero.

—Justin —dice Lesley finalmente—, cuando fuiste a tu casa con Woodrow el martes pasado por la mañana, ¿qué cogiste?

Justin simula componer una lista mentalmente.

—Ah..., papeles personales..., correspondencia privada relativa al fideicomiso de la familia de Tessa..., unas cuantas camisas, calcetines..., un traje oscuro para el funeral..., algún que otro objeto con un valor sentimental..., un par de corbatas.

—¿Nada más?

—No, ahora mismo no se me ocurre nada más.

—¿Y algo que quizá se te ocurra en otro momento? —pregunta Rob.

Justin lo mira con una sonrisa de tedio, pero permanece callado.

—Hablamos con Mustafa —anuncia Lesley—. Le preguntamos: «Mustafa, ¿dónde está el ordenador portátil de la señora?». Dio señales contradictorias. Primero se lo había llevado Tessa. Luego no, no se lo había llevado; lo habían robado los periodistas. Solo había una persona que sin duda *no* lo tenía: tú. Llegamos a la conclusión de que quizá intentaba servirte de tapadera, sin demasiado acierto.

—Probablemente es lo que ocurre cuando se acosa a un empleado doméstico.

—No lo acosamos —replica Lesley, por fin airada—. Lo tratamos con suma delicadeza. Le preguntamos por el tablero de corcho. ¿Por qué estaba lleno de alfileres y agujeros pero no había una sola nota clavada? Él mismo había retirado y ordenado las notas. Las había ordenado todas él solo, sin ayuda de nadie. No lee inglés, tiene prohibido tocar los papeles de Tessa o cualquier otra cosa en ese despacho, pero había ordenado las notas del tablero. ¿Qué había hecho con las notas?, le preguntamos. Las había quemado, nos contestó. ¿Quién le había mandado quemarlas? Nadie. ¿Quién le había mandado dejar limpio el tablero? Nadie. El señor Justin, menos que nadie. Creemos que te encubría, y no muy bien. Pensamos que tú cogiste las notas, no Mustafa. Pensamos que te encubre igualmente respecto al ordenador.

Justin entra de nuevo en ese estado de desenvoltura artificial que es la lacra y el mérito de su profesión.

—Creo, Lesley, que pasas por alto nuestras diferencias culturales. Una explicación mucho más verosímil es que Tessa se llevó el ordenador a Turkana.

—¿Junto con las notas del tablero? Lo dudo, Justin. ¿Te apropiaste de unos disquetes durante esa visita?

Y aquí —pero solo aquí— Justin baja la guardia por un momento. Porque si bien una parte de él se concentra en desmentir apáticamente cualquier imputación, otra quiere obtener respuestas con el mismo afán que sus interrogadores.

—No, pero admito que los busqué. Guardaba en ellos casi toda su correspondencia jurídica. Tenía la costumbre de comunicarse por correo electrónico con su abogado para diversos asuntos.

—Y no los encontraste.

—Siempre habían estado en su mesa —afirma Justin, ahora pródigo en su deseo de contarles el problema—. En una preciosa caja lacada que le regaló por Navidad ese mismo abogado; eran primos y además viejos amigos. La caja lleva una inscripción china. Tessa pidió a un cooperante chino que se la tradujera. Para gran alegría suya, resultó ser una invectiva contra los despreciables occidentales. He de suponer que corrió la misma suerte que el ordenador portátil. Quizá Tessa también se llevó los disquetes a Loki.

—¿Para qué iba a llevárselos? —pregunta Lesley con escepticismo.

—En cuanto a tecnología de la información, soy un perfecto ignorante. No debería, pero así es. En el inventario de la policía tampoco constaban los disquetes —añade, acogiéndose a la ayuda de los agentes.

Rob reflexiona sobre el asunto.

—Fuera cual fuera el contenido de los disquetes, lo más probable es que esté también en el ordenador —declara—. A no ser que grabara toda la información y luego la eliminara del disco duro. Pero ¿qué razón podría haber para hacer una cosa así?

—Tessa tenía un desarrollado sentido de la seguridad, como ya os he comentado.

Otro pensativo silencio, compartido por Justin.

—¿Y dónde están ahora sus papeles? —pregunta Rob a bocajarro.

—Camino de Londres.

—¿Por valija diplomática?

—Por la vía que yo he elegido. El Foreign Office me ha dado todo su apoyo.

Movida tal vez por el eco de las evasivas de Woodrow, Lesley se adelanta hasta el borde de la silla en un arrebato de sincera exasperación.

—Justin.

—Sí, Lesley.

—Tessa investigaba, ¿de acuerdo? Olvidemos los disquetes. Olvidemos el ordenador. ¿Dónde están sus papeles, *todos* sus papeles, físicamente y en este momento? —exige saber—. ¿Y dónde están las notas del tablero de corcho?

Revirtiendo a esa otra faceta artificial de su personalidad, Justin la mira con tolerante ceño, dando a entender que, pese a su actitud poco razonable, hará lo posible por seguirle la corriente.

—Entre mis efectos personales, por supuesto. Si me preguntas en qué maleta concretamente, puede que me cueste contestar.

Lesley aguarda, dejando que su respiración recobre un ritmo acompasado.

—Si no te importa, desearíamos que abrieras tus maletas delante de nosotros. Desearíamos que nos llevaras abajo *ahora* y nos mostraras *todo* lo que cogiste de tu casa el martes por la mañana.

Se pone en pie. Rob se levanta también y se coloca junto a la puerta, ya presto. Solo Justin continúa sentado.

—Sintiéndolo mucho, no es posible —dice.

—¿Por qué no? —prorrumpe Lesley.

—Por la misma razón que inicialmente me impulsó a ir a recogerlos. Son privados y confidenciales. No estoy dispuesto a someterlos a vuestro escrutinio, ni al de nadie, hasta que tenga oportunidad de leerlos yo.

Lesley se sonroja.

—Si estuviéramos en Inglaterra, Justin, vendría con una citación en un abrir y cerrar de ojos.

—Pero, por desgracia, no estamos en Inglaterra. Que yo sepa, no tenéis orden judicial ni jurisdicción en este país.

Lesley hace oídos sordos.

—Si estuviéramos en Inglaterra, obtendría una orden para registrar esta casa de arriba abajo. Y me incautaría de todos los objetos, papeles y disquetes que escamoteaste en el despacho de Tessa. Y del ordenador. Los examinaría con lupa.

—Pero ya habéis registrado mi casa, Lesley —declara Justin desde su silla sin alterarse—. Dudo que Woodrow aceptara de buen grado que registrarais también la suya, ¿no te parece? Y desde luego no pienso permitiros que hagáis conmigo lo que habéis hecho con Arnold sin su consentimiento.

Lesley lo observa con el rostro encendido y mirada hosca, como una mujer maltratada. Rob, lívido, se contempla los puños con expresión anhelante.

—En ese caso, ya hablaremos de esto mañana —dice Lesley con tono conminatorio al marcharse.

Sin embargo, pese a sus iracundas palabras, ese mañana no llega. A lo largo de toda la noche y las primeras horas del día, Justin espera sentado en el borde de su cama a que Rob y Lesley, cumpliendo sus amenazas, regresen con órdenes de registro, citaciones y mandamientos judiciales, y con una partida de azules kenianos para ocuparse del trabajo sucio. Inútilmente, considera posibles opciones y escondrijos, tal como viene haciendo en los últimos días. Piensa como un prisionero de guerra, escudriñando suelos, paredes y techos: ¿dónde? Planea atraer a Gloria a su causa, pero abandona la idea. Urde otros planes que incluyen la intervención de Mustafa y el criado de Gloria. Otros con la participación de Ghita. Pero la única noticia que tiene de sus interrogadores es una llamada telefónica de Mildren para comunicarle que la presencia de los agentes de policía ha sido requerida en otra parte, y no, no se sabe nada de Arnold. Y llegado el funeral, la presencia de los agentes de policía sigue requerida en otra parte, o eso supone Justin cuando, en varias ocasiones, recorre el cortejo fúnebre con la mirada, contando a los amigos ausentes.

El avión había entrado en un mundo de eterno preamanecer. Al otro lado de la ventanilla, las olas de un mar helado avanzaban una tras otra hacia un infinito incoloro. Alrededor de Justin, pasajeros envueltos en mortajas blancas dormían en las antinaturales posturas de los muertos. Uno tenía el brazo en alto como si lo hubiera traspasado una bala mientras saludaba a alguien. Otro tenía la boca abierta en un mudo alarido, y su mano de cadáver sobre el corazón. Derecho en su asiento y solo, Justin se volvió de nuevo hacia la ventanilla. Su rostro flotaba en ella junto al de Tessa, como las mascarillas de dos personas que en otro tiempo conoció.

9

—¡Qué atrocidad, Dios mío! —exclamó una figura medio calva y envuelta en un amplio abrigo marrón a la vez que arrancaba a Justin de las manos el carro del equipaje y lo estrechaba contra su pecho con fuerza brutal, impidiéndole toda visibilidad—. Es una verdadera tragedia y una injusticia del carajo y una tremenda atrocidad. Primero Garth y ahora Tess.

—Gracias, Ham —dijo Justin, devolviendo el abrazo como buenamente pudo, ya que tenía los brazos inmovilizados contra el cuerpo—. Y gracias por venir a una hora tan inconveniente. No, eso ya lo llevaré yo. Tú coge la maleta.

—¡Por Dios, Justin, mira que no dejarme ir al funeral!

—Era mejor que te quedaras al pie del cañón —respondió Justin con tono afable.

—¿Abriga bastante ese traje? Viniendo de la soleada África, esto debe de parecerte el polo, ¿no?

Arthur Luigi Hammond era el único socio del bufete Hammond Manzini de Londres y Turín. El padre de Ham y el padre de Tessa, compañeros de promoción, estudiaron derecho e iniciaron sus prácticas como pasantes primero en la Universidad de Oxford y después en la de

Milán. Celebrando una única ceremonia, se casaron en una enorme iglesia de Turín con dos hermanas de la aristocracia italiana, famosas ambas por su belleza. Cuando una de ellas dio a luz a Tessa, la otra dio a luz a Ham. A medida que los niños fueron creciendo, pasaron las vacaciones juntos en Elba, esquiaron juntos en Cortina y, como hermanos *de facto*, se licenciaron juntos, Ham con una mención honorífica por sus méritos deportivos en el equipo de rugby y un aprobado justo conseguido con muchos sudores, Tessa con un sobresaliente. Desde la muerte de los padres de Tessa, Ham había desempeñado el papel de tío sensato de Tessa, administrando celosamente el fideicomiso de su familia, realizando inversiones de una prudencia ruinosa en nombre de ella y, con la autoridad que le confería su prematura calvicie, refrenando los generosos impulsos de su prima a la par que se olvidaba de mandarle factura de sus propios honorarios. Era corpulento, de cara sonrosada y lustrosa, ojos chispeantes y unas volubles mejillas que torcían el gesto o sonreían a cada soplo de brisa interior. Cuando Ham juega al gin rummy, decía siempre Tessa, conoces su mano antes que él solo por la amplitud de su sonrisa al coger una carta.

—¿Por qué no metemos eso en el maletero? —vociferó Ham mientras se encajonaban en su minúsculo coche—. Está bien. En el suelo, pues. ¿Qué guardas ahí dentro? ¿Heroína?

—Cocaína —contestó Justin, echando una discreta ojeada a las filas de automóviles cubiertos de escarcha. En inmigración, dos mujeres policía le habían indicado que pasara con llamativa indiferencia. En el control de aduana, dos hombres ceñudos con traje y placa de identificación habían inspeccionado el equipaje de todos los pasajeros excepto Justin. Tres coches más adelante, un hombre y una mujer, con las cabezas casi tocándose, consultaban un plano en los asientos delanteros de un Ford berlina beige. En un país civilizado, nunca se sabe, caballeros, solía decir el hastiado instructor del curso de seguridad. Para ahorrarse sorpresas, den por supuesto que ellos andan siempre cerca.

—¿Listos? —preguntó Ham con escaso ímpetu, abrochándose el cinturón.

Inglaterra ofrecía un aspecto magnífico. Los rayos del sol de madrugada, casi rasantes, doraban los helados labrantíos de Sussex. Ham conducía como tenía por costumbre, a cien kilómetros por hora siendo ciento diez el límite de velocidad, diez metros por detrás del humeante tubo de escape del primer camión que se ponía a tiro.

—Meg te manda recuerdos —informó entre dientes, en alusión a su muy embarazada esposa—. Se pasó una semana lloriqueando. Yo también. Todavía ahora se me saltan las lágrimas a la que me descuido.

—Lo siento —dijo Justin sencillamente, aceptando sin rencor el hecho de que Ham fuera una de esas personas que, ante la pérdida de un ser querido, buscan consuelo en el más afligido de los deudos.

—Ojalá encuentren a ese cabrón, ¿qué menos? —prorrumpió Ham unos minutos después—. Y cuando lo hayan colgado, ya puestos, que tiren al Támesis a los hijos de puta de la prensa. —Cambiando de tema, añadió—: Meg cumple unos días de condena con su inaguantable madre. A ver si eso le provoca el parto de una vez.

Volvieron a quedar en silencio, Ham mirando con semblante hosco las bocanadas de humo del camión que los precedía, Justin contemplando perplejo aquel país desconocido al que había representado durante media vida. El Ford beige los había adelantado, tomando el relevo un rollizo motorista vestido con ropa negra de cuero. En un país civilizado, nunca se sabe.

—Ah, por cierto, eres rico —anunció Ham de pronto cuando el campo abierto empezaba a dar paso a las zonas residenciales de las afueras—. No es que antes fueras un muerto de hambre precisamente, pero ahora estás podrido de dinero. El de su padre, el de su madre, el fideicomiso y toda la pesca. Además, te nombró administrador único de su fondo benéfico. Dijo que sabrías cómo emplearlo.

—¿Cuándo te dijo eso?

—Un mes antes de perder al niño. Su intención era dejar todos los cabos bien atados por si la palmaba. ¿Qué demonios querías que hiciera? —preguntó, interpretando erróneamente el silencio de Justin como un reproche—. ¿Quitárselo de la cabeza? ¿Avisarte? Era mi clienta, Justin. Yo era su abogado.

Sin apartar la vista del retrovisor exterior, Justin intentó apaciguarlo con buenas palabras.

—Y Bluhm es el otro *ejecutor* testamentario —agregó Ham en un furioso paréntesis—. Primero la ejecuta a ella y ahora ejecuta su testamento.

Las venerables oficinas de Hammond Manzini se hallaban en Ely Place, un pasaje particular con una verja a la entrada. Ocupaban dos plantas superiores de un carcomido edificio, y en las paredes revestidas de madera pendían las imágenes en estado de desintegración de los ilustres antepasados. Dos horas más tarde, los empleados bilingües hablarían en susurros a través de teléfonos mugrientos y las señoras con conjuntos de punto que trabajaban para Ham lidiarían con la tecnología moderna. Pero a las siete de la mañana solo se veían en Ely Place una docena de coches aparcados junto a la acera y una luz amarillenta procedente de la cripta de la capilla de Santa Etheldreda. Forcejeando con el pesado equipaje de Justin, subieron penosamente los cuatro tramos de la precaria escalera hasta el despacho de Ham, y luego un quinto hasta su monacal ático. En la reducida cocina-comedor-sala de estar colgaba una fotografía de Ham, más esbelto, en el momento de transformar un golpe de castigo para júbilo de un público universitario. En la reducida habitación de Ham donde supuestamente Justin debía cambiarse de ropa, Ham y Meg vestida de novia cortaban una tarta nupcial de tres pisos al son de las fanfarrias de un grupo de trompetistas italianos con mallas. Y en el reducido cuarto de baño donde se duchó había un antiguo óleo de la casa solariega de Ham en la parte más fría de Northumbria, principal razón de la penuria en que vivía.

—El maldito tejado del ala norte se vino abajo en bloque —explicaba Ham con orgullo a través del tabique de la cocina mientras cascaba huevos y movía sartenes ruidosamente—. Las chimeneas, las tejas, la veleta, el reloj, todo quedó reducido a escombros. Gracias a Dios, no pilló a *Rosanne* debajo, porque Meg había salido a montar un rato. Si hubiera estado en el huerto, le habría caído el campanario en plena cruz, que no sé muy bien qué parte de su anatomía es.

Justin abrió el grifo del agua caliente y el chorro le quemó de inmediato la mano.

—¡Vaya un susto se habría llevado, el pobre animal! —exclamó Justin compasivamente, añadiendo agua fría.

—En Navidad me envió un libro *extraordinario* —dijo Ham a voz en cuello, con los chasquidos del beicon de fondo—. No Meg. Tess. ¿No te lo enseñó por casualidad? ¿El librito que me envió? ¿En Navidad?

—No, Ham, no lo creo —respondió Justin, lavándose el pelo con jabón de mano a falta de champú.

—Era de un místico hindú. Rahmi no sé cuántos. ¿Te suena? Tengo el resto del nombre en la punta de la lengua.

—Pues no.

—Decía que debemos amarnos los unos a los otros pero sin apego. Me pareció mucho pedir.

Cegado por el jabón, Justin lanzó un gruñido de conformidad.

—*Libertad, amor y acción...*, ese era el título. ¿Qué demonios esperaba que hiciera yo con libertad, amor y acción? Soy un hombre casado, joder. Con un hijo en camino. Además, soy católico. Tess también lo era hasta que renegó, la muy desvergonzada.

—Supongo que deseaba agradecerte todas esas gestiones que hacías por encargo de ella —sugirió Justin, aprovechando la coyuntura pero procurando conservar el tono desenfadado de la conversación.

La comunicación con el otro lado del tabique se cortó momentáneamente. Más chasquidos y a continuación una sarta de heréticos improperios y olor a quemado.

—¿De qué gestiones me hablas? —bramó Ham con recelo—. Pensaba que en teoría tú no debías estar enterado de eso. Según Tess, eran secreto absoluto esas gestiones. «Manténgase siempre fuera del alcance de los Justins.» Advertencia de las autoridades sanitarias. Eso ponía como asunto en todos sus mensajes de correo electrónico.

Justin había encontrado una toalla, pero los ojos le escocieron aún más al frotárselos.

—No es que estuviera enterado exactamente, Ham. Digamos, más bien, que lo adiviné —explicó a través del tabique con igual naturalidad que antes—. ¿Qué te encargaba? ¿Envenenar el agua de los pantanos?

No hubo respuesta. Ham estaba absorto en sus tareas culinarias. Justin buscó a tientas una camisa limpia.

—¿No irás a decirme que te hacía repartir panfletos subversivos sobre la deuda del tercer mundo? —añadió.

—Me pedía información sobre empresas —lo oyó contestar Justin en medio de un nuevo traqueteo de sartenes—. ¿Dos huevos o solo uno? Son de nuestras gallinas.

—Me basta con uno, gracias. ¿Qué información en particular?

—Todo lo que se le antojaba. Cuando a ella le parecía que estaba apoltronándome y echando tripa, zas, otro mensaje para que le encontrara datos sobre tal o cual empresa. —Más ruido de cacharros desvió la atención de Ham por otros derroteros—. Hacía trampas jugando al tenis, ¿lo sabías? En Turín. La descarada de Tess y yo formamos pareja en un torneo infantil de dobles por eliminatorias. Se pasaba el partido entero mintiendo como una bellaca. Protestaba cualquier decisión desfavorable del juez de línea. Para ella siempre era «fuera». Aunque hubiera botado dentro a un metro de la línea, tanto le daba. Siempre «fuera». «Soy italiana», dijo. «Me lo puedo permitir.» «¡Qué italiana ni qué puñetas!», le contesté. «Eres inglesa hasta la médula, igual que yo.» Sabe Dios qué habría hecho yo si hubiéramos ganado. Devolver la copa, supongo. No, imposible. Tess me habría matado. ¡Dios mío, lo siento!

Justin entró en la sala para ocupar su sitio ante su plato, un grasiento vertedero de beicon, salchichas, huevo, tomates y pan fritos. Ham, aún de pie, se había llevado una mano a la boca, azorado por su desafortunada elección de metáfora.

—¿Qué clase de empresas exactamente, Ham? No pongas esa cara. Vas a hacerme perder el apetito.

—Los propietarios —dijo Ham por entre los nudillos a la vez que se sentaba a la minúscula mesa frente a Justin—. Su interés se centraba en los propietarios. Quiénes eran los propietarios de dos empresuchas de medio pelo radicadas en la isla de Man. ¿Sabes si alguien más la llamaba Tess? —preguntó, todavía turbado—. Aparte de mí.

—En mi presencia no. Y en la suya menos. En cuanto a «Tess», tú tenías reservados todos los derechos.

—La quería con toda mi alma, ya lo sabes.

—Y ella te quería a ti. ¿Qué clase de empresas?

—Los derechos de propiedad intelectual. Nunca me

lo monté con ella, que conste. Era una relación demasiado cercana.

—Y por si tienes alguna duda, eso mismo ocurría con Bluhm.

—¿Es un hecho confirmado?

—Tampoco la mató. Es tan culpable de su muerte como podamos serlo tú o yo.

—¿Seguro?

—Seguro.

El rostro de Ham se iluminó.

—La buena de Meg no se dejó convencer. No conocía a Tess como yo, claro. Lo nuestro era una cosa aparte. Irrepetible. «Tess tiene *colegas*», le expliqué. «Compañeros. El demonio del sexo no interviene para nada.» Si no te importa, le contaré lo que acabas de decirme. Se alegrará. Toda esa mierda de la prensa... De rebote me ha salpicado también a mí.

—Así pues, ¿dónde estaban registradas esas empresas? ¿Cómo se llamaban? ¿Te acuerdas?

—Claro que me acuerdo. ¿Cómo no voy a acordarme con Tess machacando sobre el tema día sí día no?

Ham servía el té, sujetando la tetera con las dos manos, una para el recipiente y la otra para evitar que se cayera la tapa, y rezongando sin cesar. Finalizada la operación, se recostó contra el respaldo de la silla y, con la tetera todavía entre las manos, bajó la cabeza como si se dispusiera a embestir.

—Veamos —planteó agresivamente—. Dime a qué sector pertenece la pandilla de sinvergüenzas más herméticos, taimados, falsos e hipócritas que he tenido el dudoso placer de echarme a la cara.

—Defensa —mintió Justin de manera subrepticia.

—Te equivocas. La industria farmacéutica. Le da cien vueltas a Defensa. Ya lo tengo. Sabía que me acordaría: Lorpharma y Pharmabeer.

—¿Quiénes?

—Lo encontré en una revistucha médica. Lorpharma descubrió la molécula y Pharmabeer patentó el procedimiento. Sabía que me acordaría. Sabe Dios cómo se les ocurren semejantes nombres a esos fulanos.

—El procedimiento ¿para qué?

—Para producir la molécula, tarado, ¿para qué va a ser?

—¿Qué molécula?

—Vete tú a saber. Pasa lo mismo que con los textos jurídicos, pero aún más exagerado. Aparecían palabras que no había leído en la vida, y que espero no volver a leer. Encandilan a los clientes a golpes de ciencia. Así los mantienen en su sitio.

Después del desayuno bajaron al piso inmediatamente inferior y guardaron la bolsa de piel en la cámara acorazada de Ham, contigua a su despacho. Con los labios apretados en un esfuerzo de discreción y la vista al cielo, Ham marcó la combinación y tiró de la puerta para dejar entrar a Justin solo. Luego observó desde el umbral mientras Justin depositaba la bolsa en el suelo junto a una pila de antiguas cajas de piel con la dirección del bufete en Turín repujada en la tapa.

—Y eso fue solo el principio, no vayas a creer —advirtió Ham misteriosamente, simulando indignación—. Una vuelta de calentamiento a medio galope antes de entrar de verdad en materia. Luego vinieron los nombres de los directores de todas las empresas propiedad de la compañía Karel Vita Hudson de Vancouver, Seattle, Basilea, más todas las ciudades de las que hayas oído hablar desde Oshkosh hasta East Pinner. Y «¿qué hay de cierto en los tan pregonados rumores acerca de la inminente quiebra de la noble y vetusta casa de Bolas, Birmingham & Bazofia Sociedad Anónima o comoquiera que se llamen, más conocida como TresAbejas, de la que es presidente de por vida y señor del universo un tal sir Kenneth K. Curtiss?» ¿Tenía algún otro encargo para mí?, te preguntarás. Pues sí, claro, faltaría más. Le sugerí que lo buscara por internet, pero me dijo que la mitad de la información que quería estaba clasificada X, o lo que sea que hagan cuando no les interesa que el ciudadano de a pie ande curioseando en sus asuntos. Le dije: «Por Dios, Tess, eso va a llevarme semanas, mujer. Meses». ¿Crees que eso le importó mucho? ¡Qué va! Era Tess, por Dios. Yo habría saltado de un globo sin paracaídas si me lo hubiera pedido.

—Y, en resumidas cuentas, ¿qué averiguaste?

Ham sonreía ya con ingenuo orgullo.

—KVH de Vancouver y Basilea posee el cincuenta y uno por ciento de las empresas biotecnológicas de medio pelo radicadas en la isla de Man, Lor como se diga y Pharma no sé qué. TresAbejas de Nairobi tiene los derechos exclusivos de importación y distribución de la susodicha molécula, más sus derivados, para todo el continente africano.

—¡Ham, eres increíble!

—Lorpharma y Pharmabeer son propiedad de la misma banda de los tres. O lo eran hasta que vendieron su cincuenta y uno por ciento. Un tipo y dos fulanas. El tipo se llama Lorbeer. Suma Lor más Beer más Pharma y tendrás Lorpharma y Pharmabeer. Las fulanas son dos médicas. Domicilio: la casa de un gnomo suizo que vive en un buzón de Liechtenstein.

—¿Nombres?

—Lara... algo. Lo tengo anotado. Ah, sí, Lara Emrich. Eso era.

—¿Y la otra?

—Se me ha olvidado. No, espera. Kovacs. Nombre de pila desconocido. Yo me enamoré de Lara. Mi canción preferida. En tiempos pasados. Del *Doctor Zhivago*. También lo fue de Tess por aquel entonces. Joder.

Una lógica pausa mientras Ham se suena y Justin espera.

—Y dime, Ham, ¿qué hiciste con esa valiosa información una vez obtenida? —preguntó Justin con delicadeza.

—La llamé a Nairobi y se la leí por teléfono. Loca de contenta se puso. Me dijo que era su héroe... —Ham se interrumpió, alarmado por la expresión de Justin—. No a *vuestro* teléfono, idiota; al de algún amigo suyo del norte del país. «Debes ir a una cabina, Ham, y telefonearme al número que ahora te daré. ¿Tienes un bolígrafo a mano?» Tan marimandona como siempre ella. En cuanto al teléfono, iba con pies de plomo. Había ahí algo de paranoia, diría yo. Aunque algunos paranoicos tienen enemigos reales, ¿no?

—Tessa los tenía —afirmó Justin, y Ham lo miró de un modo raro, que fue haciéndose más raro cuanto más lo miraba.

—No pensarás que es eso lo que pasó, ¿verdad? —preguntó Ham con voz apagada.

—¿A qué te refieres?

—¿A si Tess se enfrentó con esa gente del sector farmacéutico?

—Es una posibilidad.

—Pero, o sea..., Dios mío, no pensarás que la eliminaron para taparle la boca, ¿no? O sea..., ya sé que no son precisamente unos santos...

—Estoy seguro de que son todos unos abnegados filántropos, Ham. Todos, del primero al último millonario.

Siguió un largo silencio, roto finalmente por Ham:

—Madre mía. Dios bendito. Vaya, vaya. Hay que andarse con mucho cuidado, ¿eh?

—Exactamente.

—La hundí en la mierda con esa llamada telefónica.

—No, Ham. Te dejaste las uñas por ella, y te adoraba.

—Vaya, vaya. Dios bendito. ¿Puedo ayudarte en algo?

—Sí. Consígueme una caja. Una caja de cartón resistente servirá. ¿Tienes algo así?

Alegrándose de recibir un encargo, Ham salió disparado y, tras muchos juramentos, regresó con una cubeta de plástico. Agachándose junto a la bolsa de piel, Justin abrió los candados, soltó las correas y, colocándose de manera que su espalda impidiera a Ham ver la maniobra, trasladó a la cubeta el contenido de la bolsa.

—Y ahora, si puede ser, necesitaría un buen fajo de carpetas con la documentación más soporífera que tengas sobre la transmisión de bienes de la familia Manzini. Números atrasados, digamos. Esa clase de papeles que uno guarda pero nunca consulta. En cantidad suficiente para llenar esta bolsa.

Así que Ham le buscó también las carpetas, tan viejas y manoseadas como Justin quería. Y lo ayudó a meterlas en la bolsa de piel vacía. Y observó a Justin ajustar las correas y cerrar los candados. Siguió observándolo desde la ventana cuando Justin, bolsa en mano, se alejó por el pasaje para coger un taxi. Y cuando Justin se perdió de vista, Ham, en una espontánea invocación a la Virgen, musitó:

—¡Madre de Dios!

—Buenos días, señor Quayle. ¿Me permite su bolsa? He de pasarla por el control de rayos X, si no le importa. Son las nuevas normas. Las cosas han cambiado desde nuestra época, ¿verdad? O la de su padre. Gracias, señor. Aquí tiene el resguardo, ¿ve? Todo en regla y más claro que el agua, como suele decirse. —En voz más baja—: Le acompaño en el sentimiento. La noticia nos ha afectado mucho a todos.

—¡Buenos días, señor Quayle! Es un placer tenerlo otra vez entre nosotros. —Bajando también la voz—: Mis más sinceras condolencias. Y lo mismo de parte de mi señora.

—Nuestro más sentido pésame, señor Quayle. —Otra voz, echándole al oído una vaharada con efluvios de cerveza—. La señorita Landsbury dice que haga usted el favor de subir directamente. Bienvenido a casa.

Pero el Foreign Office no era ya su casa. El absurdo vestíbulo, concebido para instilar terror en los corazones de los príncipes hindúes, transmitía solo una sensación de envarada impotencia. Los retratos de altivos bucaneros con peluca no le dirigían ya su familiar sonrisa.

—Justin. Soy Alison. No nos habían presentado. Lamento que hayamos tenido que conocernos en circunstancias tan *tan* horribles. ¿Cómo estás? —dijo Alison Landsbury, apareciendo con postiza circunspección en el umbral de la puerta de tres metros y medio de altura de su despacho y estrechándole la mano entre las suyas por un momento antes de dejársela suspendida en el aire—. Estamos todos *tan tan* tristes. Tan absolutamente horrorizados. Y tú demuestras tanto valor viniendo aquí tan pronto. ¿De verdad estás en condiciones de hablar con lucidez? No entiendo cómo eres capaz.

—Tenía curiosidad por saber si os han llegado noticias de Arnold.

—¿Arnold?... Ah, el enigmático doctor Bluhm. Ni una palabra, me temo. Debemos esperar lo peor —respondió Alison, sin precisar en qué podía consistir «lo peor»—. En todo caso, no es súbdito británico, ¿eh que no? —Más animada—. Dejemos que nuestros amigos belgas cuiden de los suyos.

El despacho, de una altura equivalente a dos pisos, tenía molduras doradas, radiadores negros de los tiempos de la guerra y un balcón con vistas a unos jardines muy privados. Había dos sillones y Alison Landsbury había colocado una rebeca en el respaldo del suyo para que nadie lo ocupara por error. Había café en un termo para que no fuera necesario interrumpir la entrevista. Se respiraba una atmósfera misteriosamente densa, indicio de la reciente presencia de otros cuerpos. Cuatro años ministra consejera en Bruselas, tres años agregada de Defensa en Washington, repasó Justin mentalmente, remitiéndose a la guía diplomática. Tres años más adscrita a la Comisión Mixta de Inteligencia. Nombrada jefa de personal hacía seis meses. Nuestras únicas comunicaciones directas: una carta para sugerirme que cortase las alas a mi esposa (caso omiso); un fax para ordenarme que no visite mi propia casa (demasiado tarde). Justin se preguntó cómo sería la casa de Alison, y le atribuyó un enorme piso en una finca regia detrás de Harrod's, con el club de bridge a mano para las partidas del fin de semana. Era enjuta y fibrosa, contaba cincuenta y seis años y llevaba luto por Tessa. Un masculino sello adornaba el dedo medio de su mano izquierda. Justin supuso que lo había heredado de su padre. En una fotografía colgada en la pared se la veía salir en coche del club de golf de Moor Park. En otra —elección poco afortunada, a juicio de Justin— estrechaba la mano a Helmut Kohl. Pronto pondrán tu nombre a una residencia femenina de estudiantes y te otorgarán el título de dama del Imperio británico, se dijo.

—Me he pasado la mañana entera pensando en todo lo que *no* voy a decirte —empezó Alison, proyectando la voz hacia el fondo de la sala en atención a quienes habían llegado tarde—. Y en todo lo que sencillamente no debemos decidir todavía. *No* voy a preguntarte cómo ves tu futuro. Ni a hablarte de cómo lo vemos *nosotros*. Estamos todos demasiado alterados —concluyó con doctoral satisfacción—. A propósito, soy lisa y llana como un bizcocho. No esperes en mí múltiples capas. Cortes por donde cortes, verás lo mismo. —Frente a ella, en la mesa, tenía un ordenador portátil, que podría haber sido el de Tessa.

Mientras hablaba, pulsaba la pantalla con un puntero gris rematado en forma de gancho como una aguja de croché—. *Debo* comentarte ciertas cuestiones y no me andaré con rodeos. —Pulsó—. Ah, sí. En primer lugar, la baja indefinida por enfermedad. Indefinida porque el alta dependerá obviamente del dictamen médico. Por enfermedad porque, seas consciente o no, estás bajo los efectos del trauma. —Para que te enteres. Pulsó—. Por otro lado, proporcionamos terapia, y me atrevería a decir que, gracias a nuestra larga experiencia, con muy buenos resultados. —Tras una triste sonrisa, volvió a pulsar—. La doctora Shand. Cuando salgas, Emily te dará las *coordonnées* de la doctora Shand. Provisionalmente, te hemos concertado hora para mañana a las once, pero cámbiala a tu conveniencia. Tiene la consulta en Harley Street, esquina con... ¿cuál era la otra calle? Por cierto, ¿te importa que sea una mujer?

—En absoluto —contestó Justin, mostrando una disposición favorable.

—¿Dónde te has instalado?

—En nuestra casa. *Mi* casa, a partir de ahora. En Chelsea.

Alison frunció el entrecejo.

—Pero esa no es la casa de tu familia, ¿no?

—De la familia de Tessa.

—Ah. Pero tu padre tenía una casa en Lord North Street. Preciosa, si no recuerdo mal.

—La vendió antes de morir.

—¿Piensas quedarte en Chelsea?

—Por el momento sí.

—En ese caso, al salir, déjale a Emily las *coordonnées* de esa casa, si eres tan amable. —De vuelta a la pantalla. ¿Leía en ella o se ocultaba en ella?—. La doctora Shand no es cosa de un solo día; es un tratamiento continuado. Alterna las sesiones individuales con la terapia en grupo.

Y fomenta la interacción entre pacientes con problemas análogos. A menos que sea desaconsejable por motivos de seguridad, claro está. —Pulsó—. Y si en lugar de la doctora Shand, o además, quieres un sacerdote, disponemos de representantes de todas las confesiones autorizados para acceder casi sin restricciones a información confidencial, así que solo tienes que pedirlo. A este respecto, nuestra idea es aceptar cualquier posibilidad, a condición de que sea segura.

Quizá eso incluye también la acupuntura, pensó Justin. Pero en otro apartado de su mente se preguntaba por qué le ofrecían confesores con acceso a información confidencial si él no tenía ningún secreto que confesar.

—Ah, ¿y desearías un refugio, Justin? —Pulsó.

—¿Cómo dices?

—Una casa tranquila. —El énfasis en «tranquila», como si dijera casa *adosada*—. Un sitio alejado del mundanal ruido hasta que amaine el temporal, donde puedas llevar una vida por completo anónima, recuperar el equilibrio, dar largos paseos por el campo, dejarte caer por Londres para visitarnos cuando te necesitemos o viceversa, volver a retirarte. Porque es una de las opciones que te ofrecemos. No totalmente gratis en tu caso, pero costeada en su mayor parte por el gobierno de Su Majestad. Consúltalo con la doctora Shand antes de decidirlo, ¿te parece?

—Si tú lo dices...

—Sí, será lo mejor. —Pulsó—. Has sufrido una gran humillación pública. ¿Cómo te ha afectado, en tu opinión?

—A decir verdad, no he pasado mucho tiempo en público. No sé si recordarás que me teníais escondido.

—La has sufrido igualmente. A nadie le gusta que lo presenten en el papel de marido engañado, a nadie le gusta que se airee su vida sexual en la prensa. En todo caso, no nos odias. No sientes indignación o rencor. No te consideras denigrado. No tienes deseos de venganza. Lo estás superando. Claro que sí. Eres de la vieja escuela.

No muy seguro de si aquello era una pregunta, una queja o una definición de persistencia, Justin lo dejó pasar, prefiriendo dirigir la atención hacia una malhadada begonia de color melocotón que crecía en una maceta situada demasiado cerca de uno de los radiadores de los tiempos de la guerra.

—Parece que tengo aquí una nota de tesorería. ¿Quieres seguir con esto o tienes ya bastante por ahora? —Alison continuó sin esperar la respuesta—: Naturalmente, te mantenemos la paga completa. En cuanto al plus por matrimonio, dejarás de percibirlo, me temo, haciéndose efectiva la cancelación el día mismo en que enviudaste. Son asuntos espinosos que es necesario abordar, Justin, y por experiencia sé que es mejor abordarlos y aceptarlos cuanto antes. Y respecto a la asignación por reinstalarte en el Reino Unido, está pendiente de la decisión sobre tu posterior destino, pero obviamente sería también la aplicable en el caso de personas solteras. Y bien, Justin, ¿es suficiente?

—¿Suficiente dinero?

—Suficiente información para organizarte de momento.

—¿Por qué? ¿Hay algo más?

Alison dejó el puntero y se volvió para mirarlo a la cara. Años atrás, Justin había cometido la temeridad de quejarse en una distinguida tienda de Piccadilly y el gerente lo recibió con esa misma fría mirada.

—Todavía no. Que sepamos, no. Estamos sobre ascuas. Bluhm continúa en paradero desconocido, y los truculentos artículos de la prensa no acabarán hasta que el caso se aclare de una manera u otra. Y tú vas a comer con Pellegrin.

—Sí.

—Todo un detalle de su parte. Has conservado la entereza, Justin; has resistido las presiones con dignidad, y hemos tomado nota de ello. Has estado sometido a una tensión espantosa, no me cabe duda. No solo después de la muerte de Tessa, sino también antes. Deberíamos haber actuado con mayor firmeza y haberos obligado a volver aquí antes de que fuera demasiado tarde. Mirando hacia atrás, resulta obvio, me temo, que pecar por exceso de tolerancia fue la salida más fácil. —Pulsó y escrutó la pantalla con creciente desaprobación—. Y no has ofrecido ninguna entrevista a la prensa, ¿verdad? ¿No has hablado con *nadie*, ni oficial ni extraoficialmente?

—Solo con la policía.

Pasó por alto esa cuestión.

—Ni debes hablar. Como es evidente. Ni siquiera para decir «sin comentarios». En tus circunstancias, tienes todo el derecho del mundo a colgarles el teléfono.

—Eso no me será muy difícil.

Pulsó. Guardó silencio por un instante. Volvió a observar la pantalla. Observó a Justin. Dirigió de nuevo la mirada a la pantalla.

—¿Y no te has quedado documentos o material de cualquier clase que nos pertenezca? ¿Que sea... cómo te diría... propiedad intelectual nuestra? Ya te lo han preguntado, pero he de insistir por si ha aparecido algo posteriormente, o aparece en el futuro. ¿Ha aparecido algo?

—¿De Tessa?

—Me refiero a sus actividades extramaritales. —Necesitó reflexionar un rato antes de definir cuáles eran esas actividades. Y entretanto Justin cayó en la cuenta, quizá un poco tarde, de que Tessa debía de ser para Alison una especie de afrenta abominable, una vergüenza para el servicio diplomático y para todo aquello que ambas tenían en común y Tessa había mancillado: sus colegios y universidades, su clase, su sexo y su país; y que, por extensión,

Justin era el caballo de Troya que la había introducido a escondidas en la ciudadela—. Estoy pensando en cualquier documento que Tessa pudiera haber conseguido, legítimamente o no, en el transcurso de sus investigaciones o como ella las llamara —añadió con manifiesta aversión.

—Ni siquiera sé qué debo buscar —adujo Justin en protesta.

—Tampoco nosotros lo sabemos. Y, para empezar, desde aquí nos cuesta mucho entender cómo llegó a producirse una situación así. —De pronto la ira que había permanecido latente comenzaba a abrirse paso hasta la superficie. Y no era su intención, de eso Justin estaba seguro; había realizado un gran esfuerzo para contenerla. Pero obviamente había escapado a su control—. La verdad, nos parece insólito, viendo lo que ha salido después a la luz, que se permitiera a Tessa convertirse en esa clase de persona. Porter, a su manera, ha sido un excelente jefe de misión, pero sospecho, mal que me pese, que debe achacársele buena parte de la culpa por lo ocurrido.

—¿Por qué exactamente?

La brusca interrupción de Alison lo cogió por sorpresa. Paró como un tren al entrar en contacto con los topes al final del recorrido. Quedó en suspenso, con la vista fija en la pantalla y la aguja de croché en alto pero inmóvil. La dejó con delicadeza en la mesa como si rindiera el arma en un funeral militar.

—Sí, bueno, Porter —asintió Alison. Pero Justin no le había planteado nada que requiriera su asentimiento.

—¿Qué le ha pasado? —preguntó Justin.

—Considero admirable que él y su esposa lo hayan sacrificado todo por esa pobre criatura.

—También yo. Pero ¿qué han sacrificado ahora?

Dio la impresión de que Alison compartía su perplejidad, de que lo necesitaba como aliado aunque solo fuera mientras denigraba a Porter Coleridge.

—En este trabajo, Justin, no es nada, nada fácil saber con quién debe emplearse mano dura. Una quiere tratar a la gente como individuos, una desea formarse una idea global de las cosas sin perder de vista las circunstancias de cada persona —explicó. Pero si Justin pensaba que pretendía atenuar la arremetida contra Porter, se equivocaba. Simplemente estaba recargando—. Ahora bien, hay que reconocer que Porter estaba allí y nosotros no. No podemos tomar medidas si se nos mantiene a oscuras. No es justo exigirnos responsabilidades *ex post facto* si no se nos ha informado *a priori*. ¿Tú qué crees?

—Supongo que no.

—Y si Porter estaba tan ensimismado, tan ocupado con sus graves problemas familiares..., eso nadie lo niega..., para darse cuenta de qué ocurría ante sus propias narices..., el asunto de Bluhm y demás, con perdón..., tenía en Sandy un lugarteniente de primera talla, muy competente, a su disposición en todo momento, para ponerlo sobre aviso con absoluta claridad. Como así hizo. Hasta la saciedad, por lo visto. Pero sin resultado alguno. Es evidente, pues, que esa criatura..., una verdadera lástima, desde luego, la pobre niña..., Rosie o como se llame..., requiere toda la atención de sus padres en su tiempo libre. Y no es eso *necesariamente* para lo que se nombra a un embajador. ¿No crees?

Justin la miró con expresión dócil, indicando que comprendía su dilema.

—No quiero ser indiscreta, Justin. Solo te lo pregunto. ¿Cómo es posible... cómo era posible, y olvidémonos de Porter por un momento, que tu esposa se involucrara en una serie de actividades de las cuales, según tú, no sabías nada? Sí, ya, era una mujer moderna, afortunada ella. Llevaba su vida, tenía sus propias relaciones. —Silencio elocuente—. No insinúo que fuera tu obligación prohibírselo, eso sería sexista. Pregunto cómo es posible, en realidad, que no te enteraras ni remotamente de sus actividades..., sus indagaciones..., su... ¿cómo expresarlo? Me gustaría decir *entrometimiento*, para serte franca.

—Habíamos llegado a un acuerdo —respondió Justin.

—Sin duda. Vidas paralelas y en igualdad de condiciones. ¡Pero bajo el mismo techo, Justin! ¿Sostienes que no te dijo nada, no te enseñó nada, no explicó nada? Me cuesta mucho creerlo.

—A mí también —admitió Justin—. Pero me temo que es lo que ocurre cuando uno sigue la política del avestruz.

Alison pulsó con su puntero.

—Veamos. ¿Compartíais el ordenador?

—¿Cómo?

—La pregunta está muy clara. ¿Compartíais el ordenador portátil de Tessa? ¿O tenías acceso a él de algún modo? Quizá no lo sepas, pero Tessa envió quejas sumamente enérgicas al ministerio, entre otras instituciones. Haciendo graves acusaciones contra determinadas personas. Atribuyéndoles delitos horrendos. Creando problemas potencialmente muy perjudiciales.

—Muy perjudiciales ¿para quiénes en concreto, Alison? —preguntó Justin, tendiendo el anzuelo sutilmente para obtener cualquier información gratis que ella tuviera a bien proporcionarle.

—Esa no es la cuestión, Justin —repuso Alison con severidad—. Lo que me interesa saber es si el ordenador portátil de Tessa se encuentra en tu poder y, de lo contrario, dónde está físicamente ahora y qué contiene.

—No lo compartíamos, esa es la respuesta a tu primera pregunta. Era suyo y solo suyo. Ni siquiera sabría cómo entrar en él.

—Da lo mismo si sabes o no entrar en él. Lo tienes en tu poder, y eso es lo que cuenta. Scotland Yard te lo pidió, pero tú, con gran prudencia y lealtad, llegaste a la conclusión de que estaría mejor en nuestras manos. Te lo agradecemos. Hemos tomado nota de ello.

Era una afirmación. Era una pregunta binaria: marcar la casilla A si la respuesta es «Sí lo tengo» y la casilla B si es «No lo tengo». Era una orden y un desafío. Y era, a juzgar por su diamantina mirada, una amenaza.

—Y los disquetes, claro —añadió mientras esperaba—. Era una mujer eficiente, una abogada, lo cual lo hace todo aún más inexplicable. Seguramente guardaba copia de cualquier documento importante para ella. En las actuales circunstancias, esos disquetes constituyen un riesgo en materia de seguridad, y también nos gustaría tenerlos, por favor.

—No hay ningún disquete. No había ninguno.

—Claro que había disquetes. ¿Cómo iba a usar un ordenador sin disquetes?

—Busqué por todas partes. No había ningún disquete.

—¡Qué extraño!

—Sí, ¿verdad?

—En ese caso, Justin, pensándolo bien, lo mejor será que traigas lo que tengas en cuanto deshagas el equipaje y nos permitas encargarnos de ello en adelante. Para ahorrarte el dolor y la responsabilidad. ¿Sí? Podemos hacer un trato. Todo aquello que no guarde relación con nuestros intereses te pertenece a ti exclusivamente. Lo imprimiremos y te lo daremos, y nadie en este ministerio lo leerá, ni lo evaluará, ni lo consignará en modo alguno. ¿Quieres que mandemos ahora a alguien contigo? ¿Te serviría de ayuda? ¿Sí?

—No estoy seguro.

—¿No estás seguro de necesitar a una segunda persona? Te convendría. ¿Un colega comprensivo de tu mismo rango? ¿Alguien en quien puedas confiar plenamente? ¿Estás seguro ahora?

—Era de Tessa, entiéndelo. Lo compró ella, lo utilizaba ella.

—¿Y qué?

—Y no estoy seguro de si es muy correcto que me pidas una cosa así. Entregaros algo de su propiedad para que lo saqueéis simplemente porque ha muerto. —Asaltado por una súbita soñolencia, Justin cerró los ojos por un instante y luego sacudió la cabeza para despejarse—. En cualquier caso, está de más planteárselo, ¿no?

—¿Por qué, si puede saberse?

—Porque no lo tengo. —Justin se puso en pie, siendo él mismo el más sorprendido, pero necesitaba desperezarse y respirar aire fresco—. Probablemente lo robó la policía keniana. Lo roban casi todo. Gracias, Alison. Has sido muy atenta conmigo.

El conserje jefe tardó un poco más de lo normal en devolverle la bolsa de piel.

—Mis disculpas por venir antes de tiempo —dijo Justin durante la espera.

—No ha venido antes de tiempo, señor Quayle, nada más lejos —contestó el conserje, y se sonrojó.

—¡Justin, mi buen amigo!

Justin había empezado a dar su nombre al portero del club, pero Pellegrin se le adelantó, descendiendo por la escalinata para reclamarlo, exhibiendo su sonrisa de buena persona y anunciando:

—Es mío, Jimmy. Guarda su bolsa en tu trastero, y ya me ocuparé yo de él. —Acto seguido, estrechó la mano a Justin y le rodeó los hombros con el otro brazo en un gesto muy poco inglés de amistad y conmiseración. Tras asegurarse de que nadie lo oía, preguntó con familiaridad—: Te ves con ánimos para esto, ¿no? Si lo prefieres, podemos dar un paseo por el parque. O dejarlo para una mejor ocasión. Dilo sin mayor problema.

—Estoy bien, Bernard, de verdad.

—¿No te ha agotado mucho la Bestia de Landsbury?

—No, qué va.

—He reservado mesa en el restaurante. En el bar sirven también un almuerzo, pero hay que comer en los sillones con el plato en la falda, rodeado de decrépitos exfuncionarios del ministerio lamentándose aún de la crisis de Suez. ¿Necesitas ir al baño?

El restaurante era un monumental catafalco con querubines en extrañas poses pintados en el cielo azul del techo. El lugar de culto elegido por Pellegrin era un rincón al abrigo de una columna de granito bruñido y un mustio drago. Ocupaban las otras mesas los atemporales cofrades de Whitehall con sus trajes de color gris químico y sus cortes de pelo reglamentarios. Este era mi mundo, explicó Justin a Tessa. Cuando me casé contigo, era todavía uno de ellos.

—Primero quitémonos de encima el trabajo pesado —propuso Pellegrin con autoridad cuando un camarero antillano vestido con esmoquin malva les entregó la carta, en forma de pala de pimpón. Y ese detalle fue una demostración de tacto por parte de Pellegrin, acorde con su imagen de buena persona, ya que mientras consultaban la carta podían tantearse mutuamente sin tener que mirarse—. ¿Qué tal el vuelo?

—Muy bien, gracias. Me han cambiado a un asiento de primera clase.

—Una chica fenomenal, fenomenal, fenomenal, Justin —musitó Pellegrin por encima del parapeto de su pala de pimpón—. Con eso está todo dicho.

—Gracias, Bernard.

—Con temple, con agallas. A la mierda lo demás. ¿Carne o pescado?..., hoy no es lunes... ¿Qué comías allí?

Justin había tenido trato con Bernard Pellegrin de manera intermitente a lo largo de toda su carrera. Había seguido a Bernard a Ottawa y habían coincidido durante una breve temporada en Beirut. En Londres habían asistido juntos a un curso de supervivencia de rehenes y compartido algunas auténticas joyas, por ejemplo: cómo determinar que a uno lo persigue una banda de matones armados sin miedo a morir; cómo conservar la dignidad cuando a uno le vendan los ojos y lo atan de pies y manos con esparadrapo y lo encierran en el maletero de su Mercedes, y la mejor manera de saltar por la ventana desde un piso alto si no se puede usar la escalera pero, supuestamente, se tienen los pies libres.

—Todos los periodistas son unos mierdas —declaró Pellegrin en confianza, refugiado aún tras la carta—. ¿Sabes qué voy a hacer un día de estos? Plantarme delante de la casa de esos cabrones. Hacer lo que te han hecho a ti, pero hacérselo a ellos. Contratar a un grupo de gente y formar un piquete ante la puerta de los directores del *Guardian* y el *News of the World* mientras se tiran a sus fulanas. Fotografiar a sus hijos cuando van al colegio. Preguntar a las esposas qué tal se portan sus hombres en la cama. Enseñar a esos mierdas qué se siente cuando se está en el lado de la víctima. ¿No tenías ganas de salir a por ellos con una metralleta?

—En realidad, no.

—Yo también. Hatajo de hipócritas ignorantes. El filete de arenque no está mal. La anguila ahumada me produce gases. El lenguado a la *meunière* está bien si te gusta el lenguado. Si no, pídelo a la plancha. —Mientras hablaba, iba anotando el pedido en la primera hoja de un talonario. En el encabezamiento, llevaba impreso SIR BERNARD P con mayúsculas en caracteres electrónicos; a la izquierda aparecía la lista de platos y a la derecha, una columna de casillas donde marcar las opciones elegidas, y al pie había un espacio en blanco para la firma del socio.

—Podría ser un lenguado.

Pellegrin no escucha, recordó Justin. A ello debe su fama de buen negociador.

—¿A la plancha?

—A la *meunière*.

—¿Landsbury sigue en forma?

—En plena forma.

—¿Te ha dicho que es como un bizcocho?

—Me temo que sí.

—Debería llevar más cuidado con esa muletilla. ¿Te ha hablado de tu futuro?

—Estoy bajo los efectos del trauma y en baja indefinida por enfermedad.

—¿Qué tal unas gambas?

—Prefiero el aguacate, gracias —respondió Justin, y vio a Pellegrin marcar dos veces el cóctel de gambas.

—En la actualidad, el Foreign Office desaprueba formalmente el consumo de alcohol durante el almuerzo, te complacerá saber —dijo Pellegrin, sorprendiendo a Justin con una radiante sonrisa. Luego, por si la primera aplicación no había surtido efecto, sonrió por segunda vez. Y Justin recordó que sus sonrisas eran siempre idénticas: la misma amplitud, la misma duración, el mismo grado de espontáneo afecto—. No obstante, tú estás de baja por motivos personales, y yo tengo el doloroso deber de acompañarte. Sirven una subvariedad de Meursault bastante pasable. ¿Podrás con la mitad que te corresponde? —Su portaminas plateado marcó la casilla pertinente—. Por cierto, has quedado libre de sospecha. A salvo. Descargado de culpa. Enhorabuena. —Arrancó la hoja del talonario y la dejó en la mesa con el salero encima a modo de pisapapeles para que no se volara.

—¿Qué sospecha?

—De asesinato, ¿qué si no? No mataste a Tessa ni al conductor, no contrataste asesinos a sueldo en un antro de perdición, y no tienes a Bluhm colgado de las pelotas en tu desván. Puedes abandonar la sala del tribunal sin una sola mancha en el blasón. Por gentileza de la policía.

—La hoja de pedido no estaba ya debajo del salero. Debía de haberla cogido el camarero, pero Justin, en su estado extracorpóreo, no había advertido la maniobra—. A propósito, ¿qué clase de plantas cultivabas allí en tu jardín? Le prometí a Celly que te lo preguntaría. —Celly, diminutivo de Céline, la aterradora esposa de Pellegrin—. ¿Exóticas? ¿Suculentas? No es lo mío, me temo.

—Prácticamente de todo, en realidad —se oyó contestar Justin—. Kenia tiene un clima muy benigno. Ignoraba que hubiera una mancha en mi blasón, Bernard. Había una *teoría*, supongo; pero era solo una remota hipótesis.

—Tenían las más diversas teorías, los pobrecillos. Teorías muy por encima de sus competencias, francamente. Has de venir un día a Dorchester. Así le cuentas todo eso a Celly. Puedes quedarte a pasar un fin de semana. ¿Juegas al tenis?

—Sintiéndolo mucho, no.

«Tenían las más diversas teorías», repetía Justin subrepticiamente para sí. «Pobrecillos.» Pellegrin habla de Rob y Lesley tal como Landsbury hablaba de Porter Coleridge. El tarado de Tom no sé qué estaba a punto de conseguir la embajada de Belgrado, explicaba Pellegrin, básicamente porque el ministro no resistía ver su asquerosa cara en Londres, ¿y quién la resistía? Dick no sé cuánto recibiría el título de sir en la siguiente ceremonia de investidura y luego, con un poco de suerte, lo ascenderían a ministro de Hacienda —que Dios proteja la economía nacional, chiste—, pero, claro está, el bueno de Dick llevaba cinco años lamiéndole el culo al Nuevo Laborismo. Por lo demás, todo seguía como siempre. El Foreign Office continuaba nutriéndose de aquellos chicos de Croydon, alumnos aventajados de universidades de segunda fila con acentos indefinidos y jerséis multicolores de lana con dibujos geométricos, que Justin debía de recordar de su etapa anterior a África; en diez años no quedaría «ni uno solo de nosotros». El camarero sirvió los cócteles de gambas. Justin los observó llegar a cámara lenta.

—Pero eran jóvenes, ¿no? —comentó Pellegrin con indulgencia, volviendo a adoptar su actitud de réquiem.

—¿Los nuevos funcionarios?

—Esos dos policías tuyos, los de Nairobi. Jóvenes y ambiciosos, ¡enternecedor! Como lo éramos nosotros en su día.

—A mí me parecieron muy inteligentes.

Pellegrin frunció el entrecejo y masticó.

—¿David Quayle es pariente tuyo?

—Un sobrino.

—Lo contratamos la semana pasada. Solo tiene veintiún años, pero ¿cómo vamos a ganar por la mano a la City hoy en día si no es fichándolos a esas edades? Un ahijado mío empezó a trabajar hace una semana en el Barclays por cuarenta y cinco mil libras al año más primas. Sin dos dedos de frente y todavía en mantillas.

—Me alegro por David. No lo sabía.

—Increíble la elección de Gridley, sinceramente. ¿Cómo se le ocurre enviar una mujer así a África? Frank ha colaborado con diplomáticos. Conoce el medio. ¿Quién va a tomar en serio allí a una policía? Los chicos de Moi no, eso por descontado.

—¿Gridley? —repitió Justin cuando la bruma de su mente comenzaba a disiparse—. ¿No será Frank Arthur Gridley? ¿El que estaba a cargo del servicio de seguridad diplomática?

—El mismo, que Dios nos asista.

—Pero si es un pobre infeliz. Tratábamos con él cuando yo formaba parte del Departamento de Protocolo. —Justin notó que su voz rebasaba el nivel de decibelios aceptado en el club y se apresuró a bajar el volumen.

—Un pedazo de alcornoque —convino Pellegrin con entusiasmo.

—¿Y qué demonios hace investigando el asesinato de Tessa?

—Lo degradaron a Delitos Mayores. Especialista en casos ocurridos fuera de nuestras fronteras. Ya sabes cómo son los policías —dijo Pellegrin, llenándose la boca de gambas, pan y mantequilla.

—Sé cómo es Gridley.

Masticando gambas, Pellegrin pasó a hablar en el más puro estilo telegráfico de un político conservador:

—Dos agentes de policía jóvenes, uno de ellos mujer. El otro se cree Robin Hood. Un caso de gran resonancia, el foco de atención del mundo entero. Empiezan a ver sus nombres en letras de neón. —Se arregló la servilleta, remetiéndosela en el cuello de la camisa—. Así que se inventan teorías. Nada como una buena teoría para impresionar a un superior semianalfabeto. —Bebió y se limpió enérgicamente los labios con el ángulo de la servilleta—. Asesinos a sueldo..., gobiernos africanos corruptos..., conglomerados multinacionales... ¡Un material fantástico! Con suerte, incluso les darán un papel en la película.

—¿Qué multinacional tenía en mente? —preguntó Justin, procurando pasar por alto la repugnante alusión a una posible película sobre la muerte de Tessa.

Pellegrin lo miró a los ojos, evaluó su expresión por un instante, sonrió y volvió a sonreír.

—Era una manera de hablar —explicó, quitándole importancia—. No lo tomes al pie de la letra. Esos jóvenes policías eligieron un mal camino desde el principio —prosiguió, interrumpiéndose mientras el camarero rellenaba las copas—. Vergonzoso, la verdad. Vergonzoso. No me refiero a ti, Matthew, muchacho —esto dirigido al camarero en un espíritu de hermandad para con las minorías étnicas— ni a ningún socio de este club, me complace decir. —El camarero huyó—. Aunque te parezca mentira, intentaron cargarle el asesinato a Sandy durante cinco minutos. Basándose en la absurda teoría de que estaba enamorado de ella, y los mató a los dos por celos. Al ver que por ahí no iban a ninguna partc, tiraron del hilo de la conspiración. Nada más fácil. Recoges unos cuantos datos a bulto, los juntas de cualquier manera, añades uno o dos nombres conocidos y puedes montar la historia que te venga en gana. Ni más ni menos lo que hizo Tessa, sin ánimo de ofender. Pero, bueno, tú ya estás al corriente de todo eso.

Justin movió la cabeza en un inconsciente gesto de negación. No puedo dar crédito a mis oídos. Vuelvo a estar en el avión, y esto ocurre en sueños.

—Me temo que no —aseveró.

Pellegrin tenía los ojos muy pequeños. Justin no había reparado antes en ese detalle. O quizá fueran de tamaño normal pero hubieran desarrollado la facultad de encogerse bajo el fuego enemigo, siendo el enemigo, por lo que Justin podía deducir, quienquiera que le exigiese explicaciones respecto a lo que acababa de decir o llevara la conversación a un territorio que él no había previsto.

—¿Está bien el lenguado? Deberías haberlo comido a la *meunière*. Queda menos reseco.

El lenguado estaba fenomenal, dijo Justin, absteniéndose de recordarle que era a la *meunière* como él lo había pedido. Y la subvariedad de Meursault, también fenomenal. Fenomenal, como la «chica fenomenal».

—No te la enseñó, pues, su gran tesis. Perdón, suya y de él. Esa es tu versión y la mantienes. ¿No es así?

—Tesis ¿sobre qué? La policía me hizo la misma pregunta. Y también Alison Landsbury, con ciertos rodeos. ¿Qué tesis? —Se hacía el ingenuo, y él mismo comenzaba a creerse su papel. Volvía a tender el anzuelo, pero esta vez con disimulo.

—No te la enseñó a ti, pero sí a Sandy —dijo Pellegrin, acompañando la información con un trago de vino—. ¿Eso esperas que crea?

Justin se irguió en la silla.

—*¿Qué?*

—Como lo oyes. Encuentros secretos y demás. Lo siento. Creía que estabas enterado.

Pero te tranquiliza ver que no lo estoy, pensó Justin, mirando aún a Pellegrin con expresión de perplejidad.

—¿Y qué hizo Sandy con eso? —preguntó.

—Se lo mostró a Porten. Porter vaciló. Porter toma decisiones una vez al año, y con mucha agua. Sandy me envió los documentos. Escritos conjuntamente y presentados como material confidencial. No por Sandy. Por Tessa y Bluhm. Esos héroes de la ayuda humanitaria me ponen enfermo, dicho sea de paso, y permíteme que me desahogue. Un pasatiempo infantil para burócratas internacionales. Una diversión. Disculpa.

—¿Y tú qué hiciste? ¡Bernard, por Dios!

Soy el viudo engañado, al límite de mi paciencia. Soy el inocente agraviado, no tan inocente como parezco. Soy el marido indignado, mantenido al margen de todo por mi infiel esposa y su amante.

—¿Sería alguien tan amable de explicarme por fin qué hay detrás de todo esto? —prosiguió con la misma voz quejumbrosa—. A mi pesar, he sido el huésped de Sandy durante la mayor parte de una eternidad. Él no me dijo una sola palabra respecto a ningún encuentro secreto, ni con Tessa, ni con Arnold, ni con nadie. ¿Qué tesis? Tesis ¿sobre qué? —continuaba hurgando.

Pellegrin volvía a sonreír. Una vez. Dos veces.

—Así que todo es nuevo para ti. Fantástico.

—Sí, totalmente nuevo. Estoy atónito.

—Con una chica como esa, a la que le doblabas la edad, campando a sus anchas, y nunca se te pasó por la cabeza preguntarle qué carajo se traía entre manos.

Pellegrin está furioso, advirtió Justin. Como lo estaba Landsbury. Como lo estoy yo. Estamos todos furiosos y todos lo disimulamos.

—No, nunca. Y no le doblaba la edad.

—Nunca abriste su diario personal, ni descolgaste el supletorio a propósito por equivocación. Nunca leíste su correspondencia ni curioseaste en su ordenador. Nada.

—No, no hice nada de eso.

Pellegrin pensaba en voz alta con la mirada fija en Justin.

—Así que no te enteraste de nada. No oíste nada anormal, no viste nada anormal. Asombroso —dijo, logrando a duras penas mantener su sarcasmo dentro de lo razonable.

—Era abogada, Bernard. No era una niña. Era una abogada plenamente capacitada y muy inteligente. Te olvidas de eso.

—¿Me olvido? No lo creas. —Se puso las gafas de lectura para abrirse paso a través del lenguado de arriba abajo. Cuando terminó, extrajo la raspa y la sostuvo en alto con el tenedor y el cuchillo, echando un vistazo alrededor como un inválido desamparado en busca de un camarero que le acercara un plato para los desperdicios—. Solo espero que no expusiera sus quejas más que a Sandy Woodrow. También estuvo molestando al protagonista principal, eso nos consta.

—¿Qué protagonista principal? ¿Te refieres a *ti*?

—Curtiss. El mismísimo Kenny K. El gran hombre. —Apareció un plato y Pellegrin depositó en él la raspa—. Me extraña que, ya puesta, no se echara a tierra frente a los condenados caballos de carreras de Curtiss. O que no fuera con el cuento a Bruselas, las Naciones Unidas, la televisión. Una chica así, empeñada en salvar el planeta, va a donde se le antoja sin pensar en las consecuencias.

—Eso no es verdad ni mucho menos —repuso Justin, debatiéndose entre la estupefacción y la cólera.

—¿Cómo dices?

—Tessa hizo todo lo posible por protegerme. Y por proteger a su país.

—¿Revolviendo en el lodo? ¿Exagerando las cosas? ¿Importunando al jefe de su maridito? ¿Presentándose sin previo aviso, del brazo de Bluhm, en los despachos de ejecutivos desbordados de trabajo? Esa no me parece a mí la mejor manera de proteger a su hombre. Diría, de hecho, que es el camino más rápido para arruinarle el porvenir al pobre desdichado, si quieres saber mi opinión. Aunque por entonces, si he de ser sincero, no tenías ya un porvenir demasiado brillante. —Un trago de agua con gas—. Ah. Ahora me doy cuenta. Ya entiendo lo que pasó. —Una doble sonrisa—. Realmente desconoces el trasfondo. Sigues en tus trece.

—Sí, en efecto. No salgo de mi asombro. La policía me pregunta, Alison me pregunta, tú me preguntas: ¿estaba de verdad a oscuras? Respuesta: sí, lo estaba, y todavía lo estoy.

Pellegrin movía ya la cabeza en un gesto de jocosa incredulidad.

—Muchacho, ¿cómo es posible? Atiende un momento. Yo lo aceptaría sin el menor problema. Y también Alison. Acudieron a ti. Los dos. Tessa y Arnold. Cogidos de la mano. «Ayúdanos, Justin. Hemos encontrado el arma humeante. Una empresa británica de reconocida solvencia está envenenando a ciudadanos inocentes de Kenia, usándolos como conejillos de Indias, y Dios sabe qué más. Aldeas enteras de cadáveres, y aquí tienes la prueba. Léelo.» ¿No?

—No hicieron nada parecido.

—Aún no he terminado. Nadie pretende cargarte las culpas, ¿queda claro? Aquí tienes todas las puertas abiertas. Todos somos amigos tuyos.

—Eso he notado.

—Tú los escuchas, como buena persona que eres. Lees sus dieciocho páginas de visiones apocalípticas y les dices que han perdido el juicio. Si se proponen enturbiar las relaciones anglo-kenianas durante los próximos veinte años, han encontrado la fórmula ideal. Un hombre prudente. Si Celly me hubiera salido con algo así, le habría dado una patada en el culo. Y al igual que tú, actuaría como si la conversación no hubiera existido, y no existió. ¿De acuerdo? La olvidaremos tan deprisa como tú. Nada en tu expediente, nada en la pequeña lista negra de Alison. ¿Trato hecho?

—No acudieron a mí, Bernard. Nadie me contó ninguna historia, nadie me mostró sus visiones apocalípticas, como tú lo llamas. Ni Tessa, ni Bluhm, ni nadie. Para mí, es todo un misterio absoluto.

—Esa tal Ghita Pearson, ¿quién demonios es?

—Forma parte del personal subalterno de la cancillería. Anglo-hindú. Muy competente. Contratada por la propia embajada. La madre es médica. ¿Por qué?

—Aparte de eso.

—Amiga de Tessa. Y mía.

—¿Podría haberlo visto, ella?

—¿El documento? No, con toda seguridad.

—¿Por qué?

—Tessa la habría mantenido al margen.

—No mantuvo al margen a Sandy Woodrow.

—Ghita tiene una posición muy poco sólida. Intenta labrarse una carrera con nosotros. Tessa no la habría puesto en una situación comprometida.

Pellegrin necesitaba más sal, que distribuyó echándose un poco en la palma de la mano izquierda, cogiéndola a pellizcos con el pulgar y el índice de la derecha y sacudiéndose finalmente las dos manos.

—Da igual. El caso es que has quedado libre de sospecha —recordó a Justin como si se tratara de un premio de consolación—. No tendremos que plantarnos a las puertas de la prisión, ni que pasarte *baguettes au fromage* a través de los barrotes.

—Ya me lo habías dicho. Me alegra oírlo.

—Esa es la buena noticia. La mala es... acerca de tu amigo Arnold. Tuyo y de Tessa.

—¿Lo han encontrado?

Pellegrin negó categóricamente con la cabeza.

—Han descubierto su juego, pero no lo han encontrado. Esperan dar con él, no obstante.

—¿Qué juego? ¿De qué hablas?

—Vale más que no nos metamos en honduras. En tu estado de salud, no es recomendable. Ojalá hubiéramos podido retrasar esta conversación hasta dentro de unas semanas, cuando estuvieras más recuperado, pero no era posible. Por desgracia, las investigaciones de un asesinato no respetan a las personas. Van a su propio ritmo y por su propio camino. Bluhm era tu amigo; Tessa era tu mujer. Para ninguno de nosotros resulta divertido tener que decirte que tu amigo mató a tu mujer.

Justin miró a Pellegrin con sincera estupefacción, pero Pellegrin estaba demasiado absorto en su plato de pescado para darse cuenta.

—Pero ¿y las pruebas forenses? —se oyó preguntar desde algún planeta helado—. ¿Y el camión verde de safari? ¿Y las colillas y las botellas de cerveza? ¿Y los dos hombres localizados en Marsabit? ¿Y... no sé... TresAbejas, todas las preguntas que me hicieron los policías británicos?

Pellegrin lucía ya la primera de sus dos sonrisas antes de que Justin hubiera acabado de hablar.

—Han aparecido más pruebas, muchacho. Concluyentes, me temo. —Se echó a la boca otro trozo de pan—. La policía ha encontrado su ropa. La de Bluhm. Enterrada en la orilla del lago. No así la chaqueta de safari, que dejó en el todoterreno como pista falsa. La camisa, los pantalones, los calzoncillos, los calcetines, las zapatillas. ¿A que no adivinas qué había en un bolsillo de los pantalones? Unas llaves de coche. Las del todoterreno. Las que utilizó para cerrar las puertas. Ese detalle, las puertas cerradas, adquiere ahora un nuevo sentido. Según me han dicho, es una circunstancia muy habitual en los crímenes pasionales. Matas a alguien, cierras con llave al irte, cierras la mente. El hecho nunca ha ocurrido. Queda borrado de la memoria. Un comportamiento clásico.

Distraído por la expresión de escepticismo de Justin, Pellegrin se interrumpió, pero enseguida prosiguió con tono terminante:

—Yo siempre me he inclinado por Oswald, Justin. Lee Harvey Oswald disparó contra John F. Kennedy. Nadie lo ayudó. Arnold Bluhm enloqueció y mató a Tessa. El conductor se opuso, y también lo quitó de en medio. Luego lanzó la cabeza entre la maleza para los chacales. Basta. Llega un punto, después de tanto fantaseo y masturbación mental, en que nos vemos obligados a aceptar lo evidente. ¿Te apetece un empalagoso pudín de tofe? ¿Tarta de manzana? —Hizo una seña al camarero para que sirviera el café—. ¿Me permites una discreta advertencia, entre viejos amigos?

—Por favor.

—Estás de baja por enfermedad. Estás pasando por un verdadero infierno. Pero eres de la vieja escuela, conoces las reglas y sigues siendo candidato a un destino en África. Y estás bajo mi vigilancia. —Por si acaso Justin se había formado alguna idea romántica sobre su situación, Pellegrin añadió—: Hay allí muchas patatas calientes para alguien que se aparta del buen camino. Muchos sitios donde no pondría los pies ni loco. Y si ocultas eso que llamamos información confidencial, en tu cabeza o en cualquier otra parte, recuerda que nos pertenece a nosotros, no a ti. Hoy en día vivimos en un mundo más despiadado que el de nuestra juventud. Hay por ahí muchos individuos sin escrúpulos con todo a su favor y mucho que perder. Eso da pie a malos modales.

Como hemos aprendido a nuestra costa, pensó Justin desde el interior de su cápsula de cristal. Se levantó ingrávido de la mesa y se sorprendió al ver su propia imagen en numerosos espejos al mismo tiempo. Se vio desde todos los ángulos, en todas las edades de su vida. Justin el niño perdido en casas enormes, amigo de cocineras y jardineros. Justin la estrella del rugby en el colegio, Justin el solterón profesional, escondiendo su soledad en la cantidad. Justin la gran promesa del Foreign Office y el fracasado, fotografiado junto a su amigo el drago. Justin el viudo reciente y padre de su difunto y único hijo.

—Has sido muy atento conmigo, Bernard. Gracias. Gracias por la clase magistral de sofistería, quería decir, si es que quería decir algo. Gracias por proponerme una película sobre el asesinato de mi esposa y por pisotear sin contemplaciones hasta la última pizca de sensibilidad que pudiera quedarme. Gracias por sus dieciocho páginas de visiones apocalípticas y sus encuentros secretos con Woodrow, y otras fascinantes aportaciones al despertar de mi memoria. Y gracias por la discreta advertencia, ofrecida con el brillo del acero en tu mirada. Porque cuando me observo con atención, veo ese mismo brillo en la mía.

—Estás pálido —dijo Pellegrin con tono de acusación—. ¿Te pasa algo, muchacho?

—Estoy bien. Y mejor aún ahora que nos hemos visto, Bernard.

—Ve a acostarte un rato. Estás agotado. Y recuerda lo de ese fin de semana. Tráete a algún amigo. Alguien que sepa jugar un poco.

—Arnold Bluhm nunca ha hecho daño ni a una mosca —declaró Justin con sumo cuidado y total claridad mientras Pellegrin lo ayudaba a ponerse la gabardina y le devolvía la bolsa de piel. Pero no podría haber asegurado si lo dijo en voz alta o para el millar de voces que gritaban en su cabeza.

10

Aquella era la casa que aborrecía en su memoria siempre que se hallaba lejos de ella: grande, descuidada y opresivamente paterna, el número cuatro de una recóndita calle arbolada de Chelsea, con un jardín en la parte delantera proclive a permanecer asilvestrado pese a las atenciones dispensadas por Justin cuando disfrutaba de unos días de permiso. Y los restos de la cabaña de Tessa, encallada como una balsa salvavidas putrefacta en lo alto de un roble muerto que ella no le permitía talar. Y globos reventados de épocas lejanas, y jirones de cometas ensartados en las ramas secas y nudosas del árbol muerto. Y una herrumbrosa verja de hierro que, cuando la empujó, arrastrando a la vez un cenagal de hojas descompuestas, hizo huir entre la maleza al gato con leucoma del vecino. Y un par de cerezos intratables por los que supuso que debía preocuparse, ya que estaban plagados de abolladura.

Era la casa que venía amedrentándolo todo el día, y toda la semana anterior, mientras cumplía condena en el piso de abajo, y a lo largo de su penoso recorrido a pie en la solitaria penumbra de una tarde invernal londinense, mientras su confusa mente avanzaba a ciegas por el laberinto de atrocidades surgido en su cabeza, y la bolsa de piel, en su balanceo, le golpeaba la pierna. Era la casa que contenía las partes de Tessa que él nunca había compartido y ya nunca compartiría.

Un aire cortante agitaba los toldos de la verdulería de la acera de enfrente, aventando tanto las hojas caídas como a los compradores de última hora. Pero Justin, pese a su traje ligero, tenía ya bastantes tribulaciones como para notar el frío. Sus pasos resonaron cuando pisó los peldaños embaldosados de la puerta principal. Al llegar arriba se dio media vuelta y, sin saber por qué, escudriñó la calle. Un vagabundo yacía acurrucado bajo el cajero automático del NatWest. Un hombre y una mujer discutían dentro de un coche aparcado en lugar indebido. Un individuo delgado con gabardina y sombrero de fieltro hablaba por su móvil con la cabeza inclinada. En un país civilizado, nunca se sabe. El tragaluz en abanico de la puerta estaba iluminado desde el interior. Como no deseaba coger a nadie por sorpresa, llamó al timbre y oyó el ronco zumbido que tan bien conocía, como la sirena de un barco, procedente del rellano del primer piso. ¿Quién habrá en casa?, se preguntó, esperando el sonido de unas pisadas. Aziz, el pintor marroquí, y su novio Raoul. Petronilla, la muchacha nigeriana en busca de Dios, y su cincuentón sacerdote guatemalteco. Gazon, el alto y macilento médico francés, fumador empedernido, que había trabajado con Arnold en Argelia y tenía la misma sonrisa taciturna de Arnold y, también como Arnold, se interrumpía a veces en medio de una frase, entornaba los ojos asaltado por un doloroso recuerdo y aguardaba a que se desvanecieran en su mente sabía Dios qué pesadillas antes de tomar de nuevo el hilo.

Al no oír voces ni pasos, Justin abrió con su llave y entró en el vestíbulo, esperando encontrarse olores de guisos africanos, el guirigay del reggae en la radio y el clamor de una animada charla de sobremesa proveniente de la cocina.

—¡Hola! ¿Hay alguien? —preguntó—. Soy yo, Justin.

No recibió respuesta, ni lo envolvió la música, ni le llegaron de la cocina olores ni griterío. No se oía nada aparte del rumor del tráfico en la calle y el eco de su propia voz en el hueco de la escalera. Y solo vio la cabeza de Tessa, recortada de un periódico y pegada a una cartulina, mirándolo desde detrás de una hilera de tarros de mermelada llenos de flores. Y entre los tarros, una lámina de dibujo doblada por la mitad, arrancada, supuso, del cuaderno de Aziz, con mensajes de dolor, afecto y despedida de los desaparecidos inquilinos de Tessa: «Justin, no nos sentíamos con ánimos de quedarnos», fechada el lunes anterior.

Volvió a plegar la hoja y la colocó de nuevo entre los tarros. Permaneció por un momento en posición de firmes, con la vista al frente, intentando contener las lágrimas. Dejó la bolsa de piel en el suelo y, apoyándose en la pared, se dirigió a la cocina. Abrió el frigorífico. Vacío salvo por un frasco de medicamento olvidado, con un nombre de mujer en la etiqueta, desconocido. Annie algo más. Alguna de las acompañantes de Gazon, probablemente. Fue a tientas por el pasillo hasta el comedor y encendió la luz.

El horrendo comedor seudo-Tudor del padre de Tessa. Seis sillas con volutas y emblemas tallados para otros megalómanos como él a cada lado de la mesa. En los extremos, sendas butacas con tapicería bordada para la pareja real. «Mi padre sabía que era espantoso, pero le encantaba, y lo mismo me pasa a mí», le explicaba Tessa. Pues a mí no, pensaba él. Pero Dios me libre de decirlo. Durante sus primeros meses juntos Tessa no habló más que de sus padres hasta que, hábilmente guiada por Justin, emprendió la tarea de conjurar sus fantasmas llenando la casa de personas de su misma edad, cuanto más chifladas, mejor: trotskistas exalumnos de Eton, prelados polacos con afición por la bebida y místicos orientales, más la mitad de los gorrones del mundo conocido. Pero cuando descubrió África, tomó un rumbo más estable, y el número cuatro pasó a convertirse en refugio de introvertidos cooperantes humanitarios y activistas de las más dudosas tendencias. Mientras observaba el comedor advirtió con desaprobación un semicírculo de hollín al pie de la chimenea de mármol, recubriendo los morillos y el guardafuego. Grajillas, pensó. Y siguió recorriendo la estancia con la mirada hasta acabar fijándola nuevamente en la mancha de hollín. Esta vez también concentró en ella su mente. Y la mantuvo concentrada mientras debatía consigo mismo. O con Tessa, que venía a ser igual.

¿Qué grajillas?

¿Cuándo, grajillas?

El mensaje del vestíbulo tiene fecha del lunes.

Tata Gates viene los miércoles. Tata Gates era la señora Dora Gates, la antigua niñera de Tessa, y para ella «tata» de por vida.

Y si tata Gates no anda muy bien de salud, viene su hija Pauline.

Y si Pauline no puede, siempre está disponible su descocada hermana Debbie.

Y era impensable que cualquiera de ellas pasara por alto una mancha de hollín tan visible.

Por tanto, las grajillas lanzaron su ataque después del miércoles y antes de esta tarde.

Así pues, si la casa quedó desocupada el lunes —véase el mensaje— y tata Gates limpió el miércoles, ¿por qué se apreciaba en el hollín el nítido contorno de la huella de un pie, de hombre, a juzgar por el tamaño, calzado probablemente con zapatillas deportivas?

En el aparador había un teléfono, y al lado de este, una agenda. El número de tata Gates aparecía al dorso de la tapa, escrito de puño de Tessa con rotulador rojo. Justin lo marcó. Contestó Pauline, que rompió a llorar y le pasó a su madre.

—No sabe cuánto lo siento —dijo tata Gates, hablando despacio y claro—. Ni usted ni yo, señor Justin, podríamos expresar con palabras cuánto lo siento. Ni ahora ni nunca.

Justin inició el interrogatorio, sin prisa y con delicadeza, como debía ser, escuchando más que preguntando. Sí, tata Gates había ido el miércoles como de costumbre, de nueve a doce, y deseaba ir... Era una oportunidad para estar a solas con la señorita Tessa... Había limpiado como siempre, sin saltarse ni olvidar nada... Y había llorado y rezado... Y si Justin no tenía inconveniente, continuaría yendo como antes, los miércoles, como cuando la señorita Tessa vivía, no era por el dinero, era por el recuerdo...

¿Hollín? ¡Claro que no! El miércoles no había hollín en el suelo del comedor, o sin duda ella lo habría visto y lo habría recogido antes de que se incrustara. ¡El hollín de Londres era tan pegajoso! ¡Con esas chimeneas grandes, siempre estaba muy pendiente del hollín! Y no, señor Justin, con toda seguridad el deshollinador no tenía llave de la casa.

Y sabía el señor Justin si habían encontrado ya al doctor Arnold, porque, de todos los caballeros que se habían hospedado en la casa, era el doctor Arnold por quien más aprecio sentía, y aquellas historias de los periódicos eran solo invenciones...

—Muy amable, señora Gates.

Encendiendo la araña del salón, Justin se permitió echar un vistazo a los viejos recuerdos de Tessa: las escarapelas de los concursos hípicos de su infancia; Tessa vestida de primera comunión; el retrato de boda en la escalinata de la pequeña iglesia de San Antonio, en Elba. Pero fue la chimenea lo que más reclamó su atención. Entre el hogar y el resto del pavimento mediaba una losa de pizarra, y tenía una pantalla baja de estilo Victoriano, aleación de bronce y acero, con abrazaderas de bronce para colocar los accesorios. Una capa de hollín cubría la pizarra y la pantalla. El mismo hollín formaba líneas negras a lo largo de los mangos de acero de las tenazas y el atizador.

He aquí pues un extraordinario misterio de la naturaleza, dijo a Tessa: dos colonias de grajillas sin relación entre sí deciden simultáneamente arrojar hollín por los cañones de dos chimeneas incomunicadas. ¿Cómo debemos interpretar ese hecho? ¿Tú, una abogada, y yo, una especie protegida?

Pero en el salón no había huella. Quienquiera que hubiese registrado la chimenea del comedor había tenido la gentileza de dejar una huella. No así, en cambio, quienquiera que hubiese registrado la chimenea del salón, fuera o no el mismo hombre.

Ahora bien, ¿qué podía inducir a alguien a registrar una chimenea, es más, no una sino dos? Era cierto que tradicionalmente las chimeneas antiguas servían de escondrijo para cartas de amor, testamentos, vergonzosos diarios personales y bolsas repletas de soberanos de oro. Era cierto asimismo, según la leyenda, que en las chimeneas habitaban espíritus. Y cierto también que el viento utilizaba las viejas chimeneas para contar historias, secretas en su mayoría. Y esa tarde soplaba un viento frío que sacudía puertas y ventanas. Pero ¿por qué registrar *esas* chimeneas? ¿*Nuestras* chimeneas? ¿Por qué las chimeneas del número cuatro? A no ser, claro, que las chimeneas fueran parte de un registro general de toda la casa, aspectos secundarios, por así decirlo, del objetivo central.

En el primer descansillo se detuvo a examinar el botiquín de Tessa, un viejo especiero italiano sin especial valor sujeto con tornillos a la pared en el ángulo de la escalera, identificado mediante una cruz verde pintada a mano por ella misma. No en vano era hija de una médica. La puerta del especiero estaba entornada. Justin la abrió de par en par.

Saqueado. Cajas de esparadrapo mal cerradas, gasas y talco desparramados en furioso desorden. Cuando cerraba la puerta, sonó junto a su cabeza el estridente timbre del teléfono mural.

Es para ti, dijo Justin a Tessa. Tendré que darles la noticia de tu muerte. Es para mí. Tendré que escuchar condolencias. Es Alison Landsbury, el bizcocho, para preguntarme si dispongo de todo lo que necesito para mi seguridad y sosiego bajo los efectos del trauma. Es alguien que ha tenido que esperar hasta que la línea ha quedado libre tras mi larga conversación con tata Gates.

Cogió el auricular y oyó a una mujer atareada. De fondo se escuchaban débiles voces y un tabaleo de pasos. Una mujer atareada en un sitio concurrido con el suelo de baldosas. Una mujer atareada de acento londinense y voz desenfadada, como la de una vendedora callejera.

—¡Veamos! Por favor, ¿puedo hablar con el señor Justin Quayle, si está en casa? —Preguntado con tono ceremonioso, como un mago a punto de realizar un juego de manos con las cartas. Aparte, dijo—: Sí está, cariño, lo he oído...

—Soy Quayle.

—¿Quieres hablar tú mismo con él, cariño? —Su «cariño» no quería—. Le llamo de la floristería Jeffrey's, señor Quayle, aquí en King's Road. Tengo un precioso arreglo floral para entregárselo a usted personalmente esta misma tarde sin falta, lo antes posible, y no puedo decirle quién lo envía... —Aparte—. Lo he hecho bien, ¿cariño? —Evidentemente lo había hecho bien—. La duda es, señor Quayle, si sería posible mandarle al recadero más o menos ahora mismo. En dos minutos lo tendrá ahí, ¿no, Kevin? En uno, si le da una buena propina.

—Mándelo, pues —respondió Justin distraídamente.

Justin se hallaba frente a la puerta de la habitación de Arnold, así llamada porque cuando Arnold pasaba unos días en la casa, dejaba al irse, invariablemente, una nostálgica declaración de su derecho a la permanencia: un par de zapatos, una maquinilla de afeitar eléctrica, un despertador, un fajo de papeles acerca del desastroso fracaso de la ayuda médica al tercer mundo. A pesar de eso, Justin se detuvo en seco al ver el jersey de pelo de camello de Arnold colgado en el respaldo de la silla, y estuvo a punto de llamarlo en voz alta cuando se acercó al escritorio.

También lo habían registrado.

Cajones abiertos a golpe de palanca, papeles y sobres cogidos a bulto y devueltos sin el menor cuidado.

Sonó la sirena de barco. Corrió escaleras abajo y, al llegar a la puerta, se obligó a tranquilizarse. Kevin, el recadero de la floristería, era un muchacho de corta estatura y mejillas rubicundas, un recadero dickensiano con la cara lustrosa a causa del frío invernal. El ramo de lirios y azucenas que sostenía entre los brazos era casi más grande que él. Llevaba un sobre blanco atado al alambre que mantenía unidos los tallos. Rebuscando entre un puñado de chelines kenianos, Justin encontró dos libras esterlinas, se las dio al chico y cerró la puerta. El mensaje estaba escrito en caracteres electrónicos.

> Justin. Sal de casa hoy a las siete y media de la tarde. Trae un maletín lleno de papel de diario. Ve hasta el Cineflex de King's Road. Compra una entrada para la Sala Dos y quédate a ver la película hasta las nueve. Abandona el

cine por la salida lateral (lado oeste). Busca un microbús azul aparcado cerca de la salida. Reconocerás al conductor. Quema esta nota.

Sin firma.

Examinó el sobre, lo olfateó, olfateó la tarjeta, no olió nada, ni sabía qué esperaba oler. Llevó la tarjeta y el sobre a la cocina, les prendió fuego con una cerilla y, en la mejor tradición del curso de seguridad del Foreign Office, los dejó arder en el fregadero. Una vez carbonizados, disgregó las cenizas e introdujo los fragmentos en el triturador de basura, que mantuvo en funcionamiento más tiempo del necesario. Volvió a la escalera y subió los peldaños de dos en dos hasta lo alto de la casa. No lo impulsaba la prisa sino la determinación: no pienses, actúa. Llegó ante la puerta de un desván con el cerrojo echado. Tenía una llave ya preparada. Su semblante revelaba resolución pero también temor. Era un hombre desesperado armándose de valor para saltar al vacío. Abrió la puerta y entró en el estrecho pasillo. Este daba acceso a una serie de habitaciones abuhardilladas entre sombreretes de chimenea infestados de grajillas y secretas azoteas donde cultivar plantas en macetas o hacer el amor. Siguió adelante con paso enérgico, entornando los ojos para resistir el resplandor de los recuerdos. No había objeto, cuadro, silla o rincón que no perteneciera a Tessa, en el que no estuviera presente, desde el que no le hablara. El pomposo buró de su padre, transferido a Justin el día de su boda, seguía en su hueco de siempre. Levantó la tapa. ¿Qué te había dicho? Saqueado. Abrió el armario ropero de Tessa y vio sus abrigos y vestidos de invierno, arrancados de las perchas y abandonados con los bolsillos del revés. La verdad, cariño, podrías haberlos colgado. Sabes de sobra que los colgué, y alguien los ha desordenado. Escarbando entre la ropa, desenterró el viejo estuche de partituras de Tessa, lo más parecido que tenía a un maletín.

—Hagamos esto juntos —le dijo Justin, ahora de viva voz.

Antes de marcharse, se detuvo a observarla a través de la puerta abierta del dormitorio. Tessa había salido del cuarto de baño y estaba desnuda frente al espejo, peinándose el cabello húmedo con la cabeza ladeada. Tenía vuelto hacia él uno de sus pies descalzos, en una pose de ballet, como parecía tenerlo siempre que estaba desnuda. Contemplándola, sintió el indescriptible distanciamiento respecto a ella que siempre había sentido cuando vivía. Eres demasiado perfecta, demasiado joven, le dijo. Debería haberte dejado en libertad. Gilipolleces, contestó ella con ternura, y él se sintió reconfortado.

Descendió a la planta baja y encontró en la cocina una pila de números atrasados del *Kenyan Standard*, *Africa Confidential*, *The Spectator* y *Private Eye*. Los embutió en el estuche de partituras, regresó al vestíbulo y lanzó una última ojeada al altar improvisado y la bolsa de piel. Voy a dejarte donde puedan encontrarte por si no han quedado satisfechos con su trabajo de esta mañana en el ministerio, explicó a Tessa, y salió a la gélida oscuridad. Llegó al cine en diez minutos. En la Sala Dos, el público no pasaba de una cuarta parte del aforo. Justin no prestó atención a la película. Tuvo que escaparse al servicio de caballeros dos veces, estuche de partituras en mano, para consultar su reloj sin ser visto. A las nueve menos cinco abandonó el cine por la salida oeste, encontrándose en una fría calleja. Enfrente vio aparcado un microbús azul, y por un momento imaginó absurdamente que era el camión de safari verde de Marsabit. Sus faros parpadearon. Arrellanada tras el volante, aguardaba una angulosa figura con gorra de marinero.

—Por la puerta de atrás —ordenó Rob.

Justin se dirigió a la parte posterior del microbús y vio la puerta abierta y el brazo de Lesley extendido para cogerle el estuche. Ocupando un asiento de madera en medio de una total oscuridad, se creyó de nuevo en Muthaiga, en el banco de listones de la furgoneta Volkswagen, con Livingstone al volante y Woodrow dando órdenes junto a él.

—Estamos siguiéndote, Justin —explicó Lesley. A oscuras, su voz sonaba apremiante y a la vez delataba un misterioso desánimo. Daba la impresión de que también ella hubiera sufrido una gran pérdida—. El equipo de vigilancia te ha seguido hasta el cine, y nosotros formamos parte de él. Ahora cubrimos la salida lateral por si decides utilizarla. Siempre existe la posibilidad de que la presa se aburra y se marche antes de tiempo. Como acabas de hacer. Dentro de cinco minutos, que es la hora que daremos al informar al centro de control. ¿En qué dirección te irás?

—Hacia el este.

—En ese caso pararás un taxi y te irás en dirección este. Notificaremos el número de matrícula del taxi. No te seguiremos porque nos reconocerías. Hay un segundo vehículo de vigilancia esperándote frente a la entrada principal del cine y otro de reserva en King's Road por si surge cualquier contingencia. Si decides marcharte a pie o coger el metro, pondrán a un par de peatones tras tus pasos. Si tomas un autobús, te estarán agradecidos porque no hay nada más fácil que pegarse a un autobús de Londres. Si entras en una cabina telefónica y haces una llamada, la escucharán. Tienen un mandato del Ministerio del Interior y los autoriza a intervenir tus llamadas desde cualquier teléfono.

—¿Por qué? —preguntó Justin.

Su vista empezaba a acostumbrarse a la escasa luz. Rob se había dado la vuelta en el asiento y estaba apoyado en el respaldo de cara a Justin, participando en la conversación. Tenía la misma actitud de desaliento que Lesley, pero más hostil.

—Porque nos jodiste —contestó.

Lesley extraía el papel de diario del estuche de Tessa y lo metía en una bolsa de plástico. A sus pies había unos cuantos sobres de tamaño grande, quizá una docena. Empezó a cargarlos en el estuche.

—No te entiendo —dijo Justin.

—Pues haz el esfuerzo —aconsejó Rob—. Actuamos con órdenes secretas, ¿de acuerdo? Le contamos al señor Gridley lo que estás haciendo. Alguien de las altas esferas explica por qué lo estás haciendo, pero no a nosotros. Nosotros somos los peones.

—¿Quién ha registrado mi casa?

—¿En Nairobi o en Chelsea? —replicó Rob con sorna.

—En Chelsea.

—No somos quienes para preguntarlo. El equipo fue relevado del servicio durante cuatro horas mientras la registraba quienquiera que lo hiciese. Es lo único que sabemos. Gridley puso a un policía de uniforme ante la puerta por si alguien quería entrar. Si se daba el caso, el policía debía decir al interesado que nuestros agentes investigaban un allanamiento de morada en el edificio y mandarlo a la mierda. Si es que realmente era un policía, cosa que dudo —añadió Rob, y cerró la boca con un chasquido de dientes.

—Rob y yo hemos sido excluidos del caso —informó Lesley—. Gridley nos destinaría a las Orcadas como guardias de tráfico si pudiera, solo que no se atreve.

—Hemos sido excluidos de todo —precisó Rob—. No existimos. Gracias a ti.

—Nos quiere donde pueda vernos —dijo Lesley.

—En el redil, muertos de asco —añadió Rob.

—Ha enviado a otros dos agentes a Nairobi para ayudar y asesorar a la policía local en la búsqueda de Bluhm, para eso *exclusivamente* —prosiguió Lesley—. Nada de mirar bajo las piedras, nada de desviarse del camino trazado. Eso se acabó.

—Olvidémonos de los Dos de Marsabit, dejémonos de lamentaciones por negras moribundas y médicos imaginarios —dijo Rob—. Usando las bellas palabras del propio Gridley. Y nuestros sustitutos no están autorizados a hablar con nosotros por miedo a que se contagien de nuestra enfermedad. Son un par de descerebrados a un año de la edad de jubilación, igual que Gridley.

—Es un caso de máxima seguridad, y tú tienes parte en él —explicó Lesley, cerrando el estuche de partituras pero manteniéndolo en su regazo—. ¿Qué parte? Esa es la gran incógnita. Gridley quiere conocer tu vida con pelos y señales. A quién ves, dónde, quién te visita, a quién telefoneas, qué comes, con quién. Día a día. Solo se nos permite saber que eres un elemento esencial en una operación secreta. Debemos obedecer y no meternos donde no nos llaman.

—No hacía ni diez minutos que habíamos vuelto a la jefatura cuando nos dijo a gritos que quería todas las libretas, cintas y pruebas en su mesa inmediatamente —continuó Rob—. Así que se las entregamos. El juego original, íntegro y completo. Después de hacer copias, claro está.

—La insigne casa de las TresAbejas no debe mencionarse nunca más, y eso es una orden —dijo Lesley—. Ni sus productos, ni sus actividades, ni los nombres del personal. Nada ha de perturbar el equilibrio de la situación. Amén.

—¿Qué situación?

—Diversas situaciones —contestó Rob—. Tienes donde elegir. Curtiss es intocable. Tiene medio negociado un sustancioso acuerdo para la venta de armas británicas a Somalia. El embargo representa un engorro, pero ha encontrado formas de eludirlo. Por otro lado, va a la cabeza en la carrera por proveer al este de África de una vanguardista red de telecomunicaciones usando alta tecnología británica.

—¿Y yo soy un estorbo para esos proyectos?

—Eres un estorbo, y punto —repuso Rob con saña—. Si nos hubieras facilitado las cosas, los tendríamos atados de manos. Ahora estamos a cero, como si este fuera nuestro primer día de trabajo.

—Ellos creen que sabes lo mismo que Tessa sabía —explicó Lesley—. Eso podría ser malo para tu salud.

—¿Ellos?

Pero la ira de Rob era incontenible.

—Fue un montaje desde el principio, y tú participaste. Los azules se rieron de nosotros, igual que los hijos de puta de TresAbejas. Tu amigo y colega el señor Woodrow nos contó una sarta de mentiras. Tú también. Eras nuestra única opción, y nos dejaste tirados.

—Queremos hacerte una pregunta, Justin —intervino Lesley casi con el mismo encono—. Nos debes una respuesta sincera. ¿Tienes algún sitio a donde ir? ¿Un sitio seguro donde poder sentarte a leer? Si es fuera del país, tanto mejor.

Justin recurrió a las evasivas:

—¿Qué ocurrirá cuando llegue a casa y encienda la luz de mi habitación? ¿Seguiréis fuera espiándome?

—El equipo te acompaña hasta tu casa, te acompaña hasta tu cama. Luego los observadores se van a descansar un rato; los escuchas permanecen conectados a tu teléfono ininterrumpidamente. Los observadores regresan por la mañana temprano para sacarte de la cama. El mejor momento es entre la una y las cuatro de la madrugada.

—En ese caso, sí tengo un sitio a donde ir —anunció Justin tras meditar por un instante.

—Estupendo —dijo Rob—. Nosotros no.

—Si es en el extranjero, viaja por tierra y mar —advirtió Lesley—. Cuando llegues al país en cuestión, rompe la cadena. Usa líneas de autobús locales, trenes de cercanías. Viste con ropa corriente, aféitate a diario, no mires a nadie. No alquiles coches, no tomes ningún avión, ni siquiera vuelos nacionales. Dicen que eres rico.

—Así es.

—Entonces reúne la mayor cantidad posible en efectivo. No pagues nunca con tarjeta de crédito o cheques de viaje. No toques un teléfono móvil. No hagas llamadas a cobro revertido ni pronuncies tu nombre por la línea o los ordenadores te localizarán. Rob te ha falsificado un pasaporte y un carnet de prensa del *Telegraph*. Le ha costado lo suyo conseguir tu foto, hasta que al final ha telefoneado al Foreign Office y ha dicho que necesitábamos una para nuestros archivos. Rob tiene amigos en sitios donde se supone que no debemos tener amigos, ¿verdad, Rob? Así que no los uses para entrar y salir de Inglaterra. ¿Trato hecho?

—Sí —respondió Justin.

—Eres Peter Paul Atkinson, periodista. Y nunca, pase lo que pase, lleves los dos pasaportes encima.

—¿Por qué lo hacéis? —preguntó Justin.

—¿A ti qué te importa? —replicó Rob desde la oscuridad—. Nos encargaron un trabajo y nos molesta dejarlo a medias, así de sencillo. Por eso ahora te endilgamos a ti la tarea, para joderlos. Cuando nos echen a la calle, quizá nos permitas lavarte el Rolls-Royce de vez en cuando.

—Puede que lo hagamos por Tessa —dijo Lesley, plantándole el estuche de partituras en los brazos—. Andando, Justin. No confiaste en nosotros. Quizá con razón. Pero si te hubieras fiado, tal vez habríamos llegado hasta el final, dondequiera que esté. —Alargó la mano hacia el tirador de la puerta—. Cuídate. Matan. Pero eso ya lo has notado.

Justin se encaminó calle abajo y oyó hablar a Rob por el micrófono. «Candy sale del cine. Repito, la chica sale con su bolso.» La puerta del microbús se cerró a su espalda. «Cierras con llave al irte, cierras la mente», pensó, recordando las palabras de Pellegrin. Se alejó a pie hasta hallarse a cierta distancia. Candy para un taxi, y es un chico.

Justin se hallaba de pie junto a la alargada ventana de guillotina del despacho de Ham, escuchando las campanadas de las diez por encima del rumor nocturno de la ciudad. Miraba hacia el pasaje sin acercarse demasiado al cristal, desde un punto donde era relativamente fácil ver, pero no tan fácil ser visto. La tenue luz de una lámpara de lectura brillaba en el escritorio. En un ángulo del despacho, Ham descansaba en un viejo sillón de orejas desgastado por el paso de generaciones de clientes insatisfechos. Fuera flotaba una fría bruma procedente del río, recubriendo de escarcha la reja exterior de la capilla de Santa Etheldreda, escenario de las muchas discusiones no resueltas entre Tessa y su Sumo Hacedor. Un tablón de anuncios verde, iluminado, informaba a los viandantes de que la antigua fe había sido reinstaurada en la capilla por los padres rosminianos. Confesiones, bendiciones sacramentales y bodas a horas concertadas. Un goteo de fieles, los últimos del día, subían y bajaban por la escalera de la cripta. En el suelo del despacho, apilado en la cubeta de plástico de Ham, se encontraba el anterior contenido de la bolsa de piel. En el escritorio estaba el estuche de partituras de Tessa y, al lado, en carpetas con el nombre del bufete, la diligente recopilación de listados, faxes, fotocopias, notas tomadas durante conversaciones telefónicas, postales y cartas que Ham había acumulado a lo largo del último año de correspondencia con Tessa.

—Ha habido una cagada, me temo —admitió Ham,

avergonzado—. No encuentro su última serie de mensajes.

—¿Que no los *encuentras*?

—Ni los suyos ni ningún otro, para ser exactos. Ha entrado un virus en el ordenador. El muy cabrón se ha engullido el buzón de correo y medio disco duro. El informático sigue trabajando en ello. Cuando recupere la información te pasaré los mensajes.

Habían hablado de Tessa, de Meg, y luego de críquet, al que Ham también tenía reservado un lugar especial en su gran corazón. Justin no era aficionado al críquet, pero se esforzó por aparentar entusiasmo. Una imagen de Florencia, desdibujada en la penumbra, ilustraba el mugriento cartel publicitario de una agencia de viajes.

—Ham, ¿utilizas aún aquella servicial agencia de mensajería para los envíos semanales entre Londres y Turín? —preguntó Justin.

—Por supuesto. La ha absorbido una empresa mayor, claro. ¿Quién se libra de eso hoy en día? Es la misma gente pero con mucho más jaleo.

—¿Y sigues usando aquellas preciosas sombrereras de piel con el nombre del bufete en la tapa que he visto esta mañana en tu cámara acorazada?

—Mientras de mí dependa, eso es lo último que desaparecerá de aquí.

Entornando los ojos, Justin observó el pasaje exiguamente iluminado. Todavía estaban allí: una mujer alta y robusta con un grueso abrigo y un hombre flaco con un sombrero de ala abarquillada y las piernas arqueadas como un jinete desmontado, y un anorak de esquiador con el cuello levantado hasta la nariz. Llevaban diez minutos mirando el tablón de anuncios de Santa Etheldreda, pese a que toda la información que tenía que ofrecerles en una fría noche de febrero podía memorizarse en diez segundos. Por lo visto, después de todo, en una sociedad civilizada a veces sí se sabe.

—Dime una cosa, Ham.

—Sí, claro, pregunta lo que quieras.

—¿Tenía Tessa dinero disponible en Italia?

—A montones. ¿Quieres ver los extractos de las cuentas?

—No tengo mucho interés. ¿Es mío ahora?

—Ahora y antes. Son cuentas conjuntas, ¿recuerdas? Lo que es mío es suyo, decía. Intenté disuadirla. Me mandó a paseo. Típico.

—Siendo así, tu representante en Turín podría enviarme una parte, ¿no? A tal o cual banco. En cualquier lugar del mundo.

—Sí. Ningún problema.

—O a cualquier otra persona que yo designara, de hecho. Siempre y cuando dicha persona presentara su pasaporte.

—Es tu pasta, muchacho. Haz lo que quieras con ella. Disfrútala, eso es lo más importante.

El jinete desmontado se había vuelto de espaldas al tablón de anuncios y fingía contemplar las estrellas. La mujer del abrigo grueso consultaba su reloj. Justin se acordó una vez más del plomífero instructor del curso de seguridad. «Los observadores son actores. Para ellos no hay nada más difícil que no hacer nada.»

—Tengo cierto amigo, Ham, del que nunca te he hablado. Peter Paul Atkinson. Es un hombre de mi absoluta confianza.

—¿Abogado?

—No, claro que no. Para eso ya estás tú. Es periodista, del *Daily Telegraph*. Un viejo amigo de mi época universitaria. Quiero otorgarle plenos poderes para todos mis asuntos. Si tú o tu oficina de Turín recibierais alguna vez instrucciones suyas, desearía que las atendierais exactamente igual que si procedieran de mí.

Ham dejó escapar un murmullo de duda y se frotó la punta de la nariz.

—Muchacho, eso no puede hacerse así sin más. No basta con un toque de varita mágica. Se requieren su firma y sus datos. Una autorización formal tuya. Ante testigos, probablemente.

Justin cruzó el despacho hasta el sillón de Ham y le entregó el pasaporte a nombre de Atkinson para que le echara un vistazo.

—Quizá podrías copiar los detalles de ahí —sugirió.

Ham fue directamente a la fotografía del final y, sin ningún cambio perceptible en la expresión, la comparó con las facciones de Justin. Tras una segunda ojeada, leyó los datos personales. Pasó poco a poco las hojas, profusamente selladas.

—Ha viajado lo suyo tu amigo —comentó con tono flemático.

—Y viajará mucho más, sospecho.

—Necesitaré una firma. Sin una firma, no puedo empezar a moverlo.

—Dame un momento y la tendrás.

Ham se puso en pie, devolvió el pasaporte a Justin y se dirigió con parsimonia hacia el escritorio. Abrió un cajón y sacó un par de impresos de aspecto oficial y unas cuantas hojas en blanco. Justin colocó el pasaporte abierto bajo la lámpara de lectura y, con Ham mirando oficiosamente por encima de su hombro, plasmó unas cuantas firmas de prueba antes de otorgarle plenos poderes sobre sus asuntos a un tal Peter Paul Atkinson, en el bufete Hammond Manzini de Londres y Turín.

—La autenticidad debe ser certificada —dijo Ham—. Por mí.

—Hay otra cuestión, si no te importa.

—Válgame Dios.

—Tendré que escribirte.

—Cuando quieras. Estaré encantado de seguir en contacto contigo.

—Pero no aquí. Ni a ningún lugar de Inglaterra. Tampoco a tu oficina de Turín, si no te importa. Creo recordar que tienes una legión de tías italianas. ¿Accedería alguna de ellas a recibir correo para ti y mantenerlo a buen recaudo hasta que tú te dejes caer por allí?

—Quizá mi tía de Milán, una vieja solterona —contestó Ham con un gesto de indiferencia.

—Una vieja solterona de Milán es precisamente lo que necesitamos. Podrías tal vez darme su dirección.

Era medianoche en Chelsea. Vestido con una chaqueta informal y un pantalón gris de franela, Justin el cumplidor oficinista estaba sentado a la horrenda mesa del comedor bajo una araña de luces de apariencia artúrica, escribiendo una vez más. Con una estilográfica, en una hoja con membrete del número cuatro. Había roto varios borradores antes de quedar satisfecho, pero su estilo y su letra seguían sin resultarle familiares.

> Estimada Alison:
>
> Agradezco tus atentas sugerencias de esta mañana en nuestra reunión. El ministerio siempre muestra su cara humana en los momentos críticos, y hoy no ha sido una excepción. He meditado con el debido detenimiento sobre lo que me has propuesto, y he hablado largo y tendido con los abogados de Tessa. Según parece, había descuidado mucho sus asuntos en los últimos meses, y ahora requieren mi inmediata atención. Hay cuestiones domiciliarias y fiscales por resolver, además de la disposición de bienes tanto aquí como en el extranjero. He decidido por tanto ocuparme antes que nada de estos asuntos económicos, y sospecho que la tarea no me vendrá mal.
>
> Confío, pues, que tengas la bondad de esperar mi respuesta a tus sugerencias durante una o dos semanas. En

cuanto a la baja por enfermedad, considero que no debo abusar innecesariamente de la buena voluntad del ministerio. No he tomado ningún permiso en el último año, y creo que tengo derecho a cinco semanas por desembarco, más el pertinente tiempo de permiso anual. Prefiero reclamar lo que me corresponde antes de recurrir a tu indulgencia. Gracias de nuevo.

Un placebo falso e hipócrita, decidió con satisfacción. Justin el incorregible funcionario se plantea, preocupado, si es o no correcto tomar la baja por enfermedad mientras soluciona los asuntos pendientes de su esposa asesinada. Volvió al vestíbulo y lanzó otro vistazo a la bolsa de piel, abandonada en el suelo bajo la consola de mármol. Un candado forzado y ya inservible. El otro desaparecido. El contenido recolocado al azar. Hacéis las cosas tan mal, pensó con desprecio. A continuación, se dijo: a no ser que vuestro propósito sea asustarme, en cuyo caso lo estáis haciendo bastante bien. Se examinó los bolsillos de la chaqueta. Mi pasaporte, el auténtico, para utilizarlo al entrar o salir de Gran Bretaña. Dinero. Ninguna tarjeta de crédito. Con aparente determinación, empezó a variar la iluminación de la casa de acuerdo con la imagen que mejor se ajustaba a las horas de sueño.

11

La silueta negra de la montaña se recortaba contra un cielo cada vez más oscuro, y el cielo era un revoltijo de raudas nubes, pertinaces vientos insulares y lluvia de febrero. La tortuosa carretera estaba sembrada de guijarros y barro rojo desprendidos de la ladera empapada. A veces se convertía en un túnel de ramas de pino y a veces era un precipicio con una caída libre de trescientos metros sobre el embravecido Mediterráneo. Tomaba una curva, e inexplicablemente el mar se alzaba ante él como un muro, para replegarse a la siguiente hasta el fondo del abismo. Pero, por más veces que girara, la lluvia venía siempre de cara, y cuando azotaba el parabrisas, notaba estremecerse el todoterreno como un caballo viejo no apto ya para tirar de cargas pesadas. Y la antigua fortaleza de Monte Capanne lo vigilaba en todo momento, ora desde las alturas, ora agazapada junto a su hombro derecho en alguna cima inesperada, arrastrándolo hacia delante, engañándolo como un faro ilusorio.

—¿Dónde demonios está? A la izquierda en algún sitio, lo juro —se quejó en voz alta, en parte para sí mismo, en parte para Tessa. Al llegar a una cresta, paró crispado en la cuneta y se llevó las yemas de los dedos a la frente en ademán introspectivo. Empezaba a adquirir los gestos exagerados de la soledad. Abajo se extendían las luces de Portoferraio. Enfrente, al otro lado del mar, en la península, titilaba Piombino. A izquierda y derecha, un arrastradero dividía en dos el bosque a lo largo de una hondonada. Aquí es donde esperaron tus asesinos en su camión de safari verde al acecho para matarte, explicó a Tessa en su mente. Aquí es donde se fumaron sus asquerosos Sportsman y se bebieron sus botellas de Whitecap y esperaron a que pasarais tú y Arnold. Se había afeitado, cepillado el pelo y puesto una camisa vaquera limpia. Se notaba la cara caliente y le palpitaban las sienes. Se decidió por la izquierda. El todoterreno se tambaleó sobre una desigual alfombra de ramas y pinaza. Los árboles se dispersaron, el cielo se iluminó y volvió a ser casi de día. Abajo, al pie de un claro en pendiente, se arracimaban unas cuantas casas de labranza. «Nunca las venderé; nunca las alquilaré», me aseguraste la primera vez que me trajiste aquí. «Las dejaré a personas que de verdad me importan, y más adelante, algún día, vendremos a morir aquí.»

Tras aparcar el todoterreno, Justin se encaminó por la hierba mojada hacia la casa más cercana. Pequeña y pulcra, tenía las paredes recién enjalbegadas y la techumbre de antiguas tejas rosadas. Se veía luz en las ventanas de la planta baja. Llamó a la puerta con la aldaba. Una sosegada columna de humo de leña se elevaba verticalmente desde la chimenea en la claridad vespertina, y a cierta altura, allí donde escapaba a la protección del bosque circundante, se desvanecía de pronto, disipada por el viento. Unos pájaros de plumaje negro y ajado revoloteaban y reñían. La puerta se abrió y una campesina con un vistoso pañuelo en la cabeza lanzó un gemido de dolor, agachó la cabeza y musitó unas palabras en un idioma que él no esperaba entender. Con la cabeza todavía gacha, su cuerpo de perfil a él, le cogió una mano con las suyas y se la llevó con vehemencia a una y otra mejilla por turno para después besarle fervorosamente el pulgar.

—¿Dónde está Guido? —preguntó él en italiano mientras la seguía adentro de la casa.

La mujer abrió una puerta interior y lo hizo pasar. Guido estaba sentado a una mesa larga bajo un crucifijo de madera, un anciano encorvado y exánime de doce años, pálido, esquelético, con la mirada extraviada. Sus manos consumidas descansaban en la mesa, sin nada en ellas, y era difícil por tanto saber qué hacía antes de llegar Justin en aquella habitación de techo bajo y vigas vistas, él solo, a oscuras, sin leer ni jugar ni mirar nada. Con la oblonga cabeza ladeada y la boca abierta, Guido observó entrar a Justin. Al cabo de un momento se puso en pie y apoyándose en la mesa avanzó hacia Justin con paso vacilante y, de medio lado, se abalanzó sobre él para abrazarlo. Pero calculó mal la distancia, y cuando sus brazos caían fláccidamente a los costados sin alcanzar su objetivo, Justin lo atrapó al vuelo y lo sujetó, evitando que se desplomara.

—Quiere morir como su padre y la *signora* —se lamentó su madre—. «Todas las personas buenas están en el cielo», me dice. «Todas las personas malas se quedan aquí.» ¿Soy yo una mala persona, *signor* Justin? ¿Es usted una mala persona? ¿Nos trajo la *signora* de Albania, le pagó el tratamiento en Milán, nos acogió en esta casa para que ahora nos muramos de pena por ella? —Mientras ella hablaba, Guido ocultó el rostro demacrado entre las manos—. Primero se desmaya, luego se acuesta y se duerme. No come, no toma su medicina. Se niega a ir al colegio. Esta mañana, en cuanto ha salido para lavarse, he cerrado la puerta y he escondido la llave.

—Y es una buena medicina —afirmó Justin en un susurro, con la mirada fija en Guido.

Moviendo la cabeza en un gesto de desolación, la mujer se retiró a la cocina, revolvió ruidosamente entre los cacharros y puso agua a hervir. Justin acompañó a Guido de regreso a la mesa y se sentó con él.

—¿Me escuchas, Guido? —preguntó en italiano.

Guido cerró los ojos.

—Todo seguirá tal como hasta ahora —anunció Justin con firmeza—. Los recibos del colegio, el médico, el hospital, la medicación..., todo lo que sea necesario hasta que recuperes la salud. El alquiler, la comida, la matrícula cuando llegues a la universidad. Haremos todo lo que ella planeó para ti, exactamente como ella lo planeó. No podemos dejar de cumplir ninguno de sus deseos, ¿no crees?

Con la vista baja, Guido reflexionó y al final negó remisamente con la cabeza: no, no podemos, convino.

—¿Aún juegas al ajedrez? ¿Hacemos una partida?

Volvió a negar, esta vez por escrúpulo: jugar al ajedrez sería una falta de respeto al recuerdo de la *signora* Tessa.

Justin cogió la mano de Guido y la sostuvo. Luego se la agitó con delicadeza, esperando un asomo de sonrisa.

—¿Y qué haces cuando no te dedicas a morirte? —preguntó en inglés—. ¿Has leído los libros que te enviamos? Pensaba que a estas alturas serías ya todo un experto en Sherlock Holmes.

—El señor Holmes es un gran detective —respondió Guido, también en inglés, pero sin sonreír.

—¿Y qué hay del ordenador que te regaló la *signora*? —preguntó Justin, volviendo al italiano—. Según Tessa, eres un fuera de serie. Un genio, me dijo. Os enviabais mensajes con verdadero fervor. Ya empezaba a ponerme celoso. ¿No irás a decirme, Guido, que has abandonado el ordenador?

La pregunta provocó un nuevo arrebato de su madre en la cocina.

—¡Claro que lo ha abandonado! ¡Lo ha abandonado

todo! ¡Cuatro millones de liras le costó a la *signora*! Antes se pasaba el día sentado delante del ordenador, toc, toc, toc. Toc, toc, toc. «Te quedarás ciego», lc decía yo. «Enfermarás de tanta concentración.» Y ahora nada. Incluso el ordenador debe morir.

Sin soltarle la mano, Justin buscó la esquiva mirada de Guido.

—¿Es eso verdad? —preguntó.

Lo era.

—Pero eso no está nada bien, Guido. No puede desaprovecharse así el talento —protestó Justin, y la sonrisa de Guido comenzó a aflorar—. La especie humana anda muy necesitada de buenos cerebros como el tuyo. ¿Me oyes?

—Puede ser.

—¿Recuerdas el ordenador de la *signora* Tessa, el que usó para enseñarte a manejarlo?

Claro que se acordaba, y con un aire de gran superioridad, por no decir autosuficiencia.

—Ya sé, no es tan bueno como el tuyo. El tuyo es un par de años más joven y más listo. ¿No?

Sí. Y tanto que sí. Y la sonrisa se ensanchaba gradualmente.

—Verás, Guido, yo soy un zoquete, todo lo contrario que tú, y no sé utilizar de manera fiable ni siquiera el suyo. Y mi problema es que la *signora* Tessa dejó en el ordenador un montón de mensajes, algunos para mí, y me asusta pensar que podría perderlos. Y creo que a ella le gustaría que fueras tú quien se asegurara de que no los pierdo. ¿De acuerdo? Porque ella deseaba con toda su alma tener un hijo como tú. Y yo también. Así que la pregunta es: ¿vendrías a la villa para ayudarme a leer lo que hay en su ordenador portátil?

—¿Tiene la impresora?

—La tengo.

—¿Disquetera?

—También.

—¿Unidad de CD-ROM? ¿Módem?

—Y el manual. Y los transformadores. Y los cables y un adaptador. Pero sigo siendo un zoquete, y si hay la más pequeña posibilidad de meter la pata, la meteré.

Guido estaba ya de pie, pero Justin lo obligó a sentarse con ternura.

—Esta tarde no. Duerme bien esta noche, y mañana temprano, si te apetece, vendré a recogerte con el todoterreno de la villa, pero después has de ir al colegio. ¿Bien?

—Sí.

—Se le ve muy cansado, *signor* Justin —musitó la madre de Guido mientras le servía un café—. Tanto dolor es malo para el corazón.

Llevaba en la isla dos noches y dos días, pero si alguien le hubiera demostrado que estaba allí desde hacía una semana, no se habría sorprendido. Había cruzado el canal de la Mancha en transbordador. En Boulogne sacó un billete de tren con dinero en efectivo y en algún punto del recorrido, mucho antes de completar el trayecto, compró un segundo billete para otro destino. Si la memoria no le engañaba, había enseñado su pasaporte solo una vez, y muy brevemente, al entrar en Italia desde Suiza por un abrupto y espectacular paso de montaña. Y era su pasaporte. A ese respecto no tenía la menor duda. Obedeciendo las instrucciones de Lesley, había mandado previamente a Turín el del señor Atkinson por mediación de Ham para no arriesgarse a que lo encontraran con los dos. En cuanto al paso de montaña o el tren, en cambio, tendría que haber consultado un mapa y tratar de adivinar en qué pueblo había subido a bordo.

Tessa viajó a su lado casi todo el tiempo, y de vez en

cuando intercambiaron algún comentario jocoso, normalmente después de una observación deprimente y fuera de lugar por parte de Tessa, expresada en voz baja. A ratos se dedicaron a evocar el pasado, hombro con hombro, la cabeza contra el respaldo y los ojos cerrados como una pareja de ancianos, hasta que de pronto ella volvió a marcharse, y el dolor se apoderó de él como un cáncer cuya existencia conociera ya desde el principio, y Justin Quayle lloró la muerte de su esposa con una intensidad que sobrepasaba las peores horas en casa de Gloria, el funeral en Langata, la visita al tanatorio o los momentos en el desván del número cuatro.

Viéndose finalmente en el andén de la estación de Turín, tomó una habitación en un hotel para asearse y luego, en una tienda de artículos de viaje usados, adquirió un par de anónimas maletas de lona para guardar los papeles y objetos que consideraba ya el relicario de Tessa. Y sí, *signor* Justin, confirmó el joven abogado con traje negro, heredero de la parte de la sociedad correspondiente a los Manzini —en medio de expresiones de condolencia, tanto más dolorosas por su sinceridad—, las sombrereras habían llegado sin novedad y a la hora prevista, junto con instrucciones de Ham para que le entregaran a Justin las cajas cinco y seis *sin abrir y en propia mano*, y si había cualquier otra cosa, *cualquiera*, que el joven pudiera hacer por Justin, ya fuera un asunto jurídico, profesional o de cualquier *otra* índole, de más estaba decir que la lealtad a la familia Manzini no terminaba con la trágica muerte de la *signora*, etcétera. Ah, y naturalmente tenía a punto también preparado el dinero, añadió con desdén, y contó cincuenta mil dólares en billetes, que entregó a Justin previa firma de un recibo. A continuación, Justin se retiró a la intimidad de una sala de reuniones vacía donde transfirió el relicario de Tessa y el pasaporte del señor Atkinson a su nuevo lugar de reposo en las maletas de lona y, poco después, se trasladó en taxi a Piombino, llegando por pura casualidad justo a tiempo de embarcar en un ramplón hotel rascacielos, que se hacía llamar barco, rumbo a Portoferraio, en la isla de Elba.

Sentado lo más lejos posible del enorme televisor, único cliente de un gigantesco autoservicio de la sexta cubierta, con una maleta a cada lado, Justin, sin mucho criterio selectivo, se obsequió con una ensalada de marisco, un bocadillo de salami y media botella de un pésimo vino tinto. Al atracar en Portoferraio, le aquejó una familiar sensación de ingravidez mientras recorría las oscuras entrañas de la bodega en dirección a la salida, entre camioneros de toscos modales que revolucionaban los motores de sus vehículos en señal de aviso o simplemente avanzaban derechos hacia él, obligándolo a arrimarse, junto con sus maletas, a las planchas de hierro del casco para diversión de los mozos de carga que contemplaban ociosos la escena.

Cuando por fin, tembloroso e iracundo, puso los pies en el muelle, anochecía, era pleno invierno y hacía un intenso frío, y los escasos viandantes caminaban con desacostumbrada prisa. Temiendo ser reconocido o, peor aún, compadecido, se caló el sombrero hasta las cejas y acarreó las maletas hasta el taxi más cercano, donde descubrió, para gran alivio suyo, que la cara del taxista no le sonaba de nada. En los veinte minutos de viaje, el hombre le preguntó si era alemán, y Justin contestó que era sueco. La improvisada respuesta cumplió bien su cometido, ya que puso fin a la curiosidad del taxista.

La villa de los Manzini se hallaba enclavada en la costa septentrional de la isla. El viento soplaba desde el mar, agitando las palmeras, azotando los muros de piedra, traqueteando postigos y tejas y haciendo crujir las dependencias anexas como tabaco reseco. Solo bajo la vacilante luz de la luna, Justin permaneció inmóvil donde el taxi lo había dejado, a la entrada de un patio enlosado con su bomba de agua y su prensa de aceite antiguas, aguardando a que la vista se le acostumbrara a la oscuridad. La villa se alzaba ante él. Dos filas de álamos, plantados por el abuelo de Tessa, señalaban el camino desde la puerta principal hasta la orilla del mar. Poco a poco, Justin empezó a distinguir las viviendas de los trabajadores, los peldaños de piedra, los postes de la verja e indistintos fragmentos de mampostería romana. No se veía una sola luz. El administrador, según Ham, estaba en Nápoles, holgando con su prometida. El control y mantenimiento de la casa se había confiado a dos austriacas errantes que se decían pintoras y acampaban en una ermita abandonada en el extremo opuesto de la finca. Las dos casas destinadas en otro tiempo a los labriegos, reformadas por la madre de Tessa —la *dottoressa*, título que en la isla se prefería a *contessa*— y bautizadas con los nombres de Romeo y Julieta en atención a los turistas alemanes, eran responsabilidad de una agencia inmobiliaria de Fráncfort.

Bienvenida a casa, dijo a Tessa, por si andaba un poco desorientada después de tanto viajar en zigzag.

Las llaves de la villa se guardaban en un saliente interior de la carcasa de madera de la bomba de agua. «Primero, cariño, levantas la tapa..., así..., luego metes el brazo y con un poco de suerte las pescarás. Después abres la puerta de la casa y llevas a la novia al dormitorio y le haces el amor, así.» Pero no la llevó al dormitorio. Conocía un sitio mejor. Cogiendo una vez más las maletas de lona, se dispuso a atravesar el patio. Mientras lo hacía, la luna tuvo la gentileza de asomar por encima de las nubes, alumbrándole el camino y proyectando listas blancas entre los álamos. Al llegar al ángulo del patio más alejado, penetró por un estrecho pasaje semejante a un antiguo callejón romano para acceder a una puerta de madera de olivo con una heráldica abeja napoleónica labrada en honor —según la leyenda familiar— ni más ni menos que del mismísimo gran hombre, quien, apreciando la buena conversación y mejor vino de la tatarabuela de Tessa, se convirtió por decisión propia en visitante asiduo de la villa durante sus diez meses de impaciente exilio.

Justin separó la llave de mayor tamaño, la introdujo en la cerradura y abrió. La puerta chirrió y cedió. «Aquí es donde contábamos el dinero», explica ella con seriedad en su papel de heredera de los Manzini, novia y guía turística. «En la actualidad, las excelentes aceitunas de los Manzini se transportan en barco a Piombino para ser prensadas como todas las demás. Pero en la época de mi madre la *dottoressa* este lagar era aún el sanctasanctórum. Era aquí donde consignábamos el aceite, tinaja a tinaja, antes de almacenarlo abajo en la *cantina* a una temperatura rigurosamente controlada. Era aquí donde... No me estás escuchando.»

—Eso se debe a que estás haciéndome el amor.

«Eres mi marido y haré el amor contigo cuando me apetezca. Presta mucha atención. En este lagar, los campesinos cobraban en mano sus jornales todas las semanas y firmaban, por lo general con una cruz, en un libro de caja más grande que el Libro de la Genealogía Inglesa.»

—Tessa, no puedo...

«No puedes ¿qué? Claro que puedes. Eres un hombre de recursos. Aquí recibíamos también a nuestras cuerdas de presos condenados a cadena perpetua, procedentes del penal que hay al otro lado de la isla. De ahí la mirilla en la puerta. De ahí las argollas de hierro en la pared, a las que los presos permanecían encadenados mientras esperaban el momento de ir a recoger la aceituna a los olivares. ¿No estás orgulloso de mí? ¿Una descendiente de esclavistas?»

—Inmensamente.

«Entonces ¿por qué cierras con llave? ¿Soy tu prisionera?»

—Eternamente.

El lagar tenía el techo bajo, con las vigas al descubierto, y las ventanas en la parte alta del muro en prevención para protegerse de las miradas indiscretas cuando se contaba dinero, se encadenaba a los presos, o dos recién casados hacían el amor tiernamente en el sofá de piel y respaldo recto que se hallaba adosado con esmerada precisión a la pared orientada al mar. La mesa de contaduría era cuadrada y austera. Detrás, encajados en sendos huecos rematados en arco, había dos bancos de carpintero. Justin necesitó todas sus fuerzas para arrastrarlos por las losas y situarlos a ambos lados de la mesa, a modo de alas. Encima de la puerta, en una repisa, había una hilera de botellas antiguas rescatadas de entre los desechos de la villa. Fue a buscarlas y, tras quitarles el polvo con el pañuelo, las dejó en la mesa para usarlas como pisapapeles. El tiempo se había detenido. No tenía sed ni hambre ni sueño. Acomodando una maleta en cada banco, extrajo sus dos fardos de ropa más preciados y los depositó en la mesa, eligiendo el centro mismo de la superficie por miedo a que, en un arrebato de dolor o locura, decidieran por su cuenta arrojarse al vacío desde el borde. Con sumo cuidado, empezó a desliar el primer fardo, capa a capa, todo de Tessa —su bata de algodón, su jersey de angora, el que llevaba el día antes de partir hacia Lokichoggio, su blusa de seda, que tenía aún su perfume impregnado en el cuello—, hasta que pudo coger entre sus manos el trofeo revelado: una caja gris y lisa de treinta por veinticinco centímetros con el logotipo del fabricante japonés grabado en la tapa. Indemne tras días y noches de horrenda soledad y continuos desplazamientos. El segundo fardo contenía los accesorios. Cuando terminó de desenvolverlos, trasladó con extrema precaución todo el equipo, pieza a pieza, a un viejo escritorio de pino ubicado en el lado opuesto del lagar.

—Más tarde —dijo a Tessa—. Paciencia, mujer.

Con la respiración más acompasada, sacó un radiodespertador de su bolsa de mano y manipuló el selector de frecuencias hasta sintonizar la longitud de onda local de la emisión internacional de la BBC. Durante todo el viaje había permanecido informado de la infructuosa búsqueda de Arnold. Una vez fijado el despertador para que sonara al comienzo del siguiente boletín horario, dirigió la atención a las desiguales pilas de cartas, carpetas, recortes de prensa, listados de impresora y legajos de aspecto oficial como los que, en otra vida, le habían servido para refugiarse de la realidad. Pero no esa noche, ni remotamente. En ninguno de aquellos papeles encontraría refugio, ya fueran los expedientes policiales de Lesley, el registro de las imperiosas peticiones de Tessa a Ham, o sus ordenados fajos de cartas, estudios, recortes de periódico, textos médicos y farmacéuticos, mensajes para sí misma provenientes del tablero de corcho de su despacho, o sus anotaciones bajo los efectos de la fiebre en el hospital, recuperadas por Rob y Lesley de su escondrijo en el apartamento de Arnold Bluhm. La radio acababa de encenderse. Justin levantó la cabeza y escuchó. En cuanto al desaparecido Arnold Bluhm, médico, presunto asesino de Tessa Quayle, esposa de un enviado británico, el locutor tampoco esta vez tenía nada nuevo que contar. Concluidas sus devociones, Justin escarbó entre los papeles de Tessa hasta que encontró el objeto que había decidido mantener junto a él a lo largo de sus investigaciones. Tessa lo había traído del hospital, «lo único de Wanza que han dejado». Lo había rescatado de una papelera contigua a la cama abandonada de Wanza. Tras su regreso a casa, aquello había permanecido durante días y noches en la mesa de su despacho como un centinela acusador: una pequeña caja de cartón, roja y negra, de doce por siete centímetros, vacía. De allí había pasado al cajón central, donde Justin la halló en su precipitado registro de las pertenencias de Tessa. No olvidada, no desechada, sino relegada, aplanada, dejada a un lado mientras ella se ocupaba de asuntos más inmediatos. El nombre Dypraxa impreso dentro de una franja de color en los cuatro lados, el prospecto con las indicaciones y contraindicaciones en el interior. Y en la tapa, tres diminutas y ridículas abejas doradas formando en cuña. Abriéndola y devolviéndole su condición de caja, Justin la colocó en el centro de un estante vacío sujeto a la pared que tenía justo enfrente. «Kenny K. se cree Napoleón con sus TresAbejas», le había susurrado Tessa en uno de sus accesos de fiebre. «Y su aguijonazo es mortal, ¿lo sabías?» No, cariño, no lo sabía. Vuelve a dormirte.

Leer.

Viajar.

Pensar más despacio.

Aguzar el ingenio.

Arremeter y a la vez permanecer inmóvil, tener la paciencia de un santo y ser tan impulsivo como un niño.

Nunca en la vida había sentido Justin tal sed de conocimientos. Ya no quedaba tiempo para preparativos. Había estado preparándose noche y día desde la muerte de Tessa. Se había contenido, pero se había preparado. En el deprimente piso de abajo de Gloria se había preparado. Durante los interrogatorios de la policía, en los que a veces contenerse le había requerido un esfuerzo sobrehumano, había seguido preparándose en algún rincón infatigable de su mente. En el interminable vuelo a Londres, en el despacho de Alison Landsbury, en el club de Pellegrin, en la oficina de Ham y en el número cuatro, mientras un centenar de cosas más rondaban por su cabeza, había estado preparándose. Ahora necesitaba sumergirse hasta el centro mismo del mundo secreto de Tessa, identificar todos y cada uno de los jalones y señales de su viaje, anular su propia identidad y resucitar la de ella, matar a Justin y devolver la vida a Tessa.

¿Por dónde empezar?

¡Por todas partes!

¿Qué camino seguir?

¡Todos!

El funcionario que llevaba dentro había cesado en el servicio activo. Espoleado por la impaciencia de Tessa, Justin ya no rendía cuentas a nadie salvo a ella. Si Tessa era dispersa, así sería él. Allí donde fuera metódica, él se sometería a su método. Allí donde saltara de una idea a otra dejándose guiar por la intuición, él la cogería de la mano y saltarían juntos. ¿Tenía hambre? Si Tessa no tenía, tampoco él. ¿Le vencía el cansancio? Si Tessa podía quedarse media noche en vela, sentada en bata ante su escritorio, Justin aguantaba despierto la noche entera, y todo el día siguiente, y la noche siguiente también.

Una sola vez se obligó a interrumpir el trabajo, hizo una incursión en la cocina de la villa y volvió con salami, aceitunas, pan seco, queso parmesano y agua embotellada. En otro momento —anochecía o despuntaba el alba, no sabía bien, solo conservaba la vaga impresión de que había una claridad grisácea—, estando en plena lectura del diario escrito en el hospital, donde ella había consignado todas las visitas a Wanza de Lorbeer y sus acólitos, de pronto despertó y se encontró vagando por el jardín tapiado. Fue allí donde, bajo la mirada de adoración de Tessa, Justin había plantado altramuces nupciales, rosas nupciales y, forzosamente, fresias nupciales por amor a ella. La mala hierba le llegaba hasta las rodillas, empapándole las perneras del pantalón. Solo había una rosa en flor. Recordando que había dejado abierta la puerta del lagar, corrió hacia allí a través del patio enlosado y descubrió que estaba bien cerrada y tenía la llave en el bolsillo de la chaqueta.

Recorte del *Financial Times*:

TresAbejas: un enjambre de habladurías

Corren rumores de que Kenneth K. Curtiss, el conocido vividor y lince de los negocios, presidente de TresAbejas, empresa centrada en el comercio con el tercer mundo, planea un precipitado matrimonio de conveniencia con Karel Vita Hudson, gigante suizo-canadiense de la industria farmacéutica. ¿Se presentará KVH ante el altar? ¿Podrá TresAbejas reunir la dote? La respuesta es sí a las dos preguntas si nos atenemos a los éxitos de Kenneth K. en sus anteriores maniobras, siempre arriesgadas, dentro del sector farmacéutico. En un acuerdo sin precedentes en el hermético y muy lucrativo mundo de los fármacos, TresAbejas de Nairobi asumirá, según se nos ha informado, una cuarta parte de los costes de investigación y desarrollo —estimados en 500 millones de dólares— de la DYPRAXA, un innovador y milagroso medicamento contra la tuberculosis, a cambio de los derechos de distribución y venta para toda África y un porcentaje no determinado de los beneficios generados por el fármaco a nivel mundial...

La portavoz de TresAbejas en Nairobi, Vivian Eber, ha expresado su cauta satisfacción: «Se trata de una operación brillante, muy propia de Kenny K. Es una acción humanitaria, buena para la empresa, buena para los accionistas, buena para África. La DYPRAXA es tan fácil de administrar como un caramelo. TresAbejas se pondrá a la cabeza en la lucha contra la alarmante proliferación de nuevas cepas de tuberculosis en el tercer mundo».

El presidente de KVH, Dieter Korn, en declaraciones realizadas anoche en Basilea, se apresuró a hacerse eco del optimismo de Vivian Eber: «Gracias a la DYPRAXA, el actual tratamiento intensivo de entre seis y ocho meses se reducirá a una docena de tomas del fármaco. Creemos que TresAbejas es la empresa idónea para introducir la DYPRAXA en África».

Nota escrita a mano, de Tessa a Bluhm, recuperada supuestamente en el apartamento de Arnold:

Mi querido Arnold:

No me creíste cuando te dije que los de KVH son mala gente. Lo he verificado. Son mala gente. Hace dos años los acusaron de contaminar media Florida, donde tienen un enorme complejo, y salieron del paso con una amonestación. Pruebas irrefutables presentadas por los demandantes demostraron que KVH había sobrepasado la cuota permitida de vertidos tóxicos en un novecientos por ciento, contaminando zonas protegidas, marismas, ríos y playas, y probablemente la leche. KVH prestó un servicio público parecido en la India, donde doscientos niños de la región de Madrás murieron presuntamente por causas relacionadas con ese hecho. En la India, la vista se celebrará dentro de unos quince años, o más si KVH continúa comprando a las personas indicadas. También se distinguen por su posición a la vanguardia de la campaña humanitaria de la industria farmacéutica para prolongar la vida de sus patentes en beneficio de los sufridos multimillonarios blancos. Buenas noches, cariño. Nunca vuelvas a poner en duda una sola de mis palabras. Soy intachable. Como tú. T.

Recorte de las páginas de economía del *Guardian*, Londres:

Abejas felices

El espectacular aumento (40 por ciento en doce semanas) del valor de TresAbejas de Nairobi refleja la creciente confianza del mercado en los recién adquiridos derechos de distribución para toda África de la Dypraxa, un innovador y poco costoso tratamiento para la tuberculosis multirresistente. En declaraciones hechas desde su residencia de Mónaco, el presidente de TresAbejas, Kenneth K. Curtiss dijo: «Lo que es bueno para TresAbejas es bueno para África. Y lo que es bueno para África es bueno para Europa y América y el resto del mundo».

Una carpeta aparte bajo el título de HIPO, escrito a mano por Tessa, contiene unas cuarenta comunicaciones, primero por carta, luego por correo electrónico —posteriormente sacado por impresora—, entre Tessa y una mujer llamada Birgit que trabaja para Hipo, una organización independiente con sede en Bielefeld, localidad del norte de Alemania, dedicada al control farmacológico. El logotipo del papel timbrado explica que el nombre de la entidad proviene de Hipócrates, médico griego nacido h. 460 a. C., cuyo juramento pronuncian todos los médicos. La correspondencia empieza con un tono formal, que se relaja cuando el correo electrónico sustituye a las cartas. Los personajes clave no tardan en adoptar un sobrenombre. KVH se convierte en «Gigante», Dypraxa se convierte en «Píldora», Lorbeer se convierte en «Hacedor de Oro». La fuente de Birgit sobre las actividades de Karel Vita Hudson se convierte en «Nuestra Amiga», y la seguridad de Nuestra Amiga debe salvaguardarse en todo momento, ya que «lo que está contándonos infringe gravemente las leyes suizas».

Copia en papel de un mensaje de correo electrónico de Birgit a Tessa:

... para sus doctoras Emrich y Kovacs, el Hacedor de Oro creó una empresa en la isla de Man, quizá dos empresas, porque eran aún los tiempos del comunismo. Según Nuestra Amiga, L puso las empresas a nombre de él para que ellas no tuvieran complicaciones con las autoridades. A partir de entonces surgieron serias discrepancias entre las dos mujeres, tanto científicas como personales. En el Gigante, nadie ha podido conocer los detalles. Emrich emigró a Canadá hace un año. Kovacs sigue en Europa, casi siempre en Basilea. Carl está entusiasmado con el móvil de elefantes que le mandaste y ahora, para avisarme por las mañanas de que se ha despertado, brama como un elefante.

Copia en papel de un mensaje de correo electrónico de Birgit a Tessa:

Un poco más de historia sobre la Píldora. Cuando el Hacedor de Oro buscaba capital para desarrollar la molécula de las dos mujeres hace cinco años, tropezó con no pocas dificultades. Intentó convencer a varios laboratorios alemanes de primera línea para que financiaran el proyecto, pero estos se resistieron, principalmente porque no preveían grandes beneficios. El problema con los pobres es siempre el mismo: ¡no tienen dinero suficiente para comprar medicamentos caros! El Gigante entró en juego más adelante, y solo tras exhaustivos estudios de mercado. Además, dice Nuestra Amiga, fueron muy astutos en su acuerdo con BBB. La operación fue un golpe maestro: cedieron el pobre continente africano y se reservaron para ellos el mundo rico. El plan es muy sencillo y no podían haber elegido mejor momento. Consiste en probar la Píldora en África durante dos o tres años, y KVH calcula que en ese plazo la tuberculosis se habrá convertido ya en un *grave problema* en Occidente. Por otra parte, dentro de tres años BBB estará en una situación económica tan comprometida que el Gigante podrá comprarla a precio de saldo. Por tanto, según Nuestra Amiga, el Gigante tiene la sartén por el mango y a BBB va a salirle el tiro por la culata. Tengo a Carl dormido a mi lado. Querida Tessa, ojalá tu niño sea tan precioso como Carl. Será un gran luchador como su madre, estoy segura. *Ciao*, B.

Último mensaje de la carpeta de correspondencia Birgit/Tessa:

Nuestra Amiga informa de que se han advertido actividades sumamente secretas en el Gigante con relación a BBB y África. ¿Has hurgado en un avispero, quizá? Kovacs viajará en la mayor reserva a Nairobi, donde la espera el Hacedor de Oro. Todo el mundo habla mal de *die schöne* Lara. Es una traidora, una zorra, etcétera. ¿Cómo es posible que una empresa tan aburrida reaccione de pronto con tanta vehemencia? Ándate con cuidado, Tessa. Creo que eres un poco *waghalsig*, pero ya es tarde y no me viene a la cabeza la palabra equivalente en inglés. Tal vez tu amable marido pueda traducírtela. B.

P.D.: Ven pronto a Bielefeld, Tessa, es una ciudad bonita y silenciosa. ¡Te encantará! B.

Es media tarde. Tessa está en sus últimos días de embarazo. Deambula inquieta por el salón de la casa de Nairobi, sentándose de vez en cuando para volver a levantarse al cabo de un momento. Arnold le ha aconsejado que no vaya a Kibera hasta pasado el parto. Incluso sentarse al ordenador es una pesada tarea para ella. No la resiste más de cinco minutos, y después reanuda sus paseos de un lado a otro. Justin ha vuelto temprano de la embajada para acompañarla en sus tribulaciones.

—¿Quién o qué es *waghalsig*? —pregunta con tono exigente en cuanto él entra por la puerta.

—¿Quién es qué?

Tessa anglicaniza intencionadamente la pronunciación, y ha de repetirla otras dos veces hasta que por fin Justin cae en la cuenta.

—Temerario —responde con cautela—. Insensato. ¿Por qué?

—¿Soy yo *waghalsig*?

—Nunca. Imposible.

—Pues alguien acaba de llamarme *waghalsig*, solo es eso. Tú me dirás qué insensateces voy a cometer yo en este estado.

—¡Habrase visto! —exclama Justin con toda seriedad, y prorrumpen en carcajadas los dos a un tiempo.

Carta de Oakey, Oakey & Farmeloe, bufete jurídico con oficinas en Londres, Nairobi y Hong Kong, a la Sra. T. Abbott, apartado de correos de Nairobi:

> Apreciada señora Abbott:
>
> Representamos a la firma TresAbejas, Nairobi, que ha puesto en nuestras manos varias cartas que usted remitió directamente a sir Kenneth Curtiss, presidente de dicha compañía, y a otros directivos y miembros del consejo de administración.
>
> Debemos informarle de que el producto al que hace usted referencia ha superado satisfactoriamente todas las pruebas clínicas necesarias, muchas de ellas llevadas a cabo con niveles de exigencia muy superiores a los que imponen las vigentes normativas nacionales e internacionales. Como usted bien señala, el producto ha sido rigurosamente analizado y registrado en Alemania, Polonia y Rusia. A petición de las autoridades sanitarias kenianas, la legitimidad de ese proceso ha sido también corroborada independientemente por la Organización Mundial de la Salud, de cuyo certificado adjuntamos copia.

Por consiguiente, es nuestro deber advertirle que cualquier queja ulterior suya o de sus colaboradores en este asunto, dirigida a la firma TresAbejas o alguna otra entidad, será interpretada como delito de falsedad dolosa e injustificada en detrimento del acreditado producto antedicho, así como del buen nombre y el sólido prestigio en el mercado de sus distribuidores, la firma TresAbejas de Nairobi. En caso de producirse tal eventualidad, tenemos claras instrucciones de emprender acciones legales de manera enérgica y sin previa consulta a nuestros clientes.

Atentamente...

—Mi querido amigo, ¿tienes un momento?

Habla Tim Donohue. El «querido amigo» no es otro que Justin, en cuya memoria se reproduce la escena. La partida de Monopoly se ha suspendido temporalmente mientras los hijos de los Woodrow, ya con retraso, se marchan a toda prisa a su clase de kárate y Gloria va en busca de bebida a la cocina. Woodrow, malhumorado, ha decidido irse a la embajada. Por tanto, Justin y Tim están solos, cabeza con cabeza, sentados a la mesa del jardín, ante millones de libras de imitación.

—¿No te molesta si piso en tierra sagrada por el bien de intereses superiores? —pregunta Donohue con una voz baja y controlada que no llega más allá de donde está previsto.

—Si es necesario...

—Es necesario. Se trata de ese indecoroso enfrentamiento, amigo mío. El que mantenía tu recientemente fallecida esposa con Kenny K. Acosándolo en su finca, al pobre hombre. Llamándolo por teléfono a horas intempestivas. Dejándole cartas descorteses en su club.

—No sé de qué me hablas.

—Claro que no. De momento no es un buen tema de conversación para ir comentándolo por los pasillos. En especial por lo que se refiere a la policía. Corre un tupido velo, ese es nuestro consejo. No es pertinente. Son tiempos difíciles para todos nosotros. Incluido Kenny. —Su voz subió de volumen—. Lo sobrellevas con una dignidad extraordinaria. Uno no puede menos que sentir una admiración infinita por él, ¿no estás de acuerdo, Gloria?

—Es un verdadero superhombre, ¿eh que sí, Justin, cariño? —confirma Gloria mientras coloca en la mesa la bandeja con vasos de gin-tonic.

Nuestro consejo, recuerda Justin, mirando aún las cartas de los abogados. No de él. De ellos.

Copia en papel de un mensaje de correo electrónico de Tessa a Ham:

> Primo mío, alma de Dios. Mi infiltrada en BBB asegura que el cacao económico es mucho peor de lo que quieren admitir. Según dice, corren rumores internos de que Kenny K. está planteándose hipotecar la parte no farmacéutica del negocio a un turbio cártel sudamericano con sede en Bogotá. Pregunta: ¿puede organizar la venta de media compañía sin comunicárselo a los accionistas con antelación? Sé aún menos derecho mercantil que tú, que ya es decir. Dilucídalo, o si no... Besos, Tess.

Pero Ham, fuera o no capaz, no tuvo tiempo de dilucidarlo, ni inmediatamente ni más tarde, y tampoco Justin. Oyendo el traqueteo de un coche viejo en el camino de acceso a la villa, seguido de estridentes golpes en la puerta, Justin se levantó de un salto y escudriñó por la mirilla instalada para la vigilancia de los presos, encontrándose justo enfrente el rostro bien alimentado del padre Emilio Dell'Oro, el párroco, sus facciones dispuestas en un gesto de compasiva preocupación. Justin le abrió la puerta.

—Pero ¿qué hace, *signor* Justin? —exclamó el sacerdote con su operístico vozarrón a la vez que lo abrazaba—. ¿Por qué he de enterarme por Mario, el taxista, de que el marido de la *signora*, enloquecido por la pena, se ha encerrado en la villa y se hace pasar por sueco? Por el amor de Dios, ¿para qué está un sacerdote si no es el compañero de quienes sufren, un padre para el hijo afligido?

Justin masculló algo en el sentido de que necesitaba soledad.

—¡Pero si está trabajando! —dijo el párroco, observando por encima del hombro de Justin las pilas de papeles repartidas por el lagar—. ¡Aun ahora, en los momentos de dolor, sirve a su patria! ¡No es extraño que los ingleses forjaran un imperio mayor que el de Napoleón!

Justin hizo un vacuo comentario sobre el interminable trabajo del diplomático.

—Como el de un sacerdote, hijo mío, como el de un sacerdote. Por cada alma que acude a Dios, hay un centenar que lo eluden. —Se acercó un poco más—. Pero la *signora* era creyente, señor Justin. Como lo era también su madre la *dottoressa*, aunque no lo reconocieran. Con tanto amor por el prójimo, ¿cómo podían cerrar los oídos a Dios?

Justin se las arregló de algún modo para alejar al sacerdote de la puerta del lagar, lo invitó a tomar asiento en el salón de la helada villa y, bajo los desconchados frescos de querubines sexualmente precoces, le sirvió una copa, y luego otra, del vino de los Manzini mientras tomaba él la suya. Por alguna razón, escuchó las palabras de consuelo del buen párroco, fundadas en la plena certeza de que Tessa estaba en el seno de Dios, y luego accedió sin reparos a la celebración de una misa conmemorativa por el alma de Tessa en el día de su onomástica, así como a la entrega de un generoso donativo para el fondo de restauración de la iglesia y otro para la conservación del magnífico castillo de la isla, una de las joyas de la Italia medieval, que, según los informes de doctos arqueólogos y peritos, está a punto de desmoronarse a menos que, Dios mediante, se refuercen los cimientos y paredes... Cuando acompañó al buen hombre a su coche, Justin, por no entretenerlo, aceptó pasivamente su bendición antes de correr de nuevo al lado de Tessa.

Ella lo esperaba con los brazos cruzados.

«Me niego a creer en la existencia de un Dios que permite el sufrimiento de niños inocentes.»

—¿Por qué nos casamos por la Iglesia, pues?

«Para ablandar Su corazón.»

MALA PUTA. DEJA DE MAMÁRSELA
A ESE MÉDICO NEGRO. VUELVE CON
EL PATÉTICO EUNUCO QUE TIENES
POR MARIDO Y PÓRTATE CON DECENCIA.
APARTA TU ASQUEROSA NARIZ DE NUESTROS
ASUNTOS YA MISMO. SI NO, DATE POR
MUERTA, Y ESTO TÓMALO COMO
UNA PROMESA SOLEMNE.

La hoja de papel mecanográfico corriente que sostenía en sus manos temblorosas no pretendía ablandar el corazón de nadie. El mensaje estaba escrito a máquina en gruesas mayúsculas negras de más de un centímetro de altura. No incluía firma, como cabía esperar. La ortografía era impecable, contra lo que cabía esperar. Y el impacto en Justin fue tan violento, tan acusador, tan exasperante, que por unos horribles segundos perdió los estribos con ella por completo.

¿Por qué no me lo dijiste? ¿Por qué no me lo enseñaste? Era tu marido, tu supuesto protector, tu hombre, tu media naranja.

Me rindo. Renuncio. Recibes una amenaza de muerte, en tu propio buzón. La coges. La lees... una vez. ¡Uf! Luego, si eres como yo, la mantienes a distancia por lo abyecta que es, porque produce tal repugnancia física que no quieres acercártela a la cara. Pero la lees otra vez. Y otra. Hasta aprendértela de memoria. Como yo.

¿Y qué haces después? ¿Telefonearme? «Cariño, ha ocurrido algo muy desagradable. Tienes que venir a casa de inmediato.» ¿Corres al coche? ¿Conduces como un taxista loco hasta la embajada, agitas la carta ante mí, me obligas a ir al despacho de Porter? ¡Qué va! Ni por asomo. Como de costumbre, tu orgullo es lo primero. No me enseñas la carta, no me cuentas nada al respecto, no la quemas. La guardas en secreto. La clasificas como material reservado y la archivas. En el fondo de un cajón de tu escritorio de acceso prohibido. Si yo hiciera eso, te reirías de mí, y sin embargo es exactamente lo que tú haces: lo archivas entre tus papeles y mantienes al respecto lo que en mí, burlándote, calificarías de «discreción aristocrática». Pero lo que me gustaría saber es cómo vives contigo misma después de esto, cómo vives conmigo. Sabe Dios cómo convives con la amenaza, pero eso es asunto tuyo. Así que gracias. Muchas gracias. Gracias por llegar al colmo del apartheid conyugal. Bravo. Y gracias una vez más.

La ira lo abandonó con la misma rapidez con que se había apoderado de él, dando paso a una angustiosa sensación de vergüenza y remordimiento. No podías soportarlo, ¿verdad? No podías soportar la idea de enseñar a alguien esa carta. De provocar un cataclismo que serías incapaz de controlar. La alusión a Bluhm, la alusión a mí. Era demasiado. Querías protegernos. A todos. Por supuesto. ¿Se lo dijiste a Arnold? Claro que no. Hubiera intentado disuadirte de seguir adelante.

Justin se apartó de este benévolo razonamiento.

Demasiado almibarado. Tessa era mucho más dura. Y cuando montaba en cólera, también más virulenta.

Piensa como un abogado. Piensa con frío pragmatismo. Piensa como una mujer joven y dura, aprestándose a caer sobre su presa.

Tessa sabía que estaba acercándose a la verdad. Esa amenaza de muerte lo confirmaba. Uno no envía amenazas de muerte a una persona si no se siente a su vez amenazado por ella.

Quejarse de juego sucio en ese punto equivalía a ponerse en manos de las autoridades. Las británicas no servían de nada. No tenían atribuciones ni jurisdicción. La única opción era mostrar la carta a las autoridades kenianas.

Pero Tessa no confiaba en las autoridades kenianas. A menudo expresaba su convicción de que los tentáculos del imperio de Moi llegaban a todos los rincones de la vida en Kenia. Para bien o para mal, Tessa había depositado su confianza —al igual que su lealtad conyugal— en los británicos, y prueba de ello era su cita secreta con Woodrow.

En cuanto acudiera a la policía keniana, tendría que proporcionar una lista de enemigos, reales y potenciales. Su investigación para descubrir el gran crimen quedaría interrumpida. Se vería obligada a suspender la cacería. Y no estaba dispuesta a hacerlo. Para ella, el gran crimen era más importante que su propia vida.

Para mí también lo será, pues. Más importante que *mi* vida.

Mientras Justin se esfuerza por recobrar el equilibrio, atrae su atención un sobre con la dirección escrita a mano que en una vida anterior extrajo precipitadamente del mismo cajón central del escritorio de Tessa en que encontró la caja vacía de Dypraxa. La letra del sobre le resulta vagamente familiar pero todavía no la reconoce. El sobre está abierto. Contiene una única hoja azul del Almacén Central de Suministros y Material de Oficina de Su Majestad. La caligrafía revela gran agitación, el texto se ha redactado con premura y pasión.

> Mi querida Tessa, a quien amo y amaré más que a nadie en el mundo:
>
> Mientras escribo, esta es mi única convicción absoluta, lo único que conozco de mí mismo. Hoy me has tratado muy mal, pero no tan mal como yo a ti. Por mi boca y por la tuya hablaban quienes no debían. Te adoro y deseo de tal modo que apenas puedo soportarlo. Yo estoy dispuesto si tú lo estás. Mandemos al diablo nuestros ridículos matrimonios y huyamos a donde tú quieras, en cuanto tú quieras. Si es al fin del mundo, tanto mejor. Te quiero, te quiero y te quiero.

Pero esta carta sí incluye la firma, escrita con toda claridad en letras de tamaño comparable a las mayúsculas de la amenaza de muerte: Sandy. Me llamo Sandy, dice, y puedes anunciarlo a los cuatro vientos.

Constan asimismo la fecha y la hora. Aun dominado por un gran amor, Sandy Woodrow continúa siendo un hombre meticuloso.

12

Justin, el marido engañado, permanece inmóvil a la luz de la luna, contemplando con expresión severa el horizonte plateado del mar y respirando hondo el aire frío de la noche. Tiene la sensación de haber inhalado algo nauseabundo y necesita limpiarse los pulmones. «La fuerza de Sandy reside en su debilidad», me dijiste una vez. «Sandy se engaña primero a sí mismo y luego nos engaña a todos los demás... Sandy es el cobarde que busca protección en los grandes gestos y las grandes palabras porque solo eso le basta para sentirse protegido.»

Y si lo sabías, ¿por qué demonios provocaste una situación así?, preguntó Justin, al mar, al cielo, al recio viento de la noche.

«Yo no la provoqué», contestó ella con serenidad. «Sandy interpretó mis coqueteos como una promesa, del mismo modo que interpretó tus buenos modales como una señal de debilidad.»

Sin embargo, casi como si se diera un lujo, Justin se permite un momento de flaqueza, como los que a veces se ha permitido respecto a Arnold. Pero algo bulle en su memoria. Algo que leyó ayer, por la noche, o la noche anterior. Pero ¿qué era? Un texto en papel de impresora, de Tessa a Ham. Un largo mensaje, a primera vista un poco demasiado íntimo para el ánimo de Justin, así que lo dejó en una carpeta destinada a enigmas por resolver cuando reúna fuerzas para afrontarlos. Regresando al lagar, desentierra la hoja y mira la fecha.

Copia en papel de un mensaje de correo electrónico de Tessa a Ham, fechado exactamente once horas después de que Woodrow, infringiendo las normas del servicio diplomático en lo referente al uso de papel oficial, declarase su pasión por la esposa de un colega en una hoja azul del Almacén Central de Suministros y Material de Oficina de Su Majestad:

> Ya no soy una niña, Ham, y es hora de que deje de lado las cosas propias de niñas, pero ¿qué niña las deja, aun estando embarazada? Y ahora me he tropezado con un superbaboso de mucho cuidado que está loco por mí. El problema es que Arnold y yo por fin hemos encontrado oro o, para ser más exactos, auténtico excremento de la especie más repugnante, y necesitamos desesperadamente que dicho baboso hable en nuestro nombre en los pasillos del poder, que es el único camino que puedo permitirme si he de ser la esposa de Justin y la leal súbdita británica que aspiro a ser. ¿Acaso te oigo decir que sigo siendo la misma arpía despiadada que disfruta teniendo a los hombres en un puño, aunque sean unos megababosos? Pues no lo digas, Ham. No lo digas aun si es verdad. Cierra la boca. Porque tengo promesas que cumplir, y también tú, cielo. Y necesito que continúes apoyándome como el amigo encantador y adorable que eres, y me digas que en realidad soy una buena chica, porque lo soy. Y si no me lo dices, te daré el beso más húmedo que te he dado desde el día en que te tiré al Rubicón con tu traje de marinero. Te quiero. *Ciao*. Tess.
>
> P.D.: Ghita dice que soy una absoluta furcia, pero, con

ese acento suyo, pronuncia mal la palabra, y queda en «fusia», como una fucsia que ha perdido la C.

Un abrazo, Tess (fusia).

La acusada es declarada inocente de todos los cargos, dijo Justin a Tessa. Y yo, como de costumbre, tengo motivos para avergonzarme de mí mismo.

Místicamente calmado, Justin reemprendió su confuso viaje.

Fragmento del informe conjunto de Rob y Lesley para el comisario Frank Gridley, División de Delitos Mayores en Territorio Extranjero, Scotland Yard, sobre la tercera sesión del interrogatorio a Woodrow, Alexander Henry, jefe de cancillería, embajada británica, Nairobi:

Haciéndose eco con insistencia de lo que, según afirma, es la opinión de sir Bernard Pellegrin, director para asuntos africanos del Foreign Office, el sujeto declara que proseguir las investigaciones en la dirección apuntada por el memorándum de Tessa Quayle pondría en peligro innecesariamente las relaciones entre el gobierno de Su Majestad y la República de Kenia y sería perjudicial para los intereses económicos del Reino Unido... Aduciendo razones de seguridad, el sujeto rehúsa divulgar el contenido de dicho memorándum... El sujeto niega conocer la existencia de un innovador fármaco comercializado en la actualidad por la firma TresAbejas... El sujeto nos informa de que, para tener acceso al memorándum de Tessa Quayle, debemos dirigir nuestra solicitud a sir Bernard personalmente, en el supuesto de que dicho documento aún exista, cosa que el sujeto pone en duda. El sujeto describe a Tessa Quayle como una mujer agotada e histérica, mentalmente inestable respecto a asuntos relacionados con su labor humanitaria. Interpretamos este juicio como una manera fácil de restar importancia al memorándum. Recomendamos, pues, que se tramite lo antes posible una solicitud oficial al Foreign Office para que facilite una copia de todos los documentos entregados al sujeto por la difunta Tessa Quayle.

Nota al margen en rojo, firmada por F. Gridley, comisario: SIR B. PELLEGRIN YA CONSULTADO. SOLICITUD DENEGADA POR RAZONES DE SEGURIDAD NACIONAL.

Fragmentos de eruditas publicaciones médicas más o menos abstrusos alabando, en términos oportunamente tangenciales, las extraordinarias virtudes del innovador fármaco conocido como Dypraxa, su «ausencia de mutagenicidad» y su «prolongada vida media en las ratas».

Fragmento del *Haiti Journal of Health Sciences*, expresando moderadas reservas sobre la Dypraxa, firmado por un médico paquistaní que había llevado a cabo ensayos clínicos con el fármaco en un hospital haitiano dedicado a la investigación. Las palabras «potencialmente tóxico» subrayadas en rojo por Tessa: riesgo de insuficiencia hepática, hemorragias internas, vértigos, lesiones en el nervio óptico.

Fragmento del número siguiente de la misma revista, en la que una serie de eminencias de la medicina con impresionantes iniciales y títulos académicos contraponen su enérgica respuesta, basada en la observación de trescientos casos. El mismo artículo acusa al pobre paquistaní de «tendencioso» e «irresponsable para con sus pacientes» y echa sobre su cabeza toda clase de maldiciones.

(Nota de Tessa escrita a mano: Todos y cada uno de estos objetivos líderes de opinión tienen contrato con KVH, siendo su bien remunerada misión localizar prometedores proyectos de investigación en el campo de la biotecnología en cualquier lugar del mundo.)

Fragmento de un libro titulado *Pruebas clínicas*, de Stuart Pocock, copiado a mano por Tessa, que era su método preferido para memorizar textos. Algunas frases subrayadas en rojo, en contraste con el sobrio estilo del autor:

> Se observa una tendencia entre los estudiantes, y de hecho entre muchos profesionales de la medicina, a tratar la literatura médica con excesivo respeto. Destacadas publicaciones tales como *Lancet* y *New England Journal of Medicine* nos presentan supuestamente nuevos datos médicos que no admiten disputa. Tan cándida fe en los «evangelios clínicos» viene quizá fomentada por el estilo dogmático que adoptan muchos autores, sin prestar la debida atención a las incertidumbres inherentes a todo proyecto de investigación...

(Nota de Tessa: Los laboratorios cuelan artículos continuamente, incluso en las revistas consideradas serias.)

> En cuanto a las charlas en congresos científicos y la publicidad de las compañías farmacéuticas, uno ha de ser aún más escéptico... aquí las oportunidades de parcialidad son enormes...

(Nota de Tessa: Según Arnold, los grandes laboratorios destinan millones y millones a comprar los servicios de científicos y médicos para que difundan sus productos. Birgit informa de que KVH donó recientemente cincuenta millones de dólares a un importante hospital universitario de Estados Unidos, más los salarios y gastos de tres especialistas de alto nivel y seis ayudantes de investigación. En el mundo académico la corrupción es aún más fácil: cátedras, laboratorios biotecnológicos, fondos para investigación, etcétera. «Cada día cuesta más encontrar una opinión científica libre de pago.» Cita de Arnold.)

Más de Stuart Pocock:

> ... siempre existe el riesgo de que se persuada a los autores para que hagan más hincapié en las conclusiones positivas del que en principio estaría justificado.

(Nota de Tessa: A diferencia del resto de la prensa, las revistas farmacológicas son poco aficionadas a publicar malas noticias.)

> ... Aun en el caso de que elaboren un informe de sus conclusiones negativas, es muy probable que este aparezca en una oscura publicación especializada y no en las principales publicaciones de carácter más general... por consiguiente, esta refutación negativa del informe positivo previo no será accesible a un público tan amplio.
>
> ... Muchas de las pruebas se llevan a cabo sin seguir unas pautas básicas que garanticen la valoración imparcial de la terapia.

(Nota de Tessa: Su finalidad es corroborar algo, no cuestionarlo, y por tanto en el mejor de los casos no sirven de nada.)

> De vez en cuando, los autores adornan intencionadamente los datos para demostrar un aspecto positivo...

(Nota de Tessa: Se los inventan directamente.)

Fragmento de un artículo del *Sunday Times* de Londres bajo el titular: «Empresa farmacéutica pone en peligro la vida de muchos pacientes con sus ensayos clínicos en hospitales». Muy anotado y subrayado por Tessa, y posiblemente enviado por fax o en fotocopia a Arnold Bluhm, ya que incluía el siguiente encabezamiento a mano: «Arnie, ¿has visto esto?».

Centenares de pacientes estuvieron en peligro de contraer infecciones potencialmente mortales porque una de las mayores compañías farmacéuticas del mundo ocultó información esencial en materia de seguridad a seis hospitales al iniciarse los ensayos clínicos de uno de sus fármacos a nivel nacional.

En Gran Bretaña, alrededor de 650 personas fueron sometidas a intervenciones quirúrgicas en el experimento organizado por Bayer, el gigante alemán de la industria farmacéutica, pese a que la compañía había realizado estudios que demostraban considerables interacciones entre su nuevo medicamento y otros fármacos, limitando notablemente la capacidad de estos para combatir las bacterias.

Los resultados de esa investigación previa, obtenidos ahora por el *Sunday Times,* no fueron revelados a los hospitales participantes en el estudio.

Como consecuencia del ensayo sobre cuyas deficiencias no se ha informado a los pacientes ni a sus familias en ningún momento, casi la mitad de las personas operadas en un centro de Southampton contrajeron diversas infecciones que pudieron costarles la vida.

Bayer se negó a facilitar las cifras globales de infecciones postoperatorias y muertes, aduciendo que dichos datos eran aún confidenciales.

«Antes de iniciarse, el estudio fue aprobado por las autoridades reguladoras competentes y todas las comisiones de control ético nacionales», declaró un portavoz.

Un anuncio a todo color y toda plana arrancado de una popular revista africana, con el titular: ¡CREO EN LOS MILAGROS! En el centro de la imagen, una joven y bonita madre africana con una blusa blanca escotada y una falda larga, mostrando una amplia sonrisa. El feliz bebé está en su regazo de medio lado, tocándole el pecho con una mano. Los felices hermanos y hermanas del recién nacido se apiñan alrededor, y el apuesto padre se yergue sobre todos ellos. Todos, incluida la madre, admiran ostensiblemente al saludable niño que ella tiene en su regazo. Al pie de la página se lee: ¡TRESABEJAS TAMBIÉN CREE EN LOS MILAGROS! Un globo encierra unas palabras procedentes de la boca de la joven y bonita madre: «Cuando me dijeron que mi hijo tenía tuberculosis, recé. Cuando mi médico de cabecera me habló de la Dypraxa, supe que Dios había escuchado mis plegarias».

Justin vuelve al expediente policial.

Fragmento del interrogatorio de los agentes a Pearson, Ghita Janet, miembro contratado de la cancillería, embajada británica, Nairobi:

> Interrogamos a la sujeto en tres sesiones de nueve, cincuenta y cuatro y noventa minutos respectivamente. A petición de la sujeto, el interrogatorio se desarrolló en terreno neutral (la casa de una amiga) con la máxima discreción. La sujeto, de veinticuatro años de edad, es de origen anglo-hindú, educada en colegios religiosos del Reino Unido (católicos), hija adoptiva de un matrimonio de profesionales liberales (abogado y médica), ambos católicos practicantes. La sujeto es licenciada por la Universidad de Exeter (especializada en cultura inglesa, norteamericana y de los países de la Commonwealth), de evidente inteligencia y muy nerviosa. Nuestra impresión fue que, además de estar consternada, tenía mucho miedo. Entre otras cosas, la sujeto hizo varias declaraciones de las que se retractó posteriormente, p. ej., «Tessa fue asesinada para que no hablara»; p. ej., «Cualquiera que se enfrente con la industria farmacéutica puede acabar degollado»; p. ej., «Algunas empresas farma-

céuticas son traficantes de armas disfrazados». Al exigirle explicaciones al respecto, se negó a corroborar sus palabras y solicitó que no constaran en acta. Por otra parte, descartó la posibilidad de que Bluhm fuera el autor de los asesinatos de Turkana. Bluhm y Tessa Quayle, dijo, no eran «una sola cosa» pero eran «las dos mejores personas del mundo» y simplemente estaban rodeados de «gente mal pensada».

Interrogada posteriormente sobre el mismo tema, la sujeto declaró que estaba obligada a guardar silencio primero por la Ley de Secretos Oficiales, y más tarde por un juramento de confidencialidad a la fallecida. En nuestra tercera y última sesión, adoptamos una actitud más hostil con la sujeto, haciéndole notar que, ocultando información, podía estar encubriendo a los asesinos de Tessa y obstaculizando la búsqueda de Bluhm. Adjuntamos transcripciones abreviadas en los apéndices A y B. La sujeto ha leído esta transcripción, pero se niega a firmarla.

APÉNDICE A

P. ¿Acompañaste a Tessa Quayle en alguna de sus expediciones de campo?

R. Los fines de semana y en mi tiempo libre acompañé a Arnold y Tessa en varias visitas al barrio de Kibera y las aldeas del norte de Nairobi para prestar ayuda en los dispensarios y presenciar la administración de medicamentos. Ese es el cometido de la oenegé de Arnold. Algunos de los medicamentos que Arnold examinó habían caducado hacía tiempo y se habían desestabilizado, aunque podían ser eficaces en cierta medida. Otros no servían para las enfermedades que supuestamente debían curar. También pudimos constatar aquí un fenómeno corriente en otras partes de África, concretamente el hecho de que las indicaciones y contraindicaciones de algunos prospectos se habían reescrito para el mercado del tercer mundo a fin de ampliar el uso del medicamento a aplicaciones no autorizadas en los países desarrollados, por ejemplo, un calmante utilizado en Europa para proporcionar alivio en casos de cáncer terminal se ofrecía aquí como tratamiento para los dolores menstruales y las molestias menores en las articulaciones. Además, no se informaba de las contraindicaciones. Observamos asimismo que incluso cuando los médicos africanos hacían un diagnóstico correcto, recetaban por rutina medicamentos inadecuados debido a la falta de instrucciones precisas.

P. ¿Era TresAbejas uno de los distribuidores afectados?

R. Todo el mundo sabe que África es el cubo de la basura al que van a parar los fármacos de Occidente, y TresAbejas es uno de los principales distribuidores de productos farmacéuticos en África.

P. ¿Y era TresAbejas uno de los afectados en este caso en particular?

R. En algunos casos TresAbejas era el distribuidor.

P. ¿El distribuidor culpable?

R. Así es.

P. ¿En cuántos casos? ¿En qué proporción?

R. *(Tras muchos rodeos.)* En todos.

P. Repítenoslo, por favor. ¿Estás diciendo que TresAbejas era el distribuidor de todos los productos defectuosos que detectasteis?

R. Pienso que no deberíamos hablar así cuando cabe la posibilidad de que Arnold siga vivo.

APÉNDICE B

P. Por lo que recuerdas, ¿había algún producto en concreto que Arnold y Tessa cuestionaran con especial insistencia?

R. Esto no puede traer buenas consecuencias. En absoluto.

P. Ghita, intentamos comprender por qué fue asesinada Tessa y por qué crees que hablando de estos asuntos ponemos a Arnold en un peligro aún mayor.

R. Estaba por todas partes.

P. ¿*Qué* estaba por todas partes? ¿Por qué lloras, Ghita?

R. Estaba matando gente. En las aldeas. En los suburbios. Arnold no tenía la menor duda. Era un buen medicamento, decía. Con cinco años más de desarrollo, probablemente lo perfeccionarían. No podía discutirse la validez del fármaco. Era un tratamiento a corto plazo, barato y fácil de administrar. Pero se habían precipitado. Los ensayos se habían proyectado selectivamente. No cubrían todos los posibles efectos secundarios. Habían realizado pruebas con perros, conejos, monos y ratas embarazadas, y no se habían observado problemas. Cuando lo experimentaron con humanos..., sí, daba problemas, pero eso siempre ocurre. Esa es la franja de indefinición de la que se aprovechan los laboratorios. Depende de las estadísticas, y las estadísticas pueden demostrar lo que a uno más le convenga. En opinión de Arnold, se habían propuesto a toda costa sacar el producto al mercado antes que la competencia. Hay tantas normas y normativas que parece mentira que algo así sea posible, pero Arnold decía que pasaba muy a menudo. Las cosas presentan un determinado aspecto cuando uno ocupa un elegante despacho de las Naciones Unidas en Ginebra, y otro muy distinto cuando trabajas sobre el terreno.

P. ¿Qué laboratorio lo producía?

R. En serio, no quiero seguir con esto.

P. ¿Cómo se llamaba ese medicamento?

R. ¿Por qué no lo probaron más? La gente de Kenia no tiene ninguna culpa. Un país tercermundista no puede permitirse hacer preguntas. Ha de aceptar lo que le dan.

P. ¿Era la Dypraxa?

R. *(Ininteligible.)*

P. Por favor, Ghita, cálmate y contesta. ¿Cómo se llama el medicamento, qué es y quién lo produce?

R. En África se concentra el ochenta por ciento de los

casos de sida de todo el mundo, ¿lo sabíais? ¿Cuántos de esos enfermos tienen acceso a tratamiento? ¡Un uno por ciento! No es ya un problema humano. Es un problema económico. Los hombres no pueden trabajar. Las mujeres no pueden trabajar. Es una enfermedad heterosexual, y por eso deja tantos huérfanos. No pueden dar de comer a sus familias. No se hace nada al respecto. Sencillamente mueren.

P. ¿Hablamos de un medicamento contra el sida, pues?

R. ¡No quiero tratar el tema mientras Arnold siga vivo!... Está relacionado. Cuando se detecta una tuberculosis, la sospecha es que detrás está el sida... No siempre, pero sí normalmente... Eso decía Arnold.

P. ¿Padecía Wanza los efectos de ese fármaco?

R. *(Ininteligible.)*

P. ¿Murió Wanza como consecuencia de ese fármaco?

R. ¡No quiero contestar mientras Arnold siga vivo!... Sí. Dypraxa. Ahora marchaos.

P. ¿Por qué se dirigían al yacimiento de Leakey?

R. ¡No lo sé! ¡Marchaos!

P. Aparte de los talleres de concienciación para mujeres, ¿qué otros motivos había para ese viaje a Lokichoggio?

R. ¡Ninguno! ¡Basta ya!

P. ¿Quién es Lorbeer?

R. *(Ininteligible.)*

RECOMENDACIÓN

Que se solicite formalmente a la embajada protección para la testigo a cambio de una declaración completa. Debería garantizársele que cualquier información que proporcione acerca de las actividades de Bluhm y la fallecida no se utilizará de modo tal que pueda poner en peligro a Bluhm, suponiendo que esté vivo.

RECOMENDACIÓN RECHAZADA POR RAZONES DE SEGURIDAD.

F. GRIDLEY (comisario)

Justin, con el mentón apoyado en la mano, mantenía la mirada fija en la pared. Recuerdos de Ghita, la segunda mujer más hermosa de Nairobi. Autoproclamada discípula de Tessa cuyo único sueño es inculcar a un mundo perverso los más elementales principios morales. «Ghita es como yo sin el lado malo», se complacía en decir Tessa.

Ghita la última inocente y Tessa en avanzado estado de gestación, las dos juntas cabeza con cabeza ante un té verde, resolviendo los problemas del mundo en el jardín de Nairobi mientras Justin, el escéptico absurdamente feliz y futuro padre con un sombrero de paja, recorta, deshierba y poda de arriate en arriate, atando y regando y haciendo su papel de inglés de mediana edad y condenado idiota.

—Cuidado con los pies, Justin —le gritaban con inquietud, previniéndole contra las hormigas viajeras, que salían en columna de debajo de la tierra después de llover y eran capaces de matar a un perro o un niño pequeño por la pura fuerza de su sentido estratégico y su cantidad. En la etapa final del embarazo, Tessa temía que las hormigas viajeras confundieran sus riegos con un aguacero impropio de la estación.

Ghita vivía permanentemente escandalizada por todo y todos, desde los católicos que se oponían al control de la natalidad en el tercer mundo y quemaban preservativos efusivamente en el estadio de Nyayo, hasta las compañías tabaqueras de Estados Unidos que añadían alguna sustancia al tabaco para crear adicción en los niños, pasando por los señores de la guerra somalíes que lanzaban bombas de racimo sobre aldeas indefensas y la industria armamentista que fabricaba las bombas de racimo.

—¿Quiénes son esas personas, Tessa? —susurraba con total seriedad—. Dime, ¿qué clase de mentalidad es esa? ¿Hablamos acaso del pecado original? Si quieres saber mi opinión, es mucho peor que eso. A mi modo de ver, el pecado original conlleva cierta idea de inocencia. Pero ¿dónde ha quedado hoy en día la inocencia, Tessa?

Y si Arnold se dejaba caer por allí, como ocurría con frecuencia los fines de semana, la conversación tomaba un rumbo mucho más específico. Juntaban sus tres cabezas, se tensaban sus semblantes, y si Justin, en una travesura, regaba peligrosamente cerca, pasaban a hablar de obvias trivialidades hasta que se iba a un arriate más alejado.

Informe de los agentes de policía sobre su reunión con representantes de la firma TresAbejas, Nairobi:

> Habíamos pedido una entrevista con sir Kenneth Curtiss, y se nos había dado a entender que nos recibiría. Al llegar a la sede de TresAbejas nos comunicaron que sir Kenneth había sido convocado a una audiencia con el presidente Moi, tras la cual había tenido que viajar a Basilea para sostener unas conversaciones sobre la política de la compañía con Karel Vita Hudson (KVH). Nos sugirieron entonces que planteásemos nuestras preguntas a la directora comercial de la sección farmacéutica, una tal señora Y. Rampuri. Resultó que la señora Rampuri atendía en esos momentos un asunto familiar y no estaba disponible. Nos aconsejaron entonces que solicitáramos una entrevista con sir Kenneth o la señora Rampuri en una fecha posterior. Cuando les explicamos nuestras limitaciones de tiempo, nos propusieron una entrevista con algún «alto ejecutivo», y finalmente, tras una hora de espera, nos recibieron la señora V. Eber y el señor D. J. Crick, ambos del servicio de atención al cliente. También asistió a la reunión un tal señor P. R. Oakey, que se presentó como «un abogado para las operaciones de la compañía en Londres que casualmente visitaba Nairobi por otras cuestiones».

La señora Vivian Eber es una mujer africana, alta y atractiva, de poco menos de treinta años, licenciada en ciencias empresariales por una universidad estadounidense.

El señor Crick, natural de Belfast, tiene aproximadamente la misma edad, un físico imponente y un ligero acento norirlandés.

Posteriores indagaciones han revelado que el señor Oakey, el abogado de Londres, es el mismísimo Percy Ranelagh Oakey, distinguido abogado del bufete Oakey, Oakey & Farmeloe. El señor Oakey se ha ocupado recientemente, y con notable éxito, de la defensa de varias grandes empresas farmacéuticas —entre ellas, KVH— ante demandas colectivas por daños y perjuicios. En su momento no se nos informó de eso.

Véase Apéndice para más detalles sobre D. J. Crick.

RESUMEN DE LA REUNIÓN

1. Disculpas en nombre de sir Kenneth K. Curtiss y la señora Y. Rampuri.

2. Expresiones de condolencia de parte de BBB (Crick) por la muerte de Tessa Quayle y muestras de preocupación por la suerte del doctor Arnold Bluhm.

BBB (Crick): Este condenado país se pone cada día más horripilante. El asunto de la señora Quayle..., eso es espantoso. Era una mujer refinada que se había ganado a pulso una gran reputación en la ciudad. ¿En qué podemos ayudarles, agentes? Estamos a su entera disposición. El jefe les manda saludos y quiere que colaboremos en todo lo posible. Siente un gran respeto por la policía británica.

Agente: Tenemos entendido que Arnold Bluhm y Tessa Quayle presentaron diversas quejas a esta empresa con relación a un nuevo fármaco para el tratamiento de la tuberculosis, llamado Dypraxa, que ustedes comercializan.

BBB (Crick): ¿Ah, sí? Tendríamos que consultarlo. El hecho es que la señora Eber se ocupa más bien de las relaciones públicas y a mí me han trasladado aquí temporalmente en espera de una reestructuración de la compañía. Según la teoría del jefe, tener a alguien cruzado de brazos es tirar el dinero.

Agente: Las quejas dieron lugar a una reunión entre Tessa Quayle, Bluhm y algunos directivos de esta empresa, y nos gustaría ver el acta de esa reunión y cualquier documento relacionado con ella.

BBB (Crick): De acuerdo, Rob. No hay problema. Estamos aquí para ayudar. Pero cuando hablas de quejas a esta compañía, ¿sabes exactamente a qué sección iban dirigidas? Lo digo solo porque hay un montón de abejas en este negocio, te lo aseguro.

Agente: La señora Quayle se dirigió por carta, correo electrónico y teléfono a sir Kenneth personalmente, a su oficina particular, a la señora Rampuri y a casi todos los miembros de su consejo de administración en Nairobi. Envió por fax algunas de sus cartas y luego copias por correo. Otras las entregó en propia mano.

BBB (Crick): Vaya, estupendo. Eso nos da al menos una pista para empezar a buscar. Y tenéis copias de esa correspondencia, cabe suponer.

Agente: Por el momento, no.

BBB (Crick): Pero sabéis quién asistió a esa reunión en representación de la compañía, cabe suponer.

Agente: Dábamos por supuesto que ustedes lo sabrían.

BBB (Crick): Caramba, ¿y qué tenéis entonces?

Agente: Declaraciones verbales y por escrito de testigos que aseguran que dichas quejas fueron presentadas. La señora Quayle llegó hasta el punto de visitar a sir Kenneth en su finca la última vez que él estuvo en Nairobi.

BBB (Crick): ¿Ah, sí? Primera noticia que tengo. ¿Tenía cita con el jefe la señora Quayle?

Agente: No.

BBB (Crick): ¿Quién la invitó, pues?

Agente: Nadie. Sencillamente apareció por allí.

BBB (Crick): ¡Vaya! Una chica valiente. ¿Hasta dónde llegó?

Agente: No muy lejos, según parece, porque poco después intentó abordar a sir Kenneth aquí en sus oficinas, pero no lo consiguió.

BBB (Crick): ¡Qué barbaridad! Pero hay que entender que el jefe es una persona muy ocupada. Mucha gente quiere favores de él y son pocos los afortunados.

Agente: En este caso no se trataba de favores.

BBB (Crick): ¿De qué se trataba?

Agente: De obtener respuestas. Por lo que sabemos, la señora Quayle también presentó a sir Kenneth varios historiales clínicos donde se describían los efectos secundarios del fármaco en pacientes identificados.

BBB (Crick): Dios mío, ¿eso hizo? Bueno, bueno. No sabía que tuviera efectos secundarios. ¿Se dedica esa mujer a las ciencias, a la medicina? O se dedicaba, mejor dicho.

Agente: Era una ciudadana consciente, abogada y defensora de los derechos civiles. Y desarrollaba una intensa labor humanitaria.

BBB (Crick): Cuando dices «presentó», ¿a qué te refieres?

Agente: Los entregó en mano en este edificio, dirigidos personalmente a sir Kenneth.

BBB (Crick): ¿Le dieron un acuse de recibo?

Agente: *(Muestra el recibo.)*

BBB (Crick): Ah, bien. Recibido un paquete. La cuestión es qué había en el paquete, ¿no? En cualquier caso, tenéis copias, imagino. De esos historiales clínicos. Seguro que sí.

Agente: Nos llegarán un día de estos, prevemos.

BBB (Crick): ¿Sí? Bien, estaríamos muy interesados

en echarles un vistazo, ¿verdad, Viv? Lo digo porque la Dypraxa es en estos momentos nuestro principal producto. Nuestro buquc insignia, como lo llama el jefe. Andan por ahí muchas madres y padres y niños felices, gozando de excelente salud gracias a la Dypraxa. Así que si Tessa tenía alguna queja a ese respecto, necesitamos saber de qué se trata y tomar las medidas pertinentes. Si el jefe estuviera presente, sería el primero en decirlo. Lo que pasa es que es una de esas personas que viven a bordo de un Gulfstream. Aun así, me sorprende que le diera esquinazo a Tessa. No es propio de él. Aunque supongo que cuando uno está tan ocupado como el jefe...

BBB (Eber): En TresAbejas, Rob, seguimos unas determinadas pautas para atender las quejas de los clientes, como es lógico. Somos solo los distribuidores. Importamos, distribuimos. Siempre y cuando el gobierno de Kenia dé luz verde y los centros médicos confíen en el producto, nosotros actuamos únicamente como intermediarios, ¿entiendes? Ahí es donde termina nuestra responsabilidad. Nos asesoramos sobre las condiciones de almacenaje, naturalmente, y nos aseguramos de que las existencias se conservan a la temperatura adecuada, con el grado de humedad debido, etcétera. Pero básicamente la responsabilidad recae en el fabricante y el gobierno de Kenia.

Agente: ¿Y los ensayos clínicos? ¿No es cierto que aquí se llevan a cabo ensayos?

BBB (Crick): Pues no. Sobre ese punto, Rob, no te has informado bien, me temo. O no al menos si por ensayos clínicos entendemos un experimento de doble ciego perfectamente estructurado y en toda regla, digamos.

Agente: ¿Y cómo debemos entender los ensayos que se hacen aquí?

BBB (Crick): En cuanto un fármaco empieza a distribuirse en un país dado, por ejemplo Kenia, no sería una buena política realizar ensayos clínicos como tales. Un fármaco, una vez iniciada la distribución en un país, y contando con el total respaldo de las autoridades sanitarias locales, es lo que yo llamo un asunto zanjado.

Agente: Entonces ¿qué clase de ensayos, pruebas o experimentos realizan, si es que realizan alguno?

BBB (Crick): Oye, no me vengas con juegos de palabras, ¿quieres? Si estamos hablando del proceso de documentar la trayectoria de un fármaco, de un buen fármaco como es el caso, si aspiramos a su distribución en otro país muy importante, fuera del mercado africano, Estados Unidos por ejemplo..., ahí sí, te doy la razón, en cierto modo podemos llamar ensayos a lo que hacemos aquí. Pero solo en ese sentido. En el sentido de preparación para futuros proyectos, concretamente para el día en que TresAbejas y KVH inicien su incursión conjunta en ese interesante mercado que mencionaba. ¿Me sigues?

Agente: No del todo. Estoy esperando a oír el término «conejillo de Indias».

BBB (Crick): Lo único que quiero decir es que, siempre de la manera más provechosa para todas las partes, cada paciente es en cierta medida una prueba clínica en interés del bien común. Aquí no hay conejillos de Indias. Eso quítatelo de la cabeza.

Agente: Y por bien común debemos entender el mercado estadounidense, ¿es eso?

BBB (Crick): No me jodas. Solo digo que cada dato, cada vez que recogemos información sobre tal circunstancia o tal paciente..., todos esos resultados se almacenan y analizan detenidamente a todas horas en Seattle, en Vancouver y en Basilea para usarlos como referencia más adelante. Para obtener la validación del producto cuando pretendamos registrarlo en otro país. Para ir sobre seguro. Además, contamos con el apoyo permanente de las autoridades sanitarias de Kenia.

Agente: ¿Qué clase de apoyo? ¿La retirada de cadáveres?

P. R. Oakey: Quicro pensar que no has dicho eso, Rob, estoy seguro, y que nosotros no lo hemos oído. Doug ha sido muy claro y generoso en sus explicaciones. Quizá demasiado generoso. ¿Sí, Lesley?

Agente: ¿Y qué hacen entretanto con las quejas? ¿Las tiran a la papelera?

BBB (Crick): En la mayoría de los casos, Les, nos limitamos a enviárselas al fabricante, la firma Karel Vita Hudson. Luego, bien contestamos al reclamante con la asesoría de KVH, bien KVH opta por contestar directamente. A cada cual, lo suyo. Pero en esencia, Rob, la cosa no tiene mayor misterio. ¿Algo más? ¿Convendría quizá concertar otra entrevista para cuando dispongáis de vuestra documentación?

Agente: Solo un minuto más, ¿de acuerdo? Según nuestra información, Tessa Quayle y el doctor Arnold Bluhm vinieron aquí en persona por invitación de ustedes, por invitación de TresAbejas, para hablar de los efectos, positivos y negativos, de su producto, la Dypraxa. Asimismo, entregaron a ciertos directivos de la empresa copias de los historiales clínicos que previamente habían remitido a sir Kenneth Curtiss. ¿Está diciéndome que no queda constancia alguna de esa reunión, ni siquiera la lista de asistentes en representación de TresAbejas?

BBB (Crick): ¿Puedes precisar la fecha, Rob?

Agente: Tenemos un diario personal donde se confirma que, a sugerencia de TresAbejas, se convocó una reunión el 18 de noviembre a las once de la mañana. La cita se formalizó a través del despacho de la señora Rampuri, que ahora no está disponible, según nos han dicho.

BBB (Crick): Primera noticia, debo admitir. ¿Sabías tú algo, Viv?

BBB (Eber): No, tampoco.

BBB (Crick): ¿Y si consultamos la agenda de Yvonne?

Agente: Buena idea. Les ayudaremos.

BBB (Crick): Alto ahí, alto ahí. Antes he de pedirle permiso, como es lógico. Yvonne tiene mucho genio. No me atrevería a mirar su agenda sin su consentimiento, como tampoco miraría la tuya, Lesley.

Agente: Telefonéela. Pagaremos la llamada.

BBB (Crick): Imposible, Rob.

Agente: ¿Por qué?

BBB (Crick): Verás, Rob, Yvonne y su novio han ido a una boda por todo lo grande en Mombasa. Cuando te han dicho que «atendía un asunto familiar» se referían a ese asunto, ¿comprendes? Aquello estará ahora al rojo vivo, créeme. Así que no podremos ponernos en contacto con ella hasta el lunes, como muy pronto. No sé si has ido a alguna boda en Mombasa, pero te aseguro...

Agente: Olvidémonos de la agenda. ¿Y los documentos que le dejaron?

BBB (Crick): ¿Te refieres a los supuestos historiales clínicos?

Agente: Entre otras cosas.

BBB (Crick): Bueno, si realmente se trata de historiales clínicos en el sentido estricto del término..., estudio técnico de los síntomas, indicaciones, dosis, efectos secundarios, como te he dicho, Rob, los remitimos siempre al fabricante. Sea bien a Basilea, bien a Seattle, bien a Vancouver. Joder, Rob, sería una negligencia criminal si no acudiéramos inmediatamente a los expertos para su valoración, ¿no, Viv? Eso va más allá de la política de empresa. Diría que es la mismísima Biblia aquí en TresAbejas, ¿no?

BBB (Eber): Totalmente de acuerdo. A ese respecto no hay la menor duda, Doug. El jefe insiste en que así sea. En cuanto surge un problema, pedimos ayuda a KVH.

Agente: ¿Qué pretenden hacernos creer? Esto es ridículo. Por Dios, ¿qué pasa aquí con el papel?

BBB (Crick): Solo digo que hemos oído tu petición y organizaremos una búsqueda para ver qué aparece. Esto no es un ministerio, Rob. Ni Scotland Yard. Esto es África. Joder, no vamos todo el día marcando el paso, ¿queda claro? Tenemos cosas mejores en que emplear el tiempo...

P. R. Oakey: Me parece que deben aclararse dos puntos aquí. Quizá tres. Si se me permite plantearlos por separado, el primero es: ¿qué seguridad existe de que la reunión entre la señora Quayle, el doctor Bluhm y unos representantes de TresAbejas a la que os referís se celebró realmente?

Agente: Como ya hemos dicho, disponemos de pruebas documentales de puño y letra de Bluhm, extraídas de su diario personal, que demuestran que se concertó una reunión el 18 de noviembre a través del despacho de la señora Rampuri.

P. R. Oakey: Una cosa es que se concertara, Lesley, y otra muy distinta que se consumara. Esperemos que la señora Rampuri tenga buena memoria. Programa un gran número de reuniones, de eso podéis estar seguros. El segundo punto hace referencia al tono. Por lo que sabéis, ¿podrían haberse presentado esas supuestas quejas en un tono acusatorio? ¿Podría, por ejemplo, haber flotado en el ambiente cierto tufo de litigio? No debe hablarse mal de los muertos, pero, por lo que he oído, la señora Quayle no era una mujer que se anduviera con chiquitas, ¿me equivoco? Además, como habéis comentado, era abogada. Y el doctor Bluhm, en el ámbito farmacéutico, viene a ser como un perro guardián profesional, por lo que sé. No hablamos de personas normales y corrientes.

Agente: ¿Y qué si emplearon un tono acusatorio? Si ha muerto alguien a causa del fármaco, la gente tiene todo el derecho a usar un tono acusatorio.

P. R. Oakey: Bueno, Rob, pero obviamente si la señora Rampuri percibió en el ambiente una posible demanda, o algo peor, o si la percibió el jefe, suponiendo que en efecto recibiera ese material escrito, cosa sin duda discutible, su primer impulso habría sido enviarlo al departamento jurídico de la compañía. Que sería otro sitio donde buscar, ¿no, Doug?

Agente: Pensaba que usted era su departamento jurídico.

P. R. Oakey: *(Con humor.)* Yo soy un último recurso, Rob. No una primera opción. Cobro unos honorarios demasiado altos.

BBB (Crick): Ya nos pondremos en contacto con vosotros, Rob. Encantado de conoceros. La próxima vez organizaremos una comida. Pero os aconsejo que no os hagáis grandes ilusiones. Como os comentaba, aquí no nos pasamos el día archivando papeles. Tenemos muchas cosas entre manos, y como suele decir el jefe, TresAbejas siempre está a la que salta. Así ha llegado esta empresa al punto donde ahora se encuentra.

Agente: Nos gustaría que nos concediera unos minutos más de su tiempo, señor Crick, si no es mucha molestia. Nos interesa hablar con un caballero llamado Lorbeer, probablemente doctor Lorbeer, de origen alemán, suizo o tal vez holandés. Por desgracia, desconocemos su nombre de pila, pero nos consta que ha participado muy de cerca en la implantación de la Dypraxa aquí en África.

BBB (Crick): ¿Al servicio de quién, Lesley?

Agente: ¿Tiene eso mucha importancia?

BBB (Crick): Sí la tiene, por supuesto. Si Lorbeer es médico, como por lo visto pensáis, probablemente no trabaja para nosotros sino para el fabricante. TresAbejas no contrata médicos, ¿comprendes? Somos legos en el mercado. Vendedores. Así que, una vez más, Les, habría que dirigirse a KVH, me temo.

Agente: Oiga, ¿conoce a Lorbeer o no? No estamos en Vancouver ni en Basilea ni en Seattle. Estamos en África. Hablamos de su fármaco, su territorio. Ustedes lo importan, lo anuncian, lo distribuyen y lo venden. Estamos diciéndole que un tal Lorbeer ha tenido algo que ver con su fármaco aquí en África. ¿Ha oído hablar de Lorbeer o no?

P. R. Oakey: Creo que ya tienes la respuesta, ¿no, Rob? Pregunta al fabricante.

Agente: ¿Y qué saben de una mujer llamada Kovacs, húngara posiblemente?

BBB (Eber): ¿Médica también?

Agente: ¿Conoce el nombre de pila? Dejemos de lado la profesión. ¿Alguno de ustedes ha oído antes ese apellido, Kovacs? ¿Mujer? ¿En el contexto de la comercialización de este fármaco?

BBB (Crick): Yo que tú, Rob, consultaría la guía telefónica.

Agente: También querríamos hablar con una tal doctora Emrich...

P. R. Oakey: Da la impresión de que vuestras investigaciones no han dado mucho fruto. Lamento que no podamos seros de más utilidad. Hemos hecho todo lo que estaba en nuestras manos por vosotros, pero, según parece, no es nuestro día.

Nota añadida una semana después de esta reunión:

Pese a asegurarnos los representantes de TresAbejas que estaban realizándose las indagaciones oportunas, se nos ha informado de que de momento no han salido a la luz papeles, cartas, mensajes de correo electrónico ni faxes de Tessa Abbott o Quayle ni de Arnold Bluhm. KVH niega conocerlos, al igual que el departamento jurídico de TresAbejas en Nairobi. Todos nuestros intentos para ponernos de nuevo en contacto con Eber y Crick han sido en vano. Crick asiste «a un curso de reciclaje en Sudáfrica»; Eber ha sido «trasladada a otro departamento». Sus sustitutos aún no han sido nombrados. La señora Rampuri no está aún disponible, por hallarse «en espera de una reestructuración de la compañía».

RECOMENDACIÓN: Que Scotland Yard eleve una protesta formal a sir Kenneth K. Curtiss, exigiéndole una declaración completa respecto a las relaciones de su compañía con la fallecida y el doctor Bluhm, e instrucciones a su personal para que lleve a cabo una búsqueda exhaustiva de la agenda de la señora Rampuri y los documentos desaparecidos, y la comparecencia inmediata de la señora Rampuri para ser interrogada.

[Marcada con las iniciales del comisario Gridley, pero sin observaciones sobre las medidas tomadas ni órdenes expresas.]

APÉNDICE

Crick, Douglas (Doug) James, n. Gibraltar, 10 oct. 1970 (exfuncionario de la Oficina de Antecedentes Penales, Ministerio de Defensa y Departamento del Fiscal General del Ejército).

El sujeto es hijo ilegítimo de Crick, David Angus, Armada Real (baja deshonrosa). Crick padre cumplió once años de condena en prisión por diversos delitos, incluidos dos de homicidio. En la actualidad vive rodeado de lujos en Marbella, España.

Crick, Douglas James (el sujeto) llegó al Reino Unido procedente de Gibraltar a la edad de nueve años bajo la tutela de su padre (véase arriba), que fue detenido al bajar del avión. El sujeto pasó a la custodia del Estado. En esa época, el sujeto tuvo que comparecer en varias ocasiones ante el Tribunal Tutelar de Menores por diversos delitos, incluidos la venta de drogas, agresión con lesiones corporales graves, proxenetismo y alteración del orden público. También incurrió bajo sospecha de complicidad por la participación en el asesinato de dos jóvenes negros a manos de una banda en Nottingham (1984) pero quedó libre de cargos.

En 1989 el sujeto declaró haberse reformado y solicitó plaza en la policía. Fue rechazado, pero aparentemente se contrataron sus servicios como informante a tiempo parcial.

En 1990 el sujeto fue admitido a filas por el Ejército británico, adiestrado para las fuerzas especiales e incorporado al Servicio de Inteligencia Militar con destino en Irlanda del Norte, en misión secreta bajo el rango y autoridad de sargento. El sujeto sirvió tres años en Irlanda antes de ser degradado y dado de baja deshonrosamente. No se conocen más datos sobre su servicio.

Aunque D. J. Crick (el sujeto) se presentó a nosotros como ejecutivo de relaciones públicas de la firma TresAbejas, hasta fecha reciente era más conocido como alto responsable del departamento de seguridad y protección de la empresa. Por lo que hemos podido saber, goza de la confianza de sir Kenneth K. Curtiss, para quien ha actuado en numerosas ocasiones como guardaespaldas personal, p. ej., en las visitas de Curtiss al Golfo, Latinoamérica, Nigeria y Angola, eso solo en los últimos doce meses.

«Acosándolo en su finca, al pobre hombre», dice Tim Donohue sobre el tablero del Monopoly en el jardín de Gloria. «Llamándolo por teléfono a horas intempestivas. Dejándole cartas descorteses en su club. Corre un tupido velo, ese es nuestro consejo.»

«Matan», dice Lesley en la oscuridad del microbús en Chelsea. «Pero eso ya lo has notado.»

Con el eco de estos recuerdos aún en su mente, Justin debía de haberse dormido sobre la mesa de contaduría, porque al amanecer lo despertó el ruido de un combate aéreo entre aves de tierra adentro y gaviotas que, como advirtió tras una observación más atenta, no se produjo al amanecer sino al anochecer. Y en algún momento no mucho después de eso, lo asaltó el desánimo. Había leído todo lo que había por leer y sabía ya, si alguna vez lo había dudado, que sin el ordenador portátil veía solo una esquina del lienzo.

13

Guido esperaba ya en el umbral de su casa, equipado con un abrigo negro demasiado largo para él y una cartera de colegial que no encontraba en sus hombros sitio de donde colgarse. En una de sus manos largas y descamadas sostenía una fiambrera de hojalata con sus medicamentos y sándwiches. Eran las seis de la mañana. Los primeros rayos de sol primaveral doraban las telarañas de la herbosa pendiente. Justin acercó el todoterreno a la casa tanto como le fue posible, y la madre de Guido observó desde la ventana mientras este, rehusando la mano de Justin, se agarraba al techo del vehículo y, con un balanceo, se dejaba caer todo él, brazos, rodillas, cartera, fiambrera y faldones del abrigo, en el asiento contiguo, yendo a aterrizar bruscamente junto a Justin como un ave joven al final de su primer vuelo.

—¿Cuánto tiempo llevabas esperando? —preguntó Justin, pero Guido frunció el entrecejo como única respuesta.

«Guido es un maestro del autodiagnóstico», le recuerda Tessa, muy impresionada tras su visita al hospital pediátrico de Milán. «Si Guido se encuentra mal, llama a la enfermera. Si se encuentra muy mal, llama a la enfermera jefa. Y si cree que va a morirse, llama al médico. Y no hay nadie que no acuda a toda prisa.»

—He de estar en la puerta del colegio a las nueve menos cinco —anunció Guido, circunspecto.

—No hay problema.

Hablaban en inglés para orgullo de Guido.

—Demasiado tarde, y llego a clase sin aliento. Demasiado pronto, y todo el mundo me mira.

—Entendido —dijo Justin, y echando un vistazo al espejo advirtió que la tez de Guido presentaba un color blanco amarillento, como cuando requería una transfusión de sangre—. Y por si te interesa saberlo, trabajaremos en el lagar, no en la villa —añadió para tranquilizarlo.

Guido guardó silencio, pero cuando llegaban a la carretera de la costa, su rostro había recuperado el color. A veces tampoco yo resisto la proximidad de Tessa, pensó Justin.

La silla era demasiado baja para Guido y el taburete, demasiado alto, así que Justin, solo, fue a buscar un par de cojines a la villa. Pero cuando regresó, Guido estaba ya ante el escritorio de pino, toqueteando con toda naturalidad los componentes del ordenador portátil de Tessa: las conexiones telefónicas para el módem, los transformadores para el ordenador y la impresora, los cables del adaptador y la impresora y, por último, el propio ordenador, que manipuló con temeraria irreverencia, primero levantando la tapa y luego conectando el cable de alimentación al ordenador pero, gracias a Dios, no a la red. Con el mismo displicente aplomo, Guido apartó el módem, la impresora y el resto de cosas que no necesitaba y se acomodó en la silla, sobre los cojines.

—Adelante —dijo.

—Adelante ¿qué?

—Enciéndalo —ordenó Guido en inglés, señalando con la cabeza hacia la toma de corriente que había a sus pies—. Empecemos. —Y entregó a Justin el cable para que lo enchufara. Su pronunciación, para el hipersensible oído de Justin, había adquirido un desagradable dejo en que se fundían el acento inglés y el norteamericano.

—¿Puede pasar algo? —preguntó Justin con evidente nerviosismo.

—¿Como qué, por ejemplo?

—¿Podemos, por error, borrarlo todo o algo así?

—¿Solo por encenderlo? No.

—¿Por qué no?

Guido circunnavegó la pantalla con su mano de espantapájaros en un ademán grandilocuente.

—Todo lo que ella guardó ahí dentro, guardado está. Si no lo guardó, no lo quería, o sea que no está ahí dentro. ¿Tiene sentido o no tiene sentido?

Justin notó que se formaba una barrera de hostilidad en la parte anterior de su cabeza, que era lo que siempre le ocurría cuando alguien usaba ante él la jerga informática.

—Muy bien, pues. Si tú lo dices... Lo encenderé. —Y agachándose, insertó el enchufe en la toma con sumo cuidado—. ¿Sí?

—Venga, hombre.

De mala gana, Justin accionó el interruptor y se irguió justo a tiempo de no ver absolutamente nada en la pantalla. Se le secó la boca y sintió náuseas. Estoy cometiendo una grave equivocación. Soy una calamidad. Debería haber buscado a un experto y no a un crío. Más aún, debería haber aprendido a manejar yo mismo el condenado aparato. De pronto la pantalla se iluminó y mostró a una fila de niños africanos, saludando con la mano y sonriendo frente a un dispensario con el techo de hojalata, seguida de una vista aérea de un campo gris azulado con rectángulos y óvalos de colores.

—¿Qué es eso?

—El escritorio.

Justin miró por encima del hombro de Guido y leyó: «MI MALETÍN... ENTORNO DE RED... ACCESO DIRECTO A CONEXIONES».

—Y ahora ¿qué?

—¿Quiere ver archivos? Le enseñaré archivos. Vamos a los archivos y los lee.

—Quiero ver lo que Tessa veía. Todo aquello en lo que estaba trabajando. Quiero seguir sus pasos y leer lo que haya ahí dentro. Pensaba que lo había dejado claro.

En su estado de ansiedad, empezaba a molestarle la presencia de Guido. Quería a Tessa para él solo otra vez en la mesa de contaduría. Habría preferido que su ordenador no existiera. Guido dirigió una flecha hacia un panel situado en la parte inferior izquierda de la pantalla de Tessa.

—¿Qué es eso que trasteas con los dedos?

—El touchpad. Estos son los nueve últimos archivos con los que trabajó. ¿Quiere que le enseñe los otros? Le enseño los otros, no hay problema.

Apareció una ventana con el encabezamiento: «ABRIR ARCHIVO, DOCUMENTOS DE TESSA».

Guido dio otro ligero golpe con un dedo.

—En esta carpeta tenía unos veinticinco archivos —dijo.

—¿Llevan nombre?

Guido se inclinó a un lado, invitando a Justin a mirarlo él mismo.

FARMA	PESTE	ENSAYOS
farma-general	peste-historia	Rusia
farma-contaminación	peste-Kenia	Polonia
farma-en-tercer mundo	peste-tratamientos	Kenia
farma-control	peste-nuevo	México
farma-sobornos	peste-viejo	Alemania
farma-litigios	peste-charlatanes	Mortalidad
farma-dinero		Wanza
farma-protesta		
farma-hipocresía		
farma-ensayos		
farma-impostores		
farma-tapaderas		

Guido desplazaba la flecha y golpeteaba con el dedo.

—Arnold. ¿Quién es este Arnold que sale aquí ahora de pronto? —preguntó.

—Un amigo de Tessa.

—También tiene documentos. ¡Caray, si tiene!

—¿Cuántos?

—Veinte. Más. —Otro golpe de dedo—. «CAJÓN DE SASTRE.» ¿Qué es eso? ¿Una frase hecha?

—Sí. Cosas sueltas, quiere decir —explicó Justin, un tanto crispado—. ¿Qué haces ahora? Vas muy deprisa.

—No, al contrario. Voy despacio por usted. Miro en su maletín para ver cuántas carpetas tenía. ¡Vaya! Tenía un montón de carpetas. —Guido pulsó otra vez. Su postizo acento y sus giros norteamericanos sacaban de quicio a Justin. ¿De dónde salían? Está viendo demasiadas películas americanas, pensó. Hablaré con el director del colegio—. ¿Ve esto? Es la papelera de reciclaje. Aquí es donde dejaba todo lo que se proponía borrar.

—Pero no llegó a hacerlo, es de suponer. No llegó a borrarlo.

—Lo que está ahí no lo borró. Lo que no está lo borró. —Otro golpe de dedo.

—¿Qué es AOL? —preguntó Justin.

—America Online. Un servidor de internet. Todo lo que recibía a través de AOL y conservaba lo almacenaba en este programa, lo mismo que los mensajes antiguos. Los mensajes nuevos, hay que conectarse para recibirlos. Si quiere enviar mensajes, ha de conectarse para enviarlos. Sin conexión, no entran ni salen mensajes.

—Ya lo sé. Es evidente.

—¿Quiere que me conecte?

—Todavía no. Quiero ver lo que ya hay.

—¿Todo?

—Sí.

—Entonces tiene días de lectura por delante. Semanas, puede. Solo ha de marcar con el cursor y hacer clic. ¿Quiere sentarse aquí?

—¿Estás totalmente seguro de que no puede pasar nada raro? —insistió Justin, ocupando la silla mientras Guido se quedaba de pie detrás de él.

—Lo que ella guardó, guardado está, como ya he dicho. ¿Por qué iba a guardarlo, si no?

—¿Y no puedo perderlo?

—¡Hombre, por Dios! No, a no ser que haga clic en eliminar. Incluso si hace clic en eliminar, el programa le preguntará: «¿Está seguro de que desea eliminar este documento?». Si no está seguro, diga que no. Pulse el no. Pulsar el no significa: «No, no estoy seguro». Clic. No hay más misterio. Venga, anímese.

A golpes de dedo, Justin se abre paso con extrema cautela por el laberinto de Tessa mientras Guido, su profesor particular, permanece de pie a su lado con actitud condescendiente, dando instrucciones con su cibervoz de acento mixto. Cuando un procedimiento es nuevo para Justin o lo desorienta, pide un respiro, coge una hoja de papel y anota los pasos al imperioso dictado de Guido. Nuevos paisajes de información se despliegan ante sus ojos. Ve aquí, ve allá, vuelve aquí. Todo es inmenso, abarcaste demasiado, nunca me pondré al día, dice a Tessa. Si me paso un año leyendo, ¿cómo sabré que he encontrado lo que buscabas?

Comunicados de prensa de la Organización Mundial de la Salud.

Sumarios de oscuros congresos médicos celebrados en Ginebra, Ámsterdam y Heidelberg bajo los auspicios de uno más de los desconocidos reductos del vasto imperio médico de las Naciones Unidas.

Textos publicitarios ensalzando impronunciables productos farmacéuticos y su contribución a una mejor calidad de vida.

Notas dirigidas a sí misma. Memorándums. Una alarmante cita extraída de la revista *Time*, entre signos de admiración y en resaltadas mayúsculas, visible desde lejos para quienes tienen ojos y no desvían la mirada. Una aterradora generalidad para impulsarla en su búsqueda de lo particular:

> *EN 93 ENSAYOS CLÍNICOS LOS INVESTIGADORES DETECTARON 691 REACCIONES ADVERSAS PERO INFORMARON SOLO DE 39 A LAS INSTITUCIONES SANITARIAS NACIONALES.*

Toda una carpeta dedicada a PW. ¿Quién demonios es PW, si puede saberse? Desesperación. Permíteme volver al papel, que es lo que yo entiendo. Pero cuando hace clic en «CAJÓN DE SASTRE», aparece nuevamente PW, mirándolo a la cara. Y después de un clic más todo se aclara: PW es la abreviatura de PharmaWatch, un sedicente cibermovimiento clandestino, radicado hipotéticamente en Kansas, con «la misión de denunciar los abusos y las prácticas irresponsables de la industria farmacéutica», así como «la inhumanidad de las sedicentes organizaciones humanitarias que están desvalijando a las naciones más pobres».

Informes de los «congresos marginales» entre manifestantes que planeaban reunirse en Seattle o Washington para dar a conocer sus opiniones al Banco Mundial y al Fondo Monetario Internacional.

Pomposa palabrería sobre «la gran hidra de las multinacionales estadounidenses» y las «aberraciones del capital». Un frívolo artículo sacado sabe Dios de dónde, bajo el título: «El anarquismo vuelve a estar de moda».

Tras otro clic, encuentra la palabra «humanidad» puesta en entredicho. Humanidad es la palabra más odiada por Tessa, descubre. Siempre que la oye, confía a Bluhm en un informal mensaje, echa mano al revólver.

Cada vez que oigo a una compañía farmacéutica apelar a la Humanidad, el Altruismo, el Compromiso con la Especie Humana para justificar sus actos, me entran ganas de vomitar, y no es porque esté embarazada. Es porque simultáneamente leo que los gigantes estadounidenses de la industria farmacéutica intentan alargar la vida de sus patentes para conservar su monopolio, cobrar lo que quieran por sus productos y utilizar al Departamento de Estado para disuadir mediante amenazas al tercer mundo de producir sus propios medicamentos genéricos a un precio mucho menor que el de la versión de marca. Sí, es cierto que han hecho un gesto cosmético con los fármacos contra el sida. Pero ¿qué me dices de...?

Ya estoy enterado de todo eso, piensa, y vuelve a hacer clic en el escritorio, esta vez sobre los «DOCUMENTOS DE ARNOLD».

—¿Qué es esto? —pregunta de pronto, apartando las manos del teclado como para negar cualquier responsabilidad en lo ocurrido. Por primera vez en su relación, Tessa le exige una contraseña para dejarlo pasar. Su orden es clara: CONTRASEÑA, CONTRASEÑA, como el letrero intermitente de un burdel.

—¡Mierda! —exclama Guido.

—¿Tenía Tessa una contraseña cuando te enseñó a manejar este artefacto? —pregunta Justin, pasando por alto el exabrupto escatológico.

Guido se lleva una mano a la boca, se inclina y con la otra mano introduce cinco caracteres.

—Yo —dice con orgullo.

Aparecen cinco asteriscos, y por lo demás todo sigue igual.

—¿Qué haces? —quiere saber Justin.

—Escribo mi nombre. Guido.

—¿Por qué?

—Esa era la contraseña —explica, saltando en su nerviosismo a un voluble italiano—. La I no es una I, es un uno. La O es un cero. Tessa estaba obsesionada con eso. En una contraseña, insistía, siempre debía haber al menos un número.

—¿Por qué salen asteriscos?

—Porque no quieren que vea que he escrito Guido. Si no, podría mirar por encima de mi hombro y leer mi contraseña. ¡No funciona! ¡Guido no era su contraseña! —Hunde el rostro entre las manos.

—Quizá podemos adivinarla —sugiere Justin, tratando de calmarlo.

—Adivinarla ¿cómo? Adivinar ¿qué? ¿Cuántos intentos daban? ¡Unos tres!

—O sea, si no acertamos, no nos dejará entrar —dice Justin en un valeroso esfuerzo por arrojar luz sobre el problema—. Eh, tú, no escondas la cara.

—¡Pues claro que no!

—Muy bien. Pensemos. ¿Qué otros números tienen forma de letra?

—El tres podría ser una E del revés. El cinco podría ser una S. Hay media docena. O más. Es horrible —se lamenta Guido, todavía desde detrás de las manos.

—¿Y qué pasa exactamente si se nos acaban las oportunidades?

—Se bloquea y ya es imposible entrar. ¿Qué creía?

—¿Nunca más?

—Nunca.

Justin detecta la mentira en su tono de voz y sonríe.

—¿Y crees que solo tenemos tres intentos?

—Oiga, yo no soy un diccionario, ¿vale? No soy un manual. Si no sé algo, me callo. Podrían ser tres. Podrían ser diez. He de irme al colegio. Quizá debería telefonear al servicio de ayuda.

—Piensa un poco. Después de Guido, ¿qué era lo preferido de ella?

Su cara asoma por fin.

—Usted. ¿Qué iba a ser? ¡Justin!

—No, eso nunca lo habría hecho.

—¿Por qué?

—Porque este era su reino, no el mío.

—Eso son solo suposiciones. Son tonterías. Pruebe con Justin. Esa es la contraseña, estoy seguro.

—Veamos. Después de Justin, ¿qué era lo preferido de Tessa?

—Yo no estaba casado con ella, ¿vale? Era usted, su marido.

Justin considera «Arnold» y luego «Wanza». Prueba con «Ghita», sustituyendo la I por un 1. Nada. Deja escapar un resoplido burlón, dando a entender que ese juego infantil es indigno de él, pero ello se debe a que su mente busca en todas direcciones y no sabe cuál tomar. Considera «Garth», su difunto padre, y «Garth», su difunto hijo, y los descarta a los dos por razones estéticas y sentimentales. Considera «Tessa», pero ella no es una ególatra. Considera «ARNO1D» y «ARNOLD» y «ARN01D», pero Tessa no cometería la torpeza de impedir el acceso a una carpeta dedicada a Arnold con el nombre de Arnold como contraseña. Piensa en «María», que era el nombre de su madre, luego en «Mustafa» y después en «Hammond», pero ninguno le convence como clave o contraseña. Baja la vista para contemplar su tumba y ve las fresias amarillas en la tapa del ataúd mientras desaparecen bajo la tierra rojiza. Ve a Mustafa en la cocina de los Woodrow, aferrado a su cesta. Se ve a sí mismo con su sombrero de paja mientras les prodiga sus cuidados en el jardín de Nairobi y también en el de Elba. Introduce la palabra «fresia», cambiando la I por 1. Aparecen seis asteriscos pero no ocurre nada. Vuelve a introducir la misma palabra, cambiando la S por 5.

—Aún resultará que usó mi nombre —susurra.

—Yo tengo doce años. Doce. —Guido transige un poco—. Quizá le quede aún un intento. Luego se acabó. Yo abandono, ¿vale? Es el ordenador dc Tessa, de usted. No quiero saber nada de esto.

Justin introduce «fresia» por tercera vez, dejando el 5 en lugar de la S, pero poniendo de nuevo I en lugar de 1, y ante él aparece un polémico artículo inacabado. Con la ayuda de sus fresias amarillas ha hecho incursión en un breve tratado sobre los derechos humanos. Guido danza por el lagar.

¡Lo logramos! ¡Te lo dije! ¡Somos fantásticos! ¡Ella es fantástica!

¿Por qué se prohíbe a los homosexuales africanos declararse abiertamente como tales?

Oigamos las reconfortantes palabras de ese gran árbitro de la moralidad pública, el presidente Daniel Arap Moi:

«Palabras como lesbianismo y homosexualidad no existen en las lenguas africanas.» Moi, 1995.

«La homosexualidad atenta contra las normas y religiones africanas, e incluso en la religión se considera un grave pecado.» Moi, 1998.

Como a nadie sorprende, el Código Penal de Kenia coincide plena y obedientemente con Moi. Las secciones 162-165 establecen penas *de cinco a catorce años* por «trato carnal contra natura». Pero la ley va aún más lejos:

- La ley keniana define cualquier relación sexual entre hombres como *acto delictivo*.
- Ni siquiera admite la existencia de relaciones sexuales entre mujeres.

¿Cuáles son las *consecuencias sociales* de esta actitud antediluviana?

- Los homosexuales contraen matrimonio o mantienen

aventuras amorosas con mujeres a fin de ocultar su sexualidad.

- Su vida es un suplicio y también la de sus esposas.
- No se proporciona educación sexual a los homosexuales, pese a la epidemia de sida que Kenia padece, por más que ello se desmienta oficialmente.
- Una parte de la sociedad keniana se ve obligada a vivir en una situación de engaño. Médicos, abogados, hombres de negocios e incluso políticos viven aterrorizados por el permanente riesgo de chantaje y encarcelamiento.
- Se crea así un círculo vicioso de corrupción y opresión, que hunde aún más en el lodo a nuestra sociedad.

Aquí se interrumpe el artículo. ¿Por qué?

¿Y por qué demonios guardas un polémico escrito sobre los derechos de los homosexuales en una carpeta con el nombre de «ARNOLD» y restringes el acceso con una contraseña?

Justin advierte de pronto la presencia de Guido junto a su hombro. Ha regresado de sus peregrinaciones y está inclinado sobre él, observando perplejo la pantalla.

—Ya es hora de llevarte al colegio —anuncia Justin.

—No hace falta que salgamos tan pronto. Nos quedan aún diez minutos. ¿Quién es Arnold? ¿Es homosexual? ¿Qué hacen los homosexuales? Mi madre se pone hecha una fiera si se lo pregunto.

—Vámonos ya. Si nos encontramos un tractor en la carretera, llegaremos tarde.

—Un momento. Déjeme abrir el buzón de correo. Puede que le haya escrito alguien. Quizá Arnold. ¿No quiere ver qué hay en su buzón? Quizá le envió a usted un mensaje que aún no ha leído. ¿Lo abro, pues? ¿Sí?

Justin apoya una mano en el hombro de Guido con delicadeza.

—No tendrás ningún problema. Nadie se reirá de ti.

Todo el mundo falta al colegio durante una temporada de vez en cuando. Eso no te convierte en un inválido. Te convierte en una persona normal. Ya comprobarás su correo cuando volvamos.

Justin tardó una hora larga en llevar a Guido al colegio y regresar a la villa, y en ese tiempo no se permitió fantaseos ni especulaciones prematuras. Cuando dispuso nuevamente del lagar solo para él, no se dirigió hacia el ordenador sino hacia los papeles que Lesley le había entregado en el microbús frente a la salida lateral del cine. Actuando con mayor seguridad que ante el ordenador, localizó una fotocopia de una carta escrita a mano, con escasa fluidez, en papel pautado que le había llamado la atención en una de sus primeras incursiones. No tenía fecha. Había «sido descubierta», según el breve informe adjuntado por Rob, entre las páginas de una enciclopedia médica que los dos agentes encontraron en el suelo de la cocina del apartamento de Bluhm, arrojada allí por los ladrones en su frustración. El papel, añadía Rob, se veía viejo y amarillento. El sobre iba dirigido al apartado de correos de la oenegé a la que pertenecía Bluhm. Llevaba matasellos de Lamu, la isla árabe por la que en otro tiempo pasaba buena parte del tráfico de esclavos africanos.

Mi queridismo Arni:

Nunca olvido nuestro amor, ni tus a brazos y tu bondad conmigo, yo tu gran amista. Fue para mi una suerte y una vendición que ornaras con tu presencia esta preziosa isla en tus vacaciones. He de agradecertelo pero es a Dios a quien doi gracias por tu generoso amor y tus regalos y los conocimientos que vendran a mi en mis estudios gracias a ti, y además por la moto. Por ti, mi hombre, querido mio, trabajo dia y noche, con el corazón revosante sienpre de halegria por saber que mi querido me acompaña a cada paso, abrazandome y amandome.

¿Y la firma? Justin, como Rob antes que él, se esforzó por descifrarla. La letra, como Rob señalaba en su informe, recordaba vagamente la caligrafía árabe por sus trazos largos y pausados y sus redondeles siempre completos. La firma, con rúbrica, parecía tener una consonante en cada extremo y una vocal en medio: ¿Pip? ¿Pet? ¿Pat? ¿Dot? De nada servía hacer cábalas. Solo podía afirmarse casi con total certeza que era una firma árabe.

Pero ¿era el autor una mujer o un hombre? ¿Escribiría con tal atrevimiento una mujer árabe de escasa cultura? ¿Montaría en moto?

Cruzando el lagar hasta el escritorio de pino, Justin se sentó ante el ordenador pero, en lugar de seleccionar de nuevo la carpeta «ARNOLD», se quedó inmóvil con la mirada fija en la pantalla vacía.

—¿Quién es, pues, el amor de Arnold? —pregunta Justin a Tessa con fingida despreocupación, tendidos los dos en la cama una tórrida tarde de domingo en Nairobi. Arnold y Tessa han vuelto esa mañana de su primera expedición juntos. Tessa la ha descrito como una de las grandes experiencias de su vida.

—Arnold ama a toda la especie humana —responde ella lánguidamente—. Sin excepción.

—¿Se acuesta con toda la especie humana?

—Es posible. No se lo he preguntado. ¿Quieres que se lo pregunte?

—No, creo que no. Pensaba preguntárselo yo mismo.

—No será necesario.

—¿Seguro?

—Totalmente.

Y besa a Justin. Y vuelve a besarlo. Hasta devolverle la vida a besos.

—Y no me hagas nunca más esa pregunta —añade Tessa, como si acabara de ocurrírsele, mientras yace con la cara apoyada en el ángulo del hombro de Justin y sus miembros entrecruzados con los de él—. Digamos que Arnold entregó el corazón a alguien en Mombasa. —Y se aprieta contra él con la cabeza inclinada y los hombros tensos.

¿En Mombasa?

¿O en Lamu, unos doscientos cincuenta kilómetros más al norte en la misma costa?

Volviendo a la mesa de contaduría, Justin seleccionó en esta ocasión el informe de Lesley que llevaba por título: «BLUHM, Arnold Moise, médico, víctima desaparecida o sospechoso». Ningún escándalo, ningún matrimonio, ninguna compañera conocida, ninguna concubina. En Argel, el sujeto había vivido en un albergue para médicos jóvenes de ambos sexos, ocupando una habitación individual. No se le conocía ninguna relación especial con nadie de su oenegé. Como pariente más cercano, constaba su hermanastra adoptiva, una belga residente en Brujas. Arnold nunca había solicitado dietas ni el reembolso de gastos de viaje por un acompañante, y nunca había requerido alojamiento en pareja. Según la descripción de Lesley, el saqueado apartamento del sujeto en Nairobi «era monacal y dejaba una clara impresión de abstinencia». El sujeto vivía allí solo y no tenía criados. «En su vida privada, el sujeto parece prescindir de toda clase de comodidades, incluida el agua caliente.»

—El club Muthaiga al completo está convencido de que nuestro bebé está ahí por obra de Arnold —informa Justin a Tessa, con absoluta cordialidad, mientras comen pescado en un restaurante hindú en la periferia de la ciudad. Ella está embarazada de cuatro meses, y aunque la conversación podría inducir a pensar lo contrario, Justin está más enamorado de ella que nunca.

—¿Quiénes son el club Muthaiga al completo? —pregunta Tessa.

—Elena la griega, sospecho. Transmitido por ella a Gloria, transmitido luego a Woodrow —prosigue Justin de buen humor—. No acabo de entender, no obstante, qué se supone que debo hacer al respecto. Llevarte al club y hacerte el amor en la mesa de billar sería quizá una solución, si tú te prestas.

—Entonces estamos ante un doble delito, ¿no? —comenta ella pensativamente—. Y un doble prejuicio.

—¿Doble? ¿Por qué?

Tessa permanece en silencio por un instante, baja la vista y mueve la cabeza en un leve gesto de negación.

—Están cargados de prejuicios esos hijos de puta..., dejémoslo en eso.

Y en su momento Justin la obedeció. Pero no ahora.

¿Por qué *doble*?, se preguntó, con la mirada fija aún en la pantalla.

Un delito es el adulterio de Arnold. Pero ¿y el segundo? El segundo ¿por qué? ¿Por su raza? ¿Está discriminado Arnold por su supuesto adulterio y por su raza? ¿Una doble discriminación, por tanto?

Tal vez.

A no ser...

A no ser que quien habla sea la abogada de mirada fría que lleva dentro, la misma que decidió desoír una amenaza de muerte que ponía en peligro su búsqueda de la justicia.

A no ser que el *primer* prejuicio percibido no se dirigiera contra el hombre negro que presuntamente se acostaba con una mujer blanca casada, sino contra los homosexuales en general, entre los cuales Bluhm se contaba, aunque sus detractores desconocieran el hecho.

Delito primero: Arnold es homosexual pero los prejuicios locales no le permiten admitirlo. Si lo admitiera, debería abandonar su labor humanitaria, ya que Moi detesta por igual a oenegés y homosexuales, y como mínimo expulsaría a Arnold del país.

Delito segundo: Arnold se ve obligado a vivir en una situación de engaño (¿véase el artículo inacabado escrito por ?). En lugar de declarar públicamente su sexualidad, tiene que adoptar la pose de playboy, atrayendo así las críticas reservadas a los adúlteros transraciales.

Por tanto: un doble delito.

¿Y por qué, para terminar, Tessa no confía este secreto a su amado marido, en lugar de mantenerlo con las deshonrosas sospechas que no debe, ni puede, admitir ni siquiera para sí?, preguntó a la pantalla.

Recordó el nombre del restaurante hindú que a ella tanto le gustaba: Haandi.

Las mareas de celos que Justin conseguía mantener a raya desde hacía mucho tiempo rompieron de pronto los muros de contención y lo envolvieron. Pero eran celos de otro tipo: celos por el hecho de que Tessa y Arnold le hubieran ocultado incluso ese secreto, junto con todos los demás que compartían; por el hecho de que lo hubieran excluido de su precioso círculo de dos, dejándolo mirar a distancia como a un voyeur angustiado, sin saber, pese a todas las promesas de ella, que en realidad no había nada que ver y nunca lo habría; por el hecho de que, como Ghita había intentado explicar a Rob y Lesley antes de arredrarse, nunca saltara entre ellos una sola chispa; por el hecho de que la única relación existente entre ellos fuera precisamente la clase de relación fraternal que Justin había descrito a Ham sin creérselo del todo él mismo.

Un hombre perfecto, había dicho Tessa de Bluhm en una ocasión. Ni siquiera Justin el escéptico había pensado jamás en él en otros términos. Un hombre capaz de tocar la fibra homoerótica que todos llevamos dentro, le había comentado una vez a Tessa en su inocencia. Atractivo y elocuente. Cortés con amigos y desconocidos. Con un atractivo que residía tanto en su voz ronca como en su barba de color gris acero, y en sus abultados ojos africanos de largos párpados que jamás se apartaban de uno mientras hablaba o escuchaba. Un atractivo que residía en los contados pero oportunos gestos con que puntuaba sus opiniones lúcidas y bien expresadas. Un atractivo que residía en sus esculpidos pómulos, y en su cuerpo ligero y esbelto, tan ágil y elástico como el de un bailarín, e igual de disciplinado en su contención. Nunca brusco, nunca desconsiderado, nunca cruel, pese a que en todas las fiestas y congresos se tropezaba con occidentales tan ignorantes que Justin sentía vergüenza ajena. Incluso los viejos del club Muthaiga decían: «Vaya con ese Bluhm, Dios mío, en nuestros tiempos no había negros como ese, no es raro que la joven novia de Justin se haya prendado de él».

¿Por qué, pues, por lo más sagrado, no me libraste de mi suplicio?, preguntó Justin airado a Tessa, o a la pantalla.

«Porque yo confiaba en ti y esperaba a cambio el mismo grado de confianza.»

Si confiabas en mí, ¿por qué no me lo dijiste?

«Porque no defraudo la confianza de mis amigos y te exijo que respetes esa circunstancia y me admires por ello. Muchísimo y en todo momento.

»Porque soy abogada y, por lo que atañe a secretos —como Tessa solía decir—, una tumba, comparada conmigo, es una charlatana.»

14

Y la tuberculosis es un negocio redondo, o si no, que le pregunten a Karel Vita Hudson. El día menos pensado las naciones ricas se las verán con una pandemia de tuberculosis, y la Dypraxa generará las ganancias multimillonarias con las que sueña todo buen accionista. La peste blanca, la gran amenaza, el gran imitador, el capitán de la muerte ya no se limita a los desdichados de este mundo. Hace lo que hizo cien años atrás. Flota como una inmunda nube tóxica *sobre el propio horizonte de Occidente*, aun si las víctimas son sus pobres.

– Un tercio de la población mundial contagiado por el bacilo.

Dice Tessa a su ordenador, resaltando y subrayando a su paso.

– En Estados Unidos la incidencia ha crecido en un veinte por ciento en siete años...
– Un enfermo no sometido a tratamiento contagia a un promedio de entre diez y quince personas al año...
– Las autoridades sanitarias de la ciudad de Nueva York

se han arrogado la facultad de encarcelar a los tuberculosos que no acepten voluntariamente el aislamiento...

- El treinta por ciento del total de casos de tuberculosis conocidos son en la actualidad resistentes al tratamiento...

La peste blanca no es una enfermedad congénita, lee Justin. La contraemos como consecuencia del aire malsano, condiciones de vida malsanas, higiene malsana, agua malsana y negligencia malsana de la administración.

Los países ricos la aborrecen porque es una afrenta a su impecable gestión doméstica; los países pobres, porque en muchos de ellos es sinónima de sida. Algunos países se niegan a reconocer su existencia, prefiriendo desmentir la realidad a admitir la vergüenza.

Y en Kenia, como en otros países africanos, la incidencia de la tuberculosis se ha cuadruplicado desde la aparición del virus del sida.

En un informal mensaje, Arnold enumera las dificultades prácticas que plantea el tratamiento de la enfermedad sobre el terreno:

- Diagnóstico difícil y prolongado. Los pacientes deben traer muestras de esputo en días consecutivos.
- El trabajo de laboratorio es esencial, pero a menudo alguien destroza o roba los microscopios.
- No disponemos de tintura para detectar el bacilo. La tintura se vende, se bebe, se termina y no se reemplaza.
- El tratamiento dura ocho meses. Muchos pacientes lo abandonan al cabo de un mes, cuando notan cierta mejoría, o venden las pastillas.
- Las pastillas contra la tuberculosis se ponen a la venta en el mercado negro como tratamiento para las enfermedades de transmisión sexual. La Organización Mundial de la Salud insiste en que debe mantenerse bajo vigilancia a

> los pacientes bajo tratamiento hasta que ingieren la medicación. Resultado: una pastilla se vende en el mercado negro «mojada» o «seca», dependiendo de si ha estado o no en la boca de alguien...

Para acabar, una lacónica posdata:

> La tuberculosis mata a más madres que cualquier otra enfermedad. En África, las mujeres siempre pagan el precio. Wanza fue un conejillo de Indias, y se convirtió en víctima.
>
> Como fueron también conejillos de Indias aldeas enteras de Wanzas.

Fragmentos de un artículo aparecido en la página cuatro del *International Herald Tribune*:

> «También Occidente es vulnerable a las cepas de tuberculosis resistentes al tratamiento», de Donald G. McNeil Jr., *New York Times*.

Algunas partes destacadas por Tessa.

ÁMSTERDAM. Las cepas mortales de tuberculosis resistente al tratamiento están cada vez más presentes no solo en los países pobres, sino también <u>en los países ricos de Occidente</u>, según un informe de la Organización Mundial de la Salud y otros grupos implicados en la lucha contra la tuberculosis.

«Es un aviso: cuidado, muchachos, esto va en serio», declaró el doctor Marcos Espinal, el principal autor del informe. «Se perfila una potencial crisis de gran magnitud en el futuro»...

Pero el arma más poderosa de que dispone la comunidad médica internacional para recaudar fondos es la advertencia de que <u>la propagación incontrolada de casos en el tercer mundo permitirá que se</u>

unan las cepas divergentes, formando algo incurable y en extremo contagioso que afectará a Occidente.

Nota al pie de Tessa, escrita en una letra misteriosamente contenida, como si reprimiera adrede cualquier sensación:

«Arnold dice: los inmigrantes rusos afincados en Estados Unidos, en particular aquellos procedentes de los campos de trabajo, son portadores de las más diversas cepas de tuberculosis multirresistente, de hecho, en una proporción superior a la de Kenia, donde multirresistente no es sinónimo de seropositivo. Un amigo suyo está tratando casos muy graves en la zona de Bay Ridge de Brooklyn, y las cifras ya alcanzan límites aterradores, dice. La incidencia a lo largo y ancho de Estados Unidos, entre los hacinados grupos urbanos minoritarios, aumenta de manera constante, según parece.»

O expresado en el lenguaje que mejor se comprende en todas las Bolsas del mundo: si el mercado de la tuberculosis evoluciona según los pronósticos, se prevén unas ganancias de miles y miles de millones de dólares, y el encargado de generarlos es la Dypraxa, siempre y cuando, claro está, el lanzamiento preliminar en África no revele efectos secundarios alarmantes.

Es esta idea lo que impulsa a Justin a regresar, con toda urgencia, al hospital de Uhuru, en Nairobi. Yendo de inmediato a la mesa de contaduría, revuelve otra vez entre los expedientes policiales y desentierra seis páginas fotocopiadas, escritas por Tessa en letra vacilante a causa de la fiebre, en su esfuerzo por consignar el historial clínico de Wanza en un lenguaje propio de un niño.

Wanza es madre soltera.
No sabe leer ni escribir.

La conocí en su aldea y volví a encontrarla en el barrio de Kibera. La dejó embarazada su tío, que la violó y después la acusó de seducirlo. Este es su primer embarazo. Wanza abandonó la aldea para evitar que la violara otra vez su tío, así como otro hombre que la acosaba.

Wanza dice que, en su aldea, había mucha gente enferma con continuos ataques de tos. Muchos hombres tenían el sida, y también las mujeres. Dos mujeres embarazadas habían muerto recientemente. Como Wanza, habían estado visitando un centro médico a ocho kilómetros de allí. Wanza no quería seguir siendo atendida en el mismo centro. Temía que sus pastillas fueran malas. Esto demuestra lo inteligente que es Wanza, ya que muchas nativas tienen una fe ciega en los médicos, aunque sientan más respeto por las inyecciones que por las pastillas.

En Kibera, un hombre y una mujer blancos vinieron a verla. Como llevaban batas blancas, Wanza supuso que eran médicos. Sabían de qué aldea era ella. Le dieron unas pastillas, las mismas que toma en el hospital.

Wanza dice que el hombre se llama Law-bear. Se lo hago repetir muchas veces: ¿Lor-bear? ¿Lor-beer? ¿Lohr-bear? La mujer blanca que lo acompañaba no habló con Wanza, pero la examinó y le extrajo unas muestras de sangre, orina y esputo.

Vinieron a verla a Kibera dos veces más. No se interesaron por ninguna de las otras personas de su choza. Le dijeron que debía dar a luz en el hospital porque estaba enferma. Eso dejó muy intranquila a Wanza. En Kibera hay muchas mujeres embarazadas y ninguna da a luz en el hospital.

Lawbear dijo que no le cobrarían nada, que todos los gastos estarían cubiertos. No preguntó quién los pagaría. Dice que los dos, el hombre y la mujer, estaban muy preocupados. Verlos tan preocupados no le parecía buena señal. Wanza hizo un comentario en broma sobre eso, pero ellos no se rieron.

Al día siguiente vino a recogerla un coche. Ya casi salía de cuentas. Era la primera vez que montaba en un coche. Dos días después, Kioko, su hermano, llegó al hospital para hacerle compañía. Se había enterado de que estaba allí internada. Kioko sabe leer y escribir y es muy inteligente. Los dos hermanos se quieren mucho. Wanza tiene quince años.

Kioko dice que cuando otra mujer embarazada de la aldea estaba a punto de morir, fue a verla esa misma pareja de blancos y le tomaron unas muestras igual que habían hecho con Wanza. En su visita a la aldea se enteraron de que Wanza había huido a Kibera. Kioko dice que mostraron mucha curiosidad por ella y le preguntaron cómo podían localizarla, y él les escribió sus indicaciones en una libreta. Así es como esa pareja de blancos dio con Wanza en el barrio de Kibera y la hizo ingresar en el hospital de Uhuru para tenerla en observación. Wanza es una cobaya africana, una de las muchas que no han sobrevivido a la Dypraxa.

Tessa le habla durante el desayuno, sentada al otro lado de la mesa. Está embarazada de siete meses. Mustafa permanece inmóvil en el punto donde siempre insiste en quedarse plantado, dentro de la cocina pero a un paso de la puerta entornada para poder escuchar y saber así cuándo debe empezar exactamente a tostar más pan o servir más té. Las mañanas son un momento feliz. También las noches. Pero es por la mañana cuando la conversación fluye con más naturalidad.

—Justin.

—Tessa.

—¿Me atiendes?

—Soy todo oídos.

—Si de pronto te soltara la palabra «Lorbeer»..., así sin más, pum..., ¿qué me dirías?

—Laurel.

—¿Qué más?

—Laurel. Corona. César. Emperador. Atleta. Vencedor.

—¿Qué más?

—Corona de laurel..., hojas de laurel..., laureado..., dormirse en los laureles..., cosechar laureles en la violenta batalla... ¿Por qué no te ríes?

—¿Es alemán, pues? —insiste Tessa.

—Alemán. Nombre. Masculino.

—Deletréalo.

Justin así lo hizo.

—¿Podría ser holandés?

—Es posible. O casi. No igual pero parecido, probablemente. ¿Te dedicas ahora a los crucigramas o algo así?

—Ya no —contesta con expresión pensativa. Y eso, como ocurre a menudo con Tessa la abogada, marca el final de la conversación. «Una tumba, comparada conmigo, es una charlatana.»

«Ni J, ni G, ni A», prosiguen sus notas. Quiere decir: Justin, Ghita y Arnold no se hallan presentes, ninguno de ellos. Está sola con Wanza en la sala del hospital.

> 15.23 Entran un hombre blanco de cara carnosa y una mujer alta de aspecto eslavo, los dos en bata blanca, la de la eslava escotada. Asistidos por otros tres hombres. Todos con batas blancas. Las abejas napoleónicas usurpadas en los bolsillos. Se acercan a la cama de Wanza y la miran boquiabiertos.
>
> Yo: ¿Quiénes son ustedes? ¿Qué están haciéndole a esa mujer? ¿Son médicos?
>
> Ellos no me hacen el menor caso, observan a Wanza, le

auscultan el pecho, comprueban el ritmo cardíaco, le toman el pulso y la temperatura, le examinan los ojos, le gritan: «¡Wanza!». Ella no responde.

Yo: ¿Es usted Lorbeer? ¿Quiénes son ustedes? ¿Cómo se llaman?

La eslava: No es asunto suyo.

Mutis por el foro.

La eslava es una elementa de cuidado. Teñida de negro, piernas largas, contoneo de caderas, no puede evitarlo.

Como un hombre culpable sorprendido en un delito, Justin esconde rápidamente las notas de Tessa bajo la pila de papeles más cercana, se levanta de un salto y se vuelve con horrorizada incredulidad hacia la puerta del lagar. Alguien la aporrea con vehemencia. Justin la ve temblar al son de los golpes y por encima del estruendo oye la voz potente, autoritaria y espantosamente familiar de un inglés de la clase imperiosa.

—¡Justin! ¡Sal, muchacho! ¡No te escondas! ¡Sabemos que estás ahí! ¡Dos buenos amigos te traen regalos y consuelo!

Paralizado, Justin es incapaz de contestar.

—¡Quieres hacernos creer que no estás! ¡Te haces el sueco! ¡No es necesario! ¡Somos nosotros, Beth y Adrian! ¡Tus amigos!

Justin coge las llaves del aparador y, como un hombre afrontando el patíbulo, sale a ciegas a la luz del sol, encontrándose cara a cara ante Beth y Adrian Tupper, la más grande pareja de escritores de su generación, los mundialmente famosos Tupper de Toscana.

—Beth. Adrian. ¡Qué alegría! —declara cerrando la puerta a su espalda.

Adrian lo agarra por los hombros y baja la voz de manera teatral.

—Justin, mi buen amigo, querido por los dioses. ¿Mmm? ¿Mmm? Hombría. No hay otra solución —recita, todo en un mismo tono confiado de conmiseración—. Estás solo. No hace falta que me lo digas. Desgarradoramente solo.

Sometiéndose a sus abrazos, Justin lo ve lanzar una ávida mirada por encima de él con sus ojos diminutos y hundidos.

—¡Ay, Justin, la queríamos tanto! —maúlla Beth, arqueando su boca pequeña en una mueca de aflicción y enderezándola nuevamente para darle un beso.

—¿Dónde está Luigi, el administrador? —pregunta Adrian.

—En Nápoles. Con su prometida. —Gratuitamente, Justin añade—: Van a casarse en junio.

—Debería estar aquí para apoyarte. ¡Qué tiempos estos, muchacho! Ya no hay lealtad. En las clases bajas ya no hay espíritu de servicio.

—El grande es por nuestra querida Tessa, en memoria suya, y el pequeño es por el pobre Garth, para que esté al lado de ella —explica Beth con una voz débil que por alguna razón ha perdido su resonancia—. Hemos pensado plantarlos en recuerdo de ellos, ¿verdad, Adrian?

En el patio está aparcada su furgoneta, la parte trasera ostentosamente cargada de rústicos troncos en atención a los lectores de Adrian, invitados así a creer que los corta él mismo. Encima, atados al través, yacen dos jóvenes melocotoneros con las raíces envueltas en plástico.

—Beth tiene esas maravillosas vibraciones —prorrumpe Tupper en confianza—. Longitud de onda, muchacho. Sintonizada permanentemente, ¿verdad, cariño? «Tenemos que llevarle árboles», me ha dicho. Ella sabe de estas cosas, ¿te das cuenta? Sabe.

—Podríamos plantarlos ahora y luego arreglarlos un poco, ¿no os parece? —propone Beth.

—Después del almuerzo —decide Adrian con firmeza.

Y muestra una cesta con una frugal comida de campesinos: el paquete de cuidados de Beth, como ella lo llama, compuesto por una barra de pan, aceitunas y una trucha de nuestro ahumadero para cada uno, nosotros tres solos, cariño, con una botella del excelente vino de los Manzini.

Cortés hasta la muerte, Justin los guía hacia la villa.

—No puede llorar su pérdida eternamente, amigo mío. Los judíos no lo hacen. Siete días les dejan, eso es todo. Después, se ponen otra vez en pie, dispuestos a seguir adelante. Es su ley, ¿entiendes, cariño? —explica Adrian, dirigiéndose a su esposa como si fuera imbécil.

Están sentados en el salón, bajo los querubines, comiendo la trucha con los platos sobre las rodillas para ajustarse a la idea de Beth de una merienda campestre.

—Lo tienen todo escrito. Qué han de hacer, quién ha de hacerlo, durante cuánto tiempo. Y luego, vuelta al trabajo. Justin debería hacer lo mismo. No es bueno andar deambulando por la casa, Justin. No te dediques a eso nunca en la vida. Es demasiado negativo.

—Ah, no, no deambulo —objeta Justin, maldiciéndose por abrir una segunda botella de vino.

—¿Y qué haces, pues? —pregunta Adrian taladrando a Justin con sus ojos pequeños y redondos.

—Bueno, Tessa dejó muchas tareas pendientes, ¿sabes? —explica Justin de manera poco persuasiva—. Bueno..., y está su herencia, claro. Y el fondo benéfico que había creado. Más un sinfín de cabos sueltos.

—¿Tienes ordenador?

¡Lo has visto!, pensó Justin, disimulando su consternación. ¡No es posible! He sido más rápido que tú, lo sé.

—Muchacho, es el invento más importante desde la imprenta, ¿no, Beth? No necesitas secretaria, ni esposa, nada. ¿Tú qué usas? Al principio, nosotros nos resistimos, ¿verdad, Beth? Una equivocación.

—No éramos conscientes —explica Beth, tomando un gran trago de vino para una mujer tan menuda.

—Ah, yo aprovecho lo que tienen por aquí —responde Justin, recobrando la calma—. Los abogados de Tessa me mandaron unos cuantos disquetes. Requisé el aparato de la finca y me las arreglé como buenamente pude.

—Has acabado, pues. Ya es hora de volver a casa. No vaciles. Vete. Tu patria te necesita.

—Tanto como acabar, no, Adrian. Me quedan aún unos días de trabajo por delante.

—¿Sabe el Foreign Office que estás aquí?

—Probablemente —respondió Justin. ¿Cómo es posible que Adrian me haga esto a mí? ¿Me despoje de mis defensas? ¿Escarbe en los rincones más privados de mi vida, que no son en absoluto de su incumbencia? ¿Y cómo es posible que yo se lo consienta?

Una moratoria, durante la cual, para su inmenso alivio, Justin ha de soportar el soporífero relato de cómo la más grande pareja de escritores se convirtió, contra toda inclinación natural, a la red, sin duda un ensayo general para otro fascinante capítulo de sus Cuentos Toscanos, y otro aparato gratuito obsequio del fabricante.

—Estás huyendo, mi buen amigo —advierte Adrian con severidad mientras desatan los melocotoneros, los descargan de la furgoneta y los transportan en carretilla hasta la *cantina* para que Justin los plante en otro momento—. Existe una cosa que se llama deber. Una palabra anticuada hoy en día. Cuanto más lo retrases, más te costará. Vete a Inglaterra. Te recibirán con los brazos abiertos.

—¿Por qué no los plantamos ahora? —pregunta Beth.

—Demasiado emotivo, cariño. Deja que se ocupe él. Que Dios te ayude, muchacho. Longitud de onda. Lo más importante de este mundo.

¿Y esto qué era?, preguntó Justin a Tupper mientras veía alejarse la furgoneta. ¿Una casualidad o una conspiración? ¿Has saltado o te han empujado? ¿Te atrae el olor de la sangre o te manda Pellegrin? En varias etapas de su excesivamente divulgada vida, Tupper había honrado con su presencia a la BBC y a un abyecto periódico británico. Pero también había colaborado en los amplios cuartos traseros del secreto Whitehall. Justin recordó un comentario de Tessa en su vertiente más mordaz: «¿Qué crees que hace Adrian con toda la inteligencia que no aplica en sus libros?».

Regresó con Wanza, descubriendo que el diario de seis páginas escrito por Tessa acerca de la enfermedad de su compañera de sala se apagaba gradualmente hasta llegar a un insatisfactorio final. Lorbeer y su equipo visitan la sala otras tres veces. Arnold se encara con ellos en dos ocasiones, pero Tessa no oye sus palabras. No es Lorbeer sino la despampanante eslava quien realiza el reconocimiento físico de Wanza, mientras Lorbeer y sus acólitos contemplan ociosos la escena. Lo que ocurre después ocurre de noche, mientras Tessa duerme. Tessa se despierta, grita hasta desgañitarse pero no acude ninguna enfermera. Están demasiado asustadas. Con grandes dificultades, Tessa las encuentra y las obliga a admitir que Wanza ha muerto y su hijo recién nacido ha sido devuelto a la aldea de la madre.

Insertando las hojas de nuevo entre los expedientes policiales, Justin se dirigió una vez más hacia el ordenador. Tenía el estómago revuelto. Se había excedido con el vino. La trucha, que debía de haber escapado del ahumadero a medio proceso, le había sentado peor que si se hubiera comido un trozo de goma. Tras pulsar unas cuantas teclas, pensó en regresar a la villa para beberse un litro de agua mineral. De pronto se quedó inmóvil, contemplando la pantalla con horrorizada incredulidad. Desvió la mirada, sacudió la cabeza para despejársela y volvió a mirar. Hundió el rostro entre las manos para aclararse la vista. Pero cuando alzó la cabeza, el mensaje continuaba allí:

ESTE PROGRAMA HA REALIZADO UNA OPERACIÓN INCORRECTA.
ES POSIBLE QUE PIERDA LA INFORMACIÓN NO GUARDADA DE TODAS LAS APLICACIONES EN USO.

Y debajo de la sentencia de muerte, una hilera de casillas dispuestas como ataúdes para un entierro en fosa común: haga clic en aquel con el que le gustaría ser sepultado. Dejó caer los brazos a los costados, hizo girar la cabeza y, empujando con los talones, echó atrás la silla con suma cautela para apartarse del ordenador.

—¡Maldito seas, Tupper! —masculló—. Maldito seas, maldito seas, maldito seas. —Pero en realidad quería decir: maldita sea mi suerte.

Es por algo que he hecho, o por algo que no he hecho. Debería haber apagado este miserable artefacto.

Guido. Traedme a Guido.

Consultó la hora en su reloj de pulsera. El colegio termina dentro de veinte minutos, pero Guido ha insistido en que no pase a recogerlo. Prefiere tomar el autobús escolar como los demás niños normales, gracias, y le pedirá al conductor que toque la bocina cuando lo deje ante la verja de la villa, donde accederá gentilmente a que Justin vaya a buscarlo en el todoterreno. No le quedaba más remedio que esperar. Si salía a toda prisa para intentar adelantarse al autobús, muy probablemente llegaría tarde al colegio y tendría que regresar aún más deprisa. Dejando el ordenador en su estado de hosco silencio, volvió a la mesa de contaduría con la esperanza de que el contacto con el papel, que de todas todas prefería a la pantalla, le levantara el ánimo.

PANA Servicio de teletipo (24/09/97)

En 1995 el África subsahariana experimentó una cifra de nuevos casos de tuberculosis más alta que cualquier otra región del planeta, así como un elevado índice de coinfección de tuberculosis y sida, según la Organización Mundial de la Salud...

Eso ya lo sabía, gracias.

Las megaciudades tropicales se convertirán en un infierno en la Tierra

Mientras la tala ilegal de árboles, la contaminación del agua y la tierra y la descontrolada extracción de petróleo destruyen el ecosistema del tercer mundo, cada vez más comunidades rurales del tercer mundo se ven obligadas a emigrar a las grandes urbes en busca de trabajo y posibilidades de supervivencia. Según las previsiones de los expertos, la formación de decenas y quizá centenares de megaciudades tropicales, que atraerán a ingentes masas de población suburbial de los más bajos niveles salariales, y provocarán unos índices sin precedentes de enfermedades mortales como la tuberculosis...

Oyó la bocina de un autobús lejano.

—Así que la ha pifiado —dijo Guido con satisfacción cuando Justin lo llevó al lugar del desastre—. ¿Ha llegado a entrar en el buzón electrónico?

Estaba ya tecleando.

—Claro que no. No sabría cómo. ¿Qué haces?

—¿Ha añadido información y se ha olvidado de guardarla?

—No, ni mucho menos. Ni lo uno ni lo otro. Sería incapaz.

—Entonces no hay de qué preocuparse. No ha perdido nada —aseguró Guido con serenidad en su internacional jerga informática, y con unos cuantos golpes de dedo más devolvió la salud a la máquina—. ¿Podemos conectarnos ahora a la red? ¿Por favor? —rogó.

—¿Para qué?

—¡Pues para descargar su correo, por Dios! Hay cientos de personas que le mandaban mensajes todos los días, y si no los bajamos, no podrá leerlos. ¿Es que no piensa en la gente que quiere hacerle llegar su cariño y su pésame? ¿No quiere saber qué dicen? Hay aquí mensajes míos que no contestó. Puede que ni los leyera.

Guido estaba al borde de las lágrimas. Cogiéndolo con delicadeza por los hombros, Justin lo sentó en el taburete frente al teclado.

—Aclárame antes cuáles son los riesgos —propuso—. Explícame cuál es la peor de las posibilidades.

—No hay ningún riesgo. Todo está guardado. No existe la peor de las posibilidades. Estamos haciendo las cosas más sencillas que pueden hacerse con este ordenador. Si se bloquea, será como antes. Guardaré todos los mensajes nuevos. Tessa ya había guardado lo demás. Confíe en mí. —Guido acopla el módem al ordenador y entrega a Justin el extremo de un cable telefónico—. Desconecte el teléfono y enchufe eso en la toma de línea. Entonces ya estaremos conectados.

Justin obedece. Guido da una serie de instrucciones y espera. Justin mira por encima del hombro de Guido. Jeroglíficos, una ventana, más jeroglíficos. Una pausa para la oración y la contemplación, seguida de un mensaje a pantalla completa que parpadea como un cartel luminoso intermitente, y de una exclamación de fastidio por parte de Guido.

¡¡¡Zona peligrosa!!!
ESTO ES UNA ADVERTENCIA SANITARIA
NO VAYA MÁS ALLÁ DE ESTE PUNTO.
ENSAYOS CLÍNICOS HAN REVELADO YA QUE CUALQUIER POSTERIOR INVESTIGACIÓN PUEDE TENER FATALES EFECTOS SECUNDARIOS. PARA SU SEGURIDAD Y BIENESTAR, SE HA ELIMINADO DE SU DISCO DURO TODO CONTENIDO TÓXICO.

Durante unos ilusorios segundos Justin no alberga grandes preocupaciones. En otras circunstancias, habría deseado sentarse a la mesa de contaduría y escribir una airada carta al fabricante para quejarse de aquel estilo tan hiperbólico. Además, Guido acababa de demostrar que perro ladrador, poco mordedor. Así pues, se disponía a exclamar algo como «¡Vaya, otra vez *ellos*! Desde luego, son el colmo», cuando vio que Guido había dejado caer la cabeza igual que si hubiera recibido un balazo, y sus manos, vueltas cara arriba, se habían contraído a ambos lados del ordenador como si fueran arañas muertas, y su rostro, la parte que Justin puede ver, presenta de nuevo la palidez de los momentos previos a una transfusión.

—¿Es grave? —susurra Justin.

Echándose con visible ansiedad hacia delante como un piloto aéreo en una situación crítica, aplica sus procedimientos de emergencia. Al parecer en vano, ya que después se yergue, se lleva la palma de la mano a la frente, cierra los ojos y lanza un estremecedor gemido.

—Dime qué está pasando —suplica Justin—. No puede ser tan grave, Guido. Dime qué es. —Y viendo que Guido sigue sin contestar, agrega—: Has apagado, ¿verdad?

Guido asiente, estupefacto.

—Y ahora estás desconectando el módem.

El niño asiente de nuevo, sin salir de su estupefacción.

—¿Por qué lo haces?

—Voy a reiniciar el sistema.

—¿Qué significa eso?

—Esperaremos un minuto.

—¿Por qué?

—Quizá dos.

—¿De qué servirá?

—Le dará tiempo para olvidar. Para calmarse. Esto no es normal, Justin. Esto es muy grave. —Vuelve a hablar en su neutro inglés americano de ordenador—. Esto no es una simple diversión de un grupo de jóvenes inadaptados. Esto se lo ha hecho gente muy perturbada, créame.

—¿A mí o a Tessa?

Guido mueve la cabeza en un gesto de asombro.

—Da la impresión de que alguien le odia. —Enciende de nuevo el ordenador, se encarama al taburete y respira hondo, como si dejara escapar un suspiro en sentido inverso.

Y Justin, para su gran satisfacción, vuelve a ver la habitual fila de alegres niños negros que le saludan desde la pantalla.

—Lo has conseguido —exclama—. ¡Eres un genio, Guido!

Pero no ha acabado aún de decirlo cuando los niños son sustituidos por un vistoso reloj de arena atravesado en diagonal por una flecha blanca. Después también esto desaparece, dejando un infinito negro azulado.

—Lo han fulminado —musita Guido.

—¿Cómo?

—Han metido un virus, y el virus tenía orden de borrar el disco duro y dejar un mensaje diciendo lo que acababa de hacer.

—No tienes la culpa, pues —asegura Justin.

—¿Hacía copias Tessa?

—Todo lo que imprimió lo he leído ya.

—No hablo de copias en papel. ¿Grababa la información en disquetes?

—No los hemos encontrado. Creemos que se los llevó al norte.

—¿Cómo al norte? ¿Por qué no transfirió los ficheros a otro ordenador por correo electrónico? ¿Qué sentido tenía llevarse los disquetes al norte? No lo entiendo. No encaja.

Justin se acuerda de Ham y piensa en Guido. El ordenador de Ham tenía también un virus.

—Me has dicho que te enviaba mensajes a menudo —comenta Justin.

—Una o dos veces por semana. Si una semana se olvidaba, me mandaba dos a la siguiente. —Ahora habla en italiano. Vuelve a ser un niño, tan extraviado como el día que lo encontró Tessa.

—¿Has leído tu correo después de su muerte?

Guido niega enérgicamente con la cabeza. Había sido incapaz.

—Quizá podríamos volver a tu casa y ver si tienes algún mensaje de ella. ¿Te importaría? ¿No es una molestia?

Mientras ascendían por la carretera y se adentraban en el bosque cada vez más oscuro, Justin no pensó en nada ni nadie, salvo en Guido. Guido era un amigo dolido, y el único objetivo de Justin era devolverlo sano y salvo a su madre, ayudarlo a recuperar la serenidad y asegurarse de que en adelante Guido abandonaba sus lamentaciones y volvía a convertirse en un joven genio de doce años, saludable y arrogante, y no en un inválido cuya vida había terminado con la muerte de Tessa. Y si, como Justin sospechaba, aquella gente —quienquiera que fuese— había hecho con el ordenador de Guido lo mismo que con el de Ham y el de Tessa, Justin tendría que consolarlo y, en la medida de lo posible, tranquilizarlo. Esa era la prioridad absoluta de Justin, excluyendo cualquier otro objetivo o emoción, porque si se entregaba a esas otras consideraciones caería en la anarquía. Se desviaría del camino de investigación racional que se había trazado y confundiría la búsqueda de Tessa con el deseo de venganza.

Aparcó y, con una sensación de momentos finales, cogió a Guido del brazo. Y Guido, para sorpresa de Justin, no intentó siquiera desprenderse. Su madre había preparado un estofado con pan recién hecho del que se sentía muy orgullosa, así que, por insistencia de Justin, primero comieron, los dos, y elogiaron el guiso mientras ella los observaba. Luego Guido fue a buscar el ordenador a su habitación y pasaron un rato sin conectarse a la red, sentados los dos hombro con hombro, leyendo los partes informativos de Tessa sobre los leones dormidos que había visto en sus viajes y los juguetones elefantes, que se habrían sentado encima del todoterreno y lo habrían aplastado si les hubiera dado la menor oportunidad, y las altivas jirafas, que solo estaban contentas cuando alguien contemplaba sus elegantes cuellos.

—¿Quiere que le grabe en un disquete todos los mensajes de ella? —preguntó Guido, percibiendo acertadamente que Justin tenía ya más que suficiente de aquello.

—Te lo agradecería —dijo Justin, muy cortés—. Y quiero también que hagas copias de tu trabajo, para que pueda leerlo todo tranquilamente y escribirte: redacciones, tareas del colegio y todo lo que te hubiera gustado que Tessa viera.

Realizadas las copias, Guido sustituyó el cable del teléfono por el del módem en la toma de línea, y vieron una magnífica manada de gacelas a todo galope antes de que la pantalla se oscureciera. Pero cuando Guido intentó volver al escritorio, tuvo que declarar con la voz empañada que el disco duro se había borrado, como el de Tessa pero sin el descabellado mensaje sobre los ensayos clínicos y la toxicidad.

—¿Y no te envió Tessa algo para que se lo guardaras? —preguntó Justin con la sensación de que hablaba como un agente de aduanas.

Guido movió la cabeza en un gesto de negación.

—¿Alguna cosa para que se la entregaras a otra persona? ¿No te utilizó como oficina de correos o algo así?

Guido volvió a negar.

—¿Y qué información has perdido que fuese importante para ti?

—Solo sus últimos mensajes —susurró Guido.

—Vaya, pues ya somos dos. —O tres si incluimos a Ham, pensó—. Así que si yo puedo soportarlo, tú también podrás. Porque yo estaba casado con ella. ¿De acuerdo? Quizá había un virus en el ordenador de Tessa que ha afectado también al tuyo. ¿Es posible? Recibió algún virus y, sin saberlo, te lo pasó a ti. ¿Sí? No sé bien de qué hablo, eh. Son puras suposiciones. En realidad, lo que quiero decir es que nunca sabremos qué ha ocurrido. Así que lo mejor será pensar que simplemente hemos tenido mala suerte y seguir con nuestras vidas. Los dos. ¿No crees? Y pide lo que necesites para poner tus cosas en orden otra vez. ¿Bien? Avisaré a la oficina de Milán de que eso es lo que vas a hacer.

Con una relativa confianza en la recuperación de Guido, Justin se marchó, bajando de nuevo a la villa y aparcando el todoterreno donde lo había encontrado. Luego cogió el ordenador portátil y se lo llevó a la orilla del mar. En varios cursos de instrucción le habían explicado, y estaba dispuesto a creerlo, que cierta gente muy hábil era capaz de rescatar la información de discos duros teóricamente borrados. Pero esa clase de gente estaba en el lado oficial de la vida al que él ya no pertenecía. Le pasó por la mente ponerse en contacto con Rob y Lesley y convencerlos para que le prestaran ayuda, pero finalmente prefirió no molestarlos. Y además, para ser sincero consigo mismo, había algo contaminado en el ordenador de Tessa, algo obsceno de lo que deseaba deshacerse en sentido físico.

A la luz de una luna medio oculta, recorrió un precario embarcadero, dejando atrás un viejo y un tanto histérico cartel donde se advertía que era peligroso pasar de aquel punto. Al llegar al extremo del embarcadero, relegó a las profundidades del mar el violado ordenador de Tessa para regresar después al lagar y escribir sin cesar hasta el amanecer.

> Querido Ham:
>
> Esta es la primera de lo que espero sea una larga serie de cartas dirigidas a tu amable tía. No quiero ponerme dramático, pero si me atropella un autobús, desearía que entregaras personalmente todos los documentos al miembro de tu profesión más implacable e independiente que conozcas, le pagaras con toda generosidad e hicieras rodar la bola. Así, ambos le haremos un buen servicio a Tessa.
>
> Como siempre,
>
> JUSTIN

15

Hasta última hora de la tarde, cuando empezaba ya a notar los efectos del whisky, Sandy Woodrow permaneció lealmente en su puesto de la embajada, dando forma, enmendando y puliendo su intervención en la reunión de la cancillería prevista para la mañana siguiente; sometiéndola primero a la opinión de la alta jerarquía de su mente oficial, y pasándosela luego a esa otra mente de rango inferior que, como un lastre errático, tiraba de él sin previo aviso y lo arrastraba entre una delirante muchedumbre de fantasmas acusadores, obligándolo a levantar la voz por encima de ellos y declarar: no existís, sois una serie de episodios inconexos; no guardáis relación alguna con la repentina marcha de Porter Coleridge a Londres con su esposa e hija, por la discutible razón de que habían decidido de improviso tomarse un permiso y buscar a Rosie una escuela especial.

Y a veces sus pensamientos se habían desencadenado por sí mismos, y Woodrow los descubría de pronto centrados en torno a asuntos tan subversivos como el divorcio de mutuo acuerdo, o si Ghita Pearson o aquella chica nueva de la Sección Comercial, Tara, serían una pareja adecuada para compartir la vida con ellas, y en tal caso, a cuál de los chicos elegirían. O si, después de todo, se ajustaba mejor a sus necesidades aquella existencia de lobo estepario, soñando con una posible relación y sin encontrarla, viendo alejarse el sueño, cada vez más inalcanzable. En el camino de regreso a casa, con las puertas y ventanillas del coche cerradas y bloqueadas, logró verse de nuevo como el fiel esposo y cabeza de familia —sí, admitámoslo, aún discretamente abierto a sugerencias, pero ¿qué hombre no lo estaba?—, siendo en el fondo el honrado, inquebrantable y equilibrado hijo de militar del que Gloria se había enamorado perdidamente hacía ya tantos años. Se sorprendió, pues, por no decir que se ofendió, cuando al entrar en casa descubrió que Gloria no solo no había adivinado sus buenas intenciones mediante algún acto telepático, sino que ni siquiera lo esperaba levantada, dejándole la cena en el frigorífico. Maldita sea, soy el embajador en funciones, después de todo. Tengo derecho a un poco de respeto, como mínimo en mi propia casa.

—¿Algo interesante en las noticias? —le preguntó lastimeramente, proyectando la voz hacia arriba, mientras se comía un filete frío en indigna soledad.

El techo del comedor, que era una delgada placa de hormigón, era asimismo el suelo del dormitorio.

—¿Es que no os llegan las noticias a la embajada? —replicó Gloria a gritos.

—No nos pasamos el día escuchando la radio, por si te refieres a eso —contestó Woodrow, insinuando claramente que eso hacía Gloria. Y de nuevo esperó, el tenedor suspendido a medio camino de sus labios.

—Han matado a otros dos granjeros blancos en Zimbabue, si eso es noticia —anunció Gloria tras cortarse momentáneamente la transmisión.

—¡Ah, no me hables! Hemos tenido a Pellegrin encima todo el santo día con ese asunto. ¿Por qué no podemos convencer a Moi para que le pare los pies a Mugabe?

Por la misma razón por la que no podemos convencer a Moi de que le pare los pies a Moi, esa es la respuesta. —Esperó alguna afectuosa muestra de compasión, pero recibió solo un críptico silencio—. ¿Nada más? En las noticias. ¿Nada más?

—¿Acaso debería haber algo más?

¿Qué mosca le ha picado a esta condenada mujer?, se preguntó malhumorado, sirviéndose otra copa de vino. Antes las cosas no eran así. Desde que el playboy viudo se marchó a Inglaterra, Gloria ronda por la casa como una vaca enferma. No come conmigo, no bebe conmigo, no me mira a la cara. De lo otro tampoco quiere saber nada, aunque ciertamente nunca ha ocupado un lugar muy alto en su lista de preferencias. Asombrosamente, ni siquiera se maquilla.

Aun así, le complació que ella no conociera la noticia. Al menos, por una vez sabía algo que ella ignoraba. No es frecuente que Londres consiga mantener oculta una noticia de primera plana sin que algún idiota del Departamento de Información la filtrara a los medios antes de tiempo. Si podían esperar hasta la mañana siguiente, tendrían ya una clara ventaja, que era lo que Woodrow había pedido a Pellegrin.

—Es una cuestión moral, Bernard —le había advertido en su mejor tono militar—. Hay por aquí un par de personas que se lo van a tomar muy mal. Me gustaría ser yo quien se lo comunicara. Sobre todo, hallándose Porter ausente.

Y nunca estaba de más recordarles quién mandaba. Cauto pero imperturbable, eso era lo que buscaban en sus altos cargos. No era cuestión de pregonarlo, naturalmente; era mejor que en Londres notaran por sí mismos lo bien que funcionaba todo cuando no estaba allí Porter para poner reparos a cada coma.

Aunque, para ser sinceros, hacía falta paciencia para

aguantar una situación tan indefinida. Probablemente era eso lo que estaba destrozándole los nervios a Gloria. Ahí tienes la residencia oficial del embajador, a cien metros calle arriba, provista de servicio y a punto para ser habitada, con un Daimler en el garaje pero sin bandera ondeando en el asta. Ahí tienes a Porter Coleridge, nuestro embajador ausente. Y aquí me tienes a mí, pobre desgraciado, haciendo el trabajo de Coleridge bastante mejor que Coleridge, esperando noche y día a que me comuniquen si, habiendo ocupado su puesto, puedo considerarme o no su sucesor oficial, formal y plenamente acreditado, con todo lo que eso conlleva, a saber, la residencia, el Daimler, el despacho particular, Mildren, otras treinta y cinco mil libras anuales de sobresueldo y varios peldaños más cerca del título de sir.

Pero había un serio inconveniente. Tradicionalmente, el ministerio era reacio a ascender de categoría a un diplomático *en poste*. Preferían tenerlo una temporada en Inglaterra y luego asignarle un destino en otra parte. Ha habido excepciones, claro está, pero contadas...

Sus pensamientos saltaron de nuevo a Gloria. Lady Woodrow, con eso se le pasarán todos los males. La impaciencia, ese es su problema. Por no hablar de la ociosidad. Debería haberle pedido un par de hijos, para tenerla ocupada. Pero, bueno, no estará tan ociosa si nos instalamos en la residencia oficial, eso desde luego. Con suerte, le quedará una noche libre a la semana. El mal genio, ese es otro problema. La semana pasada tuvo una acalorada discusión con Juma por algo tan trivial como redecorar el piso de abajo. Y el lunes, aunque Woodrow jamás habría imaginado que llegaría a ver ese día, se enzarzó en una pelea con la bruja de Elena, *casus belli* desconocida.

—¿No va siendo hora de que invitemos a cenar a los El, querida? —había sugerido Woodrow cortésmente—. No los vemos desde hace meses.

—Si quieres que vengan, telefonéalos tú —contestó Gloria con frialdad, así que Woodrow no los telefoneó.

Pero Woodrow notaba la pérdida. Gloria, sin una amiga, era un motor sin engranaje. El hecho —el hecho extraordinario— de que hubiera pactado una especie de tregua armada con Ghita Pearson no le servía de consuelo. Hacía solo un par de meses hablaba con desdén del mestizaje de Ghita.

—No me siento cómoda con la hija de un brahmán educada en Inglaterra que habla como nosotros y viste como un derviche —había dicho a Elena en presencia de Woodrow—. Y esa chica, la mujer de Quayle, ejerce una mala influencia sobre ella.

Ahora esa chica, la mujer de Quayle, estaba muerta y a Elena la había mandado al cuerno. Y Ghita, que vestía como un derviche, había sido reclutada para hacer de guía a Gloria en una visita al barrio de Kibera con la anunciada intención de encontrarle trabajo en el voluntariado de alguna organización humanitaria. Y esto, para colmo, en unos momentos en que la propia conducta de Ghita causaba seria preocupación a Woodrow.

Primero, su exhibición en el funeral. No había un libro de normas sobre cómo comportarse en un funeral, era cierto. No obstante, a juicio de Woodrow, se había abandonado en exceso a la autocompasión. Luego siguió un período de —como él lo llamaba— luto agresivo, durante el cual vagaba por la cancillería como una zombi, negándose en redondo a mirarlo a los ojos, siendo que en el pasado Woodrow la había considerado... una candidata, digamos. Y el viernes anterior, sin dar la menor explicación, había pedido un día libre, a pesar de que en rigor, como miembro reciente de la cancillería —y el más joven—, no tenía derecho a ello. No obstante, por pura bondad, Woodrow le había dicho:

—Bien, Ghita, de acuerdo, pero no lo dejes muy agotado al pobre. —Nada insultante, una broma inocente entre un hombre casado y maduro y una joven bonita. Pero si las miradas mataran, Woodrow habría caído muerto a sus pies.

¿Y en qué había empleado el tiempo que le había concedido, sin que ella se dignara siquiera a despedirse? Había viajado al maldito lago Turkana en un vuelo chárter contratado junto con una docena de miembros femeninos del autoconstituido club de seguidores de Tessa Quayle para depositar una corona y cantar himnos al son de los tambores en el sitio donde Tessa y Noah habían sido asesinados. La primera noticia que Woodrow tuvo de ello fue el lunes a la hora del desayuno, cuando abrió el *Nairobi Standard* y vio la fotografía de Ghita entre dos enormes africanas que Woodrow recordaba vagamente del funeral.

—Vaya, Ghita Pearson, te pillé —había dicho entre dientes, pasándole el diario a Gloria—. Por el amor de Dios, ya va siendo hora de enterrar a los muertos en lugar de desenterrarlos cada diez minutos. Siempre he pensado que Ghita estaba enamorada de Justin.

—Si no hubiéramos tenido aquí al embajador italiano, yo me habría ido con ellas —respondió Gloria con tono de reproche.

La luz del dormitorio estaba apagada. Gloria hacía ver que dormía.

—¿Nos sentamos, pues, señoras y señores?

Un taladro eléctrico zumbaba en el piso de arriba. Woodrow envió a Mildren a silenciarlo mientras fingía concentrarse en los papeles que tenía delante. El zumbido cesó. Sin prisa, Woodrow levantó la vista para mirar a todos los reunidos, incluido Mildren, jadeante. De manera excepcional, se había solicitado la presencia de Tim Donohue y su ayudante, Sheila. Sin las habituales reuniones del embajador con el personal diplomático al completo, Woodrow había insistido en que asistiera todo el mundo. De ahí la presencia de los agregados de defensa y trabajo, y Barney Long, de la Sección de Comercio. Y la pobre Sally Aitken, con su tartamudeo y rubor, en sustitución del agregado de agricultura y pesca. Ghita, advirtió Woodrow, ocupaba su rincón de siempre, donde desde la muerte de Tessa hacía lo posible por pasar inadvertida. Para su irritación, llevaba aún un pañuelo negro de seda alrededor del cuello que recordaba el vendaje de Tessa, empapado de sangre. ¿Eran sus miradas de soslayo un coqueteo o una muestra de desdén? Con las bellezas euroasiáticas nunca se sabía.

—Hoy traigo noticias tristes, me temo —comenzó—. Te importaría echar el pestillo a la puerta, Barney. —Fue derecho al grano, como tenía planeado. Hay que coger el toro por los cuernos, somos todos profesionales, y si es necesario operar, se opera. Esa era la actitud que quería reflejar. Pero también cierto valor en su papel de embajador en funciones, consultando primero sus notas, dando luego unos golpes en la mesa con el lado romo del lápiz y adelantando los hombros para dirigirse a las filas—. Hay dos cosas que debo deciros esta mañana. La primera ha de mantenerse en secreto hasta que la oigáis en los noticiarios, británicos o kenianos, igual da. A las doce en punto de hoy la policía de Kenia hará pública una orden de detención contra el doctor Arnold Bluhm por el asesinato de Tessa Quayle y Noah el conductor. Las autoridades kenianas han estado en contacto con el gobierno belga, y los superiores de Bluhm serán informados con antelación. Nosotros les llevamos la delantera gracias a la intervención de Scotland Yard, que entregará su informe a la Interpol.

Apenas si se oye el crujido de una silla tras la explosión. Ni protestas, ni expresiones de estupefacción. Solo la enigmática mirada de Ghita, posándose por fin en él, con odio o admiración.

—Me consta que a muchos os sorprenderá, sobre todo a quienes conocíais y apreciabais a Arnold. Si deseáis comentarlo con vuestras parejas, tenéis mi permiso para actuar a vuestro arbitrio. —Una fugaz imagen de Gloria, quien hasta la muerte de Tessa había considerado a Bluhm un gigoló pero ahora sentía una misteriosa preocupación por su bienestar—. Tampoco yo puedo decir que me entusiasme la noticia —admitió Woodrow en un flagrante eufemismo—. Naturalmente, aparecerán en la prensa explicaciones simplistas de los motivos. La relación entre Tessa y Bluhm se utilizará hasta la saciedad. Y si algún día lo detienen, el juicio será sonado. Así que, desde el punto de vista de esta misión, la noticia no podría ser peor. Por ahora no dispongo de datos sobre la solidez de las pruebas. Me han asegurado que son concluyentes, pero ¿qué iban a decir? —Un indicio de aspereza en el jocoso comentario—. ¿Preguntas?

Ninguna, al parecer. Daba la impresión de que, con la noticia, se les hubieran deshinchado las velas a todos. Incluso a Mildren. Ni siquiera Mildren, que la conocía ya desde la noche anterior, encontró nada mejor que hacer que rascarse la punta de la nariz.

—La segunda noticia no guarda relación con la primera pero es mucho más delicada. No podéis informar a vuestras parejas sin mi consentimiento previo. El personal subalterno será informado selectivamente cuando sea oportuno, y bajo riguroso control. Por mí o por el embajador cuando regrese. No por vosotros. ¿Queda claro hasta el momento?

Totalmente claro. Esta vez hubo gestos de expectación. Todas las miradas estaban puestas en él, junto con la de Ghita, que no la había apartado ni un instante. Dios mío, ¿y si se ha enamorado de mí? ¿Cómo me libraré de ella? Desarrolló el razonamiento hasta el final. ¡Claro! Por eso anda ahora con Gloria. Primero iba tras Justin y ahora me ha elegido a mí. Es de esas mujeres que no se conforman solo con el marido, ha de tener también a la esposa. Se cuadró y reanudó su sobrio boletín informativo:

—Lamento mucho tener que deciros que nuestro antiguo colega Justin Quayle está en paradero desconocido. Probablemente sabréis ya que rechazó cualquier tipo de recepción a su llegada a Londres, alegando que prefería moverse por su cuenta, etcétera. Al llegar, se reunió con la jefa de personal, y ese mismo día comió con Pellegrin. Los dos lo notaron tenso, irascible y hostil al pobre. Le ofrecieron refugio en un lugar tranquilo y terapia, pero lo rechazó todo. Entretanto, ha saltado del barco.

Ahora era Donohue hacia quien Woodrow dirigía discretamente su atención, no ya a Ghita. Su mirada, por estudiada decisión, no permanecía fija en ninguno de ellos, claro está. Oscilaba entre la media distancia y las notas que tenía en la mesa. Pero en realidad se concentraba en Donohue, y cada vez estaba más convencido de que Donohue y su flaca ayudante Sheila, una vez más, habían sido informados previamente de la deserción de Justin.

—El mismo día de su llegada a Gran Bretaña, la misma noche, para ser más exactos, Justin envió una carta muy poco sincera a la jefa de personal, notificándole que se tomaba un período de permiso para resolver los asuntos de su esposa. Utilizó el correo ordinario, lo cual le proporcionó tres días de ventaja. Cuando la jefa de personal tomó medidas para refrenarlo, por el bien de él, debo añadir, ya había desaparecido. Hay indicios de que se tomó grandes molestias para ocultar sus movimientos. Se le siguió la pista hasta Elba, donde Tessa tenía una finca, pero cuando el Foreign Office encontró el rastro ya se había marchado. Nadie sabe adónde, pero sí existen ciertas sospechas. No solicitó formalmente el permiso, por supuesto, y el ministerio, por su parte, estaba intentando decidir cuál podía ser la mejor manera de ayudarlo, qué destino le convenía más para recuperarse de sus heridas. —Se encogió de hombros, indicando que no había mucha gratitud en el mundo—. En fin, sea lo que sea lo que está haciendo, está haciéndolo solo. Y desde luego no lo hace por nosotros. —Dirigió una sombría mirada a los presentes y volvió a consultar sus notas—. En este asunto hay un aspecto relacionado con la seguridad del que obviamente no puedo informaros, así que el ministerio espera con inquietud el siguiente paso de Justin Quayle. También están preocupados por él mismo, como todos nosotros. Habiendo demostrado una gran serenidad y dominio de sí mismo durante su estancia aquí, parece que finalmente se ha desmoronado a causa de la tensión. —Llegaba la parte difícil, pero Woodrow estaba ya preparado—. Contamos con varias interpretaciones de los expertos, ninguna de ellas agradable desde nuestra perspectiva. —El hijo de militar prosiguió con gallardía—: Una de las posibilidades, según los sagaces especialistas que ven segundas lecturas en estos casos, es que Justin atraviesa una etapa de negación, es decir, se resiste a aceptar la muerte de su esposa y está buscándola. Resulta doloroso, pero hablamos de la lógica de una mente temporalmente ofuscada. O confiamos en que se trate de algo temporal. Otra teoría, análogamente verosímil o inverosímil, sostiene que ha emprendido un viaje de venganza, en busca de Bluhm. Por lo visto, Pellegrin, con las mejores intenciones, dejó escapar que Bluhm era sospechoso del asesinato de Tessa. Puede que Justin, al oírlo, decidiera actuar por su cuenta. Es triste. Muy triste, de hecho.

Por un momento, en su fluctuante visión de sí mismo, Woodrow se convirtió en la personificación misma de la tristeza. Era la cara honesta de un comprensivo servicio diplomático. Era el juez romano, cauto al juzgar y más cauto aún al condenar. Era el clásico hombre de mundo, sin miedo a tomar decisiones difíciles pero resuelto a regirse por sus mejores sentimientos. Alentado por la excelencia de su interpretación, pensó que podía permitirse improvisar.

—Según parece, las personas en el estado de Justin a menudo tienen planes que ellos mismos desconocen. Actúan con el piloto automático, esperando un pretexto para llevar a cabo lo que inconscientemente ya habían planeado. Como los suicidas, en cierto modo. Alguien hace un comentario en broma y... pum, ha apretado el gatillo sin saberlo.

¿Estaba hablando demasiado? ¿Demasiado poco? ¿Estaba yéndose por las ramas? Ghita lo miraba con desprecio, como una sibila furiosa, y se apreciaba algo en el fondo de los ojos hinchados y amarillentos de Donohue que Woodrow era incapaz de interpretar. ¿Desdén? ¿Ira? ¿O simplemente la permanente expresión de quien tiene un objetivo distinto, de quien viene o va a un lugar distinto?

—Pero la teoría más probable sobre lo que ocurre en la mente de Justin en estos momentos, me temo, la que más concuerda con los datos conocidos, y por la que se inclinan los psiquiatras del ministerio, es que Justin ha caído en la monomanía de la conspiración, lo cual podría plantear un grave problema. Si uno es incapaz de asimilar la realidad, inventa una conspiración. Si alguien no acepta que su madre murió de cáncer, atribuye la culpa al médico que la atendía. Y a los cirujanos. Y a los anestesistas. Y a las enfermeras. Que actuaban confabulados, claro está. Y conspiraron colectivamente para deshacerse de ella. Y en apariencia eso es precisamente lo que piensa Justin ahora de la muerte de Tessa. Tessa no solo fue violada y asesinada. Tessa fue víctima de una intriga internacional. No murió porque fuera joven y atractiva y en extremo desafortunada, sino porque *ellos* la querían muerta. ¿Quiénes son *ellos*? Me temo que nadie tiene la respuesta. Podría ser el verdulero de vuestro barrio, o la señora del

Ejército de Salvación que llamó al timbre y os entregó un ejemplar de su revista. Todos están involucrados. Todos conspiraron para matar a Tessa.

Unas breves risas abochornadas. ¿Había exagerado o empezaba a ganarse el interés de su público?

—O, en el caso de Justin, puede tratarse de los esbirros de Moi, y las grandes compañías, y el Foreign Office y todos los que estamos aquí reunidos. Todos somos enemigos. Todos conspiradores. Y Justin es el único que lo sabe, lo cual es otro rasgo de su paranoia. La víctima, a ojos de Justin, no es Tessa sino él. Quiénes son ahora los enemigos de Justin depende de quién es la última persona a la que ha escuchado, qué libros y periódicos ha leído recientemente y qué películas ha visto. De pasada, nos han informado también de que Justin bebe mucho, cosa que no hacía cuando estaba aquí, creo. Dice Pellegrin que el almuerzo para dos en su club le costó la paga de un mes.

Otro amago de risas nerviosas en el que participaron prácticamente todos, excepto Ghita. Woodrow siguió deslizándose sobre el hielo, admirando los dibujos que trazaban los patines en su superficie. Esta es la faceta de mí que más detestabas, le dice a Tessa sin aliento mientras realiza una pirueta y vuelve hacia ella. «Esta es la voz que arruinó a Inglaterra», me dices en broma mientras bailamos. «Esta es la voz que hundió un millar de barcos, y todos nuestros.» Muy graciosa. Bien, pues escucha ahora esa voz, muchacha. Escucha el desmantelamiento definitivo de la reputación de tu esposo, por gentileza de Pellegrin y mis cinco deformantes años en el siempre veraz Departamento de Información del Foreign Office.

Lo asaltó una náusea cuando, por un instante, aborreció el lado insensible de su paradójica personalidad. Era la náusea que podía obligarlo a salir corriendo del despacho con la excusa de que debía atender una llamada urgente o una necesidad fisiológica, solo para librarse de sí mismo; u obligarlo a abalanzarse sobre aquel mismo escritorio y coger una hoja azul de papel oficial y rellenar el hueco en blanco con declaraciones de adoración e irreflexivas promesas. ¿Quién me ha hecho esto?, se preguntó mientras hablaba. ¿Quién me ha hecho tal como soy? ¿Inglaterra? ¿Mi padre? ¿Mis colegios? ¿Mi patética y aterrorizada madre? ¿O diecisiete años de mentiras al servicio de mi país? «Uno llega a una edad, Sandy», tuviste la amabilidad de advertirme, «en la que la infancia deja de ser una excusa. En tu caso, el problema es que esa edad llegará alrededor de los noventa y cinco años».

Continuó. De nuevo hablaba con brillantez:

—En cuanto a cuál es la conspiración imaginada por Justin, o qué papel desempeñamos nosotros en ella, nosotros los miembros de esta embajada, sea una coalición con la masonería, o con los jesuitas, o con el Ku Klux Klan, o con el Banco Mundial, es algo que no puedo aclararos. Sí puedo deciros que Justin anda suelto por ahí. Ya ha hecho graves insinuaciones, aunque sigue siendo muy correcto, muy tratable... ¿cuándo ha dejado de serlo?... y es más que probable que mañana o dentro de tres meses venga por aquí. —Volvió a adoptar una actitud severa—. En ese caso, las instrucciones para todos vosotros, colectiva e individualmente, y esto, Ghita, me temo, no es un ruego sino una orden, sea cual sea vuestra opinión personal respecto a Justin, y eso vale también para mí, que lo considero un tipo encantador y generoso, todos lo sabemos..., las instrucciones son, decía, que debéis informarme de inmediato a cualquier hora del día o la noche. A mí o a Porter cuando vuelva. O... —una mirada a este— a Mike Mildren. —Había estado a punto de decir «Mildred»—. O si es por la noche, a la persona que esté de guardia en la embajada. Inmediatamente. Antes de que la prensa o la policía o quien sea llegue hasta él, debéis avisar.

Los ojos de Ghita, disimuladamente observados, parecían más oscuros y lánguidos que nunca, y los de Donohue, más enfermizos. Los de la enjuta Sheila eran duros como diamantes, e igual de inmutables.

—Para mayor facilidad de referencia, y por razones de seguridad, Londres ha asignado a Justin el nombre en clave «Holandés». Como el Holandés Errante. Si por alguna casualidad..., aunque las probabilidades sean pequeñas, hablamos de un hombre profundamente perturbado con una cantidad de dinero ilimitada a su disposición..., si por alguna casualidad se cruza en vuestro camino, directa, indirectamente, de oídas, como sea, coged el teléfono, dondequiera que estéis, y decid: «Llamo con relación al Holandés, el Holandés está haciendo esto o lo otro, tengo una carta del Holandés, acaba de telefonearme o enviarme un fax o un mensaje por el correo electrónico, está aquí delante de mí, en mi butaca». ¿Queda este punto absolutamente claro? Preguntas. ¿Sí, Barney?

—Has aludido a unas «graves insinuaciones». ¿Contra quién? ¿Qué insinuaba?

Ese era un terreno peligroso. Woodrow había hablado largamente del tema con Pellegrin por el teléfono codificado de Coleridge.

—No parecen tener mucha coherencia. Está obsesionado con asuntos del sector farmacéutico. Por lo que hemos podido deducir, está convencido de que los fabricantes de determinado fármaco, y los inventores, fueron los responsables del asesinato de Tessa.

—¿Cree que no murió degollada? Él mismo vio el cadáver. —Barney otra vez, indignado.

—Me temo que ese asunto del fármaco se remonta a la desafortunada estancia de Tessa en el hospital. Mató a su hijo. Ese fue el primer disparo de los conspiradores. Tessa presentó una queja a los fabricantes, así que los fabricantes la mataron también a ella.

—¿Es peligroso ahora Justin? —preguntó Sheila, seguramente para demostrar a todos que no posee un mayor conocimiento de los hechos.

—Podría serlo. Esa es la conjetura de Londres. Su principal objetivo es la compañía farmacéutica que produjo el veneno. A continuación, los científicos que lo concibieron. Luego la gente que lo administró, en este caso, la empresa importadora de Nairobi, que resulta ser TresAbejas, así que quizá debamos prevenirlos.

Donohue no pestañeó siquiera.

—Y permitidme que insista en que nos hallamos ante un diplomático británico en apariencia racional y sereno. No esperéis ver a un chiflado con ceniza en el pelo y tirantes amarillos echando espuma por la boca. Externamente, es el hombre que recordamos y apreciamos. Atento, bien vestido, atractivo y espantosamente cortés. Hasta que empieza a hablar a gritos sobre la conspiración internacional que acabó con la vida de su hijo y su esposa. —Una pausa. Un comentario de corte personal—: Es un hecho trágico. Peor que trágico. Creo que eso mismo debemos de pensar cuantos mantuvimos una relación cercana con él. Pero precisamente por eso he de advertiros esto: nada de sentimientos, por favor. Si el Holandés se cruza en vuestro camino, debemos saberlo de inmediato. ¿De acuerdo, muchachos? Gracias. ¿Algún otro asunto antes de que os vayáis? Sí, Ghita.

Si bien Woodrow encontraba dificultades para descifrar las emociones de Ghita, por una vez se hallaba más cerca de lo que imaginaba de su estado de ánimo. Ghita estaba poniéndose de pie mientras todos, incluido Woodrow, volvían a sentarse. De eso se dio perfecta cuenta. Y se ponía en pie para dejarse ver. Pero, sobre todo, se ponía en pie porque jamás había oído tal sarta de malévolas mentiras, y porque su impulso natural era no aceptarlas sentada y cruzada de brazos. Así que se levantó, en actitud de protesta, de indignación, dispuesta a llamar a Woodrow embustero a la cara; y porque en su corta y desconcertante vida no había conocido personas mejores que Tessa, Arnold y Justin.

De todo eso Ghita era muy consciente. Pero cuando miró a través del despacho —por encima de las sobrias cabezas del agregado de Defensa y el agregado comercial y el secretario particular del embajador, todos se volvieron hacia ella— a los ojos insinceros e insinuantes de Sandy Woodrow, supo que debía encontrar otro camino.

El camino de Tessa. No por cobardía, sino a modo de táctica.

Llamar embustero a Woodrow a la cara le granjearía un minuto de gloria, seguido del despido inmediato. ¿Y qué podía demostrar? Nada. Sus mentiras no eran meras invenciones. Eran una lente deformante magníficamente concebida que convertía los hechos en atrocidades, y sin embargo seguían pareciendo hechos.

—Sí, Ghita, tú dirás.

Woodrow, la cabeza echada hacia atrás y las cejas arqueadas y la boca entornada como un director de coro, como si se dispusiera a empezar a cantar junto con ella. Ghita desvió la mirada. En la cara de aquel viejo, Donohue, no hay más que arrugas, pensó. La hermana María, en el convento, tenía un perro idéntico. Los labios caídos de un sabueso se llaman belfos, le dijo Justin. Jugué al bádminton con Sheila anoche, y también ella me observa. Para su asombro, Ghita se oyó dirigirse a todos los allí reunidos:

—Verás, Sandy, puede que no haya elegido buen momento para comentar esto. Con tantos acontecimientos en marcha, quizá debería haberlo dejado para dentro de unos días.

—Haber dejado ¿qué? Ahora no nos dejes en vilo, Ghita.

—Se trata solo de una solicitud que nos ha llegado a través del Programa Mundial de Alimentos, Sandy. Insisten enérgicamente en que enviemos a un representante de la CEDEA para colaborar con el próximo grupo de trabajo centrado en Autoabastecimiento a Medida.

Era mentira. Una mentira eficaz y aceptable. Por un arte de magia del engaño, había rescatado de su memoria una solicitud real y la había tergiversado para que pareciera una invitación apremiante. Si Woodrow quería ver el dossier, Ghita no tenía la menor idea de qué haría. Pero no se lo pidió.

—Auto ¿qué? —preguntó Woodrow entre discretas y catárticas risas.

—Es lo que llaman también Parto Asistido, Sandy —contestó Ghita con seriedad, recurriendo a otro término de la jerga empleada en la circular—. ¿Cómo debe actuar una comunidad que ha recibido considerable ayuda en forma de alimentos y asistencia médica para abastecerse de manera autónoma cuando se retiran las organizaciones humanitarias? Eso es en esencia. ¿Qué precauciones deben tomar los países donantes para asegurarse de que las adecuadas provisiones logísticas permanecen en su sitio y no se producen situaciones de escasez? Se prevé que esas conversaciones despierten mucho interés.

—Bueno, parece razonable. ¿Cuánto dura ese congreso?

—Tres días completos, Sandy. Martes, miércoles y jueves, con posibilidad de prórroga. Pero el problema es, Sandy, que no tenemos representante en la CEDEA ahora que Justin se ha ido.

—Y te preguntabas si podías asistir tú en su lugar —exclamó Woodrow, con una sonrisa que indicaba que había adivinado sus propósitos—. ¿Dónde se celebra,

Ghita? ¿En la Ciudad del Pecado? —Así llamaba él al complejo de las Naciones Unidas.

—En Lokichoggio, Sandy —respondió Ghita.

Querida Ghita:

No tuve ocasión de decirte lo mucho que Tessa te quería y cuánto apreciaba los momentos que pasabais juntas. Pero da igual porque tú ya lo sabes. Gracias por todo lo que le diste.

Tengo una petición que hacerte, pero es solo una petición, y te ruego que la atiendas solo si realmente te apetece y no te crea problemas. Si alguna vez en uno de tus viajes pasas por Lokichoggio, ponte en contacto, por favor, con una mujer sudanesa llamada Sarah, que era amiga de Tessa. Habla inglés y sirvió para una familia inglesa durante el mandato británico. Quizá ella pueda arrojar alguna luz sobre los motivos que llevaron a Tessa y Arnold hasta Loki. Es solo un presentimiento, pero en retrospectiva me parece recordar que emprendieron aquel viaje con un entusiasmo que no justificaba la perspectiva de unos talleres sobre la conciencia de la condición femenina para mujeres sudanesas. Si estoy en lo cierto, Sarah debe conocer la verdadera causa.

Tessa apenas durmió la noche de antes, y se mostró, incluso tratándose de ella, muy efusiva cuando nos dijimos adiós, lo que Ovidio llama «el último adiós», aunque ni ella ni yo fuimos conscientes de ello. Aquí tienes una dirección de Italia por si encuentras algún momento para escribirme. Gracias una vez más.

Afectuosamente,

JUSTIN

No el Holandés. Justin.

16

Justin llegó a la pequeña ciudad de Bielefeld, cerca de Hanover, después de pasar dos días inquietantes viajando en tren. Se registró en un modesto hotel que había frente a la estación de ferrocarril con el nombre de Atkinson, dio una vuelta de reconocimiento por la ciudad y tomó una comida mediocre. Llegada la noche, entregó la carta. Esto es lo que hacen los espías a cada momento, pensó de camino al oscuro edificio de la esquina. Este es el estado de alerta con el que aprenden a vivir desde la cuna. Así es como cruzan una calle oscura, así es como escudriñan los portales y doblan las esquinas. ¿Me esperabas? ¿No nos hemos visto antes en alguna parte? No obstante, en cuanto echó la carta al buzón, el sentido común lo devolvió a la realidad: olvídate de espías, idiota, podrías haber enviado esa maldita cosa en taxi. Y ahora, a la luz del día, mientras caminaba hacia la casa de la esquina por segunda vez, mil miedos diferentes lo atormentaban: ¿la estarán vigilando?, ¿me vieron anoche?, ¿piensan arrestarme cuando llegue?, ¿ha llamado alguien al *Telegraph* y ha descubierto que no existo?

Durante el viaje en tren había dormido poco, y la noche anterior, en el hotel, nada en absoluto. Ya no viajaba con abultados documentos, ni maletines de lona, ordenadores portátiles ni accesorios. Cuanto era necesario proteger había ido a parar a la estricta tía de Ham en Milán, y lo que no, yacía a dos brazas de profundidad en el mar Mediterráneo. Liberado de su carga, se movía con ligereza simbólica. Sus rasgos habían adquirido una línea más acentuada. En sus ojos brillaba una luz más intensa. Y Justin lo notaba. Le satisfacía que la misión de Tessa pasara a ser suya en adelante.

El edificio de la esquina era un castillo alemán de cinco pisos con torrecillas. La planta baja estaba pintarrajeada con franjas selváticas que, de día, resultaron de color naranja y verde loro. La noche anterior, a la luz artificial de sodio le habían parecido horribles llamaradas en blanco y negro. Desde uno de los pisos superiores le sonreía un mural de valerosos niños de todas las razas, que le recordó a los niños que agitaban las manos en el ordenador portátil de Tessa. Sus réplicas vivientes se veían por una ventana de la planta baja, sentadas en círculo en torno a una abrumada maestra. En un cartel hecho a mano que había en la ventana, se preguntaba de dónde salía el chocolate y se exhibían fotografías onduladas de granos de cacao.

Justin pasó por delante del edificio, fingiendo desinterés, luego giró bruscamente hacia la izquierda y caminó despreocupadamente por la acera, deteniéndose para mirar las placas de especialistas en medicina alternativa y psicólogos. En un país civilizado, nunca se sabe. Pasó por allí un coche de policía, chirriando los neumáticos sobre el asfalto mojado. Sus ocupantes, uno de ellos mujer, lo miraron inexpresivamente. Al otro lado de la calle, dos hombres mayores con gabardina negra y sombrero de fieltro del mismo color parecían esperar una comitiva funeraria. La ventana que quedaba a su espalda tenía las cortinas echadas. Tres mujeres bajaban la cuesta hacia él en bicicleta. Las pintadas de las paredes defendían la causa palestina. Regresó al castillo pintarrajeado y se detuvo ante la puerta principal. En la puerta había un hipopótamo verde pintado. Un hipopótamo verde más pequeño señalaba el timbre. Una adornada ventana salediza lo miraba desde arriba como la proa de un barco. La noche anterior se había parado también allí para echar la carta al buzón. ¿Quién me miraba desde ahí arriba entonces? La maestra abrumada de la ventana le indicó por gestos que usara la otra puerta, pero estaba cerrada a cal y canto, así que él le devolvió un gesto de contrición.

—Deberían haberla dejado abierta —le siseó ella, inamovible, cuando descorrió los cerrojos y abrió la puerta.

Justin volvió a disculparse y pasó delicadamente y con prisa por entre los niños, deseándoles *grüss Dich* y *guten Tag*, pero su estado de alerta puso límites a una cortesía en otro tiempo infinita. Subió por una escalera, dejando atrás bicicletas y un cochecito de bebé, y entró en un vestíbulo que, a sus ojos cautelosos, le pareció reducido a las necesidades de la vida: un surtidor de agua, una fotocopiadora, estantes vacíos, pilas de libros de consulta y cajas de cartón amontonadas en el suelo. A través de una puerta abierta vio a una mujer joven con gafas de montura de concha y un suéter de cuello vuelto sentada frente a una pantalla.

—Soy Atkinson —le dijo en inglés—. Peter Atkinson. Tengo una cita con Birgit de Hipo.

—¿Por qué no llamó por teléfono?

—Cuando llegué anoche a la ciudad, era muy tarde. Pensé que una nota sería mejor. ¿Puede recibirme?

—No lo sé. Se lo preguntaré.

La siguió por un corto pasillo hasta una doble puerta. La mujer abrió una de las puertas.

—Aquí está tu periodista —anunció en alemán, como si periodista fuera sinónimo de amante ilícito, y volvió a su puesto con paso firme.

Birgit era menuda y ágil, de mejillas sonrosadas, pelo rubio y la postura de un alegre pugilista. Tenía una sonrisa fácil y cautivadora. Su despacho era tan espartano como el vestíbulo, con el mismo aire indefinido de austeridad.

—Tenemos una reunión a las diez —explicó ella, un poco agitada, estrechándole la mano. Hablaba inglés igual que escribía los mensajes de correo electrónico. Él la dejó continuar. El señor Atkinson no necesitaba llamar la atención hablando en alemán—. ¿Le gustaría un té?

—No, gracias.

Ella acercó dos sillas a una mesita baja y se sentó en una.

—Si es por lo del robo, en realidad no tenemos nada que decir —le informó.

—¿Qué robo?

—Nada importante. Se llevaron unas cuantas cosas. Tal vez teníamos demasiadas. Ahora ya no las tenemos.

—¿Cuándo ocurrió?

—Hace unos días —dijo ella, encogiéndose de hombros—. La semana pasada.

Justin sacó un bloc de notas y lo abrió sobre la rodilla.

—Lo que quiero es hablar del trabajo que hacen aquí —dijo—. Mi periódico está pensando en hacer una serie de artículos sobre las empresas farmacéuticas y el tercer mundo. Lo llamaremos «Mercaderes de la medicina». Se comentará que los países del tercer mundo no tienen capacidad de consumo, que las enfermedades están en un lado y los grandes beneficios en otro. —Se había preparado para parecer un periodista, pero no estaba seguro de conseguirlo—. Que los pobres no pueden pagar, así que han de morir. Cuánto tiempo puede seguir así. Que tenemos los medios, pero no la voluntad. Ese tipo de cosas.

Para su sorpresa, ella sonrió de oreja a oreja.

—¿Quiere que le dé la respuesta a esas sencillas preguntas antes de las diez?

—Si pudiera decirme qué hace Hipo exactamente, quién les financia, cuáles son sus atribuciones, por así decirlo —explicó él con gravedad.

Ella habló y él escribió en el bloc sobre la rodilla. Ella le contó lo que él supuso era su cantinela habitual, y fingió escuchar atentamente mientras escribía. Mientras, pensaba que aquella mujer había sido amiga y aliada de Tessa sin que hubieran llegado a conocerse, y que, de haberse conocido, ambas se habrían felicitado por la elección. Pensaba que puede haber muchas razones para cometer un robo, y que una de ellas es que sirva de tapadera para instalar los dispositivos que producen lo que al Foreign Office le gusta llamar «Producto Especial», solo para ojos expertos. Recordó de nuevo su entrenamiento sobre seguridad, y la visita en grupo a un lúgubre laboratorio situado en un sótano, detrás de Carlton Gardens, donde los estudiantes podían admirar los novísimos lugares donde se instalaban los dispositivos de escucha microminiaturizados. Eliminados tiestos, pies de lámparas, rosetones del techo, molduras y marcos, podían encontrarse en cualquier cosa imaginable, desde la grapadora que había sobre la mesa de Birgit hasta su chaqueta de sherpa, que colgaba de la puerta.

Él había escrito lo que quería escribir y aparentemente ella había dicho lo que quería decir, porque estaba de pie y miraba la pila de folletos de un estante, buscando algún material de apoyo que pudiera darle como paso previo a sacarlo de su despacho a tiempo para su reunión de las diez. Mientras buscaba, hablaba distraídamente sobre el Departamento Federal de Control de Estupefacientes alemán y afirmaba que era un tigre de papel.

—Y la Organización Mundial de la Salud está financiada por Estados Unidos —añadió con desdén—, lo que significa que favorece a las grandes empresas, adora los beneficios y detesta las decisiones radicales. Vaya a cualquier asamblea de la OMS. ¿Qué es lo que encontrará? —preguntó retóricamente, tendiéndole un puñado de folletos—. Miembros de grupos de presión a montones. Responsables de las relaciones públicas de las grandes empresas farmacéuticas. Docenas de ellos. De una de las grandes empresas farmacéuticas, quizá de tres o cuatro. «Venga a comer. Venga a nuestra reunión del fin de semana. ¿Ha leído este maravilloso informe del profesor tal y cual?» Y el tercer mundo no conoce las sutilezas. No tienen dinero, no tienen experiencia. Con lenguaje diplomático, maniobras diplomáticas, les engañan fácilmente.

Dejó de hablar y lo miró con ceño. Justin sostenía en alto el bloc de notas abierto para que ella lo leyera. Lo sostenía cerca de su propia cara para que ella viera su expresión mientras leía el mensaje; y esperaba que su expresión sirviera para hacerla callar y tranquilizarla al mismo tiempo. Además, había extendido el dedo índice de la mano izquierda a modo de advertencia.

SOY EL MARIDO DE TESSA QUAYLE Y NO ME FÍO DE ESTAS PAREDES. ¿PODRÍA REUNIRSE CONMIGO ESTA TARDE A LAS CINCO Y MEDIA DELANTE DEL VIEJO FORTÍN?

Ella leyó el mensaje y luego le miró a los ojos mientras él llenaba el silencio con la primera cosa que le venía a la cabeza.

—Así pues, según usted, ¿lo que necesitamos es una especie de organismo internacional independiente que tenga poder para anular a esas empresas? —preguntó con una agresividad involuntaria—. ¿Para reducir su influencia?

—Sí —contestó ella, absolutamente tranquila—. Creo que sería una idea excelente.

Justin pasó por delante de la mujer con el suéter de

cuello vuelto y le dedicó el tipo de saludo jovial que consideraba propio de un periodista.

—He terminado —le aseguró—. Ya me voy. Gracias por su colaboración—. Así que no es necesario que llame a la policía para decirles que se les ha colado un impostor.

Justin atravesó el aula de puntillas e intentó una vez más arrancar una sonrisa a la abrumada maestra. Pero los únicos que sonrieron fueron los niños.

En la calle, los dos hombres mayores con impermeable y sombrero negros seguían esperando la comitiva funeraria. En un turismo Audi aparcado junto al bordillo, dos mujeres jóvenes y serias examinaban un mapa. Justin regresó a su hotel y por capricho preguntó en recepción si tenía correo. No. Al llegar a su habitación arrancó la hoja delictiva del bloc de notas, y también la de debajo, porque se había calcado la otra. Las quemó en el lavabo y encendió el extractor para disipar el humo. Se tumbó en la cama preguntándose qué hacían los espías para matar el tiempo. Se quedó adormilado y el teléfono lo despertó. Levantó el auricular y recordó que debía decir: «Atkinson». Era la gobernanta del hotel que «comprobaba», dijo, y también que la disculpara. ¿Que comprobaba qué?, por el amor de Dios. Pero los espías no formulaban ese tipo de preguntas en voz alta. No llaman la atención. Los espías se tumban en sus blancas camas de ciudades grises y esperan.

•

El viejo fortín de Bielefeld estaba situado en un verde promontorio desde el cual se dominaban varias colinas rodeadas de nubes. Entre murallas cubiertas de hiedra se desplegaban aparcamientos para coches, bancos para pícnics y jardines municipales. En los meses más calurosos era uno de los lugares preferidos por la gente de la ciudad para pasear los cochecitos por las avenidas flanqueadas de árboles, admirar las innumerables flores y comer y beber cerveza en el restaurante Huntsman's. Pero en los meses fríos tenía el aspecto de un parque de juegos desierto en medio de las nubes, y así lo vio Justin aquella tarde, cuando pagó el taxi y, habiendo llegado con veinte minutos de adelanto, se dedicó a recorrer el lugar de encuentro elegido, procurando pasar desapercibido. Los aparcamientos vacíos, esculpidos en las almenas, tenían charcos de agua de lluvia. En la hierba mojada, unos letreros oxidados le advertían que llevara al perro sujeto. En un banco, bajo las almenas, dos veteranos con abrigo y bufanda se irguieron en el asiento para observarlo. ¿Eran los mismos hombres mayores que llevaban sombreros negros de fieltro por la mañana mientras esperaban una comitiva funeraria? ¿Por qué me miran así? ¿Soy judío? ¿Soy polaco? ¿Cuánto tiempo habrá de pasar para que vuestra Alemania se convierta en un aburrido país europeo de tantos?

Solo había una carretera que condujera al fortín, y se paseó por ella, siempre por el centro para evitar las zanjas de hojas caídas. Cuando llegue, esperaré a que aparque antes de dirigirle la palabra, decidió. También los coches tienen orejas. Pero el coche de Birgit no tenía orejas porque era una bicicleta. A primera vista, Birgit parecía una especie de amazona espectral, azuzando a su reticente corcel a subir la colina, con la capa de plástico ondeando a su espalda. Su fosforescente arnés parecía la cruz de un cruzado. Lentamente la aparición se materializó y Justin descubrió que no era un serafín alado ni un mensajero jadeante llegado de la batalla, sino una madre joven con capa montada en bicicleta. Y de la capa sobresalían no una sino dos cabezas, la segunda perteneciente a un alegre niño rubio atado a un asiento trasero especial para niños que, según los inexpertos cálculos de Justin, medía unos dieciocho meses en la escala de Richter.

La visión de ambos le resultó tan agradable, tan incoherente y atractiva que, por primera vez desde la muerte de Tessa, Justin estalló en auténticas e irrefrenables carcajadas.

—Con tan poco tiempo, ¿cómo iba a conseguir canguro? —dijo Birgit, ofendida por sus risas.

—¡No podía! ¡No podía! No importa, es estupendo. ¿Cómo se llama?

—Carl. ¿Y tú?

«Carl te manda muchos besos... Carl está entusiasmado con el móvil de elefantes que le mandaste... Ojalá tu niño sea tan precioso como Carl.»

Justin le mostró su pasaporte auténtico a nombre de Quayle. Ella lo examinó: nombre, edad y fotografía, mirándolo a él una y otra vez.

—Le dijiste a Tessa que era *waghalsig* —dijo Justin, y vio que el ceño de Birgit se convertía en sonrisa, mientras se quitaba la capa, la enrollaba y le hacía sujetar la bicicleta para que ella pudiera desatar a Carl. Después de dejar al niño en el suelo, desató la bolsa que llevaba en la bicicleta y se volvió de espaldas a Justin para que se hiciera cargo de su mochila: el biberón de Carl, un paquete de Knäckerbrot, pañales de repuesto y dos baguettes con jamón y queso envueltas en papel parafinado.

—¿Has comido hoy, Justin?

—No mucho.

—Ya. Podemos comer. Así no estaremos tan nerviosos. —Volviéndose hacia el niño lo reprendió—: *Carlchen, du machst das bitte nicht.* Podemos pasear. A Carl le encanta pasear.

¿Nerviosos? ¿Quién está nervioso? Fingiendo observar las nubes que amenazaban tormenta, Justin se dio la vuelta lentamente con la cabeza en alto. Aún seguían allí los dos viejos centinelas, erguidos y atentos.

—No sé cuánto material desapareció en realidad —se quejó Justin, después de contar la historia sobre el ordenador portátil de Tessa—. Tenía la impresión de que entre vosotras había mucha más correspondencia que no había impreso.

—¿No leíste nada sobre Emrich?

—Solo que había emigrado a Canadá, pero que aún trabajaba para KVH.

—¿No sabes cuál es su situación ahora... su problema?

—Se peleó con Kovacs.

—Kovacs no es nadie. Emrich se ha peleado con KVH.

—¿Por qué?

—Por la Dypraxa. Ella cree que ha identificado ciertos efectos secundarios muy negativos. KVH cree que no.

—¿Qué han hecho ellos al respecto? —preguntó Justin.

—Hasta ahora solo han destruido la reputación y la carrera de Emrich.

—¿Eso es todo?

—Eso es todo.

Caminaron sin hablar durante un rato con Carl correteando delante, hasta que quiso coger unas castañas podridas del suelo y su madre hubo de impedirle que se las llevara a la boca. La niebla de la tarde había formado un mar entre las colinas ondulantes, convirtiendo en islas sus cimas redondeadas.

—¿Cuándo ocurrió todo eso?

—Aún está ocurriendo. La han despedido de KVH y también la ha despedido el Consejo Rector de la Dawes University de Saskatchewan y la junta de gobierno del Dawes University Hospital. Intentó publicar en una revista médica un artículo sobre sus conclusiones con respecto a la Dypraxa, pero su contrato con KVH tenía una cláusula de confidencialidad, así que le pusieron un pleito a ella y a la revista, y no se permitió la publicación.

—La demandaron, no le pusieron un pleito, la demandaron.

—Es lo mismo.

—¿Y a Tessa le contaste todo esto? Debió de alegrarse mucho.

—Claro que se lo conté.

—¿Cuándo?

—Hará unas tres semanas —dijo Birgit, encogiéndose de hombros—. Tal vez dos. Nuestra correspondencia también ha desaparecido.

—¿Quieres decir que se colaron en tu ordenador?

—Se lo llevaron. En el robo. No había transferido sus cartas ni las había imprimido. Es lo que hay.

Es lo que hay, convino Justin mentalmente.

—¿Alguna idea de quién se lo llevó?

—Nadie se lo llevó. Cuando se trata de corporaciones, siempre es nadie. El gran jefe llama al subjefe, el subjefe llama a su lugarteniente, el lugarteniente habla con el jefe de seguridad, que habla con el subjefe que habla con sus amigos que hablan con sus amigos. Y así es como se hace. No lo hace el jefe ni el subjefe ni el lugarteniente ni su subjefe. No lo hace la corporación. No lo hace nadie en realidad. Pero se hace. No hay documentos ni cheques ni contratos de por medio. Nadie sabe nada. Nadie estaba allí. Pero se hace.

—¿Y la policía?

—Oh, nuestra policía es muy diligente. Si hemos perdido un ordenador, pues se lo decimos a la compañía de seguros y compramos uno nuevo, no hay que ir a molestar a la policía por eso. ¿Conociste a Wanza?

—Solo en el hospital, cuando ya estaba muy enferma. ¿Te escribió algo Tessa sobre Wanza?

—Que la habían envenenado. Que Lorbeer y Kovacs habían ido a verla al hospital y que el bebé de Wanza se había curado, pero ella no. Que el fármaco la mató. Tal vez la mató una combinación. Tal vez estaba demasiado delgada y no tenía grasa corporal suficiente para asimilar el fármaco. Tal vez si le hubieran dado menos habría vivido. Tal vez KVH reajuste la farmacocinética antes de vender el producto en Estados Unidos.

—¿Dijo eso? ¿Tessa?

—Sí. «Wanza no era más que otro conejillo de Indias. Yo la quería. Ellos la mataron. Tessa.»

Justin se apresuró a protestar:

—Por el amor de Dios, Birgit. ¿Qué hay de Emrich? Si Emrich, una de las personas que descubrió el fármaco, ha declarado que no es fiable, seguro que...

Birgit le cortó en seco.

—Emrich exagera. Pregunta a Kovacs. Pregunta a KVH. La contribución de Lara Emrich al descubrimiento de la molécula Dypraxa fue absolutamente mínima. Kovacs puso el genio, Emrich era la ayudante de laboratorio y Lorbeer, el visionario. Naturalmente, se ha dado a Emrich mucha más importancia de la que tenía, porque era amante de Lorbeer.

—¿Dónde está Lorbeer ahora?

—No se sabe. Emrich no lo sabe, KVH no lo sabe... dice que no lo sabe. En los últimos cinco meses Lorbeer ha sido completamente invisible. Tal vez también a él lo hayan matado.

—¿Dónde está Kovacs?

—De viaje. Viaja tanto que KVH no puede decirnos nunca dónde está ni dónde estará. La semana pasada estaba en Haití, quizá; hace tres semanas estaba en Buenos Aires o en Tombuctú. Pero dónde estará mañana o la semana que viene es un misterio. Naturalmente, su dirección particular es confidencial y su número de teléfono, también.

Carl estaba enfadado. Hacía apenas un instante arrastraba plácidamente una ramita por un charco, ahora berreaba porque quería comer. Se sentaron en un banco y Birgit le dio el biberón.

—Si no estuvieras tú, se lo tomaría solo —dijo orgullosamente—. Iría caminando como un pequeño borracho con el biberón en la boca. Pero ahora tiene un tío que lo observa, así que necesita toda tu atención. —Algo en lo que dijo le recordó el dolor de él—. Lo siento, Justin —musitó—. ¿Qué puedo decir? —Pero lo dijo tan deprisa y tan bajito que, por una vez, él no necesitó contestar «gracias», ni «sí, es terrible», ni «eres muy amable», ni ninguna de las demás frases sin sentido que había aprendido a decir mecánicamente cuando la gente se sentía obligada a expresar lo inexpresable.

Paseaban de nuevo y Birgit revivía el día del robo:

—Llego a la oficina por la mañana. Mi colega Roland está en un congreso en Río, por lo demás es un día normal. Las puertas están cerradas. Tengo que abrirlas, como de costumbre. Al principio no noto nada. Esa es la cuestión. ¿Qué ladrón cierra las puertas con llave cuando se va? La policía también nos hizo esta pregunta. Pero lo que es incuestionable es que las puertas estaban cerradas. La oficina no está ordenada, pero eso es normal. En Hipo la limpieza la hacemos nosotros mismos. No podemos permitirnos el lujo de pagar por la limpieza, y a veces tenemos demasiado trabajo o demasiada pereza para ponernos a limpiar.

Tres mujeres pasaron pedaleando solemnemente en bicicleta, dieron la vuelta al aparcamiento y volvieron, adelantándolos en su camino colina abajo. Justin recordó a las tres ciclistas de la mañana.

—Voy a comprobar el contestador automático. En Hipo tenemos contestador. Un aparato corriente de no más de cien marcos, pero cien marcos al fin y al cabo, y nadie se lo ha llevado. Tenemos corresponsales en todo el mundo, así que necesitamos contestador. La cinta no está. Mierda, pienso, ¿quién ha cogido la estúpida cinta? Voy al otro despacho a buscar una cinta nueva. El ordenador no está. Mierda, pienso, ¿qué idiota ha movido el ordenador y dónde lo ha dejado? Es un ordenador grande, en dos bloques, pero no es imposible moverlo, porque tiene ruedas. Tenemos con nosotros a una chica nueva, una abogada en prácticas, una chica estupenda en realidad, pero nueva. «Beate, querida —le digo—, ¿dónde demonios está nuestro ordenador?» Entonces empezamos a buscar. Ordenador. Cintas. Disquetes. Documentos. Archivos. Todo ha desaparecido y las puertas cerradas con llave. No se han llevado nada de valor. Ni el dinero de la caja, ni la máquina de café, la radio, el televisor o la grabadora vacía. No son drogadictos. No son ladrones profesionales. Y para la policía, no son delincuentes. ¿Para qué iban a cerrar las puertas unos delincuentes? Tal vez tú me lo puedas decir.

—Para que lo sepamos —contestó Justin después de una larga pausa.

—¿Cómo? Para que sepamos ¿qué? No te entiendo.

—También cerraron las puertas de Tessa.

—Explícate, por favor. ¿Qué puertas?

—Las del todoterreno. Cuando la mataron. Cerraron las puertas del todoterreno para que las hienas no se llevaran los cadáveres.

—¿Por qué?

—Para asustarnos. Ese fue el mensaje que pusieron en el ordenador portátil de Tessa. Para ella o para mí. «Cuidado. No sigas con lo que estás haciendo.» A ella, además, le enviaron una amenaza de muerte. Lo descubrí hace apenas unos días. Ella no me lo contó.

—Entonces era muy valiente —dijo Birgit.

Birgit recordó las baguettes. Se sentaron en otro banco y se las comieron mientras Carl mordisqueaba una galleta para bebés y cantaba, y los dos viejos centinelas pasaban por delante sin mirarlos, colina abajo.

—¿Siguieron algún patrón en lo que se llevaron, o se limitaron a llevárselo todo?

—Se lo llevaron todo, pero también seguían un patrón. Roland dice que no, pero Roland está demasiado relajado, como siempre. También es un atleta con un corazón que late a la mitad de la velocidad normal, así que corre más que nadie. Pero solo cuando quiere. Va deprisa cuando sirve para algo. Cuando no hay nada que hacer, se echa a dormir.

—¿Cuál era el patrón? —preguntó Justin.

Frunce el entrecejo como Tessa, notó de repente. Es el ceño de la discreción profesional. Justin no hizo el menor intento por romper el silencio, como tampoco hacía con Tessa.

—¿Cómo traduces *waghalsig*? —preguntó ella al fin.

—Imprudente, creo. Temeraria, quizá. ¿Por qué?

—Entonces yo también fui *waghalsig* —dijo Birgit.

Carl quería que lo llevaran en brazos, hecho insólito, según su madre. Justin insistió con éxito en llevar la carga. No fue tan sencillo; Birgit se quitó la mochila de la espalda y alargó las cintas para que se la pusiera él, y solo cuando quedó ajustada a su plena satisfacción, metió a Carl en ella y le exhortó a portarse bien con su nuevo tío.

—Fui peor que *waghalsig*. Fui una completa idiota. —Se mordió el labio, detestándose a sí misma por lo que tenía que decir—. Nos llegó una carta. La semana pasada. El jueves. Llegó por correo desde Nairobi. No era una carta, sino un documento. Setenta hojas. Sobre la Dypraxa. Historia, aspectos y efectos secundarios. Positivo y negativo, pero sobre todo negativo, teniendo en cuenta las muertes y los efectos secundarios. No estaba firmado. Era objetivo en todos los aspectos científicos, pero en otros resultaba un poco extraño. Estaba dirigido a Hipo, sin ningún nombre en particular, solo Hipo. A las damas y caballeros de Hipo.

—¿En inglés?

—En inglés, pero creo que no lo había escrito un inglés. Estaba escrito a máquina. Mencionaba a Dios muchas veces. ¿Eres una persona religiosa?

—No.

—Pero Lorbeer sí.

La fina llovizna había empezado a intercalarse con aguaceros esporádicos. Birgit estaba sentada en un banco. Habían llegado a una plataforma con columpios que tenían barras en los asientos para impedir que los niños se cayeran. Carl quiso subirse a uno y que lo columpiaran. Intentaba no dejarse vencer por el sueño, pues le embargaba una indolencia gatuna. Tenía los ojos entornados y sonreía mientras Justin lo columpiaba con obsesiva prudencia. Un Mercedes blanco con matrícula de Hamburgo subió por la colina lentamente, pasó junto a ellos y dio una vuelta por el abarrotado aparcamiento. Un conductor y un pasajero a su lado, ambos hombres. Justin recordó a las dos mujeres del Audi aparcado cuando había salido a la calle por la mañana. El Mercedes bajó por la colina.

—Tessa me dijo que hablabas todo tipo de lenguas —dijo Birgit.

—Eso no significa que tenga algo que decir en ellas. ¿Por qué fuiste *waghalsig*?

—Di mejor estúpida.

—¿Por qué fuiste estúpida?

—Lo fui porque cuando el documento de Nairobi llegó por correo, me entusiasmé y telefoneé a Lara Emrich a Saskatchewan y le dije: «Lara, querida, escucha, hemos recibido una larga historia anónima sobre la Dypraxa, muy mística, muy extraña y auténtica, sin remite y sin fecha, y creo que es de Markus Lorbeer. Habla de las víctimas de la combinación de fármacos y te será de gran ayuda». Yo estaba muy contenta porque el documento llevaba en realidad su nombre. «La doctora Lara Emrich tiene razón», se titulaba. «Es una locura», le dije, «pero suena como una feroz declaración política. También es muy polémica, muy religiosa y muy destructiva para Lorbeer». «Entonces es de Lorbeer. Markus quiere autoflagelarse. Típico de él», dijo ella.

—¿Has visto a Emrich alguna vez? ¿La conoces?

—Igual que conocía a Tessa. Por correo electrónico. Así que somos amigas electrónicas. En el documento se decía que Lorbeer pasó seis años en Rusia, dos bajo el viejo régimen comunista y cuatro bajo el nuevo orden caótico. Le cuento esto a Lara, que ya lo sabía. Según el documento, Lorbeer fue representante de ciertas empresas farmacéuticas occidentales y presionó a las autoridades sanitarias rusas para que compraran sus medicamentos, le digo. En seis años Lorbeer tuvo tratos con ocho ministros de Sanidad distintos. El documento menciona un dicho con respecto a ese período y estoy a punto de leérselo a Lara, cuando ella me interrumpe y me lo suelta tal como aparece en el documento: «Los ministros de Sanidad rusos llegaron en un Lada y se fueron en un Mercedes». Es una de las bromas predilectas de Lorbeer, me dice. Esto nos confirma a las dos que Lorbeer es el autor del documento. Es una confesión masoquista. También me entero por Lara de que el padre de Lorbeer era un luterano alemán, muy calvinista, muy estricto, lo que explica las morbosas ideas de Lorbeer y su deseo de confesar. ¿Sabes algo de medicina? ¿De química? ¿Un poco de biología quizá?

—Me temo que mi educación fue demasiado cara para eso.

—En su confesión Lorbeer asegura que mientras trabajaba para KVH obtuvo la validación de la Dypraxa por medio de halagos y sobornos. Describe cómo compró a funcionarios de Sanidad, aceleró ensayos clínicos, compró registros de medicamentos y licencias de importación, y untó todas las manos burocráticas de la cadena de gobierno. En Moscú, la validación de los más prestigiosos líderes de opinión sobre medicina podía comprarse por veinticinco mil dólares. Eso es lo que dice. El problema era que, cuando se sobornaba a uno, era preciso sobornar a todos los demás porque, de lo contrario, podían menospreciar la molécula por envidia o resentimiento. En Polonia no era muy diferente, pero salía más barato. En Alemania, la influencia era más sutil, pero no mucho. Lorbeer habla de una ocasión famosa en que alquiló un jumbo para KVH y llevó a Tailandia a ochenta eminentes médicos alemanes para realizar una excursión didáctica. —Birgit sonreía al relatar la anécdota—. La educación se la dieron durante el viaje de ida, en forma de películas y conferencias, y también caviar Beluga, así como brandis y wiskies selectísimos. Todo debía ser de la mejor calidad, escribe, porque los buenos doctores alemanes están ya muy mimados. El champán ya no les interesa. En Tailandia, los médicos tuvieron libertad para hacer lo que les diera la gana, pero se procuró diversión a quien la solicitó, sin olvidar una atractiva pareja. Lorbeer en persona organizó un viaje en helicóptero para dejar caer orquídeas sobre cierta playa donde los médicos y sus acompañantes se relajaban. En el viaje de vuelta a casa no fue necesario educarlos más. Los médicos se habían educado muy bien. Lo único que necesitaban recordar era qué prescribir y cómo redactar los artículos aprendidos.

Aunque Birgit reía, aquella historia le resultó incómoda y quiso corregir su impacto:

—Eso no significa que la Dypraxa sea un mal medicamento, Justin. Es un medicamento muy bueno que no ha completado sus ensayos clínicos. No todos los médicos se dejan seducir, ni todas las empresas farmacéuticas son negligentes y codiciosas.

Hizo una pausa, consciente de que había hablado demasiado, pero Justin no hizo el menor intento por cambiar de tema.

—La industria farmacéutica moderna solo tiene sesenta y cinco años de existencia. Cuenta con buenos profesionales y ha logrado milagros humanos y sociales, pero no ha desarrollado aún una conciencia colectiva. Lorbeer dice en el documento que las empresas farmacéuticas le han dado la espalda a Dios. Hay muchas citas bíblicas que no comprendo. Tal vez sea porque no comprendo a Dios.

Carl se había dormido en el columpio, así que Justin lo sacó, y con la mano sobre la espalda caliente lo paseó suavemente de un lado a otro.

—Me estabas contando que llamaste a Lara Emrich por teléfono —recordó a Birgit.

—Sí, pero me he desviado deliberadamente porque me avergonzaba de haber sido tan estúpida. ¿Vas bien o quieres que lo coja yo?

—Estoy bien.

El Mercedes blanco se había detenido al pie de la colina. Los dos hombres seguían dentro.

—En Hipo hace años que damos por sentado que tenemos los teléfonos intervenidos, en cierto sentido nos enorgullece. De vez en cuando nos censuran el correo. Nos enviamos cartas a nosotros mismos y vemos después que nos llegan en diferente estado. A menudo hemos fantaseado con la idea de transmitir información errónea al *Organy*.

—¿El qué?

—Es la palabra que usa Lara. Es una palabra rusa de la época soviética. Define al conjunto de órganos del Estado.

—La incorporaré a mi vocabulario inmediatamente.

—Así pues, quizá el *Organy* nos estaba escuchando cuando Lara y yo nos reíamos y nos alegrábamos por teléfono, y cuando le prometí enviarle una copia del documento a Canadá de inmediato. Lara dijo que, desgraciadamente, no tenía fax porque se había gastado el dinero en abogados y no le permiten entrar en el hospital. Si hubiera tenido un fax, tal vez hoy no habría ningún problema. Habría recibido la copia de la confesión de Lorbeer y ahora la tendría, aunque no la tengamos nosotros. Todo se habría salvado. Tal vez. Siempre tal vez. No se ha demostrado nada.

—¿Y qué hay del correo electrónico?

—Ya no tiene correo electrónico. Su ordenador tuvo un infarto el día después de que ella intentara publicar su artículo, y aún no se ha repuesto.

Birgit tenía una expresión estoica en medio de su tribulación, aunque se había sonrojado.

—¿Y entonces? —preguntó Justin, instándola a continuar.

—Entonces no tenemos documento. Lo robaron cuando robaron el ordenador y los ficheros y las cintas. Llamé a Lara por la noche. Nuestra conversación terminó a eso de las cinco menos cuarto. Ella se emocionó, estaba muy contenta. Yo también. «Espera a que se entere Kovacs», repetía. Así que estuvimos charlando y riendo un buen rato y yo no pensé en hacer una copia de la confesión de Lorbeer hasta el día siguiente. Guardé el documento en nuestra caja fuerte. La caja no es enorme, pero sí de tamaño considerable. Los ladrones tenían la llave. Igual que cerraron las puertas con llave al marcharse, también cerraron la caja fuerte después de robarnos el documento. Cuando uno piensa sobre estas cosas, resultan evidentes. Hasta entonces ni se le ocurren. ¿Qué hace un gigante cuando quiere una llave? Le dice a su gentecilla que descubra qué tipo de caja fuerte tenemos, luego llama al gigante que hizo la caja fuerte y le pide que ordene a su gentecilla que le hagan una llave. En el mundo de los gigantes todo eso es normal.

El Mercedes blanco seguía sin moverse. Tal vez eso también fuera normal.

Encontraron un refugio con techo de hojalata. A cada lado hay hileras de hamacas plegables encadenadas como presos. La lluvia repiquetea sobre el tejado de cinc y cae formando riachuelos a sus pies. Carl ha vuelto con su madre. Duerme sobre su pecho con la cabeza acurrucada en su hombro. Ella ha abierto un parasol para protegerlo de la lluvia. Justin se ha sentado un poco aparte, con las manos enlazadas entre las rodillas y la cabeza inclinada sobre las manos. Esto es lo que me contrarió de la muerte de Garth, recuerda. Garth me privó de una mayor educación.

—Lorbeer estaba escribiendo un *roman* —dice Birgit.

—Novela.

—¿*Roman* es novela?

—Sí.

—Entonces su novela tiene el final feliz al principio. Érase una vez dos hermosas y jóvenes doctoras llamadas Emrich y Kovacs. Las dos son interinas en la Universidad de Leipzig, en Alemania Oriental. La universidad tiene un gran hospital. Las dos realizan investigaciones bajo la supervisión de sabios profesores y sueñan con que algún día harán un gran descubrimiento que salvará al mundo. Nadie habla del dios Beneficio, a menos que sea un beneficio para la humanidad. Al hospital de Leipzig llegan muchos rusos de origen alemán procedentes de Siberia con tuberculosis. En los campos de prisioneros soviéticos la incidencia de la tuberculosis era muy elevada. Todos los enfermos son pobres, todos están enfermos y sin defensas, la mayoría padecen variedades multirresistentes y muchos son ya moribundos. Están dispuestos a firmar cualquier cosa y a probar cualquier cosa sin causar problemas. Así pues, es natural que las dos jóvenes doctoras se hayan dedicado a aislar bacterias y a experimentar con remedios embrionarios contra la tuberculosis. Han hecho ensayos con animales, quizá han probado incluso con estudiantes de medicina y otros internos. Los estudiantes de medicina no tienen dinero. Serán médicos algún día, así que también les interesa el procedimiento. Y sus investigaciones las supervisa un *Oberarzt*...

—Un médico jefe.

—El equipo lo dirige un médico jefe que está entusiasmado con los experimentos. Nadie es malo, nadie comete ningún delito. Son jóvenes soñadores que tienen un tema de análisis muy atractivo y pacientes desesperados. ¿Por qué no?

—¿Por qué no? —musita Justin.

—Y Kovacs tiene novio. Kovacs siempre tiene novio. Muchos novios. Su novio es polaco, un buen tipo. Casado, pero eso no importa. Y el novio tiene un laboratorio pequeño y eficaz en Gdansk. Por amor a Kovacs, el polaco le dice que puede ir a jugar a su laboratorio siempre que quiera. Además, puede llevar consigo a quien le plazca, así que se lleva con ella a su hermosa amiga y colega, Emrich. Kovacs y Emrich investigan, Kovacs y el polaco hacen el amor, todo el mundo es feliz, nadie habla sobre el dios Beneficio. Estos jóvenes solo buscan el honor y la gloria, y quizá un pequeño ascenso en la profesión. Y sus estudios dan resultados positivos. Los enfermos siguen muriéndose, aunque iban a morir de todas maneras. Pero algunos que habrían muerto siguen viviendo. Kovacs y Emrich están muy orgullosas. Escriben artículos para revistas médicas. Su profesor escribe artículos de apoyo.

Otros profesores apoyan al profesor, todo el mundo es feliz, todo el mundo felicita al vecino, no hay enemigos, al menos de momento.

Carl se mueve. Birgit le da unas palmaditas en la espalda y le sopla dulcemente en la oreja. Carl sonríe y sigue durmiendo.

—Emrich también tiene un amante. Está casada con un tal Emrich, pero el marido no la satisface y, al fin y al cabo, eso es el este de Europa, todo el mundo ha estado casado con todo el mundo. Su amante se llama Markus Lorbeer. Lorbeer tiene una partida de nacimiento de Sudáfrica, es de padre alemán y madre holandesa, y vive en Moscú como representante autónomo de empresas farmacéuticas, pero, ay, también es un empresario con olfato para las iniciativas interesantes en el campo de la biotecnología, y sabe explotarlas.

—Un cazatalentos.

—Tiene unos quince años más que Lara, ha recorrido los siete mares, como decimos aquí, y es un soñador como ella. Adora la ciencia, pero jamás se hizo científico. Adora a Dios y al mundo entero, pero también adora al dinero y al dios Beneficio. Así que escribe: «El joven Lorbeer es un creyente, adora al Dios cristiano, adora a las mujeres, pero también adora al dios Beneficio». Esto precipita su caída. Cree en Dios, pero no le hace caso. Personalmente yo rechazo su actitud, pero eso no importa ahora. Para un humanista, Dios es una excusa para no ser humanista. Seremos humanistas en la otra vida, y mientras tanto obtenemos beneficios. No importa. «Lorbeer se apoderó del don de la sabiduría de Dios», supongo que con eso se refiere a la molécula, «y se la vendió al Diablo», supongo que se refiere a KVH. Luego dice que cuando Tessa fue a verlo al desierto, le contó sus pecados con todo detalle.

Justin se irguió en el asiento bruscamente.

—¿Eso dice? ¿Que se lo contó a Tessa? ¿Cuándo?

¿En el hospital? ¿Adónde fue ella a verlo? ¿A qué desierto? ¿De qué demonios está hablando?

—Como ya te he dicho, el documento es un poco raro. Lorbeer la llama el Abad.* «Cuando el Abad fue a visitar a Lorbeer al desierto, Lorbeer lloró.» Tal vez sea un sueño, una fábula. Lorbeer se ha convertido en un penitente en el desierto. Es Elías o Cristo, no lo sé. En realidad, es de mal gusto. «El Abad visitó a Lorbeer para que rindiera cuentas ante Dios. Por lo tanto, durante este encuentro en el desierto, Lorbeer explicó al Abad la naturaleza recóndita de sus pecados.» Esto es lo que él escribe. Es evidente que sus pecados son muchos. No los recuerdo todos. Está el pecado del autoengaño y el de las falsas premisas. Luego creo que viene el pecado del orgullo, seguido por el de la cobardía. No se justifica en absoluto, lo que en realidad me alegra. Pero seguramente también él se alegra. Lara dice que solo es feliz cuando se confiesa o hace el amor.

—¿Escribió todo eso en inglés?

Ella asintió.

—Un párrafo lo escribe como la Biblia inglesa, en el siguiente ofrece detalles extremadamente técnicos sobre el diseño deliberadamente engañoso de los ensayos clínicos, sobre las peleas entre Kovacs y Emrich y sobre los problemas de la Dypraxa cuando se combina con otros fármacos Solo una persona muy informada podía conocer esos detalles. Prefiero con mucho a este Lorbeer antes que al Lorbeer del Cielo y el Infierno, lo reconozco.

—¿Abad con *a* minúscula?

—Mayúscula. «El Abad anotó todo cuanto le dije.» Pero había otro pecado. La mató.

Justin fijó la mirada en el recostado Carl mientras esperaba.

* Abad en inglés es Abbott, apellido de soltera de Tessa.

—Tal vez no lo hiciera él personalmente; en eso es ambiguo. «Lorbeer la mató con su traición. Cometió el pecado de Judas, por lo tanto, le cortó la garganta con las manos desnudas y clavó a Bluhm al árbol.» Cuando leí estas palabras a Lara, le pregunté: «Lara, ¿está diciendo Markus que asesinó a Tessa Quayle?».

—¿Qué respondió ella?

—Que Markus no podría matar ni a su peor enemigo. Que esa es su cruz: ser un hombre malo con conciencia. Lara es rusa; está muy abatida.

—Pero si él mató a Tessa, no es bueno, ¿no?

—Lara jura que es imposible que lo hiciera. Lara tiene muchas cartas de Markus y está perdidamente enamorada de él. Le ha oído muchas otras confesiones, salvo esta, claro. Dice que Markus está muy orgulloso de sus pecados, pero que es engreído y los exagera. Tiene una personalidad compleja, quizá un poco psicótica, y por eso lo ama.

—Pero ¿no sabe dónde está?

—No.

Justin, que miraba al frente sin ver, clavó los ojos en el engañoso crepúsculo.

—Judas no mató a nadie —objetó—. Judas cometió una traición.

—Pero el efecto fue el mismo. Judas mató con su traición.

Otra larga contemplación del crepúsculo.

—Aquí falta un personaje. Si Lorbeer traicionó a Tessa, ¿a quién la entregó?

—No quedaba claro. Tal vez a las Fuerzas Oscuras. Solo puedo hablarte de lo que recuerdo.

—¿Las Fuerzas Oscuras?

—En el documento hablaba de las Fuerzas Oscuras. Detesto esa terminología. ¿Se refiere a KVH? Tal vez conozca otras fuerzas.

—¿Mencionaba a Arnold el documento?

—El Abad tenía un guía. En el documento es el Santo. El Santo había llamado a Lorbeer al hospital y le había dicho que la droga Dypraxa era un instrumento de muerte. El Santo era más prudente que el Abad porque es un médico, y más tolerante porque conoce la maldad humana por experiencia. Pero la mayor verdad la tiene Emrich. De eso Lorbeer está seguro. Emrich lo sabe todo, por lo tanto, no se le permite hablar. Las Fuerzas Oscuras están resueltas a tapar la verdad. Por eso tenían que matar al Abad y crucificar al Santo.

—¿Crucificado? ¿Arnold?

—En la fábula de Lorbeer, las Fuerzas Oscuras se llevaron a Bluhm a rastras y lo clavaron a un árbol.

Los dos guardaron silencio, avergonzados en cierto sentido.

—Lara dice también que Lorbeer bebe como un ruso —añadió Birgit, a modo de atenuante, pero Justin estaba centrado en el tema.

—Lorbeer escribe desde el desierto, pero usa el servicio de correos de Nairobi —objetó.

—La dirección venía mecanografiada, el conocimiento de embarque estaba escrito a mano, el paquete se envió desde el hotel Norfolk de Nairobi. El nombre del remitente era difícil de leer, pero creo que era McKenzie. ¿No es escocés? Si el paquete no podía ser entregado, no debía devolverse a Kenia, sino ser destruido.

—Supongo que el conocimiento de embarque tenía un número.

—El conocimiento de embarque iba dentro del sobre. Cuando metí el documento en la caja fuerte por la noche, lo primero que hice fue volver a meterlo en el sobre. Naturalmente, el sobre también ha desaparecido.

—Pregunta al servicio postal. Tendrán una copia.

—El servicio postal no tiene registrado el paquete. Ni en Nairobi ni en Hanover.

—¿Cómo puedo encontrarla?

—¿A Lara?

La lluvia resonaba sobre el tejado de cinc y las luces anaranjadas de la ciudad surgían y se desvanecían en la niebla. Birgit arrancó una hoja de su agenda y anotó en ella un largo número de teléfono.

—Tiene una casa, pero no por mucho tiempo. También puedes preguntar en la universidad, pero ten mucho cuidado porque allí la detestan.

—¿Lorbeer se acostaba también con Kovacs, además de con Emrich?

—No sería extraño en él. Pero creo que la pelea entre las dos mujeres no se debió al sexo, sino a la molécula. —Hizo una pausa, siguiendo la mirada de Justin, que miraba hacia lo lejos. Pero no había nada que ver, salvo las colinas distantes, cuya cima asomaba por entre la niebla—. Tessa me escribía a menudo que te amaba —dijo en voz baja al rostro vuelto de Justin—. No lo decía directamente, no era necesario. Decía que eras un hombre honrado y que lo serías cuando fuera necesario.

Birgit se preparó para irse. Él le pasó la mochila y entre los dos ataron a Carl al asiento especial de la bicicleta y colocaron la capa impermeable de modo que la cabeza del durmiente asomara por el agujero. Birgit se subió entonces a la bicicleta.

—Bueno —dijo—, ¿te vas a pie?

—Me voy a pie.

Ella sacó un sobre del interior de su chaqueta.

—Esto es todo lo que recuerdo de la novela de Lorbeer. Lo he escrito para ti. Mi letra es muy mala, pero seguro que la descifras.

—Eres muy amable. —Justin se metió el sobre dentro de la gabardina.

—Bueno, pues que te vaya bien el paseo —dijo ella.

Birgit hizo ademán de estrecharle la mano, pero cambió de idea y le besó en la boca; un beso serio, pausado, necesariamente torpe, de afecto y de despedida, mientras sujetaba la bicicleta con las manos. Luego fue Justin quien la sujetó para que ella se abrochara el casco bajo el mentón, antes de acomodarse en el sillín y echar a pedalear colina abajo.

Voy a pie.

Echó a andar por el centro de la carretera, con un ojo puesto en los arbustos de rododendros que tenía a cada lado, cada vez más oscuros, escudriñando los boquetes negros que se abrían entre ellos. El aire nocturno olía a manzanas. Llegó al pie de la colina y se acercó al Mercedes aparcado, pasando a diez metros del capó. El interior no estaba iluminado. Había dos hombres sentados delante, pero, a juzgar por sus siluetas inmóviles, no eran los mismos que habían subido antes por la colina y habían vuelto a bajar. Siguió caminando y el coche lo adelantó. Él no hizo caso, pero en su imaginación los hombres lo vigilaban. El Mercedes llegó a un cruce y giró a la izquierda. Justin giró a la derecha, dirigiéndose hacia el resplandor de la ciudad. Pasó un taxi y el taxista le ofreció sus servicios.

—Gracias, gracias —respondió él expresivamente—, pero prefiero ir andando.

No hubo réplica. Justin caminaba ahora por la acera, manteniéndose cerca del bordillo. Llegó a otro cruce y enfiló una calle lateral muy iluminada. Jóvenes de ambos sexos de mirada certera se agazapaban en los portales. Hombres con chaqueta de cuero hablaban en las esquinas por el móvil. Justin pasó dos cruces más y vio delante el hotel en que se alojaba.

El vestíbulo estaba sumergido en el inevitable torbellino de última hora de la tarde. En recepción se registraba una delegación japonesa, había destellos de flashes, los botones apilaban costosos equipajes en el único ascensor. Justin ocupó su lugar en la cola, se quitó la gabardina y se la colgó del brazo sin doblar el sobre de Birgit, que llevaba en el bolsillo interior. El ascensor bajó, Justin se hizo a un lado para dejar pasar primero a las mujeres. Subió al tercer piso y fue el único que se bajó en él. El desagradable corredor con su amarilla luz fluorescente le recordó el hospital de Uhuru. Los televisores resonaban en todas las habitaciones. La suya era la 311 y la llave de la puerta era un trozo de plástico con una flecha negra impresa. El estruendo de los televisores compitiendo entre sí lo enfureció y pensó muy seriamente en quejarse a alguien. ¿Cómo voy a escribir a Ham con este ruido? Entró en la habitación, dejó la gabardina sobre una silla y vio que el culpable era su televisor. Las camareras debían de haberlo encendido mientras arreglaban la habitación y no se habían molestado en apagarlo al marcharse. Se dirigió al televisor. Daban un programa del tipo que él detestaba especialmente. Una cantante medio desnuda aullaba al micrófono para deleite de un embelesado público juvenil tras la niebla iluminada de la pantalla.

Y eso fue lo último que vio Justin justo antes de que se apagaran todas las luces: una niebla de luz que llenaba la pantalla. La oscuridad cayó sobre él, y se notó golpeado y ahogado al mismo tiempo. Unos brazos le sujetaron los suyos contra los costados y le metieron una bola de trapo en la boca. Le placaron las piernas como en el rugby y le quedaron dobladas debajo del cuerpo, y decidió que estaba teniendo un ataque cardíaco. Su teoría se vio confirmada cuando recibió un segundo golpe en el estómago, dejándolo sin respiración, porque, cuando intentó gritar, no ocurrió nada, no le salían la voz ni la respiración y la bola de trapo le ahogaba.

Notó unas rodillas sobre el pecho. Le apretaron algo

en torno al cuello, un nudo corredizo, pensó, y supuso que iban a colgarlo. Tuvo una visión clara de Bluhm clavado a un árbol. Olió una loción de hombre y recordó el olor corporal de Woodrow y haber olisqueado la carta de amor de Woodrow para ver si olía igual. Extrañamente, por un momento no pensó en Tessa. Estaba tumbado en el suelo sobre el costado izquierdo, y lo que fuera que le había golpeado antes en el estómago volvió a atizarle un golpe terrible en la entrepierna. Llevaba una capucha, pero aún no lo habían colgado, y seguía tumbado de lado. La mordaza le hacía vomitar, pero no podía expulsar el vómito, así que volvía a pasar por la garganta. Unas manos lo colocaron de espaldas, le estiraron los brazos y le pusieron los nudillos de la mano de cara a la alfombra con las palmas hacia arriba. Van a crucificarme como a Arnold. Pero no le crucificaron, al menos no de momento. Le apretaron las manos contra el suelo y se las retorcieron al mismo tiempo, y el dolor era mayor de lo que hubiera creído posible: en los brazos, en el pecho y por las piernas y los testículos. Por favor, pensó. La mano derecha no. ¿Cómo voy a escribir a Ham? Y debieron de oír su plegaria, porque el dolor cesó y Justin oyó una voz de hombre, con acento del norte de Alemania, quizá de Berlín, y muy culta. La voz ordenaba que volvieran a poner al cerdo de costado y le ataran las manos a la espalda, y la orden fue obedecida.

—Señor Quayle. ¿Me oye?

La misma voz, pero en inglés. Justin no respondió. No por falta de educación, sino porque había conseguido escupir al fin la mordaza y estaba vomitando otra vez, y el vómito se acumulaba alrededor del cuello dentro de la capucha. El volumen del televisor fue bajado.

—Ya basta, señor Quayle. Déjelo, ahora, ¿de acuerdo? O recibirá el mismo trato que su mujer. ¿Me oye? ¿Quiere que le demos un poco más, señor Quayle?

Con el segundo Quayle llegó otra horrible patada en los testículos.

—Quizá se ha vuelto un poco sordo. Le dejaremos una notita, ¿de acuerdo? Sobre la cama. Cuando se despierte, lea la notita y recuérdelo bien. Luego vuélvase a Inglaterra, ¿me oye? No haga más preguntas inoportunas. Vuelva a casa, sea un buen chico. La próxima vez lo mataremos como a Bluhm. Es un proceso muy lento, ¿me oye?

Otra patada en la entrepierna para hacerle entender la lección. Oyó cerrarse la puerta.

Estaba solo en su propia oscuridad y su propio vómito, tirado en el suelo, con las rodillas dobladas hacia la barbilla y las manos atadas a la espalda. Le quemaba el cráneo a causa de las punzadas que le recorrían el cuerpo. Se quedó tumbado, sumido en una negra agonía, pasando lista a sus maltrechas tropas: pies, espinillas, rodillas, entrepierna, estómago, corazón, manos... y confirmó que estaban todos presentes, aunque no en las mejores condiciones. Tiró de sus ligaduras y tuvo la sensación de estar rodando por carbones ardientes. Volvió a quedarse inmóvil y empezó a despertar en él un terrible placer, extendiéndose en victoriosa oleada de reconocimiento.

Me han hecho esto, pero he seguido siendo quien soy. Soy un hombre con temple. Estoy capacitado. Dentro de mí mismo hay un hombre intacto. Si volvieran ahora para hacerme lo que sea, jamás alcanzarían al hombre intacto. He pasado el examen que he rehuido durante toda mi vida. Me he licenciado en dolor.

Entonces, o bien el dolor remitió, o bien la naturaleza acudió en su ayuda, porque se quedó adormilado con la boca cerrada y respirando por la nariz a través de la hedionda y negra noche de la capucha. El televisor seguía encendido, lo oía. Y si su sentido de la orientación no le fallaba, lo tenía delante. Pero la capucha debía de tener un forro doble, porque no veía ni siquiera un parpadeo, y cuando, con gran coste para sus manos, se puso de espaldas, no vio el menor atisbo de las luces del techo, aunque estaban encendidas al entrar él en la habitación, y no recordaba que hubiera oído accionar el interruptor cuando se habían ido sus torturadores. Volvió a ponerse de lado y se dejó llevar por el pánico unos instantes, esperando que la parte más fuerte de sí mismo volviera a adueñarse de la situación. Piensa, hombre. Usa esa estúpida cabeza; es lo único que te han dejado intacto. ¿Por qué la han dejado intacta? Porque no querían ningún escándalo. Es decir, quien los había mandado no quería un escándalo. «La próxima vez lo mataremos como a Bluhm», pero esta vez no, por mucho que lo desearan. Así que me pongo a gritar. ¿Es eso? ¿Ruedo por el suelo, doy patadas a los muebles, a los tabiques y al televisor, y me comporto como un maníaco hasta que alguien decida que no somos dos amantes apasionados entregados a las manifestaciones externas del sadomasoquismo, sino un inglés herido y atado con la cabeza en una bolsa?

El diplomático entrenado esbozó minuciosamente las consecuencias de tal descubrimiento. El hotel llama a la policía. La policía me toma declaración y llama al consulado británico, en este caso, el de Hanover, si todavía tenemos allí alguno. Entra el cónsul de turno, furioso por haber tenido que abandonar su cena para examinar a otro maldito súbdito británico en apuros, y su reacción visceral es examinar mi pasaporte, no importa cuál. Si es el de Atkinson, tendremos un problema, porque es falso. Así lo dictaminará una llamada a Londres. Si es el de Quayle, el problema será distinto, pero el resultado más probable será muy parecido: el primer avión de vuelta a Londres sin alternativas, y un desagradable comité de bienvenida aguardándome en el aeropuerto.

Las piernas no las tenía atadas. Hasta entonces se había mostrado reacio a separarlas. Al hacerlo, le estallaron los testículos y el vientre, y rápidamente le siguieron los muslos y las espinillas. Pero en definitiva pudo separar las piernas y volver a juntar los pies para oír el chasquido de los talones. Envalentonado por este descubrimiento, hizo el esfuerzo extremo de ponerse boca abajo y soltó un involuntario chillido. Luego se mordió los labios para no volver a chillar.

Pero siguió obstinadamente boca abajo. Y con paciencia, procurando no molestar a sus vecinos de las habitaciones contiguas, empezó a aflojar sus ligaduras.

17

El avión era un viejo Beechcraft de motores gemelos fletado por las Naciones Unidas, con un capitán blanco de Johannesburgo, de cincuenta años de edad, un fornido copiloto africano con patillas, y una caja con comida en cada uno de sus nueve asientos rotos. El aeropuerto era el de Wilson, junto a la tumba de Tessa, y mientras el avión esperaba en la pista, exudando humedad, Ghita estiraba el cuello para ver el túmulo funerario, preguntándose cuánto tendría que esperar la lápida. Pero lo único que vio fue hierba, un hombre de una tribu vestido de rojo, que vigilaba sus cabras con un cayado, apoyándose en una sola pierna, y una manada de gacelas moviéndose nerviosamente mientras pacían bajo montones de nubes de un negro azulado. Ghita había metido la bolsa de viaje bajo el asiento, pero la bolsa era demasiado grande y tuvo que separar los pies calzados con zapatos monjiles para dejarle espacio. En el avión hacía un calor terrible y el capitán había advertido ya a los pasajeros que no podrían poner el aire acondicionado hasta que despegaran. En el compartimento con cremallera de la bolsa, Ghita había metido las notas de su informe y sus credenciales como delegada de la embajada británica para la CEDEA. En la bolsa llevaba el pijama y una muda. Hago esto por Justin. Sigo los pasos de Tessa. No tengo por qué sentirme avergonzada de mi inexperiencia ni del engaño.

La parte trasera del fuselaje estaba llena de sacos de preciosa *miraa*, una planta levemente narcótica, permitida por la ley, que adoraban en las tribus del norte. Su aroma leñoso impregnaba poco a poco el interior del avión. Delante de Ghita se sentaban cuatro insensibilizados cooperantes, dos hombres y dos mujeres. Tal vez la *miraa* fuera de ellos. Ghita envidió su actitud imperturbable, despreocupada, sus ropas raídas y su desaliñada dedicación. Y comprendió con una punzada de reproche que tenían su misma edad. Deseó ser capaz de romper con el hábito de una humildad aprendida, de juntar los talones siempre que estrechaba la mano a sus superiores, práctica que le habían inculcado las monjas. Miró el interior de su caja de comida y encontró dos sándwiches de plátano, una manzana, una tableta de chocolate y un zumo de maracuyá en cartón. Apenas había dormido y estaba hambrienta, pero su sentido del decoro le impidió comerse un sándwich antes de despegar. La noche anterior, el teléfono no había dejado de sonar desde que había vuelto a su piso, y uno a uno, sus amigos habían dado rienda suelta a la incredulidad y la indignación por la noticia de que la policía buscaba a Arnold. La posición de Ghita en la embajada hizo preciso que desempeñara el papel de estadista de mayor edad con todos ellos. A medianoche, aunque estaba muerta de cansancio, había intentado dar un paso que no tenía vuelta atrás y que, de haber tenido éxito, la habría rescatado de la tierra de nadie en la que se había ocultado como una reclusa durante las últimas tres semanas. Había metido la mano en la vieja olla de latón donde guardaba cosas sueltas, y sacó un trozo de papel que había ocultado allí. Aquí es donde has de llamarnos, Ghita, si decides volver a hablar con nosotros. Si no estamos, deja el mensaje y uno de nosotros te devolverá la llamada antes de una hora, lo prometo. Le respondió una agresiva voz africana de hombre, haciéndole desear que se hubiera equivocado de número.

—Quisiera hablar con Rob o con Lesley, por favor.

—¿De parte de quién?

—Quiero hablar con Rob o con Lesley. ¿Está alguno de los dos?

—¿Quién es usted? Deme su nombre y dígame inmediatamente qué quiere.

—Quiero hablar con Rob o con Lesley, por favor.

Cuando le colgaron el teléfono bruscamente, Ghita aceptó sin mayores dramatismos que, como había sospechado, estaba sola. A partir de entonces no habría Tessa, ni Arnold, ni la experimentada Lesley de Scotland Yard para que cargaran con la responsabilidad por sus acciones. Sus padres no podían ayudarla, por mucho que los quisiera. Su padre, el abogado, escucharía su testimonio y diría que por una parte esto, pero por la otra parte lo otro, y le preguntaría qué pruebas tenía para respaldar aquellas acusaciones tan graves. Su madre, la doctora, le diría: trabajas demasiado, querida, ven a casa a descansar y divertirte un poco. Con esta idea en su aturdida cabeza, había abierto el ordenador portátil, cuya memoria sin duda estaría también atestada de gritos de dolor e indignación por lo de Arnold. Pero en cuanto se conectó, la pantalla se quedó en blanco. Reinició el procedimiento, en vano. Llamó a un par de amigos, solo para confirmar que sus aparatos no se habían visto afectados.

—¡Oye, Ghita, a lo mejor se te ha metido uno de esos virus de las Filipinas, o de donde quiera que salgan esos fanáticos cibernéticos! —exclamó uno de sus amigos con envidia, como si Ghita hubiera sido distinguida con una atención especial.

Tal vez era eso, precisamente, pensó, y durmió mal,

preocupada por los mensajes de correo electrónico que había perdido, los chats que había tenido con Tessa y que no había imprimido nunca porque prefería releerlos en la pantalla; así eran más vívidos, más de Tessa.

El Beechcraft no había despegado aún, así que Ghita, como tenía por costumbre, se entregó a reflexionar sobre las cuestiones importantes de la vida, evitando con cuidado la más importante de todas, a saber: ¿qué hago aquí y por qué? Un par de años atrás, en Inglaterra —en mi Era Antes de Tessa, como secretamente la llamaba ella—, le habían obsesionado las afrentas, reales o imaginarias, que soportaba todos los días por ser anglo-hindú. Se veía a sí misma como un híbrido insalvable, una muchacha medio negra que buscaba a Dios, una mujer medio blanca, superior a otras razas, sin que la ley estuviera de acuerdo. Tanto despierta como dormida, había querido saber qué lugar ocupaba en un mundo de blancos, y cómo y dónde debía invertir sus ambiciones y su humanidad, y si debía seguir estudiando danza y música en la escuela londinense a la que asistía, después de pasar por Exeter, o si, a imagen de sus padres adoptivos, debía seguir su otra estrella y dedicarse a una de sus profesiones.

Todo ello explicaba por qué una mañana, casi por un impulso, se encontró haciendo un examen para el servicio de Su Majestad en el extranjero. No tuvo nada de sorprendente que lo suspendiera, puesto que jamás había prestado atención a la política, pero le aconsejaron que volviera a presentarse al cabo de dos años. Y en cierto sentido, la decisión misma de presentarse al examen, aunque no hubiera dado sus frutos, le hizo ver los motivos, y era que se sentía más cómoda consigo misma uniéndose al Sistema que manteniéndose al margen y logrando poco más que la satisfacción parcial de sus impulsos artísticos.

Y fue entonces, mientras estaba en Tanzania visitando a sus padres, cuando decidió, siguiendo un nuevo impulso, solicitar una plaza en la embajada británica de allí y buscar el ascenso una vez aceptada. Y si no hubiera hecho esto, jamás habría conocido a Tessa. Pensándolo ahora, jamás se habría metido en la línea de fuego, donde estaba resuelta a permanecer, luchando por las cosas a las que estaba resuelta a ser fiel, aunque se redujeran a una lectura bastante simplista: verdad, tolerancia, justicia, un sentido de la belleza de la vida y un rechazo cuasi violento a sus contrarios, pero, sobre todo, la creencia heredada de sus padres y reforzada por Tessa de que había que obligar al Sistema mismo a reflejar aquellas virtudes, o su existencia no tendría sentido. Esto la llevó a la pregunta más importante. Había querido a Tessa, había querido a Bluhm, quería a Justin todavía y, a fuer de sincera, más de lo que era correcto, o conveniente, o como quisieran llamarlo. Y el hecho de que ella trabajara para el Sistema no la obligaba a aceptar las mentiras del Sistema, que el día anterior había tenido aún ocasión de escuchar por boca de Woodrow. Por el contrario, la obligaban a rechazarlas y a poner al Sistema en su sitio, que era del lado de la verdad. Esto explicaba satisfactoriamente lo que hacía allí y por qué. «Mejor estar dentro del Sistema y luchar contra él», decía su padre, un iconoclasta en ciertos aspectos, «que fuera del Sistema, clamando contra él».

Tessa había dicho exactamente lo mismo, y eso era lo más maravilloso.

El Beechcraft se sacudió como un perro viejo y avanzó entre bandazos hasta levantar el vuelo con dificultad. A través de su diminuta ventanilla, Ghita vio toda África desplegándose ante ella: ciudades de barrios destartalados, manadas de cebras al galope, las granjas de flores del lago Naivasha, los Aberdares, el monte Kenia tenuemente dibujado sobre el lejano horizonte. Y junto a esto, un mar interminable de brumosa tierra marrón salpicada de pústulas verdes. El avión entró en una nube de tormenta y en el avión se hizo la penumbra. Le siguió la abrasadora luz del sol, acompañada por una fuerte explosión en un lugar indeterminado, a la izquierda de Ghita. El avión se puso de costado sin previo aviso. Cajas de comida, mochilas y la bolsa de viaje de Ghita se desperdigaron por el pasillo en medio de un coro de alarmas, sirenas y un destello de luces rojas. Nadie habló excepto un anciano africano, que soltó una carcajada y aulló: «Te queremos, Señor, que no se te olvide», lo que produjo alivio y risas nerviosas entre los demás pasajeros. El avión aún no se había enderezado. El ruido del motor se convirtió en un murmullo. El copiloto africano con patillas había encontrado un manual y estaba consultando una lista de control, con Ghita detrás, intentando leerla por encima de su hombro. El capitán blanco se volvió en el asiento para dirigirse a sus acobardados pasajeros. Su boca inclinada y correosa tenía el mismo ángulo que las alas del avión.

—Como habrán podido observar, señoras y señores, uno de los motores ha explotado —dijo secamente—. Eso significa que tendremos que volver a Wilson para coger otro pájaro de estos.

Y no tengo miedo, observó Ghita, complacida consigo misma. Hasta la muerte de Tessa, cosas como esta solo les ocurrían a otras personas. Ahora me ocurren a mí y he sabido comportarme.

Cuatro horas más tarde aterrizaba en Lokichoggio.

—¿Eres Ghita? —gritó una chica australiana para hacerse oír en medio del ruido de motores y de los saludos de las demás personas—. Soy Judith. ¡Hola!

Judith era alta, alegre y de mejillas rojas, y llevaba un sombrero de fieltro marrón de hombre y una camiseta anunciando los United Tea Services de Ceilán. Blancos aviones de carga de las Naciones Unidas despegaban y aterrizaban, blancos camiones iban y venían ruidosamente, el sol era un horno, la pista de aterrizaje despedía un calor tangible y los gases del combustible de los aviones rielaban en el aire, deslumbrándola. Con Judith como guía, se metió en la parte trasera de un todoterreno y se sentó entre sacas de correo junto a un sudoroso chino con alzacuello y traje negro. Otros todoterrenos pasaron zumbando en dirección contraria, seguidos por un convoy de camiones blancos, de camino a los aviones de carga.

—¡Era una señora realmente agradable! —gritó Judith desde el asiento del copiloto, delante de ella—. ¡Muy dedicada a su trabajo! —Era evidente que hablaba de Tessa—. ¿Por qué quieren arrestar a Arnold? ¡No son más que unos estúpidos! Arnold no mataría ni a una mosca. Has venido para tres noches, ¿verdad? ¡Es que tenemos a un puñado de expertos en nutrición que van a venir de Uganda!

Judith está aquí para alimentar a los vivos, no a los muertos, pensó Ghita, mientras el todoterreno traspasaba una verja y entraba en una carretera de tierra apisonada. Pasaron por un poblacho miserable de bares, tenderetes y un gracioso letrero que rezaba: A PICCADILLY. Ante ellos se alzaban unas serenas colinas marrones. Ghita dijo que le encantaría pasear por ellas. Judith le advirtió que, si lo hacía, no volvería jamás.

—¿Animales salvajes?

—Gente.

Se acercaban al campamento. En una franja de tierra roja que había junto a la entrada principal, unos niños jugaban a baloncesto con una bolsa blanca para alimentos clavada a un poste de madera. Judith condujo a Ghita a la recepción para recoger su pase. Ghita firmó en el libro y pasó las hojas hacia atrás con gesto casual, dejándolo abierto por la página que fingía no buscar: «Tessa Abbott, PO Box, Nairobi, Tukul 28. Bluhm, Médicos del Mundo, Tukul 29». Y la misma fecha.

—Los chicos de la prensa se divirtieron de lo lindo —decía Judith con entusiasmo—. Reuben les cobró cincuenta dólares por foto, al contado. Ochocientos dólares en total; eso son ochocientos paquetes de cuadernos y lápices para colorear. Reuben afirma que con eso produciremos dos Dinka van Gogh, dos Dinka Rembrandt y un Dinka Warhol.

Reuben, el legendario organizador de campamentos, recordó Ghita. Congoleño. Amigo de Arnold.

Caminaban por una amplia avenida de tuliperos, cuyas flores resplandecían con su intenso color rojo sobre un fondo de cables y *tukuls* blancos con techo de paja. Un inglés desgarbado como un maestro de escuela pasó pedaleando tranquilamente en una anticuada bicicleta de policía. Al ver a Judith, hizo sonar el timbre y la saludó agitando graciosamente la mano.

—Duchas y retretes enfrente, al otro lado del camino, primera sesión mañana a las ocho en punto, lugar de encuentro en la puerta de la cabaña treinta y dos —anunció Judith mientras mostraba a Ghita su alojamiento—. Espray para los mosquitos junto a la cama. Mejor usar la mosquitera. ¿Te apetece venir al club hacia el anochecer para tomarte una cerveza antes de cenar?

Ghita dijo que sí.

—Bueno, ándate con ojo. Algunos de los chicos vienen bastante hambrientos cuando vuelven del trabajo de campo.

—Ah, por cierto —dijo Ghita, como no dándole importancia—, había una tal Sarah, una amiga de Tessa. No sé si estará por aquí, pero me gustaría saludarla.

Ghita sacó sus cosas de la bolsa y, armada con el neceser y la toalla, se dirigió valientemente al otro lado de la avenida. La lluvia caída había amortiguado el estruendo del aeródromo. Las peligrosas colinas se habían vuelto de color negro y oliva. El aire olía a gasolina y especias. Se duchó, regresó a su *tukul* y se sentó con sus notas a una mesa desvencijada donde, sudando a mares, se perdió en las complejidades de la ayuda autosuficiente.

El club de Loki era un árbol de amplia copa que tenía debajo un largo tejadillo de paja, una barra con un mural de fauna salvaje y un proyector de vídeo que escupía imágenes borrosas de un antiguo partido de fútbol sobre una pared encalada, mientras el sistema de sonido arrojaba una estentórea música africana de baile. Gritos de deleite traspasaron la noche cuando cooperantes de lugares distantes volvían a encontrarse en lenguas diferentes, se abrazaban, se tocaban el rostro y caminaban cogidos del brazo. Este debería ser mi hogar espiritual, pensó Ghita melancólicamente. Esta es mi gente. Su celo y su juventud son los míos. No pertenecen a ninguna raza ni a ninguna clase social, como yo. ¡Firmar por Loki y sintonizar con la santidad! ¡Andar de un lado a otro en aeroplano, disfrutando de una imagen romántica de uno mismo y de la adrenalina del peligro! ¡Sexo en abundancia y una vida nómada que te mantiene al margen de compromisos! ¡Nada de monótono trabajo de oficina y siempre con un poco de hierba para fumar! ¡Gloria y chicos a la vuelta del trabajo de campo, dinero y más chicos esperándome en casa! ¿Quién necesita más?

Yo.

Necesito comprender por qué fue necesario todo esto en un principio y por qué es necesario ahora. Necesito tener el valor de decir, como sabía decir Tessa cuando se enfurecía: Loki apesta. No tiene más derecho a existir que el Muro de Berlín. Es un monumento al fracaso de la diplomacia. ¿Para qué demonios sirve dirigir un servicio de ambulancias Rolls-Royce, cuando nuestros políticos no hacen nada para prevenir los accidentes?

Anocheció en un suspiro. Amarillas luces fluorescentes reemplazaron al sol, los pájaros dejaron de parlotear, luego reanudaron su conversación a un volumen más aceptable. Estaba sentada a una mesa larga. Entre ella y Judith había otras tres personas. Judith estaba sentada con el brazo alrededor de un antropólogo de Estocolmo y Ghita pensaba que no se había sentido así desde que era una novata en la escuela del convento, salvo que en el convento no se bebía cerveza ni había media docena de jóvenes atractivos de todas las naciones del mundo a la mesa, y media docena de pares de ojos masculinos evaluando tu potencial sexual y tu accesibilidad. Escuchaba historias sobre lugares de los que nunca había oído hablar y sobre proezas tan espeluznantes que la convencieron de que nunca estaría capacitada para compartirlas. Hizo lo posible por parecer enterada de todo y solo levemente impresionada. El que hablaba en aquel momento era un infalible yanqui de Nueva Jersey llamado Hank el Halcón. Según Judith, en otro tiempo había sido boxeador y prestamista, y se había dedicado a la ayuda humanitaria como alternativa a una vida delictiva. Estaba soltando una larga perorata sobre las facciones que guerreaban en la zona del Nilo: que la SPLE había lamido el culo a la SPLM durante un tiempo; que la SSIM le estaba dando por el culo a otro grupo de letras, masacrando a sus compatriotas, robándoles las mujeres y el ganado, y en general, aportando su contribución al par de millones de muertos que podían asignarse ya a las insensatas guerras civiles en Sudán. Ghita bebía cerveza y se esforzaba en sonreír a Hank el Halcón, porque su monólogo parecía dirigido exclusivamente a ella, como recién llegada y próxima conquista. Se sintió por tanto agradecida, cuando surgió de la oscuridad una rechoncha mujer africana de edad indefinida, vestida con pantalones cortos, zapatillas deportivas y la típica gorra con visera de los vendedores ambulantes de Londres. La mujer le dio una palmada en el hombro y gritó:

—Soy Sudan Sarah, cariño, y tú debes de ser Ghita. Nadie me había dicho que eras tan guapa. Ven a tomarte una taza de té conmigo, cariño. —Y sin más preámbulos, la condujo por un laberinto de oficinas hasta llegar a un *tukul* como una cabaña de playa construida sobre pilotes, donde había una cama individual, una nevera y una estantería llena de libros de literatura clásica inglesa, de Chaucer a James Joyce, todos encuadernados igual.

Y fuera, una pequeña galería con dos sillas para sentarse bajo las estrellas y ahuyentar a los insectos, una vez hierve el agua del té.

—He oído decir que ahora van a arrestar a Arnold —dijo Sudan Sarah tranquilamente después de que ambas hubieran lamentado la muerte de Tessa—. Bueno, no es de extrañar. Cuando uno quiere ocultar la verdad, lo primero que ha de hacer es darle a la gente una verdad distinta para tenerla callada. De lo contrario, empiezan a preguntarse si la verdad auténtica no estará oculta en alguna parte, y eso no les interesa.

Ghita decidió que era maestra de escuela o gobernanta. Acostumbrada a desarrollar sus pensamientos y a exponérselos a unos niños distraídos.

—Y después del asesinato viene el encubrimiento —prosiguió Sarah con la misma benévola entonación—. Y no debemos olvidar que un buen encubrimiento es mucho más difícil de conseguir que un mal asesinato. Un crimen, bueno, quizá uno pueda escapar al castigo cuando comete un crimen. Pero un encubrimiento supone la cárcel sin remedio. —Iba señalando el problema con sus grandes manos—. Uno tapa un poquito por aquí y aparece otro poquito por allá. Así que también has de tapar ese otro poquito. Cuando te das la vuelta, descubres que el primer poquito vuelve a destaparse. Y te das la vuelta hacia otro lado y aparece un tercer poquito, asomando la punta en la arena, tan cierto como que Caín mató a Abel.

Ghita empezó hablando con astucia. Justin, dijo, intentaba recomponer la historia de los últimos días de Tessa. Le gustaría saber si, en su última visita a Loki, Tessa se había mostrado contenta y productiva. ¿Sabía Sarah de qué manera había contribuido Tessa a preparar el seminario de conciencia de género? ¿Había entregado Tessa algún informe sobre sus conocimientos legales y su experiencia con mujeres en Kenia? ¿Recordaba Sarah algún incidente en particular o un momento feliz que pudiera interesar a Justin?

Sarah la escuchó con satisfacción y los ojos centelleantes bajo la visera de la gorra, mientras sorbía el té y espantaba con la mano a los mosquitos, sin dejar de sonreír a los que pasaban por allí, o gritándoles:

—¡Hola, Jennie, cariño, eres una chica mala! ¿Qué haces tú con ese vago de Santo? ¿Vas a escribir a Justin para contarle todo esto, cariño?

La pregunta inquietó a Ghita. ¿Era bueno o era malo que le propusiera escribir a Justin? ¿Debía sospechar siempre un doble sentido? En la embajada, Justin era persona non grata. ¿Lo era aquí también?

—Bueno, estoy segura de que a Justin le gustaría que le escribiera —admitió con turbación—. Pero solo lo haré si puedo decirle algo que lo tranquilice, si es posible. Quiero decir que no le diré nada que pueda herirle —añadió, saliéndose del tema—. Quiero decir que Justin sabe que Tessa y Arnold viajaban juntos. Todo el mundo lo sabe ya. Y Justin ha aceptado lo que pudiera haber entre ellos.

—Oh, no había nada entre ellos, cariño, créeme —dijo Sarah con una carcajada—. Todo eso no fueron más que chismes. Sencillamente, era imposible. Lo sé con toda seguridad. Hola, Abby, ¿qué tal te va, cariño? Esa es mi hermana Abby. Ha vivido más quc muchas personas. Ha estado casada casi cuatro veces.

A Ghita le pasó por alto la importancia de ambas afirmaciones, si es que la tenían. Estaba demasiado ocupada intentando apoyar con argumentos lo que cada vez sonaba más a burda mentira.

—Justin solo quiere saber qué pasó exactamente —dijo, esforzándose con ahínco—. Quiere enterarse de los detalles y tenerlos en la cabeza listos para pasar revista, como si dijéramos, para reconstruir lo que Tessa hizo y en qué pensó durante sus últimos días. Quiero decir que, obviamente, si tú me contaras algo que pudiera resultar, bueno, doloroso para él, no soñaría siquiera con decírselo. Obviamente.

—Listos para pasar revista —repitió Sarah, y meneó la cabeza, sonriendo para sí—. Por eso me ha gustado siempre la lengua inglesa. Lista para pasar revista es la frase que mejor describía a aquella buena señora. Bueno, ¿y qué crees tú que hacían cuando estaban allí arriba, cariño? ¿Besuquearse como recién casados en la luna de miel? Eso no era propio de ellos.

—Asistían al seminario sobre conciencia de género, obviamente. ¿Asististe tú? Seguramente lo dirigías o hacías alguna otra cosa importante. No te he preguntado qué haces aquí. Debería saberlo. Lo siento.

—No te disculpes, cariño. No lo sientes. Solo estás un poco perdida. Aún no estás lista para pasar revista. —Rio—. Sí, bueno, ahora lo recuerdo. Sí que asistí a aquel seminario. Quizá también lo dirigiera yo. Lo hacemos por turnos. Era un buen grupo, eso lo recuerdo bien. Dos brillantes mujeres de una tribu de Dhiak, una médica viuda de Aweil, un poco pomposa pero receptiva, y un par de ayudantes de abogados de no sé dónde. Era un buen equipo, eso te lo aseguro. Pero lo que pueden hacer esas mujeres cuando vuelven a Sudán, eso nunca se sabe. La verdad es que, por mucho que uno lo piensa, no llega a ninguna conclusión.

—Tal vez Tessa se relacionara con las ayudantes de abogado —sugirió Ghita, esperanzada.

—Tal vez, cariño, pero muchas de aquellas mujeres no habían ido jamás en avión. Muchas se marearon y se asustaron, así que tuvimos que animarlas un poco antes de que pudieran hablar y escuchar, que era para lo que las habíamos traído. Algunas se asustaron tanto que no abrieron la boca para nada, solo querían volver a casa a sufrir sus indignidades. Nunca te metas en esto si tienes miedo al fracaso, cariño, le digo yo a la gente. Lo mejor es pensar en los éxitos; es el consejo de Sudan Sarah, y no pienses siquiera en las ocasiones en que no lo has logrado. ¿Tienes más preguntas sobre aquel seminario?

La confusión de Ghita aumentó.

—Bueno, ¿destacó ella en algo? ¿Disfrutó con él?

—La verdad es que no lo sé, cariño.

—Debes de recordar algo de lo que dijo o hizo. Nadie olvida a Tessa tan fácilmente. —Sus palabras le sonaron groseras a ella misma, y no era su intención—. Ni a Arnold.

—Bueno, no puedo decir que contribuyera mucho a aquel seminario, cariño, porque no sería verdad. Tessa no contribuyó al seminario. Eso lo sé con seguridad.

—¿Y Arnold?

—Tampoco.

—¿No leyeron algún informe ni nada parecido?

—Nada en absoluto, cariño. Ninguno de los dos.

—¿Quieres decir que se quedaron sentados escuchando? ¿Los dos? Tessa no era de las que callaban. Ni tampoco Arnold, la verdad. ¿Cuánto duró el seminario?

—Cinco días. Pero Tessa y Arnold no se quedaron en

Loki cinco días. No lo hace casi nadie. A todos los que vienen aquí les gusta sentir que se dirigen a alguna otra parte. Tessa y Arnold no fueron diferentes de los demás. —Hizo una pausa y examinó a Ghita, como si evaluara su capacidad para alguna cosa concreta—. ¿Entiendes lo que digo, cariño?

—No. Me temo que no.

—Quizá es lo que no digo lo que entiendes.

—Tampoco.

—Bueno, entonces ¿qué demonios estás buscando?

—Intento descubrir qué hicieron Arnold y Tessa en sus últimos días. Justin me escribió y me lo rogó encarecidamente.

—¿Llevas la carta encima por casualidad, cariño?

Ghita la sacó con mano temblorosa de una mochila nueva que se había comprado para el viaje. Sarah se fue con ella al interior del *tukul* para leerla a la luz de la bombilla, luego se quedó un rato a solas antes de regresar a la galería y sentarse de nuevo en su silla con aspecto de padecer una considerable confusión moral.

—¿Me dirás una cosa, cariño?

—Si puedo.

—¿Te dijo Tessa de sus propios labios que ella y Arnold venían a Loki para participar en un seminario sobre la condición femenina?

—Eso es lo que nos dijo a todos.

—¿Y tú la creíste?

—Sí, como todos. También Justin. Aún lo creemos.

—Y Tessa y tú erais amigas, como hermanas, me has dicho. Sin embargo, no te contó que tenía otros motivos para venir aquí, ni que el seminario sobre conciencia de género era solo un pretexto, una excusa, igual que el Autoabastecimiento a Medida es una excusa para ti, supongo.

—Al principio de nuestra amistad, Tessa me contaba cosas. Luego empezó a preocuparse por mí. Pensaba que me había dicho demasiado, que no era justo que tuviera que cargar con ese peso. Solo tengo un puesto temporal. Ella sabía que pensaba presentarme de nuevo a los exámenes para conseguir un puesto permanente.

—¿Sigues pensando lo mismo, cariño?

—Sí. Pero eso no quiere decir que no pueda enterarme de la verdad.

Sarah tomó un sorbo de té, se caló la gorra y se arrellanó en la silla.

—Vas a quedarte aquí tres noches, según tengo entendido.

—Sí, volveré a Nairobi el jueves.

—Eso está bien. Está muy bien. Y aquí disfrutarás de una buena conferencia. Judith es una mujer práctica y con talento que no acepta tonterías de nadie. Un poco brusca con los menos listos, pero nunca es antipática deliberadamente. Y mañana por la noche te presentaré a mi buen amigo el capitán McKenzie. ¿Has oído hablar de él?

—No.

—¿Tessa o Arnold nunca te mencionaron a un tal capitán McKenzie?

—No.

—Bueno, el capitán es piloto aquí, en Loki. Hoy ha ido a Nairobi, así que supongo que os habréis cruzado en el aire. Tenía que ir a recoger unos suministros y resolver un pequeño asunto. Te gustará mucho el capitán McKenzie. Es un hombre de modales agradables con un corazón más grande que el cuerpo de la mayoría de personas, te lo aseguro. Muy pocas cosas de las que pasan por aquí se le escapan, y tampoco deja que se le escapen demasiadas cosas de sus labios. El capitán McKenzie ha luchado en muchas guerras desagradables, pero ahora es un hombre devoto de la paz, motivo por el que está en Loki, dando de comer a mis hambrientos.

—¿Conocía bien a Tessa? —preguntó Ghita temerosamente.

—El capitán McKenzie creía que era una mujer estupenda, eso era todo. El capitán McKenzie era tan incapaz de molestar a una mujer casada como... bueno, como Arnold. Pero el capitán McKenzie conocía a Arnold mejor que a Tessa. Y cree que la policía de Nairobi está loca por perseguir a Arnold de esa manera, y eso es lo que piensa decirles mientras está allí. Yo diría que, esta vez, esa es una de las razones fundamentales de su viaje a Nairobi. Y a ellos no les va a gustar lo que van a oír porque, créeme, el capitán McKenzie no tiene pelos en la lengua.

—¿Estaba el capitán McKenzie aquí, en Loki, cuando vinieron Tessa y Arnold para el seminario?

—Estaba aquí. Y vio mucho más a Tessa que yo, cariño. —Interrumpió la conversación un rato para mirar sonriente a las estrellas, y a Ghita le pareció que intentaba tomar una decisión, como por ejemplo si debía hablar o guardarse sus secretos, preguntas que se había estado haciendo Ghita desde hacía tres semanas.

—Bueno, cariño —dijo Sarah por fin—. Te he escuchado, te he observado, he pensado en ti y me he preocupado por ti. Y he llegado a la conclusión de que hay un cerebro en esa cabeza, y también de que eres un ser humano bueno y decente, con un desarrollado sentido de la responsabilidad, que yo valoro. Pero si no eres esa persona y me he equivocado contigo, entre las dos podríamos meter al capitán McKenzie en un buen lío. Es peligroso saber lo que voy a contarte, y una vez destapado, no habrá modo de devolverlo a la botella. Así que te sugiero que me digas si te he juzgado con exceso de benevolencia. Porque la gente que habla de más no cambia nunca. Esa es otra de las cosas que he aprendido. Pueden jurar sobre la Biblia un día y al siguiente están como antes, hablando demasiado. La Biblia no supone ninguna diferencia para ellos.

—Comprendo —dijo Ghita.

—Bien, ¿vas a advertirme que he interpretado erróneamente lo que he visto, oído y pensado de ti? ¿O te cuento lo que tengo en la cabeza y te dejo soportar esa pesada carga durante el resto de tu vida?

—Me gustaría que confiaras en mí, por favor.

—Imaginaba que dirías eso, así que escucha. Te lo diré en voz baja, así que acerca un poco más la oreja. —Sudan Sarah apartó la visera de la gorra para que Ghita pudiera ponerse a su lado—. Eso es. Y espero que los gecos nos obsequien con unos fuertes chirridos. Tessa no fue nunca al seminario y Arnold tampoco. En cuanto les fue posible, ambos se metieron en la parte de atrás del todoterreno de mi amigo el capitán McKenzie y se fueron al aeródromo sin llamar la atención y con las cabezas agachadas. Y el capitán McKenzie, en cuanto pudo, los metió en su aeroplano Buffalo y los llevó al norte sin necesidad de pasaporte, visado, ni ninguna de las formalidades habituales impuestas por los rebeldes del sur de Sudán, que no pueden dejar de pelearse entre sí y no tienen el coraje ni la inteligencia para combatir unidos a esos árabes malos del norte, que parecen creer que Alá lo perdona todo aunque no lo apruebe su profeta.

Ghita pensó que Sarah había terminado y quiso decir algo, pero la otra mujer no había hecho más que empezar.

—Otra de las complicaciones estribaba en que al señor Moi, que no podría dirigir un circo de pulgas ni con la ayuda de todo su gabinete aunque dispusiera de dinero, se le ha metido en la cabeza que ha de tener el control del aeródromo de Loki, como habrás notado. El señor Moi siente muy poco afecto por las oenegés, pero su apetito por los impuestos es enorme. Y el doctor Arnold insistió especialmente en que el señor Moi y los suyos no debían enterarse de su viaje ni de su destino, fuera cual fuera.

—¿Y adónde fueron? —susurró Ghita, pero Sarah no se interrumpió.

—Bueno, yo nunca les pregunté adónde iban, porque nunca sé lo que puedo acabar diciendo en sueños. Claro que ahora no hay nadie que me escuche, soy demasiado vieja. Pero el capitán McKenzie lo sabe, lógicamente. El capitán McKenzie los trajo de vuelta al día siguiente, con la misma discreción que a la ida. Y el doctor Arnold me dijo: «Sarah, no hemos estado en ninguna parte más que aquí, en Loki. Hemos asistido a tu seminario sobre conciencia de género las veinticuatro horas del día. Tessa y yo te agradecemos que sigas recordando ese hecho importante». Pero ahora Tessa está muerta y no es probable que le agradezca nada a Sudan Sarah ni a nadie más. En cuanto al doctor Arnold, por lo que yo sé, está peor que muerto. Porque ese Moi tiene espías en todas partes y son gente que mata y roba por diversión, lo que significa que matan mucho. Y cuando cogen prisionero a un hombre con intención de sonsacarle ciertas verdades no conocen la menor compasión, y harás bien en recordarlo por la cuenta que te trae, cariño, porque estás pisando terreno muy resbaladizo. Por eso he decidido que es esencial que hables con el capitán McKenzie, que sabe cosas que yo prefiero ignorar. Porque Justin, que es un buen hombre, por lo que he oído de él, necesita tener toda la información disponible sobre su difunta mujer y el doctor Arnold. Bien, ¿es correcto lo que pienso o no?

—Es correcto —dijo Ghita.

Sarah apuró su té y dejó la taza.

—Muy bien. Entonces ve a comer para recobrar fuerzas y yo me quedaré aquí un rato, cariño, porque en este sitio uno no hace más que hablar y hablar por los codos, como ya habrás notado. Y no pruebes la cabra al curry, cariño, por mucho que te guste la cabra. Porque ese joven chef somalí, que es un muchacho con talento y que algún día llegará a ser un buen abogado, no tiene la menor idea de cómo preparar la cabra al curry.

Ghita no supo nunca muy bien cómo consiguió pasar el primer día con el grupo de Autoabastecimiento, pero cuando sonó el timbre de las cinco —aunque el timbre estaba solo en su cabeza—, tuvo la satisfacción de saber que no había hecho el ridículo, que no había hablado demasiado ni muy poco, que había escuchado con humildad las opiniones de participantes de mayor edad y con más conocimientos, y que había tomado abundantes notas para un nuevo informe de la CEDEA.

—¿Contenta de haber venido? —le preguntó Judith, colgándose de su brazo alegremente cuando terminó la reunión—. Nos vemos en el club entonces.

—Esto es para ti, cariño —dijo Sarah, saliendo de una de las cabañas del personal para entregarle un sobre marrón—. Disfruta de la velada.

—Lo mismo te digo.

La letra de Sarah parecía directamente salida de un cuaderno escolar de caligrafía.

> Ghita, cariño. El capitán McKenzie ocupa el *tukul* Entebbe, que es el número catorce del lado del aeródromo. Lleva una antorcha contigo para cuando apaguen los generadores. Le encantará recibirte a las nueve, después de la cena. Es un caballero, así que no debes temer nada. Por favor, dale esta nota para que yo esté segura de que será convenientemente destruida. Cuídate mucho y recuerda tu responsabilidad en lo que se refiere a la discreción.
>
> Sarah

A Ghita, los nombres de los *tukuls* que iba leyendo le sonaron a los honores militares de la iglesia de la aldea cercana a su convento, allá en Inglaterra. La puerta delantera del Entebbe estaba entreabierta, pero la puerta mosquitera estaba firmemente cerrada. El capitán McKenzie estaba sentado frente a un farol de cristales azules, así que cuando Ghita se acercó al *tukul* solo vio su silueta inclinada sobre la mesa mientras escribía como un monje. Dado que la primera impresión era siempre muy importante para ella, Ghita se quedó un momento observando el aire curtido del capitán y su inmovilidad absoluta, que hacía prever un indomable carácter militar. Ghita estaba a punto de dar unos golpes en el marco de la puerta, pero el capitán la había oído o visto o adivinado su presencia, porque se puso en pie de repente, alcanzó la puerta mosquitera de dos atléticas zancadas y la abrió.

—Ghita, soy Rick McKenzie. Llegas puntual. ¿Tienes una nota para mí?

Nueva Zelanda, pensó ella, y supo que había acertado. Algunas veces se olvidaba de sus conocimientos sobre los nombres y los acentos ingleses, pero esta vez no. El capitán era de Nueva Zelanda y, visto de cerca, se acercaba más a los cincuenta que a los treinta, pero eso solo era una suposición basada en las finas arrugas de las mejillas descarnadas y en los toques plateados de sus cortos cabellos negros. Le entregó la nota de Sarah y lo observó mientras él le volvía la espalda y leía la nota a la luz azulada del farol. Bajo aquella luz, Ghita vio una habitación limpia y con escaso mobiliario, con una tabla de planchar, unos zapatos marrones muy limpios y un camastro hecho tal como le habían enseñado a hacer a ella en el convento, con las esquinas tipo hospital, la sábana doblada sobre la manta en el embozo y luego vuelta a doblar hacia atrás para formar un triángulo equilátero.

—¿Por qué no te sientas? —preguntó él, señalando

una silla de cocina. Cuando ella se dirigió hacia allí, el farol se movió detrás de ella hasta quedar colocado en el suelo, junto a la puerta del *tukul*—. Así no nos verá nadie desde fuera —explicó—. Por aquí tenemos vigilantes de *tukul* a tiempo completo. ¿Una Coca-Cola? —Le dio la bebida con el brazo estirado—. Sarah dice que eres una persona en quien se puede confiar, Ghita. Eso me basta. Tessa y Arnold no confiaron en nadie más que en ellos mismos. Y en mí, porque no tenían más remedio. Así es como me gusta trabajar a mí también. Me han dicho que has venido a una conferencia sobre Autoabastecimiento. —En realidad era una pregunta.

—El grupo de Autoabastecimiento no era más que un pretexto. Justin me escribió para pedirme que descubriera qué hacían Tessa y Arnold en Loki durante los días anteriores a la muerte de ella. Él no se cree la historia del seminario sobre la condición femenina.

—Y tiene toda la razón del mundo. ¿Llevas la carta encima?

Mi documento de identidad, pensó ella. La prueba de mi buena fe como mensajera de Justin. Le entregó la carta y lo observó mientras él se levantaba, sacaba unas austeras gafas de montura de acero y se inclinaba hacia el arco de luz del farol, manteniéndose alejado del campo de visión desde la puerta. Luego le devolvió la carta.

—Bien, pues escucha —dijo.

Pero primero encendió la radio, preocupado por alcanzar lo que, pedantemente, denominó *un nivel de sonido aceptable*.

Ghita estaba tumbada sobre su cama bajo una sola sábana. Por la noche hacía el mismo calor que durante el día. A través de la mosquitera que la rodeaba veía el rojo resplandor de la ventana con mosquitera. Había corrido las cortinas, pero eran muy finas. Por delante de su ventana no dejaba de oír pasos y voces, y cada vez que pasaban sentía la necesidad de saltar de la cama y gritar: «¡Hola!». Sus pensamientos se volvieron hacia Gloria, que la había invitado a jugar un partido de tenis hacía una semana, dejándola perpleja.

—Dime, querida —le había preguntado Gloria después de vencerla de forma apabullante por seis juegos a dos en cada una de las tres mangas. Caminaban cogidas del brazo hacia el edificio del club—. ¿Estaba enamorada Tessa de Sandy o era al revés?

Al oír esto, Ghita, pese a su veneración por la verdad, mintió descaradamente en las narices de Gloria sin ruborizarse siquiera.

—Estoy completamente segura de que no había nada de eso por parte de ninguno de los dos —dijo con tono remilgado—. ¿Qué te ha hecho pensar lo contrario, Gloria?

—Nada, querida. Nada en absoluto. Solo fue la cara que tenía Sandy en el funeral, supongo.

Y después de Gloria, Ghita volvió con el capitán McKenzie.

—A ocho kilómetros al oeste de un pueblecito llamado Mayan, hay un bóer chiflado que dirige un centro de acogida —decía el capitán en un tono de voz apenas más bajo que el de Pavarotti—. Una especie de fanático religioso.

18

Tenía el rostro ensombrecido, las arrugas más profundas. La luz blanquecina del extenso cielo de Saskatchewan no podía penetrar en sus sombras. La pequeña localidad, a tres horas en tren desde Winnipeg, era una ciudad perdida en medio de un campo nevado de mil quinientos kilómetros, y Justin entró en ella con paso decidido y evitando la mirada del transeúnte ocasional. El viento del Yukón o del Ártico superior que azotaba la llanura a lo largo de todo el año, helando la nieve, doblegando el trigo, abofeteando los letreros de las calles y los cables, no avivó el color de sus hundidas mejillas. El intenso frío —veinte bajo cero o más— únicamente impulsaba su dolorido cuerpo hacia delante. En Winnipeg, antes de tomar el tren, había comprado una americana acolchada, un gorro de pelo y unos guantes. La furia en él era como una espina. Un pedazo de papel rectangular escrito a máquina descansaba en su bolsillo: VUELVA A CASA Y CALLE O HARÁ COMPAÑÍA A SU ESPOSA.

Pero era su esposa quien le había traído hasta aquí. Ella le había desatado las manos y arrancado la capucha. Ella le había puesto de rodillas junto a la cama y ayudado, paso a paso, hasta el cuarto de baño. Animado por ella, se había puesto de pie apoyándose en la bañera, había girado el grifo de la ducha y se había lavado la cara, la pechera de la camisa y el cuello de la americana porque sabía —ella le previno— que si se desvestía ya no sería capaz de volver a vestirse. La pechera de la camisa estaba sucia y la americana, cubierta de vómito, pero consiguió frotarlas hasta adecentarlas. Quería volver a la cama, pero ella no le dejaba. Trató de peinarse, pero los brazos no pudieron subir tan alto. Tenía una barba de veinticuatro horas, pero ahí iba a quedarse. En posición erguida, la cabeza le daba vueltas, y tuvo suerte de llegar a la cama antes de caer al suelo. Pero fue por consejo de ella por lo que, presa de un ligero y seductor desvanecimiento, se negó a descolgar el teléfono para avisar al conserje o recurrir a los conocimientos médicos de la doctora Birgit. No te fíes de nadie, le había dicho Tessa, y no lo hacía. Esperó a que su mundo se enderezara, se levantó de nuevo y haciendo eses cruzó la habitación, agradeciendo su triste tamaño.

Había dejado la gabardina sobre una silla y allí seguía. Para su sorpresa, también estaba el sobre de Birgit. Abrió el armario. La caja fuerte, encajada en la pared del fondo, tenía la puerta cerrada. Marcó la fecha de su boda, a punto de desmayarse de dolor con cada giro. La puerta se abrió de golpe y dejó al descubierto el pasaporte de Peter Atkinson, que descansaba plácidamente en su interior. Con las manos magulladas, pero sin fracturas aparentes, extrajo con mimo el pasaporte y se lo guardó en el bolsillo interior de la americana. Se puso trabajosamente la gabardina y consiguió cerrar el cuello y luego la cintura. Decidido a viajar ligero de equipaje, tenía solo una bolsa de mano que podía llevar al hombro. El dinero seguía dentro. Recogió del cuarto de baño los utensilios de afeitar, sacó de los cajones de la cómoda las camisas y la ropa interior y lo guardó todo en la bolsa. Colocó el sobre de Birgit en lo alto y cerró la cremallera. Se llevó la correa al hombro y aulló de dolor. Su reloj marcaba las cinco de la madrugada y parecía que funcionaba. Dando tumbos, alcanzó el pasillo y caminó arrimado a la pared hasta el ascensor. En el vestíbulo, dos mujeres con vestidos turcos manejaban un aspirador industrial. Un portero de noche avejentado dormitaba detrás del mostrador. Justin se las apañó para dar su número de habitación y pedir la cuenta. Se las apañó para introducir una mano en el bolsillo de la cadera, apartar algunos billetes del fajo y añadir una generosa propina «por Navidad, disculpe el retraso».

—¿Le importa si me llevo uno? —preguntó con una voz que no reconocía al tiempo que señalaba un puñado de paraguas embutidos en una vasija de cerámica junto a la puerta, para uso de los porteros.

—Sírvase a su antojo —respondió el portero.

El paraguas tenía un mango de sólido fresno que le llegaba a la altura de la cadera. Con su ayuda cruzó la plaza vacía hasta la estación de tren. Cuando llegó a la escalera que conducía al amplio vestíbulo se detuvo para descansar y se sobresaltó al comprobar que el portero estaba a su lado. Había creído que era Tessa.

—¿Puede solo? —le preguntó atentamente el anciano.

—Sí.

—¿Quiere que le compre el billete?

Justin se volvió y le ofreció el bolsillo.

—Zúrich —dijo—. Sencillo.

—¿Primera clase?

—Por supuesto.

Suiza era un sueño de la infancia. Cuarenta años antes, sus padres le habían llevado a unas vacaciones a pie por el Engadina y se habían alojado en un hotel imponente ubicado en una lengua de bosque entre dos lagos. Nada había cambiado. Ni el parqué pulido, ni el cristal ahumado ni la severa *châtelaine* que le condujo a su habitación. Recostado en el canapé del balcón, Justin contempló los mismos lagos que brillaban bajo el sol del crepúsculo, los mismos pescadores agolpados en las barcas en medio de la neblina. Los días transcurrían tranquilos, interrumpidos por visitas al balneario y el toque fúnebre del gong que le llamaba a cenas en solitario entre viejas parejas susurrantes. En una calle secundaria de chalets destartalados, un médico de cara pálida y su asistenta le vendaron las heridas. Un accidente de coche, explicó Justin. El médico frunció el entrecejo al otro lado de las gafas. Su joven ayudante rio.

Por la noche su mundo interior le reclamaba, como había hecho cada noche desde la muerte de Tessa. Sentado frente al escritorio, junto a la ventana salediza, mientras escribía tenazmente a Ham con su mano derecha herida, seguía los tormentos de Markus Lorbeer relatados por Birgit y reanudaba con tiento su tarea de amor para Ham, Justin notaba una incipiente sensación de conclusión personal. Si Lorbeer el arrepentido estaba en el desierto purgando su culpa con una dieta de algarrobas y miel silvestre, también Justin se hallaba solo con su destino. Pero estaba decidido. Y en cierto sentido, purificado. En ningún momento había imaginado que su búsqueda fuera a tener un buen final. Jamás se le había ocurrido que pudiera existir uno. Asumir la misión de Tessa —subirse al hombro su bandera y echarse encima su coraje— era para él una finalidad en sí. Ella había presenciado una injusticia monstruosa y salido a combatirla. Demasiado tarde, él también la había presenciado. La lucha de Tessa era su lucha.

Pero cuando recordaba la noche interminable de la capucha negra y olía su propio vómito, cuando examinaba las magulladuras sistemáticas de su cuerpo, las marcas ovaladas, amarillentas y moradas que le recorrían, cual notas musicales de colores, el torso, la espalda y los muslos, experimentaba otra clase de afinidad. Soy uno de vosotros. Ya no cuido las rosas mientras vosotros murmuráis con una taza de té verde. No tenéis que bajar la voz cuando me acerco. Estoy con vosotros a la mesa diciendo «sí».

El séptimo día Justin pagó la cuenta y, sin apenas decirse lo que estaba haciendo, tomó un autobús y luego un tren hasta Basilea, a ese valle legendario del Rin alto donde los gigantes de la farmacología tienen sus castillos. Y allí, desde un palacio cubierto de frescos, envió un sobre grueso a Milán, a la feroz tía de Ham.

Luego Justin se puso a andar. Con dolor, pero anduvo. Primero por una pendiente adoquinada que conducía a una ciudad medieval, con sus campanarios, sus casas de comerciantes y sus estatuas a librepensadores y mártires de la represión. Y cuando hubo refrescado la memoria sobre ese legado, como a él le parecía, retrocedió hasta la margen del río y desde un parque infantil alzó una mirada casi incrédula al imparable reino de hormigón de los farmabillonarios, a sus barracones sin rostro dispuestos codo con codo contra el enemigo individual. Grúas de color naranja se fundían inquietas sobre ellos. Chimeneas blancas como minaretes mudos, algunas ajedrezadas en lo alto, otras rayadas o pintadas con colores llamativos para alertar a los aviones, vertían sus gases invisibles sobre un cielo marrón. A sus pies se extendían líneas férreas completas, zonas de enganche, parques de camiones y muelles, cada uno protegido por su propio Muro de Berlín coronado con alambre de púas y pintarrajeado con grafitis.

Empujado por una fuerza que había dejado de definir, Justin cruzó el puente y, como en un sueño, vagó por un siniestro yermo de casas desvencijadas, tiendas de segunda mano e inmigrantes de mirada hundida en bicicleta. Y poco a poco, como atraído por un imán, se halló frente a lo que parecía, en un principio, una agradable avenida de árboles. Al final había una verja ecológicamente cordial, tan devorada por las enredaderas que, a primera vista, impedía divisar las puertas de roble con sus timbres de bronce pulido y sus buzones también de bronce. Solo cuando Justin alzó la mirada, y luego la alzó un poco más, y al final la alzó hasta alcanzar el cielo que tenía sobre su cabeza, despertó a la inmensidad de un tríptico de edificios blancos y altos unidos por pasillos voladizos. La piedra estaba impoluta, las ventanas eran de cristal cobrizo. Y por detrás de cada bloque monstruoso se elevaba una chimenea blanca, afilada como un lápiz hincado en el cielo. Y desde cada chimenea las letras KVH, doradas y dispuestas a lo largo, le hacían guiños como viejos amigos.

Ignoraba cuánto tiempo pasó allí solo, atrapado como un insecto en la base del tríptico. Unas veces sentía que las alas del edificio se cerraban para aplastarle; otras, que se precipitaban sobre él. Las rodillas le fallaron y se descubrió sentado en un banco, sobre un suelo trillado donde mujeres cautas paseaban a sus perros. Percibió un olor vago pero penetrante y durante un instante regresó al depósito de cadáveres de Nairobi. ¿Cuánto tiempo tengo que vivir aquí —se preguntó— para dejar de notar ese olor? La noche debía de estar al caer porque las ventanas cobrizas se iluminaron. Justin vislumbró el movimiento de siluetas y el parpadeo azul de ordenadores. ¿Qué hago aquí sentado?, le preguntó a ella mientras seguía mirando. ¿En qué estoy pensando, además de en ti?

Ella estaba sentada a su lado, pero por vez primera carecía de una respuesta. Estoy pensando en tu coraje, respondió él por ella. Estoy pensando que erais tú y Arnold solos contra todo esto, mientras el viejo y querido Justin se preocupaba de que a sus macizos de flores no les faltara tierra para criar tus fresias amarillas. Estoy pensando que ya no creo en mí ni en todo lo que defendía. Que hubo un tiempo en que, como la gente de ese edificio, tu Justin se enorgullecía de someterse a los juicios severos de una voluntad colectiva —que llamaba *País* o la *Doctrina del hombre razonable* o, con cierto recelo, la *Causa superior*—. Hubo un tiempo en que creía que era conveniente que un hombre —o una mujer— muriera por el bien de muchos. Lo llamaba sacrificio, o deber, o necesidad. Hubo un tiempo en que podía colocarme por la noche frente al Foreign Office y contemplar sus ventanas iluminadas y pensar: buenas noches, soy yo, su humilde servidor, Justin. Soy una pieza del enorme y sabio motor, y estoy orgulloso de ello. Sirvo, luego siento. Mientras que ahora lo único que siento es: eras tú contra todos ellos y, lógicamente, ellos ganaron.

Desde la calle Mayor de la pequeña ciudad Justin dobló a la izquierda y al noroeste para tomar Dawes Boulevard, recibiendo en su rostro oscurecido el azote íntegro del viento de la pradera mientras continuaba el examen cauteloso de su entorno. Sus tres años como agregado de Economía en Ottawa no habían sido en vano. Aunque nunca había estado en este lugar, todo lo que veía le resultaba familiar. Nieve desde Halloween hasta Semana Santa, recordó. Plantar después de la primera luna de junio y cosechar antes de la primera helada de septiembre. Faltaban unas semanas antes de que el óxido empezara a asomar por los penachos de la hierba muerta y la llanura pelada. Al otro lado de la calle estaba la sinagoga, animada y funcional, construida por colonos abandonados en la estación con sus malos recuerdos, sus maletas de cartón y promesas de una tierra gratis. A cien metros se erigía la iglesia de los ucranianos, y al lado los católicos romanos, los presbiterianos, los testigos de Jehová y los bautistas. Las zonas de estacionamiento semejaban establos electrificados para que los motores de los feligreses se mantuvieran calientes mientras sus propietarios oraban. Le vino a la mente una frase de Montesquieu: nunca ha habido tantas guerras civiles como en el Reino de Cristo.

Detrás de las casas de Dios se extendían las casas de Mammon, el sector industrial de la ciudad. Los precios del buey deben de estar por los suelos, pensó. ¿Por qué, si no, estaría contemplando la nueva e impecable fábrica de Deliciosa Carne Porcina de Guy Poitier? A los cereales tampoco parecía irles muy bien, ¿o qué hacía una Compañía Prensadora de Pipas de Girasol en medio de un campo de trigo? Y ese tímido grupo de hombres que rondaban las viejas viviendas de la plaza de la estación debían de ser sioux o cri. El camino de sirga giró y lo condujo hacia el norte a través de un túnel. Al salir apareció en un país diferente, un país de cobertizos para barcos y mansiones frente al río. Aquí, se dijo, es donde los americanos blancos ricos cortan su césped y lavan sus coches y barnizan sus barcos y echan pestes contra los yids, los ukies y esos condenados indios que viven de la beneficencia. Y en lo alto de la colina, o lo más parecido a una colina que se puede encontrar por aquí, descansaba su objetivo, el orgullo de la ciudad, la joya del Saskatchewan Oriental, su Camelot académico, la Universidad de Dawes, una mezcolanza ordenada de piedra arenisca, ladrillo rojo colonial y cúpulas de cristal. Al llegar a una bifurcación, Justin trepó por una breve pendiente y un Ponte Vecchio de la década de 1920 le llevó hasta una casa de guarda coronada por un lustroso escudo de armas. A través de la arcada pudo admirar el campus medieval e inmaculado, y a su fundador en bronce, George Eamon Dawes Junior, propietario de minas, magnate del ferrocarril, libertino, ladrón de tierras, cazador de indios y santo local, radiante sobre su plinto de granito.

Siguió caminando. Había estudiado el manual. El camino se ensanchaba hasta desembocar en una plaza de armas. El viento arrojaba polvo granulado procedente del alquitranado. Al fondo se elevaba un pabellón cubierto de enredadera y rodeado por tres edificios funcionales de acero y hormigón. Largas ventanas iluminadas con luces de neón los rebanaban. Un letrero verde y dorado —los colores predilectos de la señora Dawes, de ahí el manual— presentaba en inglés y francés el Hospital Universitario para la Investigación Clínica. En un letrero menor se leía: PACIENTES EXTERNOS. Justin siguió la señal y tropezó con una hilera de puertas oscilantes coronadas por un baldaquín de hormigón rizado y vigiladas por dos mujeres voluminosas vestidas con un gabán verde. Les dio las buenas noches y recibió a su vez un saludo jovial. Sintiendo el rostro helado, el cuerpo palpitante por la caminata, serpientes de fuego trepando por los muslos y la espalda, echó una última y furtiva mirada atrás y echó a andar escaleras arriba.

El vestíbulo era alto, amarmolado, fúnebre. Un retrato enorme y atroz de George Eamon Dawes Junior con atuendo de cazador le trajo a la mente la entrada del Foreign Office. Contra una pared se extendía un mostrador de recepción atendido por hombres y mujeres de pelo cano y ataviados con túnicas verdes. Dentro de un momento me llamarán «señor Quayle» y me dirán que Tessa era una gran mujer. Se adentró lentamente en un diminuto centro comercial. El banco de Dawes Saskatchewan. Una oficina de correos. Un quiosco Dawes. McDonald's, Pizza Paradise, una cafetería Starbuck's, una tienda Dawes que vendía lencería, ropa de embarazada y mañanitas. Llegó a una confluencia de pasillos invadida por el choque y el chirrido de carritos, el gruñido de ascensores, el eco diminuto de tacones presurosos y el timbre de teléfonos. Visitantes nerviosos paseaban y se sentaban. Trabajadores con sus batas verdes salían presurosos por una puerta y desaparecían por otra. Ninguno llevaba abejas doradas en el bolsillo.

Un enorme tablón de anuncios colgaba junto a una puerta que indicaba solo MÉDICOS. Con las manos a la espalda para dar sensación de autoridad, Justin examinó los anuncios. Canguros, barcos y coches, buscados y en oferta. Habitaciones para alquilar. La Sociedad Coral de Dawes, el Grupo de Estudio de la Biblia de Dawes, la Sociedad Ética de Dawes, el Dawes Scottish Reel & Eightsome Group. Un anestesista busca un perro marrón de estatura media y mayor de tres años, «ha de ser un estupendo excursionista». Créditos Dawes, Planes de Pagos a Plazos Dawes. Un oficio en la capilla de Dawes para dar gracias por la vida de la doctora Maria Kowalski. ¿Alguien sabe qué música le gustaba? Las listas con los médicos de guardia, los médicos de vacaciones y los médicos de servicio. Y un alegre cartel anunciando que esta semana las pizzas gratis para los estudiantes de medicina son obsequio de Karel Vita Hudson de Vancouver. «¿Por qué no asistís el domingo a nuestro almuerzo y proyección de KVH en la discoteca Haybarn? Rellenad el impreso que encontraréis en vuestra pizza y obtendréis una entrada gratis para una experiencia inolvidable.»

Pero de la doctora Lara Emrich, hasta hace poco directora del personal docente de Dawes, experta en cepas de tuberculosis multirresistentes y no resistentes, en otros tiempos investigadora de Dawes con el patrocinio de KVH y codescubridora de la Dypraxa, el medicamento milagroso, ni una palabra. No estaba de vacaciones, no estaba de guardia. Su nombre no aparecía en la agenda interna de teléfonos que pendía de un cordón verde adornado con borlas junto al tablón de anuncios. La única referencia a su persona era, quizá, una postal escrita a mano, relegada a una esquina del tablón y prácticamente inapreciable, donde lamentaba que, «por orden del decano», la reunión de Médicos por la Integridad de Saskatchewan no tendría lugar en la Universidad de Dawes. El nuevo punto de reunión sería anunciado en cuanto resultara posible.

Atendiendo las quejas de su cuerpo, dolorido por el frío y el esfuerzo, Justin transige un poco, lo suficiente para regresar en taxi a su insípido motel. Esta vez ha sido astuto. Siguiendo el ejemplo de Lesley, ha enviado su carta a través de una floristería junto con un generoso ramo de rosas de enamorado.

> Soy un periodista inglés amigo de Birgit, en Hipo. Estoy investigando la muerte de Tessa Quayle. Si puedes, telefonéame al Man Motel de Saskatchewan, habitación dieciocho, a partir de las siete de esta noche. Te aconsejo que utilices una cabina pública que esté lejos de tu casa.
>
> PETER ATKINSON

Le diré quién soy más adelante, había decidido. No la asustes. Elige la hora y el lugar. Mejor así. Su tapadera estaba perdiendo credibilidad, pero era la única tapadera que tenía. Había sido Atkinson en el hotel alemán y Atkinson cuando le apalizaron. Pero le habían llamado señor Quayle. Con todo, como Atkinson había viajado de Zúrich a Toronto, aterrizado en una pensión próxima a la estación de tren y, con una sensación surrealista de desapego, averiguado a través de su pequeña radio la persecución a escala mundial del doctor Arnold Bluhm, buscado por su conexión con el asesinato de Tessa Quayle. «Yo siempre me he inclinado por Oswald, Justin... Arnold Bluhm enloqueció y mató a Tessa...» Y como un pasajero anónimo más subió al tren con destino a Winnipeg, aguardó un día y se subió a otro hasta esta pequeña ciudad. Con todo, no se estaba engañando. Como mucho, les llevaba unos días de ventaja. Pero en un país civilizado, nunca se sabía.

—¿Peter?

Justin despertó bruscamente y consultó su reloj. Las nueve de la noche. Había colocado un bolígrafo y una libreta junto al teléfono.

—Sí, soy Peter.

—Yo soy *Lara*. —Era una queja.

—Hola, Lara. ¿Dónde podemos vernos?

Un suspiro. Un suspiro desesperanzado, exhausto, a juego con su desesperanzada voz eslava.

—No podemos.

—¿Por qué no?

—Hay un coche estacionado delante de mi casa. A veces ponen una furgoneta. Observan y escuchan constantemente. No podemos vernos sin llamar la atención.

—¿Dónde estás?

—En una cabina. —Lo dijo como si nunca fuera a salir de ella con vida.

—¿Te observa alguien?

—No hay nadie a la vista. Pero es de noche. Gracias por las rosas.

—Puedo verte donde quieras. En casa de un amigo o en el campo, si lo prefieres.

—¿Tienes coche?

—No.

—¿Por qué no? —Era una reprimenda y un recelo.

—No tengo conmigo los documentos necesarios.

—¿Quién eres?

—Ya te lo he dicho. Un amigo de Birgit. Un periodista inglés. Podemos seguir hablando de ello cuando nos veamos.

Había colgado. Se le revolvió el estómago. Necesitaba ir al cuarto de baño, pero allí no había teléfono. Esperó hasta que no pudo más y corrió al baño. Tenía los pantalones en los tobillos cuando oyó el timbre del teléfono. Sonó tres veces, pero para cuando lo hubo alcanzado ya habían colgado. Se sentó en el borde de la cama con la cabeza entre las manos. No sirvo para esto. ¿Qué haría un espía? ¿Qué haría el astuto Donohue? Con una heroína de Ibsen al teléfono, lo mismo que yo estoy haciendo ahora o probablemente algo peor. Volvió a consultar la hora, temeroso de haber perdido la noción del tiempo. Se quitó el reloj y lo dejó junto al bolígrafo y la libreta. Quince minutos. Veinte. Treinta. ¿Qué demonios le ha ocurrido? Se puso el reloj y perdió los estribos al tratar de acertar con la correa.

—¿Peter?

—¿Dónde podemos vernos? Donde tú digas.

—Birgit dice que eres su marido.

Oh, Dios. Oh, tierra, no te muevas. Cielo santo.

—¿Birgit dijo eso por teléfono?

—No dijo nombres. «Él es su marido», solo eso. Fue discreta. ¿Por qué no me dijiste que eras su marido? De ese modo no habría pensado que se trataba de una provocación.

—Iba a decírtelo cuando nos viéramos.

—Telefonearé a mi amiga. No deberías enviarme rosas. Es exagerado.

—¿Qué amiga? Lara, ten cuidado con lo que te cuente. Yo me llamo Peter Atkinson. Soy periodista. ¿Sigues en la cabina?

—Sí.

—¿En la misma?

—Nadie me vigila. En invierno solo vigilan desde el coche. Son unos vagos. No veo ningún coche.

—¿Tienes suficientes monedas?

—Tengo una tarjeta.

—Utiliza monedas. No utilices tarjetas. ¿Utilizaste una tarjeta cuando llamaste a Birgit?

—No tiene importancia.

Eran las diez y media cuando volvió a telefonear.

—Mi amiga está ayudando en una operación —explicó sin disculparse—. La operación es complicada. Tengo otra amiga. Está dispuesta. Si tienes miedo, toma un taxi hasta Eaton y recorre a pie el resto del camino.

—No tengo miedo. Solo soy prudente.

Maldita sea, pensó mientras escribía la dirección. No nos conocemos, le he enviado dos docenas de rosas exageradas y estamos riñendo como amantes.

Existían dos formas de abandonar el motel: por la puerta principal y el escalón que conducía al aparcamiento, o por la puerta trasera y el laberinto de pasillos que llevaba hasta la recepción. Justin apagó las luces de su habitación y contempló el aparcamiento por la ventana. Bajo la luna llena los vehículos lucían un halo plateado de escarcha. De los veintitantos que había en el aparcamiento, solo uno estaba ocupado. Tras el volante había una mujer. En el asiento contiguo había un hombre. Estaban discutiendo. ¿Sobre rosas? ¿O sobre las ganancias de Dios? La mujer gesticulaba, el hombre negaba con la cabeza. El hombre bajó del coche y ladró su última palabra, una palabrota, dio un portazo, subió a otro automóvil y se alejó. La mujer se quedó donde estaba. Alzó las manos con gesto desesperado y las colocó sobre el volante, los nudillos hacia arriba. Hundió la cabeza entre las manos y rompió a llorar. Los hombros le temblaban. Venciendo un deseo absurdo de consolarla, Justin caminó deprisa hasta el mostrador de recepción y pidió un taxi.

La vivienda, situada en una calle victoriana, formaba parte de una hilera de casas pareadas de construcción reciente. Cada casa estaba erigida al sesgo, como proas de barco adentrándose en un viejo puerto. Cada una disponía de un sótano con escalera independiente y una puerta principal en la planta baja con escalera de piedra, barandillas de hierro y aldabas de bronce con forma de herradura que no llamaban. Observado por un gato gordo y gris que se había construido su hogar entre las cortinas y la ventana del número siete, Justin subió los escalones del número seis y llamó al timbre. Llevaba consigo cuanto poseía: una bolsa de viaje, dinero y, pese a la orden de Lesley, sus dos pasaportes. Había pagado el motel por adelantado. Si regresaba, lo haría por voluntad propia y no por necesidad. Eran las diez de una noche glacial y clara como el hielo. Los coches estaban aparcados en fila junto al bordillo. Las aceras estaban vacías. Abrió la puerta la silueta de una mujer alta.

—Tú eres Peter —dijo en tono acusador.

—¿Eres Lara?

—Naturalmente.

La mujer cerró la puerta tras él.

—¿Te han seguido? —preguntó él.

—Es posible. ¿Y a ti?

Se miraron bajo la luz. Birgit tenía razón: Lara Emrich era hermosa. Hermosa por la inteligencia altiva de su mirada. Por su desvinculación fría, científica, que al primer olfato ya le había hecho retroceder por dentro. Por la forma en que se retiraba el cabello canoso con el dorso de la muñeca. Con el codo todavía levantado y la muñeca en la frente, siguió examinando a Justin con mirada arrogante pero desconsolada. Vestía de negro. Pantalones negros, blusa larga negra, nada de maquillaje. La voz, de cerca, era aún más melancólica que por teléfono.

—Lo lamento mucho por ti —dijo—. Es terrible. Es triste.

—Gracias.

—La mató la Dypraxa.

—Eso creo. Aunque indirectamente, pero sí.

—La Dypraxa ha matado a muchas personas.

—Pero no todas fueron traicionadas por Markus Lorbeer.

Del piso de arriba llegó el fragor de un aplauso televisado.

—Amy es amiga mía —dijo Lara, como si la amistad fuera una desgracia—. Actualmente es médica del hospital Dawes, pero, por desgracia, firmó una solicitud para mi rehabilitación y es miembro fundador de Médicos por la Integridad de Saskatchewan. Así pues, están buscando una excusa para despedirla.

Justin iba a preguntarle si Amy le conocía como Quayle o como Atkinson cuando una mujer de voz potente gritó algo y dos zapatillas afelpadas aparecieron en lo alto de la escalera.

—Hazlo subir, Lara. El hombre necesita un trago.

Amy era gorda y de edad madura, una de esas mujeres serias que han decidido asignarse el papel de cómicas. Lucía un quimono rojo de seda y pendientes de pirata. Sus zapatillas tenían ojos de cristal. Pero los reales poseían un halo sombrío, y había arrugas de dolor en las comisuras de los labios.

—Los hombres que mataron a su esposa deberían ir a la horca —dijo—. ¿Whisky escocés, bourbon o vino? Este es Ralph.

Era una habitación amplia, forrada de pino y de techo alto. Al fondo había un bar. Un enorme televisor transmitía un partido de hockey sobre hielo. Ralph era un viejo de poco pelo embutido en un batín. Estaba sentado en una butaca de polipiel con un taburete a juego para reposar los pies. Al oír su nombre, agitó una mano moteada sin apartar los ojos del partido.

—Bienvenido a Saskatchewan. Sírvase una copa —dijo con acento centroeuropeo.

—¿Quién gana? —preguntó Justin por cortesía.

—Los Canucks.

—Ralph es abogado —dijo Amy—. ¿Verdad, cielo?

—Ahora apenas soy nada. El maldito Parkinson me está llevando a la tumba. El mundo académico se comportó como un hatajo de animales. ¿Por eso ha venido?

—Más o menos.

—Suprimen la libertad de expresión, se interponen entre médico y paciente..., y ya es hora de que los hombres y mujeres educados le echen un par de huevos al asunto y digan la verdad en lugar de encogerse en el retrete como una panda de cagados.

—Cierto —dijo educadamente Justin al tiempo que aceptaba un vaso de vino de Amy.

—Karel Vita es el flautista y Dawes baila al son que le toca. Dan veinticinco millones de dólares para un nuevo edificio biotecnológico y prometen cincuenta más. No se trata de ninguna tontería ni siquiera para ricachones sin cerebro como Karel Vita. Y si nadie mete las narices donde no le llaman, les caerá mucho más. ¿Cómo demonios soportasteis semejante presión?

—Lo intentas —dijo Amy—. Si no lo intentas, estás jodido.

—Estás jodido tanto si lo intentas como si no. Si hablas, te retiran el sueldo, te despiden y te echan de la ciudad. La libertad de expresión sale muy cara en esta ciudad, señor Quayle, más de lo que la mayoría podemos pagar. ¿Cómo se llama, de nombre?

—Justin.

—En cuestiones de opinión, Justin, esta ciudad es un monocultivo. Todo es fantástico y genial mientras a una rusa demente no se le meta en la cabeza publicar en la prensa médica artículos casquivanos en los que critica una inteligente pastillita que ella misma ha inventado y que aporta dos mil millones al año a la Casa de Karel Vita, que Alá proteja. ¿Dóndc piensas ponerles, Amy?

—En el estudio.

—Desconecta los teléfonos para que no les molesten. Amy es la técnica aquí, Justin. Yo soy la vieja quisquillosa. Si quieres algo, pídeselo a Lara. Conoce la casa mejor que nosotros, lo cual es una pérdida de tiempo teniendo en cuenta que van a echarnos en menos de dos meses.

Ralph volvió a sus victoriosos Canucks.

Ella ya no le ve aunque se ha puesto unas gafas pesadas más propias de un hombre. Su parte rusa ha traído una bolsa «por si acaso» que descansa abierta a sus pies, repleta de documentos que conoce de memoria: cartas de abogados amenazándola, cartas de la facultad despidiéndola, una copia de su artículo impublicable y, por último, las cartas de su abogado, pero no demasiadas porque, según explica, no tiene dinero y, además, su abogado se siente más a gusto defendiendo a los sioux que batallando contra los recursos legales ilimitados de la firma Karel Vita Hudson de Vancouver. Están sentados como dos ajedrecistas sin tablero, frente a frente, las rodillas a punto de tocarse. El recuerdo de sus varios destinos en Oriente insta a Justin a no dirigir las puntas de los pies hacia ella, así que se sienta de lado, para incomodidad de su dolorido cuerpo. Ella lleva un rato hablando a las sombras que hay más allá del hombro de su interlocutor y él apenas la ha interrumpido. El ensimismamiento es absoluto; la voz, en cambio, abatida y doctrinal. Vive exclusivamente con la monstruosidad de su caso y su insolubilidad. Todo hace referencia a ello. A veces —muchas, sospecha él— ella le olvida por completo. O se convierte en otra cosa para ella, una reunión vacilante del cuerpo docente, una convocatoria tímida de colegas de la universidad, un profesor dudoso, un abogado incompetente. Cuando él menciona el nombre de Lorbeer, Lara despierta y arruga el entrecejo. Luego ofrece una generalización mística que es una evasión palpable: Markus es demasiado romántico, demasiado débil, todos los hombres hacen cosas malas, también las mujeres. Y no, ella no sabe dónde está.

—Se oculta en algún lugar. Cada mañana toma una dirección diferente —explica con implacable melancolía.

—Cuando habla del desierto, ¿se refiere a un desierto real?

—Se refiere a un lugar con muchos inconvenientes. Eso también es típico de él.

Para defender su causa ha asimilado frases que él no le habría atribuido: «Le adelantaré aquí... KVH no tiene prisioneros». Incluso habla de «mis pacientes de las celdas de condenados a muerte». Y cuando entrega a Justin la carta de un abogado, la recita para que él no pase por alto las partes más ofensivas:

> Le volvemos a recordar que la cláusula de confidencialidad de su contrato le prohíbe terminantemente transmitir esta información errónea a sus pacientes... Queda formalmente advertida para que deje de difundir, ya sea verbalmente o por cualquier otro medio, opiniones inexactas y maliciosas basadas en la interpretación errónea de datos obtenidos mientras se hallaba bajo contrato de la firma Karel Vita Hudson...

A esto sigue la arrogante incongruencia de que «nuestros clientes niegan rotundamente que en algún momento intentaran de modo alguno impedir o influir en un debate científico justo...».

—¿Por qué firmaste ese vergonzoso contrato? —le interrumpió bruscamente Justin.

Alentada por su rencor, Lara soltó una triste carcajada.

—Porque confiaba en ellos. Porque fui una imbécil.

—¡Eres cualquier cosa menos imbécil, Lara! —exclamó Justin—. Maldita sea, eres una mujer sumamente inteligente.

Ofendida, se sume en un silencio meditabundo.

Los dos años siguientes a la adquisición de la molécula Emrich-Kovacs por parte de Karel Vita a través de la agencia de Markus Lorbeer, le cuenta Lara, fueron una época dorada. Los resultados de las primeras pruebas a corto plazo eran excelentes, y las estadísticas, aún mejores, la sociedad Emrich-Kovacs estaba en boca de toda la comunidad científica. KVH proporcionaba laboratorios de investigación totalmente entregados, un equipo de técnicos, ensayos clínicos por todo el tercer mundo, viajes en primera clase, hoteles de primera, respeto y dinero a porrillo.

—Para la frívola de Kovacs era su sueño hecho realidad. Conduciría Rolls-Royce, ganaría premios Nobel, sería rica y famosa, tendría muchos, muchos amantes. Y para la seria Lara, los ensayos clínicos serían científicos, serían serios. Probarían el fármaco en un amplio abanico de comunidades étnicas y sociales vulnerables a la enfermedad. Muchas vidas mejorarían y otras se salvarían. Sería muy satisfactorio.

—¿Y para Lorbeer?

Una mirada irritable, una mueca de desaprobación.

—Markus quiere ser un santo con dinero. Le gustan los Rolls-Royce y salvar vidas por igual.

—Por Dios y por Dinero, entonces —sugiere alegremente Justin, pero Lara solo responde con otro ceño.

—Transcurridos dos años hice un descubrimiento desafortunado. Los ensayos de KVH eran una farsa. No habían sido estructurados científicamente. Estaban diseñados tan solo para conseguir la entrada del medicamento en el mercado lo antes posible. Excluyeron deliberadamente algunos efectos secundarios. Si se descubría algún efecto secundario, el ensayo se reconducía para que no apareciera.

—¿Cuáles eran los efectos secundarios?

De nuevo su voz de conferenciante, mordaz y arrogante:

—En la época de los ensayos no científicos se observaron pocos efectos secundarios, debido, en parte, al excesivo entusiasmo de Kovacs y Lorbeer y a la determinación de algunas clínicas y centros médicos de países del tercer mundo de que los ensayos salieran bien. Los ensayos recibían, además, informes favorables en importantes revistas médicas por parte de críticos distinguidos que nunca confesaron su relación lucrativa con KVH. En realidad, esos artículos se escribían en Vancouver o Basilea y los distinguidos críticos se limitaban a firmarlos. Se señaló que el fármaco no sentaba bien a una proporción insignificante de mujeres en edad de procrear. A algunas se les nublaba la vista. Hubo algunas muertes, pero una manipulación de las fechas hizo que no aparecieran en el período que se hallaba bajo revisión.

—¿Se quejó alguien?

La pregunta la irrita.

—¿Quién iba a quejarse? ¿Los médicos y enfermeros del tercer mundo que están ganando dinero con los ensayos? ¿El distribuidor que está ganando dinero con la comercialización del medicamento y no desea perder las ganancias de toda la gama de fármacos KVH, puede que todo su negocio?

—¿Y las pacientes?

La opinión que tiene de él ha tocado fondo.

—La mayoría de las pacientes viven en países no democráticos gobernados por sistemas tremendamente corruptos. Teóricamente están informadas y dan su consentimiento al tratamiento. En otras palabras, sus firmas aparecen en los impresos aunque no pueden leer lo que han firmado. La ley no les permite recibir dinero, pero se las recompensa generosamente por el viaje y la pérdida de ingresos y reciben comida gratis. Eso les gusta mucho. Además, tienen miedo.

—¿De las empresas farmacéuticas?

—De todo el mundo. Si se quejan, las amenazan. Les dicen que sus hijos no recibirán más medicinas de América y que sus maridos irán a la cárcel.

—Pero tú te quejaste.

—No. Yo no me quejé. Yo protesté. Enérgicamente. Cuando descubrí que estaban promocionando la Dypraxa como un fármaco seguro, y no como un fármaco en período de prueba, di un discurso en una reunión científica de la universidad en el que describía detalladamente la postura inmoral de KVH. No sentó bien. La Dypraxa es un buen medicamento. Ese no es el problema. El auténtico problema es triple. —Ya hay tres dedos delgados extendidos—. Problema número uno: los efectos secundarios se ocultan deliberadamente en interés de los beneficios económicos. Problema número dos: las comunidades más pobres del mundo son utilizadas como conejillos de Indias por las naciones más ricas. Problema número tres: la intimidación por parte de las compañías impide el debate científico de estos problemas.

Los dedos se retiran mientras la otra mano revuelve el interior de la bolsa y extrae un folleto azul brillante con el título: BUENAS NOTICIAS DE KVH.

> DYPRAXA es un sustituto muy eficaz, seguro y económico de los tratamientos contra la tuberculosis aceptados hasta ahora. Ha demostrado poseer ventajas excepcionales para las naciones en vías de desarrollo.

Lara recupera el folleto y lo reemplaza por la carta manoseada de un abogado. Hay un párrafo subrayado.

> El estudio de la Dypraxa fue diseñado y aplicado de forma totalmente ética a lo largo de varios años con el consentimiento y el conocimiento de todos los pacientes. KVH no distingue en sus ensayos entre países ricos y pobres. Solo le interesa seleccionar las condiciones adecuadas para llevar a cabo el proyecto. KVH ha recibido elogios merecidos por la calidad de su trato.

—¿Cuál es la postura de Kovacs en todo esto?

—Kovacs está totalmente del lado de la compañía. Carece de integridad. La mayoría de los datos clínicos se distorsionan o suprimen con la ayuda de Kovacs.

—¿Y Lorbeer?

—Markus se siente dividido. Es normal en él. Se ha proclamado jefe de toda África para la Dypraxa. Pero también está asustado y avergonzado. Por eso confiesa.

—¿Contratado por TresAbejas o por KVH?

—Conociendo a Markus, puede que por ambas. Es un tipo complejo.

—¿Por qué demonios KVH te instaló en Dawes?

—Porque fui una imbécil —repite Lara con orgullo, haciendo caso omiso de la afirmación contraria de Justin—. ¿Cómo, si no, podría haber firmado ese contrato? Los de KVH fueron muy corteses, muy encantadores, muy comprensivos, muy astutos. Me encontraba en Basilea cuando dos hombres jóvenes vinieron a verme desde Vancouver. Me sentí halagada. Como tú, me enviaron rosas. Les dije que los ensayos eran una porquería. Estuvieron de acuerdo. Les dije que no deberían vender la Dypraxa como un medicamento seguro. Estuvieron de acuerdo. Les dije que existían muchos efectos secundarios que no habían sido evaluados correctamente. Admiraron mi coraje. Uno de ellos era un ruso de Novgorod. «Comamos juntos, Lara. Hablemos de este asunto en profundidad.» Entonces me dijeron que les gustaría llevarme a Dawes para que diseñara mi propio ensayo para la Dypraxa. Se mostraron razonables, a diferencia de sus superiores. Reconocieron que no habíamos hecho suficientes pruebas correctas. Ahora, una vez en Dawes, las haríamos. Era mi fármaco. Estaba orgullosa de él y ellos también. La universidad estaba orgullosa. Llegamos a un acuerdo. Dawes me daría la bienvenida y KVH me pagaría. Dawes se halla en un lugar idóneo para llevar a cabo los ensayos. Tenemos indios nativos de las reservas propensos a la tuberculosis antigua. Tenemos casos multirresistentes en la comunidad hippy de Vancouver. Para la Dypraxa eso constituye una combinación idónea. Basándome en este acuerdo, firmé el contrato y acepté la cláusula de confidencialidad. Fui una imbécil —repite con un desdén que dice «caso demostrado».

—Y KVH tiene oficinas en Vancouver.

—Grandes oficinas. Es la tercera sede más importante después de Basilea y Seattle. Así podían vigilarme, que era su objetivo. Ponerme un bozal y controlarme. Firmé el estúpido contrato y me puse a trabajar llena de confianza. El año pasado terminé mi estudio. Era sumamente negativo. Creí necesario informar a mis pacientes de mi opinión sobre los posibles efectos secundarios de la Dypraxa. Como médica, es mi sagrado deber. También llegué a la conclusión de que la comunidad médica mundial debía ser informada mediante la publicación del estudio en una revista importante. A esas revistas no les gusta imprimir opiniones negativas. Yo lo sabía. También sabía que la revista invitaría a tres científicos distinguidos a comentar mis hallazgos. Lo que la revista no sabía era que los distinguidos científicos acababan de firmar pingües contratos con KVH de Seattle para investigar tratamientos biotecnológicos contra otras enfermedades. Enseguida informaron a Seattle de mis intenciones, y estos informaron a su vez a Basilea y Vancouver.

Lara le tiende un folio blanco doblado por la mitad. Él lo despliega y experimenta una sensación escalofriante de reconocimiento.

> ZORRA COMUNISTA. APARTA TUS SUCIAS MANOS DE NUESTRA UNIVERSIDAD. VUELVE A TU POCILGA BOLCHEVIQUE. DEJA DE ENVENENAR A GENTE DECENTE CON TUS TEORÍAS CORRUPTAS.

Letras mayúsculas electrónicas. No hay faltas de ortografía. Bienvenida al club, piensa.

—Se llega al acuerdo de que la Universidad de Dawes participará de los beneficios mundiales que genere la Dypraxa —prosigue Lara al tiempo que le arrebata la carta sin miramientos—. El personal que se mantiene leal al hospital recibe acciones preferentes. Quienes no son leales reciben cartas anónimas como esta. Es más importante ser leal al hospital que a los pacientes. Es importantísimo ser leal a KVH.

—Lo escribió Halliday —dice Amy mientras entra en la habitación portando una bandeja con café y galletas—. Halliday es el marimacho preeminente de la mafia médica de Dawes. Todo el mundo tiene que besarle el culo si quiere conservar el cuello. Salvo yo, Lara y otro par de idiotas.

—¿Cómo sabe que lo escribió Halliday? —pregunta Justin.

—Por el ADN. Retiré el sello del sobre y analicé la saliva. A esa bruja le gusta entrenar en el gimnasio del hospital. Yo y Lara le robamos un pelo de su cepillo rosa de Bambi y lo cotejamos con la saliva.

—¿Le plantó cara alguien?

—Desde luego. La junta al completo. La bruja confesó. Exceso de celo en el cumplimiento de sus deberes, que consiste exclusivamente en proteger los intereses de la universidad. Se disculpó humildemente, alegó estrés emocional, que es como ella llama a su envidia sexual. Caso cerrado y enhorabuena a la bruja. Entretanto, hacen polvo a Lara. Yo seré la próxima.

—Emrich es comunista —explica Lara, saboreando la ironía—. Es rusa, creció en San Petersburgo cuando era Leningrado y fue a universidades soviéticas. Por tanto, es comunista y va contra las compañías privadas. Muy oportuno.

—Emrich tampoco inventó la Dypraxa, ¿no es cierto, cariño? —le recordó Amy.

—La inventó Kovacs —acepta amargamente Lara—. Kovacs fue el único genio. Yo era su promiscua ayudante de laboratorio. Lorbeer era mi amante, por eso exigió mi parte de gloria.

—Y es por eso por lo que ya no te pagan, ¿verdad, cariño?

—No, el motivo es otro. He incumplido la cláusula de confidencialidad, por tanto he incumplido mi contrato. Es lógico.

—Lara también es puta, ¿verdad, cariño? Se tiraba a los jovencitos que le enviaban de Vancouver. Pero no es cierto. Nadie folla en Dawes. Y todos somos cristianos salvo los judíos.

—Dado que el medicamento está matando a pacientes, desearía no haberlo inventado —dice Lara mansamente, sin prestar atención a la partida de Amy.

—¿Cuándo viste por última vez a Lorbeer? —pregunta Justin cuando vuelven a estar solos.

El tono de Lara es todavía cauto, pero más relajado.

—Él estaba en África —dijo.

—¿Cuándo?

—Hace un año.

—Hace menos de un año —le corrigió Justin—. Mi esposa habló con él en el hospital de Uhuru seis meses atrás. Su apología, o como quiera que lo llame, fue enviada desde Nairobi hace unos días. ¿Dónde está Lorbeer ahora?

Ser corregida no era lo que más gustaba a Lara Emrich.

—Tú me preguntaste cuándo lo vi por última vez —replicó, ofendida—. Fue hace un año. En África.

—¿En qué lugar de África?

—En Kenia. Me pidió que fuera a verle. La acumulación de pruebas le resultaba ya insoportable. «Lara, te necesito. Es fundamental y muy urgente que vengas. No se lo digas a nadie. Pago yo.» Su llamada me inquietó. Dije a Dawes que mi madre estaba enferma y volé a Nairobi. Llegué un viernes. Markus fue a buscarme al aeropuerto. Cuando ya estábamos dentro del coche, me preguntó: «Lara, ¿es posible que nuestro medicamento aumente la presión del cerebro y aplaste el nervio óptico?». Le recordé que todo era posible dado que nadie había reunido los datos científicos necesarios, aunque estábamos intentando remediarlo. Me llevó a un pueblo y me mostró a una mujer que no podía mantenerse en pie. Sufría terribles dolores de cabeza. Se estaba muriendo. Me llevó a otro pueblo donde una mujer no podía enfocar la vista. Cuando salía de su choza, el mundo se oscurecía. Me habló de otros casos. Los asistentes sanitarios eran reacios a hablarnos con claridad. También ellos tenían miedo. TresAbejas castiga las críticas, según Markus. Él también tenía miedo. Miedo de TresAbejas, miedo de KVH, miedo de las mujeres enfermas, miedo de Dios. «¿Qué debo hacer, Lara? ¿Qué debo hacer?» Ha hablado con Kovacs, que está en Basilea. Ella le dice que es un idiota por tener miedo. Esos no son los efectos secundarios de la Dypraxa, le dice, sino los efectos de la mezcla desaconsejada de otro fármaco. Es muy propio de Kovacs, que se ha casado con un neoestafador serbio y pasa más tiempo en la ópera que en el laboratorio.

—¿Y qué debía hacer Lorbeer?

—Le dije la verdad. Lo que estás observando en África es lo que yo estoy observando en el hospital Dawes de Saskatchewan. «Markus, son los mismos efectos secundarios que yo estoy documentando en mi informe para Vancouver, basado en ensayos clínicos objetivos de seiscientos casos.» Él sigue gritando: «¿Qué debo hacer, Lara, qué debo hacer?» «Markus», le digo, «debes ser valiente, debes hacer por tu cuenta lo que las compañías se niegan a hacer colectivamente, debes retirar el medicamento del mercado hasta que haya sido probado de forma exhaustiva». Rompió a llorar. Fue nuestra última noche juntos como amantes. Yo también lloré.

Una suerte de rabia instintiva se apoderó de Justin, un resentimiento arraigado que no alcanzaba a definir. ¿Le indignaba que esa mujer hubiese sobrevivido? ¿La odiaba por haberse acostado con el traidor confeso de Tessa y encima hablara de él con ternura? ¿Le ofendía que ella pudiera estar sentada frente a él, hermosa y viva y absorta en sí misma, mientras Tessa yacía muerta junto al hijo de ambos? ¿Le ofendía que Lara mostrara tan poco interés por Tessa y tanto por sí misma?

—¿Alguna vez te mencionó Lorbeer a Tessa?

—No cuando fui a verle.

—¿Cuándo entonces?

—Me escribió que había una mujer, la esposa de un diplomático británico, que estaba ejerciendo presión sobre TresAbejas con respecto a la Dypraxa, escribiendo cartas y haciendo visitas no deseadas. La mujer contaba con el apoyo de un médico de una agencia de cooperación. No mencionó el nombre del médico.

—¿Cuándo te escribió eso?

—Por mi cumpleaños. Markus siempre se acuerda de mi cumpleaños. Me felicitó y me habló de una mujer británica y de su amante, del médico africano.

—¿Sugirió qué debía hacerse con ellos?

—Markus temía por la mujer. Dijo que era muy guapa y muy trágica. Creo que le gustaba.

A Justin le asaltó la extraordinaria posibilidad de que Lara tuviera celos de Tessa.

—¿Y el médico?

—Markus admira a todos los médicos.

—¿Desde dónde le escribió?

—Desde Ciudad del Cabo. Estaba examinando la operación de TresAbejas en Sudáfrica y haciendo comparaciones privadas con sus experiencias en Kenia. Fue respetuoso con su esposa. El coraje no es algo innato en Markus. Hay que aprenderlo.

—¿Dijo dónde la había conocido?

—En el hospital de Nairobi. Ella le había desafiado. Él estaba avergonzado.

—¿Por qué?

—Estaba obligado a ignorarla. Markus cree que si ignora a una persona, la hará infeliz, sobre todo si es una mujer.

—Aun así, se las ingenió para traicionarla.

—Markus no siempre es un hombre práctico. Es un artista. Si dice que la traicionó, también eso puede ser figurado.

—¿Respondiste a su carta?

—Siempre lo hago.

—¿Adónde enviaste la respuesta?

—A un apartado de correos de Nairobi.

—¿Te mencionó a una mujer llamada Wanza? Compartía sala con mi esposa en el hospital de Uhuru. Murió a causa de la Dypraxa.

—Desconozco ese caso.

—No me sorprende. Borraron todas las pistas.

—Era de esperar. Markus me contaba que esas cosas ocurrían.

—Cuando Lorbeer visitó la sala de mi esposa le acompañaba Kovacs. ¿Qué estaba haciendo Kovacs en Nairobi?

—Markus me pidió que fuera a Nairobi por segunda vez, pero mi relación con KVH y el hospital era, para entonces, mala. Se habían enterado de mi anterior visita y me habían amenazado con expulsarme de la universidad por haber mentido con respecto a mi madre. Así pues, Markus telefoneó a Kovacs a Basilea y la convenció para que fuera a Nairobi como sustituta y observara la situación con él. Esperaba que ella le ahorrara tener que tomar una decisión difícil y que fuera ella quien aconsejara a TresAbejas que retirara el medicamento. Al principio KVH se opuso a que Kovacs viajara a Nairobi, pero luego aceptó con la condición de que la visita fuera confidencial.

—¿Incluso para TresAbejas?

—Eso habría sido imposible. TresAbejas estaba demasiado cerca de la situación y Markus era su asesor. Kovacs pasó en Nairobi cuatro días en el mayor de los secretos, y luego regresó a Basilea, junto a su estafador serbio, para más ópera.

—¿Elaboró un informe?

—Sí, un informe despreciable. Yo fui educada como científica. Aquello no era ciencia. Era polémica.

—Lara.

—¿Qué? —Ella le miraba combativamente.

—Birgit te leyó la carta de Lorbeer por teléfono. Su apología. Su confesión. Como sea que lo llame.

—¿Y?

—¿Qué significó para ti la carta?

—Que Markus no puede salvarse.

—¿De qué?

—Es un hombre débil que busca la fuerza en los lugares equivocados. Desgraciadamente, es el débil quien destruye al fuerte. Tal vez hiciera algo muy malo. A veces está demasiado enamorado de sus propios pecados.

—Si tuvieras que encontrarle, ¿por dónde buscarías?

—No tengo que encontrarle. —Justin aguardó—. Solo tengo un apartado de correos en Nairobi.

—¿Puedes dármelo?

La depresión de Lara había alcanzado nuevas profundidades.

—Lo anotaré. —Escribió en una libreta, arrancó la hoja y se la entregó—. Si tuviera que dar con él, buscaría entre las personas a las que hizo daño —dijo.

—En el desierto.

—Quizá sea figurado. —La agresividad había desaparecido de su voz, como había desaparecido de la voz de Justin—. Markus es un niño —explicó—. Actúa impulsivamente y reacciona ante las consecuencias. —Sonrió y su sonrisa también era hermosa—. Se asombra a menudo.

—¿Quién proporciona el impulso?

—En otros tiempos, yo.

Justin se levantó con demasiada rapidez, pues quería guardar en su bolsillo los papeles que ella le había entregado. La cabeza empezó a darle vueltas y sintió náuseas. Dirigió una mano a la pared para recuperar el equilibrio y descubrió que la doctora le sujetaba el brazo.

—¿Qué te ocurre? —preguntó ella bruscamente mientras le ayudaba a sentarse.

—A veces me dan mareos.

—¿Por qué? ¿Tienes la tensión alta? No deberías llevar corbata. Desabróchate el cuello. Eres grotesco.

Tenía una mano sobre la frente de Justin. Él se sentía

débil como un inválido y tremendamente cansado. Ella se marchó y regresó con un vaso de agua. Él bebió un trago y le devolvió el vaso. Los gestos de Lara eran confiados pero delicados. El sintió su mirada.

—Tienes fiebre —dijo ella con tono acusador.

—Puede.

—Puede, no. Tienes fiebre. Te llevaré en coche a tu hotel.

Era el momento contra el que le había prevenido su insistente instructor del curso de seguridad personal, el momento en que estás demasiado aburrido, demasiado perezoso o sencillamente demasiado cansado para preocuparte; cuando solo puedes pensar en regresar a tu triste motel, quedarte dormido y, al día siguiente, con la cabeza despejada, preparar un paquete para la resignada tía milanesa de Ham, con todo lo que la doctora Lara Emrich te ha contado, incluida una copia del artículo no publicado sobre los dañinos efectos secundarios de la Dypraxa —como visión borrosa, hemorragias, ceguera y muerte— y una nota con el apartado de correos de Markus Lorbeer de Nairobi y otra donde describes cuál será tu siguiente paso por si fuerzas ajenas a tu control te impiden darlo. Es un momento de desliz consciente, culpable, voluntario, cuando la presencia de una mujer hermosa, otra proscrita como él, que le toma el pulso con dedos amables no debería ser excusa para dejar de cumplir los principios básicos de seguridad operacional.

—No deben verte conmigo —dice sin convicción—. Saben que rondo por aquí. Solo conseguiré empeorar tu situación.

—Mi situación no puede estar peor de lo que está —replica ella.

—¿Dónde tienes el coche?

—A cinco minutos de aquí. ¿Puedes caminar?

También es un momento en que Justin, bajo su estado

de extenuación física, acoge agradecido la excusa de los buenos modales y la vieja caballerosidad que le inculcaron en Eton. Una mujer sola debe ser acompañada hasta su vehículo de noche, para no exponerse al acoso de vagabundos y salteadores de caminos. Justin se levanta. Ella le coloca una mano bajo el codo y juntos cruzan de puntillas el estudio hasta la escalera.

—Buenas noches, niños —grita Amy a través de una puerta cerrada—. Pasadlo bien.

—Ha sido usted muy amable —responde Justin.

19

Al descender por la escalera de Amy hacia la puerta principal, Lara precede a Justin, cargando la bolsa rusa en una mano y sujetándose a la barandilla con la otra, y mirándolo por encima del hombro con la cabeza vuelta. En el vestíbulo, descuelga el abrigo de Justin y lo ayuda a enfundárselo. Se pone también el suyo, junto con un gorro de piel estilo Ana Karenina, y hace ademán de colgarse al hombro la bolsa de viaje de Justin, pero su caballerosidad de exalumno de Eton no lo permite, así que ella lo observa con sus ojos castaños e imperturbables —una mirada como la de Tessa pero sin la expresión pícara de esta— mientras él se ajusta la correa de la bolsa sobre el hombro y, con hermetismo británico, reprime cualquier manifestación de dolor. Sir Justin le aguanta la puerta abierta para dejarla pasar y masculla una exclamación de sorpresa al notar el cortante frío a pesar del abrigo enguatado y las botas de piel. En la acera, la doctora Lara lo coge del antebrazo izquierdo y le rodea la espalda con el brazo derecho para evitar que se desplome, pero esta vez ni siquiera el curtido exalumno de Eton logra reprimir un gemido de dolor cuando el coro de nervios de su espalda prorrumpe a cantar. Ella guarda silencio, pero las miradas de ambos se cruzan de manera espontánea cuando Justin aleja la cabeza defensivamente del foco de dolor. Bajo el sombrero a lo Ana Karenina, su mirada le recuerda a Justin otros ojos con alarmante nitidez. La mano que rodeaba la espalda se ha reunido con la que sujeta el antebrazo izquierdo. Lara ha aflojado el paso para acomodarse al ritmo de él. Cadera con cadera, realizan una majestuosa marcha por la acera helada, cuando de pronto ella para en seco, sin soltarle el brazo, y mira hacia el otro lado de la calle.

—¿Qué pasa?

—Nada. Era de esperar.

Se encuentran en la plaza del pueblo. Bajo la luz anaranjada de una farola hay un coche pequeño y gris de marca indeterminada, aislado. Está muy sucio pese a la escarcha. Una percha de alambre hace las veces de antena de radio. Visto desde donde ellos están, tiene algo de aciago y desprotegido. Es un coche a punto de estallar.

—¿Es tuyo? —pregunta Justin.

—Sí. Pero no nos servirá.

El gran espía advierte tardíamente lo que Lara ya había notado. La rueda delantera está pinchada.

—No te preocupes. Cambiaremos la rueda —afirma Justin con arrojo, olvidando por un absurdo instante el intenso frío, su cuerpo magullado, la avanzada hora y cualquier posible consideración en lo referente a la seguridad operacional.

—No será suficiente —contesta ella con pertinente pesimismo.

—Claro que sí. Pondremos el motor en marcha. Tú puedes quedarte dentro y resguardarte del frío. Hay rueda de recambio y gato, ¿no?

Pero para entonces han llegado a la acera opuesta y Justin ha visto lo que ella preveía: la otra rueda delantera también está pinchada. Asaltado por una necesidad de acción, Justin intenta desprenderse de Lara, pero ella se aferra a su antebrazo, y Justin comprende que no es el frío la causa de su temblor.

—¿Ocurre esto a menudo? —pregunta.

—Muy frecuentemente.

—¿Sueles avisar a un garaje?

—De noche no vendrán. Me voy a casa en taxi. Cuando regreso por la mañana, me han puesto una multa de aparcamiento. Y quizá otra multa por el peligro que representa el coche en este estado. A veces se lo lleva la grúa y he de ir a recogerlo a sitios muy a trasmano. A veces no aparece ningún taxi, pero hoy estamos de suerte.

Justin sigue la mirada de Lara y, para su sorpresa, ve un taxi estacionado en la esquina opuesta de la plaza, con el motor en marcha, la luz interior encendida y una figura acurrucada tras el volante. Cogida aún de su brazo, lo apremia en dirección al taxi. Primero Justin se deja llevar, pero unos metros más allá se detiene, alertado por su alarma interna.

—¿Es normal que un taxi esté así, parado, a estas horas?

—Eso no tiene importancia.

—Sí, sí la tiene. Y mucha.

Liberándose de la mirada de Lara, Justin advierte la llegada de un segundo taxi, que aparca detrás del primero. Lara lo ve también.

—Eso son tonterías. Fíjate, ahora tenemos dos taxis. Podemos tomar uno cada uno. Quizá sea mejor que tomemos uno juntos. Así, te acompañaré antes al hotel. Ya verás. No tiene importancia. —Y olvidando el estado de Justin, o simplemente perdiendo la paciencia, vuelve a tirar de su brazo, como consecuencia de lo cual Justin tropieza, se suelta y se planta frente a ella, impidiéndole el paso.

—No —dice.

«No» significa: me niego. Significa: he notado la falta

de lógica de esta situación. Si antes he sido imprudente, no voy a serlo ahora, y tú tampoco. Son demasiadas coincidencias. Estamos en una plaza vacía de un pueblo perdido en medio de la tundra, en una fría noche de marzo en la que está dormido hasta el único caballo del pueblo. Tu coche ha sido inutilizado adrede. Muy oportunamente, encontramos un taxi libre a mano, y ahora aparece un segundo. ¿A quién esperan esos taxis si no a nosotros? ¿No es difícil deducir que la gente que ha inutilizado tu coche es la misma gente interesada en que nos demos un paseo con ellos?

Pero Lara no atiende a razonamientos científicos. Levantando el brazo, hace señas al taxista más cercano y se dirige hacia él para reclamarlo. Justin la agarra del otro brazo, la obliga a detenerse a media zancada y la hace retroceder. Esta acción le provoca a ella tanta rabia como dolor a él. Ya está cansada de empujones y abusos.

—Déjame en paz. ¡Márchate! ¡Devuélveme eso!

Justin le ha arrebatado la bolsa rusa. El primer taxi se separa de la acera. El segundo arranca también y lo sigue. ¿Por si acaso? ¿Para darle apoyo? En un país civilizado, nunca se sabe.

—Retrocede hacia el coche —ordena Justin.

—¿Qué coche? No sirve para nada. Estás loco.

Lara tira de su bolsa rusa, pero él revuelve en el interior, apartando documentos, pañuelos de papel y todo aquello que obstaculiza su búsqueda.

—¡Dame las llaves del coche, Lara, por favor!

Justin ha encontrado el monedero dentro de la bolsa y lo ha abierto. Tiene las llaves en la mano, todo un manojo, llaves suficientes para entrar en Fort Knox. ¿Para qué demonios necesita tantas llaves una mujer soltera caída en desgracia? Avanza de medio lado hacia el coche, examinando las llaves, preguntando a gritos «¿Cuál es? ¿Cuál es?», tirando de Lara, manteniendo la bolsa fuera de su alcance, arrastrándola hasta el círculo de luz de la farola donde ella pueda indicarle cuál es la llave, cosa que ella hace, ofensivamente, vengativamente, sosteniéndola en alto ante él y burlándose.

—¡Ahora ya tienes las llaves de un coche con las ruedas deshinchadas! ¿Te sientes mejor? ¿Te crees un gran hombre?

Los coches bordean la plaza en dirección a ellos, uno tras otro. Su actitud es inquisitiva, no agresiva aún. Pero se mueven furtivamente. Esconden malas intenciones, Justin está seguro; percibe en ellos amenaza y premeditación.

—¿Tiene cierre centralizado? —vocifera—. ¿Abre la llave todas las puertas al mismo tiempo?

Lara no lo sabe o está demasiado furiosa para contestar. Arrodillado, con la bolsa de ella bajo el brazo, Justin intenta introducir la llave en la cerradura de la puerta del acompañante. Retira el hielo con las yemas de los dedos, y la piel se le queda adherida al metal, y sus músculos aúllan con la misma estridencia que las voces en su cabeza. Ella tira de la bolsa rusa y grita a Justin. La puerta del coche se abre y Justin sujeta a Lara.

—Lara, por Dios, ¿*serías tan amable* de cerrar la boca y entrar en el coche ahora mismo?

El uso de la cortés perífrasis es bien recibido. Lara lo mira con incredulidad. Justin tiene la bolsa de ella en la mano. La arroja al asiento del acompañante. Ella se abalanza sobre la bolsa como un perro en pos de una pelota, aterriza en el asiento y Justin cierra la puerta. Baja de la acera y empieza a rodear el coche. En ese momento el segundo taxi adelanta al primero y acelera en dirección a Justin, obligándole a saltar al bordillo. El guardabarros delantero del taxi golpea en vano el faldón ondeante de su abrigo al pasar. Lara le abre la puerta del conductor desde dentro. Los dos taxis se detienen en medio de la calle unos cuarenta metros por detrás de ellos. Justin acciona la llave de contacto. Las escobillas del limpiaparabrisas están inmovilizadas por la escarcha, pero la luna posterior ofrece bastante visibilidad. El motor carraspea como un asno viejo. ¿A esta hora de la noche?, parece decir. ¿Con esta temperatura? ¿Yo? Acciona otra vez la llave.

—¿Tiene gasolina este trasto?

A través del retrovisor de su lado ve apearse a dos hombres de cada taxi. El segundo par debía de hallarse oculto en el asiento trasero. Uno de ellos lleva un bate de béisbol; otro, un objeto que Justin cree reconocer sucesivamente una botella, una granada de mano y un salvavidas. Los cuatro se encaminan resueltamente hacia ellos. Justin revoluciona el motor y quita el freno de mano. Pero es un coche automático, y Justin no recuerda ni por asomo cómo funciona un coche automático. Tras colocar la palanca en posición de marcha, lo controla con el pedal del freno hasta que se impone la cordura. El coche se pone por fin en movimiento, sacudiéndose y protestando. El volante es casi inamovible. En el espejo ve que los hombres aprietan el paso y empiezan a trotar hacia ellos. Justin acelera con cautela. Las ruedas delanteras chirrían y avanzan a saltos, pero el coche sigue adelante a su pesar y, de hecho, cobra velocidad, para alarma de sus perseguidores, quienes ya no trotan sino que corren. Van vestidos para la ocasión con gruesos chándales, advierte Justin. Uno lleva un gorro de marinero con una borla en lo alto, y es además el que empuña el bate. Los otros llevan gorros de piel. Justin lanza un vistazo a Lara, que tiene una mano en la boca, los dedos entre los dientes, y la otra aferrada al salpicadero. Ha cerrado los ojos y habla en susurros, rezando quizá, detalle que causa gran perplejidad a Justin, porque hasta ese momento la ha considerado una persona descreída, en contraste con su amante Lorbeer. Abandonan ya la plaza y, traqueteando ruidosamente, descienden por una calle en penumbra con casas adosadas que han conocido tiempos mejores.

—¿Por dónde se va a la parte más iluminada del pueblo? —pregunta Justin—. ¿La más pública?

Lara niega con la cabeza.

—¿Dónde está la estación?

—Demasiado lejos. No tengo dinero.

Lara parece pensar que van a escapar juntos. Por las rendijas del capó empieza a salir humo o vapor, y un inquietante olor a goma quemada le trae a la memoria los disturbios estudiantiles de Nairobi, pero mantiene el pie en el acelerador y la mirada en el espejo, observando a los hombres que corren detrás de ellos, pensando una vez más en lo torpes que son y lo mal que hacen las cosas, fruto seguramente de un mal adiestramiento. Y que un equipo mejor organizado nunca habría dejado los coches atrás. Y que lo mejor que podrían hacer si tuvieran el mínimo sentido común, sería darse media vuelta en ese mismo instante —o al menos, dos de ellos— y correr como alma que lleva el diablo hasta sus coches, pero no muestran la menor intención de hacerlo, tal vez porque ganan terreno y todo depende de quién desiste primero, el coche o ellos. Un letrero en inglés y francés le advierte que se aproxima un cruce. Como filólogo aficionado que es, no puede evitar comparar las dos lenguas.

—¿Dónde está el hospital? —pregunta.

Ella se saca los dedos de la boca.

—La doctora Lara Emrich no está autorizada a entrar en el recinto del hospital —salmodia.

Justin se ríe, decidido a subirle el ánimo.

—Ah, bueno, siendo así, no podemos entrar, ¿verdad? No si está prohibido. Vamos, por Dios. ¿Dónde está?

—A la izquierda.

—¿A qué distancia?

—En condiciones normales, se llega en muy poco tiempo.

—¿Cuánto?

—Cinco minutos. Si no hay tráfico, algo menos.

No hay tráfico, pero el capó sigue lanzando bocanadas de humo o vapor, el firme de la calle es de adoquines y está helado, el indicador de velocidad marca unos optimistas veinte kilómetros por hora a lo sumo, los hombres reflejados en el espejo no presentan señales de cansancio y no se oye nada excepto el chirrido de los engranajes, como un millar de uñas arañando una pizarra. De pronto, para asombro de Justin, frente a ellos la calle se convierte en una plaza de armas escarchada. Ve delante la torre almenada y la cresta heráldica de los Dawes vivamente iluminada, y a su izquierda el pabellón cubierto de hiedra y los tres bloques adyacentes de acero y cristal alzándose sobre él como icebergs. Tuerce a la izquierda y pisa el acelerador, sin resultado alguno. El indicador de velocidad marca cero kilómetros por hora, lo cual es absurdo porque continúan en movimiento, aunque muy lentamente.

—¿A quién conoces aquí? —pregunta Justin.

Ella misma debía de estar haciéndose la misma pregunta.

—Phil.

—¿Quién es Phil?

—Un ruso. Un conductor de ambulancia. Ahora ya está demasiado viejo.

Alarga el brazo hacia el bolso, en el asiento trasero, y coge un paquete de tabaco —no Sportsman—, enciende un cigarrillo y se lo ofrece a él, que ni siquiera le presta atención.

—Esos hombres se han marchado —informa Lara, quedándose con el cigarrillo.

Al igual que una fiel montura que ha galopado por última vez, el coche sucumbe. El eje frontal cede bajo el peso del vehículo, un humo acre y negro se eleva del motor, un espeluznante chirrido procedente de debajo del capó les anuncia que el coche ha encontrado su lugar de eterno reposo en el centro de la plaza de armas. Justin y Lara se apean.

La sede comercial de Phil consistía en una caja blanca de madera junto a un aparcamiento de ambulancias. Esta contenía un taburete, un teléfono, una luz roja giratoria, un hervidor eléctrico manchado de café y un calendario que permanecía fijo en diciembre, mes en que una Santa Claus ligera de ropa presenta su trasero desnudo a un agradecido grupo de hombres que cantan villancicos. Phil, sentado en el taburete, hablaba por teléfono. Llevaba una gorra de cuero con orejeras. Su rostro también parecía de cuero, arrugado y agrietado y lustroso, y espolvoreado después con los puntos blancos de una plateada barba de dos días. Cuando oyó la voz de Lara en ruso, hizo lo que suelen hacer los viejos reclusos: mantuvo la cabeza inmóvil y la mirada al frente en espera de alguna señal que demostrara que se dirigían a él. Una vez convencido, se volvió hacia ella, adoptando la actitud propia de los hombres rusos de su edad en presencia de mujeres hermosas y más jóvenes: un poco mística, un poco tímida, un poco brusca. Phil y Lara hablaron durante lo que a Justin se le antojó una innecesaria eternidad, ella en el umbral, con Justin detrás como un amante no reconocido, y Phil desde el taburete, las manos nudosas cerradas sobre los muslos. Se preguntaron —supuso Justin— por sus respectivas familias, y cómo le iba a tal tío o tal primo, hasta que Lara se hizo a un lado para dejar salir al viejo, que pasó junto a ella cogiéndola gratuitamente por la cintura antes de trotar rampa abajo hacia un aparcamiento subterráneo.

—¿Sabe que tienes prohibido el acceso? —preguntó Justin.

—No tiene importancia.

—¿Adónde ha ido?

Lara no respondió, pero tampoco era ya necesario. Una flamante ambulancia se detenía junto a ellos, y al volante se hallaba Phil, con su gorra de cuero.

Su casa era nueva y rica, parte de una urbanización de lujo a la orilla de un lago, construida para acoger a los hijos e hijas predilectos de Karel Vita Hudson, de Basilea, Vancouver y Seattle. Sirvió un whisky para él y un vodka para ella, le enseñó el jacuzzi, el equipo estereofónico y el horno microondas multifuncional situado a la altura de los ojos, y con la misma irónica neutralidad le señaló el punto de la valla junto al que aparcaba la gente del *Organy* cuando iban a vigilarla, cosa que ocurría prácticamente a diario, explicó, por lo general desde alrededor de las ocho de la mañana, dependiendo del estado del tiempo, hasta el anochecer, a menos que retransmitieran un partido de hockey importante, en cuyo caso se marchaban antes. Le mostró el absurdo cielo nocturno de su dormitorio, la cúpula de escayola blanca con pequeñas luces incrustadas para imitar las estrellas, y el conmutador que permitía variar la intensidad a gusto de los ocupantes de la gran cama redonda que se hallaba debajo. Y hubo un instante que los dos observaron llegar y marcharse en el que pareció posible que ellos se convirtieran en los ocupantes: dos proscritos del Sistema proporcionándose mutuo consuelo, ¿qué podía tener más sentido que eso? Pero la sombra de Tessa se interpuso entre ellos, y el instante pasó sin que ninguno de los dos hiciera comentario alguno al respecto. Justin prefirió hablar de los iconos. Lara tenía media docena: Andrés, Pablo y Simón, Pedro y Juan y la Virgen, con sus aureolas de hojalata y sus manos en oración, o en alto para dar una bendición o representar a la Santísima Trinidad.

—Supongo que te los regaló Markus —dijo él, aparentando desconcierto ante este renovado despliegue de inverosímil religiosidad.

Ella adoptó su más sombrío ceño.

—Es una postura totalmente científica. Si Dios existe, me estará agradecido. Si no, poco importa. —Y se ruborizó cuando él se echó a reír, y al cabo de un momento también ella rio.

La habitación libre estaba en la planta baja. Con barrotes en la ventana y vistas al jardín, le recordó al piso de abajo de Gloria. Durmió hasta las cinco de la madrugada, escribió a la tía de Ham durante una hora, se vistió y subió furtivamente por la escalera con la intención de dejarle una nota a Lara y salir a la carretera con la esperanza de que alguien lo acercara al pueblo. Pero ella estaba sentada ante la cristalera fumándose un cigarrillo, vestida aún con la misma ropa de la noche anterior. Junto a ella había un cenicero lleno a rebosar.

—En lo alto de la cuesta puedes coger un autobús que te llevará a la estación —informó—. Pasa dentro de una hora.

Le preparó café y él se lo tomó sentado a la mesa de la cocina. Ninguno parecía muy dispuesto a hablar de los acontecimientos de la pasada noche.

—Probablemente era una banda de atracadores —comentó él una vez, pero ella continuó sumida en sus cavilaciones.

En otro momento Justin le preguntó por sus planes.

—¿Hasta cuándo puedes quedarte en esta casa?

Unos días, respondió ella distraídamente. Quizá una semana.

—¿Qué harás?

Dependía, respondió. No tenía importancia. No se moriría de hambre.

—Vete ya —dijo de pronto—. Será mejor que esperes en la parada de autobús.

Cuando Justin se marchó, ella permaneció de espaldas a él con la cabeza inclinada, en tensión, como si aguzara el oído ante un ruido sospechoso.

—Tratarás a Lorbeer con compasión —anunció ella.

Pero si era una predicción o una orden, Justin no llegó a saberlo.

20

—Joder, Tim, pero ¿a qué se cree que juega ese Quayle? —preguntó Curtiss volviendo su enorme cuerpo para desafiar a Donohue a través de la habitación. Esta era lo bastante grande para albergar una capilla de buen tamaño, con postes de teca por vigas y puertas con goznes de cárcel y escudos tribales en las paredes de troncos.

—No es nuestro hombre, Kenny. Nunca lo fue —respondió estoicamente Donohue—. Es puro Foreign Office.

—¿Puro? ¿Qué hay de puro en él? Ese cabrón es un zorro. ¿Por qué no acude a mí si le preocupa mi medicamento? La puerta está abierta de par en par. No soy un monstruo, ¿no? ¿Qué quiere? ¿Dinero?

—No, Kenny. No lo creo. No creo que sea dinero lo que tiene en mente.

Es esa voz suya, se dijo Donohue mientras esperaba descubrir por qué le había llamado; nunca me libraré de ella. Una voz que intimida y adula, que miente y se autocompadece. Aunque la intimidación es con mucho su modalidad favorita. Una voz nunca pulida del todo, pues aún se colaban vestigios de su barriada de Lancashire, para desespero de los profesores de dicción que entraban y salían por las noches.

—¿Qué mosca le ha picado entonces, Tim? Tú le conoces, yo no.

—Su esposa, Kenny. Sufrió un accidente, ¿recuerdas?

Curtiss se volvió de nuevo hacia el gran ventanal y levantó las manos, con las palmas hacia arriba, como implorando paciencia al crepúsculo africano. Al otro lado de los cristales a prueba de bala se extendían campos sumidos en la penumbra, y más allá, un lago. En las colinas parpadeaban luces. Las primeras estrellas perforaban la bruma azul del anochecer.

—Sí, ya, su esposa se lleva su merecido —dijo Curtiss en el mismo tono lastimero—. Unos chicos malos se ensañan con ella. ¿Y yo qué sé si fue ese negro suyo quien lo hizo? Tal como se comportaba, se lo estaba buscando. Estamos hablando de Turkana, no del jodido Surrey. Pero lo siento por ella. Lo siento mucho, muchísimo.

Quizá no lo sientes tanto como debieras, se dijo Donohue.

Curtiss tenía casas desde Mónaco hasta México, y Donohue las detestaba todas. Detestaba su hedor a yodo y a sus acobardados criados y sus vibrantes suelos de madera. Detestaba sus bares con espejos y sus flores inodoras que le miraban a uno como las aburridas fulanas que Curtiss tenía siempre alrededor. Donohue las agrupaba mentalmente con los Rolls-Royce, la avioneta Gulfstream y el yate a motor en una única y chabacana atracción de feria que se extendía sobre media docena de países. Pero por encima de todo detestaba la casa de esa finca fortificada plantada a orillas del lago Naivasha con sus alambradas electrificadas y sus guardias de seguridad, sus cojines de piel de cebra, suelos de baldosa roja, alfombras de piel de leopardo, sofás de antílope, su mueble bar forrado de espejos e iluminado en rosa y su televisión vía satélite y su teléfono vía satélite, y sus sensores de movimiento y sus botones de alarma y sus radiotransmisores portátiles; porque era a esa casa, a esa habitación y a ese sofá de antílope a donde Curtiss le había hecho acudir a su antojo, gorra en mano, durante los últimos cinco años, para recibir cualesquiera que fuesen las sobras que el gran sir Kenny K., en su errática magnanimidad, hubiese decidido arrojar a las hambrientas fauces del Servicio de Inteligencia británico. Y era a ese lugar a donde le había vuelto a llamar esa noche, por razones que aún tenía que averiguar, justo cuando descorchaba una botella de vino blanco sudafricano antes de sentarse a degustar un salmón con su querida esposa Maud.

«He aquí cómo lo vemos nosotros, Tim, viejo amigo, para bien o para mal», empezaba un tenso comunicado confidencial escrito en el estilo habitual de su director regional en Londres, que recordaba vagamente a Wodehouse. Y proseguía:

> En el frente visible debes mantener un contacto amistoso que encaje con la faceta pública que has ofrecido durante los últimos cinco años. Golf, una copa por aquí, un almuerzo por allá, etcétera; me alegro de no ser yo quien tenga que hacerlo. En el aspecto encubierto, debes continuar actuando de manera natural y pareciendo ocupado, puesto que las alternativas —cese, indignación consiguiente del sujeto, etcétera— son demasiado espantosas para considerarlas en la presente crisis. Para tu información personal, aquí se ha armado una bien gorda en ambas riberas del río y la situación cambia día a día, pero siempre para peor.
>
> Roger

—Bueno, y ¿por qué has venido en coche? —exigió saber Curtiss en tono ofendido mientras continuaba contemplando sus hectáreas africanas—. Podrías haber cogido la avioneta; solo tenías que pedirlo. Doug Crick tenía un piloto esperándote. ¿Tratas de hacerme sentir mal o algo así?

—Ya me conoces, jefe. —A veces, llevado por una agresividad pasiva, Donohue le llamaba jefe, un título reservado eternamente para el mandamás de su propio servicio—. Soy un conductor nato. Abro las ventanillas del coche y piso el acelerador. No hay nada que me guste más.

—Joder, ¿por estas carreteras? Estás mal de la cabeza. Se lo dije al presi. Ayer mismo. Miento; fue el domingo. «¿Qué es la primera jodida cosa que ve un cliente cuando llega a Kenia y se sube al autobús del safari?», le pregunté. «No es a los leones ni las jirafas, joder. Son sus carreteras lo que ve, señor presidente. Son sus horribles carreteras llenas de socavones.» Ese hombre solo ve lo que quiere ver, ese es su problema. Además, siempre que puede, vuela. «Pasa otro tanto con sus trenes», le dije. «Utilice a sus jodidos prisioneros; los tiene de sobra. Ponga a los prisioneros a trabajar en las vías y deles una oportunidad a sus trenes.» «Hable con Jomo», dice él. «Y ¿quién es ese Jomo?», pregunto yo. «Jomo, mi nuevo ministro de Transporte.» «¿Desde cuándo?», digo yo. «Desde ahora mismo», me responde. Que le jodan.

—Que le jodan, por supuesto —repuso Donohue con fervor, y esbozó la sonrisa que solía esbozar cuando no había nada por lo que sonreír: ladeaba lascivamente su alargada cabeza con un destello en sus ojos amarillentos y sin perderse nada mientras se atusaba las puntas del bigote.

Un silencio inaudito llenó la habitación. Los criados africanos se habían vuelto a sus pueblos. Los guardaespaldas israelíes que no estaban patrullando veían una película de kung-fu en la caseta de vigilancia. A Donohue le habían cogido un par de veces del cuello para zarandearle mientras esperaba a que le dejaran pasar. A las secretarias privadas y al ayuda de cámara somalí se les había ordenado retirarse a los barracones del personal en el extremo opuesto de la finca. Por primera vez en la historia, no sonaba ni un solo teléfono en una casa de Curtiss. Un mes antes, Donohue habría tenido que luchar por decir una palabra y amenazar con largarse si Curtiss no le dedicaba unos minutos. Esa noche, habría agradecido el gorjeo del teléfono ordinario o el zumbido del aparato vía satélite que esperaba de mala gana en su carrito junto al enorme escritorio.

Todavía volviéndole su espalda de luchador a Donohue, Curtiss había adoptado lo que para él era una pose meditabunda. Llevaba la ropa que siempre vestía en África: camisa blanca de doble puño con gemelos de oro de TresAbejas, pantalón azul marino, zapatos lustrosos con pequeñas hileras de flecos a los costados y un reloj de oro plano como un penique en torno a la muñeca gruesa y velluda. Pero fue el cinturón de piel de cocodrilo negro lo que llamó la atención de Donohue. En otros hombres gordos a quienes conocía, el cinturón les quedaba bajo por delante y la panza les colgaba por encima. Pero en Curtiss el cinturón permanecía exactamente en su sitio, como una línea perfecta trazada alrededor del centro de un huevo gigantesco. Llevaba la melena teñida de negro y peinada hacia atrás a lo eslavo, dejándole la frente despejada y formándole un bucle en la nuca. Fumaba un puro y fruncía el entrecejo cada vez que daba una calada. Cuando el puro le aburriera, lo dejaría sobre la primera valiosa pieza del mobiliario que tuviera a mano.

—Supongo que sabes qué está tramando ahora ese cabrón —dijo.

—¿Moi?

—Quayle.

—Me parece que no. ¿Tendría que saberlo?

—¿No te lo dicen? ¿O es que no les importa?

—Quizá no lo saben, Kenny. Todo lo que me han

dicho es que ha hecho suya la causa de su esposa, sea cual fuere, que ya no está en contacto con sus jefes y que vuela en solitario. Sabemos que su esposa tenía una propiedad en Italia y circula el rumor de que tal vez ha ido a esconderse allí.

—¿Qué me dices de Alemania, joder? —interrumpió Curtiss.

—¿Qué pasa en Alemania, joder? —preguntó Donohue, imitando una forma de hablar que detestaba.

—Estuvo en Alemania. La semana pasada. Fisgoneando entre un puñado de buenos samaritanos melenudos y liberales que se habían ensañado con KVH. De no haber sido por mis buenas maneras, ahora estaría tachado de la lista de votantes. Pero tus amiguitos de Londres no sabían eso, ¿eh? No les preocupa. Tienen cosas mejores que hacer con su tiempo. ¡Te estoy hablando, Donohue!

Curtiss se había vuelto para enfrentarse a él. Su enorme cuerpo parecía listo para arremeter y su mandíbula inferior se proyectaba hacia fuera. Había hundido una mano en un bolsillo de los pantalones de loneta. Con la otra asía el puro encendido, como si pretendiera blandirlo cual estaca al rojo vivo contra la cabeza de Donohue.

—Me temo que me llevas la delantera, Kenny —repuso Donohue con serenidad—. Preguntas si mi oficina está siguiendo a Quayle. Pues no tengo ni la más remota idea. ¿Es que está en peligro algún preciado secreto nacional? Lo dudo. ¿Está nuestro valioso informante sir Kenneth Curtiss necesitado de protección? Nunca prometimos protegerte comercialmente, Kenny. No creo que haya institución alguna en el mundo que lo hiciera, si se me permite decirlo, ni financiera ni de otra clase, y que sobreviviera.

—¡Que te jodan! —Curtiss había apoyado una manaza en la gran mesa de comedor para deslizarla sobre ella mientras se dirigía como un gorila hacia Donohue. Pero este esbozó su peculiar sonrisa oculta bajo el bigote, y se mantuvo firme—. Puedo aplastar tu jodido servicio secreto con una sola mano si así lo quiero, ¿lo sabías?

—Mi querido amigo, nunca he dudado de ello.

—Tengo comprados a los tipos que te pagan el sueldo. Les organizo parrandas en mi jodido barco. Con chicas, caviar, champán. Les consigo cargos durante las campañas electorales. Coches, pasta, secretarias con buenas tetas. Hago negocios con empresas que ganan diez veces más de lo que vuestra tienda de barrio gasta en un año. Si les digo lo que sé, serás historia. Así pues, que te jodan, Donohue.

—Y a ti también, Curtiss, a ti también —murmuró Donohue con el tono cansino de un hombre que hubiera oído todo eso antes, que era precisamente el caso.

De todas formas, su cerebro operacional se preguntaba adónde coño iban a llevarles esos histrionismos. Dios sabía que aquel no era precisamente el primer berrinche de Curtiss. Ya no podía contar las veces en que había esperado allí sentado a que estallara la tormenta o en que, si los insultos se volvían demasiado desagradables como para ignorarlos, había llevado a cabo una retirada táctica de la habitación hasta que Kenny decidiera, llegado el momento, volver a llamarlo para disculparse, en ocasiones con la asistencia de unas lagrimitas de cocodrilo. Pero esa noche Donohue tenía la sensación de estar sentado sobre una bomba de relojería. Recordaba la mirada penetrante que Doug Crick le había dirigido al entrar, el exceso de deferencia en su tono al decirle: «Oh, señor Donohue, buenas tardes, señor; le comunicaré de inmediato al jefe que ha venido usted». Aguzaba el oído con creciente inquietud en los mortíferos silencios que seguían a los maníacos estallidos de Curtiss, que reverberaban hasta quedar en nada.

Dos israelíes con pantalón corto pasaron lentamente al otro lado de la ventana sujetando las correas de sendos perros guardianes. El jardín estaba punteado de árboles enormes entre los que daban brincos monos colobos, que volvían locos a los perros. El césped, regado con agua del lago, se veía exuberante y perfecto.

—¡Vuestra mafia le está pagando! —acusó Curtiss de pronto, tendiendo una mano y bajando la voz para lograr mayor efecto—. ¡Quayle es en realidad vuestro hombre! ¿No es así? Actúa según vuestras órdenes para que así podáis exprimirme a mí, ¿verdad?

Donohue esbozó una sonrisa de complicidad.

—Pues claro que sí, Kenny —repuso con tono apaciguador—. Completamente desatinado y descabellado, pero lo cierto es que has dado en el clavo.

—¿Por qué me estáis haciendo esto? ¡Tengo derecho a saberlo! ¡Joder, soy nada menos que sir Kenneth Curtiss! Solo este año pasado he donado la friolera de medio millón de libras para fondos del partido. Os he proporcionado, a vosotros, el jodido Servicio de Inteligencia británico, verdaderas pepitas de oro. He llevado a cabo, de manera voluntaria además, ciertos servicios para vosotros de un cariz pero que muy peliagudo. He...

—Kenny —le interrumpió Donohue con tono calmado—. Cállate. No hables así delante de los criados, ¿de acuerdo? Ahora escúchame. ¿Por qué íbamos a tener el más leve interés en alentar a Justin Quayle a joderte? ¿Por qué iba a querer el servicio secreto, que como de costumbre está en una situación límite y sometido a la artillería pesada de Whitehall, tirar piedras sobre su propio tejado saboteando una baza tan valiosa como Kenny K.?

—¡Porque habéis saboteado todo lo demás en mi vida, coño, por eso! ¡Porque habéis hecho que los bancos de la City me aprieten las tuercas! Están en juego diez mil empleos británicos, pero ¿a quién coño le importa si con eso aplastamos a Kenny K.? Porque les habéis advertido a vuestros amigos políticos que se laven las manos por lo que respecta a mí antes de que acabe en la cloaca. ¿No es así? ¿O es que no lo habéis hecho?

Donohue se esforzó en separar la información de las preguntas. «¿Los bancos de la City le han requerido que pague? ¿Lo sabe Londres? Y si lo sabe, ¿por qué diantre no me lo ha advertido Roger?»

—Siento oír eso, Kenny. ¿Cuándo ha sido eso de los bancos?

—¡Qué coño importa cuándo! Hoy. Esta tarde. Por teléfono y por fax. Por teléfono para comunicármelo, por fax por si acaso lo olvidaba, y mandarán una copia impresa por si se me ocurre no leer el maldito fax.

Entonces Londres sí lo sabe, se dijo Donohue. Pero si lo sabe, ¿por qué me dejan fuera? Lo resolvería más tarde.

—¿Te han ofrecido los bancos alguna explicación, Kenny? —preguntó, solícito.

—Su prioridad más absoluta es su preocupación ética por ciertas prácticas comerciales. Pero qué prácticas son esas, joder. Y qué coño de ética es esa. Su idea de la ética es un pequeño condado al este de Londres. También dicen que les preocupa la pérdida de confianza del mercado. Y ¿quién coño ha provocado eso, eh? ¡Pues ellos mismos! Otro problema son los rumores desestabilizadores. A la mierda con ellos. Ya he pasado antes por eso.

—¿Y tus amigos políticos? ¿Esos que se desentienden de ti y a los que nosotros no advertimos?

—He recibido una llamada de un contacto en Downing Street que está cagado de miedo. Hablaba en nombre de fulano, etcétera. Me estarán eternamente agradecidos, etcétera, pero en las presentes circunstancias tienen que ser más santos que el Papa y van a devolverme mis generosas contribuciones a los fondos del partido, y adónde han de mandármelas, por favor, porque cuanto antes esté mi dinero fuera de sus jodidos libros, más felices serán ellos y todos podremos fingir que nunca sucedió. ¿Sabes dónde está ahora? ¿Dónde estaba hace dos noches, echando un polvo?

Donohue tuvo que parpadear y negar con la cabeza antes de comprender que Curtiss ya no hablaba del tipo del número diez de Downing, sino de Justin Quayle.

—En Canadá. Follándose a Saskatchewan —soltó Curtiss en respuesta a su propia pregunta—. Espero que se le congelara el culo.

—¿Qué hace allí? —quiso saber Donohue, no tan intrigado por el hecho de que Justin Quayle se hallara en Canadá como por la facilidad con que Curtiss le había seguido la pista.

—Está en no sé qué universidad. Hay una mujer allí. Una jodida científica. Se le ha metido en la cabeza que ha de violar su contrato diciéndole a todo el mundo que el fármaco ocasiona la muerte. Quayle se la ha tirado. Un mes después de la muerte de su esposa. —Alzó la voz, amenazando con otro estallido tormentoso—. ¡Si hasta tiene un pasaporte falso, joder! ¿Y quién se lo dio? Vosotros. Paga en efectivo. ¿Quién se lo manda? Vosotros, cabrones. Se les escurre de la red constantemente como una jodida anguila. ¿Quién le ha enseñado a hacer eso? ¡Vosotros!

—No, Kenny. No hemos sido nosotros. No hemos hecho nada de eso. —Es su red, no la mía, se dijo Donohue.

Curtiss se estaba preparando para prorrumpir de nuevo en gritos. Por fin lo hizo:

—Pues entonces a ver si eres tan amable de decirme qué coño está haciendo ese gilipollas de Porter Coleridge colándole información difamatoria e inexacta al gabinete ministerial sobre mi empresa y mi fármaco, qué coño está haciendo con esas amenazas de que va a ir a la jodida prensa si no le prometen una investigación plenamente imparcial a cargo de nuestros lores y maestros de ese manicomio de Bruselas, ¿eh? Y por qué coño los gilipollas de tu servicio le dejan hacerlo, o más bien por qué le animan a hacerlo a ese cabrón, ¿eh?

¿Cómo había conseguido descubrir eso? Donohue se maravillaba en silencio. Por el amor del cielo, ¿cómo se las habría arreglado Curtiss, por recursos que tuviera y por zorro que fuera, para poner sus peludas pezuñas sobre una información cifrada de alto secreto solo ocho horas después de que le fuera enviada personalmente a Donohue a través de los enlaces del servicio secreto? Tras hacerse semejante pregunta, Donohue, todo un maestro de su oficio, se dispuso a obtener la respuesta. Esbozó su jovial sonrisa, pero en esa ocasión verdaderamente satisfecha, al reflexionar con honesto placer que en el mundo seguía habiendo unas cuantas cosas que se hacían decentemente entre los amigos.

—Por supuesto —dijo—. Nuestro viejo Bernard Pellegrin te ha dado el soplo. Muy valiente por su parte. Y en el momento preciso. Ojalá hubiera hecho yo lo mismo. Siempre he tenido debilidad por Bernard.

Con la mirada sonriente clavada en las facciones arreboladas de Curtiss, Donohue le observó titubear al principio para después esbozar una expresión de desprecio.

—¿Ese maricón amanerado? No me fiaría de él ni para sacar al caniche a mear al parque. Le he estado reservando un puesto de altos vuelos para cuando se retire, y el muy cabrón ni siquiera ha levantado un dedo para protegerme. ¿Quieres un poco? —preguntó Curtiss, mostrando una botella de brandy.

—No puedo, amigo mío. Órdenes del matasanos.

—Ya te lo he dicho, ve a mi médico. Doug ya te dio la dirección. Está aquí mismo, en Ciudad del Cabo. Podemos llevarte en la avioneta.

—Es un poco tarde para cambiar de caballo, pero gracias, Kenny.

—Nunca es tarde —replicó Curtiss.

Así que ha sido Pellegrin, pensó Donohue, confirmando una antigua sospecha mientras observaba a Curtiss servirse otra dosis letal de la botella. Después de todo, hay ciertas cosas predecibles en ti, y una de ellas es que nunca aprendiste a mentir.

Cinco años antes, impelidos por el deseo de hacer algo útil, los Donohue, que no tenían hijos, habían viajado al norte del país para hospedarse con un pobre granjero africano que dedicaba el tiempo libre a organizar equipos de fútbol infantiles. El problema era el dinero: dinero para una furgoneta en que llevar a los chicos a los partidos, dinero para los uniformes de los equipos y otros valiosos símbolos de dignidad. Maud había recibido poco antes una pequeña herencia y Donohue, un seguro vitalicio. Para cuando regresaron a Nairobi lo habían gastado todo en las cuotas de los siguientes cinco años y Donohue nunca se había sentido tan feliz. Solo lamentaba, al mirar atrás, haber dedicado tan poco tiempo en su vida al fútbol infantil y tantísimo a los espías. Por algún motivo le pasó por la cabeza semejante idea mientras observaba a Curtiss acomodar su envergadura en una butaca de teca, asintiendo y guiñándole el ojo como un abuelo adorable. Aquí viene ese legendario encanto suyo que me deja frío, se dijo.

—Hace un par de días me di una vuelta rápida por Harare —le reveló con astucia Curtiss, apoyando las manos en las rodillas e inclinándose para que el efecto de la confidencia fuera mayor—. Ese estúpido pavo real de Mugabe ha nombrado un nuevo ministro de Proyectos Nacionales. He de decir que es un chico bastante prometedor. ¿Has leído algo sobre él, Tim?

—Sí, claro.

—Un tipo joven. Te gustaría. Nos está ayudando con

un pequeño plan que tenemos allí. No le hace ascos a un cuantioso soborno, el chico. Está entusiasmado, de hecho. Me he dicho que valorarías esa clase de información. Nos ha funcionado muy bien en el pasado, ¿no es así? Un tío que aceptaría un soborno de Kenny K. no se mostrará reacio a aceptar uno de Su Majestad, ¿no?

—En efecto. Gracias. Buena idea. Transmitiré la información.

Más asentimientos y guiños acompañados de un generoso sorbo de coñac.

—¿Sabes ese nuevo rascacielos que he construido en la autopista de Uhuru?

—Y bien bonito que es, Kenny.

—Se lo vendí a un ruso la semana pasada. Doug me dice que es un capo de la mafia. Por lo visto, uno de los gordos, además, no un pececito como algunos de los que tenemos por aquí. Se rumorea que va a cerrar un trato de lo más provechoso con los coreanos. —Se arrellanó en el asiento para observar a Donohue con la profunda preocupación de un amigo íntimo—. A ver, Tim, ¿qué pasa contigo? Se te ve desfallecido.

—Estoy bien. A veces simplemente tengo este aspecto.

—Es por esa quimioterapia. Te dije que fueras a mi médico y no has querido. ¿Cómo está Maud?

—Maud está bien, gracias.

—Coge el yate. Daos un respiro, los dos solos. Habla con Doug.

—Gracias otra vez, Kenny, pero eso sería llevar un poco lejos la tapadera, ¿no crees?

La amenaza de otro cambio de humor pendió en el aire cuando Kenny exhaló un profundo suspiro y los robustos brazos le colgaron flojos en los costados. Ningún hombre se tomaba tan a pecho como él que su generosidad fuera rechazada.

—No irás a unirte a la brigada de traidores a Kenny,

¿verdad, Tim? No estarás haciéndome el vacío como esos tipos de los bancos, ¿eh?

—Por supuesto que no.

—Bueno, pues no lo hagas. No te haría más que daño. Oye, ese ruso del que te hablaba... ¿Sabes qué tiene de reserva por si vienen las vacas flacas? ¿Sabes qué le enseñó a Doug?

—Soy todo oídos, Kenny.

—Construí un sótano para ese rascacielos. No se hace mucho por aquí, pero decidí que le pondría un sótano para un aparcamiento. Me costó un riñón y parte del otro, pero yo soy así. Cuatrocientas plazas para doscientos apartamentos. Y ese ruso, cuyo nombre no voy a revelarte, ha puesto un camión blanco en cada una de esas jodidas plazas, con las siglas ONU pintadas en el capó. Le ha dicho a Doug que están por estrenar. Le cayeron de un buque de carga con destino a Somalia. Quiere venderlos. —Extendió los brazos, riendo su propia anécdota—. Pero ¿qué coño está pasando? ¡La mafia rusa me está vendiendo camiones de la ONU! ¡A mí! ¿Sabes qué quería que hiciera Doug?

—Dímelo tú.

—Importarlos. De Nairobi a Nairobi. Les dará una mano de pintura por nosotros, y lo único que tenemos que hacer es arreglar el asunto con los chicos de aduanas e incluir unos cuantos camiones en nuestros libros de tanto en cuanto. Si eso no es crimen organizado, ¿qué es entonces? Un sinvergüenza ruso estafando a la ONU, aquí en Nairobi y a plena luz del día, eso es anarquía. Y yo desapruebo la anarquía. Así que puedes quedarte con la información. Gratis, joder. Con los mejores deseos de Kenny K. Diles que es un regalito de mi parte.

—Se van a poner como unas pascuas.

—Quiero que le detengan, en seco, Tim, y ahora mismo.

—¿A Coleridge o a Quayle?

—A ambos. Quiero que impidáis continuar a Coleridge y que ese estúpido informe de la mujer de Quayle se pierda...

Dios mío, también sabe eso, se dijo Donohue.

—Pensaba que Pellegrin ya lo había perdido por ti —se quejó, frunciendo el entrecejo de esa forma en que lo hacen los ancianos cuando les falla la memoria.

—¡No metas a Bernard en esto! No es mi amigo y nunca lo será. Y quiero que le digas a tu señor Quayle que, si sigue yendo a por mí, no podré hacer nada por ayudarle, joder, ¡porque se estará echando encima al mundo entero, no a mí! ¿Lo has entendido? Le habrían liquidado en Alemania de no haberme puesto yo de rodillas por él. ¿Me oyes?

—Te oigo, Kenny. Pasaré la información. Es todo cuanto puedo prometerte.

Con la agilidad de un oso, Curtiss se levantó para recorrer la habitación.

—Soy un patriota —exclamó—. ¡Confírmalo, Donohue! ¡Soy un patriota, joder!

—Por supuesto que lo eres, Kenny.

—Dilo otra vez. ¡Soy un patriota!

—Eres un patriota. Eres John Bull. Winston Churchill. ¿Qué quieres que diga?

—Dame un ejemplo de mi patriotismo. Uno de tantos. El mejor ejemplo que se te ocurra. Ahora mismo.

¿Adónde demonios les llevaría aquello? Donohue le dio un ejemplo de todas formas:

—¿Qué me dices del trabajito de Sierra Leona que hicimos el año pasado?

—Háblame de eso. Adelante. Cuéntamelo.

—Un cliente nuestro quería armas y munición sin que se intercambiaran nombres.

—¿Y?

—Así pues, compramos las armas...

—¡Yo compré las jodidas armas!

—Tú compraste las armas con tu dinero, nosotros te facilitamos un certificado falso de destinatario final en el que se especificaba como lugar de entrega Singapur...

—¡Te has olvidado del maldito barco!

—TresAbejas fletó un carguero de cuarenta toneladas y cargó en él las armas. El barco se perdió en la niebla...

—¡Querrás decir que fingimos que sucedía tal cosa!

—... y hubo que llevarlo a un pequeño puerto cerca de Freetown, donde nuestro cliente y su equipo esperaban listos para descargar las armas.

—Y no tenía por qué hacer eso por vosotros, ¿verdad? Podría haberme rajado. Podría haber dicho: «Se han equivocado de sitio, prueben en la puerta de al lado». Pero lo hice. Lo hice por amor a mi jodido país. ¡Porque soy un patriota! —Su voz bajó hasta volverse conspiratoria—. Bueno. Escúchame bien. He aquí lo que vas a hacer, lo que va a hacer el servicio secreto. —Se paseaba por la habitación mientras daba sus órdenes con frases entrecortadas—: El servicio secreto (no el Foreign Office, que esos son un hatajo de mariquitas), los de tu servicio, en persona, acudís a los bancos. E identificáis en cada banco (ya te los iré marcando en la lista) a un verdadero caballero inglés. O a una mujer. ¿Me estás escuchando? Porque vas a tener que transmitirles esto cuando vuelvas a casa esta noche. —Había adoptado su voz de visionario, la de tono agudo y con un leve temblor; la del millonario del pueblo.

—Te estoy escuchando —le aseguró Donohue.

—Bien. Y los reúnes a todos. A esos ingleses buenos y auténticos. O mujeres. En una bonita habitación de alguna parte de la City. Vosotros ya sabréis bien dónde hacerlo. Y les decís, en vuestra calidad formal de miembros del servicio secreto británico: «Señoras y caballeros. Dejen ustedes en paz a Kenny K. No vamos a decirles por qué.

Todo lo que vamos a decirles es que dejen de apretarle las tuercas en nombre de la reina. Kenny K. ha hecho grandes cosas por este país, y va a hacer más aún. Van ustedes a concederle tres meses de aplazamiento en sus créditos y estarán haciéndole con eso un servicio a su país, al igual que al propio Kenny K.». Y lo harán. Con que uno diga que sí, todos dirán que sí, porque son como ovejas. Y los demás bancos seguirán su ejemplo, porque también son como ganado.

Donohue nunca habría supuesto que podría llegar a sentir lástima por Curtiss. Pero si alguna vez lo había hecho, este debió haber sido el momento.

—Se lo pediré, Kenny. El problema es que no tenemos esa clase de poder. Si lo tuviéramos, se habrían visto obligados a disolvernos.

Pero el efecto de esas palabras fue más drástico de lo que temiera. Curtiss estaba furioso y sus bramidos reverberaban contra las vigas. Alzó los brazos cual sacerdote en plena oblación. La estancia se llenó de su estruendosa voz de tirano:

—Eres historia, Donohue. ¿Te crees que son los países los que hacen funcionar este jodido mundo? Pues vuélvete a las clases de catequesis. Lo que se entona hoy en día en ellas es «Dios salve a nuestra multinacional». Y hay otra cosa que puedes decirles a tus amigos Coleridge y Quayle y a cualquier otro que estés poniendo en mi contra. Que Kenny K. adora África. —Abarcó con un amplio movimiento de torso el ventanal que daba al lago bañado por la luz sedosa de la luna—. ¡La lleva en la sangre! Y Kenny K. adora su medicamento. Y Kenny K. vino a este mundo para traerle ese medicamento a cada hombre, mujer o niño africano que lo necesite. Y eso es lo que va a hacer, así que jodeos todos. Y si alguien se interpone en el camino de la ciencia, que se atenga a las consecuencias, porque yo ya no puedo detener a esa gente, y tú tampoco, porque los mejores cerebros que pueden comprarse con dinero ya han experimentado exhaustivamente con ese fármaco. Y ni uno solo —fue alzando la voz hasta llegar al punto culminante de la amenaza y el histerismo—, ni uno solo ha encontrado ni una puta palabra que decir en su contra, ni la encontrará. ¡Jamás! Ahora, lárgate de aquí.

Cuando Donohue así lo hizo, alrededor de él se desató una apresurada cacofonía. Sombras furtivas se movieron en los pasillos, los perros empezaron a ladrar y un coro de teléfonos entonó su canto.

Al salir al aire fresco, Donohue se detuvo para que los olores y sonidos de la noche africana lo purificaran. Iba desarmado, como siempre. Unos jirones de nube habían velado las estrellas. Bajo el resplandor de la iluminación de seguridad las acacias parecían de un amarillo apergaminado. Oyó chotacabras y el relincho de una cebra. Escudriñó los alrededores despacio, obligándose a detener la mirada en los rincones más oscuros. La casa estaba en un bancal y entre este y el lago se extendía una zona de asfalto que a la luz de la luna parecía un profundo cráter. Su coche estaba en el centro. Por pura costumbre aparcaba lejos del sotobosque circundante. No estuvo muy seguro de si había vislumbrado o no una sombra furtiva, de forma que permaneció inmóvil. Pensaba en Justin, lo cual era bastante extraño. Pensaba que si Curtiss estaba en lo cierto y Justin había viajado en rápida sucesión a Italia, Alemania y Canadá, con pasaporte falso, entonces había un Justin al que él no conocía, pero cuya existencia había empezado a sospechar esas últimas semanas: Justin el solitario, el que no acataba otras órdenes que las propias; Justin el comprometido y en pie de guerra, decidido a descubrir lo que en su vida anterior quizá contribuyó a encubrir. Y si así era Justin para entonces y esa era la tarea que se había autoimpuesto, qué mejor sitio que ese para empezar a buscar, la casa junto al lago de sir Kenneth Curtiss, importador y distribuidor de «mi medicamento».

Donohue se disponía a avanzar hacia su coche, pero oyó un ruido cerca y se detuvo a medio paso para apoyar el pie suavemente en el asfalto. ¿A qué jugamos, Justin? ¿Al escondite? ¿O no eres más que uno de esos monos colobos? Ahora oyó un chasquido, un nítido paso detrás de sí. ¿Hombre o fiera? Donohue levantó el codo derecho para defenderse y, reprimiendo el deseo de pronunciar en voz baja el nombre de Justin, se volvió para encontrarse a Doug Crick plantado a un metro de él bajo la luz de la luna, con las manos separadas y abiertas, claramente desarmado. Era un tipo robusto. Tan alto como Donohue pero con la mitad de años, rostro ancho y pálido, cabello rubio y una sonrisa atractiva y algo afeminada.

—Hola, Doug —saludó Donohue—. ¿Cómo te va?

—Bien, gracias, señor, y espero que a usted también.

—¿Puedo ayudarte en algo?

Ambos hablaban en voz baja.

—Pues sí, señor. Podría ir hasta la carretera, girar en dirección a Nairobi y llegar hasta el desvío del parque nacional de Hell's Cate, que ha cerrado hace una hora. Es un camino de tierra, sin iluminar. Me reuniré con usted allí en diez minutos.

Donohue recorrió el sendero de grevillos negros hasta la caseta de los guardas y dejó que uno de ellos le iluminara la cara con una linterna y luego el coche, por si se le había ocurrido robar las alfombras de piel de leopardo. El kung-fu había dado paso a la pornografía tremendamente desenfocada. Donohue giró lentamente para coger la carretera y vigiló la aparición de animales o peatones. Había nativos encapuchados agazapados o tendidos en los arcenes. Caminantes solitarios provistos de largas varas le hacían un lento ademán de saludo o brincaban burlones a la luz de sus faros. Siguió conduciendo hasta que vio el letrero indicador del parque nacional. Se detuvo, apagó las luces y esperó. Un coche aparcó detrás de él. Donohue abrió la puerta del pasajero un palmo, con lo que se encendió la luz interior. No había ni nubes ni luna. A través del parabrisas veía brillar las estrellas. Logró ubicar Tauro y Géminis, y después de Géminis localizó Cáncer. Crick se deslizó en el asiento del pasajero y cerró la puerta, sumiéndolos en la oscuridad absoluta.

—El jefe está desesperado, señor. No le había visto así desde... bueno, nunca —dijo Crick.

—Ya lo supongo, Doug.

—Se está volviendo un poco chiflado, la verdad.

—Está alterado, diría yo —repuso Donohue con tono comprensivo.

—Llevo todo el día sentado en la sala de comunicaciones, filtrándole llamadas. De los bancos de Londres, de Basilea, luego de los bancos otra vez, después de compañías financieras de las que nunca ha oído hablar, que le ofrecen créditos mensuales al cuarenta por ciento de interés compuesto; luego han sido de esos que llama su puñado de ratas, los políticos. Uno no puede sino escucharlos, ¿no es así?

Una madre con una criatura en los brazos rascaba tímidamente el parabrisas con su mano descarnada. Donohue bajó la ventanilla y le tendió un billete de veinte chelines.

—Ha hipotecado sus casas en París, Roma y Londres y le van a subir el precio de la de Sutton Place, en Nueva York. Está tratando de encontrar un comprador para ese estúpido equipo de fútbol que tiene, aunque uno tendría que ser sordomudo para quererlo. Hoy mismo le ha pedido a un amigo especial del Credit Suisse un préstamo de veinticinco millones de dólares, con la promesa de devolverle treinta millones el lunes. Y los de KVH le persiguen para que liquide sus tratos comerciales con ellos. Y si no consigue efectivo, le apretarán las tuercas y se adueñarán de su empresa.

Un aturdido trío familiar se había materializado junto a la ventanilla, refugiados salidos de ninguna parte y que no iban a ninguna parte.

—¿Quiere que me encargue de ellos, señor? —preguntó Crick, tendiendo la mano para abrir la puerta.

—No harás tal cosa —ordenó Donohue con acritud. Puso en marcha el motor y recorrió despacio la carretera mientras Crick continuaba hablando.

—Lo único que hace es gritarles. Es patético, de verdad. KVH no quiere su dinero. Lo que quieren es su negocio, y todos lo sabíamos, pero él no. No sé cómo va a acabar todo esto, se lo aseguro.

—Siento oír eso, Doug. Siempre pensé que tú y Kenny estabais de acuerdo en todo.

—Yo también lo creía, señor. Le confieso que me ha costado muchísimo llegar a este punto. No es propio de mí tener dos caras, ¿no?

Un grupo aislado de gacelas se había acercado a la carretera para verlos pasar.

—¿Qué quieres, Doug? —dijo Donohue.

—Me preguntaba si habría algún trabajo informal disponible, señor. Alguien a quien quisiera que se le hiciera una visita o que se le vigilara. Algún documento especial que necesite. —Donohue esperó, nada impresionado—. Además, está lo de ese amigo mío. De mis tiempos en Irlanda. Vive en Harare, lo cual no es precisamente mi sueño dorado.

—¿Qué pasa con él?

—Pues que recurrieron a él, ¿sabe? Trabaja por cuenta propia.

—¿Para que hiciera qué?

—Ciertos europeos que eran amigos de un amigo suyo recurrieron a él. Le ofrecieron un montón de pasta por acallar a una mujer blanca y su amiguito negro de camino a Turkana. Le dijeron que el día anterior andaban por ahí y que saliera esa misma noche, que tenían un coche esperando.

Donohue se detuvo en el arcén y apagó de nuevo el motor.

—¿Cuándo ocurrió? —quiso saber.

—Dos días antes de que mataran a Tessa Quayle.

—¿Aceptó el encargo?

—Por supuesto que no, señor.

—¿Por qué no?

—No es de esa clase de hombres. Para empezar, no le pondría la mano encima a una mujer. Estuvo en Ruanda y en el Congo. Nunca volverá a tocar a una mujer.

—Así pues, ¿qué hizo?

—Les aconsejó que hablaran con ciertas personas que conocía y que no se andaban con remilgos.

—¿Como quiénes?

—No va a decirlo, señor Donohue. Y aunque fuera a hacerlo, yo no le dejaría contármelo. Hay ciertas cosas que es demasiado peligroso saber.

—No hay gran cosa en oferta, entonces, ¿no?

—Bueno, en realidad está dispuesto a hablar a grandes rasgos, si sabe a qué me refiero.

—No, no lo sé. Yo compro nombres, fechas y lugares. Y al por menor. Con efectivo en una bolsa. Nada de grandes rasgos.

—Creo que a lo que se refiere en realidad, señor, si uno elimina el lenguaje superfino, es a si pagaría usted por lo que le pasó al doctor Bluhm, incluidas referencias en los mapas. Solo por emular lo que haría un escritor, ha puesto sobre el papel los sucesos de Turkana tal y como le afectaron al doctor, basándose en lo que sus amigos le contaron. Absolutamente confidencial, asumiendo que el precio sea el adecuado.

Otro grupo de itinerantes nocturnos se había congregado en torno al coche, liderados por un anciano con un sombrero de ala ancha de señora provisto de un lazo.

—A mí me suena a basura —opinó Donohue.

—No creo que sea basura, señor. Creo que es información fidedigna, señor. Sé que lo es.

Donohue sintió un escalofrío. ¿Que lo sabes? Y ¿cómo lo sabes? ¿O es que tras el nombre en clave de tu amigo de Irlanda se oculta Doug Crick?

—¿Dónde está? Ese relato que ha escrito.

—Está disponible, señor. Yo me encargo de que así sea.

—Estaré en el bar de la piscina del hotel Serena mañana a mediodía durante veinte minutos.

—Él calcula unas cincuenta mil libras, señor Donohue.

—Ya le diré yo cuánto puede calcular cuando lo haya visto.

Donohue condujo durante una hora esquivando cráteres, aminorando la velocidad en pocas ocasiones. Un chacal pasó corriendo ante sus faros, directo al campo de deportes. Un grupo de mujeres de una granja de flores local le hizo autostop, pero por una vez no se detuvo. Incluso al pasar ante su casa se negó a disminuir la marcha y se dirigió en cambio directamente a la embajada. El salmón tendría que esperar hasta el día siguiente.

21

—Sandy Woodrow —anunció Gloria con jocosa severidad, plantándose en jarras ante él con su bata afelpada—, ya va siendo hora de que empieces a hacer las cosas a banderas desplegadas.

Gloria había madrugado, y cuando Woodrow terminó de afeitarse, ella se había cepillado ya el pelo. Había enviado a los niños al colegio con el chófer, le había preparado unos huevos fritos con beicon, que él tenía terminantemente prohibidos, pero de vez en cuando una chica debía mimar un poco a su hombre. Había adoptado la pose de la jefa de estudios que llevaba dentro y usaba la voz de delegada de la clase que debía de emplear en sus tiempos de estudiante, pero por el momento todo ello pasaba inadvertido a su esposo, que, como de costumbre, hojeaba los periódicos de Nairobi.

—Las banderas volverán a izarse el lunes, cariño —respondió Woodrow distraídamente, masticando un trozo de beicon—. Mildred se ha puesto en contacto con el Departamento de Protocolo. Las banderas se han mantenido a media asta por Tessa más tiempo que por alguien de la realeza.

—No me refiero a eso, bobo —protestó Gloria, apartando de él los periódicos y colocándolos en una ordenada pila en el aparador situado bajo sus acuarelas—. ¿Estás cómodo ahí sentado? Bien, pues atiende. Estoy hablándote de organizar una fiesta por todo lo alto para levantarnos el ánimo a todos, tú incluido. Ya es hora, Sandy. Ya es hora de que todos nos digamos unos a otros: «Bueno. Es cosa pasada. Hemos hecho lo que podíamos. Una verdadera lástima. Pero la vida debe continuar». Tessa pensaría lo mismo. Ahora, cariño, la pregunta clave: ¿cuál es la versión interna?, ¿cuándo vuelven los Porter? —Los Porter, como los Sandy y los Elena, que es como nos referimos afectuosamente a las parejas en la intimidad.

Woodrow trasladó una porción cuadrada de huevo sobre una rebanada de pan tostado.

—«El señor Porter Coleridge y señora han solicitado un permiso indefinido mientras buscan un colegio especial para su hija Rosie» —recitó Woodrow, reproduciendo literalmente las palabras de un portavoz imaginario—. Esa es la versión interna, la versión externa y la única que existe.

Una versión, dicho sea de paso, que traía a Woodrow por la calle de la amargura, pese a su aparente tranquilidad. ¿A qué se dedicaba Coleridge? ¿Por qué tanto silencio? Sí, de acuerdo, estaba de permiso. Afortunado él. Pero un embajador de permiso tiene teléfonos, correo electrónico, direcciones. Cuando empieza a notar el síndrome de abstinencia, telefonea a su número dos y a su secretario particular con el más nimio pretexto, interesándose por sus criados, jardines, perros, y ¿cómo van por ahí las cosas sin mí? Y se molestan al insinuarles que por aquí las cosas van mucho mejor sin ellos. Coleridge, en cambio, no había dicho esta boca es mía desde su repentina marcha. Y si Woodrow telefoneaba a Londres con la supuesta intención de plantearle unas cuantas preguntas inocentes —y sonsacarle de paso acerca de sus objetivos y aspiraciones—, topaba con un muro infranqueable tras otro. Coleridge estaba «colaborando con la oficina del ministro», dijo un neófito del Departamento de Asuntos Africanos. «Asistía a las sesiones de un grupo de trabajo ministerial», dijo un sátrapa del departamento del subsecretario permanente.

Y Bernard Pellegrin, cuando Woodrow consiguió por fin ponerse en contacto con él mediante el teléfono cifrado de Coleridge, fue tan displicente en sus respuestas como los demás. «Uno de esos embrollos de Personal», explicó vagamente. «El Parlamento quiere un informe directo, así que el secretario de Estado no va a ser menos, y entonces los demás reclaman también su reunión informativa. Todo el mundo quiere estar al corriente de los asuntos de África. ¿Qué tiene eso de nuevo?»

—Pero la cuestión, Bernard, es si Porter va a volver aquí o no. Lo digo porque esto resulta muy inquietante. Para todos nosotros.

—Amigo mío, yo sería el último en enterarme. —Un breve silencio—. ¿Estás solo?

—Sí.

—¿No estará escuchando por el ojo de la cerradura ese mierda de Mildred?

Woodrow echó un vistazo a la puerta cerrada de la antesala y bajó la voz:

—No.

—¿Recuerdas aquel grueso documento que me enviaste no hará mucho?

Woodrow notó un nudo en el estómago. Los dispositivos antiescucha quizá fueran seguros contra intrusos externos, pero ¿eran seguros contra los nuestros?

—Sí, ¿qué pasa?

—En mi opinión, el mejor guion que podemos seguir..., la solución definitiva..., sería hacer como que nunca ha llegado. Se perdió en el camino. ¿A ti te cuadra?

—Hablas desde tu lado, Bernard. Yo no puedo hablar desde tu lado. Si no lo recibiste, es asunto tuyo. Pero yo te lo envié. Por mi parte, es lo único que sé.

—Supón que *no* lo enviaste. Supón que nada de esto ha ocurrido. El documento no se escribió, no se envió. ¿Sería eso viable desde tu lado? —La voz absolutamente en paz consigo misma.

—No. Imposible. No es viable ni mucho menos, Bernard.

—¿Por qué no? —Interesado, pero sin alterarse.

—Te lo mandé por valija. Quedó constancia. Un envío para ti personalmente. Quedó en inventario. Los mensajeros de Su Majestad firmaron los pertinentes recibos. Informé a... —estuvo a punto de decir «Scotland Yard», pero rectificó a tiempo—, a las personas que vinieron aquí a preguntar al respecto. No tuve más remedio. Ya conocían el trasfondo antes de hablar conmigo. —Su propio miedo lo enfurecía—. ¡Ya te dije que se lo había dicho! ¡Te lo *advertí*, para ser más precisos! Bernard, ¿se ha destapado algo? Estás asustándome un poco, la verdad. Por lo que me habías contado, tenía entendido que el asunto estaba zanjado.

—No pasa nada, amigo mío. Descuida. Estas cosas vuelven a asomar de cuando en cuando. Un poco de pasta de dientes se sale del tubo y hay que meterla otra vez. La gente dice que no es posible meterla, pero ocurre a diario. ¿Qué tal tu mujer?

—Gloria está bien.

—¿Y los chavales?

—Estupendamente.

—Dales un beso de nuestra parte.

—Así que he decidido organizar una auténtica macrofiesta —proseguía Gloria con entusiasmo.

—Ah, bien, magnífico —dijo Woodrow, y dándose tiempo para repescar el hilo de la conversación, se sirvió las pastillas que ella lo obligaba a tomar todas las mañanas: tres comprimidos de salvado, uno de aceite de hígado de bacalao y media aspirina.

—Ya sé que no te gusta bailar, pero la culpa no es tuya, es de tu madre —continuó Gloria con dulzura—. No consentiré que Elena se entrometa, no después del numerito de mal gusto que montó hace poco. Simplemente, la mantendré informada.

—Ah, tanto mejor. Ya habéis hecho las paces, supongo. Creo que no me habías puesto al corriente. Enhorabuena.

Gloria se mordió el labio. Se ensombreció momentáneamente con el recuerdo de la fiesta de Elena.

—He de tener amigas, Sandy, ya lo sabes —dijo con un tono un tanto lastimero—. Para serte franca, las necesito. La mía es una vida muy solitaria, aquí todo el día esperando a que vuelvas. Los amigos ríen, charlan, se hacen favores. Y a veces se pelean. Pero luego se reconcilian. Para eso están los amigos. Ojalá tú tuvieras a alguien así. Ojalá.

—Pero te tengo a ti, cariño —repuso Woodrow galantemente a la vez que le daba un abrazo de despedida.

Gloria puso manos a la obra con todo el dinamismo y la eficiencia que invirtiera en el funeral de Tessa. Organizó un comité de esposas y de miembros del personal demasiado jóvenes como para rehusar. La primera de ellas fue Ghita, una elección que le importaba en gran medida puesto que Ghita había sido la causa involuntaria del distanciamiento entre ella y Elena y de la espantosa escena que siguió. El recuerdo la perseguiría para siempre.

Elena había protagonizado su baile y había que decir que este había supuesto, hasta cierto punto, un éxito. Y Sandy, como era bien sabido, creía a pies juntillas que las parejas debían «trabajarse» las fiestas por separado, como él lo expresaba. Le gustaba decir que era en las fiestas donde ponía en práctica su mejor diplomacia. Y era lógico porque era un hombre encantador. De forma que durante la mayor parte de la velada Gloria y Sandy no se habían visto apenas, a excepción del ocasional ademán de saludo a través de la habitación y el ocasional encuentro en la pista de baile. Lo cual era perfectamente normal, si bien Gloria habría deseado bailar al menos una sola vez con él, aunque fuera un foxtrot para que Sandy pudiera seguir el ritmo. Y más allá de eso, Gloria había tenido bien poco que decir sobre la velada, excepto que creía sinceramente que Elena debería mostrarse un poco más comedida a su edad, en lugar de ir alardeando de delantera por ahí, y deseó que el embajador brasileño no hubiera insistido en ponerle la mano en el trasero para bailar la samba, pero le había dicho que los latinos tenían la costumbre.

De modo que para ella supuso un acontecimiento totalmente inesperado que, a la mañana siguiente del baile —debe insistirse en que para entonces Gloria no había advertido nada indecoroso, y desde luego se consideraba una persona bastante observadora—, ante un café *post mortem* en el Muthaiga, Elena hubiera comentado —como quien no quiere la cosa, como si se tratara tan solo de un cotilleo perfectamente corriente más en lugar de una absoluta bomba de relojería que iba a hacer trizas la vida de Gloria— que Sandy «había atacado de tal forma a Ghita Pearson» —en palabras de la propia Elena— que Ghita, pretextando un dolor de cabeza, se había marchado temprano, lo cual Elena consideraba muy aburrido por su parte, pues si todo el mundo hiciese eso, para qué molestarse en celebrar una fiesta.

Gloria se quedó sin habla al principio. Luego se negó categóricamente a creer una sola palabra. ¿A qué se refería Elena exactamente con que «la había atacado»? Venga ya, Elena; sé más clara, por favor. Me parece que estoy un poco alterada. No, está bien así; pero continúa, por favor. Ahora que lo has dicho, oigámoslo todo.

Muy animada, Elena contestó para empezar con deliberada ordinariez, aguijoneada por lo que a ella le pareció mojigatería por parte de Gloria. A toquetearle las tetas, se refería. A presionar su cosa bien tiesa contra la entrepierna de ella. Pero, mujer, ¿qué esperas que haga un hombre cuando está encoñado? Debes de ser la única en la ciudad que no sabe que Sandy es el mayor sabueso rastreador de conejos de por aquí. Mira si no cómo anduvo todos esos meses detrás de Tessa con la lengua fuera, incluso cuando ella estaba embarazada de ocho meses.

La mención de Tessa dio en el blanco. Hacía mucho que Gloria había aceptado que Sandy sintió en su momento algo inofensivo por Tessa, aunque por supuesto era demasiado recto para dejar que sus sentimientos se le fueran de las manos. Para vergüenza de Gloria, había interrogado a Ghita sobre el tema y obtenido un satisfactorio resultado nulo. Ahora Elena no solo había abierto de nuevo la herida, sino que había vertido vinagre en ella. Incrédula, desconcertada, humillada y simplemente furiosa, Gloria había irrumpido en casa para despedir al personal, poner a los niños a hacer los deberes, cerrar con llave el mueble bar y esperar con actitud sombría a que Sandy volviera. Lo cual hizo este por fin alrededor de las ocho, quejándose de las tensiones del trabajo, como era habitual, pero, hasta donde Gloria pudo discernir en su volátil estado, sobrio. Como no quería que los niños metieran baza, asió a Sandy del brazo para hacerle bajar a la fuerza la escalera de servicio hasta el piso inferior.

—¿Qué demonios te pasa? —se quejó él—. Necesito un whisky.

—Tú eres lo que me pasa, Sandy —respondió Gloria

con cierto tremendismo—. No quiero circunloquios, por favor. Ni labia de diplomático, gracias. Ni cumplidos de ninguna clase. Somos dos adultos. ¿Tuviste o no una aventura con Tessa Quayle? Te lo advierto, Sandy. Te conozco muy bien. Lo sabré de inmediato si me mientes.

—No —contestó simplemente Woodrow—. No la tuve. ¿Alguna pregunta más?

—¿Estabas enamorado de ella?

—No.

Estoico bajo el fuego enemigo como su padre. Sin siquiera arquear levemente una ceja. Para ser sincera, ese era el Sandy que más quería. La clase de hombre con la que una sabe a qué atenerse. Nunca volvería a hablar con Elena.

—¿Acosaste a Ghita Pearson cuando bailabas con ella en la fiesta de Elena o no?

—No.

—Elena dice que sí lo hiciste.

—Pues Elena está diciendo tonterías. ¿Qué hay de nuevo en eso?

—Dice que Ghita se marchó temprano y lloriqueando porque tú le metiste mano.

—Supongo, pues, que Elena está cabreada porque no fue a ella a quien le metí mano.

Gloria no había esperado esas respuestas rotundas, inequívocas, casi temerarias. Podría haber pasado sin lo de «cabreada», y acababa de congelarle la semanada a Philip por decirlo, pero después de todo era probable que Sandy estuviera en lo cierto.

—¿Toqueteaste a Ghita? ¿Te apretaste contra ella? ¡Dímelo! —exclamó y rompió a llorar.

—No —respondió una vez más Woodrow y dio un paso hacia ella, pero Gloria le apartó de sí.

—¡No me toques! ¡Déjame en paz! ¿Deseabas tener una aventura con ella?

—¿Con Ghita o con Tessa?

—¡Con cualquiera de las dos! ¡Con ambas! ¿Acaso importa?

—¿Hablamos primero de Tessa?

—¡Haz lo que quieras!

—Si con «aventura» te refieres a irme a la cama con ella, estoy seguro de que la idea se me pasó por la cabeza, como les ocurriría a la mayoría de los hombres con tendencias heterosexuales. A Ghita la encuentro menos tentadora, pero la juventud tiene sus atractivos, de forma que metámosla también en el saco. ¿Qué te parece la fórmula de Jimmy Carter? «Cometí adulterio en mi corazón.» Ahí lo tienes. Lo he confesado. ¿Quieres el divorcio o puedo tomarme ese whisky?

Para entonces Gloria estaba doblada en dos sollozando de pura vergüenza sin poder contenerse y odiándose a sí misma, y le rogaba a Sandy que la perdonara porque de pronto tenía espantosamente claro lo que había estado haciendo. Había estado acusándole a él de todas las cosas de las que se acusaba a sí misma desde que Justin desapareció en la noche con sus maletas. Había estado proyectando su propia culpa sobre él. Arrepentida, se rodeó con los brazos y soltó:

—Lo siento muchísimo... Oh, Sandy, por favor... Oh, Sandy, perdóname; soy un monstruo... —Forcejeaba por librarse de él.

Pero para entonces Sandy le había rodeado los hombros con un brazo para ayudarla a subir la escalera como el buen médico que debió haber sido. Y cuando llegaron al salón, Gloria le dio la llave del mueble bar y él sirvió una buena copa para cada uno.

Aun así, el proceso de curación llevó su tiempo. Sospechas tan abominables como esas no quedan apaciguadas en un solo día, en particular cuando devuelven el eco de otras sospechas que se apaciguaron en el pasado. Gloria retrocedió en sus recuerdos, y después retrocedió un poco más. Su memoria, que tenía cierta capacidad de actuar por su cuenta, insistía en recuperar incidentes que en su momento había desdeñado. Después de todo, Sandy era un hombre atractivo. Por supuesto que las mujeres se inventaban historias con él. Era la persona de aspecto distinguido de aquella fiesta. Y un flirteo inocente de vez en cuando no le hacía ningún daño a nadie. Pero entonces los recuerdos metieron baza de nuevo y se preguntó si era así. Le vinieron a la cabeza mujeres de destinos anteriores: parejas de tenis, canguros de los niños, jóvenes esposas con maridos candidatos al ascenso. Se encontró reviviendo pícnics, fiestas en piscinas e incluso, con un involuntario estremecimiento, una ebria fiesta nudista en la piscina del embajador francés en Amán, en la que en realidad nadie miraba a los demás cuando salían temblando del agua en busca de la toalla, pero igualmente...

A Gloria le llevó varios días perdonar a Elena, y en cierto sentido, por supuesto, nunca lo hizo. Pero la verdad era que la pobre Elena era tan poco feliz, reflexionó entonces con su lado altruista. ¿Cómo iba a serlo, casada con ese horrible griego y tratando de compensarlo con una sórdida aventura tras otra?

Por lo demás, lo único que preocupaba levemente a Gloria era determinar qué iban a celebrar exactamente. Era obvio que tenía que ser un día en concreto, como el de la Independencia o el Primero de Mayo. También era obvio que tenía que ser pronto o los Porter regresarían, lo cual Gloria no deseaba en lo más mínimo. Quería que fuese Sandy quien acaparase la atención. Se iba acercando el Día de la Commonwealth, pero aún faltaba demasiado. Amañándolo un poco, podía celebrar esa festividad de manera anticipada, antes que nadie. Habría preferido el

Día de la Commonwealth británica, pero últimamente tenía que hacerse todo sin excesivos alardes, así lo dictaban los tiempos. Habría preferido el Día de San Jorge bajo el lema «¡Matemos de una vez a ese maldito dragón!». O el Día de Dunkerque, bajo el lema «¡Luchemos contra ellos en las playas!». O los de Waterloo, Trafalgar o Agincourt, todas ellas sonadas victorias inglesas, pero por desgracia se trataba de victorias sobre los franceses, que, como Elena señalaba mordazmente, tenían los mejores cocineros de la ciudad. Pero, puesto que ninguna de esas festividades encajaba, tendría que celebrar el Día de la Commonwealth.

Gloria decidió que ya era hora de embarcarse en su plan magistral, para el que necesitaba el consentimiento del secretario particular del embajador. Mike Mildren era un hombre voluble. Después de compartir el piso durante los últimos seis meses con una chica neozelandesa más bien desagradable, la había cambiado de la noche a la mañana por un atractivo muchacho italiano de quien se decía que se pasaba el día entero en la piscina del hotel Norfolk. Eligiendo la hora en que se suponía que Mike estaba más receptivo, después de comer, le telefoneó desde el club Muthaiga, utilizando todas sus artimañas y prometiéndose no cometer el error de llamarle Mildred.

—Mike, soy Gloria. ¿Cómo estás? ¿Tienes un minuto? ¿O más bien dos?

Lo cual era amable y modesto por su parte, pues después de todo era la esposa del embajador en funciones, aunque ella no fuera Veronica Coleridge. Sí, Mildred disponía de un minuto.

—Bueno, Mike, quizá te hayas enterado ya de que yo y un grupo de incondicionales planeamos una buena juerga para la celebración anticipada del Día de la Commonwealth. Digamos que una especie de aperitivo para lo que los demás hagan después. Sandy te lo habrá comentado, claro, ¿verdad?

—Todavía no, Gloria, pero no dudo de que lo hará.

Sandy no le servía de nada, como de costumbre. Se olvidaba de todo lo relacionado con ella en cuanto salía por la puerta. Y al volver a casa bebía hasta quedarse dormido.

—Bueno, sea como fuere, en lo que estamos pensando, Mike —prosiguió Gloria atropelladamente—, es en un gran entoldado. El más grande que encontremos, para serte franca, con cocina a un lado. Queremos ofrecer un bufé caliente, toda una comilona, y tocará en vivo una buena banda local. No de música disco como en la fiesta de Elena, y tampoco queremos salmón frío. Sandy va a aportar un buen pellizco, salido de sus gastos de representación y los agregados del cuerpo van a hurgar en sus propias huchas nada menos, lo cual, digamos, ya es un buen comienzo. ¿Sigues ahí?

—Por supuesto que sí, Gloria.

Vaya pedante estaba hecho ese chico. Se pasaba de la raya dándose los aires de su superior. Sandy le metería en cintura en cuanto tuviese la oportunidad.

—Así pues, tengo dos preguntas que hacerte, Mike. Ambas son un poco delicadas, pero qué más da, allá voy. Primera: con Porter ausente sin permiso, si se me permite decirlo así, y sin la aportación financiera de su excelencia, por así decirlo, me preguntaba si habría, bueno, algún fondo para sobornos disponible, o si podría persuadirse a Porter de contribuir desde lejos.

—¿Segunda?

Desde luego era un personaje insufrible aquel Mildred.

—La segunda, Mike, es dónde. Dada la envergadura del acontecimiento, y el gigantesco entoldado, y la importancia que tendrá para la comunidad británica en estos momentos más bien difíciles, y el caché que queremos imprimirle, si es que es eso lo que se hace con el caché..., bueno, estábamos pensando..., soy yo quien lo piensa, no Sandy, pues obviamente él está demasiado ocupado..., que el mejor sitio para celebrar una fiesta cinco estrellas para el Día de la Commonwealth podría ser, siempre que esté todo el mundo de acuerdo, claro..., en los jardines de la residencia oficial del embajador. ¿Mike? —Gloria tenía la extraña sensación de que Mildred se había sumergido bajo el agua y desaparecido.

—Aún te escucho, Gloria.

—Bueno, ¿no lo sería acaso? Por el aparcamiento y todo lo demás. Quiero decir que no hace falta que nadie entre en la casa, obviamente. Es la casa de Porter. Bueno, excepto para que la gente vaya a hacer sus necesidades, claro. No vamos a poner inodoros portátiles en el jardín de su excelencia, ¿no? —Se le trababa la lengua con tanto «Porter» y «portátil», pero siguió adelante—: Me refiero a que todo está ahí esperando, ¿no es así? Criados, coches, guardias de seguridad y todo lo demás. —Se corrigió a toda prisa—: Quiero decir, a Porter y Veronica, como es obvio. No que nos esté esperando a nosotros. Sandy y yo no hacemos más que permanecer al pie del cañón hasta que ellos vuelvan. No se trata de una toma de poder o algo así. Mike, ¿sigues ahí? Me parece como si hablara conmigo misma.

Y así era. El rechazo les llegó esa misma tarde en la forma de una nota mecanografiada y entregada en mano de la que debía de haberse quedado una copia. Gloria no le vio entregarla. Todo lo que vio fue un coche descapotable con Mildred en el asiento del pasajero y un chófer al volante. El departamento era categórico. La residencia del embajador y sus jardines constituían una zona prohibida para cualquier clase de acto social. Concluía con crueldad que no se toleraría «apropiación de facto de las atribuciones inherentes al puesto de embajador». Se hallaba en camino una carta formal del Foreign Office a tal efecto.

Woodrow se puso furioso. Nunca había perdido los estribos con ella de esa forma.

—Maldita sea, lo tienes bien merecido por preguntar —bramó mientras recorría de arriba abajo el salón a grandes zancadas—. ¿De verdad suponías que iba a quedarme con el puesto de Porter mediante el sistema de acampar en su jodido jardín?

—Solo pretendía darles un empujoncito —protestó ella con voz lastimera mientras él seguía despotricando—. Es perfectamente natural que desee que algún día seas *sir* Sandy. No es una gloria prestada lo que pretendo. Solo quiero que seas feliz.

Pero lo que pensó después hizo gala de una capacidad de recuperación típica en ella: «Entonces conseguiremos como sea que lo que hagamos aquí resulte mucho mejor», se prometió contemplando el jardín con ojos llorosos.

La gran juerga del Día de la Commonwealth había empezado.

Los frenéticos preparativos habían merecido la pena. Los invitados habían llegado, sonaba la música, corría la bebida, las parejas charlaban, los jacarandás del jardín estaban en flor, la vida por fin volvía a sonreírles. El entoldado que no correspondía había sido sustituido por el apropiado, las servilletas de papel por otras de tela, los cuchillos y tenedores de plástico por cubiertos de plata, un horrendo púrpura por el azul real y el dorado. Un generador que rebuznaba como una mula enferma había sido sustituido por otro que borbotaba como una olla al fuego. La explanada que se extendía ante la casa ya no parecía el solar de una obra, y la enérgica intervención de

Sandy con alguna que otra llamada telefónica les había permitido contar con la ayuda de unos cuantos buenos africanos, incluidos dos o tres miembros del séquito de Moi. Prefiriendo no confiar en camareros sin referencias —cosa poco aconsejable, y para muestra, lo que le había ocurrido a Elena o, mejor dicho, lo que no le había ocurrido—, Gloria había recurrido al personal de otras residencias diplomáticas. Entre tales adquisiciones se encontraba Mustafa, el lancero de Tessa, como ella lo llamaba, a quien, según contaban, el dolor por la muerte de su señora le había impedido buscar otro trabajo. Pero Gloria había enviado a Juma a por él, y finalmente allí estaba, afanándose entre las mesas en el extremo opuesto de la pista de baile, con una expresión triste en los labios, sí, pero sin duda complacido de que alguien se hubiera acordado de él, que era lo importante. Milagrosamente, los azules habían llegado a tiempo de organizar las maniobras de aparcamiento, y como siempre, el problema sería mantenerlos a distancia del alcohol, pero Gloria les había leído la cartilla de antemano y ya solo quedaba lugar para la esperanza. Y la banda tocaba de maravilla, con un sonido realmente selvático, y un ritmo vigoroso y preciso para que Sandy bailara si se veía en la necesidad. ¿Y acaso no estaba magnífico con el esmoquin que Gloria le había comprado a modo de obsequio de «arrepentimiento»? ¡Qué apuesto estaría llegado el momento en los desfiles! Y el bufé caliente, o lo que había probado de él, no estaba nada mal. No era deslumbrante, claro, ni podía esperarse que lo fuera en Nairobi, donde las cosas tenían un límite aun si uno podía permitirse mucho más. Pero le daba mil vueltas al de Elena, aunque no era la intención de Gloria entrar en esa clase de rivalidades. Y la encantadora Ghita estaba divina con su sari dorado.

También Woodrow tiene sobrados motivos para felicitarse. Viendo girar a las parejas al ritmo de una música que detesta, tomando a metódicos sorbos su cuarto whisky, es el marino que, tras hallarse al borde del naufragio, ha logrado volver a puerto contra todo pronóstico. No, Gloria, nunca le hice una proposición deshonesta, ni a ella ni a ninguna otra. No a todas tus preguntas. No, no te proporcionaré los medios para arruinarme la vida. Ni a ti ni a la archizorra de Elena, ni a Ghita, esa puritana aficionada a las intrigas. Soy un representante del orden establecido, como acertadamente observó Tessa.

De reojo, Woodrow localiza a Ghita, pegada a un magnífico ejemplar de africano al que probablemente no conocía hasta esa noche. Una belleza como la tuya es pecado, le dice en su imaginación. Era un pecado en Tessa, y lo es en ti. ¿Cómo puede una mujer habitar en un cuerpo así y no compartirlo con el hombre cuyas pasiones inflama? Sin embargo, cuando te planteo la cuestión —simplemente algún detalle que uno deja caer en confianza, nada grosero—, me miras con inquina y me ordenas en susurros que te quite las manos de encima. Luego te vas a casa enfurruñada, bajo la atenta mirada de la archizorra Elena... Sus fantaseos se vieron interrumpidos por un hombre de tez pálida e incipiente calvicie que parecía haberse extraviado, a quien acompañaba una amazona de metro ochenta con flequillo.

—¡Vaya, embajador, no sabe cuánto me alegro de que haya venido! —Nombre olvidado, pero en medio de semejante alboroto nadie iba a tomárselo en cuenta—. Cariño, te presento al nuevo embajador suizo, que llegó hace una semana. Tuvo la gentileza de venir a vernos para presentar sus respetos a Porter. El pobre me encontró a mí en su lugar. Su esposa se reunirá con usted dentro de un par de semanas, ¿no es así, embajador? Así que hoy está libre, ja, ja. Encantado de tenerlo entre nosotros. En fin, otros invitados esperan mis atenciones, y he de seguir la ronda. Sabrá disculparme, ¿verdad? *Ciao*.

El líder de la banda de música estaba cantando, si así podían describirse sus maullidos. Aferrando el micrófono con una mano y acariciando la punta con la otra. Moviendo la pelvis en un éxtasis sexual.

—Cariño, ¿tú no estás un poco excitado? —musitó Gloria a su oído cuando, en uno de sus remolinos, llegó ante él en brazos del embajador de la India—. ¡Yo sí!

Una bandeja pasó por delante. Hábilmente, Woodrow dejó el vaso vacío y cogió uno lleno. Gloria regresaba a la pista de baile, guiada por el jovial y desvergonzadamente corrupto Morrison M'Gumbo, conocido también como ministro de Almuerzos por Cuenta Ajena. Woodrow lanzó una mirada alrededor en busca de alguna pareja de baile con un cuerpo mínimamente aceptable. Su problema, lo que le ponía los nervios de punta, era estar allí sin bailar. Yendo de acá para allá sin la menor naturalidad, luciendo el tipo. En situaciones así se sentía como el amante más torpe e inepto que una mujer pudiera echarse en cara. Aquello avivaba en su memoria todos los «haz esto, no hagas lo otro» y los «pero, por Dios, Woodrow» que resonaban en sus oídos desde la edad de cinco años.

—Como decía, llevo toda la vida huyendo de mí mismo —vociferaba Woodrow ante el semblante de perplejidad de su pareja de baile, una cooperante danesa de generoso busto que se llamaba Fitt o Flitt o algo así—. Siempre he sabido de qué huía, pero nunca he tenido la menor idea de hacia dónde iba. ¿Y tú? He dicho: ¿y tú? —repitió a voz en grito. Ella se echó a reír y movió la cabeza en un gesto de negación—. Crees que estoy loco o borracho, ¿no? —dijo, y ella asintió—. Pues te equivocas. Estoy loco *y* borracho.

Una amiga de Arnold Bluhm, recordó. ¡Dios santo, vaya saga! ¿Cuándo se terminaría aquella historia? Pero, aunque solo estaba pensando, debía haberlo pensado en voz suficientemente alta para que se oyera por encima del estruendo, ya que ella bajó la vista y la oyó decir:

—Quizá nunca. —Con la clase de compasión que los buenos católicos reservaban al Papa.

Solo otra vez, Woodrow se encaminó hacia las mesas de ensordecidos refugiados, que se acurrucaban allí como víctimas de la neurosis de guerra. Ya va siendo hora de que coma algo. Se deshizo el nudo de la pajarita y se la dejó suelta al cuello.

—He ahí la definición de un caballero, decía siempre mi padre —explicó a una Venus negra que lo miró con cara de incomprensión—. Un hombre que se desata la pajarita.

Ghita había reivindicado el derecho territorial sobre un rincón de la pista de baile y meneaba las caderas junto con dos alegres africanas del Consejo Británico. Otras muchachas se unían a su particular aquelarre, y la banda al completo se había adelantado hasta el borde del escenario, desde donde cantaban un «*yeah, yeah, yeah*» dedicado especialmente a ellas. Las chicas entrechocaban las palmas de las manos y luego se daban media vuelta y entrechocaban los traseros, y sabía Dios qué debían de estar pensando los vecinos de la calle, ya que Gloria no los había invitado a todos, o si no, el entoldado estaría lleno de traficantes de armas y drogas, chiste que Woodrow debió de contar a unos tipos enormes con atuendo nativo, porque estaban desternillándose de risa y haciendo partícipes del comentario a sus acompañantes femeninas, que a su vez prorrumpieron también en carcajadas.

Ghita. ¿Qué se trae ahora entre manos? Vuelve a repetirse la misma situación que en la reunión de la cancillería. Cada vez que miro en otra dirección, ella me mira a mí. Es lo más raro que he visto en mi vida. Y Woodrow debía de haber exteriorizado nuevamente sus pensamientos, ya que un tal Meadower, un individuo insoportable del club Muthaiga, le dio la razón de inmediato, afirmando que si los jóvenes decidían bailar así, ¿por qué no se dejaban de rodeos y follaban directamente en la pista de baile? Lo cual coincidía plenamente con la opinión de Woodrow, y así lo expresaba a gritos al oído de Meadower cuando se encontró cara a cara ante Mustafa, el ángel negro, que se había plantado ante él como si pretendiera cortarle el paso, salvo que Woodrow no se proponía ir a ninguna parte. Woodrow advirtió que Mustafa no llevaba nada en las manos, lo cual le pareció una impertinencia. Si Gloria, en su extrema bondad, ha contratado a este pobre hombre para llevar y traer cosas, ¿por qué no lleva ni trae nada? ¿Por qué está ahí parado como mi mala conciencia, de manos vacías, excepto por un papel plegado en una mano, articulando palabras ininteligibles, boqueando como un pez?

—Este tipo dice que tiene un mensaje para usted —explicaba Meadower.

—¿Cómo?

—Un mensaje muy urgente y muy personal. De alguna chica que ha perdido el tino por usted, seguramente.

—¿Eso ha dicho Mustafa?

—¿Cómo?

—Digo que si es eso lo que ha dicho Mustafa.

—¿No va a ir a averiguar quién es la chica? ¡Probablemente, su esposa! —bramó Meadower, y se echó a reír a mandíbula batiente.

O Ghita, pensó Woodrow, acariciando de pronto absurdas esperanzas.

Se apartó medio paso y Mustafa permaneció a su lado, volviendo un hombro hacia Woodrow, de modo que desde donde Meadower observaba parecían dos hombres encorvados encendiendo sus cigarrillos al abrigo del viento. Woodrow tendió la mano y Mustafa, con actitud reverente, depositó la nota en su palma. Una hoja corriente de tamaño A4, plegada repetidas veces.

—Gracias, Mustafa —vociferó Woodrow, dándole a entender que desapareciera de su vista.

Pero Mustafa se mantuvo firme en su sitio, instando a Woodrow a leer la nota con su mirada. De acuerdo, maldita sea, quédate donde quieras. En todo caso, no sabes leer inglés. Ni hablarlo. Desplegó el papel. Caracteres electrónicos. Sin firma.

> Estimado señor:
>
> Tengo en mi posesión una copia de la carta que escribió a la señorita Tessa Quayle invitándola a fugarse con usted. Mustafa le conducirá hasta mí. Por favor, no se lo diga a nadie y venga de inmediato o me obligará usted a vender la carta en otra parte.

No había firma.

A Woodrow le pareció haber recibido un manguerazo de la policía antidisturbios, dejándolo sobrio de golpe. Un hombre de camino al patíbulo piensa muchas cosas a la vez y Woodrow, por más que estuviese como una cuba por obra del whisky libre de impuestos de su propiedad, no fue una excepción. Sospechaba que la transacción entre él y Mustafa no se le había escapado a Gloria, y estaba en lo cierto: ella no volvería a apartar jamás los ojos de su marido en una fiesta. De forma que le hizo un ademán tranquilizador a distancia, articuló algo en el sentido de que no pasaba nada y partió sumiso detrás de Mustafa. Al hacerlo, captó de lleno la mirada de Ghita por primera vez en la velada y le pareció calculadora.

Entretanto, especulaba sin cesar sobre la identidad del chantajista y lo asociaba a la presencia de los azules.

Su razonamiento era el siguiente: los azules habían registrado en algún momento la casa de los Quayle descubriendo algo que el propio Woodrow no había logrado encontrar. Uno de ellos había guardado la carta a buen recaudo hasta encontrar una oportunidad de explotarla. La oportunidad acababa de surgir.

Casi simultáneamente se le ocurrió una segunda posibilidad, y era que Rob o Lesley, o ambos, después de ser apartados de un caso de asesinato de altos vuelos en contra de su voluntad, habían decidido sacar tajada. Pero por el amor de Dios, ¿por qué en ese momento y lugar? En algún lugar de ese cóctel incluía también a Tim Donohue, pero solo porque Woodrow le consideraba un no creyente en activo aunque senil. Esa misma noche, sentado con su esposa Maud cargada de collares en el rincón más oscuro del entoldado, en opinión de Woodrow, Donohue había supuesto una presencia maligna y en absoluto fiable.

Al mismo tiempo, Woodrow iba tomando nota para sí de cuanto le rodeaba, de forma parecida a cuando el avión entraba en una turbulencia y uno buscaba las salidas de emergencia: los postes mal clavados y los vientos flojos del entoldado —por Dios, la más leve brisa podía llevárselo todo por los aires—, la estera de coco manchada de barro que cubría el pasillo —alguien podría resbalar y demandarme—, la puerta abierta y sin vigilancia que daba a la zona de más abajo —los ladrones podrían haber vaciado la casa entera y ni nos habríamos enterado.

Al bordear la cocina, quedó desconcertado por la cantidad de simpatizantes no autorizados que se habían reunido en su casa con la esperanza de hacerse con restos del bufé, y que estaban sentados como grupos de Rembrandt a la luz de un farol. Debían de ser una docena, o más, calculó indignado. Además de unos veinte niños acampados en el suelo. Bueno, seis, al menos. Le enfureció de igual manera ver a los propios azules como cubas y muertos de sueño en la mesa de la cocina, con las chaquetas y pistoleras sobre los respaldos de las sillas. Su estado, sin embargo, le convenció de que no era probable que fuesen los autores del mensaje que aún aferraba doblado en la mano.

Salieron de la cocina por la escalera de atrás y Mustafa le guio con una linterna hacia el vestíbulo, de forma que se dirigían a la puerta principal. ¡Philip y Harry! Woodrow se acordó de ellos con súbito terror. Dios santo, si me viesen ahora. Pero ¿qué verían? A su padre de esmoquin, con la pajarita suelta en torno al cuello. ¿Por qué iban a suponer que la llevaba así para ponérselo más fácil al verdugo? Además, ahora se acordaba de que Gloria había mandado a los chicos a pasar la noche en casa de unos amigos. Había visto bastantes hijos de diplomáticos en los bailes y no quería eso para Philip y Harry.

Mustafa mantenía abierta la puerta principal y hacía señas con la linterna hacia el sendero de entrada. Woodrow salió de la casa. Estaba oscuro como boca de lobo. Para crear un efecto más romántico, Gloria había hecho apagar las luces exteriores para depender tan solo de hileras de velas en sacos de arena que en su mayor parte se habían apagado misteriosamente. Hablaría con Philip, que últimamente había elegido el sabotaje doméstico como pasatiempo. Hacía una bonita noche, pero Woodrow no estaba de humor para estudiar las estrellas. Mustafa se dirigía hacia la entrada como un fuego fatuo, instándole a seguir con la linterna. El portero baluhya abría la verja mientras su extensa familia observaba a Woodrow con su intenso interés habitual. Había coches aparcados a ambos lados de la calle y los guardaespaldas dormitaban en el arcén o hablaban en murmullos en torno a pequeñas hogueras. Mercedes con chófer, Mercedes con gorilas, Mercedes con perros alsacianos en su interior, y la multitud habitual de miembros de las tribus sin otra cosa que hacer que observar cómo la vida les pasaba de largo. El barullo de la banda era igual de espantoso fuera que dentro del toldo. A Woodrow no le sorprendería recibir un par de quejas formales a la mañana siguiente. Esos exportadores belgas del número doce le pondrían a uno una demanda solo con que su perro se pedorreara en su espacio aéreo.

Mustafa se había detenido junto al coche de Ghita. Woodrow lo conocía bien. Lo había observado a menudo desde la seguridad de la ventana de su oficina, normalmente con un vaso en la mano. Era un minúsculo modelo japonés, tan pequeño y bajo que cuando Ghita se retorcía para entrar en él podía imaginarla poniéndose el traje de baño. Pero ¿por qué nos detenemos aquí?, le preguntó con la mirada a Mustafa. ¿Qué tiene que ver el coche de Ghita con que me hagan chantaje? Empezó a calcular de cuánto dinero en efectivo podría disponer a corto plazo. ¿Querrían cientos? ¿Miles? ¿Decenas de miles? Tendría que pedirle prestado a Gloria, pero ¿qué iba a idear como excusa? Bueno, no era más que dinero. El coche de Ghita estaba aparcado lo más lejos posible de una farola. Las bombillas estaban apagadas porque no había electricidad, pero uno nunca sabía cuándo podían volver a encenderse. Calculó que llevaría encima unas ochenta libras en chelines kenianos. ¿Cuánto silencio podría comprar con eso? Empezó a pensar en términos de negociación. ¿Qué sanciones se le imponían como comprador? ¿Qué garantía iba a obtener de que el tipo no volviera al cabo de seis meses o seis años? Recurre a Pellegrin, se dijo en un acceso de humor negro; pídele al viejo Bernard que vuelva a meter la pasta de dientes en el tubo.

A menos que...

Atragantándose, Woodrow se aferró a la esperanza más absurda de todas.

¡Ghita!

¡Ghita había robado la carta! O, más probable aún, ¡Tessa se la había entregado para que la tuviera a buen recaudo! Ghita ha enviado a Mustafa a sacarme de la fiesta y está a punto de castigarme por lo que pasó en la de Elena. Y, mira, ¡ahí está! En el asiento del conductor, esperándome. Se ha escabullido por la parte de atrás de la casa y está sentada en el coche, ¡mi subordinada esperando hacerme chantaje!

La idea le levantó el ánimo, aunque solo por unos instantes. Si se trata de Ghita, podemos negociar. Puedo derrotarla cuando quiera. Quizá podamos hacer algo más que negocios. Su deseo de hacerme daño no es más que el reverso de algo bien distinto, de deseos más constructivos.

Pero no se trataba de Ghita. Fuera quien fuese la figura, era inconfundiblemente masculina. ¿El chófer de Ghita, entonces? ¿Su novio, quizá, que había venido para llevarla a casa después del baile y evitar así que ningún otro la consiguiera? La puerta del pasajero estaba abierta. Bajo la impasible mirada de Mustafa, Woodrow se agachó para subir al coche. Para Woodrow no fue como contonearse para ponerse el traje de baño. Fue más bien como meterse en un auto de choque en la feria con Philip. Mustafa cerró la puerta. El coche se bamboleó y el conductor no hizo movimiento alguno. Iba vestido de la forma en que lo hacían algunos africanos de ciudad, al estilo de Saint-Moritz desafiando al calor, con un anorak oscuro acolchado y capucha de lana calada hasta las cejas. ¿Era blanco o negro? Woodrow inspiró, pero no captó el dulce olor que emanaban los africanos.

—Bonita música, Sandy —dijo Justin en voz baja a la vez que alargaba el brazo para poner en marcha el motor.

22

Woodrow se hallaba sentado tras un escritorio de teca labrada, valorado en cinco mil dólares. Estaba de medio lado, con un codo apoyado en un cartapacio con el borde de plata que costaba menos. El resplandor de una única vela se reflejaba en su cara sudorosa y sombría. En el techo, justo encima de él, estalactitas espejadas reflejaban hasta el infinito la misma llama. Justin estaba en el extremo opuesto del salón, recostado contra la puerta, poco más o menos en la misma postura que había adoptado Woodrow el día que le comunicó la noticia de la muerte de Tessa. Tenía las manos cruzadas detrás de la espalda. Posiblemente no quería que le causaran problemas. Woodrow estudiaba las sombras proyectadas sobre las paredes por la llama de la vela. Distinguía elefantes, jirafas, gacelas, rinocerontes rampantes y rinocerontes postrados. En la pared opuesta, las sombras correspondían a aves. Aves posándose, aves acuáticas de largos cuellos, aves de presa con aves menores entre sus garras, gigantescas aves canoras posadas en troncos de árbol con cajas de música en el interior, solicítenos información sobre los precios. La casa estaba en una pequeña calle arbolada. Nadie circulaba por allí. Nadie llamaba a la ventana para preguntar por qué un hombre blanco, medio ebrio, con esmoquin y el nudo de la pajarita deshecho, hablaba con una vela en el Emporio de Arte Oriental y Africano del señor Ahmad Khan, en una frondosa ladera a cinco minutos en coche de Muthaiga, a las doce y media de la madrugada.

—¿Khan es amigo tuyo? —preguntó Woodrow.

No recibió respuesta.

—¿De dónde has sacado la llave, pues? Es amigo de Ghita, ¿no?

No recibió respuesta.

—Amigo de la familia, probablemente. La familia de Ghita, quiero decir. —Extrajo un pañuelo de seda del bolsillo superior del esmoquin y, con disimulo, se enjugó un par de lágrimas de las mejillas. Apenas hubo terminado, otras brotaron de sus ojos y tuvo que secárselas también—. ¿Qué voy a decirles cuando vuelva? Si es que vuelvo.

—Ya se te ocurrirá algo.

—Normalmente, así es —admitió Woodrow, hablando para su pañuelo.

—No lo dudo —dijo Justin.

Asustado, Woodrow volvió súbitamente la cabeza para mirarlo, pero Justin seguía de pie contra la puerta, sus manos firmemente sujetas tras la espalda.

—¿Quién te dijo que lo destruyeras, Sandy? —preguntó Justin.

—Pellegrin, ¿quién iba a ser? «Quémalo, Sandy. Quema todas las copias.» Por orden directa del trono. Solo había conservado una, así que la quemé. No tardó mucho en consumirse. —Se sorbió la nariz, reprimiendo el impulso de echarse a llorar otra vez—. Soy un buen chico, ya ves. Un hombre preocupado por las cuestiones de seguridad. No me fiaba de los conserjes. Lo llevé a la sala de calderas yo con mis propias manos. Lo eché al fuego. Estoy bien adiestrado. Apunto a lo más alto.

—¿Sabía Porter que lo habías hecho?

—Más o menos. Medio lo sabía. No le gustó nada. Bernard no le inspira mucha simpatía. Están en guerra declarada. Es decir, declarada para lo que suele verse en el Foreign Office.

—¿Te explicó Pellegrin por qué tenías que destruirlo..., quemarlo? ¿Quemar todas las copias?

—Dios mío —susurró Woodrow.

Un largo silencio durante el cual Woodrow pareció autohipnotizarse con la vela.

—¿Qué pasa? —preguntó Justin.

—Nada, muchacho, solo el tono de tu voz. Ha madurado. —Woodrow se limpió la boca con la mano y luego se examinó las yemas de los dedos por si quedaba algún rastro—. Se suponía que habías llegado al máximo de tus posibilidades.

Justin volvió a formular la pregunta, parafraseándola como uno haría con un extranjero o un niño.

—¿Se te ocurrió preguntar a Pellegrin *por qué* debía ser eliminado el documento?

—Por dos motivos, según Bernard. Había intereses británicos en juego, eso para empezar. Teníamos que proteger a los nuestros.

—¿Le creíste? —preguntó Justin, y nuevamente tuvo que esperar a que Woodrow contuviera otra efusión de lágrimas.

—Creí lo que me contó sobre TresAbejas, claro que sí. La punta de lanza del empresariado británico en África. La joya de la corona. Curtiss, el niño mimado de los líderes africanos, repartiendo sobornos a izquierda, derecha y centro, uno de nuestros elementos más valiosos. Además, se acuesta con la mitad del gabinete británico, lo cual no le perjudica precisamente.

—¿Cuál era el otro motivo?

—KVH. Los chicos de Basilea venían mostrando interés en abrir una enorme planta química en el sur de Gales. Una segunda en Cornualles al cabo de tres años. Una tercera en Irlanda del Norte. Creando riqueza y prosperidad en las zonas deprimidas. Pero si levantábamos la liebre respecto a la Dypraxa antes de tiempo, se echarían atrás.

—¿Antes de tiempo?

—El fármaco estaba aún en fase de prueba. Todavía lo está, teóricamente. Si envenena a unas cuantas personas que morirían de todos modos, ¿por qué tanto alboroto? El fármaco no estaba registrado en el Reino Unido, así que, por ese lado, no había problema, ¿no? —Había recobrado la agresividad. Estaba hablando a un colega—. Por Dios, Justin. Los medicamentos han de probarse en alguien, ¿no? Y a ver, ¿a quiénes eliges? ¿A los alumnos de la Harvard Business School? —Desconcertado al ver que Justin no suscribía tan impecable razonamiento, aventuró otro—: Veamos, el Foreign Office no se dedica a evaluar la seguridad de las sustancias no autóctonas, ¿no? Su misión es mantener bien lubrificados los engranajes de la industria británica, no andar por ahí pregonando que una compañía británica establecida en África envenena a sus clientes. Ya sabes de qué va. No nos pagan por defender causas perdidas. No matamos a personas que, sin nuestra intervención, no morirían. O sea..., por Dios, fíjate en la tasa de mortalidad de un país como este. Aunque en realidad nadie lleva la cuenta.

Justin reflexionó por un instante en aquellos sutiles planteamientos.

—Pero tú sí defendías causas perdidas, Sandy —objetó finalmente—. La querías. ¿Recuerdas? ¿Cómo pudiste echar su informe a una caldera si la querías? —Su voz parecía incapaz de evitar su creciente potencia—. ¿Cómo podías mentirle cuando ella confiaba en ti?

—Bernard dijo que debíamos pararle los pies —masculló Woodrow, tras mirar de soslayo hacia las sombras una vez más para cerciorarse de que Justin seguía en su puesto ante la puerta.

—¡Ah, y desde luego se los pararon!

—Por el amor de Dios, Quayle —musitó Woodrow—. Eso no fue así. Eso fue obra de otra clase de gente. Gente que no es de mi mundo, ni del tuyo.

Justin debía de haberse alarmado a sí mismo por su estallido, ya que cuando volvió a hablar, empleó el tono civilizado de un colega defraudado:

—¿Cómo pudiste *pararle los pies*, como tú dices, si tanto la adorabas, Sandy? A juzgar por cómo le escribiste, la veías como tu salvación de todo esto... —Debía de haber olvidado por un momento dónde estaba, ya que el amplio ademán de sus brazos no abarcó los deprimentes símbolos de la prisión de Woodrow, sino manada tras manada de animales tallados, inmóviles en la oscuridad de sus estantes de cristal—. Era tu vía de escape, tu camino a la felicidad y la libertad, o eso le dijiste. ¿Por qué no apoyaste su causa?

—Lo siento —murmuró Woodrow, y bajó la vista a la vez que Justin elegía otra pregunta.

—Así pues, ¿qué quemaste exactamente? ¿Por qué ese documento representaba una amenaza tan grave para ti y Bernard Pellegrin?

—Era un ultimátum.

—¿A quién?

—Al gobierno británico.

—¿Tessa presentó un ultimátum al gobierno británico? ¿Nuestro gobierno?

—Exigiendo que tomara medidas o se atuviera a las consecuencias. Se sentía comprometida con nosotros. Contigo. Por lealtad. Era la esposa de un diplomático británico y había decidido hacer las cosas según las pautas de la diplomacia británica. «El camino más fácil es sortear al

Sistema y denunciarlo públicamente. El camino difícil es mover los resortes del Sistema. Yo prefiero el camino difícil.» Eso decía. Se aferraba a la patética idea de que los británicos poseían más integridad (virtud en el gobierno) que cualquier otra nación. Idea que, por lo visto, le había inculcado su padre. Dijo también que Bluhm estaba de acuerdo en que los británicos podían solucionarlo siempre y cuando jugaran limpio. Si los británicos tenían tantos intereses en esto, que ellos mismos pasaran el aviso a TresAbejas y KVH. Sin confrontaciones de ningún tipo. Sin situaciones extremas. Se trataba simplemente de convencerlos de que retiraran el fármaco del mercado hasta que se perfeccionara. Y si no lo hacían...

—¿Dio un plazo límite?

—Aceptó que el plazo fuera distinto para cada zona. Sudamérica, Oriente Medio, Rusia, la India. Pero su mayor preocupación era África. Quería pruebas dentro de tres meses de que el fármaco empezaba a desaparecer. Después de eso, si las cosas no habían cambiado, la mierda empezaría a salpicar. No fueron esas sus palabras exactas, pero sí aproximadas.

—¿Y eso es lo que enviaste a Londres?

—Sí.

—¿Qué hizo Londres?

—Lo hizo Pellegrin.

—¿Qué hizo?

—Dijo que era una sarta de gilipolleces simplistas. Dijo que por nada del mundo consentiría que una renacida esposa británica y su amante negro dictaran la política del Foreign Office. Luego viajó a Basilea. Comió con la gente de KVH. Les preguntó si contemplarían la posibilidad de izar temporalmente la bandera roja. A lo cual respondieron que la alarma era injustificada y no había manera de retirar el fármaco sin despertar serias sospechas. Los accionistas no lo tolerarían. Tampoco iban a consultar a los accionistas, pero si les consultaban, se negarían. Por tanto, también se negaría el consejo de administración. Los medicamentos no son recetas de cocina. Las cosas no se arreglan quitando un poco de esto, un átomo o lo que sea, añadiendo otro poco de aquello, probando otra vez. Lo único que puede hacerse es afinar la dosis, reformular, no rediseñar. Quieres cambiarlo, has de empezar de cero, le explicaron, y nadie lo haría en una fase tan avanzada. Después le enseñaron los dientes, amenazándolo con recortar sus inversiones en Gran Bretaña, con el consiguiente aumento del paro.

—¿Y qué pasa con TresAbejas?

—Eso fue en otra comida. Caviar y cerveza en el Gulfstream de Kenny. Bernard y Kenny coincidieron en que se organizaría un caos en África si corría el rumor de que TresAbejas estaba envenenando a la gente. La única opción era dar largas mientras los científicos de KVH depuraban la fórmula y ajustaban la dosis. A Bernard le faltan solo un par de años para retirarse. Tiene puesta la mira en el consejo de administración de TresAbejas. También en el de KVH, si lo admiten. ¿Por qué conformarse con un solo cargo directivo si pueden ser dos?

—¿Cuáles eran las pruebas que KVH refutó?

Dio la impresión de que Woodrow, al escuchar la pregunta, se estremecía de dolor de la cabeza a los pies.

Se irguió, se agarró la cabeza entre las manos y se frotó vigorosamente el cuero cabelludo con las yemas de los dedos. Se dejó caer otra vez hacia delante, aún con la cabeza entre las manos, y susurró:

—Dios.

—Prueba con agua —recomendó Justin, y lo guio por el pasillo hasta un lavabo, quedándose junto a él, igual que en el depósito de cadáveres mientras vomitaba.

Woodrow ahuecó las manos bajo el grifo y se remojó la cara.

—Las pruebas eran muchas —masculló Woodrow, de vuelta en su silla—. Bluhm y Tessa habían ido de aldea en aldea, de dispensario en dispensario, hablando con los pacientes, los padres, los familiares. Curtiss tenía ya noticia de sus actividades y había preparado una maniobra para encubrir el problema. Encargó a Crick que lo organizara. Pero Tessa y Bluhm recogieron información también sobre la maniobra. Regresaron a los sitios y preguntaron por las personas con quienes habían hablado antes. No las encontraron. Lo incluyeron todo en el informe, denunciando que TresAbejas no solo envenenaba a la gente, sino que, además, después destruían las pruebas. «Este testigo se encuentra en paradero desconocido. Este testigo ha sido acusado de delitos graves. Esta aldea ha sido desalojada.» Hicieron un trabajo excelente. Deberías estar orgulloso de ella.

—¿Aparecía esa mujer, Wanza, en el informe?

—Ah, la tal Wanza era la estrella. Pero le pusieron también la mordaza a su hermano.

—¿Cómo?

—Lo detuvieron. Le arrancaron una confesión voluntaria. El juicio fue la semana pasada. Diez años por atracar a un turista blanco en el parque nacional de Tsavo. El turista blanco no declaró, claro, pero muchos africanos muy asustados lo vieron hacerlo y con eso bastó. El juez lo condenó a trabajos forzados y veinte azotes de regalo.

Justin cerró los ojos. Vio a Kioko sentado en el suelo junto a su hermana, vio su cara arrugada. Notó la mano arrugada de Kioko en la suya ante la tumba de Tessa.

—Aun así, ¿no sentiste la necesidad..., al leer el informe por primera vez, sabiendo que poco más o menos era verdad..., no sentiste la necesidad de advertir a las autoridades kenianas?

Una vez más la agresividad:

—Por Dios, Quayle. ¿Cuándo te has puesto tu mejor

traje, te has presentado en la jefatura de policía y has acusado a los azules de organizar una maniobra orquestada y aceptar dinero de Kenny K. por las molestias? Esa no es manera de ganarse amigos y ejercer influencia sobre la gente en la soleada Nairobi.

Justin se apartó un paso de la puerta, se contuvo y volvió a mantener la distancia que se había impuesto.

—Habría también pruebas clínicas, es de suponer.

—Que si había ¿qué?

—Estoy preguntándote por las pruebas clínicas contenidas en el memorándum escrito por Arnold Bluhm y Tessa Quayle y destruido por *ti* a petición de Bernard Pellegrin. Una copia del cual fue, no obstante, presentada por Bernard Pellegrin a los responsables de KVH, que la echaron por tierra durante un almuerzo.

El eco de esta descarga resonó en los estantes de cristal. Woodrow aguardó a que remitiera.

—Las pruebas clínicas pertenecían al área de Bluhm. Constaban en el anexo. Tessa las había incluido en un anexo aparte. Siguió tu ejemplo. Tú tienes debilidad por los anexos. O tenías. Ella también.

—¿Y en qué consistían esas pruebas clínicas?

—Eran historiales. Treinta y siete. Punto por punto, con todo lujo de detalle. Nombres, direcciones, tratamiento, lugar y fecha de inhumación. Los mismos síntomas en todos los casos. Somnolencia, ceguera, hemorragias, insuficiencia hepática y... premio.

—Con eso de «premio», ¿quieres decir *muerte*?

—En cierto modo. Por así decirlo. Sí, supongo. Sí.

—¿Y KVH refutó esas pruebas?

—Eran inductivas, no científicas, sesgadas, tendenciosas..., emocionalizadas. Esta última no la había oído nunca. Emocionalizadas. Significa que no eres de fiar porque las cosas te afectan demasiado, imagino. Yo soy el polo opuesto. Desemocionalizado. Inemocionalizado. Extraemocionalizado. Cuanto menos sientes, más fuerte gritas. Mayor es el vacío que tienes que sentir. No tú. Yo.

—¿Quién es Lorbeer?

—La bestia parda de Tessa.

—¿Por qué?

—Es la fuerza motriz que ha impulsado el fármaco. Su principal defensor. Convenció a KVH para que lo desarrollara y luego fue a predicar la verdad a TresAbejas. Un megamierda, como Tessa decía.

—¿Mencionaba Tessa en algún punto que Lorbeer la traicionó?

—¿Por qué iba a hacerlo? Todos la traicionamos. —Woodrow lloraba desconsoladamente—. Y tú ¿qué? Ahí estabas, cruzado de brazos, cultivando flores mientras ella andaba por ahí haciéndose la santa.

—¿Dónde está Lorbeer ahora?

—No tengo la más remota idea. Nadie lo sabe. Vio en qué dirección soplaba el viento y se escabulló. TresAbejas lo buscó durante un tiempo, pero luego se aburrieron. Tessa y Bluhm iniciaron la cacería. Querían a Lorbeer como testigo principal. Querían encontrarlo.

—¿Emrich?

—Una de las inventoras del fármaco. Estuvo aquí una vez. Intentó llamar a capítulo a KVH. Se la quitaron de en medio sin pensárselo dos veces.

—¿Kovacs?

—El tercer miembro de la banda. Propiedad exclusiva de KVH. Una buscona, según parece. No la conozco personalmente. Vi a Lorbeer una vez, creo. Un bóer grande y gordo. Ojos saltones. Pelirrojo.

De pronto Woodrow se dio la vuelta, horrorizado. Justin se hallaba junto a su hombro. Había colocado una hoja de papel sobre el cartapacio y ofrecía un bolígrafo a Woodrow, con la punta hacia él, tal como entrega las cosas la gente educada.

—Es una autorización de viaje —explicó Justin—. Una de las tuyas. —Leyó el texto de viva voz en atención a Woodrow—: «El viajero es súbdito británico actuando bajo los auspicios de la embajada del Reino Unido en Nairobi». Fírmala.

Woodrow la escrutó con los ojos entornados, acercándola a la vela.

—Peter Paul Atkinson. ¿Quién demonios es?

—Lo que dice en el impreso, un periodista británico. Escribe para el *Telegraph*. Si alguien telefonea a la embajada para pedir referencias, es un periodista auténtico y bien considerado. ¿Lo recordarás?

—¿Para qué demonios quiere ir a Loki? Es el culo del mundo. Ghita estuvo allí hace poco. Se supone que la autorización ha de llevar una foto.

—La llevará.

Woodrow firmó, Justin dobló la hoja, se la guardó en el bolsillo y regresó con displicencia a la puerta. Una hilera de relojes de cucú taiwaneses anunció que era la una de la madrugada.

Mustafa aguardaba junto al bordillo con su linterna cuando Justin apareció en el pequeño coche de Ghita. Debía de estar pendiente, en espera de oír el ruido del motor. Woodrow, sin darse cuenta de que lo habían devuelto a su casa, permanecía inmóvil en el asiento, mirando al frente a través del parabrisas, con las manos cruzadas sobre el regazo. Justin se inclinó sobre él para abrir la ventanilla del acompañante. Habló en inglés, entrelazado con las pocas palabras de swahili que conocía.

—El señor Woodrow no se encuentra bien, Mustafa. Lo has acompañado aquí fuera para que tome el aire fresco. Debería subir a su habitación y acostarse hasta que la señora Woodrow pueda cuidar de él. Por favor, dile a la señorita Ghita que voy a marcharme.

Woodrow se dispuso a apearse, pero antes de salir, se volvió hacia Justin.

—Muchacho, no le contarás esto a Gloria, ¿verdad? No ganarías nada, ahora que ya lo sabes todo. Ella no posee nuestra sutileza, ¿comprendes? Antiguos colegas y todo eso. ¿De acuerdo?

Como un hombre acarreando un bulto de algo que le repugnaba aunque intentara disimularlo, Mustafa tiró de Woodrow para sacarlo del coche y lo acompañó hasta la puerta de su casa. Justin se había puesto otra vez el anorak y el gorro de lana. Haces de luz de color escapaban del entoldado. La banda tocaba sin tregua a ritmo de rap. Sentado aún en el coche, Justin echó un vistazo a su izquierda y creyó ver la sombra de un hombre alto, de pie frente a los rododendros de la acera, pero cuando miró con detenimiento, ya había desaparecido. Aun así, siguió mirando con atención, primero los arbustos, luego los coches aparcados a uno y otro lado. Oyendo una pisada, se volvió a tiempo de ver una silueta que corría hacia él, y era Ghita con un chal sobre los hombros, con los zapatos de baile en una mano y una linterna de bolsillo en la otra. Deslizándose por la puerta del acompañante, ocupó el asiento cuando Justin arrancaba.

—Empezaban a echarlo de menos —comentó.

—¿Estaba Donohue ahí dentro?

—No lo creo. No estoy segura, pero no lo he visto.

Ghita se disponía a preguntarle algo, pero decidió no hacerlo.

Justin conducía despacio, escudriñando los coches aparcados, echando continuas ojeadas a los retrovisores exteriores. Pasó por delante de su propia casa pero apenas la miró. Un perro amarillo comenzó a perseguir el coche, lanzando dentelladas a las ruedas. Reprendiendo en voz baja al animal, giró sin apartar la vista de los espejos. Bajo la luz de los faros, los socavones surgían ante ellos como lagos. Ghita escrutó la noche por la luna trasera. La calle estaba totalmente a oscuras.

—Mira al frente —ordenó Justin—. Podría perderme en cualquier momento. Indícame el camino.

Conducía ya a mayor velocidad, esquivando los baches, notando las sacudidas en los abultados parches de alquitrán, virando hacia el centro de la calzada cuando los lados no le inspiraban confianza. En susurros, Ghita decía: ahora a la izquierda, otra vez a la izquierda, se acerca un bache enorme. Aminoró bruscamente la marcha y un coche los adelantó, seguido de un segundo.

—¿Has reconocido a alguien? —preguntó Justin.

—No.

Accedieron a una avenida arbolada. Un maltrecho cartel donde se leía AYUDA VOLUNTARIOS les cortó el paso. Detrás había una hilera de niños desmedrados con palos y una carretilla sin rueda.

—¿Siempre están aquí?

—Día y noche —contestó Ghita—. Cogen las piedras de un hoyo y las ponen en otro. Así, su trabajo no termina nunca.

Justin pisó el freno. El coche rodó lentamente hasta detenerse a escasos centímetros del cartel. Los niños se arracimaron en torno al coche, golpeando el techo con las palmas de las manos. Justin bajó la ventanilla cuando una linterna iluminó el interior y al instante apareció detrás la cara sonriente del portavoz. Contaba dieciséis años a lo sumo.

—Buenas noches, buana —saludó con un tono de gran ceremonia—. Soy el señor Simba.

—Buenas noches, señor Simba —contestó Justin.

—¿Desea contribuir a la construcción de esta estupenda carretera que estamos haciendo?

Justin le entregó un billete de cien chelines por la ventanilla. El chico se alejó dando triunfales brincos y agitando el billete por encima de la cabeza, ante los aplausos de los demás.

—¿Cuál es la tarifa habitual? —preguntó Justin a Ghita, poniendo el coche en marcha de nuevo.

—Una décima parte de eso.

Los adelantó otro coche y Justin volvió a escrutar a sus ocupantes, pero aparentemente no vio lo que esperaba ver, fuera lo que fuese. Llegaron al centro de la ciudad. Escaparates iluminados, cafeterías, bullicio en las aceras. Los *matutu*, pequeños autobuses, pasaban a toda prisa acompañados de la estridente música de sus radios. A su izquierda, un estrépito de metal contra metal dio origen a un barullo de gritos y bocinazos. Ghita volvía a darle indicaciones: ahora a la derecha, ahora por esa verja. Justin ascendió por una rampa hasta el patio de grava de un austero edificio de tres plantas. A la luz de las farolas dispuestas a lo largo del perímetro leyó las palabras ¡VEN A JESÚS AHORA!, pintadas en la pared lisa de hormigón.

—¿Es una iglesia?

—Era la clínica dental de los Adventistas del Séptimo Día —respondió Ghita—. Ahora se ha rehabilitado como bloque de viviendas.

El aparcamiento, delimitado por una alambrada, quedaba separado del patio por un desnivel, y Ghita nunca habría entrado allí yendo sola, pero Justin descendía ya la grada. Aparcó y ella advirtió que se volvía a mirar atrás y aguzaba el oído.

—¿A quién esperas ver? —susurró ella.

Justin la guio entre grupos de niños sonrientes hasta la escalinata de la entrada. En el vestíbulo, un letrero escrito a mano anunciaba ASCENSOR AVERIADO. Se dirigieron hacia una escalera gris, iluminada con bombillas de baja intensidad. Justin permaneció al lado de Ghita mientras subían.

En el último piso, que estaba a oscuras, sacó su linterna y alumbró el camino. El rellano olía a comida oriental, y tras las puertas cerradas se oía música asiática. Entregándole la linterna a Ghita, Justin retrocedió hasta la escalera mientras ella quitaba la cadena a la reja de protección y abría las tres cerraduras. Al entrar en el piso, Ghita oyó sonar el teléfono. Se volvió en busca de Justin y descubrió que se encontraba ya junto a ella.

—Hola, Ghita, querida mía —saludó una encantadora voz masculina que ella no reconoció de inmediato—. Estabas radiante esta noche. Soy Tim Donohue. Me preguntaba si podría dejarme caer por ahí un momento para tomar un café con vosotros dos bajo las estrellas.

El piso de Ghita era pequeño. Tenía solo tres habitaciones, todas con vistas al mismo ruinoso almacén y la misma calle bulliciosa con letreros de neón rotos y coches abriéndose paso a bocinazos y mendigos intrépidos que no se apartaban de su camino hasta el último momento. Una ventana con barrotes daba a una escalera exterior de metal, que supuestamente era la salida de incendios, aunque, por motivos de supervivencia, los inquilinos del último piso habían aserrado el primer tramo. No obstante, los tramos superiores continuaban intactos, y en las noches cálidas Ghita podía subir a la azotea y, sentándose en el suelo, recostada contra el revestimiento de madera del depósito de agua, estudiaba para el examen del Foreign Office, al que tenía la firme intención de presentarse al año siguiente, y escuchaba los ruidos de sus vecinos asiáticos del edificio, y compartía su música y sus discusiones y sus niños, y casi se convencía de que estaba entre su gente.

Y si esta ilusión se desvanecía en cuanto cruzaba la verja de la embajada y se ponía su otra piel, la azotea, con sus gatos, sus gallineros, sus tendederos y sus antenas, seguía siendo uno de los pocos sitios donde se sentía a gusto, y quizá por esa razón no se sorprendió demasiado cuando Donohue propuso que disfrutaran de un café bajo las estrellas. En cuanto a cómo sabía Donohue que tenía una azotea, era para ella un misterio, pues, que ella supiese, nunca había puesto los pies en su piso. Sin embargo lo sabía. Ante la mirada cauta de Justin, Donohue cruzó el umbral de la puerta y, llevándose un dedo a los labios, pasó su cuerpo anguloso por la ventana y saltó a la plataforma de la escalera de hierro, y desde allí les indicó con señas que lo siguieran. A continuación salió Justin, y cuando Ghita se reunió con ellos, cargando una bandeja con el café, Donohue se había sentado en una caja de embalaje, las rodillas a la altura de las orejas. Pero Justin no podía parar quieto en ningún sitio. Tan pronto se le veía de pie, con la actitud alerta de un centinela en tiempo de guerra, recortándose su silueta contra el resplandor de las luces de neón del otro lado de la calle, como se le veía en cuclillas junto a Ghita, con la cabeza gacha, igual que un hombre dibujando en la arena con la punta del dedo.

—Amigo mío, ¿cómo te las has arreglado para pasar los controles? —preguntó Donohue, levantando la voz por encima del rumor del tráfico, entre sorbo y sorbo de café—. Me ha dicho un pajarito que estuviste en Saskatchewan hará un par de días.

—Contratando un viaje organizado.

—¿Vía Londres?

—Vía Ámsterdam.

—¿Un grupo numeroso?

—El más numeroso que encontré.

—¿Como Quayle?

—Más o menos.

—¿Cuándo desertaste del grupo?

—En Nairobi. Inmediatamente después de los trámites de aduanas e inmigración.

—Muy listo. Te había juzgado mal. Pensaba que viajarías por tierra, entrando por Tanzania o algo así.

—No me dejó ir a recogerlo al aeropuerto —dijo Ghita con actitud protectora—. Vino aquí en taxi, ya de noche.

—¿Qué quieres? —preguntó Justin desde otra parte de la oscuridad.

—Una vida tranquila, amigo mío, si no te importa. Ya tengo cierta edad. No más escándalos. No más registros. No más tipos alargando el cuello para intentar ver lo que ya no existe. —Su irregular silueta se volvió hacia Ghita—. ¿Qué fuiste a hacer a Loki, querida?

—Lo hizo por mí —terció Justin, adelantándose a Ghita.

—Bien hecho —declaró Donohue con tono de aprobación—. Y también por Tessa, sin duda. Ghita es una joven admirable. —Y de nuevo hacia Ghita, en esta ocasión con voz más imperiosa—: ¿Y encontraste lo que buscabas? ¿Misión cumplida? Seguro que sí.

Justin volvió a intervenir, aún más deprisa:

—Le pedí que investigara los últimos días de Tessa allí. Para asegurarme de que hicieron lo que me habían dicho que harían: asistir a esos talleres sobre la condición femenina. Y eso hicieron.

—Y tú, querida, ¿estás de acuerdo con esa versión de los acontecimientos? —preguntó Donohue, mirando a Ghita.

—Sí.

—Bien, bravo por ti —comentó Donohue y tomó otro sorbo de café. Luego propuso a Justin—: ¿Hablamos claro?

—Creía que eso estábamos haciendo.

—Sobre tus planes.

—¿Qué planes?

—Precisamente. Por ejemplo, si se te pasara por la mente mantener una charla en privado con Kenny K. Curtiss sería una pérdida de tiempo. Eso te lo aseguro.

—¿Por qué?

—Para empezar, sus matones están esperándote. Por otra parte, se ha quedado fuera de la carrera, si es que en realidad lo ha estado alguna vez. Los bancos han empezado a apropiarse de los juguetes de Kenny. Los intereses farmacéuticos de TresAbejas revertirán al punto de donde proceden: KVH.

Justin no reaccionó.

—Mi planteamiento, Justin, es que no cabe esperar una gran satisfacción si uno dispara contra alguien que ya está muerto. Si es una satisfacción lo que tú buscas. ¿Es eso?

Justin no respondió.

—Respecto al asesinato de tu esposa, por más que me duela tener que decírtelo, Kenny K. no fue, repito, no fue cómplice en modo alguno. Tampoco lo fue su esbirro, el señor Crick, aunque sin duda hubiera aprovechado la oportunidad si se le hubiera presentado. Crick tenía instrucciones de informar a KVH sobre los movimientos de Arnold y Tessa. Utilizó ampliamente los dispositivos locales de Kenny, en especial la policía keniana, para tenerlos bajo control. Pero Crick no era más cómplice del asesinato de lo que podía serlo Kenny K. Un informe de vigilancia no lo convierte en un asesino.

—¿A quién, en concreto, informó Crick? —preguntó Justin.

—Crick informó a un contestador automático de Luxemburgo, que ya no está conectado. De ahí, el fatal mensaje pasó de boca en boca por medios que ni tú ni yo podremos determinar nunca. Hasta llegar a los suspicaces caballeros que la mataron.

—Marsabit —dijo Justin, y ahora su voz sonó más cerca.

—En efecto. Los famosos Dos de Marsabit, en su camión de safari verde. En el camino se unieron a ellos cuatro africanos, cazarrecompensas como ellos dos. El premio por realizar el trabajo era un millón de dólares a repartir según el criterio del jefe del grupo, conocido como coronel Elvis. Lo único que sabemos con certeza es que no se llama Elvis y nunca ascendió al alto rango de coronel.

—¿Informó Crick a Luxemburgo de que Tessa y Arnold se dirigían a Turkana?

—Eso, amigo mío, es preguntar demasiado.

—¿Por qué?

—Porque Crick no contestará. Tiene miedo. Y ojalá tú también lo tuvieras. Teme que si es demasiado espléndido con su información, y con la información de ciertos amigos suyos, le corten la lengua para dejar espacio a sus testículos. Puede que su temor sea justificado.

—¿Qué quieres? —repitió Justin. Estaba en cuclillas junto a Donohue, escrutando sus ojos en la oscuridad.

—Disuadirte de hacer lo que te propones hacer, amigo mío. Decirte que eso que andas buscando, sea lo que sea, no vas a encontrarlo, aunque no por ello evitarás que te maten. Se puso precio a tu cabeza ante la eventualidad de que volvieras a África, y ahora aquí estás. Todo mercenario renegado y jefe de banda metido en esa clase de negocios sueña con tenerte en la mira. Medio millón por matarte, un millón por que parezca un suicidio, que es la manera preferida. Por más protección que contrates, no servirá de nada. Probablemente estarás contratando a las mismas personas que tienen la esperanza de matarte.

—¿Qué importancia tiene para el servicio si estoy vivo o muerto?

—En el plano profesional, ninguna. En el plano personal, preferiría no ver qué gana el lado que no debe.

—Donohue respiró hondo—. En cuyo contexto, lamento decirte que Arnold Bluhm está muerto, y desde hace semanas. Así que si has venido para salvar a Arnold, mucho me temo que, una vez más, no hay nada que salvar.

—Demuéstralo —exigió Justin con aspereza mientras Ghita, en silencio, volvía la cabeza en dirección opuesta y apoyaba la frente en el antebrazo.

—Soy viejo, me queda poco tiempo de vida, estoy desencantado y acabo de pasarte información reservada sin permiso, por lo cual mis superiores me ejecutarían al amanecer si se enteraran. Esa es la única prueba que puedo ofrecerte. Bluhm perdió el conocimiento cuando los atacaron, lo cargaron en el camión de safari y lo llevaron al desierto. Allí lo tuvieron, sin agua, sin sombra, sin comida. Lo torturaron durante un par de días con la esperanza de averiguar si a él o a Tessa se les había ocurrido copiar sus hallazgos en un segundo juego de disquetes, aparte del que habían encontrado en el cuatro por cuatro. Lo siento, Ghita. Bluhm dijo que no, no habían hecho una segunda copia, pero ¿por qué iba alguien a aceptar un no por respuesta? Así que lo torturaron hasta morir simplemente para mayor seguridad, y por placer. Luego les dejaron el cadáver a las hienas. Y sintiéndolo mucho, esa es la verdad.

—¡Dios mío!

Era Ghita, musitando con la cara oculta entre las manos.

—Así que ya puedes tachar a Bluhm de la lista, Justin, junto con Kenny K. Curtiss. Ya ninguno de los dos merece el esfuerzo de este viaje —prosiguió Donohue, implacable—. Entretanto, atiende bien, Porter Coleridge defiende tu causa en Londres por ti. Y eso no es solo información reservada. Eso es: «Destrúyase antes de leerlo».

Justin había desaparecido del campo de visión de Ghita. Rastreó la oscuridad y lo descubrió justo detrás de ella.

—Porter ha solicitado que se reasigne el caso de Tessa a los agentes iniciales, y que la cabeza de Gridley se ponga en la picota, junto con la de Pellegrin. Quiere que la relación entre Curtiss, KVH y el gobierno británico sea sometida a una investigación bajo control de todos los partidos, y de paso está erosionando los pies de barro de Sandy Woodrow. Quiere que el fármaco sea analizado por un equipo de científicos independientes si es que queda alguno en el mundo. Ha descubierto que existe un organismo llamado Comisión de Ensayos Éticos de la Organización Mundial de la Salud que quizá sirva. Si vuelves ahora a Inglaterra, tal vez consigas decantar la balanza. Por eso he venido —terminó satisfecho, y tras apurar el café de su taza, se levantó—. Sacar a una persona de un país es una de las pocas cosas que todavía hacemos bien, Justin. Así que si prefieres salir de Kenia con todas las garantías en lugar de jugarte el cuello en el aeropuerto keniano por segunda vez, o ser localizado por los observadores de Moi o de cualquier otro, avísanos a través de Ghita.

—Has sido muy amable —respondió Justin.

—Me temía que dirías eso. Buenas noches.

Ghita yacía en su cama con la puerta abierta. Tenía la vista fija en el techo, sin saber si llorar o rezar. Suponía desde el principio que Bluhm había muerto, pero la vileza de su muerte era peor que cualquier otra cosa que hubiera imaginado. Deseó poder volver a la sencilla vida del colegio de monjas y recuperar la fe en que era voluntad de Dios que el hombre alcanzara cimas tan altas y a la vez pudiera caer tan bajo. Al otro lado del tabique, Justin se había sentado de nuevo al escritorio y escribía, con pluma, porque la pluma le gustaba más, pese a que ella le había ofrecido su ordenador portátil. El avión hacia Loki saldría de Wilson a las siete, y por tanto Justin se marcharía del piso en menos de una hora. Ghita deseaba compartir el resto de su viaje, pero sabía que nadie podía acompañarlo. Se había ofrecido a acompañarlo al aeropuerto en coche, pero Justin prefería coger un taxi delante del hotel Serena.

—¿Ghita?

Justin llamaba a la puerta.

—Puedes pasar —contestó y se puso en pie.

—Me gustaría que mandaras esto por correo, Ghita —dijo Justin, entregándole un grueso sobre dirigido a una mujer de Milán—. No es una novia, por si tienes curiosidad. Es la tía de mi abogado —una rara sonrisa—, y esto es una carta para Porter Coleridge, dirigida a su club. No utilices la oficina de correos de la embajada, si no te importa. Ni ningún servicio de mensajería. El correo ordinario de Kenia es bastante fiable. Muchísimas gracias por toda tu ayuda.

En cuyo punto, Ghita no pudo contenerse más y echó los brazos alrededor del cuello de Justin, y se abalanzó y se quedó aferrada a él como si se aferrara a la vida misma, hasta que él se desprendió.

23

El capitán McKenzie y su copiloto Edsard están sentados en la cabina del Buffalo, y la cabina es una plataforma elevada en el morro del fuselaje del Buffalo, sin ninguna puerta divisoria que resguarde a la tripulación de su carga o, ya puestos, a la carga de la tripulación. Y directamente debajo de la plataforma, a la distancia de un peldaño, un alma considerada se ha encargado de suministrar un sillón victoriano de color rojizo, como el que un viejo criado doméstico colocaría delante del fuego de la cocina en una noche de invierno, y ha sujetado sus patas a la cubierta mediante unos improvisados calces de hierro. Y ahí es donde está sentado Justin, con unos auriculares en las orejas y, ciñéndole el abdomen, deshilachadas cintas de nailon que recuerdan el arnés de un andador de un niño alrededor de su estómago, mientras es obsequiado con la sabiduría del capitán McKenzie y Edsard, y de vez en cuando se quita los auriculares para atender a las preguntas de una joven zimbabuense de raza blanca llamada Jamie que se ha acomodado entre una montaña de cajas marrones sujetas con cuerdas. Justin ha intentado ofrecerle su sitio, pero McKenzie lo ha detenido con un firme «Usted, aquí». En la cola del fuselaje, seis sudanesas envueltas en túnicas permanecen agazapadas en diversas actitudes de estoicismo o absoluto terror. Una de ellas vomita en un cubo de plástico depositado allí con esa finalidad. Paneles acolchados de un gris reluciente recubren el techo del avión, y de un cable cuelgan las cuerdas de salto rojas con las puntas recubiertas de metal, bailoteando al atronador compás de los motores. El fuselaje gruñe y tiembla como una vieja locomotora sacada de su retiro para una guerra más. No hay indicios de aire acondicionado ni de paracaídas. Una cruz roja medio descascarillada pintada en un panel indica el sitio de los suministros médicos. Por debajo de ella se extiende una hilera de bidones con el rótulo QUEROSENO, unidos mediante un cordel. Este es el viaje que hicieron Tessa y Arnold y este es el hombre que pilotó su avión, piensa Justin. Este fue su último viaje antes de su último viaje.

—Así que usted es el amigo de Ghita —había observado McKenzie cuando Sudan Sarah llevó a Justin a su *tukul* allá en Loki y los dejó a solas.

—Sí.

—Sarah me ha dicho que tenía un documento de viaje expedido a su nombre por la delegación del sur de Sudán en Nairobi, pero que lo ha extraviado. ¿Es así?

—Sí.

—¿Le importaría dejarme ver su pasaporte?

—En absoluto.

Justin le tiende su pasaporte a nombre de Atkinson.

—¿Y a qué se dedica usted, señor Atkinson?

—Soy periodista del *Telegraph* de Londres. Estoy escribiendo un artículo sobre la Operación Salvamento de Sudán, organizada por la ONU.

—Vaya, justo cuando la OSS necesita la mayor publicidad. No deberíamos permitir que un insignificante papel se interpusiera en su camino. ¿Sabe dónde lo perdió?

—Me temo que no.

—Hoy transportamos básicamente aceite de soja. Más unos cuantos paquetes para los chicos del campamento. Digamos que es la habitual ronda del lechero, por si le interesa.

—Me interesa.

—¿Tiene algo que objetar a la perspectiva de pasar una o dos horas sentado en el suelo de un todoterreno debajo de un montón de mantas?

—Absolutamente nada.

—En ese caso me parece que hemos cerrado el trato, señor Atkinson.

Y desde ese momento McKenzie se ha atenido al pie de la letra a esta ficción. A bordo del avión, como podría hacer cualquier periodista, describe el funcionamiento de lo que él llama orgullosamente la operación antihambre más cara de la historia. Su información llega en ráfagas metálicas que no siempre consiguen elevarse por encima del estruendo de los motores:

—En el sur de Sudán tenemos ricos en calorías, una clase media en calorías, pobres en calorías y gente que pura y simplemente se muere de hambre, señor Atkinson. El trabajo de Loki consiste en determinar las bolsas de hambre. Cada tonelada métrica que lanzamos le cuesta mil trescientos dólares a la ONU. En las guerras civiles, los ricos son los primeros en morir, porque si alguien les roba el ganado son incapaces de adaptarse a la nueva situación. Los pobres se quedan más o menos igual. Para que un grupo sobreviva, la tierra que hay alrededor tiene que ser suficientemente segura para que pueda ser cultivada. Desgraciadamente, por aquí no hay mucha tierra segura. ¿Voy demasiado deprisa para usted?

—Lo está haciendo admirablemente, gracias.

—Por lo tanto, Loki tiene que evaluar las cosechas y establecer dónde aparecerán las bolsas de hambre. Ahora no tardaremos en ver aparecer una nueva. Pero usted ha sabido escoger el momento. Lanza comida cuando tienen que recoger la cosecha y te cargas su economía. Lánzala demasiado tarde y ya se están muriendo. El aire es la única vía, por cierto. Transporta la comida por carretera y desaparece, y a menudo es el mismo conductor quien se la lleva.

—Entiendo.

—¿Quiere tomar notas?

Si eres un periodista, está diciendo, entonces compórtate como tal. Justin abre su cuaderno mientras Edsard toma las riendas de la charla. Su tema es la seguridad:

—En los puestos de comida tenemos cuatro niveles de seguridad, señor Atkinson. Nivel cuatro significa abortar. Nivel tres es alerta roja y nivel dos es aceptable. En el sur de Sudán no tenemos áreas de riesgo cero. ¿De acuerdo?

—De acuerdo. Comprendido.

McKenzie vuelve a intervenir:

—Cuando llegue al puesto, el monitor le dirá qué nivel tenemos hoy. Si hay una emergencia, haga lo que él le diga. El puesto que visitará se encuentra en territorio técnicamente controlado por el general Garang, quien concedió el visado que usted ha extraviado. Pero es atacado regularmente desde el norte, así como también por tribus rivales desde el sur. No piense que esto es un mero asunto norte-sur. Los agrupamientos tribales cambian de la noche a la mañana y tan pronto luchan entre sí como contra los musulmanes. ¿Todavía me sigue?

—Desde luego.

—Básicamente, Sudán es una fantasía del cartógrafo colonial. En el sur tenemos África, campos verdes, petróleo y cristianos animistas. En el norte tenemos Arabia, arena y una pandilla de extremistas musulmanes decididos a introducir la sharía islámica. ¿Sabe qué es la sharía?

—Más o menos —dice Justin, que en otra vida ha escrito artículos sobre el tema.

—El resultado es que tenemos todo lo necesario para lo que podríamos llamar una hambruna perpetua. Lo que no consiguen las sequías, lo hacen las guerras civiles y viceversa. Pero Jartum sigue siendo el gobierno legal. En última instancia y sea cual sea el acuerdo que la ONU negocie en el sur, sigue teniendo que rendir cuentas a Jartum. Así que lo que tenemos aquí, señor Atkinson, es un pacto triangular absolutamente único entre la ONU, los chicos de Jartum y los rebeldes a los que están haciendo picadillo. ¿Me sigue?

—¡Vas al campamento Siete! —aúlla Jamie la zimbabuense blanca al oído de Justin, acuclillándose tentadoramente junto a él con sus tejanos marrones y su sombrero de paja y haciendo bocina con las manos.

Justin asiente.

—¡Ahora es en el Siete donde hay marcha! ¡A una amiga mía le tocó un nivel cuatro ahí arriba hace un par de semanas! ¡Tuvo que andar once horas por las ciénagas y luego tuvo que esperar seis horas sin sus pantalones hasta que vino el avión a recogerla!

—¿Qué les pasó a sus pantalones? —le grita Justin a su vez.

—¡Tienes que quitártelos! ¡Tanto los chicos como las chicas! ¡Es por el roce! ¡Pantalones empapados tan calientes que desprenden vapor! ¡Es insoportable! —Descansa unos momentos y después vuelve a ponerle las manos en la oreja—. Cuando las mujeres sigan al ganado, corre más deprisa. Teníamos a un tipo que en una ocasión corrió catorce horas sin agua. Carabino le pisaba los talones.

—¿Carabino?

—Carabino era de fiar hasta que se unió a los del norte. Ahora se ha disculpado y ha vuelto con nosotros. Todo el mundo se ha puesto muy contento. Nadie le pregunta dónde ha estado. ¿Es tu primera vez?

Otro gesto de asentimiento.

—Escucha. Estadísticamente hablando, en realidad deberías estar bastante a salvo. No te preocupes. Y Brandt es todo un personaje.

—¿Quién es Brandt?

—El supervisor de alimentos del campamento Siete. Un gran tipo. Todo el mundo lo adora. Está más loco que una cabra. Gran hombre de Dios.

—¿De dónde es?

Jamie se encoge de hombros.

—Dice que es un paria acabado como el resto de nosotros. Aquí nadie tiene un pasado. Es prácticamente una regla.

—¿Cuánto tiempo lleva aquí? —chilla Justin, y tiene que repetirlo.

—¡Seis meses, supongo! ¡Seis meses en el campamento sin moverse de allí son toda una vida, créeme! ¡Ni siquiera quiere venir a Loki para tomarse un par de días de descanso! —concluye melancólicamente, y se deja caer hacia atrás, agotada de tanto chillar.

Justin se quita el arnés y va a la ventanilla. Este es el viaje que hiciste. Este es el discurso que te soltaron. Esto es lo que viste. Por debajo de él se extiende el pantano esmeralda del Nilo, velado por el calor y atravesado por negros agujeros de agua que parecen las piezas de un rompecabezas. En las áreas más altas, los apriscos celulares están llenos de animales.

—¡Los de las tribus nunca te dicen cuántas reses tienen! —Jamie ha aparecido junto a su hombro y le chilla en la oreja—. ¡El trabajo de los supervisores de alimentos consiste en averiguarlo! ¡Las cabras y las ovejas ocupan el centro del recinto y las vacas van a la parte de fuera, con los terrenos junto a ellas! ¡Los perros van con las vacas! ¡De noche queman el estiércol de vaca dentro de sus casitas en el perímetro! ¡Eso ahuyenta a los depredadores, mantiene calientes a las vacas y les da una tos horrorosa! ¡A veces también meten dentro a las mujeres y los niños! ¡En Sudán las chicas comen bien! ¡Si están bien alimentadas, pagan más por ellas cuando se casan! —Se da unas palmaditas en el estómago y sonríe—. Un hombre puede tener todas las esposas que se pueda permitir. Tienen una danza realmente increíble que bailan cuando... Eh, hablo en serio —exclama, y se tapa la boca con la mano mientras se echa a reír.

—¿Eres supervisora?

—Ayudante.

—¿Cómo conseguiste el puesto?

—Fui al club nocturno de Nairobi en el que se cuecen esas cosas. ¿Quieres oír una adivinanza?

—Claro.

—Aquí lanzamos grano, ¿no es así?

—Así es.

—Debido a la guerra norte-sur, ¿no?

—Continúa.

—Una gran parte del grano que lanzamos ha sido cultivado en el norte de Sudán. Dejando aparte los excedentes que nos enchufan los cultivadores de Estados Unidos, claro. Venga, a ver si lo adivinas. El dinero de las agencias de ayuda compra el grano de Jartum. Jartum usa el dinero para comprar armas para la guerra contra el sur. Los aviones que le traen el trigo a Loki utilizan el mismo aeropuerto que utilizan los bombarderos de Jartum para bombardear las aldeas del sur.

—¿Y cuál es la adivinanza?

—¿Por qué la ONU financia el bombardeo del sur de Sudán y alimenta a las víctimas al mismo tiempo?

—Me rindo.

—¿Después de esto volverás a Loki?

Justin niega con la cabeza.

—Lástima —dice y le guiña un ojo.

Jamie vuelve a sentarse entre las cajas de aceite de soja. Justin se queda en la ventanilla, contemplando cómo la dorada mancha solar del reflejo del avión revolotea sobre el cabrilleo de los pantanos. No hay horizonte. A cierta distancia, los colores del suelo se funden en una neblina, tiñendo la ventanilla con tonos malva cada vez más oscuros. Nos podríamos pasar la vida entera volando, dice Justin a Tessa, y nunca llegaríamos al límite de la tierra. Sin aviso previo, el Buffalo inicia su lento descenso. El pantano se vuelve marrón, la tierra firme se eleva por encima del nivel del agua. Árboles solitarios aparecen como coliflores verdes conforme la mancha solar del avión se desliza a través de ellos. Edsard ha tomado los controles. El capitán McKenzie está estudiando un folleto de equipo de acampada. Se vuelve y levanta un pulgar hacia Justin. Justin vuelve a su sitio, se pone el arnés y echa un vistazo a su reloj. Llevan tres horas volando. Edsard inclina bruscamente el avión. Cajas de papel higiénico, insecticida y chocolate resbalan por la cubierta de acero y se estrellan contra el borde de la plataforma al lado de los pies de Justin. Unas cuantas cabañas con techo de cañizo aparecen junto a la punta del ala. Los auriculares de Justin se llenan de ruidos atmosféricos, como música clásica interpretada a la velocidad equivocada. De entre la cacofonía selecciona una áspera voz germánica que está detallando el estado del suelo. Justin consigue entender las palabras «firme y sin problemas». El avión empieza a vibrar salvajemente. Incorporándose dentro de su arnés, Justin contempla a través de la ventanilla de la cabina una tira de tierra rojiza que cruza el verdor de un campo. Hileras de sacos blancos sirven como marcas. En una esquina del campo hay esparcidos más sacos. El avión se endereza y el sol se derrama sobre la nuca de Justin como una ducha de agua hirviendo. Se apresura a sentarse. La voz germánica se vuelve nítida y potente.

—¡Aterriza aquí, Edsard, amigo mío! ¡Hoy hemos preparado un soberbio estofado de cabra para el almuerzo! ¿Tienes por ahí a ese vago de McKenzie?

Edsard no se deja seducir tan fácilmente.

—¿Qué están haciendo todos esos sacos en aquel rincón, Brandt? ¿Alguien ha efectuado un lanzamiento recientemente? ¿Estamos compartiendo espacio con otro avión por aquí arriba?

—Solo son sacos vacíos, Edsard. Pasa de ellos y baja de una vez, ¿me oyes? ¿Tienes contigo a ese genio del periodismo?

McKenzie esta vez, lacónicamente:

—Lo tenemos, Brandt.

—¿A quién más tenéis?

—¡A mí! —chilla alegremente Jamie por encima del rugido.

—Un periodista, una ninfómana, seis delegadas que vuelven —canturrea McKenzie tan calmosamente como antes.

—¿Y qué tal es, amigo mío? El genio, quiero decir.

—Eso dímelo tú —dice McKenzie.

Sonoras carcajadas en la cabina, compartidas por la voz extranjera sin rostro procedente del suelo.

—¿Por qué está tan nervioso? —pregunta Justin.

—Allí abajo todos están nerviosos. Es el final del trayecto. Cuando tomemos tierra, señor Atkinson, no se separe de mí. El protocolo exige que le presente al comisionado antes que al resto del personal.

La pista es una cancha de tenis alargada, parcialmente invadida por la maleza. Perros y aldeanos están saliendo de una masa de bosque y van hacia ella. Las cabañas tienen techos de cañizo y forma cónica. Edsard las sobrevuela a baja altura mientras McKenzie examina la espesura a cada lado.

—¿No hay malos? —pregunta Edsard.

—No hay malos —confirma McKenzie.

El Buffalo se nivela y se impulsa hacia delante. Toma tierra con el brutal impacto de un cohete. Nubes de llameante polvo rojizo envuelven las ventanillas. El fuselaje se inclina hacia la izquierda y después se inclina un poco más mientras la carga aúlla en sus amarres. Los motores gritan, el avión se estremece, araña algo, gime y se sacude. Los motores enmudecen. La polvareda empieza a dispersarse. Han llegado. Por entre el polvo que desciende lentamente hacia el suelo Justin contempla a la delegación de dignatarios africanos, niños y un par de mujeres de raza blanca con tejanos sucios, brazaletes y el pelo recogido en trencillas que viene hacia ellos. En el centro de ella, ataviado con un sombrero de fieltro marrón, unos viejos pantalones cortos de color caqui y unos zapatos de ante ya muy gastados, avanza la sonriente, bulbosa, rubicunda e innegablemente majestuosa figura de Markus Lorbeer sin su estetoscopio.

Las sudanesas bajan del avión y se unen a un grupo de compatriotas que han empezado a cantar. Jamie la zimbabuense está abrazando a sus compañeros entre chillidos de placer y asombro mutuo, y también abraza a Lorbeer, acariciándole la cara, quitándole el sombrero y encargándose de alisarle la cabellera pelirroja mientras Lorbeer sonríe de oreja a oreja, le da palmaditas en el trasero y parece tan feliz como un colegial el día de su cumpleaños. Un enjambre de porteadores dinka entra por la cola del fuselaje y empieza a extraer la carga siguiendo las instrucciones de Edsard. Pero Justin tiene que permanecer sentado hasta que el capitán McKenzie le hace señas de que baje los peldaños y lo aleja de la celebración, a través de la pista, llevándolo a lo alto de un pequeño montículo en el que un grupo de ancianos dinka vestidos con pantalones negros y camisas blancas está sentado en un semicírculo de sillas de cocina bajo la sombra de un árbol. El comisionado Arthur está sentado en el centro del semicírculo, un hombre marchito de cabellos grises con un rostro que se diría tallado en piedra y ojos sagaces y penetrantes. Lleva una gorra de béisbol roja con PARÍS bordado en hilo de oro.

—Así que es usted un hombre de letras, señor Atkinson —dice Arthur, con su impecable inglés arcaico, después de que McKenzie haya hecho las presentaciones.

—Así es, señor.

—¿Qué periódico o publicación, si se me permite el atrevimiento, tiene la inmensa fortuna de poder contar con sus servicios?

—El *Telegraph* de Londres.

—¿El dominical?

—El de a diario, básicamente.

—Ambos son periódicos excelentes —declara Arthur.

—Arthur fue sargento en la Fuerza de Defensa sudanesa durante el mandato británico —explica McKenzie.

—Dígame una cosa, señor. ¿Acertaría si dijese que ha venido aquí para nutrir su mente?

—Y también la mente de mis lectores, espero —dice Justin con diplomática unción, mientras con el rabillo del ojo ve a Lorbeer y su delegación empezando a cruzar la pista.

—En ese caso, señor, le ruego que nutra también las mentes de mi gente enviándonos libros ingleses. Las Naciones Unidas cuidan de nuestros cuerpos pero rara vez de nuestras mentes. Nuestros autores preferidos son los maestros de la narrativa inglesa del siglo XIX. Su periódico tal vez podría tomar en consideración la posibilidad de contribuir financieramente a semejante empresa.

—Tenga la seguridad de que se lo propondré —dice

Justin. Por encima de su hombro derecho, Lorbeer y su grupo se aproximan al montículo.

—Bienvenido, señor. ¿Durante cuánto tiempo podremos disfrutar del placer de su distinguida compañía?

McKenzie se encarga de responder por Justin. Debajo de ellos, Lorbeer y su grupo se han detenido al pie del montículo y están esperando a que McKenzie y Justin desciendan de él.

—Hasta mañana a esta hora, Arthur —dice McKenzie.

—Pero no más, por favor —dice Arthur, con una mirada de soslayo a sus cortesanos—. No nos olvide cuando se vaya de aquí, señor Atkinson. Estaremos esperando sus libros.

—Hace calor —observa McKenzie mientras bajan del montículo—. Estaremos a cuarenta y dos y subiendo. Aun así, para usted es como el Jardín del Edén. Mañana a la misma hora, ¿de acuerdo? Hola, Brandt. Aquí tienes a tu lumbrera del periodismo.

Justin no ha contado con tan abrumadora jovialidad. Los ojos agudos y sagaces que se habían negado a verlo en el hospital de Uhuru irradian un espontáneo deleite. El rostro de niño, escaldado por el sol cotidiano, es una ancha y contagiosa sonrisa. La voz gutural que enviaba sus nerviosos murmullos a las vigas de la sala de Tessa es vibrante e imperiosa. Los dos hombres se están estrechando la mano mientras Lorbeer habla, una mano de Justin para las dos de Lorbeer. Su apretón es afable y confiado.

—¿Le pusieron al corriente allá abajo en Loki, señor Atkinson, o me han dejado la parte más difícil?

—Me temo que no he dispuesto de mucho tiempo para que me informaran —replica Justin, sonriendo a su vez.

—¿Por qué los periodistas siempre están corriendo de

un lado a otro, señor Atkinson? —se queja Lorbeer alegremente, soltando la mano de Justin el tiempo estrictamente necesario para darle una palmada en el hombro mientras lo lleva de vuelta a la pista—. ¿Tan deprisa cambia la verdad hoy en día? Mi padre siempre me enseñó que si algo es verdad, es eterno.

—Ojalá le hubiera dicho eso a mi editor —dice Justin.

—Pero su editor tal vez no crea en la eternidad —le advierte Lorbeer, encarándose con Justin y alzando un dedo delante de su cara.

—Tal vez no —admite Justin.

—¿Y usted?

Las cejas de payaso se elevan para formar una curva de interrogación sacerdotal.

El cerebro de Justin deja de funcionar durante unos momentos. ¿Qué estoy fingiendo ser? Este hombre es Markus Lorbeer, el que te traicionó.

—Me parece que esperaré a haber vivido un poco más antes de responder a esa pregunta —replica torpemente.

—¡Pero no demasiado, hombre! ¡De lo contrario, la eternidad vendrá y se lo llevará! ¿Ha visto algún lanzamiento de comida? —Una súbita disminución del tono mientras coge del brazo a Justin.

—Me temo que no.

—Entonces yo le enseñaré uno, amigo mío. Y después creerá en la eternidad, se lo prometo. Aquí recibimos cuatro lanzamientos al día y cada uno es el milagro de Dios.

—Es usted muy amable.

Lorbeer se dispone a soltar un discurso. El diplomático que hay en Justin, ese otro sofista, lo oye venir.

—Aquí intentamos ser eficientes, señor Atkinson. Intentamos llevar comida a las bocas que la necesitan. Puede que se nos vaya un poco la mano a la hora de traer suministros. Cuando los clientes se están muriendo de hambre, eso nunca me ha parecido un crimen. Puede que nos mientan un poco, a cuántos tienen en sus aldeas, cuántos se están muriendo. Puede que estemos creando unos cuantos millonarios en el mercado negro de Aweil. Pues qué se le va a hacer, digo yo. ¿Está de acuerdo?

—Estoy de acuerdo.

Jamie acaba de aparecer junto al hombro de Lorbeer, acompañada por un grupo de africanas que llevan tablillas de anotaciones.

—Puede que a los dueños de los puestos de comida no les caigamos demasiado bien porque les estamos jodiendo el negocio. Puede que los pobres lanceros y médicos brujos de la sabana digan que los estamos arruinando con nuestras medicinas occidentales. Puede que estemos creando una dependencia con nuestros lanzamientos de comida. ¿Está de acuerdo?

—Estoy de acuerdo. —Una sonrisa gigantesca descarta todas esas imperfecciones—. Oiga, señor Atkinson. Dígales esto a sus lectores. Dígaselo a todos los apoltronados de la ONU en Ginebra y Nairobi. Cada vez que mi centro de comida mete una cucharada de nuestras gachas en la boca de un niño que se estaba muriendo de hambre, he hecho mi trabajo. Esa noche duermo en el seno de Dios. Me he ganado mi razón para haber nacido. ¿Se lo dirá?

—Lo intentaré.

—¿Tiene un nombre de pila?

—Peter.

—Brandt.

Vuelven a estrecharse la mano, esta vez más tiempo que antes.

—Pide lo que quieras, ¿de acuerdo, Peter? No tengo secretos para Dios. ¿Hay algo en particular que quieras preguntarme?

—Todavía no. Quizá más tarde, cuando haya tenido ocasión de tomarle el pulso a la situación.

—Eso está bien. Tómate tu tiempo. Lo que es verdad es eterno, ¿de acuerdo?

—De acuerdo.

Ha llegado el momento de rezar.

Ha llegado el momento de tomar la Sagrada Comunión.

Ha llegado el momento de los milagros.

Ha llegado el momento de compartir la Hostia con toda la humanidad.

O eso está declarando Lorbeer, y eso finge escribir Justin en su cuaderno de notas, en un vano esfuerzo por escapar a la opresiva jovialidad de su guía. Ha llegado el momento de presenciar cómo «el misterio de la humanidad del hombre corrige los efectos de la maldad del hombre», que es otro de los desconcertantes lemas de Lorbeer, declamado mientras sus agudos ojos se entornan devotamente para contemplar el cielo abrasador, y la gran sonrisa llama a la bendición de Dios, y Justin siente cómo el hombro de aquel que traicionó a su esposa se roza afectuosamente con el suyo. Una fila de espectadores es rápidamente atraída. Jamie la zimbabuense y el comisionado Arthur y sus cortesanos son los más próximos. Perros, grupos de tribeños con túnicas rojas y una silenciosa multitud de niños desnudos se disponen alrededor del límite de la pista.

—Hoy vamos a alimentar a cuatrocientas dieciséis familias, Peter. Para una familia tiene que multiplicar por seis. Al comisionado, ese de ahí, le doy el cinco por ciento de todo lo que lanzamos. Eso es extraoficial. Tú eres un tipo decente y por eso te lo cuento. Oyendo hablar al comisionado, cualquiera diría que la población de Sudán asciende a cien millones de personas. Otro problema que tenemos son los rumores. Basta con que alguien diga que vio a un jinete con un fusil y diez mil personas ponen pies en polvorosa, abandonando sus cosechas y aldeas.

Se calla. Junto a él, Jamie señala el cielo con un brazo mientras su mano libre descubre la de Lorbeer y le administra un disimulado apretón. El comisionado y su séquito también lo han oído, y su reacción consiste en levantar las cabezas, entornar los ojos y estirar los labios en tensas y radiantes sonrisas. Justin oye el lejano rugido de un motor y entrevé un punto negro perdido en un cielo bruñido. Lentamente el punto se convierte en otro Buffalo como el que lo ha traído hasta aquí, blanco, solitario y valiente como la caballería del mismísimo Dios, sobrevolando las copas de los árboles a un palmo por encima de ellas, temblando y bamboleándose mientras enfila la pista en busca de la altura adecuada. Luego se desvanece, para no volver nunca. Pero la congregación de Lorbeer no pierde la fe. Las cabezas siguen levantadas, pidiéndole que vuelva. Y aquí viene de nuevo directamente hacia ellos, a baja altura y lleno de decisión. A Justin se le hace un nudo en la garganta y los ojos se le llenan de lágrimas cuando la primera lluvia blanca de sacos de comida brota de la cola del avión como una estela de escamas de jabón. Al principio flotan juguetonamente, y después adquieren velocidad y se desperdigan sobre la zona de lanzamiento en un húmedo redoble de fuego de ametralladora. El avión describe un círculo para repetir la maniobra.

—¿Has visto eso?

Lorbeer está susurrando. En sus ojos también hay lágrimas. ¿Llora cuatro veces al día o solo cuando tiene un público?

—Lo he visto —confirma Justin. Al igual que lo viste tú y, como yo, sin duda, te convertiste en un miembro instantáneo de su Iglesia.

—Escucha, amigo mío. Necesitamos más pistas. Escribe eso en tu artículo. Más pistas y que estén más cerca de las aldeas. Para ellos el trayecto es demasiado largo, demasiado peligroso. Las violan, les cortan el cuello. Les roban a los niños mientras no están en casa. Y cuando llegan aquí, se encuentran con que la han cagado. No es el día correspondiente a su aldea. Así que vuelven a casa y se sienten aturdidos y desorientados. Muchos de ellos mueren a causa de la confusión. Sus hijos también. ¿Vas a escribir eso?

—Lo intentaré.

—Loki dice que más pistas significa más control. Y yo digo que de acuerdo, que tendremos más supervisores. Y entonces Loki pregunta que dónde está el dinero. Yo digo que empiecen por gastarlo y que luego ya encontrarán el dinero. ¿Qué demonios importa eso?

Un silencio distinto se adueña de la pista. Es el silencio de la inquietud. ¿Hay merodeadores acechando en el bosque, esperando para robar el regalo de Dios y salir corriendo con él? La manaza de Lorbeer vuelve a estrujar el brazo de Justin.

—Aquí no tenemos armas, amigo mío —está explicando, en respuesta a la pregunta no formulada que flota en la mente de Justin—. En las aldeas tienen armalites y kalashnikovs. El comisionado Arthur, ese de ahí, se los compra con su cinco por ciento y se los da a su gente. Pero aquí en el centro de comida solo tenemos una radio y la plegaria.

El momento de crisis se da por terminado. Los primeros porteadores entran tímidamente en la pista para empezar a recoger la carga. Tablillas en mano, Jamie y las otras ayudantes ocupan sus puestos entre ellos, una para cada montón. Algunos de los sacos han reventado. Mujeres con escobas barren celosamente el grano desperdigado. Lorbeer sigue estrujando el brazo de Justin mientras lo familiariza con «la cultura del saco de comida». Después de que Dios hubiera inventado el lanzamiento de comida, dice con una sonora carcajada, inventó el saco de comida. Rotos o enteros, esos sacos blancos de fibra sintética marcados con las iniciales del Programa Mundial de Alimentos son tan apreciados en el sur de Sudán como la comida que traen.

—¿Ves esa manga para el viento? ¿Ves los mocasines de ese hombre? ¿Ves el pañuelo que lleva en la cabeza? ¡Te aseguro que si alguna vez me caso, vestiré a mi prometida con sacos de comida!

Desde el otro lado, Jamie suelta un relincho de risa que es rápidamente compartido por los que están cerca de ella. Las carcajadas todavía están en su apogeo cuando tres columnas de mujeres emergen de distintos puntos a lo largo de la arboleda que se alza al otro lado de la pista. Son tan altas como es habitual en los dinka, entre los que el metro ochenta no tiene nada de excepcional. Andan con esa majestuosa zancada africana que es el sueño imposible de cada pasarela de la alta costura. La mayoría llevan los pechos al aire, otras visten trajes de algodón estrictamente ceñidos a través del pecho. Sus miradas impasibles permanecen clavadas en los sacos amontonados delante de ellas. Hablan en voz baja y solo ellas pueden oír lo que se dicen unas a otras. Cada columna conoce su destino. Cada ayudante conoce a sus clientes. Justin mira disimuladamente a Lorbeer mientras las mujeres van dando su nombre una por una, agarran un saco por el cuello, lo lanzan al aire y lo instalan delicadamente encima de su cabeza. Y ve que ahora los ojos de Lorbeer están llenos de una trágica incredulidad, como si fuera el autor de las penalidades de esas mujeres, en vez de serlo de su salvación.

—¿Algo va mal? —pregunta Justin.

—Las mujeres son la única esperanza de África, amigo mío —replica Lorbeer, todavía hablando en susurros mientras continúa mirándolas fijamente. ¿Ve a Wanza entre ellas? ¿Y a todas las otras Wanzas? Sus pálidos ojillos atisban tan culpablemente desde la negra sombra de su sombrero de fieltro—. Escribe eso, amigo mío. Solo damos comida a las mujeres. Con los hombres... No confiamos en esos idiotas ni para que nos digan si es de día o es de noche. No, señor. Venden nuestras gachas en los mercados. Hacen que sus mujeres preparen bebidas fuertes con ellas. Compran cigarrillos, armas, chicas. Los hombres son unos inútiles. Las mujeres hacen los hogares, los hombres hacen las guerras. Toda África es una gran lucha de sexos, amigo mío. Aquí las mujeres son las únicas que se dedican a hacer la obra de Dios. Escribe eso.

Justin escribe tal como se le pide que haga. Innecesariamente, porque ha oído el mismo mensaje de Tessa cada día. Las mujeres desfilan silenciosamente de regreso a los árboles. Perros culpables engullen a grandes lametones los granos que no han sido recogidos.

Jamie y las ayudantes se han dispersado. Impulsándose a sí mismo con su enorme cayado como si fuese un remo, Lorbeer con su sombrero de fieltro marrón tiene la autoridad de un maestro espiritual mientras conduce a Justin a través de la pista, alejándose de la aldea de *tukuls* en dirección a una línea azulada de bosque. Una docena de niños compiten entre sí para mantenerse pegados a sus talones. Tiran de la mano del gran hombre. Agarran un dedo cada uno y se balancean de él, soltando gruñidos y agitando los pies en el aire como elfos danzarines.

—Estos niños se creen leones —le confía indulgentemente Lorbeer a Justin mientras los niños tiran de él y le rugen—. El domingo pasado estamos en catequesis y los leones se zampan a Daniel tan deprisa que Dios no tuvo ocasión de salvarlo. Les digo a los niños: «¡No, no, tenéis que permitir que Dios salve a Daniel! ¡Está en la Biblia!».

Pero ellos van y me dicen que los leones están demasiado hambrientos para esperar. ¡Que se coman a Daniel primero, y luego Dios ya podrá hacer su magia! Dicen que de otra manera esos leones morirán.

Se están acercando a una hilera de cobertizos rectangulares al final de la pista. Para cada cobertizo, un rudimentario vallado como en una especie de corral. Para cada vallado, un Hades en miniatura de los terriblemente enfermos, consumidos, lisiados y deshidratados. Mujeres encorvadas encogiéndose estoicamente sobre sí mismas en silencioso tormento. Bebés llenos de moscas demasiado enfermos para llorar. Viejos comatosos debido a los vómitos y la diarrea. Enfermeros y médicos agotados haciendo lo que pueden para convencerlos de que formen una tosca cadena de montaje. Muchachas nerviosas esperando en una larga cola, soltando risitas y murmurando entre ellas. Chicos atrapados en un frenético combate mientras un anciano los fustiga con un palo.

Seguidos a cierta distancia por Arthur y su corte, Lorbeer y Justin han llegado a un dispensario de cañizo que parece un pabellón campestre de críquet. Abriéndose paso con delicada ternura por entre los clamorosos pacientes, Lorbeer conduce a Justin hacia un biombo de acero custodiado por dos robustos africanos que llevan camisetas de Médecins Sans Frontières. El biombo es apartado, Lorbeer entra como una exhalación, se quita el sombrero de fieltro y remolca a Justin en pos de él. Una enfermera de raza blanca y tres ayudantes están mezclando y midiendo dosis detrás de un mostrador de madera. La atmósfera es de emergencia controlada pero constante. Al ver entrar a Lorbeer, la enfermera levanta la cabeza y sonríe.

—Hola, Brandt. ¿Quién es tu guapo amigo? —pregunta con un marcado acento escocés.

—Helen, te presento a Peter. Es periodista y va a contar al mundo que sois una pandilla de vagos inútiles.

—Hola, Peter.

—Hola.

—Helen es una enfermera de Glasgow.

En los estantes, recipientes de cristal y cajitas de cartón multicolores forman rimeros que llegan hasta el techo. Justin los recorre con la mirada, fingiendo una curiosidad general mientras busca la familiar caja roja y negra con el alegre logotipo de las tres abejas doradas, y no encuentra ninguna. Lorbeer se ha plantado delante del muestrario, volviendo a asumir el papel de conferenciante. La enfermera y sus ayudantes intercambian sonrisas de abatimiento. Ya estamos otra vez. Lorbeer ha cogido un recipiente industrial lleno de píldoras verdes y se lo está enseñando.

—Peter, ahora te mostraré el otro salvavidas de África —declama solemnemente.

¿Dice eso cada día? ¿A cada visitante? ¿Es ese su acto de contrición cotidiano? ¿Se lo dijo también a Tessa?

—África tiene el ochenta por ciento de los enfermos de sida del planeta, Peter. El porcentaje seguramente se queda corto. Tres cuartas partes de ellos no reciben ninguna medicación. Eso es algo que debemos agradecer a las compañías farmacéuticas y sus sirvientes, el Departamento de Estado norteamericano, que amenaza con sanciones a cualquier país que se atreva a producir su propia versión barata de las medicinas patentadas en Estados Unidos. Bueno, ¿has anotado eso?

Justin tranquiliza a Lorbeer con una rápida inclinación de cabeza.

—Sigue, sigue.

—Las píldoras de este recipiente cuestan veinte dólares americanos cada una en Nairobi, seis en Nueva York y dieciocho en Manila. Cualquier día de estos, la India empezará a fabricar la versión genérica y la misma píldora costará sesenta centavos. No me hables de los costes de investigación y desarrollo. Los chicos de las farmacéuticas los amortizaron hace diez años y, para empezar, una gran parte de su dinero viene de los gobiernos, así que todo eso que dicen son chorradas. Lo que tenemos aquí es un monopolio amoral que cada día cuesta vidas humanas. ¿De acuerdo?

Lorbeer conoce tan bien sus pruebas que no necesita buscarlas. Vuelve a dejar el recipiente en los estantes y coge una gran caja blanca y negra.

—Esos hijos de puta llevan treinta años vendiendo el mismo compuesto. ¿Para qué es? Para la malaria. ¿Sabes por qué tiene treinta años de antigüedad, Peter? ¡Si un día a unos cuantos neoyorquinos se les ocurriera pillar la malaria, entonces ya verías lo deprisa que encontraban una cura! —Selecciona otra caja. Sus manos, al igual que su voz, tiemblan de honrada indignación—. Esta generosa y filantrópica compañía farmacéutica de Nueva Jersey donó su producto a las pobres naciones hambrientas del mundo, ¿de acuerdo? Las compañías farmacéuticas necesitan que las quieran. Si no las quieren, les entra miedo y se sienten muy desgraciadas.

Y se vuelven muy peligrosas, piensa Justin, pero no en voz alta.

—¿Por qué donó este fármaco? Te lo diré. Porque han producido uno mejor. Ya no vale la pena almacenar el viejo. Así que le regalan el viejo a África cuando le quedan seis meses de vida y obtienen unos cuantos millones de dólares en deducciones de impuestos a cambio de su generosidad. Además, se están ahorrando unos cuantos millones más en costes de almacenamiento y el coste de destruir los viejos fármacos que ya no pueden vender. Y, además, todo el mundo dice: mira qué buenos chicos son. Incluso los accionistas lo están diciendo. —Le da la vuelta a la caja y contempla su base con el ceño despectivamente fruncido—. Este envío se pasó tres meses tirado en las aduanas de Nairobi mientras los aduaneros esperaban a que alguien los sobornara. Hace un par de años, la misma compañía mandó a África curas para la obesidad, tratamientos para dejar de fumar y restauradores capilares, y consiguió una deducción multimillonaria en los impuestos a cambio de su filantropía. A esos bastardos lo único que les importa es el gordo dios Beneficio, esa es la verdad.

Pero el fuego más abrasador de su justa ira está reservado para los dueños y señores del mismo Lorbeer, esos culos gordos de la comunidad de ayuda de Ginebra que se abren de piernas delante de las compañías farmacéuticas cada vez que estas se lo piden.

—¡Y se llaman a sí mismos humanitarios! —protesta, entre más sonrisas de los ayudantes, mientras evoca inconscientemente la palabra más odiada de Tessa—. ¡Con sus empleos garantizados y sus sueldos libres de impuestos, sus pensiones, preciosos coches y escuelas internacionales gratuitas para sus hijos! Viajando continuamente de tal manera que nunca tienen que llegar a gastar su dinero. ¡Los veo, amigo mío! En los mejores restaurantes suizos, comiendo opíparamente con los guapos encargados de relaciones públicas de las compañías farmacéuticas. ¿Por qué deberían arriesgar el cuello por la humanidad? ¿Que a Ginebra le sobran unos cuantos miles de millones de dólares que gastar? ¡Estupendo! ¡Gastémoslos en las grandes compañías farmacéuticas para que América esté contenta!

En el silencio que sigue a ese estallido de furia, Justin osa hacer una pregunta:

—¿En calidad de qué los ves tú exactamente, Brandt?

Las cabezas se alzan. Todas menos la de Justin. Al parecer, hasta ahora a nadie se le había ocurrido interpelar al profeta en su erial. Los penetrantes ojos de Lorbeer se agrandan. Un fruncimiento apenado arruga su frente enrojecida.

—Los veo, amigo mío, te lo digo yo. Con mis propios ojos.

—No dudo dc que los hayas visto, Brandt. Pero mis lectores sí podrían dudarlo. Se preguntarán quién era Brandt cuando los vio. ¿Trabajaba para la ONU? ¿Estaba cenando en el restaurante? —Una risita para indicar lo improbable de la circunstancia—. ¿O estaba trabajando para las Fuerzas Oscuras?

¿Percibe Lorbeer la presencia de un enemigo? ¿Le suenan amenazadoramente familiares esas Fuerzas Oscuras? ¿Se ha vuelto el confuso manchón que era Justin en el hospital un poco menos borroso? Ahora sí que da pena. La luz infantil desaparece de su rostro, dejando a un anciano dolido sin su sombrero. No me hagas esto, está diciendo su expresión. Eres mi amigo, mi compañero. Pero el concienzudo periodista está demasiado ocupado tomando notas para poderle ser de ayuda.

—Si quieres volverte hacia Dios, antes debes ser un pecador —dice Lorbeer con voz enronquecida—. Aquí todo el mundo es un converso a la piedad de Dios, amigo mío, créeme.

Pero el dolor sigue estando presente en el rostro de Lorbeer. Y la inquietud tampoco ha desaparecido. Se ha esparcido sobre él como un presagio de malas noticias que está intentando no oír. Mientras vuelven a cruzar la pista, Lorbeer prefiere ostentosamente la compañía del comisionado Arthur. Los dos hombres andan al estilo dinka, cogidos de la mano, el gran Lorbeer, con su sombrero de fieltro, y Arthur, un flaco espantapájaros con un sombrero de París.

Una empalizada de madera con un tronco que puede ser subido y bajado a guisa de puerta define el dominio de Brandt el monitor de la comida y sus ayudantes. Los niños se van. Arthur y Lorbeer escoltan en solitario al distinguido visitante en el obligado recorrido de las instalaciones del campamento. El cubículo de ducha improvisado consiste en un cubo al que hay atado un cordel que sirve para inclinarlo. Un depósito de agua de lluvia es complementado por una bomba de la Edad de Piedra accionada mediante un generador de la Edad de Piedra. Todos han sido inventados por el gran Brandt.

—¡Un día pediré la patente de esto! —jura Lorbeer, con un guiño demasiado aparatoso que Arthur devuelve obedientemente.

Un panel solar descansa sobre el suelo en el centro de un gallinero. Las gallinas lo utilizan como trampolín.

—¡Ilumina todo el recinto solo con el calor del día! —alardea Lorbeer. Pero el entusiasmo ha abandonado su monólogo.

Las letrinas están junto a la empalizada, una para los hombres y una para las mujeres. Lorbeer llama a la puerta de la de los hombres y después la abre de un manotazo para revelar un agujero maloliente en el suelo.

—¡Aquí arriba, las moscas acaban volviéndose resistentes a todos los desinfectantes que les echamos! —se queja.

—¿Moscas multirresistentes? —sugiere Justin sonriendo, y Lorbeer le lanza una mirada llena de desesperación antes de que él también consiga sonreír a duras penas.

Atraviesan el recinto, haciendo un alto en el camino para examinar una tumba recién cavada de cuatro metros por metro y medio. Una familia de serpientes verdes y amarillas yace enroscada en el barro rojizo junto a su base.

—Ese es nuestro refugio antiaéreo, amigo mío. En este campamento las mordeduras de serpiente son peores que las bombas —protesta Lorbeer, prosiguiendo con su lamento contra las crueldades de la naturaleza.

Al no obtener ninguna reacción de Justin, se vuelve

para compartir la broma con Arthur. Pero Arthur ha vuelto con los suyos. Como si estuviera dispuesto a todo con tal de tener un amigo, Lorbeer desliza un brazo alrededor del hombro de Justin y lo mantiene allí mientras lo lleva a paso ligero hacia el *tukul* central.

—Y ahora probarás nuestro estofado de cabra —anuncia resueltamente—. ¡Ese viejo cocinero sabe hacer el estofado mucho mejor que los restaurantes de Ginebra! Oye, Peter, eres un buen tipo, ¿de acuerdo? ¡Te considero mi amigo!

¿A quién viste allá abajo en la tumba entre las serpientes?, le está preguntando Justin a Lorbeer. ¿Otra vez a Wanza? ¿O la fría mano de Tessa salió de la tumba y te tocó?

El suelo del *tukul* no tendrá más de tres metros de anchura. Alguien ha improvisado una mesa familiar con unas cuantas plataformas de carga. Como asientos hay cajas de cerveza y aceite de cocinar por abrir. Un ruidoso ventilador eléctrico gira inútilmente en el techo de cañizo, y el aire apesta a soja y repelente de mosquitos. Solo Lorbeer el jefe de familia tiene una silla, que ha sido desplazada de su sitio delante de la radio que alza sus unidades apiladas debajo de un paraguas del corredor de apuestas junto al hornillo de gas. Se instala en ella muy erguido con su sombrero de fieltro, con Justin a un lado de él y al otro Jamie, quien parece ocupar ese sitio por derecho. Al otro lado de Justin hay un joven médico de Florencia con el pelo recogido en una cola de caballo; junto a él se sienta Helen, la escocesa del dispensario, y enfrente de Helen se sienta una enfermera nigeriana llamada Salvación.

Otros miembros de la gran familia de Lorbeer no tienen tiempo que perder. Se sirven estofado y comen de pie, o se sientan solo lo suficiente para engullirlo y marcharse. Lorbeer come su estofado a voraces cucharadas, con los ojos revoloteando alrededor de la mesa mientras come y habla y habla. Y aunque de vez en cuando centra la mirada en un miembro determinado de su audiencia, nadie duda que el principal beneficiario de su sabiduría es el periodista llegado de Londres. El primer tema de conversación de Lorbeer es la guerra. No las escaramuzas tribales que se libran alrededor de ellos, sino «esta maldita gran guerra» que hace estragos en los campos petrolíferos de Bentiu al norte y que se va propagando un poco más hacia el sur cada día que pasa.

—Esos hijos de puta de Jartum tienen tanques y cañoneras ahí arriba, Peter. Están haciendo pedazos a los pobres africanos. Ve allí arriba y lo verás con tus propios ojos, amigo mío. Si no basta con los bombardeos, tienen infantería para que vaya allí y les haga el trabajo sucio, no hay problema. Esas tropas violan y matan a placer. ¿Y quién les ayuda? ¿Quién aplaude desde las gradas? ¡Las multinacionales del petróleo!

Su voz llena de indignación se enseñorea del recinto. Las conversaciones que se mantienen a su alrededor deben competir o morir, y la mayor parte están muriendo.

—¡Las multis adoran a Jartum, amigo mío! «Chicos», dicen, «respetamos vuestros magníficos principios fundamentalistas. Unas cuantas flagelaciones públicas, unas cuantas manos cortadas, nos parece admirable. Queremos ayudaros de todas las maneras posibles. Queremos que utilicéis nuestras carreteras y nuestras pistas siempre que os apetezca. ¡Lo único que pedimos es que no permitáis que esos gandules africanos de los pueblos y las aldeas se interpongan en el camino del gran dios Beneficio! ¡Queremos que esos vagos sean quitados de en medio mediante una limpieza étnica todo lo radical que le venga en gana a Jartum! Así que aquí tenéis vuestros preciosos ingresos petrolíferos, muchachos. ¡Id a comprar unas cuantas armas más!». ¿Has oído eso, Salvación? ¿Lo estás anotando, Peter?

—Hasta la última palabra, Brandt, gracias —le murmura Justin a su cuaderno.

—¡Las multis hacen la obra del diablo, amigo mío, te lo digo yo! ¡Un día acabarán en el infierno, que es donde deberían estar, créeme! —Encogiéndose teatralmente, se tapa la cara con sus manazas. Está interpretando el papel del Hombre Multinacional enfrentándose a su Creador en el Día del Juicio—. No fui yo, Señor. Yo solo obedecía órdenes. ¡Me lo mandó el gran dios Beneficio! ¡Y ese Hombre Multinacional es el que te engancha a los cigarrillos, y luego te vende la cura contra el cáncer que no puedes permitirte pagar!

«También es el que nos vende medicinas que no han sido probadas. Es el que se salta los ensayos clínicos y utiliza a los desgraciados de la tierra como conejillos de Indias.»

—¿Quieres café?

—Me encantaría. Gracias.

Lorbeer se levanta de un salto, confisca el tazón de la sopa de Justin y lo lava con agua caliente de un termo como preludio a llenarlo de café. La camisa se le ha pegado a la espalda, revelando ondulaciones de carne temblorosa. Pero no para de hablar. Ha desarrollado un auténtico terror al silencio.

—¿Te han hablado del tren los chicos de Loki, Peter? —chilla, secando el tazón con un trozo de pañuelo de papel sacado de la bolsa de la basura que hay junto a él—. ¿Te han hablado de ese condenado tren que viene al sur, despacito despacito, cosa de unas tres veces al año?

—Me temo que no.

—Viene por las viejas vías que tendisteis vosotros los británicos. El tren viene por ellas, sí. Como en las viejas películas, y los jinetes salvajes del norte se encargan de protegerlo. Ese viejo tren reabastece a todas las guarniciones de Jartum que va encontrando en su ruta del sur al norte. ¿De acuerdo?

—De acuerdo.

¿Por qué suda tanto? ¿Por qué tiene los ojos tan desorbitados y llenos de miedo? ¿Qué comparación secreta está haciendo entre el tren árabe y sus propios pecados?

—¡Oh, amigo mío, ese tren! Ahora mismo está detenido entre Ariath y Aweil, a dos días de marcha desde aquí. Tenemos que rezar a Dios para que haga que el río siga desbordado, porque así a lo mejor los muy bastardos no vendrán por aquí. Organizan el Apocalipsis allá por donde van, te lo digo yo. Matan a todo el mundo. Nadie puede detenerlos. Son demasiado fuertes.

—¿De qué hijos de puta estamos hablando exactamente, Brandt? —pregunta Justin, volviendo a tomar notas en su cuaderno—. Me temo que por un momento he perdido el hilo del razonamiento.

—¡Los hijos de puta en cuestión son los jinetes salvajes, amigo mío! ¿Piensas que les pagan para que protejan a ese tren? No les dan ni una judía, amigo mío. Ni un dracma. ¡Lo hacen gratis, porque son buena gente y tienen un gran corazón! Su recompensa es poder matar y violar mientras van de una aldea a otra. Es poder prender fuego a las aldeas. ¡Es raptar a los chicos y las chicas para llevárselos al norte cuando el tren se ha quedado vacío! Es robar absolutamente todo lo que no queman.

—Ah. Ya lo entiendo.

Pero el tren no es suficiente para Lorbeer. Nada es suficiente si amenaza con traer consigo el silencio, y exponerlo a preguntas que no se atreve a oír. Sus ojos enloquecidos ya están buscando desesperadamente alguna secuela.

—Entonces ¿te han hablado del avión? ¿El avión fabricado en Rusia, amigo mío, más viejo que el Arca de Noé, el avión que tienen en Juba? ¡Esa sí que es toda una historia, amigo mío!

—Me temo que no me han hablado ni del tren ni del avión. Como he dicho antes, no tuvieron tiempo de contarme nada.

Y Justin vuelve a esperar, la pluma obedientemente suspendida encima del cuaderno, a que le hablen de ese viejo avión ruso que tienen en Juba.

—Esos musulmanes locos de Juba fabrican absurdas bombas que son como balas de cañón. ¡Las cargan en el viejo avión y después las hacen rodar a lo largo del fuselaje y las dejan caer sobre las aldeas cristianas, amigo mío! «¡Tomad eso, cristianos! ¡Es una cariñosa carta de amor de vuestros hermanos musulmanes!» Y esas absurdas bombas son muy efectivas, créeme. Esos chicos han llegado a dominar el arte de dejarlas caer justo en el blanco, Peter. ¡Oh, sí! ¡Y esas bombas son tan volátiles que la tripulación se asegura de librarse de ellas antes de que su viejo avión vuelva a aterrizar en Juba!

Desde debajo del paraguas de corredor de apuestas la radio de campaña está anunciando la llegada de otro Buffalo. Primero se oye la lacónica voz de Loki, después la del capitán desde el aire, solicitando el contacto. Inclinada sobre la radio, Jamie informa: el tiempo es bueno, el suelo es firme y no hay problemas de seguridad. Los comensales se van a toda prisa, pero Lorbeer no se mueve del sitio. Justin cierra su cuaderno con un chasquido y, bajo la mirada de Lorbeer, lo guarda en el bolsillo de su camisa junto con sus plumas y sus gafas de leer.

—Bueno, Brandt. Un estofado de cabra delicioso. Tengo unas cuantas preguntas de especial interés que hacerte, si no te importa. ¿Hay algún sitio en el que podamos sentarnos durante una hora sin que nos interrumpan?

Como un hombre que abriera la marcha hacia el lugar en el que va a ser ejecutado, Lorbeer conduce a Justin a través de una pradera de hierba pisoteada y salpicada de tiendas para dormir y cuerdas para tender la ropa. Hay una tienda en forma de campana separada de las demás. Sombrero en mano, Lorbeer sostiene el faldón de la entrada para Justin y consigue esbozar una espantosa sonrisa de servilismo mientras lo deja pasar primero. Justin se inclina, sus ojos se encuentran con los de Lorbeer y Justin ve en él lo que ya ha visto cuando estaban en el *tukul*, pero ahora con mayor claridad: un hombre aterrorizado por lo que se niega decididamente a ver.

24

Dentro de la tienda se respira un aire acre, denso y muy caliente, y huele a hierba en estado de descomposición y ropa mugrienta que es imposible limpiar por más veces que se lave. Hay una silla de madera y, para desocuparla, Lorbeer tuvo que retirar una Biblia luterana, un tomo de poesía de Heine, un pijama afelpado de una sola pieza semejante a un pelele de bebé y una mochila de supervisor de alimentos para situaciones de emergencia provista de radio y faro de señales. Solo entonces ofrece la silla a Justin, y él se sienta en el borde de un austero catre de campaña a quince centímetros del suelo, su cabeza rojiza entre las manos, su espalda mojada moviéndose al ritmo de la respiración, en espera de que Justin hable.

—Mi periódico está interesado en un nuevo y controvertido fármaco para el tratamiento de la tuberculosis que se llama Dypraxa, producido por Karel Vita Hudson y distribuido en África por la firma TresAbejas. He observado que no lo tienes en tus estantes. Mi periódico piensa que tu verdadero nombre es Markus Lorbeer y que eres el hada buena que introdujo el medicamento en el mercado —explica Justin, y al mismo tiempo abre una vez más su libreta.

No se mueve ni una sola parte del cuerpo de Lorbeer. La espalda mojada, la cabeza entre roja y dorada, los hombros empapados y hundidos, todo permanece inmóvil tras la conmoción provocada por las palabras de Justin.

—Cada vez son más insistentes los rumores sobre los efectos secundarios de la Dypraxa, como sin duda ya sabes —prosigue Justin, pasando una página y consultándola—. KVH y TresAbejas no podrán contenerlos eternamente. En tu lugar, lo más sensato sería manifestarte al respecto, adelantándote así a los acontecimientos.

Los dos sudan copiosamente, víctimas de la misma enfermedad. Dentro de la tienda, el calor es tan soporífero que Justin, en su imaginación, concibe el riesgo de que ambos sucumban al sopor y, juntos, contraigan una enfermedad del sueño. Lorbeer empieza a deambular como un hombre enjaulado por el perímetro de la tienda. Así es como sobrellevé yo el confinamiento en el piso de abajo, piensa Justin, observando a su prisionero mientras se detiene, sobresaltado al descubrir su propia imagen en un espejo de hojalata o al consultar con un crucifijo de madera prendido de la lona sobre la cabecera de su cama.

—Dios santo, ¿cómo me has localizado?

—He hablado con gente. Me ha acompañado la suerte.

—¡No me vengas con gilipolleces, eh! La suerte no tiene nada que ver en esto. ¿Quién te paga?

Aún paseándose. Moviendo la cabeza para sacudirse el sudor. Volviéndose súbitamente como si temiera encontrarse a Justin pegado a sus talones. Mirándolo fijamente con expresión de recelo y reproche.

—Trabajo por cuenta propia —dice Justin.

—¡Y un cuerno! Yo mismo he comprado a periodistas como tú. Me conozco al dedillo todos vuestros chanchullos. ¿Quién te ha comprado?

—Nadie.

—¿KVH? ¿Curtiss? ¡Por Dios, les he hecho ganar dinero!

—Y ellos también te lo han hecho ganar a ti. Según mi periódico, te pertenece un tercio del cuarenta y nueve por ciento de las compañías que patentaron la molécula.

—Renuncié a mi parte. Lara renunció a la suya. Era dinero manchado de sangre. «Tened», les dije. «Es vuestro. Y el Día del Juicio, que Dios se apiade de vosotros.» Esas fueron mis palabras, Peter.

—Dichas ¿a quiénes exactamente? —pregunta Justin, tomando nota—. ¿A Curtiss? ¿A alguien de KVH?

Lorbeer lo mira con mudo terror.

—O quizá a Crick —añade Justin—. Ah, sí. Ahora caigo. Crick era tu enlace con TresAbejas. —Y escribe «Crick» en su libreta, letra por letra, porque la mano apenas le responde a causa del calor—. Pero la Dypraxa no era un mal medicamento, ¿verdad? En opinión de mi periódico, era un buen medicamento que se desarrolló demasiado deprisa.

—¿Deprisa? —Lorbeer sonríe con amargura—. ¿Deprisa, dices? Esa gente de KVH quería los resultados de los ensayos tan deprisa que no podía esperar ni siquiera hasta la hora del desayuno de mañana.

Una estruendosa explosión detiene el mundo. Primero es el avión de fabricación rusa de Jartum desde Juba, soltando una de sus bombas. Luego son los jinetes salvajes del norte. Luego es la encarnizada batalla por los yacimientos petrolíferos de Bentiu que ha llegado a las puertas del campamento. La tienda se sacude, se comba y se prepara para un nuevo ataque. Las cuerdas tensoras gimen y se estremecen cuando una lluvia torrencial cae sobre el techo de lona. Aun así, Lorbeer parece no haber notado siquiera el ataque. Permanece de pie en el centro de la tienda, con una mano en la frente como si hubiera olvidado algo. Justin se asoma a la entrada de la tienda y, a través de la cortina de agua, cuenta tres tiendas muertas y otras dos muriendo ante sus ojos. El agua cae a chorros de la ropa colgada en los tendederos. Ha formado un lago en la hierba, y el nivel sube como la marea contra las paredes del *tukul*. Azota brutalmente la techumbre de juncos del refugio antiaéreo. De pronto, tan repentinamente como ha llegado, se interrumpe.

—Veamos, Markus —propone Justin, como si la tormenta hubiera despejado el aire también dentro de la tienda—. Háblame de esa chica, Wanza. ¿Fue un momento decisivo en tu vida? Mi periódico piensa que así fue.

Los ojos saltones de Lorbeer permanecen fijos en Justin. Despega los labios para hablar, pero de ellos no brota palabra alguna.

—Wanza, una chica de una aldea situada al norte de Nairobi. Wanza, que se trasladó al barrio de Kibera. Y fue internada en el hospital de Uhuru para dar a luz. Ella murió; el niño sobrevivió. Mi periódico cree que compartió sala con Tessa Quayle. ¿Es posible? O Tessa Abbott, como a veces se hacía llamar.

Y sin embargo la voz de Justin mantiene el tono uniforme y ecuánime, como corresponde a un periodista objetivo. Y esta ecuanimidad es en muchos sentidos genuina, ya que no se siente cómodo con un hombre a su merced. Es una responsabilidad que no desea. Su afán de venganza es demasiado débil. Un avión sobrevuela a baja altura rumbo a la zona de lanzamiento. Lorbeer alza la mirada con vaga esperanza. ¡Han venido a salvarme! Pero no. Han venido a salvar a Sudán.

—Oye, ¿tú quién eres?

Ha tenido que hacer acopio de valor para formular la pregunta. Pero Justin la pasa por alto.

—Wanza murió. También Tessa. También Arnold Bluhm, cooperante humanitario, médico y buen amigo de

Tessa. Mi periódico cree que Tessa y Arnold vinieron aquí para hablar contigo un par de días antes de que los mataran. Mi periódico cree asimismo que te confesaste a Tessa y Arnold sobre el asunto de la Dypraxa y... esto es solo una conjetura, naturalmente..., tan pronto como se marcharon, los delataste a tus antiguos jefes para congraciarte con ellos. Quizá poniéndote en contacto por radio con tu amigo el señor Crick. ¿Te suena de algo todo eso?

—Dios mío. Santo Dios.

Markus Lorbeer arde en la hoguera. Agarrado con ambos brazos al mástil central de la tienda, apretando la cabeza contra él, parece querer refugiarse de las arremetidas del implacable interrogatorio de Justin. Atormentado, vuelve el rostro al cielo e implora con un susurro inaudible. Levantándose, Justin lleva la silla al centro de la tienda y la coloca junto a los talones de Lorbeer. A continuación, lo coge del brazo y lo obliga a sentarse.

—¿Qué buscaban Tessa y Arnold cuando vinieron aquí? —dice. Sus preguntas conservan una deliberada imparcialidad. No desea más confesiones entre sollozos ni más invocaciones a Dios.

—Buscaban mi culpabilidad, mi vergonzosa historia, mi pecado de orgullo —musita Lorbeer en respuesta, enjugándose la cara con un mugriento harapo que ha sacado del bolsillo del pantalón corto.

—¿Y lo consiguieron?

—Todo. Hasta el más pequeño detalle, lo juro.

—¿Con un casete?

—¡Con dos! Aquella mujer no confiaba en uno solo —contesta Lorbeer, y Justin sonríe para sí, reconociendo la sagacidad profesional de Tessa la abogada—. Me humillé ante ellos por completo. Les conté la verdad desnuda ante Dios. No tenía escapatoria. Yo era el último eslabón en sus investigaciones.

—¿Te dijeron qué planeaban hacer con la información que les proporcionaste?

Lorbeer abrió los ojos desmesuradamente, pero sus labios continuaron cerrados, y su cuerpo tan inerte que por un segundo Justin se preguntó si había muerto, pero por lo visto solo estaba pensando. De pronto empezó a hablar con voz atronadora, sus palabras convirtiéndose en un grito por el esfuerzo mismo de sacarlas del pecho:

—Presentársela al único hombre de Kenia en quien confiaban. Se lo contarían todo a Leakey, pondrían en sus manos todo el material que habían reunido. Kenia solucionaría el problema de Kenia, dijo ella. Leakey era el hombre indicado. Estaban convencidos. Me hicieron una advertencia. Ella en particular. «Markus, vale más que te escondas. Este lugar ya no es seguro para ti. Tienes que encontrar un agujero más profundo, o te cortarán en pedazos por delatarlos.»

A Justin le cuesta representarse las verdaderas palabras de Tessa a partir de la voz ahogada de Lorbeer, pero hace lo posible. Y desde luego no tiene el menor problema con el sentido general de lo que debió de decir, ya que la preocupación primera de Tessa habría sido siempre por Lorbeer, y no por sí misma. Y «te cortarán en pedazos» era sin duda una de sus expresiones.

—¿Qué te dijo Bluhm?

—No se anduvo con rodeos. Me dijo que era un charlatán y un traidor.

—Y eso, claro está, te sirvió de excusa para delatarlo —sugiere Justin con tono amable, pero su amabilidad es en vano, porque el llanto de Lorbeer es aún peor que el de Woodrow: unas lágrimas desbordantes, enajenantes, exasperantes a la vez que expone su propio alegato. ¡Adora ese medicamento! ¡No merece ser condenado públicamente! ¡Unos años más y ocupará el lugar que le corresponde entre los grandes descubrimientos médicos de la época! ¡Lo único que tenemos que hacer es verificar los niveles máximos de toxicidad, controlar el índice de aceptación del organismo! ¡Ya están trabajando en eso! ¡Cuando lo comercialicen en Estados Unidos, todos esos problemas se habrán resuelto! ¡Lorbeer adora África, ama a toda la especie humana, es un buen hombre que no ha nacido para cargar con semejante culpa! Aun así, a la vez que suplica y gimotea y patalea, logra rehacerse misteriosamente de la derrota. Yergue la espalda en la silla. Echa atrás los hombros y una sonrisa de superioridad sustituye al dolor del arrepentido.

—Además, ya ves la *relación* que había entre ellos —declara en una torpe insinuación—. Ya ves su *comportamiento ético*. Qué pecados, y de quién, juzgamos aquí exactamente, me pregunto.

—Ahora me he perdido —dice Justin sin alterarse mientras un telón mental de seguridad empieza a formarse entre él y Lorbeer dentro de su cabeza.

—Lee los periódicos. Escucha la radio. Extrae conclusiones independientemente y dime, por favor, ¿qué hace esa mujer blanca, casada y guapa, viajando con ese apuesto médico negro como su constante compañero? ¿Por qué se presenta con su nombre de soltera y no con el apellido de su legítimo esposo? ¿Por qué se exhibe al lado de su amante en esta misma tienda, con todo descaro, una adúltera y una hipócrita, interrogando a Markus Lorbeer sobre su moralidad?

Pero el telón de seguridad debe de haber fallado por alguna razón, ya que Lorbeer está mirando a Justin como si el mismísimo ángel de la muerte acabara de llamarlo al juicio que tanto teme.

—¡Santo Dios! Tú eres él. Su marido. Quayle.

Con el último lanzamiento de comida, el recinto se ha vaciado de cooperantes. Dejando a Lorbeer para que llore a solas en su tienda, Justin se sienta en la hamaca junto al refugio antiaéreo para disfrutar del espectáculo vespertino: primero las garzas negras, volando en círculo para anunciar la puesta de sol. Luego los relámpagos, apartando la oscuridad con prolongadas y trémulas salvas. Después la humedad del día elevándose como un velo blanco. Y por último las estrellas, tan cerca que uno puede tocarlas.

25

A partir de los rumores hábilmente orquestados de Whitehall y Westminster, a partir de fragmentos de entrevistas televisivas mecánicamente repetidos e imágenes engañosas, a partir de las mentes ociosas de periodistas cuya obligación de investigar no iba más allá del siguiente plazo de entrega y el siguiente almuerzo gratuito, un nuevo capítulo se añadió a la suma de la historia humana circunstancial.

El ascenso oficial *en poste* —contra la práctica establecida— del señor Alexander Woodrow al cargo de embajador británico en Nairobi fue acogido con tácita satisfacción por la comunidad blanca de Nairobi y bien recibido por la prensa africana autóctona. «Un discreto impulso hacia el entendimiento», rezaba el segundo titular de la tercera página del *Standard* de Nairobi, y Gloria era «un soplo de aire fresco que se llevaría las últimas telarañas del colonialismo británico».

Acerca de la repentina desaparición de Porter Coleridge en las catacumbas de Whitehall era poco lo que se decía pero mucho lo que se dejaba entrever. El predecesor de Woodrow estaba «desconectado de la moderna Kenia». Había «mantenido una postura de antagonismo con esforzados ministros debido a sus sermones sobre la corrupción». Se hizo incluso la insinuación —evitando arteramente entrar en detalles— de que había incurrido en el vicio que él condenaba.

Los rumores de que Coleridge había tenido que «rendir cuentas ante una comisión disciplinaria» y explicar «ciertos asuntos embarazosos surgidos durante su gestión» fueron desechados por considerárselos especulaciones ociosas aunque no desmentidos por el portavoz de la embajada, que era quien los había propagado. «Porter era un gran erudito y un hombre de elevados principios. Sería injusto negar sus muchas virtudes», informó Mildren a periodistas de confianza en un obituario extraoficial, y estos supieron leer entre líneas.

«Sir Bernard Pellegrin, el zar de África en el Foreign Office», leyó un público poco interesado, «había pedido el retiro anticipado para ocupar un alto cargo directivo en la multinacional del sector farmacéutico Karel Vita Hudson, de Basilea, Vancouver, Seattle y ahora Londres» donde, gracias a sus «conocidas dotes para la coordinación de recursos», mejor servicio prestaría. En el banquete de despedida en honor de Pellegrin se contó con la deslumbrante concurrencia de los embajadores británicos en África y sus esposas. En una ocurrente alocución, el delegado sudafricano comentó que sir Bernard y señora quizá no hubieran ganado el torneo de Wimbledon, pero sin duda se habían ganado el corazón de muchos africanos.

El espectacular resurgimiento de «aquel actual Houdini de la City», sir Kenneth Curtiss, fue acogido favorablemente tanto por amigos como por enemigos. Solo una minoría de agoreros sostenía que el resurgimiento de Kenny era un puro efecto óptico y la disolución de TresAbejas no era más que un manifiesto engaño. Estas voces críticas no impidieron el acceso del gran populista a la Cámara de los Lores, donde insistió para obtener el título de lord Curtiss de Nairobi y Spennymoor, siendo este último su humilde lugar de nacimiento. Incluso sus muchos detractores de Fleet Street tuvieron que admitir, aunque irónicamente, que el armiño le sentaba bien a aquel viejo demonio.

En su sección de actualidad londinense, el *Evening Standard* explotó cómicamente el tan esperado retiro del comisario Frank Gridley de Scotland Yard, incorruptible en su lucha contra el crimen. En realidad, el retiro no era ni mucho menos lo que le había de deparar el destino. Una de las principales compañías de seguridad de Gran Bretaña estaba dispuesta a contratarlo tan pronto como regresara de unas vacaciones en la isla de Mallorca, que venía prometiendo a su esposa desde hacía años.

En contraste, la marcha de Rob y Lesley del cuerpo de policía no recibió la menor publicidad, si bien fuentes internas comentaron que una de las últimas acciones de Gridley antes de abandonar Scotland Yard fue ejercer presión para erradicar lo que él describía como «una nueva generación de trepadores sin escrúpulos» que empañaban la reputación de las fuerzas del orden.

Ghita Pearson, otra trepadora aspirante, vio rechazada su solicitud de ingreso oficial en el cuerpo diplomático. Pese a que las calificaciones de su examen oscilaban entre buenas y excelentes, ciertos informes confidenciales de la embajada de Nairobi daban motivos de preocupación. Considerando que «se dejaba llevar muy fácilmente por los sentimientos personales», el Departamento de Personal le aconsejó que esperara un par de años y volviera a presentar su solicitud. Su condición de mestiza, se hizo hincapié, no había influido en la decisión.

No planteaba duda alguna, sin embargo, el lamentable fallecimiento de Justin Quayle. Trastornado por la desesperación y el dolor, se quitó la vida en el mismo lugar donde había sido asesinada su esposa hacía solo unas semanas. Su súbito desequilibrio mental era ya un secreto a voces entre aquellos a quienes se había confiado su bienestar. Sus superiores de Londres, menos encerrarlo, hicieron todo lo posible por salvarlo de sí mismo. La noticia de que su íntimo amigo Arnold Bluhm era también el asesino de su esposa fue para él un golpe definitivo. Marcas de sistemáticos golpes en el abdomen y la mitad inferior del cuerpo hablaban por sí solas, como dedujo el reducido grupo de personas conocedoras del secreto: en los días previos a su muerte, Justin Quayle había incurrido en la autoflagelación. Cómo había llegado a sus manos el arma fatal —una pistola de calibre 38 y cañón corto propia de asesinos a sueldo, en perfecto estado y con cinco balas explosivas aún en la recámara— era un misterio que difícilmente se esclarecería. Un hombre rico y desesperado con claras tendencias autodestructivas podía sin duda encontrar la manera. Su última morada en el cementerio de Langata, observó la prensa con aprobación, lo había reunido con su esposa e hijo.

El gobierno permanente de Inglaterra, en el cual políticos transitorios giran y adoptan poses como bailarinas en un escenario, cumplió una vez más con su deber, salvo en lo referente a un pequeño pero irritante detalle. Justin, por lo visto, pasó las últimas semanas de su vida elaborando un «dossier negro» mediante el cual pretendía demostrar que Tessa y Bluhm habían sido asesinados por saber demasiado sobre las perversas actividades de una de las compañías farmacéuticas más prestigiosas del mundo, que de momento había conseguido permanecer en el anonimato. Cierto abogado advenedizo de origen italiano —pariente, además, de la difunta esposa— había tomado cartas en el asunto y, usando libremente el dinero de su difunto cliente, había contratado los servicios de un alborotador que actuaba bajo el disfraz de agente de relaciones públicas. Por otra parte, el infeliz abogado se había aliado con un bufete de la City, famoso por su belicosidad. La firma Oakey, Oakey & Farmeloe, en representación de la anónima compañía, puso en tela de juicio la legitimidad de usar fondos de un cliente con ese propósito, pero el recurso no dio resultado. Tuvieron que conformarse con demandar a cualquier periódico que osara cubrir la noticia.

Aun así, algunos lo hicieron, y los rumores persistieron. Scotland Yard, llamada a examinar el material, declaró públicamente que «carecía de fundamento y era un tanto patético» y rehusó elevar el caso a la fiscalía de la corona. Pero los abogados de la pareja fallecida, lejos de tirar la toalla, recurrieron al Parlamento. Un diputado escocés, también jurista, fue sobornado y planteó una inocua pregunta al primer responsable del Foreign Office sobre la sanidad en el continente africano en general. El ministro aceptó la consulta y la despachó con su habitual elegancia, para encontrarse luego con una serie de preguntas suplementarias que iban directas a la yugular:

> P: ¿Tiene conocimiento el ministro de alguna queja por escrito presentada a su departamento durante los doce últimos meses por la señora Tessa Quayle, muerta en trágicas circunstancias?
>
> R: Exijo notificación previa de esa pregunta.
>
> P: ¿Es un «no» lo que he oído?
>
> R: No tengo conocimiento de tales quejas presentadas en vida por esa mujer.
>
> P: ¿Le escribió, pues, a título póstumo, quizá? *(Risas.)*

En el intercambio verbal y escrito que siguió, el ministro primero negó todo conocimiento de tales documentos y después declaró que, en vista de las acciones legales pendientes de resolución, estaban *sub judice*. Tras «más exhaustivas y costosas investigaciones», admitió por fin haber «descubierto» los documentos, llegando a la conclusión de que habían recibido toda la atención que merecían, tanto en su día como en el presente, «dada la perturbada salud mental de la autora». Imprudentemente, añadió que los documentos estaban clasificados como material confidencial.

> P: ¿Tiene por costumbre el Foreign Office clasificar como material confidencial escritos de personas con la salud mental perturbada? *(Risas.)*
>
> R: En casos en los que tales escritos pudieran ocasionar molestias a terceras partes inocentes, sí.
>
> P: ¿O quizá al propio Foreign Office?
>
> R: Estoy pensando en el innecesario dolor que pudiera causar a los parientes cercanos de la fallecida.
>
> P: Por ese lado, puede quedarse tranquilo. La señora Quayle no tenía parientes cercanos.
>
> R: Esos no son, sin embargo, los únicos intereses que debo considerar.
>
> P: Gracias. Creo que ya he oído la respuesta que esperaba.

Al día siguiente se presentó al Foreign Office una petición formal para que se hicieran públicos los papeles de Tessa Quayle y, a modo de respaldo, una solicitud al Tribunal Supremo. Al mismo tiempo, y seguramente no fue coincidencia, apareció en Bruselas una iniciativa paralela, promovida por los abogados de los amigos y familiares del difunto doctor Arnold Bluhm. Durante la vista preliminar, una multitud racialmente diversa de alborotadores vestidos con simbólicas batas blancas se manifestó para las cámaras de televisión ante el Palacio de Justicia de Bruselas, exhibiendo pancartas con la consigna: «*Nous Accusons*». Una inmediata intervención policial atajó aquella alteración del orden. Una serie de demandas y contrademandas presentadas por los abogados belgas garantizaron que el caso se prolongara durante años. No obstante, era ya del dominio público que la compañía en cuestión no era otra que Karel Vita Hudson.

—Allí, esos son los montes de Lokomorinyang —informa el capitán McKenzie a Justin por el intercomunicador—. Oro y petróleo. Kenia y Sudán se disputan esta zona desde hace cien años. Los mapas antiguos se la atribuyen a Sudán; los nuevos, a Kenia. Imagino que alguien le untó la mano al cartógrafo.

El capitán McKenzie es uno de esos hombres con tacto que saben cuándo se requiere exactamente un comentario intrascendente. En esta ocasión, el avión elegido es un bimotor Beech Baron. Justin ocupa el asiento del copiloto y oye sin prestar atención a ratos al capitán McKenzie, a ratos a otros pilotos que vuelan por los alrededores: «¿Qué tal, Mac? ¿Estás por encima de la capa de nubes o por debajo? ¿Dónde demonios estás?... ¿Una milla a tu derecha y mil pies por debajo? ¿Estás mal de la vista?». Sobrevuelan una afloración de rocas planas, de un color marrón azulado. Espesas nubes flotan por encima de ellos. Intensas manchas rojas se forman en la roca; cuando las ilumina un rayo de sol consigue abrirse paso. Más adelante, la falda de las montañas es boscosa y enmarañada. Una carretera surge como una vena entre los músculos de roca.

—Va de Ciudad del Cabo hasta El Cairo —comenta McKenzie lacónicamente—. No viaje nunca por ella.

—No lo haré —promete Justin.

McKenzie escora el avión y desciende. Siguen la carretera hasta llegar a un valle, donde serpentea al pie de unos sinuosos montes.

—¿Ve esa otra carretera a la derecha? Esa es la que tomaron Arnold y Tessa, de Loki a Lodwar. Magnífica si a uno no le preocupan los bandidos.

Saliendo de su sopor, Justin mira al frente a través de la pálida bruma, y ve a Arnold y Tessa en su todoterreno, con polvo en la cara y la caja de disquetes balanceándose entre ambos en el asiento. Un río se ha unido a la carretera de El Cairo. Se llama Tagua, dice McKenzie, y nace a gran altura, en los montes Tagua. Los Tagua tienen una altitud de tres mil quinientos metros. Justin agradece cortésmente la información. El sol se oculta, los montes, amenazadores y separados, adquieren una coloración entre negra y azul, Tessa y Arnold se desvanecen. El paisaje se torna de nuevo inhóspito, sin un solo hombre o animal a la vista en ninguna dirección.

—Las tribus sudanesas bajan de los montes Mogila —explica McKenzie—. En su selva, van desnudos. Al venir al sur, se vuelven pudorosos y se tapan con jirones de tela. ¡Y vaya si corren!

Justin responde con una educada sonrisa al mismo tiempo que unas montañas marrones, sin árboles, retorcidas y semienterradas, surgen de la tierra caqui. Detrás distingue la neblina azul del lago.

—¿Es el Turkana?

—No se le ocurra bañarse en él, a menos que sea un nadador muy rápido. Agua dulce, extraordinarias amatistas, amistosos cocodrilos.

Rebaños de cabras y ovejas aparecen bajo ellos, y más allá, una aldea y unos barracones.

—Las tribus de Turkana —dice McKenzie—. El año pasado hubo una verdadera matanza entre grupos rivales por el robo de ganado. Vale más que no se acerque a ellos.

—Lo tendré en cuenta —promete Justin.

McKenzie se vuelve hacia él con una mirada de interrogación.

—No son los únicos a los que no conviene acercarse, por lo que he oído.

—No, desde luego.

—En un par de horas estaríamos en Nairobi.

Justin niega con la cabeza.

—¿Quiere que, como excepción, cruce la frontera para dejarlo en Kampala? Llevamos combustible de sobra.

—Es usted muy amable.

Vuelve a aparecer la carretera, desierta y semioculta por la arena. El avión tiene una reacción violenta, levantando el morro a izquierda y derecha igual que un caballo encabritado, como si un instinto natural lo impulsara a retroceder.

—Estos son los peores vientos en millas a la redonda —explica McKenzie—. La región es famosa por sus vientos.

Abajo se extiende la pequeña población de Lodwar, enclavada entre montañas cubiertas de pinos. Se la ve pulcra y bien organizada, con tejados de hojalata, una pista de aterrizaje asfaltada y un colegio.

—No hay industria —dice McKenzie—. Un gran mercado de vacas, burros y camellos, por si le interesa comprar.

—No, no me interesa —contesta Justin con una sonrisa.

—Un hospital, un colegio, un numeroso ejército. Lodwar es el centro de seguridad de la zona. Los soldados pasan la mayor parte del tiempo en los montes Apoi, persiguiendo en vano a los bandidos. Bandidos sudaneses, bandidos ugandeses, bandidos somalíes. Una zona idónea para la captación de bandidos. El robo de ganado es el deporte nacional —recita McKenzie, otra vez en su papel de guía turístico—. Los mandango roban el ganado y luego bailan durante dos semanas hasta que otra tribu se lo roba a ellos.

—¿Lodwar a qué distancia está del lago? —pregunta Justin.

—Cincuenta kilómetros, poco más o menos. Vaya a Kalokol. Hay un refugio de pescadores. Pregunte por un barquero llamado Mickie. Tiene un hijo, Abraham. Abraham es de fiar cuando está con Mickie; solo, es un peligro.

—Gracias.

Fin de la conversación. McKenzie sobrevuela la pista de aterrizaje, haciendo oscilar las puntas de las alas para anunciar su intención de usar la pista. Vuelve a elevarse y da la vuelta. De pronto están en tierra. No hay nada más que decir, excepto gracias una vez más.

—Si me necesita, busque a alguien que pueda avisarme por radio —dice McKenzie mientras se despiden en la pista, asfixiados ambos de calor—. Si yo estoy ocupado, pregunte por un tal Martin, el director de la escuela de vuelo de Nairobi. Adiestrado en Perth y Oxford. Coméntele que va de mi parte.

Gracias, repite Justin, y en su afán de cortesía, anota el dato.

—¿Quiere que le preste mi bolsa de vuelo? —pregunta McKenzie, levantando la bolsa que sostiene en la mano derecha—. Hay una pistola de tiro de cañón largo, por si le interesa. Le permite hacer blanco a cuarenta metros.

—A mí no me serviría de nada ni siquiera a diez —exclama Justin con la risa modesta de la época anterior a Tessa.

—Y este es Justice —anuncia McKenzie, presentándole a un canoso filósofo con una raída camiseta y sandalias verdes que ha surgido de la nada—. Justice es su conductor. Justin, le presento a Justice. Justice, te presento a Justin. Justice viaja acompañado de Ezra. ¿Puedo ayudarle en algo más?

Justin extrae un grueso sobre del bolsillo de su casaca.

—Si es tan amable, desearía que enviara esto por correo la próxima vez que visite Nairobi. El correo ordinario bastará. No es una novia. Es la tía de mi abogado.

—¿Esta noche no será demasiado tarde?

—Esta noche sería perfecto.

—Cuídese —dice McKenzie, guardando el sobre en la bolsa.

—Lo haré —responde Justin, y esta vez consigue reprimirse, y no alaba a McKenzie su amabilidad.

El lago era blanco, gris y plateado, y el sol dibujaba listas blancas y negras en el bote de pesca de Mickie, negras a la sombra del toldo, blancas e implacables donde el sol pega libremente en la madera, blancas en la superficie del agua agitada por los peces, blancas en las brumosas montañas grises, blancas en los rostros negros del viejo Mickie y su joven acompañante, el peligroso Abraham —un muchacho socarrón y secretamente resentido, McKenzie tenía razón— que por alguna razón incomprensible hablaba alemán y no inglés, así que la conversación, cuando la había, era a tres bandas: alemán con Abraham, inglés con el viejo Mickie y la variedad local de swahili cuando hablaban entre ellos. Blancas también siempre que Justin miraba a Tessa, que era a menudo, encaramada como un chico en la proa del bote, donde se había empeñado en sentarse pese a los cocodrilos. En la radio del bote, un programa de gastronomía en lengua inglesa encomiaba las virtudes de los tomates secados al sol.

Al principio Justin tuvo ciertas dificultades para especificar su lugar de destino en cualquier idioma. Quizá nunca hubieran oído hablar de Allia Bay. A ellos, Allia Bay no les interesaba en absoluto. El viejo Mickie quería llevarlo en dirección sudeste al Oasis de Wolfgang, que era lo que le correspondía, y el peligroso Abraham había apoyado encarecidamente la moción: el Oasis era donde se alojaban los *wazungu*, el mejor hotel de la región, famoso por los astros del cine, las estrellas del rock y los millonarios que habían pasado por allí, el Oasis era sin duda el destino de Justin, lo supiera o no. Solo cuando Justin les mostró una fotografía de Tessa —una pequeña fotografía de pasaporte—, comprendieron con toda claridad el objetivo de su misión, y se quedaron en silencio, visiblemente inquietos. ¿Justin deseaba, pues, visitar el lugar donde Noah y la mujer blanca habían sido asesinados?, preguntó Abraham.

Sí, por favor.

¿Era Justin consciente de que muchos policías y periodistas habían visitado aquel sitio, de que todo lo que podía encontrarse allí ya había sido encontrado, o de que la policía de Lodwar y la brigada móvil de Nairobi, juntas y por separado, habían prohibido el acceso a ese lugar de turistas, curiosos, buscadores de trofeos y cualquier persona sin un motivo expreso para estar allí?, insistió Abraham.

Justin no se había enterado, pero esa seguía siendo su intención, y estaba dispuesto a pagar generosamente por verla realizada.

¿O que, como era bien sabido, el lugar estaba hechizado, y lo estaba ya incluso antes del asesinato de Noah y la mujer blanca?, prosiguió Abraham, pero ahora, una vez aclarado el aspecto económico, con mucha menos convicción.

Justin le aseguró que no tenía miedo a los fantasmas.

Al principio, por deferencia al lúgubre carácter de la misión, el viejo y su ayudante adoptaron una pose melancólica, y Tessa tuvo que emplear a fondo su resuelto buen humor para arrancarlos de ese estado. Pero como siempre, con la ayuda de una serie de ocurrentes comentarios desde la proa, salió airosa. La presencia a lo lejos, en el cielo, de otras embarcaciones de pesca también contribuyó. Tessa, alzando la voz, les preguntaba: ¿qué habéis pescado?, y ellos respondían: tanto de pescado rojo, tanto de azul, tanto de color irisado. Y tan contagioso era su entusiasmo que Justin pronto convenció a Mickie y Abraham para que echaran también un sedal, lo cual, a su vez, sirvió para que dirigieran su curiosidad por derroteros más provechosos.

—¿Se encuentra bien, señor? —preguntó Mickie desde muy cerca, mirándolo a los ojos como un viejo médico.

—Sí, estoy bien, perfectamente.

—Me parece que tiene fiebre. ¿Por qué no descansa debajo del toldo y me deja que le traiga un refresco?

—Estupendo. Beberemos juntos.

—Gracias, señor, pero yo he de ocuparme del bote.

Justin se sentó bajo el toldo, utilizando el hielo del vaso para refrescarse el cuello y la frente. Es un extraño grupo el que los acompaña, Justin debe admitirlo, pero Tessa no aplica ningún criterio a la hora de repartir invitaciones, y a uno no le queda más remedio que morderse los labios y acatar. Me alegro de verte, Porter, y a ti también, Veronica, y es siempre un placer tener aquí a la pequeña Rosie, no, a ese respecto no hay objeciones. Y Tessa siempre parece sacarle a Rosie más partido que nadie. Pero en cuanto a Bernard y Celly Pellegrin, eso, cariño, ha sido un error, y qué típico de Bernard traerse tres raquetas, no solo una, en su monstruoso equipo de tenis. Por lo que respecta a los Woodrow, francamente, ya va siendo hora de que abandones esa loable pero errónea convicción de que incluso los menos prometedores de los hombres tienen un corazón de oro, y que tú eres la persona que ha de demostrarlo. Y, por Dios, deja de mirarme como si te dispusieras a hacerme el amor de un momento a otro. El pobre Sandy ya tiene bastante con mirarte por debajo de la falda como para provocarlo más aún.

—¿Qué pasa? —preguntó Justin de pronto.

Al principio pensó que era Mustafa. Gradualmente cayó en la cuenta de que Mickie le tiraba del hombro de la camisa y lo sacudía para despertarlo.

—Ya hemos llegado, señor. Lo acompañaremos.

—No será necesario.

—Es muy necesario, señor.

—*Was fehlt dir?* —preguntó Abraham por encima del hombro de Mickie.

—*Nichts*. Nada. Estoy bien. Son ustedes muy amables.

—Beba un poco más de agua —sugirió Mickie, tendiéndole un vaso de agua fresca.

Forman toda una columna, trepando por los bloques de lava aquí en la cuna de la civilización, ha de admitir Justin. «Nunca me había fijado en que hubiera tantas personas civilizadas por aquí», le dice a Tessa, haciendo el número del inglés cretino, y Tessa ríe para él, con esa risa callada que tiene cuando sonríe deliciosamente y se convulsiona y hace en general todo aquello propio de la risa pero sin sonido alguno. Gloria encabeza la marcha, como no podía ser de otro modo. Con su andar de realeza británica, bien puede sacarnos ventaja a todos. Pellegrin despotrica, lo que también es normal. Su esposa, Celly, dice que no le sienta bien el calor, ¿cuál es la novedad? Rosie Coleridge, en la espalda de su padre, canta en honor de Tessa. ¿Cómo demonios hemos cabido todos en el bote?

Mickie se había detenido, apoyando suavemente una mano en el brazo de Justin. Abraham estaba a un paso por detrás de él.

—Este es el sitio donde falleció su esposa —musitó Mickie.

Pero no tenía por qué haberse tomado la molestia, ya que Justin lo sabía perfectamente..., aunque no supiera cómo había deducido Mickie que era el marido de Tessa, a no ser que él mismo, Justin, le hubiera informado de ello en sueños. Por allí discurría lo que en apariencia era el lecho de un río seco. Más allá se hallaba el triste montón de piedras erigido por Ghita y sus amigas. Alrededor —pero, por desgracia, dispersa en todas direcciones— podía verse la basura que en la actualidad constituía una presencia ineluctable en el escenario de cualquier acontecimiento ampliamente difundido por los medios: cajas y cintas de vídeo desechadas, paquetes de tabaco vacíos, botellas de plástico y platos de papel. Más arriba, en la pendiente de roca blanca, a unos treinta metros, pasaba el camino de tierra donde el camión de safari de chasis largo se había situado a la par del todoterreno de Tessa y le había disparado a la rueda, obligando al todoterreno de Tessa a salir del camino y descender por esa misma pendiente, seguido de cerca por los asesinos con sus *pangas* y sus pistolas y cualquier otra cosa que llevaran. Y hacia allí —Mickie los señalaba en silencio con un dedo viejo y nudoso— los restos de pintura azul del cuatro por cuatro del Oasis, incrustados en la roca al deslizarse el vehículo por la pendiente. Y ahí, a diferencia de la negra roca volcánica de las inmediaciones, la pared de roca era blanca como una lápida. Y quizá las manchas parduscas que se veían en ella eran de hecho sangre, como Mickie sugería. Pero cuando Justin las examinó de cerca, llegó a la conclusión de que también podían ser liquen. Por lo demás, observó pocas cosas de interés para el observador jardinero, aparte de hierba amarillenta y una fila de datileras que, como siempre, parecían plantadas por el municipio. Unos cuantos euforbios —claro, naturalmente—, viviendo precariamente entre fragmentos de basalto negro. Y una espectral *Commiphora* blanca —¿cuándo echaban la hoja?—, sus ramas largas y delgadas extendidas a ambos lados como las alas de una mariposa nocturna. Eligió una roca de basalto y se sentó en ella. Se sentía un poco mareado, pero lúcido. Mickie le ofreció una botella de agua y Justin bebió un trago, volvió a enroscar el tapón y la dejó a sus pies.

—Me gustaría quedarme un rato a solas, Mickie —dijo—. ¿Por qué no van usted y Abraham a pescar un rato y ya los llamaré desde la orilla cuando esté listo?

—Preferiríamos esperarle aquí con el bote, señor.

—¿Y por qué no ir a pescar?

—Preferiríamos quedarnos aquí con usted. Tiene fiebre.

—Ya se me está pasando. Serán solo un par de horas. —Consultó su reloj. Eran las cuatro de la tarde—. ¿Cuándo oscurece?

—A las siete.

—Estupendo. Bien, pueden recogerme cuando empiece a oscurecer. —Y con mayor firmeza—: Quiero estar solo, Mickie. Para eso he venido.

—Sí, señor.

No los oyó marcharse. Durante un rato no oyó sonido alguno, salvo algún que otro chapoteo en el lago, y el ruido del motor de alguna embarcación de pesca. Oyó aullar a un chacal, y el murmullo de fondo de una colonia de buitres que se había adueñado de una datilera próxima a la orilla. Y oyó a Tessa decirle que si volviera a vivir, seguiría siendo aquel el lugar que elegiría para morir, en África, camino de atajar una gran injusticia. Bebió un poco de agua, se levantó, se desperezó y se dirigió hacia las manchas de pintura porque era allí donde sabía con toda certeza que estaría cerca de ella. No requirió mucho esfuerzo. Apoyando las manos en las marcas, estaba a unos cuarenta centímetros de Tessa si se descontaba la anchura de la puerta del vehículo. O quizá el doble si uno imaginaba a Arnold en medio. Incluso consiguió reír un poco con ella, porque siempre le había insistido en que usara el cinturón de seguridad. En el irregular asfalto de las carreteras africanas, había aducido ella con su acostumbrada terquedad, era mejor ir suelto, así al menos uno se zarandeaba dentro del coche en lugar de verse sacudido como un saco de patatas a cada socavón. Y después bajó por la pendiente hasta el lecho del río seco, con las manos en los bolsillos, donde contempló el punto donde había caído el todoterreno e imaginó al pobre Arnold, sacado a rastras, sin conocimiento, para ser conducido al lugar de su prolongada y terrible ejecución.

Entonces, como hombre metódico que era, regresó a la roca de basalto que había elegido para sentarse, y se dedicó a estudiar una diminuta flor azul no muy distinta del polemonio que tenía plantado en el jardín de su casa de Nairobi. Pero el problema era que no estaba muy seguro de si la flor se hallaba donde la veía, o si en su mente la había trasplantado desde Nairobi, o ahora que lo pensaba, desde las praderas que rodeaban su hotel en el Engadina. Por otra parte, su interés en la flora atravesaba momentos bajos. Ya no deseaba cultivar la imagen de un hombre tierno a quien solo interesaban con verdadera pasión los polemonios, los áster, las fresias y las gardenias. Y reflexionaba aún sobre esta transición en su personalidad cuando oyó el ruido de un motor procedente de la orilla, primero una leve explosión al cobrar vida, luego su ronroneo regular alejándose. Mickie, después de todo, había decidido probar suerte, pensó; para todo pescador que se precie, capturar peces al anochecer era una tentación irresistible. Y después de eso recordó sus intentos por persuadir a Tessa para que lo acompañara a pescar, que invariablemente acababan sin peces pero con mucho sexo indisciplinado, razón por la cual, quizá, se esforzaba él tanto en persuadirla. Y seguía contemplando humorísticamente la logística necesaria para hacer el amor en el fondo de un pequeño bote cuando concibió una interpretación distinta de la expedición pesquera de Mickie, a saber, que no era tal expedición.

Mickie no era un hombre dado a cambiar de idea o regirse por caprichos.

Eso no era propio de él en absoluto.

Si algo adivinaba uno en Mickie tan pronto como le ponía la vista encima, y Tessa le había comentado lo mismo, era que tenía todos los rasgos del criado doméstico nato, que era el motivo, para ser sinceros, por el que se lo confundía fácilmente con Mustafa.

Así que Mickie no se había ido de pesca.

Pero se había ido.

Si se había llevado consigo al peligroso Abraham, era ya más discutible. Pero Mickie se había ido, y el bote se había ido. A través del lago, y el ruido del motor se había desvanecido cada vez más.

¿Y por qué se había ido, pues? ¿Quién le había dicho que se fuera? ¿Quién le había *pagado* para que se fuera? ¿*Ordenado* que se fuera? ¿*Amenazado* en caso de que no se fuera? ¿Qué mensaje había recibido Mickie por la radio del bote, o cara a cara desde otra embarcación, o por alguien en la orilla, que lo había convencido, contra la inclinación natural reflejada en su rostro, para que abandonara a medias un trabajo que aún no había cobrado? ¿O acaso Markus Lorbeer, el Judas compulsivo, había decidido congraciarse un poco más con sus amigos de la industria farmacéutica? Consideraba aún esta posibilidad cuando oyó otro motor, esta vez procedente del camino. Oscurecía ya rápidamente, y siendo la luz tan débil, cabía esperar que cualquier coche que circulara por allí a esa hora llevaría encendidas como mínimo las luces de posición, pero este —coche o lo que fuera— no las llevaba encendidas, lo cual le pareció incomprensible.

Una posibilidad que concibió —probablemente porque el coche se movía a paso de tortuga— fue que se tratara de Ham, conduciendo como siempre a diez kilómetros por debajo del límite de velocidad, presentándose allí para comunicarle que las cartas de Justin a su feroz tía de Milán habían llegado bien, y que la gran injusticia de Tessa pronto sería reparada conforme a su convicción de que el Sistema debía ser obligado a enmendarse desde dentro. Luego pensó: no es un coche, me he equivocado. Es un pequeño avión. Entonces el ruido se interrumpió, lo cual casi lo llevó a convencerse de que había sido una ilusión desde el principio, de que estaba oyendo, por ejemplo, el todoterreno de Tessa, y de un momento a otro se detendría en el camino, justo encima de él, y ella saltaría desde allí con sus botas Mephisto y resbalaría por la pendiente para felicitarlo por tomar el relevo en su tarea donde ella la había dejado. Pero no era el todoterreno de Tessa, no era de nadie que él conociera. Lo que veía era la forma esquiva de un todoterreno o cuatro por cuatro de chasis largo —no un camión de safari—, azul oscuro o verde oscuro, en la luz cada vez más tenue del crepúsculo era difícil precisarlo, y había parado exactamente en el punto donde él había estado observando a Tessa poco antes. Y si bien esperaba algo así desde su regreso a Nairobi, e incluso lo deseaba vagamente, y por tanto había considerado superflua la advertencia de Donohue, acogió aquella visión con extraordinaria exultación, por no decir con una sensación de misión cumplida. Había descubierto a las personas que traicionaron a Tessa, naturalmente: Pellegrin, Woodrow, Lorbeer. Había reescrito el memorándum vergonzosamente descartado, aunque fuera de un modo poco sistemático, lo cual era inevitable. Y ahora, por lo visto, iba a compartir con ella el último de sus secretos.

Un segundo camión se había detenido detrás del primero. Oyó unos pasos sigilosos y distinguió las siluetas en rápido movimiento de hombres en buena forma física, vestidos con ropa gruesa, que corrían agachados. Oyó silbar a un hombre o una mujer y otro silbido de respuesta a su espalda. Imaginó, y quizá era real, el olor del humo de un cigarrillo Sportsman. La oscuridad se acentuó de pronto cuando varias luces se encendieron alrededor, y la más intensa lo localizó y lo mantuvo enfocado.

Oyó el sonido de unos pies deslizándose por la roca blanca.

Nota del autor

Me apresuro a salir en defensa de la embajada británica de Nairobi. No es el lugar que aquí he descrito, ya que nunca he estado en ella. El personal allí destinado no es la gente que aquí he descrito, ya que no conozco a sus miembros ni he hablado con ellos. Conocí al embajador hace un par de años, y tomamos juntos una cerveza de jengibre en la terraza del hotel Norfolk, y eso fue todo. No tiene el menor parecido, ni externo ni de ninguna otra clase, con mi Porter Coleridge. En cuanto al pobre Sandy Woodrow..., en fin, si realmente hubiera en la actualidad un jefe de cancillería en la embajada británica de Nairobi, pueden estar seguros de que sería un hombre o una mujer íntegro y diligente que jamás codiciaría a la esposa o el marido de un colega, ni destruiría documentos poco convenientes. Pero no lo hay. En Nairobi, como en muchas otras legaciones británicas, los jefes de cancillería han perecido bajo el hacha del tiempo.

En estos tiempos que corren, en que los abogados rigen el universo, he de insistir en estos descargos de responsabilidad, que además se ajustan a la verdad. Salvo por una excepción, gracias a Dios, ninguna de las personas, organizaciones o empresas aquí mencionadas se basa en gente o entidades del mundo real, ya sea que nos refiramos a Woodrow, a Pellegrin, a Landsbury, a Crick, a Curtiss y su temida casa de las TresAbejas, o a la firma Karel Vita Hudson, también conocida como KVH. La excepción es el gran y buen Wolfgang, del hotel Oasis, un personaje tan grabado en el recuerdo de cuantos lo visitan que sería absurdo tratar de crear un equivalente en la ficción. En su soberanía, Wolfgang no presentó reparo alguno a mi difamación de su nombre y su voz.

La Dypraxa no existe, ni ha existido ni existirá jamás. No conozco ninguna cura milagrosa para la tuberculosis que se haya introducido recientemente en el mercado africano ni en ningún otro —o que vaya a introducirse en breve—, así que, con suerte, no pasaré el resto de mis días en los juzgados o algún sitio peor, aunque hoy por hoy uno nunca tiene la total certeza. Pero sí puedo afirmar algo. Al adentrarme en la jungla farmacéutica, llegué a la conclusión de que mi relato, comparado con la realidad, era tan inocuo como una postal de vacaciones.

En un tono ya más desenfadado, deseo expresar mi cordial agradecimiento a quienes me han ayudado y desean que se mencionen sus nombres, así como a quienes me han ayudado y, por alguna buena razón, no lo desean.

Ted Younie, veterano y compasivo observador de la vida africana, fue quien primero susurró a mi oído el asunto farmacéutico y más tarde expurgó el texto, enmendando varias incorrecciones.

El doctor David Miller, un médico con experiencia en África y el tercer mundo, fue el primero en sugerir la tuberculosis como cauce central, y quien me abrió los ojos a la costosa y sutil campaña de seducción librada por las compañías farmacéuticas contra la clase médica.

El doctor Peter Godfrey-Faussett, profesor adjunto de la London School of Hygiene and Tropical Medicine, me dio valiosos consejos, tanto al principio como una vez completado el manuscrito.

Arthur, hombre polifacético e hijo de Jack Geoghegan, mi difunto editor en Estados Unidos, me contó horrendas anécdotas de su etapa como representante farmacéutico en Moscú y la Europa del Este. El benévolo espíritu de Jack estuvo presente en nuestras conversaciones.

Daniel Berman, de Médicins Sans Frontières de Ginebra, me concedió una reunión informativa de extraordinario valor, que por sí sola justificaba sobradamente el viaje.

BUKO Pharma-Kampagne de Bielefeld, Alemania —que no debe confundirse con la organización Hipo de mi novela—, es un grupo de personas muy sensatas y altamente cualificadas, con financiación independiente y menos personal del necesario, que lucha por sacar a la luz las fechorías de la industria farmacéutica, especialmente en sus relaciones con el tercer mundo. Si se sienten ustedes predispuestos a la generosidad, mándenles un poco de dinero para ayudarlos a continuar con su labor. Dado que la opinión médica sigue viéndose insidiosa y metódicamente tergiversada por los gigantes del sector farmacéutico, la supervivencia de BUKO adquiere, si cabe, mayor importancia. Y BUKO no solo me proporcionó una inestimable ayuda. De hecho, me instó a encomiar las virtudes de las compañías farmacéuticas con una actitud responsable. Por consideración a ellos, he intentado hacer aquí y allá como me decían, pero no era ese el tema de la novela.

Tanto el doctor Paul Haycock, un veterano de la industria farmacéutica internacional, como Tony Allen, un especialista en farmacología de buen corazón y mejor vista, me asesoraron gratuitamente, haciéndome partícipe de sus conocimientos y su buen humor, y soportaron dignamente mis ataques contra su profesión; como también hizo el hospitalario Peter, que en su humildad prefiere permanecer en el anonimato.

Recibí ayuda asimismo de varios inapreciables elementos al servicio de las Naciones Unidas. Ninguno de ellos sabía ni remotamente qué me proponía; aun así, sospecho que lo más acertado es no nombrarlos.

Muy a mi pesar, he decidido no mencionar tampoco por sus nombres a las personas de Kenia que me proporcionaron desinteresadamente su colaboración. Mientras escribo estas líneas, llega la noticia de la muerte de John Kaiser, un sacerdote estadounidense natural de Minnesota que llevaba treinta y seis años trabajando en Kenia. Su cuerpo fue hallado en Naivasha, a ochenta kilómetros al noroeste de Nairobi. Presentaba una herida de bala en la cabeza. Cerca apareció una escopeta. El señor Kaiser era desde hacía mucho tiempo una de las voces críticas en relación con las medidas políticas del gobierno de Kenia respecto a los derechos humanos, o la ausencia de estos. Accidentes como este pueden volver a ocurrir.

En mi descripción de las tribulaciones de Lara en el capítulo dieciocho, me inspiré en varios casos, sobre todo en el continente norteamericano, donde investigadores médicos de alto nivel han osado discrepar con las empresas farmacéuticas que les pagan y han sido víctimas por ello de vilipendios y persecuciones. A este respecto, la cuestión no es si sus hallazgos inconvenientes eran o no correctos; es el conflicto entre la conciencia individual y la codicia corporativa. Es el elemental derecho de los médicos a expresar opiniones imparciales sobre temas médicos, y su deber de informar a los pacientes acerca de los riesgos que consideran inherentes a los tratamientos que prescriben.

Y finalmente, si por casualidad visitan alguna vez la isla de Elba, no dejen de visitar la antigua y preciosa finca que me apropié para Tessa y sus antepasados italianos. Se llama La Chiusa di Magazzini, y es propiedad de la familia Foresi. Los Foresi producen vinos tintos, blancos y rosados y licores a partir de sus propios viñedos, así como un inmaculado aceite procedente de sus olivares. Tienen algunas casas que se pueden alquilar. Hay incluso un lagar donde pueden confinarse temporalmente aquellos que buscan respuesta a los grandes enigmas de la vida.

JOHN LE CARRÉ
Diciembre de 2000